Andreas Gößling

Faust, Der Magier

ANDREAS GÖSSLING, 1958 in Gelnhausen geboren, studierte Literaturgeschichte und ist Experte für mythen- und kulturgeschichtliche Themen. Sein Roman »Die Maya-Priesterin« wurde zu einem Bestseller.

Als Aufbau Taschenbuch liegt außerdem von ihm vor: »Der Alchimist des Kaisers«.

Seine Zeugung läuft unter merkwürdigen Umständen ab: In einem Klosterkeller in Maulbronn wird seine Mutter angeblich vom Teufel geschwängert. Danach beginnt sie Engel zu malen. Bei einem Küfer bringt sie ihr Kind zur Welt: Georg Johannes Faust. Schon früh zeigt der Junge einen Hang zur Alchemie, den ihm nicht einmal seine Gefährtin Lena Siebenschöpf austreiben kann. Auch der Abt von Maulbronn, der insgeheim als sein Vater gilt, ist von Faust fasziniert und fasst einen Entschluss: Er soll ihm Gold machen – und dazu den Satan höchstpersönlich herausfordern, wenn es sein muss.

Andreas Gößling

Faust, der Magier

Roman

aufbau taschenbuch

ISBN 978-3-7466-2529-4

Aufbau Taschenbuch ist eine Marke der Aufbau Verlag GmbH & Co. KG

1. Auflage 2009

Umschlaggestaltung capa, Anke Fesel
unter Verwendung zweier Motive von akg-images
Druck und Binden CPI – Clausen & Bosse, Leck
Printed in Germany

www.aufbau-verlag.de

Prolog

Der Graf von Murau höchstselbst öffnete das Burgtor, um den heiklen Gast einzulassen. Ein kalter Wind pfiff über den Hügel, doch die Abendsonne färbte das Himmelsblei golden und rot. Man schrieb den 19. April im 1514. Jahr der Christenheit.

Seit er vor einer Woche den Brief erhalten hatte, der das Kommen des Magiers ankündigte, war Graf Gregor von fiebriger Unruhe erfüllt. Noch am selben Tag hatte er dem Herrn Nigrethius eine Botschaft an den Bodensee gesandt, wie sie das vor Jahr und Tag vereinbart hatten. In seiner abgetragenen Benediktinerkutte war der einstige Abt von Spornstein sogleich herbeigeeilt, doch die Beruhigung, die sich Graf Gregor vom Eintreffen des magiekundigen Geistlichen versprochen hatte, war gänzlich ausgeblieben. Mochte es nun an seinem pergamentenen Aussehen liegen oder an seiner eigenartigen Sprechweise, einem Raunen, das nach Ruß und Asche klang – mit jedem Tag war der beinerne Herr Nigrethius ihm noch etwas unheimlicher geworden. Und so war er nun beinahe erleichtert, daß endlich der Doktor Faust eingetroffen war, so als ob der Magier ihm gegen den Mönch beistehen sollte und nicht umgekehrt.

Der Burgherr mußte sich räuspern, ehe er ein paar Willkommensworte hervorstottern konnte. Seine Hand, die er dem Zauberer reichte, war klamm vor Schweiß. Aus irgendeinem Grund hatte er vorausgesetzt, daß Faust allein oder allenfalls mit einem Diener reisen würde. Indessen wurde der viel Beschriene von einer hageren Frau in mittleren Jahren begleitet, die er als seine Gefährtin Lena Siebenschöpf vorstellte. Überdies trug er einen zweigdürren Zwerg auf dem Arm, der mit stummer Anmut sein Häuptlein vor dem Burgherrn neigte.

Durch die kahle Halle führte der Graf seine Gäste in den Speisesaal, wo seit bald einem Jahrzehnt niemand mehr getafelt hatte. Ein

Dutzend Büsten seiner ritterlichen Ahnen stand aufgereiht auf dem Wandpodest, und dem einen fehlte die Nase, dem nächsten ein Ohr. Selbst die Rüstungen im Alkoven schienen sich fröstelnd zusammenzudrängen, so kalt war der Hauch, den die Mauern verströmten.

Der altersdunkle Eichentisch bot sechsundzwanzig Essern Platz, und so nahm sich der Fleck am unteren Eck, wo für sie aufgedeckt worden war, recht kläglich aus. Dabei hatte der Graf auch seinen Burgvogt zum Abendmahl geladen, den stocksteifen Franz von Fronhort. Seine Schwester hingegen hatte er beschworen, sich von dem neuen Gast möglichst fernzuhalten, doch kaum hatten sie an der Tafel Platz genommen, da trat auch Gunda in den Saal.

Gunda von Murau war ein noch junges, stark gebautes Weib mit kupfernem Haarschopf, unvermählt wie ihr um fünf Jahre älterer Bruder und dessen letzter Stolz und ganzer Trost. Als der Blick des Zauberers über sie strich, erschauerte sie sichtlich, und weder Fausts Begleiterin noch dem Edlen von Fronhort entging, wie Gundas grüne Augen sich mit Schleiern überzogen. Doch Lena Siebenschöpf ließ sich so wenig anmerken wie der Burgvogt, der seinem ruinierten Gebieter nur deshalb noch nicht davongelaufen war, weil er sein Herz vor Jahr und Tag an die Dame Gunda verloren hatte.

Bloß einen einzigen Diener gab es noch im gräflichen Haushalt. Aber der getreue Anton war mittlerweile so hochbetagt, daß er seine eigenen Gebeine kaum mehr umherzutragen vermochte. Die Suppenterrine schob er auf einem sinnreich gezimmerten Karren in den Saal, und bei jedem Schritt wetteiferte sein Ächzen mit dem Quietschen der Räder, denen es an Schmiere so sehr mangelte wie der Willkommenssuppe an Fleisch.

Man löffelte schweigend. Es erstaunte den Edlen von Fronhort, wie abgezehrt der Zauberer aussah. Vor kaum zehn Jahren, als er ihn zu Bruchsal abgepaßt hatte, war Faust fast noch ein Jüngling gewesen, mit glatten Zügen und goldenen Locken. Doch der Mann, der hier stumm seine Brühe schlürfte und bloß die Dame Gunda zuweilen mit seinem oft besungenen Flammenblick bestrahlte, trug so tiefe Furchen im Antlitz wie ein Greis von fünfzig Jahren.

Zum Hauptgang, Dörrwild in Kapernsauce, zitterte Anton ein

paar Schlucke Rotwein in die Becher, und der Gastgeber brachte einen Trinkspruch aus. Es ehre ihn über die Maßen, so erklärte Graf Gregor, daß der berühmte Doktor Faust den Weg in sein Wehrgemäuer gefunden habe. »Heute abend seid Ihr und Eure Begleiterin ersichtlich von den Mühen der Reise mitgenommen. Doch desto mehr hoffen wir, daß Ihr recht lange unsere Gäste sein werdet und uns an vielen Abenden in den Genuß Eurer Weisheit kommen laßt.«

Der Magier nickte mit abwesender Miene. »Daß der Herzog und der Inquisitor ihre Häscher nach mir ausgesandt haben, ist Euch bekannt?«

Graf Gregor wurde ein wenig bleich. »In meiner Burg seid Ihr in Sicherheit, Doktor Faust«, sprach er mit desto festerer Stimme. »Diese Mauern wurden oft berannt, doch nie gestürmt. Laßt Eure Sorgen zu meinen werden und befreit mich im Gegenzug von meinem Kummer, so will ich Euch ewige Freundschaft schwören.« Er kräftigte sich mit einem Schluck sauren Weines, ehe er weitersprach. »Meine Schatztruhen sind leer, Herr. Im alten Brunnenturm harrt Eurer seit Jahr und Tag ein alchymisches Labor mit allen Töpfen und Tiegeln, die Ihr für die schwarze Kunst benötigt. Wollt Ihr mit Eurer Wissenschaft mir Gold erschaffen, so biete ich Euch den Schutz und Trutz meiner Burg und Macht, solange Ihr bleiben und wann immer Ihr wiederkehren mögt.«

»Im alten Brunnenturm, sagt Ihr? Das will ich sehen. Mit Eurer Erlaubnis begeben wir uns sogleich dorthin.« Und Faust schob seinen Stuhl zurück und stand auf, ohne zu warten, bis der Burgherr die Tafel aufhob.

Die Miene des Grafen wurde grimmig. Seine Schwester indessen legte ihre Hand auf seinen Arm und lächelte ihm zu. »Ich geleite unsere Gäste zu ihrem Gemach«, sagte sie mit einer Stimme, die so voll und lieblich tönte wie ein Glockenspiel. »Schaut nur, Gregor, das Kindlein ist über seinem Teller eingeschlafen. Und die armen Eltern sind gewiß nicht weniger erschöpft.«

Tatsächlich waren dem Kerlchen auf dem Lehnstuhl neben Faust die Augen zugefallen. Niemand hätte sagen können, ob es ein Zwerg war, ein kleiner Knabe oder ein Homunkel, den der Zauberer mit seiner gotteslästerlichen Kunst erschaffen hatte. Nicht viel größer als ein Stiefel war der Winzling, dem das Köpfchen mit den dünnen Haaren auf der Brust hing, indessen die knochigen Hände in seinem Schoß gefaltet waren, als ob er noch im Schlaf um die Errettung seiner Seele betete.

Es verdroß den Edlen von Fronhort, daß Gunda den ungut beleumdeten Gast zu seinem Schlafgemach geleiten wollte. Auch wenn ihnen die Siebenschöpf gewiß nicht von der Seite weichen würde, malte seine Einbildungskraft ihm doch peinvoll vor, wie Faust seine Gunda mit Blicken befeuerte, wie sie ihn schlafwandlerisch anplierte und ihr blasses Fleisch vom Busentuch aufwärts sich mit fiebrig roten Flecken besäte.

Doch selbst wenn der Edle den Mut gefunden hätte, ihnen nachzuschleichen, hätte es ihm immer noch an der Zeit gefehlt. Derweil er im Speisesaal stand und der ungetreuen Gunda hinterhersah, wurde abermals mit dem Klopfer ans Burgtor geschlagen.

Graf Gregor saß noch an der Tafel und schickte trübe Blicke zum Grund seines Kruges. Nun sah er auf, und seine Miene verriet, daß er kurz davor war, zu schreien. »Wer kann das sein, Franz – doch nicht schon die Fänger?« Er war ein schmaler, zart beseelter Mann, kahlköpfig seit seinem zwanzigsten Jahr. Daß ihm die Landleute das Silber aus seinen Bergen kratzten und alles bis auf den letzten Glitzerkrümel in seine Schatzkammern schaufelten, hielt er noch immer für Gottes ewigen Willen, obwohl in seinen Bergen längst keine Silberadern und in seinen Weilern nur noch ein paar Dutzend halbverhungerter Untertanen waren.

»Seid ruhig, Herr. Es wird bloß ein Bettler sein.« Mit steifem Rücken marschierte der Edle von Fronhort aus dem Saal und durch die Halle, an den Ritterrüstungen vorbei, die mittlerweile bald jede Woche einen Schauer herabstürzender Gewölbebrocken dulden mußten.

Er klaubte die Laterne vom Haken, trat hinaus und ging über den nachtdunklen Hof zum Tor. Im Geiste war er noch bei Gunda und dem Magier, von dem er schon öfter hatte munkeln hören, daß er nach dem Fleisch stark gebauter Weiber gierte. In jeder Stadt, die er heimsuche, so hieß es, verblende er sich ein solches Frauenzimmer, das ihm fortan zu Willen sei.

»Gott zum Gruß. Euer Name und Begehr?« Er hielt seine Laterne höher, um durch die Luke im Burgtor nach draußen zu leuchten. Zu seinem Erstaunen war es ein uralter Mann von dürftigem Wuchs und ungemein runzligem Aussehen, der ins Lampenlicht blinzelte.

Flüsternd nannte der Alte seinen Namen. »Fra Johannes.« Jetzt erst bemerkte Franz von Fronhort, daß der Mann eine verschlissene Mönchskutte nach dem Brauch des heiligen Bernhard trug. Wie die gefältelten Vorhänge an den Seiten eines Himmelbettes, so hing ihm lose Haut in reichen Mengen von den Wangen und unter dem Kinn herab. »In diesen Mauern haust der Satan«, flüsterte der greise Mönch. »Er nennt sich Faust, aber es ist der Leibhaftige, ich weiß es, denn der Herr im Himmel hat es mir kundgetan.«

Ein einfaches Holzkreuz hing ihm an einem Hanfseil vor der Brust. Er nahm es auf, faltete die Hände darum und reckte sie zur Torluke empor. Selbst auf seinen Fingern und Handrücken wellte und fältelte sich viel zuviel altersgraue Haut. »Zur schwärzesten Nachtstunde komme ich wieder, und dann sollst du mir dieses Tor auftun, mein Sohn, damit ich eintreten und den Satan besiegen kann.«

Seine Hände lösten sich voneinander und ließen das Kruzifix fahren. Die rechte schlüpfte unter seine Robe und nestelte einen speckigen Beutel hervor. »Wirst du alles befolgen«, flüsterte er, »wie der Schöpfer es dir durch meinen Mund befiehlt? Zum Dank sollst du diese Engelsträne erhalten.« Mühsam öffnete der Mönch das Säcklein und brachte einen Klumpen zum Vorschein, so groß wie ein Taubenei. Selbst im matten Lampenschein schimmerte der Goldbrocken wie schieres Himmelslicht. »Wirst du mich zur Mitternachtsstunde hier erwarten?«

Der Edle von Fronhort verspürte ein Sausen hinter seinem Stirnbein. Daß der Doktor Faust mit dem Satan im Bunde oder gar vom Dämon besessen sei, hatte er oft genug gehört. Ein arger Trugsheiler war Faust überdies und hatte ihm selbst vor Jahr und Tag einen üblen Dienst erwiesen. Und wenn nun dieser Klumpen Goldes mein eigen würde, durchfuhr es den Burgvogt, und der Magier nicht länger Gunda verblenden könnte, so dürfte ich die Liebste schließlich doch noch in meine Arme schließen.

Er beklopfte sich das Kinn mit dem Zeigefinger, wie wenn er noch mit sich ringen würde. »Wenn der Allmächtige höchstselbst ihn ins Schloß stößt«, sprach er bedächtig, »was bleibt dem Schlüssel dann anderes, als sich zu drehen?«

Lena Siebenschöpf sah über die Schulter zurück zum Burgfried. »Beherbergt Ihr noch weitere Gäste?« Vom oberen Hof her hatte sie deutlich ein Dröhnen gehört, wie von einem Türklopfer, der auf Eisen niederkracht.

»Wie kommt Ihr darauf? Ach, weil am Tor jemand Einlaß begehrt hat?« Gunda von Murau schüttelte lächelnd den Kopf. Obwohl die Siebenschöpf sie gefragt hatte, sah sie unverwandt nur den Magier an. »Seid unbesorgt, wir lassen niemanden ein, der Euch behelligen könnte.«

Sie hatte ihrem Bruder schwören müssen, in Fausts Gegenwart den Herrn Nigrethius nicht zu erwähnen. Nun reute sie das Versprechen, denn der einstige Abt war ein greulicher Greis. Wenn aber Faust sie nur ansah, liefen ihr Schauer überall auf der Haut umher, so fiebrig erregend, als ob sie seine Hände und Lippen schon auf sich spürte.

»Bitte folgt mir.« Sie zwang sich, auch der Siebenschöpf ein Lächeln zu schenken. Warum umgab sich der Magier gerade mit diesem hageren Weibsstück? Daß ihre grauen Augen jemals sein Herz betört haben könnten, schien Gunda gänzlich undenkbar. Ebenso wie Faust trug die Siebenschöpf ein kostbares Gewand aus Damast und Samt, doch auch mit einer Krone auf dem Haupt würde sie bloß wie ein aufgeputzter Stallbesen aussehen.

So empfand es jedenfalls Gunda von Murau in ihrem von Begierde befeuerten Herzen, indes sie die Gäste über den unteren Hof zum östlichen Wehrturm führte. »Wir nennen ihn nur den Brunnenturm«, erklärte sie, »weil an seiner Stelle einst ein Ziehbrunnen war. Als er vor hundert Jahren oder mehr versiegt ist, verschlossen unsere Ahnen das Brunnenloch mit einer Felsplatte und errichteten darüber den Turm. Aber der Brunnen soll sich darunter noch immer in die Erde winden, und weit tiefer hinab, als der Turm in den Himmel ragt.«

Sie zog einen gewaltigen Schmiedeschlüssel aus ihrer Gürteltasche und riegelte die Turmtür auf. Moderluft strömte ihnen entgegen. Im Innern führte eine Wendeltreppe rechterhand in den Keller hinab und links in ein kleines Gemach hinauf, wo Faust und die Seinen wohnen sollten. »Eure Begleiterin mag schon einmal nachsehen, ob oben alles zu Eurer Bequemlichkeit gerichtet ist«, schlug Gunda mit harmlosem Lächeln vor. »Ich gehe derweil mit Euch in den Keller hinab und zeige Euch das Labor.«

Doch die Siebenschöpf wollte nichts davon wissen. »Ich komme mit«, entschied sie und nahm Faust den schlafenden Kleinen aus dem Arm.

Hintereinander stiegen sie hinab. Mit jedem Schritt wurde die Luft schwerer vor fauliger Feuchte. »Der Brunnen mag nicht mehr ergiebig sein«, sagte Faust, »gänzlich versiegt ist er indessen nicht.« Es waren seine ersten Worte, seit sie ihr Abendmahl beendet hatten.

»Nun, wenn Ihr so höllisch einheizt, wie es Eure Kunst wohl erfordert, wird alle Klammheit bald vergehen.« Gunda sah mit fiebrigem Lächeln über die Schulter zu ihm auf und wäre bald gegen die untere Tür gerannt, so schwindelig war ihr auf einmal zumute. Doch sie fand Halt an der Schließe, drückte die Tür auf und trat, die Laternenhand vorgereckt, ins alchymische Labor.

Im Hintergrund des kreisrunden Gewölbes erhob sich der Athanor, der mächtige Ofen der Alchimisten. Auf einem Tisch standen Schalen und Pfannen, Glaskolben und irdene Tiegel. Die Wandborde waren mit Phiolen und Flaschen besetzt, mit ledernen Säckchen und Leinenbeuteln, alles sorgsam beschriftet mit lateinischen Kürzeln und Sternenchiffren.

Der Magier aber hatte für die alchymischen Kostbarkeiten kaum einen halben Blick. Er trat vor die runde Steinplatte, die inmitten des Kellers in den Boden eingelassen war, vom ungefähren Umfang eines Zwingkreises, wie man ihn zur Geisterbeschwörung auf den Boden malen soll. Erst beugte er sich hinab und legte eine Hand auf die Platte, dann stellte er sich darauf und reckte seine Linke, die Finger ein wenig gespreizt, zum Boden hinunter.

Seine Augen waren geschlossen, seine Lippen bewegten sich zu unhörbarem Gemurmel. Ganz langsam hob er seine Hand in die Höhe, und Gunda meinte zu sehen, wie Schnüre aus rotgoldenem Licht von seinen Fingerspitzen abwärts verliefen, durch die Steinplatte und gewiß noch weit darunter, zum Grund des Brunnens hinab. Und mit einemmal vernahm man ein Gurgeln und Strudeln, als ob dort unten, in finsterer Tiefe, Wasser in den Schacht einströmte und brausend aufwärts stiege. Zugleich begann ein frischer, kühler Geruch sie vom Brunnen her anzuwehen, wie er klarem Quellwasser eigentümlich ist.

Der Zauberer öffnete die Augen und ließ seine Hand wieder sinken. Sogleich verstummte das Gurgeln und Brausen, und auch der frische Geruch verflog. »So dachte ich es mir«, sagte er und sah ganz grau aus vor Mattigkeit. »Ich danke Euch, Frau Gunda.« Er neigte sein Haupt mit einem Lächeln. »Nun aber wollen wir ruhen, bis der neue Tag erwacht.«

In dieser Nacht sollte Faust jedoch keinen Schlaf mehr finden. Rastlos ging er in dem Gemach auf und ab, das ihnen nun als Behausung diente. Unter der Fensterluke gab es ein Schreibpult, daneben ein schwarz gebeiztes Bett mit einem Himmel aus verblichenem Samtgold darüber. Lena hatte sogleich die burgunderfarbene Decke aufgeschlagen und den kleinen Munkel in den Pfühl gebettet. Rasch schichtete sie ihre Siebensachen vom Reisesack in den wurmstichigen Kasten um und legte sich dann gleichfalls nieder.

»Du solltest dich auch ausruhen, mein Faust.«

»Bald, Lenchen. Bald können wir allezeit ruhen.« Er trat vor das Schreibpult, zog sein Notizbuch hervor und schlug es auf. »Der Brunnen da unten – weißt du eigentlich, daß er uns retten kann?«

Aber die Siebenschöpf war bereits eingeschlummert, und selbst wenn sie ihn gehört hätte, so hätte sie seine Rätselworte gewiß nicht verstanden.

Eine Weile blätterte Faust in seiner Kladde, strich hier eine halbe Zeile aus und fügte dort einige Worte hinzu. Aber bald schon zog es ihn wieder hinab ins Labor. Die ganze Zeit meinte er das Gurgeln und Brausen aus der Tiefe zu hören, und in seinen Ohren war es ein überaus verlockender Gesang.

Er vergewisserte sich, daß Lena und Munkel wohlbehalten schliefen, nahm die Blendlaterne und schlich die Wendeltreppe hinab.

Drunten im Gewölbe ging er aufs neue rastlos hin und her. Eben wollte er auf die Brunnenplatte treten, als er Schritte auf der Treppe hörte. Gleich darauf ging die Tür auf, und der Herr Nigrethius trat ein.

»Nun, Faust, verwundert es Ihn nicht, mich an diesem Ort zu sehen?«

»Ich wußte seit langem, daß es eine Eurer Fallen war.« Er trat an den Tisch und gab vor, den Inhalt von Tiegeln und Glaskolben zu überprüfen. Der Anblick des alten Schinders im abgewetzten Mönchskleid setzte ihm ärger zu, als er sich merken lassen wollte.

»Und doch ist Er hineingetappt?«

»Warten wir's ab, Herr, wer am Ende in der Klemme sitzt.«

»Nun, genug der Umschweife.« Nigrethius zog die Tür hinter sich zu und trat so nahe vor Faust, daß er den Kopf zurücklegen mußte, um ihm in die Augen zu sehen. »Allenfalls in acht Tagen«, raunte er mit einem Stimmklang wie Asche, »haben die Häscher des Herzogs herausgefunden, in welches Loch Er sich verkrochen hat. Und kommt der Inquisitor den Herzoglichen zuvor, so ist Sein Leben ebenso verwirkt – nur wird Sein Leib dann nicht gepfählt und gevierteilt, wie es der Württemberger im Sinn haben soll, sondern nach frommem Brauch in Brand gesetzt.«

»Und Ihr seid nun herbeigeeilt, mir eine sichere Zuflucht anzubieten, wo kein Fürst und kein Inquisitor mich aufspüren kann?«

»Habe ich mich nicht allezeit für Ihn verwendet, Faust? Nur den Pakt muß Er mir in dieser Nacht durchaus schließen und das große Werk ausführen, das Er mir seit einem halben Leben schuldig ist. Beugt Er sich diesem Gebot, so sollen Er und die Seinen noch am morgigen Tag auf ein Schiff geleitet werden, das sie zu einem sicheren Ort im Morgenland bringt.«

»Im Morgenland? Nun, zumindest der Würgarm des Württembergers würde so weit wohl nicht reichen. Aber was fange ich an, wenn Euer Heiliger Vater einen Kreuzzug befiehlt, um den teuflischen Faust in Arabien einzufangen?«

Das Antlitz des einstigen Abts von Spornstein fältelte sich zu einem pergamentenen Lächeln. »Da überschätzt Er Seinen Rang aber arg. Für den Heiligen Vater ist der viel beschriene Doktor Faust noch immer bloß ein unbedeutender Teufelsbuhle, den er von seinen Hexenjägern fangen und in seinen Kerkern gemächlich zermartern läßt.

Ein gewisser Fra Johannes allerdings sieht in Ihm seit geraumer Zeit nur noch den leibhaftigen Satan. Der Gute hat geschworen, den Teufel Faust mit eigenen Händen zu töten – und ich befürchte sehr, daß er bereits um die Mauern von Murau schleicht.«

»Und so bleibt mir also nichts, als mich unter Euer Joch zu beugen und den Pakt zu schließen, von dem alle Welt glaubt, daß ich ihn vor Jahr und Tag schon eingegangen wäre?«

Nigrethius verschränkte die Arme vor der Brust. »Ruf Er den Dämon herbei. Sogleich, noch in dieser Stunde, Faust, oder ich öffne höchstselbst das Tor und lasse Seine Widersacher ein.«

Er wußte nur zu gut, daß es Nigrethius mit dieser Drohung ganz und gar ernst war. Sie beide waren am Ende aller Fluchten und Ausflüchte angelangt. Wenn er das greuliche Bündnis nun nicht einging, würde der einstige Abt dafür sorgen, daß er und die Seinen zu Tode gemartert würden.

»Ich beuge mich«, sagte er schließlich, »doch gebt mir noch wenige Stunden Zeit, Nigrethius, nur bis es wieder Tag geworden ist. Nicht um mich zu bedenken, denn mein Entschluß steht fest, und daß ich in dieser Welt nicht weiter fliehen kann, das weiß ich wohl. Doch ich will zuvor noch ein wenig ruhen. Um den Dämon zu beschwören, muß man frischen Geistes sein – sonst zerreißt er den Leib dessen, der es wagt, ihn herbeizuschreien.«

Nigrethius sah ihn argwöhnisch an. »Also meinethalben«, sagte er dann. »Morgen zur Sext will ich mich hier im Keller wieder einstellen, und laß er sich abermals warnen, Faust – willfahrt Er mir nicht, so liefere ich Ihn und die Seinen dem Inquisitor aus.«

Faust gelobte ihm alles, was er hören wollte. Er hatte es nun eilig, den Herrn Paulus loszuwerden. Ohne ein weiteres Wort schob er ihn die Treppe hinauf und riegelte oben die Turmtür hinter ihm zu.

Bis zum Morgendämmer blieben allenfalls noch sieben Stunden, aber das mußte und würde reichen. Wenn ihm bloß für einen einzigen Moment alles, was er war und wußte, was er jemals getan und erlitten, gedacht und empfunden hatte, in strahlender Klarheit vor Augen stand, so konnte ihm die wahre alchimistische Verwandlung zuletzt doch noch gelingen: sich selbst und die Seinen aus dieser bleiernen Welt zu entrücken und in die goldene hinüberzugehen.

Erster Teil:
Das schwarze Tier

I

Sein Leben lang versuchte er zu ergründen, was seiner Mutter am Michaelitag im 1479. Christenjahr geschehen war. Maria Faustin und ihm selbst. Es zu ergründen: durch Wissenschaft und Magie. Durch Befragung der Bücher und Beschwörung der Geister. Und es ungeschehen zu machen, aus dem Buch Gottes und der Kladde Satans zu tilgen, doch wie wenig von alledem glückte ihm.

Sie war sechzehn Jahre alt, seit dem Sommer erst Magd in Diensten des Klosters Maulbronn. Der Küchenmeister schickte sie aus, einen Krug Weinessig aus dem Keller zu holen, und sie ging hinab. Wenn auch innerlich bebend, denn Maria Faustin ängstigte sich von Kind auf vor dunklen, abgelegenen Orten.

Der Keller unter dem Dormentbau war ein winkelreiches Gewölbe voller Schatten und Düsterkeit. Die Faustin hastete zur Essignische, spähte hinter Fässer, wo sich Finsternis klumpte, schreckte zusammen, wenn Wind in Mauerlöchern sang. Rasch füllte sie ihren Tonkrug und wollte sich eben wieder umwenden, als jener Brocken nackter Schwärze aus der Nische hinter dem Essigfaß brach.

In der Luft jählings ein Gestank von Kot und Fäulnis, dazu ein Knurren wie von einem Tier. Quiekend wühlte und wand es sich unter dem Bottich hindurch, mit kratzenden Krallen, mit rauhem Belfern und Fiepen. Längst hatte die Faustin zu schreien begonnen, aber so zaghaft, daß es im Kreischen des Tieres unterging.

Sie wollte zur Tür zurück, doch da war es schon bei ihr. Sprang sie von hinten an, der Tonkrug fiel hinab und zerschellte. Und das Tier kauerte über ihr in der Essigpfütze, seine Pranken in ihren Rücken geschlagen, und stieß hechelnd und quiekend, mit rasender Hast in sie hinein.

Vor Schmerz und Grauen war sie kaum mehr bei Sinnen, als die Bestie endlich von ihr abließ. Die Faustin sank vollends zu Boden, und aus der Wunde zwischen ihren Schenkeln rann ihr jungfräuliches Blut. Vermengt mit dem Samen des Tiers.

Dann war wie aus dem Nichts einer der heiligen Männer bei ihr, Johannes Burrus, damals einundzwanzig und Prior von Maulbronn. Sie hörte ihn murmeln. »Schwarzes Tier, ich weiß, wo du wohnst. Es ist dort, wo der Thron des Satans steht.«

Er beugte sich über sie, wollte ihr aufhelfen, doch sie schrie und schrie, bis er vor ihr zurückwich. Auf dem Rücken kroch sie davon, wie eine tödlich verwundete Schlange.

Wochen und Monate lag sie auf dem Stroh- und Lumpenlager in einer Gerümpelkammer unterm Dach des Knittlinger Küfermeisters Gerlach. Maria schrie und weinte unaufhörlich, bei Tag und bei Nacht. Unten im Erdgeschoß, wo die Fässer gefertigt wurden, fauchte das Feuer, die Sägen sangen, und von früh bis spät krachten Hammerschläge auf die kreischenden Eisenbänder nieder. Der Küfer, ein ehrbarer Trunkenbold und Wüstling, hatte sich gesträubt, sie in sein Haus aufzunehmen, doch von Johannes Burrus bedrängt und bedroht, hatte er sich unter unflätigen Verwünschungen schließlich gebeugt.

Verwünschungen der Faustin und des Balgs, der in ihrem Leib heranwuchs. Verfluchungen der Mönche von Maulbronn, dabei nahm er anfangs lediglich an, daß einer der heiligen Männer die honigblonde Maid geschändet hätte, wahrscheinlich sogar der hoffärtige Prior Johannes höchstselbst.

Der Schmerz war wie ein schwarzes Feuer, das im Innern der Faustin brannte: von der Wunde zwischen ihren Schenkeln bis an ihr Herz hinauf. Immer wieder sah sie die Schrecknisse in jenem Keller vor sich. Roch den Essigdampf, den Gestank nach Fäulnis, Brunst und Kot. Erblickte den Klumpen nackter Schwärze, wie er aus der Nische brach, unter dem Faß hervorquoll. Und wieder und wieder hörte sie den heiligen Mann murmeln: »Schwarzes Tier, ich weiß, wo du wohnst.«

Maria weinte und greinte den ganzen Herbst und Winter hindurch. Nur die Trine, das Küchentrampel aus Gerlachs Haushalt, durfte sie anrühren. Sie mit Brei und Brühe füttern, ihr den Schweiß von Stirn und Wangen wischen. Längst glaubte der Küfermeister und mit ihm halb Knittlingen, daß die Maid unter seinem Dach besessen sei. Johannes Burrus mußte sich mit dem Satan eingelassen haben, und ein vom Prior herbeigerufener Teufel hatte die Faustin bestiegen, so daß sie einen Dämon in ihrem Leib ausbrütete, anders war das unaufhörliche Kreischen und Winseln schlechterdings nicht zu erklären.

Der Winter schwand, und Marias Geist verdunkelte sich. Im gleichen Maß verblaßte die Erinnerung, und mit ihr der Schmerz. Zu Beginn der Fastenzeit verebbten ihre Tränen, der Weinkrampf löste sich, und zuweilen schien es der Küchentrine gar, daß die Faustin auf ihrem Lumpenlager lächelte. Seit Michaeli hatte sie kein Wort mehr gesprochen, und auch jetzt schwieg sie weiterhin. Doch ihr kaum merkliches Lächeln war wie das Strahlen der Sonne, die nach furchtbarer Sintflut, hinter Wolken noch verborgen, den Himmel hintergründig erhellt.

Unterdessen war ihr Leib immer weiter angeschwollen, und am Morgen des 23. April 1480, als der Vollmond noch bleich vor ihrer Fensterluke schwebte, setzten die Wehen ein. Doch die herbeigerufene Wehefrau Agatha brauchte weder Messer noch Zange, weder Handfesseln noch Beißholz aus ihrem Bündel zu holen. Unter hellen, jauchzerartigen Schreien preßte Maria Faustin die Teufelsfrucht aus ihrem Schoß hervor.

Der Kleine war zwei Monate zu früh geboren worden und von schwächlicher Gestalt. Der Schrei, mit dem er zu atmen begann, klang kraftlos. Doch das Kind schien nicht verkrüppelt oder anderweitig entstellt, und auch nach Satansmalen suchten die Trine und die Wehefrau den mageren Leib vergeblich ab. Seine Haut war wie Sonnenlicht, auf dem Köpfchen kräuselte sich goldener Flaum. Weder trug er ein Stück schwarzes Fell zwischen den Schulterblättern, noch fanden sie an Schenkel oder Lenden ein hufförmiges Mal.

Aber warnte nicht schon der Apostel vor den Verstellungskünsten der Satansgeister? »*Sie verwandeln sich in Engel des Lichts und tragen doch jederzeit die Hölle in sich.*«

Die Wehefrau legte ihn an die Brust der Mutter, deren Lächeln sogleich wiederkehrte, strahlender als zuvor. Mit unvermuteter Gier begann der Kleine zu saugen, so als ob er bereits spürte, daß er raschestmöglich zu Kräften kommen mußte, da jedermann in diesem Haus und im weitesten Umkreis ihn für einen Auswurf der Hölle hielt.

2

Sie legten ihn auf das Moosbett unter dem Schwarzkopf, einem Felsbrocken im Tannenholz bei Maulbronn. Es war tiefe Nacht, nur die Mondscheibe goß ihr Bleichlicht auf den heidnischen Betplatz hinab. Er war nackt, er fror und litt erbärmliche Angst. Doch er gab keinen Mucks von sich, wie um keine Kraft zu vergeuden oder ihren Haß nicht noch weiter aufzustacheln. Ihren Haß und die dunkle Lust in ihren Herzen.

Er lag in einem Kreis aus brennenden Fackeln, und die Leute reichten sich die Hände und heulten Beschwörungen zum Felsen hinauf. »Ob du den Tiefen entsteigst oder aus Höhen enteilst – komm zu uns, schwarzer Hund Sjö!« Sie warfen sich auf die Knie und beschworen den Geist, das Teufelskind von ihnen zu nehmen. Lange verharrten sie so, dann irgendwann sprangen sie wieder auf, und die Wehefrau Agatha, die auch in heidnischen Bräuchen kundig war, kreischte: »Neunmal den Kleinen ins Wasser getaucht – so will es der schwarze Hund Sjö. Kommt der Knabe von Gott, so wird er gesunden an Leib und Seele.«

Sie nahm ihn auf und trug ihn mit sich fort. Die anderen Leute trampelten der Alten hinterdrein. Wasser toste und gurgelte. Ächzend ging die Wehefrau in die Knie. Dann packte sie ihn bei den Fußknöcheln und stieß ihn kopfüber hinab.

Das schwarze kalte Wasser traf ihn wie ein Schlag. Er wollte schreien und bekam einen Schwall in Mund und Kehle. Er wurde emporgerissen, und während er noch gurgelte, schrie und hustete, tauchten sie ihn abermals ein.

Seine älteste Erinnerung, das unterste Bild am Grund seiner Seele: hinab in die nasse, kalte Nacht. Mund und Schlund voll schlammigem Wasser. Dann abermals hoch, und er hustete und schrie und japste noch immer nach Luft, als er aufs neue hinabgestoßen wurde.

»Schwarzer Hund Sjö …« Sie wollten ihn töten, das spürte er mit brennender Klarheit, so wie jede Maus, jede Laus es spürt, wenn es ihr ans Leben gehen soll. Wieder und wieder stießen sie ihn in die Flut hinab, heulten Anrufungen des schwarzen Hundes in die Nacht. Wenn er verrecken würde, dann hatte es Gott so gewollt. Schließlich war er der Bastard einer Besessenen, gezeugt von einem Dämon.

Sie tauchten ihn unter, wieder und wieder, und jedesmal wenn sie ihn hervorzogen, hustete er zum Erbarmen. Doch er gab nicht mehr den leisesten Schrei von sich.

Als sie ihn das neunte Mal aus dem Wasser rissen, war sein Gesicht blau verfärbt, der ganze kleine Leib kalt und starr. Seine Augen aber waren weit geöffnet, sein Blick brannte, er spie Schlamm und Wasser, hustete und keuchte und sog röchelnd die rettende Luft ein.

Vor Tagesanbruch wurde die Faustin durch das Gepolter der Küchenmagd aufgeweckt. Im Erwachen blaßte ihr Lächeln für einige Augenblicke ab, doch gleich darauf wurde es um so strahlender, und mit einem hellen Jauchzer streckte sie die Arme nach ihrem Kleinen aus.

Die Trine legte ihr das tropfnasse Bündel an die Brust. Maria schauerte zusammen, der Knabe war so kalt wie Eis. Kalt waren auch die Händchen, die unbeholfen über ihre Brüste tasteten, und wie eisig erst seine blau gefrorenen Lippen, die sich gebieterisch um die Zitze schlossen.

Maria lächelte noch leuchtender, sie umfing und wiegte ihren Liebling, sie deckte ihn zu und wärmte ihn, und ihr leises, helles Lachen erklang nun im gleichen Takt, in dem der Kleine die Milch aus ihrem Busen saugte.

Am Sonntag darauf, dem 30. April 1480 A.D., wurde der Bastard in der Knittlinger Kirche auf den Namen Georg Johannes Faust getauft.

Pater Kasimir Huebele besprengte ihn mit geweihtem Wasser, und der Knabe starrte ihn an mit Augen wie blaues Feuer, so daß der Priester es in seinem Schrecken beinahe versäumte, den Täufling auf Erden willkommen zu heißen.

3

Er war größer gewachsen als die meisten seines Alters und honigblond gelockt wie seine immer lächelnde Mama. Wem nie geflüstert worden war, wie die Faustin an Michaeli vor fünf Jahren ihren Bastard empfangen hatte, der mochte den kleinen Georg für einen fleischgewordenen Engel ansehen. So weiß war seine Haut, so zierlich seine Gestalt, so hell und arglos seine Miene. Nur sein Blick aus großen Augen, die wie blaue Flammen brannten, störte den himmlischen Anschein, und wer je von seinem Lachen getroffen wurde, das wie kalte Blitze aus ihm hervorschießen konnte, der vergaß es niemals mehr.

Mit seiner Mutter hauste er in der Gerümpelkammer unterm Dach des Küferhauses. Es war ein weitläufiger Bau, mit massivem Steinsockel und einem mächtigen Dach über zwei Fachwerkgeschossen. Im düsteren Erdgeschoß werkten der Meister, seine Gesellen und Lehrbuben. Und wann immer Georg Faust die schwere Tür von der Treppe her aufzog und in die Küferwerkstatt lugte, erstarrten ihre Hände samt Hämmern in der Luft, und die bärtigen Gesichter der Gesellen gefroren.

»Verflucht noch eins, der Satansbalg. Treibt ihn zurück wie einen tollwütigen Fuchs, der Meister hat's befohlen!« Eisendorne wurden drohend auf ihn gerichtet, Holzkeile gegen ihn geschleudert, Metallspäne wirbelten blitzend durch die Luft. Hastig schob Georg die Tür wieder zu. Zur Gasse hinaus ging es nur durch diese Hölle hindurch, und so saßen die Mutter und er im Küferhaus fest.

Selbst am Gesindetisch hinter der Küchenesse, wo sich die Mägde und ihre Kinder mittags zur Suppe versammelten, wurden die Mutter und Georg niemals geduldet. Immer erst abends nach dem Angelusläuten kam die Trine zur Kammer der Faustin hochgeschnauft und brachte ihnen in einem Napf, was von ihrem Mahl übrig geblieben war – Hirsebrei oder Suppe mit Rübenstücken, in der an Festtagen allenfalls ein paar Speckfetzen schwammen. Wenn ihn der Hunger doch einmal in ihre Küche trieb, so bekreuzigte sich die Trine, warf ihm einen Brocken altbackenes Brot oder auch bloß ein Scheltwort zu und jagte ihn wieder fort.

Hinter der Küche mit ihrer gewaltigen Feuerstelle, den rußschwarzen Wänden, vor denen Pfannen und Töpfe hingen, gab es eine Flucht schmaler Kammern, in denen die Mägde des Küfers lebten. Linkerhand erstreckten sich die Gemächer des Herrn Gerlach, aus denen an fast jedem Abend Grölen und Weiberkreischen erklangen. Doch bisher war Georg weder da- noch dorthin jemals vorgedrungen, denn wer immer im Haus seiner ansichtig wurde, scheuchte ihn wie einen räudigen Hund davon.

Stunden, halbe Tage stand er an der Fensterluke in ihrer Kammer und schaute und lauschte hinab. Sah dem Schuster von gegenüber zu, wie er die Kundschaft an der Werkstattür katzbuckelnd begrüßte, fing Gesprächsfetzen von der Gasse auf, malte sich aus, wie hinter Mauern und Fenstern gelebt wurde. Zuweilen wallte der beleibte Pater Huebele im schwarzen Weibergewand vorbei, und Georg Faust befragte ihn stumm, ob er des himmlischen Teils seiner Botschaft wirklich so gewiß sei, wie er es sonntags von der Kanzel herab stets beteuerte. Macht und Allgegenwart der Hölle schienen ihm unzweifelhaft, er spürte sie bei jedem Schritt und jedem Atemzug, ja manchmal meinte er den Satan im Innern der Erde hallend lachen zu hören. Aber unter dem Himmelsparadies mit einem verzeihenden Gottvater auf dem Thron konnte sich Georg Faust nur wenig vorstellen. Der Himmel war so fern und die Hölle allezeit so nah.

Manchmal begegnete er anderen Kindern auf der Gesindetreppe, zwei Maiden, beide älter als er. Die größere, mit langen, seidig schwarzen Haaren, sah immer nur hochmütig über ihn hinweg. Die fuchsbraune Maid aber, schmal und scheu, schaute ihn auf eine Weise an, die ihm auch nicht recht geheuer war – ein wenig so, wie die Mutter dreinsah, ehe sie ihn unter hellem Jauchzen umarmte.

Er brauchte Jahre, um herauszufinden, daß die Schwarze Lissa hieß, die Braune Helena. Beide waren Töchter der Stallmagd Tonia Siebenschöpf, damals neun und sieben Jahre alt.

Damals: im Sommer 1484, als Georg Faust in seinem fünften Jahr war und wieder einmal im Hof hinterm Küferhaus mit seinen Fadenpuppen spielte. Er hatte geschickte Hände, die aus Fetzen und Dreck winzige Menschlein zaubern konnten – mit Leibern aus Lehm, Gliedern aus Kufensplittern, mit Pflaumenkernköpfen und anmutigen Lumpenkleidern. Wenn er in einem Winkel des Küferhofs kauerte und seine Kreaturen sich vor ihm im Schmutz ergingen, dann vergaß er oft halbe Tage lang, daß es um ihn herum noch eine andere, weitere Welt gab.

Auf zum Erbarmen knochigen Beinen wankten seine Geschöpfe umher und warfen magere Ärmchen empor. Durch geringfügige Bewegungen seiner Finger, die ein kunstvolles Zwirngewirr mit den Kreaturen verknüpfte, konnte er in ihrer Welt Wunder wirken oder Verheerungen anrichten. Sie flehten ihren Schöpfer an, dankten ihm auf Knien oder schüttelten Apfelzweigfäuste in ohnmächtigem Zorn. Sie jauchzten wie die Faustin, keiften wie die Küchentrine, fistelten wie der Altgeselle Konrad oder dröhnten, gleich dem Küfermeister Gerlach, Verwünschungen in heiserem Säuferbaß. Eben überlegte Georg, ob er den Brummkerl durch Blitz und Donner verderben sollte, denn das Lumpenmännchen hatte sich erdreistet, ihn, seinen Gott und Schöpfer, einen Teufelsbalg zu schimpfen. Da sah er in den Augenwinkeln, wie Benno, der älteste Lehrbub des Küfers, auf der anderen Hofseite aus der Hintertür der Werkstatt trat.

Vor Wochen hatte Benno ihn einmal hier draußen im Hofwinkel überrumpelt – plötzlich war der stämmige Bursche hinter einem Faß hervorgesprungen und hatte Georgs sämtliche Fadenpuppen unter boshaftem Gelächter zertrampelt, mit seinen dicken roten Händen zerfetzt. Doch so etwas widerfuhr ihm nur noch selten, meist war er auf der Hut.

Zwischen Stapeln von Eichenholz und einem Wirrwarr verrosteter Eisenbänder schlenderte Benno über den Hof und gab sich pfeifend, die Daumen im Gürtel, den Anschein, als ob er nach nichts Ärgerem als einem sonnigen Plätzchen für die Jause suchte. Währenddessen raffte Georg fieberhaft seine Puppen zusammen. Ohne den Kerl in geflicktem Wams und grauen Dreiviertelhosen aus den Augen zu lassen, stopfte er sich die Lumpenmenschlein unters Hemd und lief durch die schmale Gasse aus Fässern und Kufenstapeln auf die weit offene Tür in der Rückfront des Küferhauses zu.

Als er im Laufen hinter sich sah, bog Benno eben in den Hohlweg ein. Georg rannte schneller, drückte die Puppen unterm Hemd an seinen Bauch. Wie oft hatte er die Mutter angebettelt, ihm Wams und Hose zu schneidern, wie es die meisten Knaben in seinem Alter trugen. Aber die Faustin hatte nur gelächelt, ihre Arme um ihn gelegt und ihn gewiegt wie ein kleines Kind.

Fünf Schritte trennten ihn noch von der Tür zur Gesindetreppe, als vor ihm eine schlaksige Gestalt von den aufgetürmten Kufen herabsprang – Frido, der jüngere Lehrbub, ein blasser blonder Knabe von eben neun Jahren.

Bisher hatte sich Frido gegen Georg und die Mutter nicht feindselig verhalten, beinahe als einziger im Küferhaus. Doch nun war auch in seinen Augen jenes Glitzern, das Faust seit frühesten Zeiten ungut vertraut war. Das dunkle Funkeln – wer so dreinsah, brannte darauf zu quälen.

Breitbeinig stand Frido vor ihm, in der Hand ein gekrümmtes Eisen, von dessen glühend rotem Ende Rauch aufstieg. Georg wollte herumfahren, Benno mit einem verzweifelten Fluchtversuch überrennen, da schloß sich von hinten die dicke Hand um sein Genick. Mit einem Ratsch riß ihm Benno das Hemd vom Leib. Die Lumpenpuppen fielen zu Boden, und Georg stand nackt zwischen den beiden Burschen, die so viel größer und kräftiger waren als er.

»Wollen doch mal dein Teufelsmal sehen, Kleiner.« Benno zerrte, immer noch hinter ihm stehend, Georgs Handgelenke hoch und zwang ihn, sich wie eine Fadenpuppe um sich selbst zu drehen.

»Ich hab keins«, sagte Georg.

»Verlogenes Satansaas.« Benno ließ plötzlich seine Hände fahren, umschlang ihn und drückte ihn gegen sich, so daß Georgs Gesicht erstickend in Bennos Wams und Wanst gepreßt wurde. Dumpf hörte er den älteren Lehrjungen befehlen: »Na, mach schon, Frido.«

Dann ein Zischen und lodernder Schmerz in seiner linken Hinterbacke und der Gestank von schmorendem Fleisch. Sie stießen ihn zu Boden, sprangen lachend über ihn hinweg. Ein Tritt traf ihn an der Schulter, er blieb liegen, wie sie ihn hingeworfen hatten, auf dem Bauch, nackt und zuckend wie ein verwundeter Wurm. Der Schmerz kochte in seinem Fleisch, aber er weinte und wimmerte nicht, er hatte nicht einmal aufgeschrien, als sie ihm das Gluteisen eingeprägt hatten.

Er schloß die Augen, und wie so häufig in Träumen, aus denen er schweißnaß, mit rasendem Herzschlag auffuhr, schien es ihm, als ob jemand ihn bei den Fußknöcheln gepackt hielte und kopfüber in eine Grube voll schlammiger Schwärze stieße. Rasch machte er die Augen wieder auf. Dies hier war lange nicht so arg. Er mußte nur noch mehr auf der Hut sein, das war alles. Trau keinem, Faust – keinem Schelm und keinem Schein.

Der Schmerz begann zu verebben. Nackt kauerte Georg zwischen den Fässern des Küferhofs, auf seinem Hintern ein brandrotes hufförmiges Mal von der Größe eines Vierteltalers. Er warf sich die Hemdfetzen über, klaubte seine Fadenpuppen aus dem Staub und ging so bedächtig, als ob weiter nichts geschehen wäre, über die Gesindetreppe zur Kammer der Faustin hinauf.

Auch mit ihm sprach die Mutter niemals, sowenig wie mit Meister Gerlach oder der Küchentrine, aber er verstand sie gleichwohl. Alles, was sie dachte, was sie ihm sagen oder verschweigen wollte, las er in ihrem Lächeln, ihren Gebärden. Sie umarmte ihn, unter Tränen lachend. Sie kniete sich vor ihm auf den Holzboden ihrer Kammer, die mit Gerümpel vollgestellt war, drehte ihn herum und blies sanft auf sein Brandmal. Ihre Zunge fuhr über die Wunde, und aus ihrer Kehle drang tröstliches Gurren. Sie wandte ihn wieder sich zu, legte ihre Stirn an seinen Bauch und verharrte so, während ihre Hände über seine Beine, seinen Rücken fuhren.

In der Kirche predigte Pater Huebele bald jeden Sonntag gegen die Üppigkeit der Lenden und wider die Verderbnis, die da lauerte in der Weiber Schoß. Georg konnte sich überhaupt nicht erklären, was damit gemeint sein sollte, und dennoch spürte er, daß die Üppigkeit des Sohnes nicht für den Schoß der Mutter war. Maria hob ihn hoch, trug ihn zu ihrem Lager und legte sich neben ihn. Lächelnd schürzte sie ihr Gewand empor und schmiegte sich an ihn. Ihre Lippen liebkosten sein Ohr mit ihrem Atem und mit zärtlichem Summgesang. Sie nahm seinen Kopf in die Hände und zog ihn hinab auf ihren Busen. Seine Lippen berührten die Spitze ihrer Brust, und sie stieß ein helles Jauchzen aus, doch da machte er sich aus ihrer Umarmung los.

»Ich bin nicht mehr Euer kleiner Knabe, Mutter«, sagte er leise zu ihr. »Ich muß ein Mann werden, so schnell wie möglich, versteht Ihr? Stärker als jeder andere will ich werden, stärker an Geist und Gliedern, damit ich Euch und mich selbst beschützen kann.«

Er kauerte neben ihr auf dem Lager, und sie lächelte zu ihm hinauf. Sie war ein Kelch, randvoll mit Angst und übervoll mit Liebe. Wenn der Herr Gerlach übler Laune war, kam er manchmal zu ihr heraufgestampft und spie ihr ins lächelnde Antlitz. Schlug ihr auf die Wangen, daß ihr Engelshaupt hin und her flog und Tränen aus ihren Augen rannen, und er, Georg, konnte nichts dawider tun. Wie Gefangene hielt der Küfer sie in seinem Haus, nur sonntags durfte die Faustin am Arm der Küchentrine die zwanzig Schritte hinüber zur Kirche gehen. Und immer wenn der Pater dort vom Satan und seinen Dämonen, von der Hölle und der ewigen Verdammnis predigte, wandten sich alle auf ihren Bänken nach hinten und sahen mit harten, bösen Gesichtern zur Mutter und zu ihm.

Dabei hatte Georg nie verstanden, warum gerade er ein Satanskind sein sollte oder weshalb sie die Faustin eine Besessene nannten. So vieles schien ihm dunkel, wie sehr er auch darüber grübelte. Von unergründlichen Rätseln waren sie beide wie von Mauern umgeben, die Mutter und er.

»Ihr müßt mir endlich ein Gewand schneidern, Mutter, hört Ihr? Hose und Wams, wie es die anderen Knaben in meinem Alter tragen.«

Sie lächelte zu ihm herauf, als hätte sie nichts verstanden. Im nächsten Moment stand sie auf, das Kleid rutschte an ihrem mädchenschlanken Leib hinab. Sie trat zum Kleiderkasten und zog ihr Festtagsgewand hervor. Mit heiterer Miene kam sie zu ihm zurück und wollte ihm den bunten Weiberrock über den Kopf ziehen.

»Ach, Mutter, das geht ja auch nicht.« Sacht wehrte er sie ab. Nahm sein zerrissenes Hemd vom Fußende ihres Lagers auf, holte Zwirn und Nadel hervor und flickte die Fetzen notdürftig zusammen. Stärker als Benno und Frido mußte er werden, dachte er dabei, stärker als der riesenhafte Meister Gerlach und mächtiger als alle, die ihm und der Mutter ins Gesicht zu speien oder zu schlagen wagten, die sie verachteten und als Satanspack beschimpften – der Priester, die ehrbaren Bürger, die Gesellen, alle.

4

Hinter dem Küferhaus erstreckte sich der Hof, ein gestampftes Viereck, das mit lagerndem Eichholz und verrottenden Bottichen überhäuft war. Rechterhand gab es noch einen buckligen Obst- und Kräutergarten, zur Linken einen flachen, langgestreckten Holzbau, der die Pferde des Küfermeisters beherbergte und zuhinterst einen Schweinekoben barg.

An jenem Morgen Ende April streunte Georg durch den Küfergarten, in nahezu heiterer Stimmung, denn die Luft war mild und frühlingssüß. Die Kirschbäume blühten, Amseln sangen, Schmetterlinge mit Flügeln voller Augen gaukelten umher. Aller Kummer, alle Angst schien in diesem Augenblick von seiner Seele abgefallen, und er fühlte sich leicht und frei.

Vor drei Tagen hatte er mit der Faustin seinen sechsten Geburtstag begangen, die Mutter hatte ihn lächelnd umarmt und wieder und wieder geküßt. Sie hatte zu singen begonnen, ihren hellen, heiseren Summgesang, und zu diesen Klängen waren sie durch ihre Kammer getanzt, daß die Eichknüppel unter ihren bloßen Füßen geächzt und gezittert hatten.

Nicht lange, und die Küchentrine war die Stiegen emporgetrampelt und hatte sich mit verdrossener Miene auf ihrer Türschwelle aufgepflanzt. »Schluß mit dem Höllenlärm«, hatte sie geknurrt, dann aber ein kleines Bündel unter ihrer Schürze hervorgezogen und Georg vor die Füße geworfen. »Vom Herrn Gerlach. Zeig dich noch einmal unverhüllt, und er schlägt dich tot.«

Es war eine rauhe Art, ihn zum Geburtstag zu beschenken, doch als Georg das Bündel geöffnet hatte, waren die Drohworte fürs erste vergessen. »Seht nur, Mutter, der Herr Gerlach schenkt mir Kittel, Wams und Hosen.«

Kurze Hosen und Kittel bis zum Gürtel, beides aus grauem, speckig abgeschabtem Leintuch, dazu ein Wams aus derbem Filz. Die Trine war noch nicht aus der Tür, da hatte Georg Faust die neuen Gewänder schon übergeworfen. Wie gräßlich es ihm immer gewesen war, mit dem geflickten Kinderhemd herumzulaufen – jetzt erst konnte er sich eingestehen, wie sehr er sich oftmals gegrämt hatte.

Er kauerte sich unter einen duftenden, singenden Kirschbaum. Die Leinhose verbarg seine Blöße, wie es sein sollte. Längst war das Brandmal verheilt, eine winzige blaßrosa Narbe von der Form eines Pferdehufs. Bienen und Hummeln summten über dem blühenden Klee. Totschlagen wollte ihn der Meister, wenn er ihn noch einmal unbedeckt antreffen sollte – wie eine Unwetterwolke zog das Drohwort vor seinem inneren Auge vorbei.

Sollte er zum Küfer gehen und ihm danken? Nein, das war unmöglich – der Herr Gerlach würde ihn wieder nur beschimpfen und prügeln, wenn er sich in seine Nähe wagte. Vor allem aber empfand Georg keinerlei Dankbarkeit.

Der Küfer war offenbar ein reicher Mann. Sieben Gesellen und drei Lehrbuben arbeiteten für ihn, und der eitle Meister stellte seinen Reichtum auch ungeniert zur Schau. Abends und an Feiertagen warf er seinen riesenhaften Leib meist in kostbare Gewänder, scharlachrot mit allerlei kunstvollen Schlitzen, die das gelbe Futter darunter hervorblitzen ließen. Ritt er auf seiner Schimmelstute davon, um sich mit Kunden zu unterreden, so setzte er überdies ein schimmernd grünes Barett mit zitronengelb gefärbten Vogelfedern auf sein schlammbraunes Haupthaar, das er bis auf die Schultern herabwallend trug.

Die Kleider, die er Georg hatte schicken lassen, waren dagegen kaum mehr als Haderlappen, und auch die Gewänder der Mutter waren längst so fadenscheinig geworden, daß Georg mit dem Zurechtflicken kaum mehr hinterherkam. Nein, der Küfer hatte ihnen niemals mehr als das Allernotwendigste zugewendet, und auch diese paar Gnadenbrocken hatten er und die Seinen ihnen stets durch Schläge und Schmähungen vergällt.

Seine heitere Laune war schon wieder verflogen. Er hockte unter dem Kirschbaum und grübelte wie seit Jahr und Tag darüber nach, wie es überhaupt dazu gekommen war, daß die Mutter und er unter dem Dach des Küfers lebten. Jörg Gerlach verachtete sie und schien sie sogar in gewisser Weise zu fürchten, gleichwohl setzte er sie nicht vor die Tür. Ganz im Gegenteil – er hinderte sie, sein Anwesen zu verlassen, außer wenn es sonntags unter strenger Aufsicht die paar Schritte hinauf zur Kirche ging. Aber warum das alles? Es war einfach nicht zu begreifen.

Über diesem Träumen und Grübeln hatte Georg es versäumt, den Pfad im Auge zu behalten, der zwischen Beeten und Wiese vom Hof herführte. Im Gänsemarsch kamen die Lehrjungen auf ihn zu, der dicke Benno, der schlaksige Frido und ein Junge mit breiten Schultern und Armen wie Eichstämmen, der auf den Namen Wolf hörte.

Wolf stellte Georg mit Haß und Häme nach, seit er vor einigen Monaten in die Küferwerkstatt gekommen war. Einmal war ihm der Lehrjunge sogar bis zu der steilen Stiege hinterhergelaufen, die vom Küchengeschoß zu ihrer Dachkammer hinaufführte. Wolf mochte vierzehn oder fünfzehn Jahre alt sein, am Lederriemen trug er ein geschmiedetes Kruzifix um den Hals, und wann immer er Georg oder die Faustin sah, bekreuzigte er sich, indes seine Augen sich zu Schlitzen verengten.

Georg stand auf und sah ihnen scheinbar ruhig entgegen. Er war nicht auf der Hut gewesen. Dafür mußte er nun büßen.

Sie stellten sich im Halbkreis um ihn auf. Hinter ihm war der Baum, er konnte nirgendhin fliehen. In ihren Augen las er, daß sie ihn diesmal nicht nur ängstigen und quälen wollten. »Er ist ein Satansbalg«, sagte Wolf. Er bekreuzigte sich hastig, seine Stimme klang gepreßt. »Der Teufel hat seine Mutter bestiegen, damals im Kloster. Um unserer Seligkeit willen, Männer, wir müssen ihn totschlagen.«

Wolfs plumpe Pranken packten nach seiner Kehle, und Georg ließ sich nach vorn sacken und strampelte und kratzte sich wie eine in die Enge getriebene Katze zwischen ihren Beinen hindurch. Strauchelnd rannte er los, über Kräuterbeete, durch die Wiese voller Hummeln und Klee, und die drei Häscher waren so nah hinter ihm, daß er sie keuchen hörte und der Boden unter ihren Tritten zitterte.

Stolpernd erreichte er den Hof, wich im Zickzack Kufenstapeln, Eisenbändern, leckenden Fässern aus. Sie dürfen mich nicht totschlagen, um der Mutter willen. Weil ich sie beschützen muß. Doch da spürte er schon die Wolfspranke, die sich in seine Schulter krallte, ihn zurückriß. »Dein Satansmal, Kleiner – laß es sehen.«

»Ich hab keins!« Er schrie es so laut heraus, daß die Luke in der Stalltür zehn Schritte vor ihm aufschwang und ein kleines, blasses Gesicht erschien. Die fuchsbraune Maid, Helena. Er senkte den Kopf. Bis in die Schläfen hinauf wurde ihm heiß vor Scham, als der keuchende Wolf ihm vor den Augen der Maid die Hose herunterzerrte.

»Wahrhaftig – wie ein Pferdehuf.« Sie stießen ihn zu Boden. »Und was für ein Schmachteil – bei so einem kleinen Aas. Widerlich!«

Ein gestiefelter Fuß hob sich drohend über seinem Gesicht. Er riß die Arme hoch, um seinen Kopf zu schützen. In den Augenwinkeln sah er, wie die Stalltür aufflog und eine hochgewachsene Weibsperson heraustrat, eine Forke in den Händen.

Tonia Siebenschöpf, die Stallmagd, Mutter der beiden Maiden. »Laßt den Kleinen zufrieden. Schämt ihr euch nicht?«

Er machte die Augen auf, nur einen schmalen Spalt. Die Magd stand mit blitzenden Augen vor den Burschen, die verlegene Blicke wechselten. Sie war kaum zehn Jahre älter als Benno oder Wolf, und doch wirkten die Kerle neben ihr wie Milchbuben, die sich von ihrer Mutter ausschimpfen ließen.

Sie hob die Forke und stieß die Zinken heftig auf den Boden. »Der Junge und seine Mutter stehen unter dem Schutz der heiligen Männer von Maulbronn. Wagt ihm ein Haar zu krümmen, und ihr endet alle drei im Feuer. Und jetzt fort mit euch, sonst rufe ich Meister Gerlach herbei.«

Mit hängenden Köpfen schlurften die Burschen davon. Georg lag im Schmutz des Küferhofs, wie Wolf ihn zu Boden gestoßen hatte, seine Hose zu den Kniekehlen hinabgezerrt. Beinahe hätte er vergessen, sich wieder zu bedecken, denn in seinem Kopf war ein Sausen, wie er es niemals vorher verspürt hatte.

Die Stallmagd war für ihn eingetreten, schon das allein war wunderbar genug. Nie zuvor war es geschehen, daß jemand sich für ihn oder die Mutter eingesetzt, daß irgendwer sie auch nur als Geschöpfe gleicher Art angesehen hätte.

Noch ungeheuerlicher aber schien es Georg, was Tonia Siebenschöpf da eben behauptet hatte. Die Mutter und er unter dem Schutz des Klosters? Und wenn es sich wirklich so verhielt – weshalb hatten ihre Beschützer sie ausgerechnet der Obhut des wüsten Küfers anvertraut?

»Danke, Tonia.« Er war immer noch voller Verwunderung. »Warum bist du mir beigesprungen?«

»Lena hat mich angebettelt. Und sie hat ja recht, Kleiner – viel eher schon hätte ich eingreifen sollen.« Das Brennen in seiner Kehle löschte er mit einem kalten Spottlachen, das Tonia Siebenschöpf zusammenfahren ließ. Sie schaute über die Schulter zurück zu ihm, sagte aber nichts weiter, sondern winkte ihm stumm, ihr in den Stall zu folgen.

Hinter ihr trat er in die Dämmernis, die nach Pferdeäpfeln und Koben roch. Die Schimmelstute des Küfermeisters warf den Kopf hoch und scharrte mit einem Vorderhuf im Stroh, als sie an ihrem Abteil vorbeigingen, auf das rosafarbene Gewoge am Ende des Stalls zu. Tageslicht sickerte durch Ritzen zwischen den Wandbrettern. Die Pferde schnaubten, Schmeißfliegen brummten über Kotäpfeln umher, und die beiden Sauen und ihre unzähligen Ferkel drängten sich grunzend und quiekend um den Futterkübel, den Helena eben mit dampfenden Küchenabfällen füllte.

Ohne im Ausschütten innezuhalten, sah sie zu ihm hinüber, mit einem scheuen Lächeln, das ihre Wangen rundete und die kleine, ein wenig aufgeworfene Nase kräuselte. Ihre Augen hatten die Farbe des Winterhimmels, ein sehr blasses, beinahe bleiernes Blau. Von ihrem fuchsbraunen Haar schauten nur ein paar Strähnen unter der grauen Leinenhaube hervor. Plötzlich mußte er wieder daran denken, wie sie ihn eben gesehen hatte, von den Burschen festgehalten, die Hose herabgezerrt. Hitze wollte ihm in die Wangen schießen, und er stieß neuerlich sein Spottlachen hervor.

Helena Siebenschöpf. Sie stellte den Bottich ab und schaute angelegentlich auf die Sauen hinab, die sich um Knochen und Gemüsereste balgten. »So hab' ich dich schon oft lachen hören, Georg«, sagte sie leise, ohne ihn anzusehen. »Wie machst du das – allein gegen jedermann, und du lachst?«

Er hob die Schultern und ließ sie schnell wieder fallen. Ihr vertraulicher Ton war ihm wenig angenehm, ebenso wie die Nähe ihrer Mutter, die ihn vorhin Kleiner genannt hatte. »Ich war nicht auf der Hut«, sagte er. »Nur deshalb konnten sie mich fangen.«

Die Schweine kauten schmatzend und rieben ihre rosa Schwartenleiber aneinander, daß die Borsten rauschten.

»Du bist ein tapferer Knabe, Kleiner«, sagte Tonia Siebenschöpf.

Sie war eine noch junge, hochgewachsene Frau, schlank und mit seidig schwarzen Haaren wie ihre größere Tochter Lissa. »Und es ist ein Wunder, daß dir noch nichts Ärgeres widerfahren ist, aber so kann es nicht weitergehen. Einmal haben wir alle mitangesehen, wie in diesem Haus ein Kind zu Tode ...« Sie unterbrach sich, und ihr Blick ging von Georg zu den kauenden Sauen im Koben hinüber. »Noch einmal«, fuhr sie schließlich fort, »darf das nicht geschehen.«

»Ja, Mutter«, rief Lena aus, »rette ihn!« Sie strahlte zur Stallmagd empor.

Da kam Düsterkeit über Faust, und er fuhr die Maid so unwirsch an, daß sie zusammenschreckte. »Mich retten – den Satansbalg? Dafür kämst du selbst in die Hölle, Lena.« Und er ließ wieder sein kaltes Lachen erklingen, um die Enge in seiner Kehle aufzusprengen, aber diesmal mißlang es.

»Ob dein Vater ein Dämon ist, mein Kleiner, weiß der Gerlach sowenig wie ich oder du, was er auch behaupten mag. Ich hab' ihn erst unlängst in einem günstigen Augenblick ein wenig ausgefragt.« Die Magd fuhr Georg durch die blonden Locken, und er schüttelte ihre Hand unwillig ab. »Jedenfalls scheint sich der Herr Prior von Maulbronn sehr für deinen Fortgang zu interessieren. Alle halbe Jahr ruft er den Gerlach zu sich und läßt sich erzählen, wie es dir ergeht.«

»Der Prior?«, wiederholte Georg. »Was ist das – ein Prior?«

Tonia Siebenschöpf strich sich mit beiden Händen an den Seiten ihres schlanken Leibes entlang. Ihre Augen begannen wieder zu blitzen, so wie vorhin auf dem Hof, als sie die Lehrbuben angefahren hatte. »Na, was soll das schon sein, ein Prior – unter seinem Weiberrock wohl auch nichts anderes als ein Mann. So wie auch der gewaltige Herr Gerlach nichts als ein brünstiger Kerl ist, jedenfalls wenn man ihn aus seinem bunten Narrengewand hervorgenestelt hat. Und das möglichst vor seinem dritten Weinbrandkrug.«

Ratlos sah Georg von der Magd zu ihrer Tochter. Er verstand überhaupt nicht, wovon Tonia Siebenschöpf plötzlich redete. Doch dann bemerkte er, daß Lena bis zur Stirn hinauf rot geworden war. »Du meinst – dieser Prior ist mein Vater?«

Tonia Siebenschöpf nahm den leeren Eimer auf. »Es heißt, er soll einen Geist beschworen haben – damals, als die Sache mit deiner armen Mutter passiert ist. Was sich dort im Klosterkeller wirklich abgespielt hat, weiß wahrscheinlich nur er selbst.«

Sinnend sah Georg auf die Schweine hinab, die sich im Koben aneinanderdrängten, nackt und rosig wie Sünder der Wollust, gegen die Pater Huebele erst am letzten Sonntag wieder geeifert hatte. Wenn der Priester von der Vorhölle und ihren Fegefeuern predigte, hatte Georg anfangs immer geglaubt, daß er einfach die Küferwerkstatt meinte, wo von früh bis spät das Feuer in Essen und Fässern fauchte und die Eisenbänder unter den Hammerschlägen wie die gemarterten Seelen kreischten. In seinem kupferfarbenen Gewand und mit einem Antlitz, das so rot und aufgetrieben wie glühend flüssiges Eisen war, schien ihm der Küfermeister niemand als der Höllenwärter zu sein, dessen grausiges Amt der Pater in allen Glut- und Schwefelfarben ausgemalt hatte.

»Dann muß ich eben mit dem Prior sprechen, so rasch es irgend geht.«

Wieder fuhr ihm die Siebenschöpf über die Locken. »Mein tapferer Kleiner, wie stellst du dir das vor?«

Georg stieß sie so heftig zurück, daß der Schweineeimer scheppernd gegen den Koben schlug. »Nenn mich nicht Kleiner – bald schon werd' ich größer sein als jeder eitle Narr und Weihrauch verwedelnde Pfaffe weit und breit.«

5

Ihre Erde war ein Faß, auf dessen Deckel sie holzbeinig umherstaksten. »Was nützen mir meine elenden Kunststücke«, rief der junge Zauberer Gerkas aus und rang die Apfelzweighände, »wenn ich das größte Rätsel nicht zu lösen vermag: wer und woher ich bin? Nein, ich muß in die Welt hinaus – die Erzzauberin Laria suchen. Nur sie kennt das Geheimnis, das mich bei Tag und Nacht quält.«

Nalida, seine Mutter, warf sich vor ihm auf die Knie. Goldene Locken umschwebten ihr Antlitz, das wie die Maiensonne strahlte. Sie war die schönste Fadenpuppe auf der Welt, so mädchenhaft anmutig, wie eine Mutter nur sein konnte. »Mein Sohn, ich fleh' dich an, bleib hier. Oder wenn du schon unbedingt gehen mußt, so nimm mich mit!«

Während der junge Zauberer noch sinnend den Walnußkopf wiegte, kam ein Lumpenkerl mit rotem Rübenschädel übers Faß herbeigestampft. Kupferrote Stoffetzen flatterten um seinen Tonnenleib, der grüne Kirschlaub-Hut saß schief auf schlammbraunem Zwirnshaar. »Nichts da, ihr bleibt hier!« dröhnte er mit heiserem Säuferbaß. »Versucht ihr davonzulaufen, so schlage ich euch eigenhändig tot!«

Hinter der Blende aus Brettern kauerte Georg auf einem Kufenstapel. Seine Finger zuckten, die Puppen tanzten an ihren Fäden. Aus seinem Mund drangen rauhes Brummen und helles Flehen, als ob er selbst ein Faß wäre, mit vielerlei Seelen gefüllt.

Der junge Zauberer beugte sich zur Knienden hinab und reichte ihr seine Rechte aus Apfelzweigen. »Ich bitte Euch, Mutter, steht auf. Niemals würde ich Euch allein zurücklassen, schon gar nicht beim roten Grobian, das schwöre ich Euch bei meinem Leben.« Die Fäuste auf den Hüften, stand der Grobian neben den beiden, bebend vor Zorn. »Aber was soll ich nur tun?« fuhr Gerkas fort. »Schon dreimal ist mir die schöne Erzzauberin im Traum erschienen. Jedesmal hat sie mich dringlich aufgefordert: ›Such mich, Gerkas – nur durch mich kannst du das Geheimnis lösen.‹ Aber wie kann ich sie suchen, wenn ich hier angebunden bin?«

Die Mutter im geflickten Leinenhemd erhob sich. Sie breitete die Arme aus, als wollte sie ihren Sohn segnen. Anstatt ihn abermals anzuflehen, stimmte sie einen leisen Summgesang an.

Unvermittelt brach Georg ab – weiter war das Stück bisher nicht gediehen. Jenseits der Bretterblende erklang lautes Klatschen. Seine Hände erschlafften, die Kreaturen auf dem Faßdeckel verbeugten sich hölzern und sanken übergangslos in den Schlaf.

Als er hinter der Bühne hervortrat, saßen die Faustin, Lena und ihre Mutter Tonia auf dem Balken vor der Bühne und klatschten immer noch heftig Applaus. Er sprang vom Kufenstapel und verneigte sich noch unbeholfener als seine Kreaturen. Es war das erste Mal, daß seine Puppen vor Publikum aufgetreten waren, und die Mutter schien wie Tonia ganz bezaubert durch sein Spiel. Ihre Gesichter strahlten. Die Faustin lächelte noch leuchtender als gewöhnlich zu ihm herüber. Nur Lena wirkte ein wenig bekümmert, obwohl auch sie klatschte und ihm mit scheuem Lächeln zunickte.

Wie so oft, wenn er aus der Puppenwelt zurückkam, empfand Georg einen leisen Schwindel – so als hätte sich vor seinen Füßen ein Spalt im Boden aufgetan, der ihn verschlingen würde, wenn er nicht entschlossen darüber hinwegschritt. Doch diesmal war es anders – aus dem Spalt schien etwas zu ihm heraufzuströmen, eine Kraft, ein dunkles Glühen. Es floß in ihm empor, erfüllte ihn ganz und gar und leckte wie mit Feuerzungen aus seinen Poren hervor. Seine Augen brannten, die Glut strömte durch seinen Leib, doch es war kaltes Feuer, ein dunkelrotes Glühen, wie wenn sich Morgenröte in gefrorenen Pfützen spiegelt.

Er sah von der Mutter zur Siebenschöpf und weiter zu Lena. Nach einem letzten Klatschen waren ihre Hände in der Gebärde des Betens erstarrt. Mit großen Augen schauten sie ihn an. Es kam Georg vor, als ob sie durch Fäden aus jener kalten Glut mit ihm verbunden und zu fleischernen Marionetten verwunschen wären, die er zum Tanzen bringen, zum Niederknien zwingen könnte, einfach indem er die Fäden mit seinem Geist bewegte.

Da flog die Hintertür der Küferwerkstatt auf, und der leibhaftige Gerlach trat hinaus auf den Hof. Suchend sah er sich um, hatte die kleine Versammlung gleich schon erspäht und eilte auf sie zu. »Was hat die Besessene hier unten verloren? Verdammt noch eins, Tonia, bring sie in ihren Käfig hoch!«

Die Stallmagd war aufgesprungen, ebenso Lena, die sich von der Seite an sie preßte. Die Faustin aber saß wie vorhin auf dem Balken, als ob der Küfer nicht herbeigestampft käme und sie schon von weitem her mit Flüchen übergießen würde. Aus dem Schmutz hatte Maria einen Zweig aufgelesen, und Georg sah voller Erstaunen, daß sie mit ruhiger Hand die Umrisse einer hohen Gestalt in den Staub zu ihren Füßen ritzte.

Es war ein Jüngling mit strahlendem Antlitz und leuchtenden Augen. Obwohl sie mit rascher Hand strichelte, wirkte die Gestalt so plastisch, als ob sie im nächsten Moment zum Leben erwachen wollte. Niemals zuvor hatte Georg die Mutter malen oder zeichnen sehen, das Talent mußte seit Jahr und Tag in ihr geschlummert haben. Aber was sie da strichelte, war kein Jüngling, wie er nun erkannte. Es war ein Engel.

Der Küfer kam herbeigestürmt und packte mit seiner Pranke nach der Faustin, doch mit einem raschen Schritt trat ihm Georg Faust in den Weg. Damit er dem riesenhaften Herrn Gerlach aus dieser Nähe überhaupt ins Gesicht sehen konnte, mußte er seinen Kopf weit in den Nacken legen. Noch immer spürte er das kalte Brennen in seinen Augen und die dunkle Glut in seinem Innern, die aus der Tiefe zu ihm emporgeflossen war.

Die Augen des Küfers zogen sich drohend zusammen, er stemmte die Fäuste auf die Hüften, doch im nächsten Moment wurde sein Blick unstet. Er schaute zur Faustin hinüber, die auf dem Balken hockte und versunken im Hofstaub malte.

Dem ersten Engel hatten sich zwei weitere zugesellt. Prächtige Schwingen wuchsen aus ihren Schulterblättern hervor. Sie lächelten so heiter und blickten so strahlend drein, daß der Betrachter unwillkürlich zurücklächelte. Sogar die Miene des Küfers schien sich ein wenig aufzuhellen, während er auf das Gekritzel der Faustin hinabsah.

»Es ist nur zu ihrem Besten«, brummte er schließlich. »Wenn die Besessene sich draußen in den Gassen zeigt, werden die Leute sie wie eine tolle Füchsin erschlagen.«

Georg schüttelte den Kopf. Als er zu sprechen begann, ahnte er noch gar nicht, was er sagen würde. »Im Gegenteil, Herr Gerlach«, sagte er, »wenn die Leute öfters mit uns Umgang hätten, dann wüßten sie ja, daß sich mit der Mutter und mir alles richtig verhält.« Er ließ seinen Blick zum Küfer hinaufbrennen. »Und deshalb gehen wir jetzt hinaus.« Er wandte sich halb um und legte der Faustin eine Hand auf den Arm. »Kommt, Mutter«, sagte er sanft, »wir wollen uns ein wenig in den Gassen ergehen.«

Lächelnd erhob sich die Faustin, aber nur, um neben ihrem Sohn gleich wieder in die Knie zu sinken. Sie umarmte und küßte ihn auf Mund und Wangen, und ihre Hände fuhren streichelnd auf seinem Rücken auf und nieder. »Wie wunderschön Eure Engel sind, Mutter«, sagte er zwischen ihren Küssen. »Vielleicht kann der Herr Gerlach einige Bögen Papier und einen Kohlestift für Euch erübrigen, damit Ihr oben in der Kammer malen könnt, wann immer es Euch in den Sinn kommt.«

Er löste sich aus der Umarmung der Faustin und zog sie abermals hoch. Das kalte Brennen in seinen Augen war schwächer geworden. Wieder schaute er zu Gerlach, der sich mit breiter Hand übers Gesicht fuhr, als versuchte er sich von einem Bann zu befreien.

»Wo denkst du hin, Höllenfratz«, knurrte der Küfer. »Im Mai, wenn du sieben bist, fängst du in der Werkstatt an.« Er deutete mit dem Daumen über seine Schulter. »Wir brauchen dringend einen Hänfling wie dich, der in die Fässer kriechen kann, um sie zu säubern. Von den drei Kupferstücken, die ich dir die Woche zahlen werde, kannst du der Besessenen Zettel kaufen, soweit es reichen mag.«

Georg nahm die Mutter bei der Hand. Wieder öffnete sich sein Mund und begann Worte zu formen, die weniger von seinem Geist als von jenem Glühen herzurühren schienen. »Für Eure Scheffel sucht Euch einen anderen, Küfer. Wenn ich sieben bin, will ich in die Schule gehen, um lesen und schreiben zu lernen. Befragt den Herrn Prior, wenn Ihr Zweifel habt.«

Damit ließ er den Küfer stehen und führte die Mutter auf die Hintertür der Werkstatt zu. An der Siebenschöpf und ihrer Tochter vorbei schritten sie über den Hof und traten in die von Rauch und Getöse erfüllte Küferei. Starr glotzten Gesellen und Lehrjungen ihnen entgegen, als ob sie in glühende Fesseln geschlagen wären, während ein Geist mit kalten Flammenaugen an ihnen vorüberzöge.

Vorn stieß Georg die schwere Haustür auf und trat mit der Mutter auf die Gasse hinaus, wo er in bald sieben Jahren noch kein einziges Mal in Freiheit gewesen war.

Vorbei am Schusterhaus und an der Werkstatt des Besenmachers führte er die Mutter, dann zum Kirchplatz hinauf, wo sich das Rathaus mit den Fachwerkgiebeln unter dem gewaltigen Steinbau der Kirche duckte. Der Abend dämmerte schon, die Gasse war still und leer. Doch in den Torbögen schienen Augen zu funkeln, und aus dem Dunkel der Fensterluken drang bedrohliches Flüstern.

Die Besessene und ihr Balg. Sie sind frei, kommt herbei. Laßt uns die Höllenbrut erschlagen.

So stark, ja unbesiegbar er sich eben noch gefühlt hatte, so matt und müde kam er sich mit einemmal vor. So als ob nicht nur die dunkle Glut erloschen wäre, die ihm vorhin aus jenem Erdspalt zugeflossen war, sondern mit ihr auch all seine eigene Kraft. Die Gasse schien ihm beides – einschnürend eng und unendlich weit. Stumm türmten sich links und rechts die Massen aus Stein und Balken auf. Seit Jahren gingen die Mutter und er diesen Weg an jedem Sonntagmorgen zur Kirche hinauf, und doch kam es ihm vor, als wagte er ihn zum ersten Mal. Die Faustin an seiner Hand lachte und summte. Aber wenn er die Augen schloß, schien es ihm, als müßten die Häuser im nächsten Moment vornüberstürzen, auf ihre starren Stein- und Lehmgesichter, um sie beide unter sich zu begraben.

Und doch mußte er weitergehen. In ihrer Kammer hatte er vor Wochen eine zerlesene Fibel im Gerümpel gefunden und sich daraus einige Anfangsgründe des Lesens halbwegs zusammengereimt. Seitdem träumte er davon, eines Tages die Lateinschule zu besuchen. Wieder und wieder hatte er sich ausgemalt, wie das Schulhaus aussehen würde, prachtvoll innen, ehrfurchtgebietend von außen. Und so bleiern er sich jetzt auch an Geist und Gliedern fühlte, so bedrohlich das Wispern in Hausgängen, die Schritte in fernen Gassen auch klangen – einen raschen Blick auf die Schule mußte er wagen.

Wer weiß, wann der Gerlach uns wieder einmal vor die Tür läßt. Ob er mich nicht heute noch in den Keller sperrt, als Strafe, weil ich mit der Mutter einfach weggegangen bin.

Er zog die singende, summende Faustin weiter, an der himmelhohen Vorderfront der Kirche vorbei. Hundert Nächte hätte er schlafen mögen, so müde fühlte er sich, so bis ins Innerste ausgeglüht. Dabei verstand er gar nicht, was da eben im Hof des Küfers geschehen war. Wie es sein konnte, daß plötzlich die dunkle Glut in ihm emporgeströmt war, ihn wie mit Feuerfäden an seine Zuschauerinnen geknüpft hatte. Warum sie ihn angesehen hatten wie verzaubert, wie jählings ihres eigenen Willens entblößt. Und wieso der mächtige Herr Gerlach, seine Gesellen und Lehrbuben, die ihn sonst allesamt wie einen Kerkerhäftling bewachten – warum sie ihn und die Mutter hatten davongehen lassen und ihnen nur hinterhergeglotzt hatten wie Geistern aus dem Wald. Kam es vom Brennen in seinen Augen? Oder lag es an den Worten, die er dem Küfer gesagt hatte – Worten, die ihm von jener dunklen Macht eingegeben worden waren?

Von den Dämonen der Hölle? Weil er ein Satansfratz war, von einem Teufel gezeugt? Oder zumindest in Gegenwart eines Geistes, den der Herr Prior von Maulbronn beschworen hatte?

Obwohl er wieder und wieder darüber nachgegrübelt hatte, war ihm noch immer nicht klargeworden, was all diese Worte letzten Endes bedeuteten. Ein Mann konnte sich in den Schoß einer Frau ergießen, und dann wuchs in ihrem Leib ein Kind heran, schon das war eigentlich kaum zu verstehen. Und wenn an die Stelle des Mannes ein Dämon trat oder ein solcher Geist als Dritter hinzukam, wurde die Sache vollends unergründlich.

Vor einem ernst und streng wirkenden Fachwerkbau blieb er stehen. »Schaut, Mutter, das muß die Schule sein.« Über dem Portal standen zwei Wörter, die er vom Einband seiner Lesefibel wiedererkannte. »Schola latina – seht doch, Mutter, in diesem herrlichen Haus will ich bald schon aus- und eingehen. Tonia sagt, Knaben können die Schule besuchen, wenn sie sieben Jahre alt sind. Ich muß lernen, zu lesen und zu schreiben, auf lateinisch und in anderen Sprachen, in denen die Gelehrten ihre Werke verfaßt haben. Und dann will ich mir diese Bücher verschaffen und herausfinden, was sich am Grund aller Rätsel verbirgt.«

Die Mutter lächelte ihn an, und dann plötzlich verzerrte ihr Gesicht sich vor Schmerz. Im Halbdunkel schien der Kirchplatz noch immer menschenleer, doch neben der Faustin kollerte ein Steinbrocken aufs Pflaster. Sie rieb sich die Schulter, wo der Stein sie getroffen hatte, und lächelte unter Tränen auf Georg hinab.

Weitere Steine flogen herbei, von links und rechts, aus Gassen und Toren. Obwohl die Brocken weitab von ihnen auf den Boden prallten, begann die Faustin Schreie auszustoßen. Ihre Augen waren geweitet, ihr Lächeln war erloschen, angstvoll flog ihr Kopf hin und her.

»Kommt, Mutter«, sagte Georg leise. »Nichts wird Euch geschehen, habt keine Angst. Ich bringe Euch zur Kammer.«

An der Kirche vorbei liefen sie eilends in ihre Gasse zurück. Wer immer die Steine geworfen hatte, schien mit dem Erfolg fürs erste zufrieden. Niemand rief ihnen ein Schimpfwort hinterher, kein Schemen ließ sich im Fenster oder auf der Straße sehen. Doch das Dunkel in allen Luken und Türen schien vor boshaftem Behagen zu beben, weil die Besessene und ihr Balg wie von Teufeln gejagt zurück in ihren Kerker hetzten.

Georg zog die Tür zur Küferwerkstatt auf und führte die leise schluchzende Mutter hinein. In seinen Beinen war ein Zittern, als ob er Tag und Nacht Treppen erstiegen hätte. Die Feuer in den Essen waren gelöscht wie an jedem Abend, das Gelärme der Hämmer und Sägen verstummt. Nur der Altgeselle Konrad, ein hagerer Mann mit hängenden Wangen und müden Augen, hielt sich noch in der Werkstatt auf. Er saß auf einem Schemel nahe der Tür, den Schlüssel in der Hand.

»Geht nur hinauf«, sagte er, »der Meister wartet schon.«

Georg Faust beachtete ihn nicht. Seine Finger umklammerten die kaum größere Hand der Mutter. »Weint nicht mehr, ich bitte Euch«, flüsterte er, während er die Faustin durchs Gewölbe führte, zur Tür rechterhand, hinter der die Gesindetreppe begann. Seine Augen brannten, doch jetzt bloß noch vor Müdigkeit und Scham. »Es tut mir so leid, daß ich Euch Schmerzen und Angst bereitet habe. Aber glaubt mir, Mutter, eines Tages werden wir dieses Haus verlassen, Ihr und ich, und die Leute werden sich vor uns wie vor Königen niederwerfen.«

6

Seine Wunden auf Wangen und Rücken brannten, aber tausendmal heißer kochte in ihm der ohnmächtige Zorn. Der Küfer hatte die Mutter und ihn mit dem Knotenseil verdroschen, sie mit Knüppel und Fäusten durchgeprügelt, mit Beschimpfungen übergossen wie mit Kübeln voll Erbrochenem und Kot. »Du gottverfluchte Teufelsfotz, dir treib ich glühende Dornen durch die Därme, wenn du mir noch einmal wegzulaufen wagst.« Die Haut der Faustin war blutig aufgeplatzt, zwischen den Schultern, auf Beinen und Armen. Ihre Unterlippe war geschwollen, unter dem rechten Auge trug sie ein violett schillerndes Mal. Wimmernd lag sie auf ihrem Stroh- und Lumpenlager, das Gesicht unter den Händen vergraben, die Beine an den Leib gepreßt.

Ihm selbst erging es nur wenig besser – der Herr Gerlach hatte mit Strick und Fäusten auf ihn eingeprügelt, ihn mit Tritten und Hieben durchs halbe Haus gejagt. »Dieser dreimal vermaledeite Satanskuckuck, den mir der heilige Johannes ins Nest gekegelt hat!«

Wahrscheinlich hätte der Küfer ihn in seinem besoffenen Zorn zu Tode geprügelt, wenn nicht irgendwann Tonia Siebenschöpf aufgetaucht wäre – nichts als ein paar durchscheinende Seidentücher um den Leib. Mit einem starren Lächeln hatte sie den Gerlach gelockt und umschmeichelt, bis er schließlich den Strick um ihre Mitte geschlungen und sie wie ein Schlachtkalb hinter sich hergezerrt hatte, auf seine Gemächer zu. Georg aber hatte die Zähne zusammengebissen und war die Steige zu ihrer Dachkammer emporgekrochen, wo die Faustin bereits wimmernd auf der Strohschütte lag.

Das war vor drei Tagen gewesen, und seitdem war selbst ihre Kammertür von außen verriegelt. Morgens und abends kam die Küchentrine, schleppte Suppe, Brot und ab und an auch einen Krug Wasser herbei. Murrend leerte sie den Notdurftkübel, murmelte Verwünschungen, sprach aber kein Sterbenswörtchen mit ihnen. Drunten am Fuß der Stiege stand derweil einer der Lehrjungen, Wolf oder Benno, und wachte, damit der Satansbalg nicht die Gelegenheit nutzte und neuerlich entwich.

»Bitte, Trine«, sagte Georg jedesmal zur Küchenmagd, »schau dir doch die blutigen Striemen auf ihrem Rücken an. Wir müssen einen Quacksalber holen, eine Heilfrau – irgendwen, der eine Wundsalbe zubereiten kann.« Sie starrte ihn immer nur drohend an, zuckte die Schultern und machte sich wieder davon.

Legte er sich zur Faustin aufs Lager, so kam sie meist soweit zu sich, daß sie ihre Arme um ihn schlang und sein Gesicht mit Küssen bedeckte. Ihr Wimmern beruhigte sich, kitzelnd fuhr ihr Atem in sein Ohr. Manchmal schliefen sie dann beide ein, und fast unweigerlich versank er in greulichen Träumen.

Mehrfach träumte ihm in diesen Tagen, daß ein Falke zu ihrer Fensterluke hereingeflogen käme. Er selbst war im Traum viel kleiner als in Wirklichkeit, fast noch ein Wickelkind. Wehrlos lag er da und schlummerte, und der Falke hockte sich auf seine Brust und stieß mit dem Schnabel in seinen Mund hinein. Nicht schmerzhaft, aber auf eine Art, die keinen Widerstand duldete. Und wenn er den Falken dennoch wegzuschieben versuchte, machte der Vogel sich auf seiner Brust nur noch schwerer und drängte seinen Schnabel noch gebieterischer in seinen Mund.

Schweißnaß fuhr er jedesmal aus diesem Traum auf, mit schmerzender Brust, irrsinnig hämmerndem Herzen. Bei ihm ruhte die Mutter, lächelnd im Schlaf. Ihr Bein war auf seine Hüfte gewinkelt, oder ihr Arm lag schwer auf seiner Brust.

Wie sehr er sie liebte. Sie war seine Welt, die Hälfte seiner selbst. Dennoch stieg bitterer Groll in ihm auf, als er zum dritten Mal aus dem Falkentraum emporfuhr. Im Stockdunklen lag er bei ihr und versuchte zu ergründen, warum seine Seele der Mutter zürnte. Ruhig atmete sie neben ihm, im Haus war kein Laut zu hören. In seinem Zorn wollte er sie wachrütteln, doch dann besann er sich und stand leise auf.

Sein ganzer Leib schmerzte – die schlecht verheilten Striemen auf dem Rücken, die Schwellungen auf Nase und Wangen, am ärgsten aber sein Herz, das sich nur allmählich in seiner Brust beruhigte.

Ich bin nicht mehr Euer kleiner Knabe, Mutter. Aber auch ein Mann kann ich für Euch nicht sein.

Unter der Fensterluke standen mehrere Gerümpelkisten nebeneinander. Er zog eine Decke unter der Mutter hervor, breitete sie über die Kästen und streckte sich darauf aus.

Sowie er die Augen schloß, sah er den Falken mit dem mächtigen Kopf, dem gewaltigen Schnabel wieder vor sich und spürte die Last des Tierleibs auf seiner Brust. Die Krallen drückten sich in sein Fleisch. Der Schnabel stieß gegen seine Lippen und Zähne, wie ein Schlüssel ins Schloß drängt. Rasch machte er die Augen wieder auf und zwang seinen Geist, andere Gefilde aufzusuchen.

Der April war schon halb vorüber. In weniger als einer Woche würde er sieben Jahre alt werden, und was dann? Wie hatte er nur jemals glauben können, daß der Küfer ihm erlauben würde, die Schola latina zu besuchen? Niemals würde er das gestatten, statt dessen würde der Herr Gerlach ihn zwingen, als niederster seiner Knechte in der Küferwerkstatt zu arbeiten. In die Fässer müßte er dann hineinkriechen, Schimmel und Modder mit der Wurzelbürste vom Boden der Kübel kratzen, und an jedem Tag, zu jeder Stunde würden die Gesellen und Lehrjungen ihn peinigen und sich an seinen Qualen weiden.

Und er – alles müßte er stumm erdulden, denn wenn er aufbegehrte oder gar zu fliehen versuchte, müßte die Mutter aufs neue für seine Widersetzlichkeit büßen. Für alle Zeiten waren sie die Gefangenen des Küfers, die er nach Belieben einsperren und mißhandeln konnte.

Aber es muß einen Ausweg geben, dachte Georg und wälzte sich auf den Gerümpelkisten hin und her. Hatte denn die Tonia nicht beteuert, daß der Herr Prior von Maulbronn sich alle halbe Jahr von der Entwicklung des kleinen Faust berichten lasse? Und hatte nicht auch der Küfer vor drei Tagen erst wieder gegen den »heiligen Johannes« gewettert, der ihm den »Satanskuckuck« ins Nest gelegt habe?

Der Prior trug also den Namen Johannes, zumindest das ließ sich aus dem Gebrüll des Küfers folgern. Aber wenn es sich so verhielt, wenn der fromme Mann aus dem Kloster Maulbronn den Herrn Gerlach auf irgendeine Weise gezwungen hatte, die Mutter und ihn selbst bei sich aufzunehmen – dann würde dieser Prior Johannes doch nicht einfach mitansehen, wie der Küfer seine beiden Schützlinge totschlug?

Und auf der anderen Seite und immer wieder: Wenn der Herr Prior wirklich ein Auge auf uns hätte, wenn er sich um uns sorgen und kümmern würde, weshalb beim gütigen Gott hat er uns gerade in die Hände des grausamen Trunkenbolds gegeben?

Auf dem Strohlager warf sich die Mutter hin und her, als ob seine Grübeleien auch ihren Schlaf beschwerten. Unten auf der Gasse waren schlurfende Schritte zu hören, dabei hatte es von der Kirche her gerade erst vier Uhr in der Früh geläutet. Georg scheute sich davor, wieder einzuschlafen, in jene Traumwelt zurückgerissen zu werden, wieder klein und hilflos wie ein Wickelkind zu sein, kopfüber im schlammigen Wasser oder den Falken auf seiner Brust. Doch seine Lider wurden immer schwerer, gleich würde er zurücksinken in den Schlaf.

Da hörte er ein Kratzen von der gegenüberliegenden Wand her.

Dahinter war eine zweite Kammer wie diese, unbewohnt und noch ärger zugerümpelt als das Loch, in dem er und die Faustin hausten. Er richtete sich auf seiner Kiste auf und lauschte. Da war es wieder – ein Pochen und Schaben, als ob ein Tier mit spitzen Klauen an der Rückseite der Bretterwand scharrte. Der Falke aus seinem Traum fiel ihm ein, und er spürte, wie sich die Härchen in seinem Nacken und auf seinen Armen sträubten. Dann vernahm er voller Erstaunen eine helle Stimme, die nahezu tonlos seinen Namen wisperte.

»Georg!« Einen Atemzug lang herrschte Stille, dann setzte wieder das hauchzarte Scharren und Flüstern ein. »Georg, hörst du mich?«

Er antwortete mit seinem Spottlachen, das er nur im letzten Moment zu einem Zischen dämpfte. Lena Siebenschöpf! Und er hatte wahrhaftig einen halben Herzschlag lang geglaubt, daß es der Falke aus seinem Traum wäre. Oder gar der vor sieben Jahren vom Herrn Prior Johannes beschworene Dämon.

»Georg! Ich sorg' mich so um dich«, wisperte Lena. »Sag doch was. Geht's dir gut?«

Könnte besser sein, Lenchen. Er glitt von der Kiste, bahnte sich einen Pfad zur Wand gegenüber und kauerte sich neben die Überreste eines wurmstichigen schwarzen Stuhls.

Wenn er seine flachen Hände an die Holzwand legte, meinte er die Maid dahinter zu sehen. Er schloß die Augen, und das Bild wurde sonderbarerweise viel klarer – sie kniete vor der Wand, zwischen Säcken voll rostiger Riegel und Nägel, und unter ihrer Schlafhaube schauten nur ein paar verworrene Strähnen ihres braunen Haars hervor. Sie wirkte bekümmert, als ob sie wirklich mit ihm und der Faustin litte.

»Wundsalbe brauchen wir«, teilte er ihr mit und war sich keineswegs sicher, ob er die Worte flüsterte oder nur in Gedanken formte. »Und der Herr Prior Johannes von Maulbronn muß endlich einmal erfahren, wie uns der Küfer mißhandelt. Wenn deine Mutter nachher nicht dazwischengegangen wäre, ich glaube fast, der rote Grobian hätte mich totgeschlagen.«

Er schwieg, wie er vielleicht die ganze Zeit schon geschwiegen hatte, hielt Stirn und Hände gegen die Holzwand gedrückt und meinte sie atmen zu hören. Ihr kleines weißes Gesicht zu sehen, die weit geöffneten Augen. Ihr Mund zuckte, und bestimmt bildete er sich nur ein, das alles so genau vor sich zu sehen, als ob er nicht im Dunkeln kauerte und zwischen ihnen keine Wand aus fingerdicken Brettern wäre, sondern zwei Zoll im Sonnenlicht flimmernder Luft.

Daß er ihr von seinem Falkentraum erzählte, bemerkte er erst, als er fast schon zu Ende damit war. »Ich sehe ihn ganz deutlich vor mir. Seine Federn, schimmernd und in Halbkreisen übereinandergelegt. Seine Schwingen ähneln Engelsflügeln, aber sein Kopf und sein Schnabel sehen ganz wie bei einem Raubvogel aus. Und wenn ich ihn wegzuschieben versuche, drängt er seinen Schnabel nur noch gewaltsamer in meinen Mund hinein.«

Er verstummte, und auch von jenseits der Wand war keine Silbe, kein Atemhauch mehr zu hören. Er sah sie noch immer – ihre angespannte Miene, das verkrampfte Knien, die großen Augen vom Blau des Winterhimmels –, und doch war er jetzt nahezu sicher, daß sie nicht wirklich dort drüben hockte. Er hatte sich alles nur eingebildet.

»So seltsam«, wisperte Lena. »So unheimlich, Georg – wenn du die Gänsehaut auf meinen Armen sehen könntest!«

Ich sehe sie ja, Lenchen, jede einzelne kleine Pustel. Aber er schwieg und verbiß sich auch das kalte Lachen, das ihm aus der Kehle fahren wollte, preßte Stirn und Hände an die Wand und lauschte.

»Wie kannst du träumen, Georg, was vor so langer Zeit passiert ist, weit weg von hier? Die Mutter hat's mir neulich erst erzählt – ein welscher Ritter hat einst seinen Hund mit dem Schwert getötet, weil er glaubte, das Tier hätte seinen kleinen Knaben totgebissen. Aus dem Maul des Hundes tropfte nämlich Blut, aber das kam von einem Falken, der den Knaben angegriffen hatte. Zu spät sah der Ritter die Krallenabdrücke auf dem Leib des Kindes und den zerfetzten Vogel, den der Hund im Kampf zerrissen hatte. Es war ein edles Tier, ein schwarzer Windhund, nur auf seinen Namen kann ich mich gerade nicht besinnen. Jedenfalls hat er das Kind verteidigt und wurde dafür von seinem eigenen Herrn erschlagen. Aber den Namen des Ritters weiß ich noch – Gilla hieß er, und er war ein Bruder des heiligen Bernhard, zu dem auch die Mönche drüben in Maulbronn aufsehen.«

Eine gewaltige Erregung ergriff Georg Faust, als er diese Worte hörte. Seine Hände, die er gegen die Bretter gepreßt hielt, zitterten wie im Fieber. Der schwarze Hund – es rührte irgend etwas tief in ihm drinnen an. Und auch um die heiligen Männer von Maulbronn ging es bei dieser dunklen Geschichte, von der er geträumt hatte, obwohl sie vor langer Zeit und in weiter Ferne geschehen war. Hinter seiner Stirn wehten Gedanken und wirbelten Bilder umher. In diesem Augenblick spürte er zum ersten Mal, daß es ihm wirklich gelingen könnte, die Rätsel zu lösen, die ihn und die Mutter so sehr bedrückten. Unbedingt mußte er mehr über diese uralte Geschichte erfahren, die auf wundersame Weise mit seiner eigenen verwoben war.

»Der schwarze Hund«, flüsterte er gegen die Bretterwand, »bitte, Lenchen – fällt dir sein Name nicht doch wieder ein?«

Abermals schwieg sie so lange, daß er schon kaum mehr auf eine Antwort hoffte. Vor der Fensterluke dämmerte der Morgen. Längst hatte die Mutter wieder begonnen, im Halbschlaf zu wimmern.

»Was willst du nur mit dieser Laria«, setzte endlich das Wispern wieder ein. »Ich will ja immer für dich da sein, Georg, an keine andere sollst du denken. Versprichst du's mir?«

Da erst wußte er, daß sie wirklich hinter der Bretterwand saß. Er mochte sich eingebildet haben, sie durch das Holz hindurch zu sehen, aber ihr Gewisper hatte er wahrhaftig gehört. »Es ist ja nur Spiel, Lenchen«, flüsterte er zurück. »Aber was ist jetzt mit dem Hund – weißt du seinen Namen wieder?«

»Ja, ich weiß ihn. Es ist auch ein welscher Name, und ich glaube, er hieß Sjö. Und weil er den Knaben verteidigt hat und zu Unrecht erschlagen wurde, wird er seit damals als Heiliger der Kinder verehrt. An vielen Orten, in aller Heimlichkeit, denn die Priester sagen, daß ein Hund keine Seele hat und nicht heilig sein kann. Aber auch hier bei uns, sagt die Mutter, drüben im Tannenholz bei Maulbronn gibt es einen Ort, wo sich die Leute manchmal nachts zusammenfinden, um den schwarzen Sjö um Hilfe anzuflehen.«

7

Auf Zehenspitzen stand er vor der Fensterluke, und es schien ihm, als hätte er sein halbes Leben so verbracht: indem er den anderen dabei zusah, wie sie da draußen lebten. Durch Gassen schlenderten oder hetzten, einander Gruß- oder Scherzworte zuriefen, in die Schusterwerkstatt gegenüber traten oder in den Laden des Besenmachers nebenan. Wie die Küfergesellen ihre Werkbänke hinaus auf die Gasse trugen, denn der Mai rückte näher und mit ihm der linde Frühling. Wie der Herr Gerlach im kupferroten Gewand mit den gelbgefütterten Schlitzen durchs Tor geritten kam, das grüne Barett auf dem Haupt, und seine Schimmelstute zum Kirchplatz hinauftrieb. Wo mochte er hinreiten? Wo zog es sie alle hin – in welchen Händeln, Affären, Geschäften? Während er und die Mutter in der Kammer eingesperrt blieben wie Nachtigallen im Vogelbauer.

Ihre Hände auf seinen Schultern. Sie drückte sich gegen seinen Rücken, legte ihre Wange auf seinen Kopf. Den fünften Tag waren sie nun in der Kammer eingeschlossen, und die violett schillernden Male auf ihren Wangen und Armen begannen zu verblassen. Die Schwellungen schwanden, die blutigen Striemen heilten langsam ab. Doch Beschämung und Zorn brannten in seinem Innern noch so heiß wie am ersten Tag.

Er wandte sich zur Mutter um. Sie lachte ihn an, und ihr Blick ging zu seinen Fadenpuppen, die zum Haufen zusammengeworfen bei den Gerümpelkisten lagen. Seit Tagen bettelte sie mit Gebärden und Blicken, damit er die Puppenwelt für sie noch einmal auferstehen ließ. Doch bisher hatte er sich immer gesträubt – aus Furcht, daß sich wieder jener Spalt auftun könnte, die kalte Glut aufs neue emporströmen, ihn mit schwarzen Feuern durchfließen würde. Und vielleicht mehr noch aus Sorge, daß der Zauber diesmal ausbleiben könnte.

»Nun gut, Mutter, wenn Ihr es durchaus wollt, werde ich für Euch spielen.«

Sie klatschte in die Hände, schon im voraus verzaubert. Er nahm die Decke von den Gerümpelkisten, auf denen er in den beiden letzten Nächten geschlafen hatte, und spannte sie zwischen den Wandschrägen aus. So blieb er selbst unsichtbar, während seine Kreaturen über den Bretterstapel taumelten, der diesmal ihre Welt war. Unterdessen hatte die Faustin am Fußende ihres Lagers Platz genommen, aufrecht vor Erwartung und mit einem Lächeln kindlicher Vorfreude.

Anfangs hatte Georg immer im voraus festzulegen versucht, was seine Geschöpfe sagen, in welchen Rollen sie auftreten würden. Aber sie schienen ihren eigenen Willen zu haben – sowie er die Fäden an seine Hände geknüpft hatte, redeten und handelten sie, wie es ihnen gefiel.

Wieder trat der junge Zauberer Gerkas auf und erklärte, daß er in die Welt hinausziehen müsse, um die Erzzauberin Laria zu suchen. Denn nur die schöne Laria kenne das Geheimnis, das ihn bei Tag und Nacht quäle. »Nur durch sie kann ich herausfinden, wer und woher ich bin!«

Abermals erschien auch die Mutter, warf sich vor Gerkas auf die Knie und flehte ihn an, bei ihr zu bleiben oder sie mitzunehmen. Da jauchzte die Faustin auf, begeistert von ihrem winzig kleinen Abbild aus Lappen, Zweigen und Pflaumenkernen. Und als gleich darauf wieder der rote Grobian herbeigestampft kam und donnerte, daß er sie beide eigenhändig erschlagen werde, da preßte sie eine Hand vor den Mund, und ihre Augen wurden weit vor Angst. Im nächsten Moment aber lachte sie schon wieder, denn der junge Gerkas ließ sich vom Gebrüll des Grobians nicht beirren. »Gebt meine Mutter und mich frei«, schleuderte er dem Tyrannen entgegen, »oder ich rufe den schwarzen Hund Sjö um Hilfe an.«

Der rote Grobian erstarrte. Reglos schwebte seine Hand über dem Arm der Nalida, den er eben hatte ergreifen wollen. »Den ... schwarzen Hund ... Sjö?« vergewisserte er sich stockend.

»Keinen andern, Grobian. Den Heiligen der Kinder, der allen jungen Leuten beisteht, wenn sie krank oder in Not sind.«

»Leere Drohungen!« polterte der Grobian. »Niemals wirst du es wagen, ihn herbeizurufen.«

Da breitete der Zauberer Gerkas seine Arme aus und rief mit schallender Stimme: »Sjö! Schwarzer Hund Sjö! Komm herbei, ich flehe dich an!« Noch während sein Ruf verhallte, war in der Ferne ein Trappeln und Trommeln wie von gewaltigen Pfoten zu hören, die Schlucht und Dickicht durcheilten. Und ein Heulen und Belfern, ein Bellen und Grollen erhob sich, schwoll unaufhaltsam an und ließ Himmel und Erde erzittern.

Die Faustin begann gegen das Hundeheulen anzuschreien, sie weinte und kreischte, als ob der schwarze Hund sich auf sie gestürzt, in ihr Fleisch verbissen hätte. Schon bei ihrem ersten Seufzer hatte Georg die Puppen fahren lassen, die Decke zur Seite gerissen und war mit einem Satz über die Bühne hinweggesprungen, der Mutter zu Hilfe. Sie war bis zur Wand neben dem Kopfende ihres Lagers zurückgewichen, die Hände auf ihre Ohren gepreßt, die Augen geschlossen, und ihr Kopf mit den Honiglocken flog wie im Krampf hin und her. In der offenen Tür stand die Trine, den Suppennapf in Händen, und aus dem Grauen in ihrem Antlitz las er, daß sie alles miterlebt hatte – die Anrufung des schwarzen Hundes, sein mächtiges Grollen, das wie aus Grabestiefe emporgeschallt war.

Er trat auf die Mutter zu, legte seine Arme um sie, und sogleich wurde sie ruhiger. Wieder war ihm, als ob sich der Boden unter ihm aufgetan hätte und jene dunkle Glut in ihm emporströmte. In den Augenwinkeln sah er, daß hinter der Tür, am Fuß der Stiege diesmal der jüngste Lehrbub Frido wachte, und auch er sah bleich, mit großen Augen zu ihrer Kammer herauf. Starr stand die Küchentrine auf der Schwelle, nur ihre Hände zitterten so sehr, daß die Suppe glucksend im Napf umherschwappte.

Die Mutter drückte sich an ihn, legte ihre Wange auf seinen Kopf. Ihre Brust hob und senkte sich unter Schluchzern, doch ihr Schreien und Weinen hatte aufgehört. »Es tut mir so leid«, sagte er leise zu ihr. Und dann zur Küchenmagd, so laut, daß es sicher noch am Fuß der Stiege zu hören war: »Kennst du den Tannenforst, Trine – das Dickicht bei Maulbronn, wo der schwarze Hund Sjö angerufen wird?«

Da rutschte ihr der Napf aus den Händen, fiel zu Boden und zerschellte. Wie ein fahles Spinnentier kroch die sämige Suppe zwischen den Scherben hervor. »Nein, nein – das, das – bitte, bitte«, stammelte die Trine, gefangen in der Zange eines spukhaften Verdopplungszwangs. »Nicht, nicht – mein Kindlein, Kindlein – wollte nicht, wollte nicht …« Sie schlug die Hände vors Gesicht und begann lauthals zu greinen.

Niemals hatte Georg die grimmige Küchenmagd auch nur eine Träne verdrücken sehen. Ihre Seele schien ihm verholzt, ihr Herz harzig in einem Leib aus alterslos aufgetürmtem Fleisch. Erstaunt sah er zu, wie Tonia Siebenschöpf herbeigeeilt kam, die von Heulkrämpfen geschüttelte Küchenmagd bei den Schultern umfaßte und die

Stiege herunterführte. Die dunkle Glut floß in ihm umher, griff mit feurigen Fingern aus ihm heraus, ähnlich der Suppe am Boden, die vielzüngig unter den Scherben hervorleckte. Immer noch glotzte Frido zu ihm empor. Seine Rechte zitterte ein Kreuzzeichen in die Luft, doch in den Augen des schmächtigen Lehrbuben war ein Glanz, als ob er einen machtvollen Engel vor sich sähe.

Da trat Georg über die Schwelle zur Stiege hinaus, die Mutter an seiner Hand. Frido starrte zu ihnen herauf, sein Mund zuckte, seine schmale Gestalt überlief ein Beben. Und anstatt Alarm zu schreien, wie es seine Wächterpflicht gewesen wäre, warf er sich, die gefalteten Hände steil emporgereckt, vor Faust auf die Knie.

Drei Tage darauf, am neumondigen Montag, dem 23. April im 1487. Jahr des Heils, befahl Meister Gerlach seinen Gesellen, Mägden und Lehrjungen, sich nach dem Mittagsmahl im Hof hinterm Küferhaus zu versammeln. Er beabsichtige, so begann er, ihnen eine kurze Ansprache zu halten. Doch anstatt weiterzusprechen, fuhr er sich nur mit breiter Hand übers Gesicht und starrte auf den Boden. Obwohl er sonst durchaus nicht aufs Maul gefallen war, stand ihm die Macht der Rede an diesem Tag ersichtlich nicht zu Gebote. Auch schien ihm ein gewaltiger Kater im Nacken zu hocken, seine Augen waren noch blutiger entzündet als gewöhnlich und sein Antlitz nahezu ziegelrot.

Sein Blick flackerte vom Altgesellen Konrad, in dessen Miene sich wie immer Mißbilligung und beleidigte Würde mischten, zur Stallmagd Tonia und weiter zur Küchentrine, die eine Nacht und einen halben Tag lang so schaurig geheult und geschrien hatte, als ob neuerdings sie von Dämonen besessen wäre. Doch schließlich war es der Siebenschöpf gelungen, das Küchentrampel wieder zur Ruhe zu bringen, und währenddessen war der Küfermeister auf seiner Schimmelstute davongeritten und erst spät am gestrigen Abend zurückgekehrt.

»Also kurz und gut, ich habe euch etwas zu sagen«, hob er von neuem an. »Glaubt nur nicht, daß ich blind und taub wäre – ich habe sehr wohl mitbekommen, daß einige von euch die Faustin und ihren Knaben schlecht behandelt haben. Aber das kann ich nicht länger dulden.«

Wolf und Benno wechselten entgeisterte Blicke, die Stallmagd

Tonia lächelte wissend, die Küchentrine zog geräuschvoll die Nase hoch. Doch der Küfer schien weder Erstaunen noch Zustimmung seiner Zuhörer zu bemerken. »Ihr alle wißt«, fuhr er fort und geriet allmählich doch wieder in den gewohnten Polterton, »daß ich die beiden auf Bitten der heiligen Männer von Maulbronn unter meinem Dach beherberge. Es ist ein Akt der Barmherzigkeit, Herrgott noch mal, und ich befehle euch hiermit, die Faustin und ihren Sohn wie Christenmenschen zu behandeln. Wer es wagt, sie zu schlagen, einzusperren oder zu beschimpfen, der soll meine Fäuste zu schmecken bekommen!« Er schüttelte seine geballte Rechte in Richtung der Gesellen und winkte zugleich mit der Linken zum Stall hin, wo sich Georg und die Faustin auf Weisung der Siebenschöpf bereithielten.

Durch einen Riß im Türholz hatte Georg den Küfer beobachtet und seine Rede angehört, jetzt stieß er die Stalltür auf und trat auf den Hof hinaus, die Mutter an der Hand. Unter seinem Gewand zog der Herr Gerlach soeben ein schweinsledernes Täschlein hervor, wie Georg es oft an der Seite der Schulknaben hatte schaukeln sehen, wenn sie als fröhliche Schar morgens unter seinem Fenster vorbeigelaufen waren. Nun wandte er sich zu ihnen beiden um, winkte sie unwirsch herbei und warf Georg, noch ehe sie herangekommen waren, die Ledertasche zu.

Sie fühlte sich schwer und neu an, und aus ihrem Innern erklang verheißungsvolles Klappern und Rascheln. »Gottes Segen zu deinem siebten Geburtstag, Knabe«, brummte der Küfer und schaute seltsam verlegen drein. »Von der nächsten Woche an besuchst du die Schule, und wehe dir, wenn du nicht ordentlich lernst und dem Herrn Schulmeister aufs Wort parierst.«

Georg öffnete den Lederriemen, spähte in die Tasche hinein und lachte leise auf. Schiefertafel, Schwamm und Kreidestücke, eine Lateinfibel und sogar ein Bündel Papierbögen und einige Kohlestifte für die Mutter – er nahm alles heraus, zeigte es der Faustin und dankte dem Küfer, indem er knapp den Kopf vor ihm neigte. Dunkel ahnte er, daß sie dies Wunder dem schwarzen Hund Sjö verdankten, und doch begriff er nicht im mindesten, wie das alles zugegangen war.

Die Miene des Küfers hatte sich unterdessen wieder verfinstert, wohl deshalb, weil der Dank des kleinen Faust allzu karg ausgefallen war. Wie unter einem Zwang leierte er gleichwohl weitere Beweise seiner so jäh erblühten Barmherzigkeit hervor. »Und die Tonia wird dir und deiner Mutter neue Kleider schneidern, und Schuhe fertigt euch der Schuster gegenüber – und jetzt geht mir aus den Augen, zum Teufel aber auch!« Und dann wieder mit einem raschen Blick zu seinen Gesellen und Lehrbuben, wobei er abermals die Fäuste ballte: »Und ihr laßt die beiden zufrieden, verflucht noch eins!«

Georg legte alle Geschenke in die Tasche zurück und hängte sie sich am Riemen über die Schulter. Er nahm die Faustin bei der Hand und zog sie mit sich, auf die Hintertür der Werkstatt zu. »Kommt, Mutter, wir gehen hinüber zum Schuster und lassen uns Schuhe anmessen. Und danach zur Tonia, damit sie Euch ein neues Kleid schneidern kann und für mich Hosen bis zum Knie, wie es sich für einen Schulknaben geziemt.«

Die Mutter lächelte ihn an und drückte seine Hand. Faust ließ sein Lachen ertönen und führte sie durch die Werkstatt und über die Gasse zum Schuster, der ihnen in seinem dämmrigen Gewölbe entgegeneilte und dann im Schritt erstarrte, als er die Besessene und ihren Teufelsbalg erkannte.

»Wollt Ihr heute gar nicht katzbuckeln, Herr Schuster? Wir sind gekommen, um uns Schuhe anmessen zu lassen – und damit Ihr die Kunde in Umlauf bringen könnt: Wer sich erdreistet, uns zu behelligen, bekommt es mit dem Herrn Gerlach zu tun, mit den heiligen Männern von Maulbronn und mit dem schwarzen Hund Sjö.«

8

Ihre Kammer unterm Küferdach maß drei auf vier Schritte, Knittlingen aber bestand aus zwanzig Gassen und dreihundert Häusern, wenn nicht mehr. Das Städtchen schien ihm riesig, unauslotbar, eine ganze Welt zwischen Mauern und Stadttore gefriedet.

Plötzlich konnte er das Küferhaus verlassen, wann immer ihm der Sinn danach stand. Bis zum Schulbeginn blieb noch fast eine Woche, und in diesen ersten Tagen seiner Freiheit lief Georg durch Straßen und Gassen, staunte Fassaden empor, lauschte den Männern beim

Biedertun und den Weibern bei Streit und Geplapper. Die Leute glotzten ihn an, doch die Kunde hatte sich offenbar rasch verbreitet: Sie zeigten mit Fingern auf ihn, tuschelten hinter seinem Rücken, mehr als einmal hörte er sie vom »Satansbalg« munkeln, aber niemand griff ihn an oder versperrte ihm den Weg. Sogar zum Besselbach lief er hinab, wo die Wehefrau Agatha und andere Leute minderen Ansehens hausten, und schließlich durchs Stadttor hinaus bis zum Knittlinger Forst.

Am Waldsaum blieb er stehen. Irgendwo hinter dem kleinen Gehölz, keine zwanzig Meilen weit, mußte das Kloster liegen, und es kitzelte ihn in den Fußsohlen, geradewegs nach Maulbronn zu laufen, am Tor zu läuten und nach dem Herrn Prior zu fragen.

Seid Ihr mein Vater, Herr Johannes?

Aber nach kurzem Besinnen wandte er sich um und kehrte nach Knittlingen zurück. Er spürte, daß er noch lange nicht bereit war, dem Prior gegenüberzutreten. Der heilige Mann beobachtete ihn aus der Ferne und sorgte dafür, daß er nicht verdarb und unterging, dessen war sich Georg nun sicher. Nicht der Jörg Gerlach, sondern der Herr Johannes hatte ihn mit der Schultasche und allem anderen beschenkt – der Küfer war bloß das Werkzeug, dessen sich der heilige Mann bediente. Nur aus welchen Gründen der Prior so an ihm und der Mutter handelte, verstand Georg so wenig wie eh und je.

Um so wichtiger war es, daß er auf allen erdenklichen Gebieten des Geistes und der Seele so rasch als irgend möglich fortschritt. Wenn der Prior ihn eines Tages zu sich rufen würde, mußte er, Georg Faust, bereit sein – um die Prüfung zu bestehen, worum auch immer es sich dabei handeln mochte. Um den so heiligen wie gelehrten Herrn nicht zu enttäuschen, was auch immer der von ihm erwarten mochte. Vor allem aber mußte er vorbereitet sein, damit er selbst dem Herrn Johannes die richtigen Fragen stellen konnte. Um endlich das Geheimnis zu enträtseln, das ihn und die Mutter wie mit einem bösen Zauber umwob.

Im kurzen Rock und knielangen Hosen streunte er von früh bis spät durch die Knittlinger Gassen, aber in seinem Innersten war er doch wie nahezu immer bei den alten Rätselfragen. Seid Ihr mein Vater, Herr Johannes? Die bloße Frage, geflüstert oder in Gedanken gestellt, konnte ihm den Brand in die Augen treiben, dann jedoch ließ er rasch sein abkühlendes Lachen ertönen.

Er spähte in Werkstätten hinein oder sah zu, wie bei trockenem Wetter im Freien gearbeitet wurde. Er hielt sich die Ohren zu, wenn die Blechschmiede und Messingschläger mit ihren Hämmern auf kreischendes Metall einhieben. Er kniff sich die Nase mit Daumen und Zeigefinger zusammen, wenn er am Besselbach bei den Gerbern stand und die unseligen Lehrbuben beobachtete – bis zum Nabel in einer stinkenden Brühe versunken, deren wertvollster Bestandteil Christenpisse war.

Habt Ihr im Klosterkeller an Michaeli 79 einen Geist beschworen, Herr Prior? Und was hat der Dämon mit mir und der Mutter zu schaffen?

Ende April, als reisende Metallwarenhändler ihre Schätze auf dem Kirchplatz ausbreiteten, ging Georg Faust von einem Stand zum anderen und staunte über die ungeheuerliche Vielfalt an feilgebotenen Waren. Vor kurzem noch hatte er kaum mehr als ein Dutzend verschiedener Gegenstände aus eigener Anschauung gekannt. Hier jedoch lagen Nägel und Schrauben, Messer und Scheren, Sicheln, Sensen und Sägen in funkelnder Fülle aufgehäuft, und bei jedem einzelnen Ding konnte man zwischen fünf oder sieben verschiedenen Größen, Qualitäten, Spezialzwecken wählen. Auch Ketten mit Gliedern so groß wie Menschenschädel, Schwerter und Säbel, Krummdolche und Musketen lagen unter öligem Schimmer ausgebreitet. Und jede einzelne Waffe war von Nürnberger oder Florentiner Meistern mit Sorgfalt und Kennerschaft hergestellt worden, um einem Mitgeschöpf, Mensch oder Tier, drei oder dreitausend Meilen entfernt, Verderben und Tod zu bringen.

Nur zwei Tage darauf zog ein Gewürzhändler durch die Stadt und verzauberte Nasen und Herzen mit morgenländischen Spezereien. Die Gemahlinnen von Ratsherren und Handwerksmeistern ließen es sich nicht nehmen, höchstselbst in rauschend langen Kleidern auf dem Kirchplatz zu erscheinen, wo der Kräuterkrämer, ein korinthentrockenes Männchen mit morgenländischem Turban, sich unablässig vor der hochgeschätzten Kundschaft verneigte. Er öffnete Tiegel mit süßen und scharfen Gewürzen, ließ an Säcklein mit bitteren und herben Kräutern schnüffeln, entsiegelte Phiolen voll nie gerochener Aromen, die den Knittlinger Weibern Tränen in die Augen und ihre Münder zu einem Grinsen blöder Seligkeit in die Breite trieben. Und jedesmal wenn sich der muselmanisch gewandete Kaufmann verbeugte, füllte sein Beutel sich noch praller mit Weißpfennigen und Talern.

Je länger Faust den Handwerkern und Händlern zusah, je emsiger er die Waren in Marktbuden oder auf den Ständen der reisenden Kaufleute durchforschte, desto deutlicher fühlte er, daß es sich mit der Welt im Großen nicht anders als mit der Welt im Kleinen verhielt. Die bunte Oberfläche war nur Schein und Spiegeltrug, die wimmelnde, schimmernde Schauseite der Schöpfung. Doch unter dieser Außenhaut, verborgen in unzugänglicher Tiefe, lag das Geheimnis.

Er grübelte darüber nach, und er spürte, daß er über dunkles Ahnen für lange Zeit nicht hinauskommen würde. Es quälte ihn, daß er nur ein Knabe von sieben Jahren war, der weder die Geisteskraft noch die Gelehrsamkeit eines reifen Mannes besaß. Dabei war er von quecksilbriger Auffassungsgabe – so vieles reizte sein Interesse, und jedesmal empfand er nach kurzem, daß er nur von seinem Weg abirren würde, wenn er sich vom bunten Wirrwarr auf der Schauseite bestricken ließ.

Warum habt Ihr so plötzlich unser Schicksal gelindert, Herr Johannes – hat es mit dem schwarzen Hund Sjö zu tun? Hat es Euch gefallen oder erschreckt oder gar mit Zuversicht erfüllt, daß ich den hündischen Heiligen in meiner Puppenwelt erscheinen ließ?

Wer das verworrene Bühnenspiel durchschauen wollte, durfte sich jedenfalls vom Tanz der Puppen nicht bannen lassen. Die entscheidenden Kräfte gingen von der verborgenen Macht im Hintergrund aus – vom Puppenspieler, der die Puppen dirigierte, der sie geschaffen und die Gesetze erlassen hatte, nach denen seine Kreaturen sich durch die Welt bewegten.

Nicht auf den Küfer und seine Fässer kam es an, sondern auf den Herrn Johannes und seinen Dämon.

Er ahnte, daß noch Jahre vergehen müßten, ehe der Prior ihn zu sich rufen würde. Und obwohl er sich innerlich vor Ungeduld krümmte, spürte er doch, daß es anders nicht sein konnte. Er war noch lange nicht bereit.

Das Knittlinger Schulzimmer war ein dämmriges Gewölbe, kaum weniger düster als die Küferei. Messinglaternen an Decke und Wänden ließen ihr trübes Licht über ein Dutzend Knaben rinnen, die auf Schemeln und Bänken saßen, die Köpfe über Schiefertafeln und Abc-Fibeln gebeugt. Durch die schmalen Fenster drang nur wenig Sonnenschein herein, und meist blieben die Holzläden ohnehin geschlossen, damit die Schüler sich durch das Treiben auf dem Kirchplatz nicht ablenken ließen.

Im knielangen Rock, grau wie Novembernebel, ging der Schulmeister Rupertus auf seinem Podest auf und ab. Unter seinem linken Arm klemmte die Weidenrute, mit der Rechten malte er die Lettern in die Luft, die er den störrischen Köpfen gerade einzuprägen suchte. Und weil Magister Rupertus von dürftiger Gestalt war, seine Augen zum Hervorquellen neigten und der Zorn sein Backenfleisch mächtig blähen konnte, hieß er bei den Knittlinger Schulknaben seit jeher nur Ranunculus oder das Fröschlein.

Der Schulmeister schien seinen Spitznamen mit dem gleichen inbrünstigen Eifer zu hassen, mit dem der heilige Bernhard die Heiden massakrieren und der Inquisitor von Speyer die Hexen verbrennen ließ. Ertappte er einen Schüler dabei, wie er das Spottwort auch nur hauchte, so bekam der Frevler die Weidenrute zu kosten – fünfmal, fünfzigmal, auf Hände und Hinterbacken, bis er um Gnade wimmerte und flehte. Nur wenige Schulmeister vermochten die Rute so trefflich zu handhaben, Bußfertigkeit und Reue so unfehlbar hervorzupeitschen wie der Ranunculus. Und in den meisten Schulstunden mußte sich die stockschwingende Linke des Magisters auch weit ärger placken als seine Rechte, die Majuskeln und Vokabeln in die Luft über den Schülerköpfen schrieb.

Zu Georg Fausts Erstaunen schienen die anderen Knaben den Unterricht bloß als mißliebige Pflicht anzusehen. Es waren allesamt Söhne aus Knittlinger Handwerkersippen – ihre Väter waren ehrbare Goldschmiede oder Kandelgießer, Kürschner, Spengler oder wenigstens Schuster, und sie alle würden eines Tages die väterliche Werkstatt erben oder zumindest, als Zweit- oder Drittgeborene, mit einem stattlichen Anteil ausgezahlt werden.

Auf ihren Gesichtern las Georg, daß sie an den Vormittagen im Schulhaus sämtliche Qualen der Langeweile durchlitten. Wozu sollte es gut sein, sich mit Buchstaben und Silben, mit lateinischen Wörtern und Phrasen zu plagen, wenn man nicht gerade gezwungen war, in den Priesterrock zu schlüpfen oder gar die verachtete Laufbahn eines Schulmeisters einzuschlagen? Beim kleinsten Störlaut fuhren ihre Köpfe hoch, die Blicke flogen zu den verrammelten Fenstern, wo man vielleicht eine Kutsche vorüberrumpeln hörte oder den Herrn Pfarrer Huebele vernahm, der sich mit näselnder Herablassung nach dem Befinden eines vorbeischlurfenden Weibleins erkundigte.

Magister Rupertus blähte dann die Backen und mahnte mit dünner Stimme: »Auf, auf, ihr Knaben, laßt das Licht der Erkenntnis in die Dunkelheit eures Geistes strömen.« Drohend ließ er die Rute pfeifen, und sogleich fuhren Kreidestifte und Metallgriffel wieder quietschend über ein Dutzend Schiefertafeln. Doch schon beim nächsten winzigen Anlaß waren Ruhe und Lerneifer abermals dahin.

Ein Knabe wisperte seinem Nachbarn ein Scherzwort zu, und der hielt sich den Bauch vor verdrücktem Lachen. Ein Stück Kreide fiel zu Boden, und Wellen der Heiterkeit erfaßten den gesamten Schulraum – bis der Ranunculus abermals mit der Rute dazwischenfuhr. Im Grunde waren dies die einzigen Disziplinen, für die sich Fausts Schulkollegen erwärmten und in denen einige auch zu beträchtlicher Meisterschaft gelangten: die Kunst, den Ranunculus zu ärgern, ohne von ihm ertappt zu werden, und die noch höher angesehene Fertigkeit, wenn es einen doch erwischt hatte, so viele Hiebe wie möglich zu empfangen, ohne sich einen Seufzer entschlüpfen zu lassen.

Georg Faust beteiligte sich nie an den Streichen und Späßen seiner Schulkollegen. Wenn sie aufgeregt zum Kirchplatz hinaus lauschten, wo ein Bauernkarren vorbeischaukelte oder ein fahrender Chirurg seine Dienste anpries, so las oder schrieb er ruhig weiter, ohne auch nur den Kopf zu heben. Wenn die anderen Knaben untereinander tuschelten, sich anstießen, mit Kreidestücken warfen, versenkte er sich nur noch tiefer in seine Fibel, las noch eifriger und eiliger, denn für seinen Geschmack schritt der Unterricht ohnehin viel zu schleppend voran.

Sein Geist hungerte nach Nahrung, so wie unlängst noch sein Leib gedarbt hatte, wenn die Trine ihn wieder einmal aus der Küche verscheucht hatte, ohne ihm auch nur einen Kanten schimmliges Brot zuzuwerfen. Mit dieser ärgsten Not schien es für die Mutter und ihn glücklicherweise vorbei, doch um so mehr quälte ihn der Mangel an geistiger Labung. Jeden Winkel in allen Dachkammern des Küferhauses hatte er schon durchwühlt, nach Büchern, Papierbögen, bekritzelten Fetzen, aber die Ausbeute war mager. In den letzten Wochen hatte er wiederholt von Büchern geträumt – einer ganzen Truhe voll geheimnisvoller Schriften, die unverhofft in einem hundertmal durchsuchten Winkel aufgetaucht war. Im Traum badete er regelrecht in Büchern, schlürfte und schlang ihre Weisheit in sich hinein, und furchtbar war jedesmal die Enttäuschung, wenn er erwachte und sein in der Kammer umherjagender Blick keine Truhe, ja nicht einmal das bescheidenste Buch entdeckte, außer der elenden Elementarfibel.

Nur ein einziger Schüler lernte mit ähnlichem Eifer wie er. Es war ein blasser, dicklicher Knabe namens Florian, außerehelicher Sohn des Knittlinger Besenmachers Balthasar Kuhrer, und in der Rangordnung der Elementarschüler stand nur Faust noch unter ihm. Sein Schöpfer hatte ihm nur geringe Geistesgaben zugemessen, und so zog gerade dieser dickliche Knabe oftmals den Zorn des Magisters auf sich, obwohl weit und breit niemand heißblütiger mit den heimtückischen Buchstaben rang. »Warum muß das b auch aussehen wie ein d, das einem den Rücken kehrt?« hatte Faust den Bedauernswerten schon mehr als einmal klagen gehört. »Wie soll sich ein Christenmensch denn so ein unsinniges Hin- und Hergespiegele einprägen? Und das p sieht wieder aus wie ein b, das auf den Kopf gefallen ist und die Beine in die Luft streckt, oder war es gerade umgekehrt?«

Nach den ersten vier Schulwochen hatte Magister Rupertus mit Müh und Not eine Handvoll Lettern durchgenommen, während Georg das gesamte Büchlein längst auswendig kannte. Die zwei Dutzend Buchstaben hatte er sich im Handumdrehen eingeprägt, nun lechzte er nach heikleren Lektionen, um die neu erlernte Kunst zu festigen und dann schleunigst weiter voranzuschreiten. Anfangs hatte der Lehrer einmal angedeutet, daß sie nach der Elementarfibel ein Heftlein mit lateinischen Tierfabeln vornehmen würden, und Georg hoffte jeden Tag, daß es endlich soweit sein würde.

Doch der zweite Monat verging, der dritte und vierte, und der Ranunculus ließ immer aufs neue das Alphabet repetieren. Und jedesmal wenn der Spenglersohn Markus das M mit dem N verwechselte oder der Kürschnersohn Karl zwischen K und B nicht zu unterscheiden vermochte, blähte der Ranunculus die Backen und ordnete weitere Elementarübungen an.

Anfang September hielt Faust das elende Herumrühren in der immer gleichen Buchstabensuppe nicht mehr aus. Gleich in der Frühe, als der Magister eben befohlen hatte, die Fibel beim R aufzuschlagen, hob Georg die Hand und ließ sich vom Ranunculus Rederecht erteilen.

»Bitte, Herr Magister, wenn Ihr so nachsichtig wärt, mir schon mal einen Blick in die Fabeln zu erlauben?« Der Magister blähte die Backen. »Ich fleh' Euch an«, brach es aus Faust heraus, »die Lettern kenne ich ja längst kreuzweise, von links und rechts und von hinten und vorn! Magische Quadrate kann ich Euch daraus legen, so viele Ihr haben wollt. Auch die Fibel voll lateinischer Zauberformeln, die mir zu Hause im Gerümpel untergekommen ist, könnte ich Euch auswendig runterbeten, wenn Ihr sie nur hören wollt.« Die Augen des Magisters quollen aus ihren Höhlen, und Faust ahnte längst, daß seine Bitte vergebens war, gleichwohl nahm er noch einen letzten Anlauf. »Nur eine kleine Fabel, Herr Magister, ich gelob' auch, beim Kirchensingen künftig besser mitzutun.«

Der Ranunculus ließ die Rute pfeifen. »Schweig, Knabe, auf der Stelle. Schämst du dich nicht, dich vor deinen Kameraden mit heidnischem Zauberzeug zu brüsten – gerade du? Weißt du nicht, daß unserem Schöpfer ein Kind dürftigen Verstandes, das sich redlich um Einsicht schindet, tausendmal lieber ist als die Hoffärtigen mit dem allzu flinken Geist?«

Mit einem ungelenken Satz sprang er vom Podest herunter und trat vor die Reihe der Pulte, die im Halbkreis unter seinem Katheder angeordnet waren. »Ich will deinen Hochmut brechen, Knabe, und wenn es das letzte ist, was ich hienieden verrichte.« Sein Stock klatschte auf Georgs Pult. »Die Hosen herunter, Faust, und bäuchlings über den Tisch gelegt. Ich will dir Formeln und Fabeln ins Gesäßfleisch gerben, bis du mit Engelsstimme gelobst, dich nie wieder vor deinen Kameraden hervorzutun.«

Abermals klatschte die Rute zwischen dem Magister und Faust auf das narbige Holz des Pultes, über das sich gewiß schon Hunderte Knaben gebeugt hatten, um die Stockhiebe des Ranunculus entgegenzunehmen.

Zwölf Augenpaare sahen ihn an. Draußen auf dem Kirchplatz schlugen zwei Trommler auf ihre Instrumente und priesen die Künste eines fahrenden Zahnreißers an. Georg erhob sich und wich einige Schritte von seinem Pult zurück, ohne recht wahrzunehmen, was er da machte und was mit ihm geschah. In seinem Kopf erhob sich das vertraute Sausen, wie sonst immer, wenn er aus der Puppenwelt zurückkam. Auch der Spalt war wieder unter ihm aufgesprungen, und er fühlte, wie die dunkle Glut emporquoll. Seine Augen brannten, es war das kalte Feuer, vor dessen Glanz selbst der grausame Herr Gerlach erstarrt war. Die kühle Glut durchströmte ihn und leckte mit schwarzen Feuerzungen aus ihm hervor. Und mit einem Mal schien es ihm, als ob auch der Ranunculus und die elf Knittlinger Knaben nichts anderes als seine Puppen wären, die er an glühenden Fäden hin und her ziehen könnte. Da waren ein Bündel von Glutschnüren, das den Magister an seine Linke knüpfte, und ein zweites Gewirr feuriger Fäden, die von seiner rechten Hand zum bleichen Florian verliefen. Und ohne sich im mindesten klarzumachen, was er da anstellte, zog Faust hier wie dort an dem glimmenden Gezwirn und drehte die beiden, Magister Rupertus und den Bastard des Besenmachers, frontal einander zu.

Das Sausen in seinem Kopf verebbte, das Schwindelgefühl wich. Faust fuhr sich mit der Hand über die Augen, und als er wieder geradeaus schaute, lag Florian Kuhrer über sein Pult gestreckt, und der Ranunculus schlug mit der Rute in sein bleiches, wie Weichselmus erzitterndes Fleisch. »Dich werde ich lehren«, ächzte Rupertus, »einen frommen Magister mit gottlosen Tiernamen zu belegen.«

Florian lag so über den Tisch gestreckt, daß sein Antlitz mit den großen Augen und weichen Wangen Faust zugewendet war. Im Takt der Rutenhiebe fuhr er ein ums andere Mal zusammen, und der mädchenhaft üppige Mund zuckte jedesmal schmerzlich, doch seine Augen waren starr auf Georg Faust gerichtet.

»Wie hast du mich eben genannt?« schrie der Schulmeister. »Sag es noch einmal, und ich peitsche dich bis aufs Blut!«

»Ranun...culus.« Florian murmelte es wie im Traum, und dabei sah er Faust aus großen Augen unverwandt an.

Der Magister kreischte auf und ließ mit verdoppeltem Ingrimm die Rute niedersausen. Der Besenmacher-Bastard Florian Kuhrer aber gebärdete sich seit diesem Septembermorgen, als hätte er seinen Willen und seine Seele an Georg Faust verloren.

9

Er saß in seiner Kammer an dem Eichenpult, das die Lehrjungen Benno und Frido erst letzten Monat die Stiege hinaufgeschleppt hatten – »vom Herrn Gerlach, mit den besten Segenswünschen zum zehnten Jubeltag«.

Man schrieb den 16. Mai im 1490. Jahr nach Fleischwerdung des Erlösers, und weil es ein Sonntag war, hatte sich sein kleiner Hofstaat vollständig um ihn versammelt. Schon vor drei Jahren, an Georgs erstem Schultag, hatte der Küfer diese Dachkammer neben dem Gemach ausräumen lassen, in dem Georg so lange mit der Faustin auf engstem Raum gehaust hatte. Seither bewohnte er sein eigenes kleines Reich, dürftig genug bestückt mit Schemel und Truhe für seine Habseligkeiten, aber mit seiner eigenen Bettstatt und neuerdings auch mit diesem wuchtigen Eichenpult, dessen altersschwarze Platte mit astrologischen Zeichen verziert war.

Er fuhr mit der Hand darüber, malte die Umrisse von Löwe, Jungfrau und Wassermann mit dem Zeigefinger nach. Auch das Pult war ein Geschenk vom Herrn Johannes, dessen war Georg gewiß, wenngleich er den Prior in all den Jahren nie zu Gesicht bekommen, kein Wort von ihm vernommen, keine Zeile von seiner Hand erhalten hatte. Aber dieses Schweigen vermochte ihn nicht zu beirren, im Gegenteil – es spannte seine Aufmerksamkeit nur noch mehr. Unaufhörlich fühlte er die Augen des Herrn Johannes auf sich ruhen. Es war ein forschender, doch seinerseits unerforschlicher Blick. Der heilige Mann schien allgegenwärtig und blieb doch ungreifbar, weniger ein Mensch als eine übernatürliche Macht.

Er war in den Augen auf den Flügeln der Schmetterlinge und in den Blüten der Wildblumen am Besselbach oder am Rain vor dem Knittlinger Forst. Er war im Singen der Vögel, im Murmeln des Wassers und allerdings auch in den furchtbaren Träumen, aus denen Georg Nacht für Nacht auffuhr. Schaute er aus seiner Fensterluke über die Dächer des Städtchens hinweg, so war auch der Horizont mit Augen besetzt, die ihn unverwandt zu mustern schienen – ruhig, voll eifrigen Interesses und doch übermenschlich kalt.

Liebt Ihr mich, Herr Johannes? Wer bin ich für Euch – ein Sohn? Eine Kreatur, die Ihr erschaffen ließt durch Euren Dämon?

Der Herr Prior schaute vom Himmel herab, aus allen Tiefen hervor und schwieg.

Über die Pultplatte verstreut lagen die jüngsten Kohlezeichnungen der Faustin, daneben die Fibeln, mit denen der Ranunculus sie in der Lateinschule gerade traktierte, der »Physiologos«, die »Rerum Romanum« und vor allem die zerfledderte Kladde, in die Faust bei Tag und Nacht alles eintrug, was ihn beschäftigte.

»Wie rätselhaft dieser Engel Euch geraten ist, Mutter. Ich kann den Blick gar nicht von ihm wenden.« Er hob das Blatt mit der Zeichnung hoch, schwenkte es in Richtung der Faustin, die ihm zur Rechten auf seinem Schlaflager saß, neben Lena Siebenschöpf, der treuen Gefährtin. Zu ihren Füßen hockten die beiden Buben, die sein herrscherliches Gefolge vervollständigten – Florian Kuhrer und der Lehrjunge Frido, der eine so rund wie der andere schmal. Seit Frido am Fuß der Stiege auf die Knie gefallen war, die gefalteten Hände zu ihm emporgereckt, verehrte er den um zwei Jahre jüngeren Faust so maßlos, wie er ihn vorher verachtet hatte. Noch unterwürfiger klebte der Blick des Besenmachersohns an Georgs Antlitz, seit an jenem Morgen vor drei Jahren die Rute des Ranunculus wie durch einen Zauber von Faust abgeirrt und auf den unschuldigen Florian niedergesaust war.

Die Mutter lächelte ihn an. Sie schien überhaupt nicht zu altern, ihre Gestalt war schlank, das Antlitz glatt wie bei der Maid an ihrer

Seite, dabei war Maria Faustin bereits in ihrem siebenundzwanzigsten Jahr. Dagegen war Georg seither so rasch an Geist und Leib gereift, daß er mit seinen eben zehn Jahren der Kindheit schon nahezu entkommen schien. So groß gewachsen wie die Faustin, überragte er seine Altersgenossen und selbst den schmächtigen Frido fast um Haupteslänge. Seine Züge hatten alle kindliche Verschwommenheit verloren, seine Schultern waren schon fast so breit, seine Brust so gewölbt, die Arme so stark wie bei einem flaumbärtigen Burschen, und seine Stimme begann bereits zu brechen. Manchmal klang sie so dunkel und volltönend wie bei dem Jüngling, der er doch in fünf oder sieben Jahren erst werden könnte, dann wieder so engelshell, wie Knaben laut Pater Huebele zum Lob des Herrn allezeit singen sollten. Und vor einigen Nächten erst, als im Traum wieder der Falke auf seiner Brust gehockt und ihn mit seinem Schnabel bedrängt hatte, da war Georg aus dem Schlaf gefahren, und das Glied in seiner Leibesmitte hatte hart und heiß emporgeragt, pochend und pulsend vor Lust und Glut.

Der Engel der Faustin besaß einen geraden, schlanken, starken Leib, wie Engel auszusehen pflegten, doch von Hals bis Fuß war er bedeckt mit Schuppen wie ein Höllenwurm. Sein Antlitz aber war hell und rein, mit einem Blick wie schieres Himmelslicht, und er lächelte so strahlend, so gütig, so voller Liebe, wie es nur wahre Engel vermochten.

»Nimm es weg, Georg, ich bitt' dich«, sagte Lena. »Ein Teufel mit Engelsgesicht, mir wird ja ganz wirr im Kopf.«

»Oder ein Engel mit teuflischem Leib.« Er legte das Blatt auf seinen Tisch zurück und schob die aufgeschlagene Kladde darüber.

»Wir gehen doch heute hinaus?« In Schneiderhaltung am Boden hockend, legte Frido den Kopf zurück und sah mit unterwürfigem Ausdruck zu Georg auf. »In den Tannenforst, Faust, du weißt schon – zum schwarzen ...«

Mit einer Handbewegung gebot Georg ihm zu schweigen. »Nachher.« Er deutete mit der Schläfe zur Faustin hinüber, die lächelnd auf die leere Wand gegenüber schaute. Bestimmt sah sie dort wieder einen Engel oder auch eine ganze Schar von Himmelsboten, die in den Lüften umherschwebten oder sich auf der Erde ergingen.

Niemals vorher hatte Maria ein solches Rätselwesen gemalt wie auf ihrem jüngsten Blatt. Ein Mischgeschöpf aus Seligkeit und Verdammnis. Eine Zwiegestalt wie der schwarze Hund Sjö.

Georg strich die Kladde glatt, nahm den Gänsekiel und tunkte ihn in sein Tintenfaß ein. Wie auf ein Zeichen hin erhob sich die Faustin, lächelte zu ihrem Sohn herüber und dann auf Lena hinab.

»Aber natürlich, Maria, ich bringe Euch in Eure Kammer.« Auch Lena sprang auf und bot der Faustin ihren Arm. Trotz ihrer zwölfeinhalb Jahre war ihre Gestalt noch kindlich, und die langen fuchsbraunen Haare trug sie zu einer Schnecke geflochten auf dem Hinterkopf. »Da könnt Ihr Euch ein wenig ausruhen, ehe Ihr Euch daranmacht, Euer nächstes Bild zu malen.«

Alle Wände ihrer Kammer hatte die Mutter schon mit Engeln bemalt, wann immer sie einen Stift in die Hände bekam, begann sie unverzüglich lächelnde, strahlende Himmelswesen zu stricheln. Einmal war sogar Pater Huebele zu ihnen heraufgestiegen und hatte staunend erklärt, daß die Engel der Faustin ganz so aussähen, wie der heilige Hieronymus sie geschildert und in himmlische Klassen eingeteilt habe – hier die mit Donnerkeil bewaffneten Gewalten, dort die anmutigen Schutzengel, und da droben die schreckeinflößenden Seraphim.

Lena führte die Faustin zur Tür, schaute über die Schulter zurück zu Georg, der ihr zerstreut hinterhersah.

»Sonntag, den 16. Mai im 1490. Jahr des Herrn. Heute werde ich mit Frido und Flori hinaus in den Maulbronner Tannenforst gehen. Wollen sehen, ob der schwarze Sjö sich herbeirufen läßt.«

Er warf die Feder auf die Kladde und fuhr sich mit gespreizten Händen durch die goldblonden Locken, die er nach Studentenart bis auf die Schultern fallend trug. Seit Jahren grübelte und forschte er nun schon darüber nach, was es mit dem schwarzen Sjö auf sich hatte, dem hündischen Heiligen der Kinder. Ein großer Teil seiner Notizen in der Kladde handelte von nichts anderem als dem Märtyrer im schwarzen Fell, der eigentlich den Namen Monsieur trug, ein welsches Wort für »Mein Herr«. Aber in Gegenden, wo er verehrt wurde, die Leute jedoch die welsche Sprache nicht beherrschten, hatte sein Name vielfältige Abwandlungen erfahren, und zumindest hier im Pfälzischen hieß er meist schlichtweg Sjö.

»*Warum ist der Trine damals der Napf aus der Hand gefallen, warum wurde sie von Weinkrämpfen geschüttelt, als in der Puppenwelt der Sjö aufheulte und dem Gerkas zu Hilfe kam? Und warum hat der Herr Johannes kurz darauf unser Schicksal so wundersam gewendet?*« Lange Nächte hatte er sich mit diesen Fragen geplagt, in einsamer Grübelei und hitzigen Gesprächen mit Lena und ihrer Mutter Tonia Siebenschöpf, die sich zwei Sommer lang gesträubt hatte, ehe sie mit ihren paar Fetzen schmutziger Geheimnisse herausgerückt war.

Nach und nach hatten sich die Bruchstücke für Georg zu einem Bild zusammengefügt, auch wenn manches daran immer noch rätselhaft war. In einem Punkt war er sich jedoch sicher: Als er vor drei Jahren den schwarzen Sjö angerufen hatte, war dies ein Zeichen für den Prior Johannes gewesen, ein Zeichen, daß der kleine Faust in irgendeiner Weise die in ihn gesetzten Erwartungen zu erfüllen versprach. Nur welche Erwartungen dies sein mochten, und weshalb gerade ein heiliger Mann wie der Prior von Maulbronn seine Hoffnungen auf den ketzerischen Kult um einen Märtyrerhund zu setzen schien, dies alles lag noch ganz und gar im dunkeln.

10

Die drei Knaben pilgerten zum Stadttor hinaus und auf der löchrigen Landstraße durch den Knittlinger Forst gen Maulbronn. Vorneweg Georg Faust in taubenblauem Rock, Kniehosen und knarrend neuen Schweinslederschuhen. Sogar ein Barett trug er auf dem Lockenkopf, mit einer Falkenfeder wie ein freier Mann.

Zwei Schritte hinter ihm Frido und Flori, so ungleich an Geist und Gestalt und doch durch gläubige Verehrung geeint. Der eine schlaksig, in Wams, Hemd und Pluderhosen, alles speckig und vielfach geflickt. Durch die ewig düstere Küferei jedem Tageslicht entwöhnt, blinzelte Frido in die Morgensonne und sog mit zitternden Nüstern die linde Waldluft ein. Sein Nebenmann Flori dagegen, mit wogendem Wanst unterm Scholarenrock, schien jeden einzelnen Stolperstein still zu verfluchen. Seufzend trabte er dahin, den Blick auf Fausts Falkenfeder geheftet, in der Rechten ein leinenes Sacktuch, das er alle fünf Schritte über Stirn und Nacken führte.

Der Maulbronner Tann erstreckte sich bis nahe dem nördlichen Klosterwall. Unmittelbar dahinter erhob sich der Novizenbau, in dessen Kellergewölbe vor bald elf Jahren die Faustin auf allen vieren gekauert hatte.

Die drei Knaben setzten sich auf einen mit Moos bezogenen Fels am Wegrand, und Flori wrang heimlich sein Sacktuch aus, während Georg den Gefährten zu erklären versuchte, was es mit dem schwarzen Hund Sjö auf sich hatte. In den letzten Wochen hatte er mehrfach auch Pater Huebele um Auskunft gebeten, den Priester listig erst nach dem ehrwürdigen Bernhard befragt, um dann zum unwürdigen Gilla und seinem Märtyrervieh überzuspringen. Ihm selbst standen die Zusammenhänge einigermaßen klar vor Augen, doch die Unterweisung seiner Jünger verlief mühsam, mit zahlreichen Stockungen und Rückschlägen, da weder Fridos noch Floris Geisteskräfte dem Gegenstand auch nur annähernd gewachsen waren.

Vor mehr als dreieinhalb Jahrhunderten begann der Aufstieg des großen Bernhard zum berühmtesten Zisterziensermönch und einem der einflußreichsten Männer seiner Zeit. Zusammen mit vieren seiner Brüder und weiteren dreißig adligen Gefolgsleuten trat er 1112 A.D. in das welsche Kloster Cîteaux ein und wurde schon drei Jahre darauf zum Abt des Tochterstifts gewählt, dessen Name auf ihn übergehen sollte: Bernhard von Clairvaux, Mystiker und Machtmensch, fanatischer Kreuzzugsprediger und wirkmächtiger Eiferer gegen Zauberer, Heidenkulte, Hexerei.

Doch einer der Brüder Bernhards weigerte sich, der Welt zu entsagen. Er nannte sich Gilla, mit seiner schönen jungen Gattin lebte er im Familienschloß nahe Fontaines-lès-Dijon. Die Dame hatte ihm kürzlich ein Kind geboren, den gesunden und munteren Knaben Jean.

Als Leibgarde für den kleinen Schloßerben schaffte Ritter Gilla einen schwarzen Windhund an, der auf den Namen Monsieur hörte. Und eines Tages, als der Ritter mit seiner Gattin eine kleine Reise unternehmen mußte und aus irgendeinem unglücklichen Grund auch die Amme für ein Stündchen oder zwei nicht zugegen war, blieb nur der schwarze Hund Monsieur im Schloß zurück und wachte an der Wiege.

Die Eltern kehrten zurück und fanden Blutspuren im Flur. Eine Kette leuchtend roter, klebrig feuchter Perlen, die zum Bettchen des Knaben führte – es war umgestürzt, die Kammer verwüstet. Außer sich vor Sorge folgten der Ritter und seine Dame der Spur bis zum Winkel unter der Treppe, und dort lag Monsieur, und das Blut troff ihm aus dem Maul.

Gilla riß sein Schwert heraus und hieb ihm mit einem einzigen Schlag das schwarze Haupt vom Hals. Währenddessen war die untröstliche Mutter zur Kammer des kleinen Jean zurückgeeilt, und was sie dort unter der umgestürzten Wiege fand, ließ sie vor Freude jauchzen und im nächsten Moment aufstöhnen vor Grauen und Schmerz.

Der Knabe Jean lag unter den Trümmern der Wiege, zwischen Blut und Vogelfedern, und er war am Leben. Überall lagen Überreste eines großen Vogels umher, Fleisch, Flügel, Federn eines Falken, der wohl durchs offene Fenster hereingekommen war und den Säugling angegriffen hatte. Und Monsieur hatte den Knaben verteidigt, das wurde den bestürzten Eltern nun erst klar. Der Hund war an Hals und Schnauze verwundet, sein eigenes Blut und das des Falken hatte er im Kampf vergossen, nicht das Blut des Knaben, wie Gilla im ersten Zorn und Schrecken angenommen hatte.

Ritter Gilla hatte den Hund Monsieur sehr geliebt, und das Unrecht, das er ihm angetan hatte, bedrückte ihn. Im Wald hinter seinem Schloß ließ er das Tier neben einem Felsbrocken begraben, der seit altersher als Schwarzkopf bekannt war. Die Geschichte vom »Hundemärtyrer« Monsieur verbreitete sich mit wundersamer Eile im ganzen Land. Bald schon riefen die einfachen Leute den »heiligen Hund, den guten Monsieur« an, damit er ihre Kinder vor Krankheiten und anderer Unbill beschützte oder sie heilte, wenn sie von Fieber oder ärgerem befallen waren.

Der Kult um den heiligen Monsieur wuchs ebenso schnell wie Ruhm und Macht der Zisterzienser. Und seltsamerweise breitete er sich immer gerade dorthin aus, wo die Männer des großen Bernhard gerade wieder ein neues Kloster gegründet hatten. Oder war dies gar nicht so erstaunlich? Immerhin war der schwarze Hund Monsieur, Märtyrer aller leidenden Kinder, vom Bruder des Bernhard von Clairvaux erschlagen worden, und durch diese Bluts- und blutigen Bande waren der mystische und der hündische Heilige für immer miteinander verknüpft.

Wie emsig die frommen Männer an ihrem Netz aus Klöstern woben, wie weit sie sich auch von ihrem welschen Stammsitz entfernten – der schwarze Hund folgte ihnen unter wechselnden Namen überallhin nach. Heiliger Monsieur, Märtyrer Sjö, schwarzer Messer, schwanzwedelnder Messjee.

Als Georg bis zu diesem Punkt vorgedrungen war, hatte Floris Antlitz eine fiebrig rote Färbung angenommen, und Fridos Augen schienen so verschleiert, als ob er im nächsten Moment aufstehen und schlafwandeln würde.

»Aber er ist der Teufel, oder?« folgerte der Besenmachersohn. »Ich meine, ein Hund kann doch nicht heilig sein, Faust?« Und er riß Mund und Augen auf, um die Antwort mit allen Sinnen und Schädelöffnungen einzuschlürfen.

Georg sah an den beiden vorbei ins wirre Gehölz. »Das ist eben die Frage«, sagte er und ließ sein Lachen erklingen. »Die Leute rufen ihn an, wenn ein Kind in Not oder krank ist. Überall, wo es ein Kloster des heiligen Bernhard gibt, scheint ganz in der Nähe ein verborgener Altar des schwarzen Sjö zu sein. Ihn anzurufen ist verboten, und doch wird er an Dutzenden Stätten heimlich verehrt. Die Leute bringen ihre Kinder dorthin und flehen den Märtyrer an, ihr Kleines zu heilen. Und manchmal hilft er wahrhaftig, in anderen Fällen aber scheinen die Kinder, die man auf seinen Altar legt, dadurch nur noch kränker zu werden. Manche sterben sogar kurz danach.«

Sein Antlitz verschloß sich, er rückte sein Barett zurecht und stand auf. »Laßt uns weitergehen.«

Auf den Gesichtern der beiden anderen Knaben stand deutlich zu lesen, daß Sjö ihnen durch diese Ausführungen keineswegs geheurer geworden war. Aber sie wagten es nicht, Faust mit weiteren Fragen zu bedrängen.

Wieder ging er ihnen voran, mit beschleunigtem Schritt, denn die Sonne stand schon hoch am Himmel, und bis Maulbronn waren noch gut zehn Meilen zu wandern. Und Georg dachte an das häßliche Geheimnis, in das Tonia Siebenschöpf ihn vor zwei Jahren doch noch eingeweiht hatte, allerdings nur, nachdem er geschworen hatte, niemandem ein Sterbenswörtchen zu verraten. Dieses Versprechen wollte er halten, aber er hätte Flori und Frido wohl ohnehin nichts davon erzählt, um die Gefährten nicht noch ärger zu erschrecken. Schon jetzt machten sie den Eindruck, als ob ihnen jedes Ziel auf der Welt lieber wäre als gerade das Maulbronner Tannenholz.

Ein ganzes Jahr lang hatte sich die Siebenschöpf gesträubt, doch im Mai 1488, nicht lange nach Georgs achtem Geburtstag, hatte sie seinem Drängen endlich nachgegeben. An jenem Tag waren die Sauen im Koben besonders unruhig, sie grunzten und quiekten und warfen ihre nackten Leiber wieder und wieder gegen das Gatter. Mit einem unbehaglichen Blick zu dem rosa Gewoge im hinteren Teil des Küferstalls schob die Siebenschöpf Georg und Lena in das leere Abteil der Schimmelstute. Herr Gerlach war ausgeritten, und dennoch spähte die Stallmagd alle drei Augenblicke zur Tür.

»Ich sollte es euch wirklich nicht erzählen«, begann sie, »dir schon gar nicht, Kleiner, aber auch du bist ja noch ein Kind, Lena. Und Kinder sollten nicht erfahren, wie es manchmal zugeht, wenn Mann und Weib beisammenliegen.«

Lena errötete bis zum Haaransatz. Der Mann ergießt sich in den Schoß des Weibes, dachte Georg, während er zusah, wie sich Lenas sorgsam gezogener Scheitel verfärbte, und dann wächst die Frucht in ihrem Schoß heran, und manchmal hat auch ein beschworener Dämon daran teil. Aber er sagte kein Wort und lauerte nur darauf, daß die Siebenschöpf weiterredete.

Also kurz gesagt, fuhr die Stallmagd fort, der Herr Gerlach sei ein Mann mit gar üppigen Lenden. So wie er an jedem Tag von früh bis spät dem Wein zuspreche und immer bei Sonnenuntergang zum Weinbrand überwechsle, so begehre er an jedem Abend, in jeder Nacht ein Weib.

Georg hatte sich schon oftmals auszumalen versucht, was allabendlich in den Gemächern des Küfers geschah. Herr Gerlach grölte hinter seiner Tür, Weibsbilder kreischten und stöhnten. Meist war es die Stimme der Siebenschöpf, die im Duett mit dem Küfer röchelte und quiekte, manchmal schienen es auch fremde Frauen zu sein, mit groben, von Schnaps und Gelächter zerkratzten Stimmen.

»Herr Gerlach liebt die Abwechslung«, erklärte die Siebenschöpf, »was nicht heißen soll, daß er wählerisch wäre – selbst die Küchentrine hat er mehr als einmal auf sein Lager verschleppt.«

Da erbleichte Lena bis unter das sommersprossige Näschen, und auch Georg wurde es ein wenig flau. Das Küchentrampel herzen und umarmen? Lederne Hände, Lippen wie Scherenblätter, die Wangen ein bläuliches Aderngeflecht, die Haare in fettigen Strahlen gesträubt. Und darunter der Tonnenleib aus alterslos aufgetürmtem Fleisch.

Die Trine sei gleich in gesegnete Umstände gekommen, fuhr Tonia Siebenschöpf fort, und als ihr Bauch dicker wurde, habe der Küfer sie angewettert: »Ein Ferkel mit Fotz kannst du meinethalben behalten, Küchensau. Hat's 'nen Schwanz, dann weg mit der Brut.« Denn so hielt es der Herr Gerlach seit jeher: Die Maiden seiner Mägde ließ er bei sich aufwachsen und lockte sie auf sein Lager, sobald sie ihr erstes Mondblut vertröpfelten. Knaben jedoch mochte er unter seinem Dach nicht dulden. Die Mägde mußten sie fortgeben, totmachen oder mitsamt ihrem Wurf verschwinden.

Das Knäblein, das die Wehefrau im Herbst 1478 A.D. zwischen den Schenkeln der Trine hervorzog, war von elend schwächlicher Gestalt. Winzig wie ein Handschuh, und die Agatha mußte es schütteln und rütteln, damit es seinen ersten Schrei herausfiepte. Zwei Nächte darauf brachten sie den Kleinen hinaus ins Maulbronner Tannenholz. Es war eine ganze Prozession von Knittlinger Leuten, vorneweg die Wehefrau Agatha mit dem Säugling im Arm. »Nein, nein, wo denkst du hin, Kleiner, ich war nicht mit dabei«, verwahrte sich die Siebenschöpf. »Die Agatha wollte unbedingt, daß der schwarze Sjö die Sache entscheidet, und die Trine hat eingewilligt und ist sogar selber mit hinaus in den Wald.«

Tief im Dickicht erhob sich dort ein Felsbrocken von sechs Fuß Höhe, mit Dornen überwuchert, der Schwarzkopf genannt wurde, seit die Verehrer des heiligen Sjö sich in seinem Schatten versammelten. Dort wickelte die Wehefrau den Kleinen aus dem Leintuch, schwenkte den nackten Leib zum Schwarzkopf hinauf und flehte den Sjö krächzend um Hilfe an.

Dann legte sie das Kind ins Moos unter dem Fels. Mit der Alten und der Trine waren sieben weitere Leute aus Knittlingen gekommen, und alle hatten pechgetränkte Fackeln dabei, die sie nun kreisförmig in den Waldboden rammten und eine nach der anderen entflammten. Sie bildeten einen zweiten Zirkel um den Fackelring herum, hielten sich bei den Händen, und als die Alte zu murmeln begann, schlossen sie alle neune die Augen, wie es der Brauch befahl. »Ob du den Tiefen entsteigst oder aus Höhen enteilst – komm zu uns, schwarzer Sjö!«

Im abendlichen Dunkel, beschienen vom flackernden Schein der Fackeln, sah der Felsbrocken wahrhaftig aus wie der Zottelkopf eines riesenhaften schwarzen Hundes. Der Wind blies in die Flammen, und das Haupt des heiligen Sjö schien sich sinnend hin und her zu wiegen. »Großer Hund, herrlicher Hund«, ächzte die Wehefrau, »Märtyrer im schwarzen Fell, wir danken dir, daß du uns erhörst.«

Sie warf sich auf die Knie, und von Schauern durchrieselt, taten Trine und die anderen es ihr gleich. Mit gesenkten Rücken und Köpfen, die Augen fest geschlossen, kauerten sie vor dem Kreis der Fackeln, und die Trine dachte: Wenn jetzt der Schwarzkopf zu bellen anfängt, fall' ich in Ohnmacht.

»Herrlicher Hund, heiliger Sjö«, heulte die Agatha, »Dank, tausend Dank, daß du unser Flehen erhörst.«

Da erhob sich ein Heulen und Winseln, und ein Trommeln wie von riesigen Pfoten ließ das Tannenholz erzittern. Das Heulen und Belfern schwoll an, bis es der Trine den Kopf zum Platzen füllte. Sie preßte die Hände auf ihre Ohren, eben wollte sie nach ihrem Kleinen sehen, der von dem Lärm doch ganz toll werden mußte, da wurde das ohnehin schon herzzerfetzende Heulen mit einem Ruck noch tausendmal lauter. Und der Trine schien es, als ob ihr Schädel auseinanderfliegen würde, ihr Leib nur noch ein Zittern und Brodeln von Fasern und Säften wäre, die Seele ihr aus dem Innersten herausgerissen würde, und dann wurde es tintenschwarz um sie.

»Über dem Geheule waren ihnen allen die Sinne geschwunden«, fuhr die Siebenschöpf fort. »Als die Trine irgendwann wieder zu sich kam, lagen die anderen genauso krumm im Moos wie sie selbst. Alle rieben sich die Augen, befühlten die Schädel, die gräßlich brummten. Der Morgen dämmerte schon, sie mußten die halbe Nacht ohnmächtig unter dem Schwarzkopf gelegen haben. Was in dieser Zeit geschehen war, wußte keiner von ihnen zu sagen. Aber Trines Knäblein lag noch genauso im Kreis der längst erloschenen Fackeln, wie sie es vor sechs oder mehr Stunden hingelegt hatten. Es gab keinen Mucks von sich, bewegte sich nicht, begann nicht einmal zu plärren, als die Trine es auf den Arm nahm.

Benommen trotteten sie alle nach Hause, und als ich bei Sonnenaufgang über den Hof gehe, um die Tiere zu füttern, Kleiner, da sehe ich gerade noch, wie die Trine hier in den Stall schlüpft. Und als ich dann vorn am Koben ankomme, steht die Trine mit hängendem Kopf vor dem Schweinegatter und schaut ganz ruhig zu, wie die Sauen ihr Knäblein zerkauen. Zu mir und allen anderen hat sie später gesagt, es wäre ein Unglück gewesen, aber das glaube ich nicht. Warum hätte sie damals wie eine Besessene zu schreien begonnen, als du so ein Hundegeheul nachgemacht hast, Kleiner – wenn es einfach ein Unglück gewesen wäre?«

Was die Siebenschöpf weiter sagte, hörte er nicht, das Grunzen der Sauen im Koben schien immer lauter anzuschwellen, ein Schmatzen und Grunzen und Mahlen, und ihre abstoßend nackten Leiber wogten durcheinander, und Georg knirschte so laut er konnte mit den Zähnen, aber gegen das Schreckensbild der Sauen, die den winzigen Knaben fraßen, gegen ihr Quieken und Grunzen kam er nicht an.

II

Sie ließen die Landstraße zur Linken liegen und drangen ins Gehölz ein, auf kaum zwei Fuß breitem Pfad. Dieser Forst war ein dunkler, mächtiger Ort, das spürte Georg Faust sofort – man trat ein, und die lichte Welt versank.

Tannen, uralt und höher als der Knittlinger Kirchturm, bildeten

Säulen und Decke eines düsteren Doms, einer Stätte verborgener Kräfte, wie er sie niemals vorher erfahren hatte. Sie ließen den Äther erzittern und erfüllten die Lüfte mit Geflüster. Sie wisperten in Wipfeln und murmelten im Unterholz. Der Flaum sträubte sich Faust im Nacken und am Rückgrat abwärts. So kratzig rauh, dann wieder fleischig fest fühlte sich die leere Luft auf seiner Haut an, als wäre sie mit unsichtbaren Leibern angefüllt, mit Krallen, Klauen, Geisterlippen.

Im Gestrüpp ein Keckern und Kichern. Niemand hatte ihm den Weg zum Fels des schwarzen Sjö gewiesen, doch er fand ihn wie im Traum. Augen sah er im Astwerk glühen, glitzernd gelbe, funkelnd rote Lichter. Verborgene Hände schienen ihn voranzuschieben, tiefer ins Dickicht hinein. Die beiden Burschen, Frido und Flori, stolperten hintendrein, mit beklommenen Blicken, eng zusammengedrängt. Der Schweiß tränkte Flori Hemd und Hosen, doch sein Tüchlein hatte er lange schon verloren und fuhr sich nur wieder und wieder mit dem klammen Ärmel über Stirn und Hals.

Im tiefsten Dickicht, hinter erstorbenen Bäumen und wucherndem Dornbusch, hockte der Schwarzkopf in der Senke, zottig bemoost und sechs Fuß hoch. Faust verharrte am Rand der Mulde, durchzuckt von widerstreitenden Kräften. Feenhände fühlte er weich auf Brust und Wangen und süßen Hauch an Schläfe und Ohr. Doch hundertmal stärker waren die Kräfte des Schreckens, von Schmerz und Vernichtung an diesem Ort. So finster war es unter dem Schwarzkopf, als ob der Fels selbst das geringe Licht, das durch die Wipfel drang, in sich verschlingen würde. Die Lüfte zitterten von Schreien, vibrierten vor Winseln und Wimmern aus längst verdorrten Kehlen. Die Steine schluchzten, Moos und Efeu seufzten, selbst die Dornen schienen getränkt mit uraltem Schmerz.

»Wir gehen wieder, oder, Faust?« Flori zischte es mit gepreßter Stimme, als ob ein Würgegeist ihm an der Kehle säße, doch Antwort erhielt er nicht.

Georg Faust hatte die Augen geschlossen, wie in jener Nacht vor Jahren, als er durch Lider und Bretter hindurch Lena Siebenschöpf erblickte, wie sie hinter der Kammerwand saß. Und was er solcherart schaute, ließ ihn am Rand der Senke erstarren.

Auf dem Moosbett zu Füßen des Schwarzkopfs lag ein winzig kleines nacktes Kind. Es war eher Schemen als Leib, durchscheinend und bleich, und doch so viel mehr als Schatten oder Spuk. Die pflaumenkleinen Fäuste ruderten durch die Luft, der kirschrunde Mund öffnete und schloß sich, aber zu hören war nichts. Und Georg dachte, daß es der neugeborene Knabe sein mußte, den einst die Trine und die Wehefrau hier ins Moos gebettet hatten, sein geisterhaftes Nachbild, das nach so vielen Jahren noch immer im Äther über der magischen Stätte schwebte. Auch die Kräfte empfand er nun, die das bleiche Bild umgaben, es waren das Zerren von Sterbensangst und ein in alle Knochen fahrender Todesfrost.

»Schwarzer Sjö, herbei, herbei! Wenn du der Heilige der Kinder bist, laß nicht zu, daß dieser Knabe stirbt!« Noch einen Moment vorher hatte er nicht gewußt, daß er diese Worte schreien, daß er den Märtyrer im Fell überhaupt anrufen würde. Doch nun echote sein Ruf durch den Maulbronner Tann und rief in der Tiefe des Forsts ein Heulen und Belfern hervor, das jede Faser in Fausts Leib wie mit eisernen Spangen spannte.

Er zwang sich, die Augen geschlossen zu halten, seinen Blick auf das Kind gerichtet, das sich im Moos bloß noch matt bewegte. Und das Heulen schwoll an und erfüllte die Luft, übertönte alles Zischen und Wispern, alles Keckern und Munkeln. Nur noch das belfernde Heulen war zu hören und das Trommeln gewaltiger Pfoten, das den Wald erzittern ließ. Dann wurde das Geheul mit einem Ruck noch tausendmal lauter, es füllte Fausts Leib und Schädel an, daß er zu zerspringen meinte, und aus dem hündischen Gebrüll drang mit einemmal ein Donnerwort hervor. »Was willst du! Hab' ich dich nicht gerettet, Faust?«

Er preßte die Hände auf die Ohren. Der Schall zwang ihn in die Knie. Jede Faser seines Leibes zuckte und wand sich wie Gewürm in verzehrender Glut. Wieder und wieder echote der Donner zwischen seinen Schläfen. »Willst du, willst du! Gerettet, gerettet, Faust?« Und zugleich fühlte er, wie er mit schrecklicher Kraft bei den Füßen gepackt und kopfüber abwärts gestoßen wurde. Bei jedem »Willst du!« in schlammig schwarzes Wasser getaucht, bei jedem »Gerettet?« wieder emporgerissen, und so aber- und abermals, während er hustete und um Atemluft rang wie in jenem furchtbaren Traum, der ihn seit frühester Kindheit quälte.

Mit großer Mühe gelang es ihm endlich, die Augen zu öffnen. Im selben Moment verblaßte die Vision, das Heulen verebbte, und der Schmerz in seinem Innern erstarb.

Benommen sah Faust um sich. Er kniete am Rand des Bachs, der neben dem Schwarzkopf vorübergurgelte, doch er konnte sich überhaupt nicht entsinnen, wie er hierher geraten war. In seinem Hals war ein Brennen, als ob er Flammen gespien hätte, und das Herz schlug ihm in der Brust wie ein zu Tode verängstigter Vogel.

Leises Ächzen zog seinen Blick nach links, und wo er eben noch jenen Kleinen auf dem Moosbett geschaut hatte, sah er nun zu seinem Erstaunen Flori Kuhrer liegen, mit Armen und Beinen zappelnd wie ein Säugling und gänzlich nackt. Er wollte lachen, doch es wurde ein Stöhnen, so beißend heiß war der Schmerz in seiner Kehle. Und während er noch überlegte, wie dies alles zu erklären war, vernahm er ein Keuchen und Husten vom Bach her, gerade unter dem Uferstück, an dem er kniete. Und dort unten lag Frido, bäuchlings im Schilf und gleichfalls nackt. Seine Wange in den Uferschlamm gebettet, Stirn und Schopf im Wasser. Bleich wie Sternenlicht war sein Leib und bis hinab zur mageren Brust mit Schlamm besudelt, und die Flut zog an seinen Haaren, strähnte und kämmte sie wieder und wieder mit haltloser Hand.

Faust half ihm sich aufzurappeln, und im Mondlicht, das zwischen den Tannenwipfeln herabrieselte, wirkte der Lehrjunge verlegen, ja verstört. Ohne zu fragen, was geschehen war, säuberte Frido sich notdürftig von Schlamm und Gräsern, sammelte Hemd, Wams und Hosen auf, die wild verstreut im Buschwerk hingen, warf Faust nur scheue Blicke zu und kleidete sich mit fliegenden Fingern an.

Auch Flori Kuhrer war unterdessen zu sich gekommen, doch seine Seele schien noch in jener Welt umherzuirren, in die er geschleudert worden war. Flori weinte und ließ sich weder durch Faust noch durch Frido beruhigen. Sie angelten seine Kleider von den Ästen, zu denen der schwarze Sjö oder welche Macht auch immer sie hinaufgeworfen hatte, und wandten sich dann zartfühlend ab, während Flori seinen vor Schluchzern bebenden Leib in Rock und Hosen pferchte.

Was nur war ihnen unter dem Schwarzkopf geschehen? Soviel zumindest schien für Faust festzustehen: Dämonische Kräfte waren in die Leiber von Flori und Frido gefahren. Zu willenlosen Puppen verwandelt, mußten die beiden Burschen wie auf der Bühne nachgaukeln, was vor langer Zeit mit zwei neugeborenen Knaben am Fuß des Schwarzkopfs geschehen war.

Mit Trines Kleinem und wenig später mit mir selbst. Der eine dem Untergang geweiht, der andere vor dem Verderben gerettet durch die Macht des schwarzen Sjö.

Still wanderten sie durch den dunklen Tann und auf der mondbeschienenen Landstraße nach Knittlingen zurück. Es war tief in der Nacht, die Sterne glitzerten am Himmel. Noch immer entfuhr dem Besenmachersohn hin und wieder ein Schluchzen, während Frido bereits seine Seelenruhe zurückzuerobern begann, indem er das eben Erlebte ins Lachhafte zog.

»Na, da hab' ich im Traum wohl den Bach für eine Maid gehalten und mich im geilen Wahn von aller Schicklichkeit entblößt.«

Niemand antwortete ihm. In Fausts Kehle hauste ein Schmerz, als ob ihm die inwendige Haut vom Fleisch geschält worden wäre, und sein Geist war voller Wirrnis wie ein Schwarm aufgescheuchter Vögel.

Hat mein Hals in das Brüllen und Heulen des hündischen Heiligen etwa eingestimmt? Aber haust du denn draußen im Tann und zugleich in meiner Seele, schwarzer Sjö? Und wie kann es sein, daß du die einen beschützt, die anderen verdirbst?

12

Die erste Kindheit reichte bis zum siebten, die zweite schloß mit dem vierzehnten Jahr. Auch wenn Fausts Stimme vor der Zeit gebrochen war und heller Flaum aus seinen Wangen sproß, war er doch immer noch ein Knabe. Absonderliche Mächte wirkten in und mit ihm, das empfand er immer klarer, doch meist verbarg er sie, vor den Leuten und mehr noch vor sich selbst. Sie waren herrisch und gewaltig, wie Blitz und Donner, wie Vulkanglut und Drachenflut. Solange er selbst nur die geringe Kraft eines kaum zwölfjährigen Kindes besaß, durfte er allenfalls ab und an behutsam mit ihnen spielen.

Aus Trümmern von Hasel- und Traubeichenholz, das der Küfer im Knittlinger Forst für seine Fässer schlagen ließ, schnitzte sich Faust in jenem Jahr neue Fadenpuppen, kunstvoll verziert und eine halbe Elle lang. Zum jungen Zauberer Gerkas, seiner Mutter Nalida und dem roten Grobian gesellten sich weitere Gaukelgestalten. Ein heiliger Mann mit weißer Kutte und schwarzem Skapulier schritt zuweilen über die Bühne und ließ Gerkas in Bewegung und Rede gefrieren. Die schöne Erzzauberin Laria ritt auf ihrem Geisterroß durch die Lüfte, und Gerkas warf sich sogleich auf sein Pferd und sprengte ihr hinterher. Doch sie entschwand wie der Wind, und wie er auch raste und schrie, er holte sie niemals ein.

Zu jener Zeit hatte der Küfermeister Gerlach längst ein trunkenes Auge auf Lissa geworfen, die ältere Tochter von Tonia Siebenschöpf. Sie war sechzehn, eine Schönheit im Kittel einer Stallmagd, von hohem, schlankem Wuchs, mit seidig schwarzen Haaren und einer so stolzen Miene, als ob Prinzen reihenweise um sie freiten. Doch da war niemand außer dem wüsten Gerlach, der vom Morgengrauen an dem Wein zusprach und beim Abenddämmer zum Weinbrand überging und der tags die Gesellen beschimpfte, abends die Lehrbuben prügelte und bei Nacht seine Mägde bestieg.

Wenn Gerlach ihr lüstern zugriente, lächelte Lissa hoheitsvoll, wenn er nach ihr grapschen wollte, entwand sie sich geschmeidig seinen Griffen. Für sie schien es ein Spiel, und wie blutig ernst der Küfer die Sache nahm, merkte sie wohl erst, als er eines Abends in der Küche erschien. Da saßen die Schwestern gerade mit Georg und der Faustin am speckig glänzenden Tisch der Trine, und ohne ein Wort zu verlieren, packte der Küfer seine Beute bei den Achseln, warf sie sich über die Schulter und stapfte stracks zu seinen Gemächern zurück.

Lena und Faust wechselten Blicke, er sprang auf und lief dem Taumelnden hinterdrein. »Herr Gerlach? Auf ein Wort.«

Der Küfer wandte sich um, unter die zappelnde, schreiende Lissa gebückt. »Misch dich nicht ein, Knabe, sonst …« In seinem tresterdunklen Geist suchte er Augenblicke lang nach einer Drohung, die seiner Stimmung entspräche. Dabei stand er schwankend vor der Tür zu seinen Gemächern, und als ihm die Maid mit Zappeln und Schreien zu lästig wurde, warf er sie zu Boden und setzte einen bestiefelten Fuß auf ihren Bauch. »Sonst nagel' ich dich in ein Faß, Knabe.« Der Küfer stierte ihn aus blutigen Augen an. »Und schmeiß' dich draußen am Kloster in den Karpfenteich.«

Er bückte sich und faßte Lissa ins Haar, wie um sie am Schopf über seine Schwelle zu schleifen, doch dann erstarrte er in der Bewegung.

Fausts Blick war flammend geworden, blaue Feuerzungen begannen in seinen Augen zu tanzen und ließen Zorn und Gier des Küfers schmelzen. Er stierte zu Faust hinauf, und sein Blick wurde leer, als könnte er sich nicht mehr besinnen, warum er überhaupt hier an der Treppe stand, über eine liegende Maid gebeugt und zu einem Knaben mit blauen Flammenaugen aufschauend. Dann erschlafften die roten Riesenhände, rückwärts torkelte der Herr Gerlach über seine Schwelle und stieß die Tür so krachend zu, daß Lissa einen Schlag gegen die Schulter mitbekam. Sie stöhnte auf, und Faust beugte sich über sie und legte seine Hand auf ihren Arm.

»Ruhig, Lissa.« Er schloß die Augen, wie er es häufig machte, um seine Aufmerksamkeit zu sammeln, und da sah er Lissas Arm und Schulter seltsam verwandelt vor sich – wie mit beschlagenem Glas überzogen, und darunter ein Wogen und Beben roter und goldener Dämpfe, die sich wie feine Zwirnsschnüre spiralig umeinander drehten, und mitten darin einen schwarzen Placken, gezackt wie ein Stern und in all dem Zittern und Drehen als einziges Ding bewegungslos.

»Es ist nur eine kleine Prellung«, sagte er. »Hier.« Er öffnete die Augen und tippte sacht auf den dunklen Fleck, der unter Gewand und Haut verborgen lag.

»Danke.« Es war das erste Mal in all den Jahren, daß Lissa ihn anlächelte, ja daß sie ihn überhaupt wahrzunehmen schien. »Sei vorsichtig, Kleiner.« Sie rieb sich die Schulter. »Ich hab' keine Ahnung, wie du das gerade gemacht hast. Aber soviel weiß ich – Meister Gerlach wird nicht ruhen, bis er sich an dir gerächt hat.«

Er half ihr aufzustehen. Hinter der Tür hörten sie den Küfer stampfend umhergehen. Aber Faust zuckte bloß die Achseln, viel zu erstaunt über das eben Geschaute, um an den Gerlach auch nur einen Gedanken zu vergeuden. Er wandte sich um zu Lena, legte zur Probe auch ihr seine Linke auf den Arm, und sie mißdeutete die Berührung und drückte sich an ihn.

»Du bist ganz gesund, Lenchen.«

»Bis auf mein Herz«, wisperte sie heiß in sein Ohr, »es verzehrt sich vor Sehnsucht nach dir, mein Faust.«

Er ließ sein Lachen ertönen. Wegen Gerlach machte er sich keine Sorgen – die Zeiten, da der Trunkenbold sich erkühnt hatte, seine Hand gegen ihn zu erheben, waren für immer vorbei.

Es war das Jahr, da er zum ersten Mal den Leib Christi empfing, und die geheimnisvolle Wandlung beschäftigte ihn sehr. Pater Kasimir Huebele reichte ihm und den anderen Knaben die geweihte Hostie, und es war der Leib des Erlösers. Ihn auf der Zunge zerschmelzen, dann die Kehle hinabgleiten zu lassen, war Menschenfresserei und Gottesfrevel, und doch lag der heiligste Segen darauf.

Mit Inbrunst sang Georg Faust das Ecclesiat, nachdem er vom Fleisch des Heilands gekostet hatte, und als er den Segen empfing und im Knien sich umwandte, da saß ganz hinten in der Kirche wie immer die Mutter und lachte ihm zu, strahlend wie der herrlichste ihrer Himmelsboten. In diesem Augenblick gelang es ihm auch beinahe, an das himmlische Erbarmen zu glauben, an unseren gütigen Schöpfer und Seine lautere Liebe zur Kreatur. Er fühlte die Kraft Christi in seinem Innern, sie war wie blendend reines Licht, das ihm durch die Kehle rann, seine Seele und seinen Leib mit leuchtender Liebe erfüllte.

Und noch im Beichtstuhl, als er vor dem Priester zum ersten Mal seine Seele entblößen sollte, empfand er sich für einen erhebenden Moment einfach als von Gott erschaffenen Menschen, von einem Vater gezeugt, von einer Mutter geboren und durch das Opfer des Gottessohnes vor der ewigen Verdammnis bewahrt.

Im Halbdunkel des Beichtkastens war Pater Huebele hinter dem Schnitzgitter nur schemenhaft zu erkennen, aber wenn Faust die Augen schloß, sah er die beleibte Gestalt deutlich vor sich. Zurückgelehnt saß der Geistliche auf seinem Stuhl, die Hände unter dem Bauch gefaltet, die Wangen prall und rot, den Mund ein wenig geöffnet, um das Atmen zu erleichtern. »Überkommen dich zuweilen«, forschte er mit nachsichtigem Näseln, »sündige Gedanken, mein Sohn?«

Ja, Pater, offenbarte Faust im stillen, seit Jahr und Tag in jeder Nacht. Auch gestern wieder träumte mir, daß jener Falke auf meiner Brust hockte und seinen Schnabel zwischen meine Lippen drängte. Ich wollte ihn zurückstoßen, aber statt des gefiederten Leibs bekam ich etwas Weiches, Köstliches zu fassen, und es war der Busen meiner Mutter Maria. Sie nahm meine Hand und führte sie hinab zu ihrem Schoß, mein Herz klopfte stark, mein Atem ging schwer, ich sträubte mich, aber sie zog meine Hand dennoch zwischen ihre Schenkel hinab. Und wie gräßlich, Pater – wo ihre Scham sein sollte, erfühlte ich ein männliches Schmachteil, hart und wie mit rauhem Fell bedeckt, und riß mich von ihr los und mit einem verzweifelten Ruck aus dem Alp heraus.

Und als ich um mich sah, Pater, war mein Lager übergossen mit Blut und übersät mit Federn, aber es war nur ein Erwachen im Traum. Ich wälzte mich hin und her zwischen Blut und Gefieder und Brocken schmieriger Eingeweide, und meine Seele war vor Grauen starr. Endlich gelang es mir, mich ganz aus dem Schlaf herauszuwinden, und da fand ich mich allein in meiner Kammer. Der Morgen dämmerte, Pater, kein Falke weit und breit, und hinter der Wand hörte ich die Mutter leise jauchzen – bestimmt erblickte sie in ihrem Traum nichts Ärgeres als Engelscharen. Und wie jedesmal hätte ich vor Erleichterung heiße Tränen vergießen mögen, und was mir aus dem Hals kam, war kaltes Lachen.

»Nein, Pater, nie.« Er fuhr sich mit der Hand über die Augen. »Immer wenn mein Geist in derlei dunkle Gefilde abirren will, spute ich mich, ihn auf einen Gegenstand aus der Heiligen Schrift zu lenken.«

»Wohlgetan, mein Sohn. So wirst du vorankommen auf dem Pfad des Heils, den der Erlöser allen Menschen gebahnt hat.«

»Allen, Pater?« Er lauschte in die Düsternis hinter dem Schnitzgitter, doch außer dem mühsamen Atmen des Priesters war nichts zu hören. »Erlaubt Ihr mir eine Frage, Pater?« Schweigen. »Die Dämonen«, flüsterte Faust, Mund und Nase so nah am Gitter, daß er den säuerlichen Geruch des Mannes auf der anderen Seite einatmete. »Es sind doch nur Geister, ohne stoffliche Leiber – können sie gleichwohl Kinder zeugen nach Menschenart? Auch wenn sie einem Weib in der Gestalt eines Mannes erscheinen, so haben sie doch weder Glied noch Samen, und alles, was sie vermögen, ist Trug und Spuk?«

O doch, sie haben sehr wohl die Macht, Menschen zu zeugen, dachte der Pater und atmete ein und aus. Diese Dämonen sind rauhe Geister, und man nennt sie Incubi, mein Sohn. Behaart sind sie wie Tiere, mit einer schwarzen, oft schuppigen Haut, und sie geilen nach den Weibern und beschlafen sie, wenn man sie reizt und läßt. Darum sagt der Apostel: »Ein Weib soll einen Schleier tragen um ihr Haupt, wegen der lüsternen Geister.« Sie verwandeln sich in Engel des Lichts und tragen doch jederzeit die Hölle in sich. Sie verlangen von den Hexern göttliche Verehrung, Zauberkünste geschehen durch sie, und den Auserwählten werden sie zur Prüfung gegeben. Aber mögen sie auch tausend Arten und Kunstgriffe kennen, um Schaden zuzufügen, so beruht die Stärke des Teufels doch in den Lenden und im Nabel, mein Sohn. Denn die Dämonen herrschen durch die Üppigkeit des Fleisches mächtig in den Menschen, und der Sitz der Üppigkeit ist bei den Männern in den Lenden, weil von hier der Samen abgesondert wird, wie bei den Weibern aus dem Nabel. Und zuweilen zeugen sie mit ihrem eigenen Teufelssamen, der schwarz und kalt ist, und zuweilen rauben sie den Samen eines Mannes, verderben ihn und ergießen ihn in den Schoß des Weibes, und die Frucht, die solcherart heranwächst, ist zur Hälfte von dämonischer Natur.

Pater Huebele räusperte sich tief in der Kehle. Seine Stimme klang klamm und schwankend, als er endlich sein Schweigen brach. »Sorge dich nicht, mein Sohn, denn der Herr ist mit dir. Nun gehe hin in Frieden, und zur Buße für deine Zweifel an der Allmacht des Schöpfers und zur Dämpfung deiner geistigen Hoffart erlege ich dir auf, zu jeder vollen Stunde ein Ave Maria zu beten.«

13

Schon Tage, bevor der berühmte Wundarzt Thomas Bleikamm auf dem Knittlinger Kirchplatz sein Zelt aufschlug, zogen seine Ausrufer mit Trommeln und Pfeifen durch die Stadt.

Auf Flugblättern, die sie freigebig verteilten, stand zu lesen: »*Doktor Bleikamm, Heiler der Fürsten wie des Volkes, kuriert Taubheit der Ohren und Blindheit der Augen. Steine schneidet er geschwind heraus, ohne daß auch nur ein Schmerzenslaut des Geschnittenen zu hören wäre. Er behandelt auch jene, die an ihrer Mannheit zerbrochen sind, und Frauen, deren Schoß verdorrt ist. Er sticht den Star, schneidet Brüche, operiert Hasenscharten und Kröpfe, schneidet den Krebs und läßt Muttermale verschwinden, zieht die Zähne und setzt künstliche Augen ein, die sogar bewegt werden können.*«

An einem Montag Mitte August 1492 traf Bleikamm in seiner prachtvollen Kutsche und mit zahlreichem Gefolge ein. Während seine Gehilfen die Bühne zusammenzimmerten und daneben das bunt bewimpelte Zelt aufschlugen, strich Georg Faust ungeduldig auf dem Kirchplatz umher. Tage- und nächtelang hatte er dem Erscheinen des viel beschrienen Wundarztes entgegengefiebert. Seit er Lissa vor Wochen die Hand aufgelegt hatte, lechzte er danach, einen erfahrenen Heiler von Angesicht zu sehen und womöglich gar einige Worte mit ihm zu wechseln.

Vom Schulhaus an der anderen Seite des Platzes drangen die Stimmen der Knaben herüber, die in diesem Sommer unter dem Stock des Ranunculus sangen und seufzten. Fausts Schulzeit war im Mai zu Ende gegangen, und sehr viel mehr als eine Handvoll Fabeln, Psalter und Heiligenlegenden hatte Meister Rupertus ihnen trotz aufopfernden Gebrauchs der Rute nicht einzubleuen vermocht.

Die Flugblätter des Doktors Bleikamm zu entziffern fiel Faust gleichwohl nicht schwer. Zum Wiegenfest hatte der Herr Gerlach ihm Jahr für Jahr ein neues Buch aushändigen lassen. Auf die »Rerum Romanum«, diese bunte Sammlung erbaulicher Schaurigkeit, war der »Physiologos« gefolgt, das Bestiarium der wunderlichsten Lebewesen aus allen Ländern des Erdkreises, und sodann erst die Heilige Schrift in einem gewundenen, fast unverständlich latinisierenden Deutsch. Mit der Gier eines Wüstenwanderers hatte Faust diese Bücher wieder und wieder eingesogen, ihre Torheit und Weisheit, Poesie und düstere Komik ein ums andere Mal in sich hineingeschlürft.

In diesem Jahr nun, zu seinem zwölften Geburtstag, war ihm eine in schwarzes Leder gebundene Schrift zuteil geworden, deren Titel seinen Herzschlag noch immer beschleunigen konnte: »Von den geheimen Praktiken der Zauberer«. Der Inhalt des Büchleins war dürftig, ja ernüchternd – mehr als ein paar Anleitungen zu simpler Gaukelei und Augentäuschung gab der Verfasser, der sich Paulus Nigrethius nannte, nicht preis. Und doch schien es Faust, als hätte der Herr Prior Johannes ihn mit dieser Schrift zum ersten Mal in eigener Person angeredet, als hätte er ihm über Ferne und Schweigen hinweg zugerufen: »Dein Weg und Werk soll die Zauberei werden, Georg Faust – und nicht mehr lange, dann bist du bereit.«

Immer klarer fühlte er, daß die Stunde nah herangerückt war, in der die Klosterpforte zu Maulbronn sich für ihn öffnen würde. Doch gerade jetzt begannen sich in ihm auch Zweifel zu regen, ein leises Aufbegehren gegen die eben erst erahnten Pläne des Herrn Priors.

Was für eine Miene würdet Ihr machen, heiliger Mann, wenn ich mich Eurem Zauberweg verweigern würde? Wenn ich die dunklen Kräfte, die ich in mir wirken fühle, der Heilkunst des Doktor Bleikamm dienstbar machte, statt mich Eurem Plan zu unterwerfen? Und wie könnte ich besser erproben, was es mit jenen Kräften auf sich hat, als wenn ich sie zur Heilung der Kranken, zur Linderung ihrer Leiden gebrauchte?

Während solche Gedanken hinter Fausts Stirn umhertanzten, hatten sich auf dem Kirchplatz bereits etliche Schaulustige versammelt. Die Gehilfen des Wundarztes waren im Zelt verschwunden, eben kehrten zwei von ihnen in bunten Kostümen zurück und begannen auf der wackligen Bühne eine Hanswurstiade aufzuführen.

Der Harlekin mimte einen Zahnkranken, der sich gräßlich vor den Schmerzen fürchtete, die ihm unter der Zange des Hanswurst angeblich drohten. Seine Backe war wie ein Ballon geschwollen, doch die Angst vor drohenden weiteren Schmerzen schien stärker als die bereits in ihm wühlende Pein. Hundertmal brachte der Hanswurst ihn durch List und Schmeichelei dazu, auf dem Krankenstuhl Platz zu nehmen, neunundneunzigmal sprang er unter dem Gelächter des Publikums wieder auf, wollte die Flucht ergreifen und kehrte doch gleich wieder zurück, weil ihn der wehe Zahn allzu arg plagte. Aber nachdem er endlich sein Maul geöffnet hatte, erwies sich alle Sorge als grundlos: Der Hanswurst, mit Dorn und Zange bewaffnet, hatte im Handumdrehen den faulen Zahn gezogen, der Harlekin fand nicht einmal Zeit, um aufzuseufzen. Auch die Backe schwoll augenblicklich ab, und der Geheilte stimmte ein Loblied auf den wundertätigen Wundarzt an.

Applaus, Applaus. Die Schaulustigen schoben sich näher an die Bühne heran. Faust dagegen arbeitete sich auf das Zelt zu, über dessen aufgeschürztem Eingang gemalt stand: »Doktor Thomas Bleikamm, herzoglicher Wundarzt«.

Er stellte sich auf die Zehenspitzen. Das Innere des Zeltes war reich mit Teppichen ausgelegt. An der Seite stand ein Lehnstuhl, auf dem ein stattlicher Mann in mehlfarbener Perücke saß, mit glattem, rundem Antlitz, in einen Rock aus schimmernd blauem Tuch und froschgrüne Hosen gekleidet. Mitten im Zelt stand ein langer, niederer Tisch, an dessen einem Ende Zangen, Messer, Scheren und selbst Sägen in verschiedenen Größen aufgereiht waren. Eine Eisenplatte mit daran geschraubtem Holzgriff, nicht unähnlich einem Plätteisen, lag glutrot erhitzt in einem Kohlebecken am Boden, neben einem Kübel, aus dem Wasserdampf aufstieg.

Während Georg Faust all diese Einzelheiten in sich aufnahm, wurde eine Bahn in der Zeltwand gegenüber zur Seite geschlagen, und eine junge Frau trat in das reisende Arztgemach ein. Es war die überaus hübsche Agnes Kuhrer, eine vollbusige, vollblütige Person von starkem Liebreiz, in die sich wohl jeder männliche Knittlinger schon einmal heimlich vergafft hatte. Auch Faust konnte die Frau Agnes niemals ansehen, ohne ein leises Ziehen in der Nabelgegend zu verspüren. Und da es sich um die Gemahlin des Besenmachers Balthasar Kuhrer handelte, in dessen Haushalt sein Jünger Flori als unehelicher Sohn aufwuchs, hatte Faust häufig Gelegenheit, Frau Agnes in vertraulicher Nähe zu sehen.

So hübsch die Besenmachergattin auch gemeinhin anzuschauen war, seit einigen Wochen litt sie an einer Verunstaltung, die ihren Liebreiz sehr beeinträchtigte. In der linken Wange wuchs ihr eine Geschwulst, die binnen kurzem von Tauben- über Hühner- zu Schwaneneigröße angeschwollen war. Das Gewächs erstreckte sich vom Ohr bis zum Kinn, unter der Haut beweglich eingelagert wie ein Ball, der in einem Leinenbeutel hin und her rollt. Das speckige Ei hätte gewiß jedes Gesicht entstellt, doch bei der Kuhrerin nahm es sich aus, als hätte ihr der Teufel einen Batzen Spinnendreck ins Antlitz gespien. Denn nichts ergrimmt den Satan mehr als vollendete Schönheit, die ihn an seinen einstigen eigenen Engelsglanz gemahnt.

Beim Anblick der Frau Agnes war Faust zusammengefahren, allerdings nicht wegen der Geschwulst, an deren Anblick er gewöhnt war. Wenn er der Gemahlin des Besenmachers auf zwei Schritte oder weniger nahe kam, verspürte er neben ihrem süßen Liebreiz jedesmal auch einen beklemmenden Hauch. Sie mußte an einer verborgenen Krankheit leiden, das war ihm im gleichen Moment aufgegangen, als sie in das Zelt eingetreten war. Mit dem Gewächs im Gesicht konnte sie gewiß uralt werden, doch die Strapazen einer Operation würde ihr geschwächter Leib womöglich nicht überstehen.

Unterdessen hatte sich der Wundarzt von seinem Lehnstuhl erhoben und eine Verbeugung in Richtung der Frau Agnes angedeutet. Nun wies er seine Gehilfen an, die Schaulustigen hinauszudrängen und das Zelt zu schließen, damit die Patientin bei der Untersuchung ungestört sei. Der berühmte Doktor sprach ein behaglich klingendes Pfälzerdeutsch, bei dem er die Silben dehnte und die Wortenden gleichsam zerkaute.

»Bitte um Nachsicht.« Eben wollte ein Gehilfe ihn nach draußen schieben, da schlüpfte Faust an ihm vorbei ins Zelt. Die hellblauen Augen des herzoglichen Doktors musterten ihn erstaunt. »Ich bin ein großer Verehrer Eurer Kunst«, fuhr Faust rasch fort, »und ich brenne darauf, mein Talent in Euren Dienst zu stellen.«

Er trat neben den Wundarzt, der eben im Begriff war, die Frau Agnes auf seinen Schneidetisch zu betten. Sie war schon dabei, sich niederzulegen, doch nun richtete sie sich wieder auf und nickte Faust lächelnd zu, wobei das Speckei in ihrer Wange auf und nieder rollte.

»Ein Talent mit Flaumbart? Warum nicht.« Der Doktor schürzte die Lippen und warf das Haupt zu einem kurzen Theaterlachen zurück. »Aber was glaubt Er, wie viele Knaben ihre linke Hand dafür gäben, wenn ich sie in meine Dienste aufnehmen würde?«

»Oder ihr linkes Ei«, rief von draußen ein Spötter und erntete Gelächter. Denn bei der Heilung von Wasserbrüchen nahm der Doktor meist einen Hoden heraus, beließ den zweiten jedoch im Beutel, um die Zeugungskraft zu retten.

»Aber keiner von Euren Knaben vermag«, gab Faust ruhig zurück, »wozu ich imstande bin.«

»Und wozu will Er imstande sein? Wie heißt Er überhaupt? Wer hat Ihn zu mir geschickt?«

Mit ruhiger Stimme nannte er seinen Namen. »Niemand hat mich geschickt – nur der Drang, Euch und Euren Kranken zu dienen. Ich lege den Leuten meine Hand auf und …«

»… und sie sind geheilt?« Wieder ließ der Doktor sein weiches Lachen erklingen. »Also ist Er ein kleiner Wundermann, der weder Balsam noch Messer braucht, um zu kurieren?«

»Mit Verlaub, Herr Doktor – hättet Ihr mich ausreden lassen, bräuchtet Ihr jetzt nicht zu rätseln.«

»Nun, da hat Er die Logik einmal auf Seiner Seite. Was also geschieht, wenn Er Leidenden die Hand auflegt?«

»Ich erfühle, wo in ihrem Leib Krankheit oder Wunde verborgen ist.« Natürlich spürte er, daß der herzogliche Wundarzt ihm nicht glaubte. Wie kam er auch dazu, sich von einem flusenbärtigen Knaben derart belehren zu lassen? Auch wenn die Gehilfen mittlerweile alle Eingänge verschlossen hatten, drang doch jedes Wort, das sie hier drinnen wechselten, durch das Zelttuch auf den Platz hinaus.

»Um zu erkennen, woran diese Frau krankt, genügen meine Augen durchaus«, stellte der Doktor in behaglichem Ton fest. »Ihr sitzt ein Speckgewächs in der Backe, das in drei Wochen so groß wie der Kopf eines Säuglings sein wird. In weiteren vierzehn Tagen wird es sich den Hals hinab ausgebreitet haben, wenn wir ihm nicht Einhalt gebieten. Es war also sehr vernünftig von Euch, werte Frau«, lobte er die Agnes Kuhrer, »daß Ihr heute zu mir gekommen seid. Und Er« – Bleikamm legte Faust eine Hand vor die Brust und schob ihn vom Schneidetisch fort – »wird jetzt mein Zelt verlassen, sonst lasse ich Ihn hinaustragen und draußen von meinen Hanswursten durchprügeln.«

In Fausts Augen begann es zu brennen. Er richtete seinen Blick auf den Doktor, doch der Berühmte schien durch ein paar blaue Flammen in den Augen eines Knaben nicht zu beirren. Wieder warf er sein Haupt zurück, schürzte die Lippen und lachte künstlich und weich. Währenddessen beugte sich Faust zur Frau Agnes hinüber, zögerte nur kurz und drückte seine linke Hand auf ihren Busen.

Sie ließ ein Quietschen hören, wischte ihn von sich herunter wie ein Spinnentier und bemerkte ein wenig atemlos zum Doktor hinauf: »Ich kenne den Burschen – ein Freund von unserem Flori, dem Kegelsohn meines Gemahls. Hat sich wohl in mich verschmachtet, der arme Kerl.« Während sie sprach, sprang das Speckei schrecklich in ihrem Antlitz umher, und der Harlekin packte Faust beim Arm und zerrte ihn zum Ausgang.

»Ein Wort noch, Herr Doktor.« Bleikamm machte seinem Gehilfen ein Zeichen, und der ließ Faust los, blieb aber dicht bei ihm stehen. »Ihr spottet über meine Gabe, an die Ihr nicht zu glauben scheint. Und doch bitte ich Euch – hört auf meinen Rat, nur dieses eine Mal.«

Mit der Rechten hielt der Wundarzt schon den Griff eines Messers mit langer, gebogener Klinge umfaßt, während seine Linke prüfend in das Speckei zwackte. »Und was rät Er mir?«

»Schneidet sie nicht. Ihr Herz – es ist von grauen Nebeln umgeben, ein gesundes Herz aber schwebt in einer Wolke aus Gold und Rot.«

»Wer hat mir nur diesen Dorfnarren geschickt?« Bleikamm seufzte behaglich. »Aber nun es ist es genug, werft ihn hinaus.«

So geschah es. Faust suchte den Blick der Frau Agnes, während die Gehilfen ihn nach draußen kegelten. Aber die Patientin lag schon flach hingestreckt, wie es für die Schneidekunst des Doktors erforderlich war: mit Hand- und Fußgelenken unbeweglich an den Tisch gefesselt und zwischen den Zähnen ein Beißholz gegen den allerärgsten Schmerz.

14

Faust fühlte sich benommen, zugleich von Unruhe und Angst erfüllt. Er fragte sich, ob der Harlekin ihm ein Gift verabreicht hatte, als er eben nach draußen gedrängt worden war – mit einem winzigen Dorn oder durch ein unmerklich ihm aufgeklebtes Pflaster, aber wie er auch an sich herumtastete, er konnte keinen Einstich und erst recht kein Pflaster erfühlen.

Durch einen Spalt in der Zeltwand vermochte er alles, was drinnen vorging, genauestens zu sehen. Der Kopf der Kuhrerin lag auf die rechte Wange gebettet, und ein Gehilfe hielt seine Hand auf ihre linke Schläfe gedrückt, damit sie den Kopf nicht hin und her werfen konnte, wenn der Wundarzt mit dem Messer in sie drang. Mit seiner Lederschürze über dem blauen Rock erinnerte er Faust an den Metzgermeister Häberle, der in seinem Hof an jedem Samstag eine Sau abstach und von seinen Gesellen zu Braten und Würsten verarbeiten ließ.

Als erstes stieß Bleikamm eine Hohlnadel in die Wange der Kranken. Mit wissendem Lächeln sah er zu, wie ein blaßroter Saft herausrann, den der Hanswurst in einer Emailleschale auffing. Dann beugte er sich mit einem Ruck auf die Frau Agnes hinab, setzte das gebogene Messer unter ihrem Ohr an und zog einen scharfen Schnitt bis zu ihrem linken Mundwinkel. Die Kranke spie das Beißholz heraus, stieß einen gellenden Schrei aus und versuchte sich aufzubäumen, doch der Gehilfe hielt ihren Kopf mit großem Nachdruck auf den Tisch gepreßt.

Fausts Herz raste, und in seinem Kopf dröhnte es wie von Donnerschlägen. Das rührte allerdings auch von den Trommeln her, auf die der Harlekin und ein Narr mit Schellenkappe neben ihm auf der Bühne mit aller Kraft einschlugen. Doch die Schmerzensschreie der Frau Agnes konnten auch Trommeln und selbst Trompeten nicht übertönen. Es waren Schreie, wie Faust sie niemals vorher vernommen hatte, jedenfalls nicht aus Menschenmund. Es klang wie hündisches Heulen, wie Katzenschreie, dann wieder wie der Klageruf einer Eule. Faust klammerte sich an die hölzerne Stange unter dem Zelttuch, er verspürte einen fast übermächtigen Drang davonzulaufen, zu seiner Mutter, die gewiß wieder in ihrer Kammer saß und mit fliegenden Fingern Engel um Engel aufs Papier warf. Aber er begriff nicht im mindesten, woher der Aufruhr in seinem Innern rührte.

Es muß einen anderen Weg geben, dachte er, um die Kranken zu heilen, die Wunden in ihrem Innern zu schließen, die schwarzen Stellen in ihrem Gewebe zu tilgen – einen anderen Weg als dieses Herummetzgern in lebendigem Fleisch. So wie er einen Krankheitsquell aufspüren konnte, ohne dafür den Leib mit Messern zu öffnen, so mußte es ja auch möglich sein, auf sanfte Weise Linderung zu bringen, sei es durch Balsam oder durch heilende Magie. Die Frau Agnes jedenfalls würde die Tortur mit Nadeln und Messern, die Schmerzen, den peinvollen Aufruhr in ihrem Innern nicht überleben, das spürte er immer deutlicher. Doch das allein war es nicht, was die ängstliche Unruhe und Benommenheit seiner Seele hervorrief, auch das empfand Faust mit schmerzlicher Klarheit. Es war ein Zeichen, das ihm aus seinem Innern gesandt wurde, aber er vermochte es nicht zu deuten, und das quälte ihn beinahe noch mehr als sein rasender Herzschlag, die Schreie der Kuhrerin und seine Ahnung, daß Frau Agnes den blutigen Künsten des Arztes erliegen würde.

Doktor Bleikamm hatte sein Messer unterdessen ein zweites Mal durch ihre Wange gezogen, kreuzweise zum ersten Schnitt. Ohne sich von den erbärmlichen Schreien beirren zu lassen, klappte er die Backenhaut wie die Viertel eines magischen Quadrats auf und begann die dahinter nistende Geschwulst vom Fleisch der Kranken zu lösen. Mal fuhr er mit dem Messer, dann mit dem Finger in die Höhlung, ließ sich schließlich eine lange, krumme Nadel mit angehängtem Zwirnsfaden reichen und stieß sie kreuz und quer, wie ein Flickschuster ins Leder, in die Geschwulst hinein.

Zwischendrin machte er dem Hanswurst mehrfach Zeichen, mit einem Schwamm das Blut aus der Wunde zu wischen, und als er eine Ader durchschnitt, aus der in starkem Strahl Blut hervorspritzte, wies er den Hanswurst an, sie mit Daumen und Zeigefinger abzuklemmen. Sodann zog er die Geschwulst, die ringsum herausgelöst und wie ein Braten mit Zwirn umwickelt war, an der krummen Nadel gemächlich aus der Backe heraus und ließ sie in die Emailleschale gleiten.

Der Doktor wusch sich die Hände im Wasserkübel, und die Narren auf der Bühne ließen unterdessen die Trommelstöcke ruhen. Die Schmerzensschreie der Kuhrerin waren zu einem Winseln verronnen. Sie schien kaum mehr bei Bewußtsein, ihre Augen waren geöffnet, der Blick jedoch glasig, als Bleikamm die Wunde mit Blutschwämmen ausstopfte. Schließlich bückte er sich nochmals hinab und hob das glühende Eisen aus dem Kohlebecken. Es lief vorn in einen nageldünnen Dorn aus, der gleichfalls glühend rot war, und Faust sah, daß die Kuhrerin zu sich kam und mit einem Ausdruck ungläubigen Entsetzens auf den Höllenspieß starrte.

Mit einer Hand klappte der Arzt die Backenhaut neuerlich beiseite, mit der anderen führte er den glühenden Dorn zur durchtrennten Ader. Der Hanswurst ließ los, wieder spritzte Blut hervor, dann schien der Glutdorn auf das Blutgefäß zu stoßen. Ein Qualmfaden waberte aus dem Wangenloch hervor, und zugleich breitete sich der Geruch von Schmorfleisch aus.

Frau Agnes Kuhrer aber hörte just in diesem Augenblick auf zu atmen. Ihr Blick brach, und selbst aus fünf Schritten Entfernung spürte Faust die Kälte, die von ihr herüberwehte. Den übel vertrauten Todesfrost.

Das Glutgerät noch in der Hand, nickte Bleikamm zufrieden, denn die Verödung der Ader schien gut gelungen. Er legte das Eisen in die Kohleschale zurück, begann Kompressen auf die Wunde zu häufen und schien zuerst gar nicht zu begreifen, als der Hanswurst mit fahrigen Fingern den Pulsschlag der Kuhrerin suchte.

»Zu Hilfe, Herr, ihr Herz!«

Bleikamm sah vom Hanswurst zu der Toten, deren Kopf er eben mit einer Binde hatte umwickeln wollen. Für einen langen Augenblick stand er einfach da, in blutbesprenkelter Lederschürze, bis zur Stirn hinauf mit roten Spritzern besät. Dann wandte er sich um, und den Blick auf den Spalt in der Zeltwand geheftet, rief der Wundarzt mit einer überkippenden Stimme, die alles Weiche und Behagliche eingebüßt hatte: »Ergreift den Knaben Faust – er hat diese Frau durch Zauber entseelt!«

Er warf sich herum und war auf und davon, mit Schultern und Knien durch die Menge rempelnd, noch ehe der Wundarzt fertig geschrien hatte.

»Haltet ihn fest, er hat die Kuhrerin umgebracht!«

Sie hetzten hinter ihm her, wohl zwei Dutzend Leute, eine bunt gemischte Meute – Knittlinger Burschen und Männer, dazwischen Hanswurste, Harlekine, Narren. Wenn er jetzt stolperte, zu Boden fiele, sie würden ihn zerstampfen, aber er würde nicht straucheln. Sein Geist war klar, sein Herz schlug rasch und stark, seine Beine trugen ihn die Gasse hinab, schneller als ein Frühlingssturm.

Vor ihm tauchte bereits das Küferhaus auf, und in der offenen

Werkstattür standen der Meister und seine sämtlichen sieben Gesellen, durch das Geschrei und Getrappel auf der Gasse aufgeschreckt.

Zwischen den Männern in den grünen Küferschürzen hindurch tauchte Faust in die düstere Werkstatt. »Verriegelt die Tür, Herr Gerlach, und laßt niemanden ein.« Er war nicht einmal außer Atem. »Ihr habt gelobt, mich zu beschützen, also handelt auch danach.«

Ohne sich noch einmal zum Küfermeister umzuwenden, durchquerte er die Werkstatt und zog die Tür zur Gesindetreppe auf. Der Herr Gerlach hatte ihm mit einem hämischen Grinsen entgegengesehen, aber darauf kam es jetzt nicht an. In seinem Rücken hörte er, wie die schwere Außentür ins Schloß fiel und die beiden armbreiten Eisenriegel vorgeschoben wurden. Die Schreie und Rufe auf der Gasse verebbten zu Gemurmel. Doch zugleich wuchs seine Angst zu schierer Panik an.

Er lief die Treppe hoch, an der Küche vorbei, erklomm die Stiege hinauf zum Dach. Schon auf den obersten Stufen hörte er sie schluchzen, und da erst begriff er, verstand in einem einzigen Moment eisigen Entsetzens, was ihn die ganze Zeit so sehr beunruhigt hatte. Weshalb sein Herz gerast, sein Geist sich verdüstert, Vorahnungen ihn geängstigt hatten.

Nicht wegen der Frau Agnes. Nicht wegen der Metzgerkünste des Wundarztes. Nicht einmal aus Sorge, Faust, um deine eigene Haut. Seine Seele hatte ihm Zeichen um Zeichen gesandt, und er hatte sie alle mißdeutet.

Er stieß ihre Tür auf, trat in die Kammer der Faustin. Und da lag sie wie damals, wie schon einmal, wie es nie und niemals mehr hätte geschehen dürfen, und wieder war es einzig seine Schuld.

»Es tut mir so furchtbar leid, Mutter.« Neben ihrem Lager fiel er auf die Knie.

Ihr geliebtes Antlitz war eine unförmige Masse, schillernd in Blau und Schwarz und Violett. Das eine Auge war gänzlich zugeschwollen, das andere ein blutiger Schlitz. Und doch flog ihr ein Lächeln über Mund und Wangen, als sie ihre Hand auf sein tief gesenktes Haupt legte.

Gräme dich nicht, mein geliebter Sohn. Er las es aus ihrem Schluchzen, aus dem Zittern ihrer Finger heraus, so unzweifelhaft, als ob sie laut und klar zu ihm spräche. *Dich trifft keine Schuld. Er hätte es so oder so wieder getan, jeder Vorwand wäre ihm recht gewesen.*

Ihr Schmerz zerschnitt ihm das Herz, ihre Tränen ließen seine Augen brennen, ihr Schluchzen schnürte seine Kehle zu. Und er konnte nichts, nach all den Jahren noch immer nichts tun, um sie zu beschützen.

Warum erlaubt Ihr, Herr Johannes, daß sie so sehr leiden muß? Warum tut Ihr nichts dawider, daß sie uns schlechter behandeln als die Tiere im Stall, als die Hunde auf der Straße, als die Ratten unter dem heimlichen Gemach?

Er hörte sie unten auf der Gasse rufen und rumoren. »Gebt den Satansbalg heraus, Küfer, er hat eine Frau umgebracht! Er hat ihr die Hand aufgelegt, nur deshalb ist sie gestorben!« Sie schrien und pfiffen und warfen mit Steinen, die von der Hausmauer abprallten und polternd auf die Gasse schlugen. »Der Kerl hat nicht nur die Frau ermordet – er will auch Ruf und Ehre unseres Herrn zerstören, des im ganzen Reich berühmten Doktor Bleikamm! Gebt ihn heraus!«

Behutsam legte er seine linke Hand auf den Arm der Faustin, dann auf ihre Stirn, ihren Leib.

Ich muß für uns beide eine neue Heimstatt finden, wo wir wirklich in Sicherheit sind. Denn beim nächsten Mal, Mutter, schlägt er Euch tot.

Wie hatte er nur jemals glauben können, daß sie im Haus des Küfers geschützt wären? Von der Meute draußen gehetzt oder drinnen dem grausamen Kerkermeister ausgeliefert – das war schon der ganze Unterschied.

Ich muß zum Herrn Johannes, ich kann nicht länger warten, daß er mich endlich ruft.

15

Die Gebäude eines Klosters hatten die Vergeistigung der Materie, die Lichtwerdung des Steins auszudrücken, und das bedeutete – eine Architektur aus schlanken Säulen, filigranen Fialen, mit federleicht wirkenden Gewölben, vielfach durchbrochenem Mauerwerk. Nirgends durfte der Eindruck von Wucht und Schwere entstehen, vom

Grundstein bis zum Dachstuhl mußte alles den Anschein erwecken, als ob das Bauwerk jederzeit imstande wäre, himmelwärts davonzuschweben.

Abt Johannes Burrus liebte es, in Visionen von baumeisterlicher Frömmigkeit zu schwelgen. Er war ein nicht mehr ganz junger Mann von einiger Beleibtheit, mit wasserhellen Augen, die tief ins blasse, weiche Fleisch gebettet waren und zu nervösem Blinzeln neigten. Allerdings besaß er auch gute Gründe zu vorwärtsdrängender Unrast. Immerhin hatte er bis zu seinem dreiunddreißigsten Jahr im nachgeordneten Rang eines Priors ausharren müssen, ehe er am diesjährigen Pfingstfest von einer knappen Mehrheit des Mönchskapitels zum neuen Oberhaupt von Maulbronn gewählt worden war.

»Diese drückenden Mauern zu einem Luftschiff Gottes zu verwandeln ist unsere edelste Berufung, Euer Liebden«, erklärte er soeben seinem hochgestellten Besucher. »Zu einem Segler der Seligen, der in Eurer geheiligten Pfalz vor Anker liegt, um die wahrhaft Gläubigen dereinst in den Hafen des Himmlischen hinaufzutragen.«

Er deutete zur Saaldecke empor, die aber vorläufig nur schadhafte Stukkaturen und spiralige Stockflecken aufwies, anstelle der Engelschöre, in florentinischer Manier gemalt, die Abt Johannes in seherischen Augenblicken bereits über seinem Haupt schweben wähnte.

Nun denn, fürs erste war dies hier nur der ehemalige Krankensaal der vor Jahren umgesiedelten Kloster-Infirmerie, und wenn man sich bloß ein wenig anstrengte, konnte man sogar noch den sauren Schweiß der Kranken und Sterbenden riechen, der in Teppichen und Bodenbrettern saß. Aber wenn die Dinge sich auch nur einigermaßen so entwickelten, wie Johannes Burrus sich das vorstellte, dann würde dieser ungefüge Klotz aus der Frühzeit des Klosters ohnehin bald schon einem Neubau im Stil der gotischen Baumeister weichen. Im Südflügel würde er die Abtgemächer unterbringen, im Norden eine Reihe ansehnlicher Schlaf- und Studierkammern für die gelehrten Gäste, die er schon in großer Zahl und aus allen Himmelsrichtungen nach Maulbronn reisen sah, um die einzigartige Baukunst des neuen Abtes zu bewundern.

Aber gemach, gemach, vorerst mußte er den hochgestellten Besucher von seiner treuen Liebe zur Kurpfalz und insbesondere zum

Wittelsbacher Herrscherhaus überzeugen. Dieser edle Gast im Kaschmirmantel war kein Geringerer als Kurfürst Philipp von der Pfalz, der sich auf dem Besuchersessel, zwischen den teils vergilbten, teils eingedunkelten Porträts dahingegangener Zisterzienser-Äbte ausnahm wie ein Tiger im Lammgehege.

Die kurfürstliche Raubkatze wagte derzeit allerdings nur ein wenig zu fauchen und die Reißzähne zu blecken. Denn über ihr saß der kaiserliche Löwe, und allenfalls in innigem Bündnis mit Abt Johannes konnte Philipp von der Pfalz es wagen, sich die klösterlichen Latifundien leise einzuverleiben. Seit mehr als drei Jahrhunderten war das Kloster dem Kaiserreich unmittelbar zugehörig, und mit seinen zwei Dutzend Dörfern samt Hunderten Untertanen, seinen Forsten und Jagden, Bergwerken und Mühlen stellte es für den Heidelberger Philipp wie auch für seinen Stuttgarter Nebenbuhler, den unersättlichen Herzog von Württemberg, einen verlockenden Happen dar.

»Ihr sollt wissen, Burrus, daß Wir Eure gottgefälligen Pläne gutheißen und gnädigst zu fördern gedenken«, sprach der Kurfürst und beugte sich in seinem Sessel so scharf nach vorn, daß sein Atem über das Antlitz des Abtes fuhr. »Und zum Zeichen Unserer Gnade wollen Wir ein übriges tun und Eure heiligen Bauten mit einer gewaltig hohen und dicken Wehrmauer einfrieden, die kein kaiserliches Heer und keine Württemberger Söldnerschar zu überrennen vermag.«

Abt Burrus erschrak. Auch er beugte sich nun vor und näherte seine fleischige Hand dem fürstlichen Samtärmel, zog sie aber gleich wieder zurück. »Hieße es nicht, den Löwen erst recht zum Angriff zu reizen, Euer Liebden, wenn wir das Kloster verschanzen, obwohl kein Feind zu sehen ist – außer Eurem kurfürstlichen Heer?«

Das knabenhafte Antlitz des Regenten verdüsterte sich, wurde aber gleich wieder hell und klar. Philipp trug den Beinamen der Aufrichtige, und obwohl er bereits in seinem vierzigsten Jahr stand, umgab ihn noch immer die Glorie eines höfischen Jünglings. Johannes verehrte ihn sehr, denn der Kurfürst besaß alles, was er selbst bewunderte und entbehrte – Leichtigkeit des Geistes, Anmut des Leibes und eine ritterliche Seele, die nur keusche Leidenschaft zu kennen schien.

»Sollte Euch jemand fragen, Burrus, so sprecht einfach die Wahrheit: Ihr befestigt das Kloster, weil Ihr einen Angriff des ungestümen Württembergers fürchtet. Jedermann wird Euch glauben, denn der Herzog sitzt nur einen Tagesritt entfernt, und seine Schatzkammern wären gähnend leer, wenn sich darin nicht die Schuldverschreibungen häuften.«

Er erhob sich, und der Abt beeilte sich, es ihm gleichzutun. Der Kurfürst überragte ihn um mehr als eine Handbreit, dabei war Philipp durchaus kein Hüne. Doch Johannes Burrus war vom Allmächtigen mit einem unansehnlichen Leib bedacht worden – auf daß er der Sünden des Fleisches desto leichter entsage und noch brennender nach der Vergeistigung des Steines strebe.

»Gott segne Euch, Euer Liebden. Noch heute will ich an den großen Baumeister Andreas Krahlis in Nürnberg und an den Bildhauer Pisoretti in Venedig schreiben.« Er verneigte sich vor dem Fürsten, und wie jedesmal geriet er ein wenig außer Atem, denn um die Leibesmitte hatte er in den letzten Jahren stark an Umfang zugelegt.

In den letzten dreizehn Jahren, um genau zu sein – die innere Unrast peinigte ihn, seit er an Michaeli 1479 A.D. Zeuge gotteslästerlichen Frevels geworden war. Sie raubte ihm den Nachtschlaf und ließ sich selbst durch üppiges Tafeln nicht immer mildern. Nur wenn er von seinen baumeisterlichen Visionen erfaßt und davongetragen wurde, konnte Johannes für Stunden und halbe Tage alles vergessen, was ihn bedrückte – die Erinnerung an jenen fauchenden Frevel, die erdrückende Schwere dieser Gemäuer und seines eigenen Leibes, die seine Seele wie mit einem zwiefachen Kerker umgaben. Und nun würde der Kurfürst seine Bestrebungen zwar durch eine jährliche Goldschatulle befördern – aber um den Preis, daß er um die schwebend leichten neuen Bauten desto plumpere Wehrmauern errichten ließ!

O Herr, hienieden ist Vollkommenheit uns nicht vergönnt, so betete Burrus im stillen. Und doch streben wir ewiglich nach ihr, denn sie ist ein Vorschein der Seligkeit, die in Deinem Reich auf die Schar der wahrhaft Gläubigen wartet. Amen.

Der August des 1492. Heilsjahres neigte sich bereits, der Himmel war wolkenlos, doch ein wenig verhangen mit einer Ahnung von Herbst.

Hoch über dem Innenhof des Klosters schwebte ein großer schwarzer Vogel, und Johannes Burrus, der soeben Kurfürst Philipp zu seiner Kutsche geleitet und mit untertänigstem Katzbuckeln verabschiedet hatte, stand vor dem alten Abtshaus, das Haupt in den Nacken zurückgelegt, und spähte zu dem greulichen Flügelvieh empor. Aus so himmlischer Höhe auf das Klostergeviert hinabzusehen, kam lediglich dem Allmächtigen, seinen Engeln und Heiligen zu. Doch der ungeschlachte Vogel wandte im Fliegen seinen Kopf hin und her, als ob er sich die Verhältnisse hier unten einzuprägen versuchte.

Der große Keller, wo vor bald dreizehn Jahre das schwarze Tier aus der Essignische hervorgebrochen war, lag unter dem Dormentbau im nordöstlichen Eck des Klosters, unweit dem Abtshaus, vor dessen Portal soeben die vierspännige Kutsche des Kurfürsten abgefahren war. Der Vogel drehte sich gen Westen, wo dem Klausurbereich zahlreiche Profanbauten vorgelagert waren – der gewaltige Fruchtspeicher linkerhand, weiter rechts der bucklige Fachwerkbau der Speisenmeisterei und daneben das wuchtige Gesindehaus, wo im Sommer 1479 A.D. auch Maria Faustin für ein paar Wochen genächtigt hatte. Noch weiter westlich befanden sich die Klostermühle, Backhaus, Haberkasten und Schmiede, alles in stattlichen Bauten untergebracht und von Größe und Wohlstand des Klosters zeugend.

Doch ebenso unzweifelhaft entbehrte jedes einzelne dieser Bauwerke der von Burrus so sehr geschätzten filigranen Leichtigkeit. Häufiger, als es für seine Seelenruhe gut war, malte er sich aus, wie er diese Bauten abreißen, die Fundamente schleifen lassen, eine ganze altehrwürdige Siedlung mit Kirche, Klausur- und Profanbauten der Vernichtung anheimgeben würde, um alles ganz und gar von neuem zu errichten, mit Mauern, die wie der unsäglich zart gefältelte Mantelaufschlag des Allmächtigen waren.

Es waren Pläne von so maßloser Gottfrömmigkeit, daß es Johannes Burrus selbst zuweilen schauderte. Niemals könnten die Kräfte eines einzelnen Mannes für ein so gewaltiges Werk hinreichen – seine Kräfte, seine Jahre und die Truhen voller Gold und Silber, die sich aus Mühlen und Bergwerken allenfalls herauspressen und durch geschmeidigste Bündnistreue von den Fürsten erlisten ließen. Aber zu

Lob und Ruhm des Herrn durfte Seinen Geschöpfen keine Mühsal und kein Wagnis zu groß sein. Wenn ein frommes Werk unmöglich schien, mußte es erst recht und mit verdoppeltem Eifer gewagt werden. Und wenn die oberirdischen Geldströme allzu spärlich rannen, dann mußte ein zu Großem berufener Gottesmann wie Johannes Burrus eben danach trachten, verborgene Quellen anzubohren. Um die Herrlichkeit des Herrn zu preisen, mußte man alles in die Waagschale werfen, notfalls sogar das eigene Seelenheil.

16

Jahr um Jahr hab' ich mich bedrängen und beschwatzen lassen, aber damit ist's jetzt übergenug. Mag die fromme Dohle krächzen, was ihr aus dem Schnabel keckert, ich behalte die Besessene und ihren Balg nicht länger unter meinem Dach. Der Pöbel rottet sich vor meinem Tor zusammen, wirft Steine gegen meine Fensterläden, und dazu schreien sie: »Küfer, gib das Satanstier heraus!«

Was habe ich mit Euren Teufeleien zu schaffen, Herr Johannes? Wie kommt Ihr dazu, mich für die paar Früchte zu schelten, die ich links und rechts des Weges pflücke? Zumindest sind es keine Kotäpfel, wie der Satan und seine Dämonen sie scheißen. Ein Krug Wein wider die Bitternis des Tages und gegen das Grauen bei Nacht eine honignasse Punze, die Schenkel straff, die Brüste wogend groß und rosarot wie vierteljährige Ferkel. Und da schimpft Ihr mich wollüstiger Wüstling und Trunkenbold? Ja, was denn noch, heiliger Hafersack! Wer von uns beiden hat denn gefrevelt wider Gottes Gebot und alles, was Christenmenschen heilig ist? Habe ich einen schwarzen, stinkenden Dämon beschworen, damit er sein kotiges Schmachteil in die Punze der Faustin hämmert, Euer Feistigkeit, oder wart das Ihr?

So bramarbasierte es hinter der roten Stirn des Herrn Gerlach, derweil der Küfer von der Landstraße linkerhand in den Staubweg einbog, der auf den alten Klosterwall zuführte. Er zügelte seine Schimmelstute, wälzte sich aus dem Sattel und ließ den Klopfer gegen das Türholz krachen, drei-, fünf-, siebenmal mit wütender Ungeduld.

Der geschmiedete Türklopfer stellte den heiligen Georg dar, wie er sein Schwert zückte, um den zu seinen Füßen sich windenden Drachen mit heldischem Hieb zu enthaupten, aber für solche Kleinigkeiten hatte der Küfer keinen Blick. »Heda, Pförtner!« brüllte er und schmetterte den heiligen Georg noch heftiger gegen das Drachentier. »Mach Er auf, oder ich schlag Ihm die Tür ein!«

Niemals hatte er sich erdreistet, vor den heiligen Männern auch nur die Stimme zu erheben, geschweige denn die Faust. Sie waren ihm nicht recht geheuer mit ihren Weiberröcken und ihrem fistelnden Singsang, der dem Allmächtigen doch eigentlich kaum behagen konnte, und außerdem betrieb das Maulbronner Kloster die größte Winzerei weit und breit. Einem Kunden, der im Jahr zwölf Dutzend Eichenfässer, das Stück zu viereinhalb Gulden, kaufte, sah man schon mal die eine oder andere Wunderlichkeit nach. Einem solchen Kunden half man auch ohne viel Brimborium aus der Verlegenheit, wenn es galt, eine lästig gewordene Buhlin samt ihrem Bastard wegzuführen – zumal wenn die Gefälligkeit durch ein Extrasalär entgolten wurde. Aber die Narren dieses Doktor Bleikamm hatten seine braven Knittlinger Leute dermaßen aufgehetzt, daß längst mit dem Ärgsten zu rechnen war. Und er war gewißlich nicht der Mann, der lahm vor Bangigkeit wartete, bis sie ihm das Dach über dem Kopf ansteckten. Ehe es so weit käme, würde er die Besessene samt ihrem dreimal vermaledeiten Knaben lieber zu ihrem heiligen Urheber zurückkarren – mochte der sich den Kapuzenkopf zerbrechen, wie mit der Sündenfrucht weiter zu verfahren sei. Und wenn dieser Madensack von einem Pförtner jetzt nicht augenblicklich die wurmzerfressene Tür aufriegelte …

»Ah, der Faßmacher aus Knittlingen. Gott zum Gruß.« In der Pforte hatte sich eine rechteckige Luke geöffnet, nicht größer als eine aufgeschlagene Taschenbibel. Dahinter schwebte ein Gesicht, so hager und runzlig, als ob es zwischen dem Alten und dem Neuen Testament von Januar bis August gepreßt und getrocknet worden wäre. »Was begehrt Er, Gerlach? Er will uns doch wohl am heiligen Sonntag keine Kübel verkaufen?«

»Den Bruder Johannes Burrus will ich sprechen«, brummte der Küfer. »Also öffnet flugs. Die Sache ist brenzlig.«

Es verdroß ihn, daß er geduckt wie ein Bettler, der um einen Kanten Brot winselt, vor der Luke ausharren sollte, während ihm sonst immer bereitwillig geöffnet worden war. Das Tor zum Klosterhof, die Tür zur Weingartenmeisterei und nicht zuletzt auch die Truhe voller Gold- und Silbermünzen, die der Cellerar dort unter der Eckbank verwahrte.

»Er meint wirklich Johannes Burrus?« Der Bruder Pförtner legte die Hände vor dem Rosinenantlitz zusammen, als ob er gegen die Torheit des Küfers himmlischen Beistand erflehte. »Aber was hat denn unser Herr Abt mit Seinen Scheffeln zu schaffen?«

Diese Frage ergrimmte den Küfer sehr. Er mußte an sich halten, um nicht durch die Luke zu greifen und das Runzelfrätzchen dort drinnen mit ein paar scharfen Backpfeifen auf Trab zu bringen. Und wie immer, wenn er so richtig erzürnt war, erwachte in ihm die Begierde auf ein saftig junges Weib.

»Mit meinen Scheffeln vielleicht nichts«, gab er zurück und schnaufte. »Aber mit dem zerdepperten Essigkrug, den er mir vor dreizehn Jahren überstellt hat. Ich bring' ihn zurück – richtet das dem Herrn Johannes aus.«

Der Bruder Pförtner versuchte an der breiten Gestalt des Küfers vorbeizuspähen, doch anstelle eines zerdepperten Essigkrugs entdeckte er lediglich das weiße Pferd des ungestümen Besuchers, dessen Antlitz unterdessen eine zinnoberrote Färbung angenommen hatte.

»Also komm Er in Gottes Namen herein.« Er riegelte auf, zog die Pforte eben weit genug auf, daß Gerlach sich mitsamt seiner Stute hindurchzwängen konnte, und riegelte sogleich wieder zu. »Wart Er dort in der Wachstube. Ich will sehen, ob der Abt für Ihn zu sprechen ist.«

Wie ein ertappter Sünder hockte Gerlach auf dem Schemel in der Wachstube, wo der armselige Pförtner ihn hinbefohlen hatte, und erboste sich mehr und mehr. Abwechselnd rieb er sich mit der rechten Hand über Stirn und Wangen, denn ihm war heiß zum Zerplatzen, und mit der linken Faust unterm Gürtel, wo die Schlange der Begierde in ihrem lichtlosen Karzer raste. Wenn nur die Dohle Burrus endlich herbeigewatschelt käme, damit sie das Nötige abmachen und er sich schleunigst wieder davonstehlen könnte! Der heilige Herr mußte unverzüglich eine Kutsche nach Knittlingen schicken, um die Besessene und den Knaben mit den brennenden Augen abzuholen, am besten mit einem halben Dutzend Reisigen zum Geleit. Heiliger Sonntag hin oder her, die beiden mußten ihm aus dem Haus, noch am heutigen Tag! Und sowie er das Tor hinter ihnen verriegelt hätte, würde er sich noch einmal die Lissa Siebenschöpf vornehmen, an die er kaum mehr zu denken wagte, seit der Knabe Faust ihn mit seinen Flammenaugen behext hatte.

Der Satansbalg zaubert mir noch die Dürftigkeit der Lenden an, soweit kommt's noch! zeterte Gerlach im stillen und rieb stärker mit der Linken. Tatsächlich fand er seit jenem Abend, da er vergebens versucht hatte, die Lissa auf sein Lager zu werfen, immer seltener Freude an den Sünden des Fleischs.

Um sich von den trüben Gedanken abzulenken, erhob er sich und stampfte einige Zeit in der Wachstube auf und ab. Vor der Luke blieb er stehen und stierte auf den Wirtschaftshof hinaus, längere Zeit, ohne zu begreifen, was er da draußen sah.

Neben der Schmiede lagen Balken und Steinquader aufgestapelt, zwischen Haufen von Sand und Kies. Anscheinend gedachten die heiligen Herren weitere Gebäude zu errichten. Na, dann konnten sie gleich einen Schuppen mit einplanen, in dem die Besessene und ihr Teufelssohn hausen mochten.

Er hatte es kaum gedacht, als in seinem Rücken ein Räuspern raschelte. Gerlach fuhr herum. »Ich … hab' nichts gehört«, stammelte er. »Seid Ihr schon lange da?« Er verstand selbst nicht, warum er sich auf einmal so beklommen fühlte.

»Was Er auch verrichtet oder läßt, Küfer, ob Er in Tat oder Gedanken sündigt – mir entgeht nichts.«

Mit einem kaum merklichen Lächeln nickte Johannes Burrus ihm zu. Im Lauf der Jahre hatte Gerlach ihn nur hin und wieder aus der Ferne zu sehen bekommen, und jedesmal schien ihm der heilige Mann noch feister geworden. Mittlerweile hatte sein gedrungener Leib nahezu Kugelform angenommen, und die wasserhellen Augen blinzelten aus tiefen Fleischhöhlen hervor. Dennoch ging etwas von ihm aus, das der Küfer früher nie an ihm bemerkt hatte, oder jedenfalls nicht mit solcher Stärke – ein kalter, gebieterischer Glanz umgab ihn, wie der Schimmer, der von seinem violetten Skapulier und der Mitra in gleicher Farbe ausging, Insignien seines neuen Amtes.

»Dann werdet Ihr auch bemerkt haben, daß der Pöbel mein Haus belagert.« Nur allmählich gewann Gerlach seine Fassung zurück. »Euer Satansbalg hat ein Weib umgebracht – mit dem bösen Blick oder durch sonst einen Zauber, was weiß ich. Jedenfalls verlangen sie, daß ich den Knaben herausgebe, damit sie ihn aufknüpfen oder zu Tode prügeln können.«

»Letzteres ist wohl eher Sein Geschäft, Küfer.« Der Abt wies mit der Rechten auf den Schemel, und Gerlach hockte sich folgsam wieder darauf. Ohnehin fühlte er sich reichlich weich in den Knien. Wußte dieser Krähenrock etwa auch schon, daß er letztens die Faustin verdroschen hatte? »Aber genug der Umschweife«, riß ihn der Abt mit hellem Singsang aus dunkler Grübelei. »Was genau ist mit dem Knaben Faust geschehen?«

Der Küfer rapportierte polternd und grollend. Ein berühmter Wundarzt hatte auf dem Kirchplatz in Knittlingen sein Schneidezelt aufgeschlagen, und er hatte die Frau Agnes, Gemahlin des Besenmachers Kuhrer, bereits glücklich von einer Geschwulst im Antlitz befreit, als der Teufelsdreck auf zwei Beinen herbeigeschlichen kam und die Kuhrerin durch Handauflegen um Luft und Leben brachte.

»Aber das ist abergläubischer Unsinn«, sagte Burrus mit sehr viel mehr Festigkeit in der Stimme als im Herzen. »Eben noch soll es der böse Blick gewesen sein, jetzt hat das Kind angeblich durch Handauflegen Schaden angerichtet – merkt Er denn nicht selbst, daß Er Altweibergewäsch wiederkäut?«

»Aber die Leute glauben's samt und sonders! Die Hanswurste des Medikus hetzen das Volk noch ärger auf und trommeln von früh bis spät, damit ihr Herr aus dem Karzer freikommt und statt dessen der Dämonendreck gefangen und gestraft wird. Auch Pater Huebele hat heute in der Frühmesse wider die Hexerei gepredigt, die der Teufelsbuhlschaft entspringt und Verderbnis über die Christenheit gießt.«

»Seit wann besucht Er denn die Frühmesse, Küfer?«

»Na, meine Trine hat's mir erzählt.«

»Und die Leute belagern Euer Tor und beschuldigen den Knaben?« vergewisserte sich Burrus. Längst schon glaubte er jedes einzelne

Wort, das unter Poltern und Stammeln aus dem Maul des Wüstlings kollerte. »Aber weshalb um Himmels willen kommt Er mit diesen Torheiten zu mir?«

»Warum zu Euch, fragt Ihr?« Die heiße Wut fuhr dem Küfer wieder in Lenden und Schläfen. »Na, weil Ihr mir damals zu Michaeli Eure Hexe aufgehalst habt, darum, Herr Johannes, komme ich zu Euch. Weil Ihr in Eurem Keller unchristliche Dinge mit ihr getrieben habt, über denen ihr Verstand zerdeppert ist. Und weil ihr ein Balg aus der Punze gekrochen ist, und auch dieser Satansdreck haust seit zwölf Jahren bei mir und richtet Unheil und Verwirrung an. Er hat Augen wie blaues Feuer, und wenn er Euch anschaut, wird Euch ganz lahm und bang zumute, und in seiner Brust hausen Dämonen, die reden mal mit Donnerstimme, dann wieder in fistelndem Singsang wie, mit Verlaub, Euer Heiligkeit, Ihr. Und ich will, daß Ihr die Brut zurücknehmt, noch heute, damit die Leute mir nicht den roten Hahn aufs Dach setzen, wie sie's mit denen tun, die mit dem Teufel in den Koben kriechen.«

Nach dieser langen, immer lauter hervorgekollerten Rede war dem Küfer noch heißer, aber zugleich leichter und freier zumute. Jetzt war es jedenfalls heraus, jetzt hatte er den Pakt aufgekündigt und spürte schon, wie die unheimliche Bürde ihm vom Buckel zu rutschen begann.

Johannes Burrus hatte ihn die ganze Zeit nur wortlos angesehen, die fleischigen Hände über dem Bauch gefaltet. Er wirkte beinahe ein wenig geistesabwesend, aber dieser Eindruck täuschte gewiß.

»Laßt die beiden noch heute abholen, Euer Heiligkeit«, setzte Gerlach in friedlicherem Ton hinzu, »möglichst mit bewaffnetem Geleit. Für die Besessene und ihre Dämonenfrucht werdet Ihr hier im Kloster gewiß ein Plätzchen finden.«

Zerstreut sah Burrus an Gerlachs rotsamtener Schulter vorbei, durch die Luke auf den Hof hinaus, wo die Balken für die neuen Wehrmauern in der Sonne dörrten.

»Ich nehm' Euer Schweigen für Zustimmung«, setzte der Küfer von neuem an. »Und glaubt nicht, daß ich leeres Stroh gedroschen hätte: Finde ich die beiden morgen früh noch unter meinem Dach vor, so jag' ich sie auf die Gasse, wo die Meute lauert – und dann gnade ihnen Gott.«

Er wollte sich erheben und davonstolpern, aber der Blick des Abtes bannte ihn auf seinem Schemel fest.

»Sein Geschwätz ermüdet mich, Küfer, und Er sollte jubilieren, daß es mich nicht ärger verdrießt. Was hat Er da nur von Dämonen und unchristlichen Vorfällen zusammengefaselt, die sich hier im Kloster ereignet haben sollen – weiß Er nicht, daß Er selbst sich gerade der Teufelsbuhlschaft verdächtig gemacht hat? Durch solchen Drang, geweihte Stätten zu besudeln, sei es durch unflätige Rede oder Ausgießen von Kotkübeln, haben sich schon unzählige Hexer verraten und der Gemeinschaft mit dem Satan selbst überführt. Will Er mich wirklich drängen, einen Boten zum Domkapitel in Speyer zu schicken, wo der Inquisitor seinen Sitz hat? Oder mag Er nicht lieber endlich eingestehen, daß Er an fiebrigen Phantasien leidet und an die Klosterpforte gepocht hat, um mildtätige Hilfe zu erflehen?«

Der Küfer hockte da wie zermalmt. Alles Blut war ihm aus den eben noch heiß durchwallten Leibesregionen gewichen. Mit hängendem Kopf und hängenden Gliedern saß er auf dem Sünderschemel, und hinter seiner Stirn schwankte der Schwindel umher. Eigentlich hatte er im voraus geahnt, wie es enden würde.

»Es war das Fieber«, murmelte er schließlich.

Keine Antwort. Mit gesenktem Kopf saß er da und spürte den blinzelnden Blick des Burrus auf seinem Schädel. Was bist du nur für ein Narr, Jörg Gerlach! Du kannst dich glücklich schätzen, wenn du ohne ärgere Blessuren aus der Sache – und dem verfluchten Kloster – wieder herauskommst.

Als er den Kopf zu heben wagte, saß statt Johannes Burrus der Bruder Pförtner auf der Bank. »Der Herr Abt in seiner Milde hat mir aufgetragen, Ihm diesen Kräutertrunk zu reichen.« Eine lederne Hand schob ihm einen Krug mit einer trüben Flüssigkeit zu, die nach Herbstlaub und Fäulnis roch.

»Außerdem soll ich Ihm folgendes bestellen.« Der greise Mönch schloß die Augen, um seine Erinnerung zu schärfen. »Der Küfer soll sich keine Gedanken wegen des zerschlagenen Essigkrugs machen. Die Scherben werden schon bald beseitigt, und es wird dafür Sorge getragen, daß er sich nicht daran verletzt.« Der Pförtner öffnete seine altersrüben Augen wieder und sah in die blutunterlaufenen des Küfers. »Was diese Worte bedeuten sollen, weiß ich allerdings nicht, aber der Herr Abt zeigte sich zuversichtlich, daß Er sie richtig auffassen würde.«

Gerlach nippte von dem Kräutertrunk und schob den Krug schaudernd von sich. Selbst ein Kuß von der verwesenden Frau Agnes mochte süßer schmecken als dieses Elixier. »Ich hoffe es von Herzen«, antwortete er und fügte in Gedanken hinzu: für ihn und für mich selbst.

Dann rückte er sein Barett zurecht und rappelte sich auf. Er konnte es kaum mehr erwarten, seiner Stute die Sporen zu geben.

17

»Kürzlich erreichte uns auch die Kunde, daß durch Christoph Columbus, den Kapitän der Flotte des Königs von Spanien, irgendwelche Inseln im indischen Ozean gefunden worden, die bis dahin den Bewohnern von Europa und Asien völlig unbekannt waren. Auf einigen davon fand er nackte Menschen, die nach Art des Viehs gelebt haben.«

Johannes Burrus warf den Federkiel aufs Pult, daß die Tintentropfen spritzten. Bilder einer üppig wuchernden Flora quollen vor seinem inneren Auge empor – Bäume und Büsche mit fleischigen Blättern, ineinander verschlungene Lianen, prall wie Weiberschenkel, Wiesen voll wogender Blumen mit roten, weit geöffneten Blütenkelchen, und dazu schwängerte die Luft ein zum Seufzen süßer Duft.

Obwohl die eben hingeworfenen Zeilen noch vor Nässe schimmerten, schlug er den CCCXXXIII. Jahresband der Klosterchronik mit einer unwilligen Handbewegung zu. Kaum etwas auf der Welt schien ihm weniger bedeutend als die Entdeckung jener Inseln mit den schlammfarbenen Nackten darauf.

Er wuchtete den Folianten zurück ins Wandregal und begann in der abenddämmrigen Abtstube auf und ab zu gehen, unter den Blicken seiner vier Dutzend in Öl verewigten Vorgänger. Gewöhnlich behagte es ihm sehr, einen pflichtenreichen Tag zu beschließen, indem er in so trockenen wie treffenden Anmerkungen die Chronik des Klosters weiterführte. Seine hoch aufschießende, zugleich schräg vorwärtsdrängende Schrift füllte schon nahezu neunzig Seiten, denn ebensoviele Tage bekleidete er nun sein neues Amt. Doch heute fühlte er sich verdrossen und zerstreut. In den letzten beiden Nächten hatte er nur wenig Schlaf gefunden, jedesmal war er nach kaum einer Stunde wieder aufgeschreckt, um sodann bis zur Nocturne wach zu liegen und die Stundenschläge zu zählen.

Zwei Tage war es her, daß ihn der Küfer Gerlach aufgesucht hatte, und seitdem rang er mit einer Entscheidung, die überfällig war. Allzu lange hatte er die Sache vor sich hergeschoben oder, besser gesagt, zur Seite gedrängt.

Die Sache: seinen zu Michaeli im 1479. Jahr des Erlösers blitzartig gefaßten Plan. Wie eine Eingebung hatte es damals seinen Geist erleuchtet, und seitdem war er Jahr um Jahr ganz genauso verfahren, wie er es sich seinerzeit vorgenommen hatte. Er hatte die Entwicklung des Knaben aus der Ferne beobachtet, den Küfermeister mit Anweisungen und erzieherischen Gaben für den Dämonensproß traktiert, dem Knittlinger Weltgeistlichen Huebele eingeflüstert, wie von der Kanzel herab die Sache zu steuern sei.

Denn damals zu Michaeli hatte ihm Gott einen Dämon geschickt, damit er, Johannes Burrus, die Teufelsfrucht zwinge, wider ihre Natur den Glanz des Allmächtigen noch heller erstrahlen zu lassen.

Doch es war ein zweifach heikler Plan. Wer mit einer dämonischen Kreatur Umgang pflegte, mußte unablässig auf der Hut sein, um nicht den Listen und Lockungen des Satans zu erliegen. Mit niemals erlahmender Kraft und Achtsamkeit mußte man den unreinen Geist in Joch und Fesseln halten, damit er seinen Herrn nicht in höllische Schliche verstrickte. Und damit nicht genug, mußte man überdies Sorge tragen, daß man nicht selbst in den Ruch der Satansbuhlschaft geriet. Denn dem wahrhaft von Gott Berufenen gab der Himmlische zwar zuweilen einen Halbteufel an die Hand, damit er seinen heiligen Dienst auch verrichten konnte. Doch den gewöhnlichen Christenmenschen in ihrer einfältigen Gläubigkeit leuchtete selten ein, daß für einen Berufenen wie Burrus auch besondere Gesetze galten, die der Allmächtige höchstselbst in die marmorne Tafel der Schöpfung gemeißelt hatte.

Wenn er mit dem Satansknaben Faust in Verbindung trat, mußte

Johannes Burrus also hier wie dort auf der Hut sein – vor den klaffenden Höllentoren und vor der Torheit der Menschen. Deshalb hatte er die Sache bislang aufgeschoben, und obwohl die Schwatzreden des Küfers seine Neugierde aufs äußerste gestachelt hatten, war er noch immer nicht mit sich einig, ob er den heiklen Schritt wahrhaftig schon wagen sollte.

Vor dem Porträt des zu Ostern verewigten Abt Michael blieb er stehen, seinen Blick zu dem gütigen Antlitz erhoben. Wann sonst sollte ich den Satansknaben rufen, befragte er seinen einstigen Beichtvater, wenn nicht gerade jetzt? Nun endlich hielt er die Macht in Händen, um seine Himmelsbauten anzugehen – doch mit den klösterlichen Schatztruhen ließe sich nur der kleinste Teil der Kosten bestreiten. Selbst wenn er alle Maulbronner Bergleute und Bauern, Müller und Meier ein Dutzend Jahre lang für schieren Gotteslohn schwitzen ließe, flösse ihm allenfalls ein Zehntel der benötigten Summe zu.

Schweigend, mit einem milden Lächeln, sah Michael auf ihn hinab.

Und selbst wenn der Kurfürst Wort hielt, grübelte Johannes weiter, was ja keineswegs ausgemacht war, so fehlten immer noch wenigstens sieben der zehn Truhen Gold, die er überschlägig für seine unaufschiebbarsten Pläne benötigte – das neue Herrenhaus, den schlanken Verbindungsbau zum östlichen Klausurflügel und die dreischiffige neue Kirche.

Auch die Eile, mit der Philipp Balken und behauene Quader für sein Schanzwerk herbeikarren ließ, war nicht dazu angetan, Burrus' innere Ruhe zu befördern. Wenn der Fürst sich das Kloster erst einverleibt hatte, würde er sich dann überhaupt noch an seine großzügigen Versprechen erinnern?

Johannes Burrus legte die Hände auf den Rücken und nahm seine Wanderung vor der Reihe seiner Amtsvorgänger wieder auf. Vor einem eingedunkelten Bild mit schnörkelreichem Goldrahmen blieb er abermals stehen. Es stellte den viel zu selten gewürdigten Abt Adalbert von Diffengrund dar, einen hageren Greis, dessen Stirn von zwei senkrechten Falten über der Nasenwurzel regelrecht gespalten schien. Sein Antlitz wirkte so finster, seine Miene so drohend, daß Johannes dem durchbohrenden Blick niemals lange standhielt. Und dabei fühlte er sich dem verdienstvollen Mann seelenverwandter und schicksalsnäher als jedem anderen seiner Vorgänger.

Ohne Abt Adalberts Wirken zu Beginn dieses Jahrhunderts wäre sein ferner Nachfolger Johannes nie und nimmer an Michaeli 1479 im seinerzeitigen Weinkeller umhergeschlichen. Und umgekehrt hatte der Allmächtige ihm gewiß nur deshalb das dämonische Tier gesandt, weil Johannes schon damals mit glühendem Eifer dem Klosterschatz nachgeforscht hatte, der von Abt Adalbert anno 1413, in den Jahren großer Bedrängnis, an verschollenem Ort vergraben worden war. Denn auch das Klostergold hatte Johannes ja nur darum so inbrünstig gesucht, weil er seit frühester Jugend davon träumte, dereinst Kirchen und Stiftshäuser zu erbauen, deren schwerelose Schlankheit das Lob des Himmlischen singen würde.

Im September 1479 war Johannes Burrus in seinem einundzwanzigsten Jahr und seit zehn Monaten Prior von Maulbronn. Anstatt wie seine Mitbrüder in der Klosterkirche auf den Knien zu liegen oder im Skriptorium die Schriften des heiligen Bernhard zu studieren, strich er zu jeder freien Stunde in Kellern und Nebengebäuden umher. Ganze Tage konnte er auf diese Weise verbringen, mit einem ledernen Maßband und einigen Bögen Papier aus der klostereigenen Papiermühle, auf denen er in steiler Handschrift die Grundrisse sämtlicher Sakralbauten skizzierte.

Am Michaelitag trieben ihn seine Forschungen in den Keller unter dem Dormentbau, und hätte er sich an einem anderen Ort aufgehalten, so hätte der Allmächtige die junge Magd und das schwarze Tier eben dorthin gesandt. Denn alles hatte sich nur um seinetwillen zugetragen, zum Zeichen seiner Berufung durch Gott den Herrn.

Gebückt streifte er an jenem Vormittag hinter den Weinfässern umher, die wie unförmige Ungeheuer, auf Holzgestelle aufgebockt, entlang der Kellerwände lagerten. Um sich nicht mit Spinnweb und Mäusekot zu besudeln, hatte er seine Kutte bis zu den Knien emporgerafft. Das lederne Maßband hing ihm wie eine Hundeleine lose um den Hals, Papier und Griffel sahen aus der Gürteltasche hervor. In der linken Hand hielt Johannes die kleine Blendlaterne, mit der man vortrefflich in Winkel und Nischen leuchten konnte. Mit der Rechten wollte er eben seinen Eisenspatel in eine verdächtig aussehende Wandfuge stoßen, als ihn die unversehens eingekehrte Stille aufschrecken ließ.

Vor einer halben Stunde oder mehr, als er von den Gewölben unter dem Ostflügel her in den Weinkeller gekommen war, hatte er die Tür spaltbreit offen gelassen und mit einem Holzkeil fixiert, um rechtzeitig zu hören, ob sich von dorther jemand näherte. Seitdem war jedoch der Wind durch den Weinkeller gefahren, so daß die leider unverschlossene Tür an der Stirnwand gegenüber alle paar Augenblicke gegen den Rahmen geschlagen war – und dieses nervzehrende Klappern war plötzlich verstummt. Was einzig und allein bedeuten konnte: Jemand war von der Küche her durch den Gang gekommen und hatte die Tür geschlossen oder stand gar auf der Schwelle und lauschte in den Weinkeller hinein.

Noch während er dies dachte, blies Johannes sein Laternenlicht aus. Nun hockte er hinter dem Burgunderfaß unweit der Essignische und horchte seinerseits mit angehaltenem Atem in die Dunkelheit. Wer auch immer sich dort bei der Tür zu schaffen machte, würde sich gewiß nicht lange im Weinkeller aufhalten. Und bis dahin würde er eben in dieser unbequemen Haltung ausharren müssen, zwischen Spinnweb und Rattendreck hingeduckt. Denn was er hier hinter dem Weinfaß zu suchen hatte, ließ sich auf unverdächtige Weise schlechterdings nicht erklären.

Johannes hörte drei, vier zaghaft tappende Schritte, im nächsten Moment begann die Tür wieder zu klappern. Also hatte die Gestalt dort drüben den Weinkeller betreten – ohne eine Fackel oder auch nur eine Kerze? Bestimmt war es einer der beiden Küchenknechte, der tumbe Franz oder der geistig noch dürftiger bedachte Albert. Was würde der Bursche nun anfangen? Im Stockdunkeln Wein oder Essig zapfen, nachdem sein Licht vom Luftzug offenbar ausgepustet worden war?

Johannes unterdrückte ein Seufzen und wartete ergeben auf den Rückzug des Störenfrieds. Er durfte einfach nicht riskieren, daß seine Suche ruchbar wurde, bevor er fündig geworden war. Dafür stand viel zuviel auf dem Spiel. Dreiunddreißig Brocken schieres Gold, um genau zu sein, jeder einzelne vom Umfang eines Säuglingsschädels. In den Jahren der Bedrängnis, als Maulbronn erstmals zur Feste ausgebaut, mit Wehrmauern und Zwinggräben umgeben wurde, hatte der weise Abt Adalbert von Diffengrund den Klosterschatz irgendwo hier unten in den Grundstein eingelegt – »*gleich schmückenden Krypta-Intarsien, gefügt zur Form des Erlöserkreuzes: zwanzig Brocken längs und deren dreizehn quer*«. In der Klosterchronik von 1413 A.D. hatte der Diffengründer die Schatzvergrabung auch getreulich vermerkt, den genauen Ort der Kreuzlegung jedoch nur verschlüsselt bezeichnet, und zwar mit einem Rätselspruch, den Johannes seit Monaten in seinem Geist hin und her drehte: »*Willst du wissen, wo das Goldkreuz vergraben liegt, so beherzige* amor et cellarium non patitur socium.«

Was bei allen himmlischen Heerscharen sollte das nur bedeuten: *Liebe und Keller lassen sich nicht teilen*? Seit Johannes am Pfingstmontag letzten Jahres auf diesen Eintrag in der Chronik gestoßen war, streifte er so oft wie irgend möglich in den Klostergewölben umher. Um seine Expeditionen unter die Erde vor argwöhnischen Blicken der Mitbrüder abzuschirmen, führte er stets einen Packen Notizpapier und sein ledernes Maßband mit sich, das er freilich die meiste Zeit nur nutzlos um den Hals geschlungen trug.

Die Konfratres kannten seine Leidenschaft für sakrale Baukunst – Abt Michael hatte ihm schon vor Jahresfrist mit einem nachsichtigen Lächeln gestattet, die Grundrisse der Klosterbauten aufzuzeichnen und sogar Vorschläge für einen Neubau zu entwerfen, der den Ostflügel der Klausurgebäude mit der alten Infirmerie verbinden könnte. Doch seit er auf jenen Eintrag des einstigen Abtes von Diffengrund gestoßen war, konnte Johannes an nichts anderes mehr denken.

Der Schatz galt als unauffindbar, die Suche war vor Jahrzehnten aufgegeben worden, und als Johannes sie auf eigene Faust wiederaufnahm, weihte er weder Abt Michael noch einen seiner Mitbrüder ein. Nicht, weil er sich an den Goldbrocken zu bereichern hoffte, natürlich nicht. Seine persönlichen Bedürfnisse waren gering, für sich selbst begehrte er weder Reichtum noch Pracht und Prunk. Doch um so herrischer waren die Ansprüche, die sein Schöpfer droben auf dem Himmelsthron an ihn, Johannes Burrus, stellte. Das spürte er seit langem, und zur selig durchschauernden Gewißheit war es spätestens in jenem Augenblick geworden, als er den Sinnspruch des Diffengründers entziffert hatte: *amor et cellarium non patitur socium*.

Liebe und Keller lassen sich nicht teilen. Wenn er sich der Liebe seines Gottes würdig erweisen wollte, wenn er sie nicht verscherzen und verspielen wollte, dann mußte er in diesen grabfinsteren Kellern umherstreifen, bis er das goldene Kreuz gefunden hatte. Und damit Abt Michael und sein Mönchskapitel gar nicht erst auf den Gedanken kommen konnten, den Schatz schon im voraus für profane Zwecke einzuplanen, mußte Johannes seine Absichten fürs erste verbergen.

In den zurückliegenden Wochen hatte er sich außerdem mit einem Buch abgeplagt, das angeblich »*alle Geheimschriften des jüngeren und älteren Abendlandes nebst sämtlicher Schlüssel zu ihrer bequemen und vollständigen Lesung*« enthielt. Doch der Rätselspruch des Abtes Adalbert ließ sich auch durch die Ratschläge des gelehrten Paulus Nigrethius nicht entschlüsseln. Desto gewisser mußte sich das goldene Erlöserkreuz wie seit sechsundsechzig Jahren in den Gewölben unter den Klosterbauten befinden, davon war er unbeirrbar überzeugt. Irgendwo hier im Boden oder in einen Sockel eingelegt ruhten genau dreiunddreißig Brocken reinen Goldes, höchstwahrscheinlich nur durch eine dünne Blendschicht aus Stein und Verputz vor Blicken und Händen geschützt.

Sein rechtes Bein drohte einzuschlafen, da er seit mehreren Minuten in der Haltung eines sprungbereiten Frosches hinter dem Burgunderfaß kauerte. Was bei allen Engeln trieb nur dieser schwachsinnige Knecht dort drüben in der Dunkelheit? Zu hören war nichts mehr von ihm, kein Schnaufen und kein Schlurfen. Vielleicht war der Tölpel längst wieder verschwunden, und Johannes hatte es unter dem Schlagen der Tür und dem Stöhnen des Windes nur nicht gehört? Behutsam hob er das taub gewordene Bein, um es vor sich in der Finsternis zu strecken. Sein Kniegelenk gab ein ganz leises Knacken von sich, so hauchfein, daß es wirklich kaum zu erahnen war.

Doch die Gestalt da drüben im Finstern fuhr herum, daß ihre Holzschuhe über den Boden scharrten. Zugleich sog sie mit scharfem Laut die Luft ein und ließ sie mit einem Zittern wieder ausströmen. »Heda?« hörte Johannes es von der anderen Seite der Fässer her wispern. »Ist da ... ist da wer?«

Ah, das junge Weib! Er zerquetschte einen Fluch zwischen den Lippen. Das Herz schlug ihm plötzlich bis in den Hals hinauf. Unter nahezu allen Umständen wahrte Burrus vollkommene Gewalt über sich selbst – jedenfalls soweit dies einem naturgemäß fehlbaren Menschen überhaupt möglich war.

Doch auf einmal brauste es ihm hinter der Stirn. Sein Blick verschleierte sich. Sein Atem ging keuchend. Warum mußte ausgerechnet dieses junge Weib hier heruntergeschlurft kommen? Auf keinen Fall durfte sie ihn ertappen, wie er sich hinter dem Burgunderfaß verbarg. Gerade sie nicht, dachte er. Unbegreifliche Altersmilde hatte Abt Michael dazu verleitet, dem Betteln der Ursulininnen-Äbtissin nachzugeben und die halbwüchsige Waise in die Dienste des Klosters zu nehmen. Ein Weib hatte im Mönchskloster nichts zu suchen, auch nicht in den Bereichen, die den Laienbrüdern zugänglich waren. »So scheu, wie Maria dreinschaut«, hatte Michael behauptet, »würde nicht einmal der Teufel auf verwerfliche Gedanken kommen.«

Ach, heiliger Michael! Was verstehst du schon vom Teufel, gerade du? Johannes zwang sich, so flach und leise wie möglich zu atmen, während er sich auf Knie und Hände niederließ und hinter dem Burgunderfaß die Wand entlangzukriechen begann. Er würde in die Essignische krauchen, beschloß er, dort wäre er in Sicherheit.

Nachher hätte er um keinen Preis erklären können, warum er geglaubt hatte, daß Maria Faustin ihn gerade in der Essignische nicht entdecken könnte – dabei lag es doch auf der Hand, daß Küchenmeister Thomas sie allenfalls nach Essig ausgeschickt hatte und nicht nach kostbarem Burgunder oder Frankenwein. Doch nachher konnte sich Johannes an all das, was zu Michaeli 1479 im klösterlichen Keller geschehen war, ohnehin nur noch wie an einen Traum erinnern – nebelhaft und überscharf zugleich.

Er hockt in der Nische hinter dem Faß, den Rücken an die Wand gepreßt, die Knie an die Brust gezogen. Drüben nimmt die Faustin einen Krug vom Haken, beugt sich damit zum Faß hinab, und dann beginnt der saure Saft aus dem Spund hervorzugurgeln. Durch den Essiggeruch hindurch kann Johannes die Faustin riechen, ihre Jugend, ihre Angst, ihr brünstiges Fleisch. Das Herz rast ihm in der Brust, und plötzlich hört er ein Knurren und Quieken wie von einem wilden Tier und spürt im gleichen Moment einen Stoß gegen seinen Steiß – in der Mauer hinter ihm scheint ein Loch zu sein, und durch dieses Loch drängt das Tier hervor.

Johannes springt auf, so erschrocken wie noch nie. Schmerzhaft stößt er sich den Kopf in der niedrigen Nische. Fauchend und quiekend schießt das Tier aus seinem Mauerloch, im Dunkeln nur zu erahnen und allerdings auch zu riechen – plump wie ein Wildschwein, nach Kot und Fäulnis stinkend.

Das Tier wühlt und windet sich teils unter, teils neben dem Essigfaß hindurch, mit kratzenden Krallen, mit heiserem Belfern und Fiepen. Längst hat die Faustin zu schreien begonnen, aber so leise, so zaghaft, daß es im Gelärme des Tieres untergeht.

Johannes' Schädel dröhnt, seine Lippen stammeln ein Stoßgebet, seine Hände zittern. Gleichwohl gelingt es ihm, das Licht in seiner Laterne wieder anzuzünden, und mit der vorgereckten Leuchte quetscht er sich zwischen Faß und Mauer aus der Nische heraus.

Der Tonkrug liegt zerschellt am Boden, durch den Spund spritzt nutzlos der saure Saft hervor. Der Gestank von Essig und Tier, von Angst und Brunst benimmt Johannes Verstand und Atem. Die Faustin hockt neben der Essigpfütze, auf allen vieren, und das Tier kauert über ihr, seine Pranken in das bleiche Fleisch ihres Rückens geschlagen, und stößt hechelnd und quiekend, mit rasender Hast in ihre Punze hinein. Dabei wendet es dem Prior seine zuckende Hinterseite zu, und im Laternenschein sieht Johannes Burrus, daß es ganz schwarz ist, von der Größe eines Wolfshundes, aber mit einem rosig nackten, umherschnellenden Schwanz und der Leib von funkelnder Finsternis, als wäre es nicht mit Haaren, sondern mit Gefieder oder gar mit Schuppen umhüllt.

Die Faustin wimmert jetzt im gleichen Takt, in dem das Tier quiekend und knurrend in sie hineinstößt. Johannes macht einen Schritt auf sie zu, gleitet in der Essigpfütze aus und stürzt. Mit dem Kopf schlägt er diesmal gegen den Essigspund, und dann wird alles um ihn herum schwarz.

Als sich seine Lider mit einem Flattern wieder öffneten, lag die Faustin wie tot vor ihm ausgestreckt. Auf den Rücken gewälzt, den Kittel bis zu den Schultern emporgeschoben, so daß Johannes ihre spitzen Mädchenbrüste und die blutig aufgebrochene Frucht zwischen ihren Schenkeln sah.

Niemals zuvor hatte er ein nacktes Weib erblickt, und niemals mehr, in seinem ganzen Leben nicht, würde er vergessen können, was er eben mitangesehen hatte: wie die Honigmaid vom Teufel geschändet worden war. »Schwarzes Tier, ich weiß, wo du wohnst«, murmelte Johannes Burrus, »es ist dort, wo der Thron des Satans steht. Offenbarung zwo dreizehn.«

Er beugte sich über die Faustin, um den Kittel über ihr nacktes Fleisch hinabzuziehen, aber kaum hatte er die Hand nach ihr ausgestreckt, da schlug sie die Augen auf, und ihr Gesicht verzerrte sich in maßloser Angst. In der Linken hielt er noch immer seine blakende Funzel, also mußte sie doch sehen, daß er ein heiliger Mann war, nicht das schwarze Tier, der Dämon aus den Heerscharen Satans, der es tatsächlich gewagt hatte, in den Keller des geweihten Klosterbaus einzudringen.

»Ängstige dich nicht«, murmelte er und machte das Kreuzzeichen über der nahezu Nackten, die sich auf die Ellbogen aufgerichtet und die Beine angezogen hatte, so daß allerdings ihre blutige Punze nur desto greller zu ihm heraufleuchtete. Vage wurde ihm bewußt, daß er selbst nicht ganz der Ordnung gemäß gekleidet war – die Kutte so weit emporgerutscht, daß der grobe Stoff sich über seinem Gürtel bauschte und seine Schenkel entblößte.

Mit fahriger Hand ordnete er sein Gewand. Unterdessen hatte die Faustin begonnen, sich mit Füßen und Ellbogen von ihm wegzuschieben, rücklings der Tür zum Küchengang entgegen und ohne ihn aus den Augen zu lassen. Wie Bienenwachs an der Kerze hinunterläuft, so rannen ihre Honiglocken unter der grauen Haube hervor. Ihre Lippen zitterten, sie wimmerte und schluchzte, ihr ganzes bleiches Gesichtchen bebte, als ob in ihrem Kopf ein Kobold säße, der mit wüstem Spaß an Sehnen und Muskeln zerrte.

Nachdem sie auf diese Weise einige Meter zurückgelegt hatte, auf dem Rücken kriechend wie eine tödlich verwundete Viper, rappelte sie sich auf, wandte sich um und taumelte hinaus auf den Gang zur Küchentreppe. Mit jedem Schritt, um den sie sich von ihm entfernte, wurde ihr Wimmern beherzter, ihr Schluchzen lauter, so als ob sie erst jetzt, da das Gräßliche geschehen war, um Hilfe zu rufen wagte.

Im ersten Impuls wollte Johannes der Maid hinterher, dann wandte er sich um und verließ den Weinkeller durch die gegenüberliegende Tür, nicht ohne zuvor den Spund am Essigfaß zuzudrehen. Zuletzt machte er noch ein Kreuzzeichen in Richtung der Wandnische, doch dabei vermied er es, mit seiner Laterne in das Dunkel hinter dem Essigfaß zu leuchten.

Längst war die Nacht hereingebrochen. Johannes stand nicht mehr vor dem Bildnis des Abtes Adalbert, sondern saß in der Erkernische und schaute hinaus aufs schwarze Tannenholz. Schon Abt Michael hatte halbe Nächte hier im Lehnsessel verbracht, denn auch den gütigen Alten hatte in seinen letzten Jahren oftmals der Schlaf geflohen.

Irgendwo dort draußen, hinter der nördlichen Wehrmauer des Klosters, erhob sich der Schwarzkopf, von dem in manchen Nächten schauerliches Heulen und Bellen herüberdrang.

Der Satan ist nur ein Schatten Gottes, wie Abt Michael auf seinem Sterbebett seltsamerweise gemurmelt hatte.

Johannes' Herz schlug noch immer rasch und holprig, so sehr hatte die Erinnerung ihm zugesetzt. Das schwarze Tier war ein Zeichen Gottes, daß er berufen war, und zugleich ein Werkzeug, das der Allmächtige ihm an die Hand gegeben hatte. Seit vielen Jahren hatte er den »fauchenden Frevel« nicht mehr mit so greller Lebendigkeit nacherlebt, mit all den Einzelheiten, die ihm damals lange Zeit nachgegangen waren.

Er beugte sich vor, bis seine Stirn fast das Fensterglas berührte. Die Finsternis über dem Tannholz schien ihm in dieser Nacht noch undurchdringlicher als sonst. Eine Eule flatterte, ein kleines Tier, Ratte oder Marder, stieß seinen letzten Schrei aus, der in einem Fiepen erstarb. Von der Kirche her schlug es dreimal.

Er würde den Knaben zu sich rufen, beschloß Johannes Burrus, bald schon. Die Suche nach dem Schatz des Diffengründers hatte er in all den Jahren niemals aufgegeben, doch bis heute hatte er in sämtlichen Kellern und halb verfallenen Seitenflügeln des Klosters nicht den winzigsten Krümel Gold aufgespürt. Ohne den Satansknaben könnte er seine Träume von der Vergeistigung des Steins, von der Lichtwerdung des Stofflichen niemals verwirklichen. Wenn er sich den kleinen Halbteufel aber so abrichtete, wie es not tat, und immer auf der Hut blieb, dann konnte er Faust dazu bringen, auf alchymischem Weg Gold zu erzeugen oder auch in der Erde verborgene Schätze aufzuspüren und zu heben. Denn beides war Satanswerk.

Er würde eine Kirche errichten, wie die Welt noch keine gesehen hatte. Er würde all die plumpen alten Gebäude im Klosterareal abreißen lassen und durch Bauten von nie gesehener lichter Zartheit ersetzen. Aber mit Georg Faust, sagte sich Johannes, indes ihm die Augen zufielen – mit ihrer ersten Begegnung hatte es gleichwohl noch ein wenig Zeit. Zunächst einmal müßte er dafür sorgen, daß sich die Knittlinger Wogen glätteten. Richter Habakus war ebenso wie Pater Huebele Wachs in den Händen des Maulbronner Abtes, und so würde sich die Affäre bald schon glimpflich regeln, der abergläubische Zorn der Leute auf irgendein anderes Ziel lenken lassen.

Burrus beugte sich im Sitzen noch einmal vor, und ohne die Augen zu öffnen, zog er die leichte Schafwolldecke auf seinen Beinen höher hinauf. Die Nächte wurden bereits wieder kühl. Wenn er sich den Knaben Faust übers Jahr zuführen ließe, dachte er mit einem Gähnen, wäre es immer noch früh genug. Vorläufig würde er seine Baumeister herbeirufen und mit ihnen die Pläne für Kirche, Herrenhaus und Verbindungsbau ausarbeiten. Und dem überaus gelehrten Paulus Nigrethius, Abt des Klosters Spornstein, würde er gleich morgen schreiben und ihn in behutsamen Wendungen bitten, ihm bei der Geistesbildung eines zur Magie geneigten und begabten Knaben Beistand zu leisten.

Sein Herz schlug noch immer hastig und ungleichmäßig. In dieser Nacht träumte Johannes Burrus zum ersten Mal seit langen Jahren wieder von den schaurigen Spielwerken seiner eigenen Kinderzeit.

18

Die Kammer der Faustin war übervoll mit Besuchern, und während er von einem zum anderen sah, ahnte er, daß es so nie mehr sein würde. Etwas ging heute zu Ende.

Natürlich war Lena bei ihnen, aber auch Tonia Siebenschöpf war gekommen und sogar Lissa mit den glänzend schwarzen Haaren. Am Rand des Lagers der Faustin saßen sie alle drei aufgereiht, mit ernsten Gesichtern, dabei hatte er seine Absichten noch gar nicht offenbart.

Von der Gasse herauf drangen die dumpfen Rufe der Bleikammschen Hanswurste, die von früh bis spät vor der Küferei ausharrten und die Wut der Leute zu schüren suchten. Bisher war kein städtischer Büttel gegen sie eingeschritten, dabei saß der berühmte Doktor im Karzer unter dem Kanonenturm. Wie Tonia Siebenschöpf im Pfühl des Küfers erfahren hatte, bereitete der Knittlinger Richter, der sehr ehrwürdige Ignatius Habakus, eine Anklage wegen blöden Gebrauchs der wundärztlichen Messer vor. Gegen Faust oder seine Mutter lag dagegen nicht das Geringfügigste vor, gleichwohl flogen seit Tagen immer wieder Steine zur Luke der Faustin herauf. Er hatte ihr Fenster mit Eichenbrettern verschanzt, und gerade jetzt prallte wieder ein Brocken gegen die hölzerne Wehr und kollerte in die Traufe, die sich unter der Luke dahinzog und mit Steinen schon gefüllt war wie der Besselbach mit Kieseln.

Auch Frido war gekommen, geradewegs von der Werkstatt zu ihnen heraufgeeilt. Mit gekreuzten Beinen hockte er neben der Tür am Boden, im speckigen Wams des Küferlehrlings, Wangen und Hände mit Ruß beschmiert. Und selbst Flori Kuhrer war Georgs Bitte gefolgt und hatte sich aus dem Trauerhaus des Besenmachers für diesen Abend absentiert.

Für den Abend des Abschieds, das konnte Faust auch aus den Mienen seiner beiden Gefährten lesen. Er würde wiederkommen, natürlich, zumal er die Mutter fürs erste unter Lenas Obhut zurücklassen mußte. Aber wenn er wiederkehrte, nach einem Tag oder einem Jahr, wäre er jedenfalls nicht mehr der Knabe, der heute von ihnen Abschied nahm.

Die Faustin klatschte in die Hände und lachte ihn auffordernd an. Noch immer war ihr Antlitz erbärmlich verformt und verfärbt. Doch sie lächelte wie stets und ließ sogar leise Jauchzer hören, denn hinten auf dem Bretterstapel lagen wieder einmal die Puppen bereit.

Abermals prallte ein Stein gegen die Fensterluke und rollte über die Schindeln in die Traufe hinab.

Flori hatte Faust im Hereinkommen umarmt und ihm heiser zugeflüstert: »Nicht einen Augenblick lang hab' ich geglaubt, daß du die Frau Agnes verzaubert hättest.« Sie war nur seine Stiefmutter, aber Flori hatte sehr an ihr gehangen, und er sah so verheult und verheert aus, als ob er am Sarg der Kuhrerin zwei Nächte lang Tränen vergossen hätte.

Faust zwängte sich in den Verschlag hinter der kleinen Bühne. Sorgsam knüpfte er die Kreaturen an seine Finger – den Zauberer Gerkas und seine Mutter Nalida, den roten Grobian und den Mönch im schwarzen Skapulier, der mittlerweile auch einen Namen erhalten hatte: Barnas. Die schöne Erzzauberin Laria blieb an diesem Abend von der Bühne verbannt, gewiß sehr zu Lenas Freude.

Man schrieb Mariae Himmelfahrt, den 15. August 1492. In der Frühe hatten Lena und Lissa kleine Nester mit Wal- und Haselnüssen neben ihrer Bettstatt vorgefunden, wie alle Knittlinger Kinder, die von liebenden Müttern aufgezogen wurden. Denn die Himmelfahrt der Gottesmutter war zugleich der Tag der Kräuterweihe, weshalb die jungen Strauchfrüchte für heute auch Mariennüsse hießen.

Mit unzähligen Gebräuchen der Gottesfurcht und magischen Elternliebe waren die Kinderjahre umwoben, und allein er, Georg Faust, war seit jeher aus diesem wärmenden und behütenden Hort verstoßen. Statt dessen fühlte er sich noch immer auf verworrene Weise eins mit seiner Mutter Maria, ein Teil ihrer selbst und sie ein Teil von ihm. Und für Lena gab es Mariennüsse, für ihn aber faustgroße Steine, die von früh bis spät gegen ihren Laden flogen. Und niemand schritt dawider ein, kein Priester und kein Richter, und auch der Herr Johannes drüben im Kloster sah Jahr um Jahr ungerührt zu, wie sie unterm Dach des Küfers verdarben.

Aber nicht mehr lange, heiliger Mann. Ihr habt mir das Zauberbuch des Nigrethius geschickt, nun sollt Ihr Euch davon überzeugen, daß ich die geheime Kunst achtsam studiert habe.

Nachher, wenn es Nacht geworden wäre und sich die Meute dort unten zerstreut hätte, würde er die Fensterluke öffnen und so viele Steine wie möglich aus der Traufe fischen.

Die Puppen erwachten zu taumelndem Leben. Abermals verkündete Gerkas, daß er davonziehen müsse, um endlich herauszufinden, wer und woher er sei. Doch dieses Mal flehte Nalida ihn nicht an, bei ihr zu bleiben oder sie mitzunehmen. »Ich muß mit Barnas sprechen«, sagte der junge Zauberer, und die Mutter stimmte ihm zu, indem sie nur leise wehklagte.

Der rote Grobian kam herbeigestampft, aber Gerkas mußte ihn bloß ansehen und seine Arme mit emporgewendeten Händen wider ihn ausstrecken, da erstarrte der Lumpenkerl, als ob er gegen eine Wand geprallt wäre.

Der fromme Barnas schlich am Rand der Bühne umher, spähte zu Gerkas und seiner Mutter Nalida herüber, wagte aber offenbar nicht, sich den beiden zu nähern. Und als Gerkas ihm entgegenlief, wandte sich der Mönch im schwarzen Skapulier hastig um und verschwand.

»Ewig könnt Ihr Euch nicht vor mir verstecken, Herr Barnas!« rief Gerkas hinter ihm her. Dann umarmte er seine Mutter, sie beide weinten heiße Tränen des Abschieds, und auch die Faustin auf ihrem Lager brach in jämmerliches Schluchzen aus.

»Bald bin ich zurück, Mutter«, sagte er sanft. »Vergeßt nie, was ich Euch verheißen habe: Eines Tages werden wir aus diesem Karzer hervortreten, und die Leute werden sich vor uns wie vor Königen niederwerfen.«

Wie jedesmal, wenn er aus der Puppenwelt zurückkam, fühlte Faust sich von Kräften durchströmt, die weit stärker, tiefer, größer waren als er selbst. Er hätte nur seine Arme emporheben oder die Hände gegeneinander führen müssen, und Frido und Flori oder die beiden Siebenschöpf-Schwestern wären wie fleischerne Riesenpuppen getreulich seinen Bewegungen gefolgt. Aber nach solchem Gegaukel stand ihm heute nicht der Sinn. Die Nacht war hereingebrochen, und als er zur Luke hin lauschte, war unten auf der Gasse kein Murren und Murmeln mehr zu hören.

Er bat Frido und Flori, eines der Schanzbretter vor der Luke zu entfernen. Dann mußten sie ihn bei den Fußknöcheln festhalten, während er sich aufs Dach hinauszwängte und so viele Steinbrocken in einen Hadersack sammelte, wie er irgend aus der Traufe fischen konnte. Auf alle erstaunten Fragen, was er denn mit den Brocken im Sinn habe, schüttelte er nur mit einem Lächeln den Kopf. Sein Geist war klar, sein Herz schlug rasch und stark. Er spürte den Brand in seinen Augen, und er wußte, daß niemand ihm den Weg versperren konnte, solange die dunkle Glut ihn durchströmte. Er mußte versuchen, sie in sich zu bewahren, zumindest bis morgen in aller Frühe.

Er dankte Frido und Flori, Tonia und Lissa, daß sie gekommen waren, um seinem bescheidenen Puppenspiel zuzusehen. Als die Glocken zur elften Nachtstunde schlugen, war er mit der Faustin und Lena allein.

»Hol einen Tiegel Schafsfett aus der Küche«, bat er Lena und schüttelte wieder nur den Kopf, als sie fragte, was er im Schilde führe. »Stell auch ein kleines Faß Essig bereit«, sagte er lediglich, »am besten unten bei der Haustür, damit es morgen gleich zur Hand ist.«

Den Sack voll rumpelnder Steinbrocken schleppte er in seine Kammer hinüber, um die Mutter nicht zu ängstigen. Als Lena ihm den Tiegel gebracht hatte, machte er sich wohl drei Stunden lang mit den Steinen zu schaffen, die er in einem Ring um sich herum am Boden aufgereiht hatte, aber was genau er mit den Brocken anstellte, ließ er auch Lena nicht sehen.

Als er sie wieder hereinrief, hatte es vom Kirchturm eben Viertel drei geschlagen. Er war noch immer wie berauscht, schwarze Flammen schienen aus seinen Fingerspitzen zu zucken, wenn er über die wurmstichige Platte seines Pults fuhr oder über die Heilige Schrift, die zwischen seiner Kladde und Stapeln von Engelbildern lag, aufgeschlagen bei der Apokalypse des Johannes.

Mit einem scheuen Lächeln stand Lena vor ihm. Ihr Haar, das sie zur Nacht schon gelöst hatte, floß auf ihre Schultern hinab und schimmerte im Schein der Messinglaterne eichhörnchenrot. Er legte seine Arme um sie, und sie schmiegte sich an ihn, als ob sie mit ihm verschmelzen wollte, zu einem absonderlichen Wesen, das zwei Rücken besaß und zwei Hinterköpfe, aber weder Antlitz noch Brust und Bauch.

Als ob seine leiblichen Grenzen aufgesprengt wären, so kam Faust sich in dieser Nacht nach Mariae Himmelfahrt vor, als ob er ein leckendes Gefäß wäre, aus dem glühende Rinnsale in alle Richtungen rannen.

Lena zog seinen Kopf hinab und drückte ihre Lippen auf seinen

Mund. Sie waren beide bloß noch im Hemd, und er verstand gar nicht recht, wie das zugegangen war. Und dann lagen sie auf seiner Bettstatt, und da überkam ihn die Üppigkeit der Lenden, und er erkannte die Siebenschöpf, deren winterblaue Augen unter ihm wie mit tausend Eiskristallen funkelten. Der Glöckner ächzte zum vierten Stundenschlag in den Turm hinauf, und das Lenchen hockte rittlings auf den Lenden des goldlockigen Burschen, den sie liebte, seit sie zum ersten Mal sein sprödes Lachen vernommen hatte. Jauchzend sprang sie auf seiner Mitte auf und ab, und bei jedem Jauchzer fühlte sie ihn hart und heiß bis an ihr Herz hinauf.

Als Faust sich mit einem hellen Schrei in den Schoß der Siebenschöpf ergoß, fiel ihm unversehens der Falke aus jenem Traum ein, und die Leibeslust, die eben noch in ihm gekocht hatte, wich kalter Beklommenheit.

Lena würde nie einen anderen lieben wie ihn, und auch er liebte sie innig, wenngleich auf seine Art. Sie war zu sehr Teil seiner selbst, zu sehr wie die Faustin, sogar ihr Jauchzen hatte sie sich angewöhnt. Doch seine Lenden waren mit ihrem jungfräulichen Blut verschmiert, und das rührte ihn für einen Moment so sehr, daß er Zuflucht bei seinem Lachen suchte.

Sie küßte ihn, plötzlich in Tränen. »Versprich mir, mein Faust, daß du mich immer so lieben wirst wie in dieser Nacht.«

Er gelobte es reinen Herzens. Da dämmerte vor seinem Fenster bereits der Morgen. Die Luke ging auf den Hof hinaus, unzugänglich für die Steine und Wutrufe der Hanswurste und der aufgehetzten Menge. Doch er glaubte sie schon zu hören, wie sie durch Gassen, über Plätze und Treppen herbeigetrappelt kamen.

Er erhob sich und kleidete sich sorgfältig an. Zum taubenblauen Rock und den eng anliegenden Hosen setzte er auch wieder sein Barett mit der Falkenfeder auf, und hätte er ein Kurzschwert oder zumindest einen Dolch besessen, er hätte die Waffe in seinen Gürtel geschoben.

Aber er brauchte keine Klinge, keine Steine, um sie in Fenster zu werfen oder Schädel damit einzuschlagen. Seine Waffen waren, so wie seine Liebe und seine Träume, sein Glück und sein Grauen, von anderer Art.

Er wuchtete die beiden armdicken Riegel zurück und stieß die Tür auf. Die Sonne war kaum erst über die Dächer gestiegen, und doch drängten sich schon wieder drei Dutzend Leute oder mehr vor dem Küferhaus. Allen voran die Gehilfen des eingekerkerten Arztes – der Hanswurst, der Schellennarr und der Harlekin, jetzt allerdings in unscheinbarer Tracht.

Ihre Augen wurden weit, als sie ihn in der Tür stehen sahen. Der Satansbalg, der die Frau Agnes totgezaubert hat. Über der Schulter einen bauchigen Sack, den er nun vor ihnen auf die Gasse entleerte.

»Wer von euch hat diese Steine geworfen?«

Sie glotzten auf die zwei Dutzend Brocken hinab und dann wieder zu ihm herüber. Neben ihm stand ein Fäßchen ohne Deckel, gefüllt mit einer Flüssigkeit, die sauer und scharf wie alter Essig stank.

»Zu Michaeli anno 1479 wurde meine Mutter ausgesandt, einen Krug Weinessig aus dem Klosterkeller zu holen. Und als sie zurückkam, schreiend, blutend, besudelt, trug sie statt des Kruges in der Hand die Satansfrucht in ihrem Schoß – mich. So erzählt ihr euch doch die schaurige Mär?«

Noch immer spürte Faust den Brand in seinen Augen, und die kalte Glut in seinem Innern war zwar matter geworden, aber sie war noch immer da. Sie leckte aus ihm heraus mit feurigen Strömen, sie knüpfte die Leute an ihn wie fleischerne Fadenpuppen.

Hinter den Eichenbohlen in der Dachkammer verschanzt, hatte er in den letzten Tagen immer wieder geduldig auf die Gasse hinabgelauscht, Stunde um Stunde, bis er sie alle an ihren Stimmen erkannt, ihre Gesichter durch die Bretter hindurch vor sich gesehen hatte. Den Haß in ihren Augen, die dunkle Lust, zu hetzen und zu quälen.

Forschend sah er von einem zum andern. Offenbar hatte er jeden von ihnen gut getroffen, sehr viel besser, als sie selbst jemals mit Worten oder Steinen treffen könnten. Den hageren Harlekin, den kinnreichen Wirt zum Wilden Eber, den hängewangigen Altgesellen Konrad. Auch der Schuster von gegenüber war wieder dabei, ein scheeläugiger Ehrenmann, der zwischen Besohlen und Katzbuckeln noch Zeit zum Steinigen fand.

»Wer von euch hat nach mir geworfen?« wiederholte er. Sie senkten die Köpfe, schauten finster beiseite. »Ihr wollt nicht sprechen?

Nun, dann will ich einmal die Steine selbst befragen – mit Essig, wie es mir geziemt.«

Er bückte sich, nahm das Fäßchen und goß es über den Brocken aus. Und da schrien sie alle wie aus einem Maul auf, vierzig Augenpaare starrten auf die vom Essig genetzten Steine hinab, und ebenso viele Fratzen verzerrten sich in ungläubigem Entsetzen.

Die Steine hatten die Größe von Männerfäusten und waren rundlich geformt wie kleine Schädel. Eigentlich waren sie dazu bestimmt, als Gassenpflaster zu dienen, doch auf jedem einzelnen von ihnen zeichnete sich nun ein wohlbekanntes Antlitz ab, bis in alle Einzelheiten von Nasenform, Augenschnitt, Barttracht einem der Gesichter in der Menge gleich.

Faust deutete auf einen Stein, der vor seinem linken Fuß lag. »Ah, der Herr Schuster hat also auch geworfen.« Er stieß einen zweiten Brocken an. »Und der Herr Harlekin! Und wen haben wir denn da – na, Wolf, es erstaunt mich nicht, auch deine Fratze in einem der steinernen Spiegel zu sehen.«

Sie glotzten ihn an, Grauen in den Augenwinkeln. Ihre Münder zuckten, ihre Glieder zitterten in elender Angst.

Er hatte Mühe, sein Lachen zu verbeißen. »Geht jetzt nach Hause«, sagte er. »Noch kann ich die Steine mit meiner Willenskraft auf den Boden bannen, aber nicht mehr lange, dann werden sie emporfliegen und die Köpfe der Personen zerschmettern, deren Abbild sie tragen. Also lauft, so schnell ihr könnt!«

Er riß seine Arme in die Höhe, und wie ein Schwarm Vögel in Panik auffliegt oder wie eine Meereswelle bei Vollmond sich heulend emporhebt, so warfen sich die Leute herum und rannten davon, mit rudernden Armen, japsend und keuchend, und binnen weniger Wimpernschläge war die Gasse vor dem Küferhaus leer.

Die Steine glotzten hinter den Fliehenden drein. Es verwunderte Faust sehr, wie leicht sich die Seele der Menschen blenden, ihr Herz ängstigen, wie willig ihr Geist sich verwirren ließ. Man nehme ein wenig Bocksfett, auf Steine geschmiert und mit Essig sichtbar gemacht. Und dazu allerdings eine kräftige Beimischung von üblem Gewissen und abergläubischer Angst.

Faust zog die Tür hinter sich zu und machte sich auf den Weg.

19

Faust vor der Klosterpforte. Es war der Moment, dem er seit Jahr und Tag entgegengesehen, den er sich immer wieder ausgemalt hatte. Doch nun hielt er bloß den Klopfer in der offenen Hand und betrachtete andächtig seinen Namenspatron. Dabei war es nur eine grob gearbeitete Schmiedefigur, vom vielen Niederhauen stumpf und schartig, und doch sah er mit Rührung auf den Eisenklumpen.

Endlich gab er sich einen Ruck, und der heilige Georg fuhr krachend auf den Drachen hinab. Jenseits der Pforte erklang ein Hüsteln im Duett mit schlurfenden Schritten. Die Luke ging knarrend auf, und im Türholz erschien der Rosinenkopf des Bruders Pförtner, glitzernd vor Schweiß.

»Was begehrst du, Söhnchen?«

»Gott zum Gruß, Vater. Den Herrn Johannes Burrus begehr' ich zu sehen.«

Die trüben Augen im Runzelantlitz zogen sich noch schmaler zusammen. »Den Herrn Abt? Bist du verrückt, Rotzjunge? Herr Johannes verkehrt mit Prälaten und Bischöfen …«

»… und mit mir«, vollendete Faust gleichmütig. »Bestellt ihm nur, der Essigkrug sei eingetroffen, dann wird er mich gewiß vorlassen.«

Der Bruder Pförtner prallte zurück und bekreuzigte sich, so rasch seine knotige Hand es ihm erlaubte. Aber nicht Georg Faust und auch nicht die abermalige Erwähnung des geheimnisvollen Essigkrugs hatte ihn derart erschreckt – auf einmal hatte er einen geflügelten Schatten erblickt, der sich scheinbar durch die Luke drängte, und im nächsten Moment war ihm, als ob die rauhe Schwinge seine Wange streifte.

So langsam, wie der Bruder Pförtner ihm voranschlurfte, in zerknitterter Kutte und klappernden Holzschuhen, blieb Faust reichlich Zeit, um seine Fassung zurückzugewinnen. Hart und hastig schlug sein Herz, seit der Mönch mit der Botschaft zurückgekehrt war: Der Herr Johannes Burrus würde ihn unverzüglich empfangen.

Sind wir nun füreinander bereit, heiliger Mann?

Er hatte sich das Kloster immer wie eine große Kirche vorgestellt, mit ein paar schmucklosen Bauten rings herum, wo die Mönche lasen und sangen, speisten und schliefen. Aber es war alles sehr viel gewaltiger, eine eigene Stadt hinter Burgmauern, mit einem Wirtschaftshof, der viermal so groß war wie der Knittlinger Kirchplatz, umfriedet von wuchtigen Bauten in Stein und Fachwerk, aus denen vielerlei weltliche Laute und Gerüche drangen – der Schmied schlug auf seinen Amboß, im Stall quiekten Schweine, von der Bäckerei zog der süße Geruch frischen Hefebrots herüber.

In der Mitte des Platzes gab es einen Ziehbrunnen, von Linden beschattet, mit einem gemauerten First und einer schindelgedeckten Kuppel, die ihm das Aussehen eines in der Erde versunkenen Turms gab. Knechte und Mägde waren dort versammelt, ließen Eimer hinab und zogen sie schwappend voll an der Kette wieder herauf. Auch die Mutter hatte in jenem Sommer wohl zuweilen dort am Brunnen gestanden, ehe sie in den Keller hinabgeschickt und ihre Seele für immer verstört worden war.

Was bin ich für Euch, Johannes Burrus – ein Sohn? Oder eine Kreatur, die ihr erschaffen ließet durch jenen Dämon?

Am Himmel kreiste riesenhaft ein schwarzer Vogel. Die Glocke im Dachreiter begann die Stunde zu schlagen, und der Bruder Pförtner zählte die Schläge mit – neun, zehn, elf –, den Blick zur schwingenden Glocke emporgewandt.

An das ungeheure Kirchenschiff schlossen sich linkerhand hohe, langgestreckte Bauten von düsterer Anmutung an, die der Pförtner mit einem Ächzen als »heilige Klausur« bezeichnete. »Nur für die Konfratres!« Auf schmalem Weg gelangten sie zwischen dem festungsartigen Komplex und der nördlichen Wehrmauer hindurch, die sich zur Linken wenigstens sieben Fuß hoch entlangzog. Offenbar fühlten sich die heiligen Männer gleichwohl bedroht – wie Faust vorn im Wirtschaftshof gesehen hatte, waren Zimmerleute und Steinmetzen damit beschäftigt, die Schanzmauern noch höher und dicker aufzuführen.

Zwischen dem Wehrwall und der grauen Klausurfront war es so düster wie im Wald. Tatsächlich begann das Tannendickicht unmittelbar hinter der Burgmauer – als Faust an der stellenweise baufälligen Wand emporsah, ragten die Bäume dahinter noch weitaus höher, mit schwarzblauen Wipfeln, die den Himmel wie mit einem dunklen Netz überzogen.

Der Pförtner stöhnte, als ob jeder Schritt ihm Schmerzen bereitete. In schimmerndem Rinnsal lief ihm der Schweiß aus dem Haarkranz und den Nacken hinab in seinen Talar. Die Glocke war verstummt. Noch immer kreiste der Vogel am wolkenlosen Firmament.

Faust ließ wieder sein Lachen ertönen, spröde wie ein im offenen Feuer gebrannter Tonkrug, und der Mönch wandte sich um und sah ihn mißbilligend an. »Erlaubt mir eine Frage, Väterchen.« Er blieb stehen, und der Alte tat es ihm stöhnend nach. Faust deutete auf eine schmale Pforte im Burgwall. »Wozu dient diese Tür hinaus in den Wald?«

Der Bruder Pförtner bekreuzigte sich. Seine eingefallenen Lippen schienen Worte zu zerquetschen, ungewiß, ob Stoßgebet oder Fluch. »Sie wird einmal im Jahr geöffnet«, brachte er schließlich hervor, »am Tag des heiligen Georg, um sie von außen mit Weihwasser zu besprengen.«

Gegen den Drachen, den Satan, das schwarze Tier draußen im Wald. Der alte Mönch sagte es nicht, aber sein Antlitz überlief ein Zucken, daß die tausend Runzeln auf seinen Wangen wie Wellen bei Sturmwind wogten.

Die schmalen Fensterscharten in der Mauer des Klausurbaus ähnelten Augen unter hochmütig emporgezogenen Brauen. Dutzende Augen, die den Wald bewachten – bei Tag und Nacht, seit Hunderten von Jahren.

Sie ließen den düsteren Gang hinter sich und traten auf einen von der Sonne beschienenen kleinen Platz. Rechterhand erhob sich ein nahezu würfelförmiger Bau. Im Erker über dem Portal stand eine gedrungene Gestalt, doch ehe Faust sie genauer ins Auge fassen konnte, wich der Schemen ins Halbdunkel hinter dem Fenster zurück.

»Donnerstag, am 16. August im 1492. Jahr«, notierte er in Gedanken für seine Kladde, *»wie mit allerletzter Kraft drückt der Bruder Pförtner die Klinke herunter und stößt die Tür zum Abtshaus auf. Mein Herz schlägt ruhig. Nur wenn ich die alte Rätselfrage anrühre – seid Ihr mein Vater, oder war es das schwarze Tier –, will sich mein Hals verkrampfen.«*

Abermals ließ er sein erkältendes Lachen ertönen, und der greise Mönch, mit einem Fuß schon auf der Schwelle, wandte sich um und legte einen Finger auf seinen Mund. »Schweig, Knabe! Du betrittst ein geweihtes Haus.«

Wie um sich des Beistands seiner sämtlichen Amtsvorgänger zu vergewissern, hatte Burrus den Burschen eigens in den Empfangssaal des Abtshauses bestellt. Unzählige Abende hatte er hier mit Abt Michael verbracht, im Lehnsessel am Fenster oder winters am Kamin, in Disputen über Glaubensfragen oder über die tausend profanen Probleme, die bei der Steuerung eines so großen Klosters tagtäglich zu lösen waren.

Beinahe hundert Mönche lebten noch immer in Maulbronn und sangen und beteten zu jeder Stunde das Lob des Schöpfers – eine gewaltige Schar in Zeiten, da Klöster zu Dutzenden verwaisten, verfielen, aufgegeben werden mußten, denn auf zehn Konfratres in biblischem Alter kamen vielerorts kaum mehr zwei Novizen. Wer früher sein Vermögen dem Kloster gestiftet und sich für alle Zeit dem frommen Werk verschrieben hatte, warf heute sein Erbe lieber in eine Kaufmannschaft oder Fuggerei. Und selbst die Laien aus Bürgerhäusern, die einstmals für Logis und Gotteslohn willig alle profanen Arbeiten verrichtet hatten, stürzten sich heutzutage ins wuchernde Gomorrha der Städte.

Ein Schatten flog vor dem Fenster vorbei, und unwillkürlich sah der Abt zum Erker hinüber. Auf der Wehrmauer gegenüber ließ sich ein großer schwarzer Vogel von abstoßender Häßlichkeit nieder. Er legte die Flügel zusammen und ruckte mit dem Kopf. Sein Leib war ungeschlacht, das Gefieder funkelte in der Sonne, als ob es Schuppen wären, aus Eisen oder gar aus Drachenhorn.

Er sollte dem Pförtner, dem greisen Bruder Josephus, einen Boten entgegenschicken, dachte Burrus, damit der den Burschen nicht hierher brachte. Mit den einfachen Konfratres besprach er sich meist drüben im Kapitelsaal des Klausurbereichs, und für klosterfremde Laien wie den Knittlinger Küfer oder dessen zwielichtigen Ziehsohn war im Grunde jeder Ort gut genug – die Wachstube an der Klosterpforte, die Weingartenmeisterei oder notfalls selbst der Schweinekoben.

Aber zu spät – auf der Stiege hörte er Fra Josephus bereits humpeln und stöhnen. Zugleich vernahm er ein kaltes, höchst ungehöriges Lachen, und ein Frösteln rann ihm zwischen den Schultern hinab.

»Komm Er hierher, zum Fenster, Knabe, damit ich Sein Antlitz sehen kann. So ist es gut. Und nun beuge Er Knie und Haupt, wie es sich geziemt.«

Der Knabe tat wie geheißen, wenn auch mit sichtbarem Widerstreben. In seinen Augen war ein seltsam gebieterischer Glanz. Er kam Burrus wie ein wildes Tier vor, dabei sah er mit den blonden Locken, die bis auf die schmalen Schultern fielen, der hellen Haut, den noch runden Wangen zahm, ja harmlos aus.

Faust richtete sich wieder auf und schürzte die Lippen, als ob er abermals lachen wollte. Aber glücklicherweise blieb er stumm.

Der große Vogel hockte wie mit den Klauen angeklebt dort drüben auf der Wehrmauer, putzte sein funkelndes Gefieder mit plumpem Schnabel und schien ständig mit einem Auge zu ihnen herüberzuspähen. Auch der Knabe sah Burrus mit lauerndem Ausdruck an. Das Vieh haust bestimmt im Tannenholz, dachte der Abt und meinte den Vogel, ein wenig aber auch den Knaben Faust. Es war kein Habicht, kein Bussard, er schien keiner Gattung anzugehören, die Burrus jemals gesehen hatte. Und dabei hatte er vor vielen Jahren, als er durch halb Europa bis hierher gepilgert war, vielerlei wunderliche Kreaturen erblickt. Doch Gottes Schöpfung war unermeßlich groß.

Bruder Josephus hatte er gleich wieder davongeschickt, die Tür hinter ihm geschlossen. Jetzt deutete er zu den Sesseln an der gegenüberliegenden Wand, wo ihm der Kurfürst unlängst ein Versprechen von ungewissem Wert gegeben hatte. »Nehme Er in Gottes Namen einen Augenblick dort drüben Platz. Viel Zeit kann ich für Ihn nicht erübrigen, zumal Er sein Kommen nicht einmal angekündigt hat. Aber Er soll sehen, daß mir auch die Geschicke einer geringen Waise am Herzen liegen.«

In den Augen des Knaben schienen bei diesen Worten blaue Flammen aufzulodern, aber er blieb weiterhin stumm. Das Barett hielt er in der Hand, wie es sich im Angesicht eines weit Höhergestellten ziemte. Burrus ging ihm voraus zu den Sesseln, die im Halbkreis um den Kamin standen. Die Esse war des Sommers wegen mit einem Blechkleid verhüllt, doch dahinter heulten wie eh und je die Winde im Schlot.

Wie ein wildes Tier aus dem Wald kam der Knabe ihm vor, dabei hätte er gar nicht sagen können, woher dieser Eindruck rührte. Er deutete auf einen Sessel, nahm selbst auf einem zweiten Platz und wurde im selben Moment von einer Vision übermannt.

Der Knabe kauert vor ihm am Boden, auf allen vieren, gänzlich nackt, und das schwarze Tier hockt der bleichen, mageren Gestalt hinten auf, die Pranken in ihre Schultern geschlagen, und stößt mit rasender Hast in sie hinein, wieder und wieder, grunzend und belfernd, und die goldenen Locken fegen durch die Pfütze aus Essig, im hämmernden Rhythmus, den das schwarze Scheusal vorgibt, und in der Luft ist ein Gestank nach Kot und sauren Säften und Fäulnis, und dann liegt die gleiche bleiche, besudelte Gestalt rücklings am Boden, ihre spitzen Mädchenbrüste zittern, und die Frucht zwischen ihren Schenkeln ist blutig aufgebrochen und beschmutzt mit saurem Saft und Satanskot.

»Ich erinnere mich, wie Seine Mutter damals aussah.« Der Abt fuhr sich mit der Hand über Stirn und Augen. Seine Stimme klang in seinen eigenen Ohren ein wenig atemlos. »Er ähnelt ihr sehr.« Dabei konnte er jetzt, da die Flut der Bilder verebbt war, keine besondere Ähnlichkeit mehr erkennen. Vor ihm saß ein blasser Bursche mit flaumigem Kinn, groß gewachsen für seine gut zwölf Jahre, mit aufmerksamer Miene und brennend blauen Augen, die alles, was sein Blick berührte, wie mit kaltem Feuer zu durchglühen schienen.

»Die Mutter leidet.« Auch seine Stimme klang wie im Feuer gehärtet – dunkel für seine Knabenjahre, zugleich spröde wie gebrannter Ton. »Der Küfer behandelt uns wie …« Er machte eine Pause, und Burrus fragte sich, ob er nach dem passenden Wort suchte oder die Wirkung seiner Rede durch die Unterbrechung zu steigern hoffte. »Wie Tiere«, fuhr Faust fort, »die er verprügeln und einsperren kann nach Belieben.«

Er las die Anklage in den Augen des Knaben. Mit einer jähen Bewegung, die er selbst weder vorausgesehen noch gar geplant hatte, beugte sich Johannes Burrus vor, umfaßte Fausts linke Hand und ließ sie, erschrocken über ihre Kühle, gleich wieder los. »Was wehklagt Er denn über Sein Schicksal – glaub Er mir, es hätte Ihn tausendmal ärger treffen können! Haben die Mutter und Er nicht jeden Tag zu essen und ein Strohlager bei Nacht? Durfte Er nicht in leidlicher Sicherheit vom Wickelkind zum Knaben reifen – genährt Sein Leib, gefördert Sein Geist, unterwiesen Seine Seele? Niemals wird Er ermessen, wie brennend ich mir als Kind gewünscht habe, ähnlich umsorgt und beschützt aufwachsen zu dürfen wie Er.«

Die Augen des Knaben verschleierten sich. Bislang war er dem Abt wie umpanzert erschienen, doch für einen Moment wirkte er innerlich berührt.

Dann ließ er sein sprödes Lachen ertönen, und Burrus zuckte zusammen. »Ihr wollt sagen, Herr Johannes, Ihr seid bei einem Unflat aufgewachsen, der Euer zartes Fleisch ärger geprügelt, Eure junge Seele übler besudelt, Euer kindliches Herz grausamer beschwert hat als der verfluchte Herr Gerlach? Daß ihr bei einem stinkenden Eber leben mußtet, der die Maiden noch rauher geschändet, sich an ihrer Pein noch herzloser geweidet hat als der Knittlinger Bock? Bei einem Kerkermeister, der Eure Mutter vor Euren Augen noch grausamer geschlagen, der Euch beide Jahr um Jahr eingesperrt gehalten, Euch mit ärgeren Schimpfnamen denn als Satansbalg, Besessene und Teufelshure bekotet hat? Der Euch gezwungen hat, noch ausgestoßener und verachteter zu leben als die Mutter und ich?«

Faust hatte diese Fragen scheinbar ganz ruhig aneinandergereiht, nur mit einem inwendigen Zittern, das allerdings die verborgensten Fasern seines Herzens erbeben ließ. Die Gegenwart des Herrn Johannes verwirrte ihn so viel mehr, als er erwartet hatte. Anfangs war ihm der Abt unbedeutend, ja fast lachhaft erschienen, eine so wenig beeindruckende Erscheinung war er auf den ersten Blick. Dann aber, als Burrus ihn geheißen hatte, Knie und Haupt vor ihm zu beugen, als er ihn eine geringe Waise genannt und ihm den Sessel angewiesen hatte, auf den er sich setzen sollte – da war Faust vor sich selbst immer mehr zusammengeschrumpft, zu einem nackten Nichts, das der mächtige Herr mit der Stiefelspitze zertreten könnte, wenn ihm der Sinn danach stand.

Und dann aber die neuerliche, um so verwirrendere Wendung –

plötzlich hatte Burrus behauptet, daß er selbst aus weit widrigeren Verhältnissen hervorgegangen sei. Sprach er die Wahrheit? Aber warum sollte er sich die Mühe machen, ihn, die geringe Waise, anzulügen? Um sich zu rechtfertigen? Um alle Anklagen ein für allemal zu entkräften? Oder heischte der Herr Johannes gar sein, des Verstoßenen, Mitgefühl?

Faust war fast erleichtert, als ihn die Stimme des Abts, die fettig und zugleich gehetzt klang, aus dem Wirrwarr der alten und neuen Grübeleien riß. »Was glaubt Er denn, aus welchem Grund Er auf seinen zweiten Namen Johannes getauft worden ist?«

Weil Ihr mein Vater seid, heiliger Mann? Faust senkte den Blick, außerstande, seinem Gegenüber länger in die Augen zu sehen. Er wälzte die tausendmal durchgekaute Frage von der linken in die rechte Backe und zurück. Aber er brachte sie einfach nicht heraus.

Wie kann ein Mann, der mir so wenig ähnelt, mein Vater sein? Seit Jahr und Tag hatte er sich den Herrn Johannes als eine asketische Gestalt mit strengen Zügen vorgestellt. Doch seinem Äußeren nach war der Abt ein Fäßlein auf Füßen, mit einem Schweinskopf auf allzu kurzem Hals. Seine Augen hatten die Farbe brackigen Wassers, und der Haarkranz auf seinem Schädel war eher aschfarben als blond.

»Weiß Er's nicht? Oder hat es Ihm die Sprache verschlagen? Nun, ich will es Ihm erklären – Georg heißt Er nach seinem Ziehvater, dem Jörg Gerlach. Wie alle Waisenknaben mit unbekanntem Erzeuger heißt Er außerdem nach dem Patron Seiner Taufkirche – und die meisten Taufkirchen sind eben, was ja selbst Seinem kindlichen Verstand begreiflich sein müßte, Johannes dem Täufer geweiht.«

Daß er nach dem Jörg Gerlach heißen sollte, versetzte ihm einen bösen Schlag. Noch weit ärger traf es ihn, daß der Name Johannes nichts anderes besagen wollte, als daß sie beide Waisen seien, von verschollenen Vätern gezeugt. Und noch ehe er diesen doppelten Hieb halbwegs verkraftet hatte, fügte Burrus hinzu, wobei ein sonderbares Lächeln, bang und doch tückisch, über sein Antlitz flog: »Ich setze voraus, daß Er gekommen ist, um weitere geistige Nahrung zu erflehen. Die soll Ihm gewährt werden, solange Er meine Gebote auf Punkt und Komma befolgt. Widersetzt Er sich auch nur ein einziges Mal, so soll sich die Klosterpforte nimmer vor Ihm auftun, wie inbrünstig Er Seinen Namenspatron auch auf den Drachen niederfahren läßt.«

Faust gelobte augenblicklich, alles so auszuführen, wie der Abt es von ihm verlangte. Sein Herz jubelte, doch es gelang ihm, nach außen hin ungerührt zu erscheinen.

Fortan solle er das Recht haben, erklärte der Abt, zu bestimmten Stunden eines jeden Werktags in einer Kammer unten im Abtshaus die Schriften zu studieren, die er, Burrus, jeweils aus den Beständen der Klosterbibliothek für ihn auswählen werde.

Johannes Burrus schnaufte und fuhr sich mit der Hand über die Augen. Abermals überkamen ihn Gesichte, und obwohl er die Augen krampfhaft zukniff und wieder aufriß, wollte die Vision nicht gleich verblassen. Er sah sich selbst, wie er Faust mit der Rechten beim Schopf packte und seinen Kopf in ein schlammiges Gewässer stieß, wieder und wieder. Wie der Knabe um Atem rang, sich loszureißen versuchte, aber er, Burrus, ließ ihn nicht entkommen. Bis zu den Knien, mit emporgeraffter Kutte, stand er in der dunklen Flut und kämpfte mit Faust, und es war ein wahrhaft erhebendes Gefühl, den Satansknaben niederzuringen.

Aber nicht deshalb hat Gott mir den Teufelsbalg gesandt.

Der Schauer der Bilder verrann, und für einen verwirrenden Moment kam es Burrus so vor, als ob Faust nicht etwa eine Satansfrucht wäre, sondern er selbst als Knabe von zehn oder zwölf Jahren, aus seiner Erinnerung abgelöst und in die Körperwelt hinausgetreten, wie auch er damals gewesen war: scheu und wißbegierig, voll hochfliegender Hoffnungen und doch längst unrettbar an Geist und Seele versehrt.

Er schüttelte den Kopf. Der Knabe brachte ihn ganz durcheinander, das kam von den dämonischen Kräften in seiner Seele. Aber er würde künftig auf der Hut sein. »Auch eine Schlafstelle im Gesindehaus will ich Ihm anweisen lassen«, fuhr er atemlos fort, »denn nicht anders hat vor vielen Jahren auch an mir ein weiser und barmherziger Mönch gehandelt.«

Der nahezu unbezwingbare Drang überkam ihn, diesem Knaben auf der Stelle von seiner eigenen Knabenzeit mit ihren absonderlichen Gestalten, Ereignissen und schauerlichen Spielwerken zu erzählen – all die uralten Geschichten, die er selbst gegenüber seinem

Beichtvater, dem alten Abt Michael, niemals mit mehr als ein paar hastigen Andeutungen gestreift hatte.

Einen Moment lang schaute Johannes Burrus noch wie behext in die blauen Flammenaugen des Knaben Faust, der außer jenen mit kaltem Zorn hervorgestoßenen Fragen bisher kaum ein Wort von sich gegeben hatte. Dann wandte er seinen Blick ab und erhob sich nicht ohne Mühe. Die leinene Unterwäsche und selbst der Talar klebten ihm klatschnaß auf der Haut. Aber der Bann war gebrochen, er würde diesem dämonischen Burschen keinerlei Geheimnisse offenbaren – weder heute noch irgendwann in der Zukunft.

»Geh Er jetzt zu Fra Josephus und bringe ihm diese Zeilen.« Er trat an sein Pult und warf einige Sätze auf ein Blatt Papier. »Der Bruder Pförtner hat auch das Amt des Gastmeisters inne – er wird Ihm eine Lagerstatt im Gesindehaus anweisen und Ihm anschließend die Kammer zeigen, wo Er fortan Klosterschriften studieren darf.«

Faust war gleichfalls aufgestanden. »Ich will alles tun, wie Ihr es wünscht, Herr. Nur eines noch, mit Verlaub: Wie lauten die Gebote, die ich blind befolgen soll, damit Euer Zorn mich nicht verdirbt?«

Er fragte es, ohne eine Miene zu verziehen, doch der Spott funkelte in seinen Augen.

Johannes Burrus räusperte sich. »Nun, ganz einfach: Spreche Er mit niemandem und betrete nur die Räume, die Ihm ausdrücklich erlaubt worden sind. Von Zeit zu Zeit werde ich Ihn zu mir rufen lassen.«

Faust nahm den zwiefach gefalteten Zettel mit einer sehr knappen Verbeugung entgegen. Für einen Moment glaubte der Abt wahrhaftig, daß der Knabe ihm für die verheißene Barmherzigkeit danken werde. Aber dann war er froh, daß sein unheimlicher Gast nicht wieder jenes Lachen ertönen ließ.

Ohne ein weiteres Wort ging Faust davon.

20

In den ersten Wochen las er nichts anderes als die lateinischen Grammatiken, die der Abt ihm vorlegen ließ – »Sprach- und Redekunst der Alten«, »Kirchenlatein für den schriftkundigen Laien«. Aber diese trockenen Werke dienten nur dazu, seine Kenntnisse des Lateinischen zu verfeinern und zu festigen.

Schon Anfang September brachte ihm Frater Lukas, der ungemein finster dreinblickende Bibliothekar des Klosters, die »Metaphysik« des Griechen Aristoteles, in ein geschmeidiges Latein übertragen, sowie die »Bekenntnisse« des heiligen Augustinus.

Der Sommer verwelkte, mit Frühnebel und feuerfarbenem Laub zog der Herbst herauf. Doch von den Veränderungen der äußeren Natur nahm Faust in jener Zeit nur wenig wahr. In seiner Studierkammer in der Halle des Abtshauses, einem Verschlag mit schmalem Fenster, Schemel und wackligem Sitzpult, las und schrieb er von früh bis spät, vorangetrieben von unstillbarer Lernbegierde und unaufhörlich gepeinigt von der Ahnung, daß man ihn aus dieser Oase des Wissens wieder verjagen könnte, ehe er auch nur einen Bruchteil der Schriften des grimmigen Lukas eingesogen hätte.

Er rang mit dunklen Formulierungen und seinen noch immer unzulänglichen Kenntnissen der uralten Gelehrtensprache. Er rang mit seiner eigenen Jugend und einer kümmerlichen Vorbildung, denn die wenigen Bruchstücke, die der Ranunculus ihm vor Jahren eingebleut hatte, waren ein allzu brüchiger Untergrund, um die Weisheitsgebäude des Aristoteles und des Kirchenvaters Augustinus zu tragen. Immer wieder geschah es, daß Faust in Abgründen des Unverständnisses versank oder in Katakomben aus halb und falsch Aufgefaßtem umherirrte.

Immer zur Prim, wenn beim ersten Morgenlicht der Gesang der Mönche durch klafterdicke Mauern drang, trat Faust in seine Studierkammer ein. Vor ihm häuften sich Bücher und Hefte, am Boden stand ein Krug mit Brunnenwasser, aus dem er alle paar Stunden seinen Becher füllte, sofern er überhaupt einmal für Augenblicke aus den Welten der Weisheitslehrer auftauchte. Mit fliegenden Fingern füllte er Blätter und Notizbücher, und je schneller er las und schrieb, desto ärger plagte ihn die Angst, daß der Abt seiner überdrüssig werden oder ihn für unwürdig befinden könnte, ehe er auch nur das fünfte oder siebte Buch in sich hineingetrunken hätte.

Die heiligen Brüder sangen und beteten zur Terz, zur Sext und zur Non. Ihre Hymnen besänftigten die Herbststürme, rührten die Herzen der Engel und bewegten die Sünder zu reuiger Umkehr. Doch

Faust nahm die frommen Chöre und Psalmen allenfalls wie das Zwitschern ferner Waldvögel wahr. Seine Wangen röteten sich über den Ausführungen des Augustinus zur Verderbtheit des Weibes, mit dem die Sünde in die Welt gekommen war, und sein Herz blieb kühl, als Aristoteles ihm nachwies, daß Gott der substanzlose Stoff der Schöpfung sei.

Nur widerwillig ließ er sich abends zur Vesperzeit von Bruder Josephus aus dem Abtshaus vertreiben. Und in jeder Nacht, wenn er im Gesindehaus auf seinem Strohbett lag, bestürmte er sich mit Selbstvorwürfen: Viel zu langsam lese er, viel zu beschränkt und träge sei sein Geist, um die unermeßliche Weisheit der Gelehrten wahrhaft in sich aufzunehmen.

Sonntags wanderte er auf der Landstraße meist vom Kloster zurück nach Knittlingen. Wie klein kam ihm nun das Städtchen vor, das ihm vor kurzem noch wie eine ganze Welt erschienen war. Wie dürftig die Kirche, in der er zum ersten Mal den Leib Christi empfangen hatte, gemessen am gewaltigen Gotteshaus zu Maulbronn, das zu jeder Stunde vom Gesang der Mönche widerhallte. Wie bescheiden selbst das mit Fachwerk und Giebeln prunkende Küferhaus, eines der prächtigsten Gebäude in der ganzen Stadt.

Die Mutter umarmte ihn lachend und singend, wenn er in ihre Kammer trat. Lena schmiegte sich an ihn und suchte vertraute Blicke von ihm zu erhaschen, und wenn er ihre verliebten Gebärden verlachte, so errötete sie wie früher: wie ein Kristallkelch, der langsam mit Rotwein gefüllt wird, vom Hals über Wangen und Stirn bis in den Scheitel hinauf.

»Manchmal«, so erzählte ihm Lena an einem jener Sonntage, »liegt die Faustin auf ihrem Lager und vergießt stundenlang Tränen, und ich bringe einfach nicht heraus, was sie so sehr betrübt. Wegen dir grämt sie sich wohl nicht, mein Faust, ich glaube, sie hat gar kein Gespür dafür, wieviel Zeit zwischen deinen Besuchen jeweils vergeht. Höchstens schaut sie manchmal fragend nach der Puppenbühne, und wenn ich ihr dann erkläre, daß du am Sonntag wieder für sie spielen wirst, klatscht sie in die Hände und lacht. Aber gleich darauf schwimmt ihr Antlitz wieder in Tränen.«

Er kniete sich vor der Faustin hin, die auf dem Bettrand saß, und legte ihr die Hände auf die Schultern. »Ich weiß sehr wohl, Mutter, worum Ihr leidet«, sagte er sanft, »und es betrübt auch mich bei Tag und Nacht. Aber nur ein paar Jahre noch, das schwör' ich Euch und mir, dann will ich mein eigener Herr sein und ein Haus mein eigen nennen, das Euch und mir Zuflucht vor allen Stürmen bieten soll.«

Lachend sah die Mutter zu ihm auf, und nachher, als er sich in den längst viel zu engen Verschlag hinter der Puppenbühne zwängte und seine Kreaturen wie früher zu magischer Lebendigkeit erweckte, da war für eine Stunde oder zwei ohnehin alle Traurigkeit aus ihrer Kammer ausgekehrt.

Ob denn in dem Haus, das er für sich und die Mutter bauen wolle, auch für sie ein Plätzchen zu finden sein werde, fragte viel später Lena, halb eifersüchtig und halb schon besänftigt, weil er mit ihr allein in seine alte Kammer gegangen war und sie beisammen auf seinem Strohbett lagen. »Allezeit, mein Lenchen«, sprach er darauf, »wirst du mir willkommen sein.«

Aber wie er das anstellen wollte, sein eigener Herr zu werden und gar ein eigenes Haus zu bauen, das mochte Faust ihr an keinem jener Sonntage erklären. »Du könntest als fahrender Puppenspieler übers Land ziehen«, phantasierte die Siebenschöpf und schmiegte ihre Wange an seine Brust, »mit der Bühne hinten auf einem Eselskarren, und ich will dein Kutscher sein, der dich in Burschentracht überallhin begleitet und den Esel lenkt, während du hinten auf dem Karren vor deinem Auftritt ein wenig ruhst.«

»Aber hinten auf dem Karren soll doch schon die Bühne sein«, wandte er in halbem Ernst ein und ergötzte sich an ihrer Verwirrung. »Am Ende wird Gerkas noch das Regiment übernehmen, und ich muß als seine Puppe über die Bretter taumeln.«

»Oder als mein Pferdchen durch die Nacht.« Auf irgendeine Weise hatte sie ihn wieder um seine Kleider gebracht, ohne daß es ihm recht aufgefallen war, und im nächsten Augenblick hockte sie rittlings auf ihm. Es war ihrer beider liebstes Spiel an jenen Sonntagen, während weiter unten im Haus der Herr Gerlach nach seinem Weinbrand brüllte und die Trine eilends aus ihrer Höhle herbeigeschlurft kam.

»Beinahe wie ein Mann sieht Er schon aus, mein Faust«, neckte ihn

Lena, »sogar drei Haare sprießen Ihm schon aus der Brust«, und Faust zog sie zu sich herab und küßte ihre Brüste, die immer noch mädchenhaft klein waren und deren Spitzen keck himmelwärts wiesen.

Während dieser zärtlichen Reitstunden teilten sie einander atemlos mit, was unter der Woche an Berichtenswertem geschehen war. Faust schilderte ihr den Verschlag, in dem er von früh bis spät am Pult saß, und die ebenso enge Kammer, darin er die Nächte verbrachte, nur durch eine Bretterwand von den schnarchenden Knechten getrennt. Sie staunte über seine Lernbegierde und bedauerte ihn, weil er Tag um Tag in dem düsteren Studierloch hocken mußte. Da lachte er, und ihre Wangen röteten sich noch mehr.

Gemeinsam rätselten sie immer wieder, aus welchen Gründen der Herr Johannes ihn auf einmal so großzügig aufgenommen hatte, nachdem er zwölf Jahre lang unerreichbar über Faust geschwebt war wie die Sonne über den Dächern von Maulbronn. »Bestimmt wartet er nur auf den günstigsten Moment, mein Faust«, schwärmte Lena, »um dir zu offenbaren, daß du sein Sohn bist.«

Oder um mich meinem dämonischen Vater zu präsentieren, dachte er, dem schwarzen Tier. Doch er blieb stumm und nahm es gerne hin, daß Lena vom Trab zum Galopp überging.

Der berühmte Wundarzt Bleikamm, das erfuhr er an einem Sonntag im September, war wieder auf freien Fuß gesetzt worden, nachdem er einige Taler Strafgeld gezahlt und geschworen hatte, die Stadt Knittlingen künftig zu meiden. Der sehr ehrwürdige Richter Habakus hatte nämlich Zeugen befragen lassen, die allesamt auf ihren Eid nahmen, daß die Frau Agnes seit Jahr und Tag herzleidend gewesen sei. Hätte der Doktor Bleikamm die Kuhrerin entsprechend befragt und behorcht, wäre das Unglück leicht zu vermeiden gewesen. Und der Knabe Faust hatte damals im Zelt des Chirurgen nur ungescheut ausgesprochen, was außer dem Wundarzt jedermann wußte.

Lissa verbrachte seit Wochen jede Nacht im Pfühl des Küfers. Das erfuhr Faust an einem Sonntag im Oktober, und er krampfte seine Finger in Lenas Schultern und schrie: »Warum habt ihr das zugelassen, warum habt ihr nichts dawider getan?«

In jener Nacht träumte ihm zum ersten Mal seit langen Jahren wieder, daß eine harte Hand um seinen Nacken läge und ihn aber- und abermals hinabstieße in die dunkle, schlammige Flut.

Erst im November, als sich bereits weiße Flocken in den Nieselregen mischten und der Boden mit fauligem Laub bedeckt war, ließ ihn der Abt das erste Mal zu sich rufen.

Johannes Burrus thronte in der Mitte des Saals hinter einem gewaltigen Tisch. Papierrollen mit Kohlezeichnungen lagen vor ihm ausgebreitet, und im Näherkommen sah Faust bezaubert auf die Skizzen, die Kirchen und andere Bauten von unirdischer Anmut zeigten. Doch als der Abt seinen Blick bemerkte, zog er ein schwarzes Samttuch hervor und warf es so über den Tisch, daß die Zeichnungen allesamt verdeckt waren.

Schon diese geringe Bewegung brachte ihn außer Atem. Seine Brust unter dem violett schimmernden Umhang hob und senkte sich. In den kaum drei Monaten seit ihrer ersten Begegnung schien Burrus noch weiter an Umfang zugelegt zu haben, doch zugleich kam er Faust unruhig und vergrämt vor. Der Abtsring mit dem golden umfaßten Rubin war fast zur Gänze im Fett des rechten Ringfingers versunken. Die wasserhellen Augen blinzelten heftig in fleischernen Höhlen von solcher Tiefe, daß man bald schon eine Talgkerze brauchen würde, um bis auf ihren Grund zu leuchten.

»Wie mir Bruder Lukas berichtet hat, studiert Er eifrig die Schriften, die ich für Ihn ausgewählt habe. Das ist gut, Knabe, denn es erfreut unseren Schöpfer, wenn die Werke der Barmherzigen Früchte tragen.«

Wieder nahmen sie auf den Lehnsesseln vor dem Kamin Platz. Trotz aller lachhaften Züge seiner äußeren Erscheinung schien ihm der Abt diesmal eindrucksvoller, seiner selbst gewisser als noch im August. Faust belagerte ihn mit Fragen zur »Metaphysik« und zu den »Bekenntnissen«, die ihm seit Wochen auf der Seele brannten, doch Johannes Burrus antwortete seltsam beiläufig, so als ob die Lehren des Aristoteles und des Augustinus nicht weiter der Rede wert seien.

»Aus Seinen Fragen erschließe ich, daß Er die Essenz aufgefaßt hat, und so kann Er hurtig zu Schriften von größerer Dringlichkeit übergehen.«

Aber gründete auf den Lehren des Aristoteles nicht der ganze ungeheure Kosmos der antiken Welt? Und hatte der heilige Augustinus in seinen Schriften nicht, einem titanischen Baumeister gleich, das geistige Bauwerk der gesamten Christenheit aufgeführt?

Mit einer unerwartet anmutigen Handbewegung wischte der Abt derlei Fragen beiseite. »Studier Er nur weiterhin voller Fleiß und Andacht, was Ihm vorgelegt wird, und befolg Er aufs genaueste meine Gebote, so soll Sein Geist auch fürderhin nicht darben.«

Damit war Faust entlassen.

Noch vor dem Morgendämmer stahl er sich am nächsten Tag aus seiner Kammer und schlich die knarrende Stiege im Gesindehaus hinab. Die Knechte des Klosters hatten es nicht leiden mögen, daß er mit ihnen im gemeinschaftlichen Schlafsaal nächtigte, nur unter Murren hatten sie überhaupt hingenommen, daß ein Bursche von so unheimlichem Leumund unter einem Dach mit ihnen hauste. Aber in allen Gerüchten um Fausts dämonische Abkunft bekleidete der Abt Johannes eine mehr als heikle Rolle, und so bekam Faust die vertrauten Beschimpfungen allenfalls in gedämpftem Ton zu hören, als Munkeln hinter vorgehaltener Hand. Wenn er sich dann zu den Flüsterern umwandte, beeilten sie sich, ihn mit arglosem Lächeln anzusehen, und wenn er sie gar noch fragte, ob sie eben über ihn gesprochen hätten, klopften sie ihm auf die Schulter und beteuerten, so ungehöriges Betragen liege ihnen fern. Er sei ja nicht der erste Scholar, der für ein paar Monate bei ihnen in der Kammer nächtige, und wen der Herr Abt in seinem Kloster gastlich aufnehme, der stehe unter ihrer aller Schutz und Hut.

Er glaubte ihnen kein Wort, und doch war es ihm nicht unlieb so. Die eigene Schlafkammer, und war sie auch eng und stickig, zog er dem Stierdunst im Schlafsaal der Knechte, dem Traumächzen aus einem Dutzend Männerkehlen allemal vor.

Fröstelnd trat er hinaus in den Novembermorgen. Der Gastmeister hatte ihm eine Kukulle aus grauer Schafwolle angewiesen, wie auch die heiligen Männer sie winters über der Kutte trugen. Er wickelte den Mantel fester um sich und warf die Kapuze über. Wind heulte um Mauerecken, winselte in den Brunnen hinab und fuhr mit verdoppelter Wut bis in die Wipfel der längst kahlgepeitschten Linden empor. Niemals konnte Faust beim Ziehbrunnen, der wie ein bis zum Hals versackter Turm aussah, vorbeigehen, ohne sich auszumalen, wie die Mutter als junge Maid dort mit anderen Mägden gestanden hatte. Lachend, scherzend, für einige Wochen in jenem Sommer vielleicht sogar glücklich, doch dann war sie hinabgeschickt, ihre Seele für immer verstört worden.

Schon in seiner ersten Nacht hinter den Klostermauern hatte er beschlossen, einmal in jenen Keller hinabzusteigen, wenn sich eine Gelegenheit böte. Aber sie ließen ihn kaum einen Schritt unbeaufsichtigt tun, auch jetzt kam aus dem Wachhäuschen neben der Pforte der Bruder Josephus herbeigehumpelt und winkte ihm schon von weitem mit ärgerlichen Gebärden, auf ihn zu warten. »Vor der Prim darf Er nicht hinein! Wann will Er das endlich begreifen?« Stöhnend faßte Josephus seine linke Hand und schüttelte sie voller Zorn, und Faust spürte mit Erstaunen die starke Lebenskraft, die aus dem so hinfällig wirkenden Leib zu ihm herüberströmte.

»Ihr ächzt immer so arg, Väterchen«, sagte er, »und dabei seid Ihr gesund wie ein junges Pferd.«

Josephus ließ seine Hand los, als ob er gebissen worden wäre, und schaute ihn aus schmalen Augen argwöhnisch an. Sein Antlitz sah aus wie ein sturmgepeitschtes Meer – die hohlen Wangen Wogentäler, die struppigen Brauen Schaumkronen über tausend Wellen aus Runzelleder. »Er kann das erspüren – mit Seiner Hand?«

Faust ließ sein Lachen ertönen. »Also gebt Ihr mir recht?«

Darauf erhielt er keine Antwort. Mit einem nur halb verständlichen Murren über die Ungehörigkeit der Jugend wandte sich der Alte ab und schlurfte ihm, wie jeden Morgen und jeden Abend, voran zum Abtshaus, wo er keuchend den Schlüsselbund von seinem Gürtel losknüpfte, stöhnend das Eisentrumm ins Schloß stieß, beidhändig drehte und dabei mit dem Mechanismus um die Wette ächzte.

»Und daß Er nur achtsam mit den kostbaren Büchern umgeht!«

Aber Faust war schon über die Schwelle in die dämmrige Halle gesprungen und winkte ihm nur noch, ohne sich umzuwenden, zum Abschied zu. Er brannte darauf, die neuen Bücher zu sehen, die Burrus für ihn gewählt hatte.

Der Verschlag, in dem er seine Tage verbrachte, befand sich in einer Nische an der hinteren Stirnwand der Halle. Er riß die Tür auf, sah auf seinem Pult den kleinen Bücherturm und verdrehte sich schon im Näherkommen den Hals, um die golden geprägten Rückentitel nur rasch zu entziffern. Aber es half alles nichts – zuerst mußte er seine Laterne anzünden, denn durch die Luke fiel bloß bleiernes Frühlicht.

Hinter den Klausurmauern stimmten die Mönche ihren Hymnus an. Auf seinem Pult lagen nicht weniger als vier neue Bücher, in schwarzes Leder gebunden. Rasch öffnete er die Messingschließe des ersten Bandes.

Es war die »Physik und Mystik« des Demokrit. Eingelegt ein Papierstreifen mit der schräg aufwärtsdrängenden Schrift des Herrn Johannes: »*Mit dieser magischen Alchimie des Griechen beginnen.*«

Ungeduldig schlug er die Bücher eines nach dem anderen auf.

»Das Buch der Reichtümer« von Abu Mussa Giabr Ben Hajam Al Sofi mit dieser Anweisung des Abtes: »*Die Alchimie des arabischen Weisen als zweites.*«

Den »Tractatus Secretorum« von Albertus Magnus mit einer Notiz des Burrus, die Faust ungläubig immer wieder aufs neue las: »*Der große Albrecht, vor gut zweihundert Jahren verewigt, hat als erster Christ aus minderer Materie Gold destilliert.*«

Und schließlich die »Ars magna« von Raimund Lullus und dazu diese unerhörte Anmerkung des Herrn Johannes: »*Der herrliche Lullus wurde vor hundertfünfzig Jahren gesteinigt und überlebte. Für den König von England schuf er sechzigtausend Pfund Gold aus Quecksilber, Zinn und Blei. Ihm, dem weisesten der Alchimisten, eifere Er mit dem Beistand Gottes nach.*«

21

Sein anfänglicher Jubel wich klammer Bangigkeit. Er las und las den Demokrit, und er verstand nichts. Nicht eine Seite, nicht einen Gedanken, ja keinen einzigen Satz. Die Bedeutung der Wörter schien gänzlich klar, der Sinn des Ganzen dagegen blieb so dunkel wie das Innere eines zugenagelten Fasses in tiefster Nacht. Von zerstampfter

Erde sprach der griechische Weise, von nackten Sklaven und zischenden Peitschen, von Urmaterie und Tiegeln aus Ton. Und nur der Erleuchtete könne aus dieser Fabelei die Rezeptur erschließen, wie aus Staub und Dreck schieres Gold zu gewinnen sei.

Aus Fausts Beklommenheit wurde Verzweiflung. Er las ein und dieselbe Seite ein dutzendmal hintereinander, bis ihm feuerfarbene Punkte vor den Augen tanzten, aber der Sinn des Gelesenen verschloß sich ihm nur noch mehr. Aus der berühmten Bibliothek zu Alexandria sollte die »Physik und Mystik« stammen, vier oder allenfalls sechs Abschriften gab es im ganzen Abendland. Und dieses Kleinod altgriechischer Weisheit blieb ihm, Georg Johannes Faust, so vollkommen unverständlich, wie auch der Blinde den Glanz des Karfunkels oder der Taube die Schönheit einer Hymne zum Lob des Schöpfers niemals wahrnehmen wird.

Einmal, als er wahllos in dem mit Schmucklettern verzierten Werk herumblätterte, entdeckte er ganz hinten am Fuß der letzten Seite einen handschriftlichen Zusatz: »*Von Abt Paulus Nigrethius für die Klosterbibliothek zu Spornstein in christliches Neulatein übertragen.*«

War es der nämliche Nigrethius, der auch die nützliche Schrift »Von den geheimen Praktiken der Zauberer« verfaßt hatte? Wenn er mit diesem weisen Mann einmal über die Schwarzkunst des Demokrit sprechen könnte, bestimmt würde der Herr Nigrethius ihm die Augen öffnen.

Aber er war allein, wie allezeit und seit jeher auf sich allein gestellt. Der Herr Johannes wird mich seines Klosters verweisen, wenn er erkennt, wie wenig ich seiner Mühen würdig bin. Er raufte sich die Haare. In den Küferkoben wird er mich zurückjagen, ja selbst aus dem Haus des Herrn Gerlach werden die Mutter und ich verstoßen werden, wenn der heilige Mann seine Hand nicht länger über uns hält. Aber es muß doch möglich sein, die Dunkelheit dieser Rede ein wenig aufzuhellen!

Und er stürzte sich aufs neue in die Abgründe aberwitzigen Salbaderns. »*Auf die Urmaterie kommt es an*«, so führte der erleuchtete Demokrit aus, »*nur wer die Urmaterie besitzt, kann sie zu reinem Gold verwandeln mit meiner Rezeptur. Aber höret, Adepten: Knaben schlagen die abgeworfenen Stücke kleiner und schaffen sie aus der geheimen Grube.*«

Die Mönche hinter den Klausurmauern sangen und beteten zur Terz, zur Sext und zur Non. Mit brennenden Augen, dröhnenden Schläfen starrte Faust auf das Buch des Demokrit herab.

»Jünglinge zerstampfen diese Steine in Mörsern mit eisernen Keulen zu Erbsengröße. Das Zerstampfte wird von starken Männern in gewissen Mühlen so fein wie Mehl gemahlen. Und sie alle sind nackt und arbeiten im Dunkeln, und Aufseherinnen schlagen mit ihren Peitschen unaufhörlich auf sie ein. Erkennst du nun, Erleuchteter, die Allegorie?«

Nein, dachte Faust und preßte sich die Handballen gegen die Schläfen. Nein, ich erkenne sie nicht! Die erste Adventswoche verstrich und die zweite desgleichen. Schnee rieselte vom Himmel und bepuderte Dach und Hof. Faust las und starrte und knirschte mit den Zähnen.

»Den schimmernden Staub gib nun in einen irdenen Tiegel nach meiner Rezeptur: 10 ägyptische Scheffel Urmaterie, je 3 Scheffel Blei und Kristallsalz, 1 Scheffel Zinn, 7 Gran Weizenkleie, nach alexandrinischer Art gegoren. Schließe den Tiegel mit dem Deckel des Hermes, bestreiche ihn mit Lehm aus den Bergen des libyschen Erzmagiers, und sodann halte ihn fünf Tage und Nächte im Feuer deines Schmelzofens. Während all dieser Verrichtungen mußt du nackt sein, darfst nichts essen, nicht schlafen, und die Aufseherin muß dich unaufhörlich peitschen.

Nach dem fünften Tag öffne den Tiegel, und du wirst Gold darin finden. Denn so wurde das Gold schon von den Königen der Vorfahren gemacht.«

Es war die Zeit, da der berühmte Nürnberger Baumeister Andreas Krahlis seinen Kohlezeichnungen von Herrenhaus, Verbindungsbau und Klosterkirche hinterhergereist kam. Zehn Tage vor Weihnachten rollte seine Kutsche auf den Hof. Ihr entstieg ein hochgewachsener, knochiger Mann in den Dreißigern, mit gleich Schneckenhäusern gelockten nußbraunen Haaren und in einen Mantel aus Zobel gekleidet wie ein Fürst. In knarrendem, nicht durchweg verständlichem Fränkisch begrüßte er den Herrn Burrus und hörte sich mit einem anfangs noch heiteren Lächeln an, was der Abt zu seinen baumeisterlichen Skizzen anzumerken hatte.

»Ich bin ein Bewunderer Eurer Kunst«, begann Johannes Burrus und schnaufte. Die Zeichnungen des Herrn Krahlis habe er eifrig studiert, und im großen und ganzen gefielen sie ihm auch sehr. Nur ein paar Korrekturen müsse er sich ausbedingen. Dann entrollte er die Pläne des Baumeisters, und Krahlis' Lächeln gefror: Seine vorausgesandten Skizzen waren von unberatener Hand über und über mit Änderungen bekrakelt worden.

Säulen und Bogenfenster, wo Krahlis glatte Mauern von abweisender Strenge vorgesehen hatte. Maßloses Maßwerkgeschnörkel, wuchernd wie Stalaktiten, ineinander gedrillt wie bloßgelegte Aderbäume – mit benommenem Ausdruck sah Krahlis auf seine Zeichnungen herab. Ersichtlich vermochte er sie kaum mehr wiederzuerkennen.

»Aber da hat ein übereifriger Eurer Fratres – wie sag' ich's«, setzte er an. »Versteht mich nicht falsch, doch es war offenkundig ein Mann, der von Statik nichts versteht ... zu schweigen von Tradition und Harmonie ...«

Er warf den Zobel ab, auf seiner Stirn schimmerte Schweiß. Dabei war es im Empfangsaal des alten Abtshauses, wie Johannes den todgeweihten Bau bei sich nur noch nannte, trotz des Feuers im heulenden Kamin unbehaglich kühl. Eisblumen wuchsen im Erker, und auf den Wänden lag ein Glanz von halb gefrorenem Tau.

»Ich selbst«, sagte der Abt und blinzelte den Baumeister gebieterisch an, »habe diese Änderungen in Euren Zeichnungen angebracht. Und glaubt mir nur, Herr Krahlis, alles ist wohldurchdacht.«

Der Baumeister runzelte die Stirn und glättete sie wieder. In seinem letzten Brief hatte der Abt Truhen voller Gold erwähnt, und wenn der Name Andreas Krahlis auch im ganzen Reich einen starken Klang besaß, so würde sich ihm eine Gelegenheit wie diese wohl kein zweites Mal bieten.

Er beugte sich über die zugekritzelte Skizze der neuen Klosterkirche. »Aber dieser Turm, Euer Herrlichkeit«, wandte er ein, »würde Euch zusammenkrachen – spätestens wenn Ihr die Kuppel aufsetzen laßt. Und diese Außenmauer, verstehe ich Euch recht – Ihr wollt den Wall zu Pilastern und Dienstsockeln entbeinen, die Decke als nacktes Gewölbe aufführen, so daß jede einzelne Strebe hervorsticht wie die Rippen bei einem Knochenmann? Aber auch dieser Bau wird über den Köpfen Eurer Fratres zusammensacken!« Er riß die Augen nach Kräften auf und beugte sich noch tiefer über das fromme Gekrakel. »Nirgendwo im Abendland«, murmelte er, »wurden Bauten von solcher ... wie sag' ich's ... solcher Kühnheit je gewagt.«

Johannes Burrus lächelte auf die nußfarbenen Schneckenlocken hinab. »Sorgt Euch nicht, Meister Krahlis«, sagte er, »jeder meiner Bauten wird bestehen, bis daß die Posaunen am Jüngsten Tag erschallen werden. Denn der Herr im Himmel höchstselbst hat mir dies alles kundgetan.«

Wochen und Wochen hatte Faust mit der »Physik und Mystik« gerungen, wie ein Kanonier hatte er das Schanzwerk des Demokrit von früh bis spät mit den Felskugeln seiner Fragen, Hoffnungen und Zweifel beschossen, und am Vortag des vierten Advent gab er sich geschlagen.

Wie ein Verworfener, der seine Schändlichkeit vor dem Licht des Tages verbirgt, so kam er sich vor, als er das alexandrinische Wunderbuch zur Seite schob. Und mit einer Hitze, in der sich Eifer und Verzweiflung mischten, warf er sich auf das arabische »Buch der Reichtümer«.

Schon nach den allerersten Sätzen glaubte er sich gerettet, vor Schmach und Verstoßung bewahrt. Mit der strahlendsten Klarheit von Wort und Sinn führte Abu Mussa Giabr aus, daß der wahre Alchimist zwischen drei Mitteln zur Veredlung der Metalle zu unterscheiden wisse. Die Mittel nannte er »Medizinen«, und auch dieser Name gefiel Faust gar wohl und leuchtete ihm augenblicklich ein. Blei war gleichsam ein krankes Gold, und wenn man das Plumbum mit dem rechten Heilmittel impfte, gesundete es von seiner grauen Mattigkeit und erblühte wieder zu schimmerndem Gold.

Die Medizin erster Ordnung hieß Tutia und diente dazu, Kupfer goldgelb zu färben, so daß es dem Gold äußerlich ähnlich wurde. Die Medizin zweiter Ordnung bestand aus Stoffen der Natur, die durch Destillieren und Sublimieren gereinigt worden waren. Traktierte man ein minderes oder krankes Metall damit, so nahm dieses auch innerlich einige Eigenschaften des Goldes an. Aber weder die Medizin erster noch die Arznei zweiter Ordnung vermochte Blei oder Kupfer vollkommen in Gold zu verwandeln. Hierzu benötigte der Adept die

Medizin dritter und höchster Ordnung, und diese entstand, indem man die sublimierten Naturstoffe »mit gewissen Zusätzen« anreicherte.

Die Zusätze hießen Honiglicht und Hyänenharz, Mondöl, Knabensand und Höhlenasche. Abu Mussa Giabr gab aufs Gran genau an, wieviel von welcher dieser Substanzen dem Blei oder Kupfer bei geringer oder starker Hitze zugemengt werden mußte und wie lang sodann umzurühren war, damit das kranke Gold gesundete. Nur was sich hinter Fabeldingen wie Mondöl oder Hyänenharz verbarg, wo man sie finden, wie man sie gewinnen konnte, dies alles behielt der erleuchtete Araber für sich.

Während der gesamten Nacht zum vierten Advent warf sich Faust in seiner Kammer auf dem Strohbett hin und her, rast- und schlaflos, indessen die Knechte schnarchten und grunzten in der wollüstigen Dämmernis des Schlafs. Die kranken Metalle des Morgenländers wollten ihm einfach nicht aus dem Kopf gehen, unablässig grübelte er über die Geheimnisse von Höhlenasche und Knabensand nach. Aber er würde nicht herausfinden, was es mit diesen Substanzen auf sich hatte, er war der Erleuchtung nicht würdig.

Im Morgengrauen war er fast schon entschlossen, dem Abt sein Unvermögen zu gestehen. Aber davon kam er dann doch wieder ab – er würde nicht aufgeben, jedenfalls nicht sofort. Schließlich warteten in der Studierkammer noch zwei weitere Bücher auf ihn, und vielleicht würden ja Albert Magnus oder spätestens der »herrliche Lullus«, wie Burrus ihn gepriesen hatte, ihm das alchymische Mysterium offenbaren.

Eigentlich sollte er heute gar nicht im Kloster sein, es war ja ein Sonntag, sogar der höchste Adventstag, und bisher hatte er jeden Tag des Herrn in Knittlingen verbracht. Aber dafür fehlte es ihm heute entschieden an Muße, ja es schien ihm gewiß, daß der Bruder Josephus ihn nie mehr ins Kloster einlassen würde, wenn er jetzt hinausginge, ohne vorher zumindest einen Anlauf auf den Tractatus des Albert Magnus versucht zu haben.

An Sonntagen schien selbst die eherne Klosterordnung ein wenig aus der Bahn gerückt, das wurde ihm klar, als er in der Morgensonne aus dem Gesindehaus trat. Die Glocken läuteten zur Prim, und von Bruder Josephus war nichts zu sehen. Einige Augenblicke wartete Faust am Brunnen, ob der Pförtner nicht doch noch angeschlurft käme, dann wandte er sich um und ging den vertrauten Weg über den Wirtschaftshof zum ersten Mal allein.

Aus steinernen Augen belauerte ihn die graue Front des Klausurbaus, und doch eilte er diesmal nicht geradewegs zum Abtshaus weiter. Am Ende des düsteren Gangs unter der Wehrmauer blieb er stehen. Unauffällig in die Hauswand eingelassen war hier eine schmale Tür, die zur Klosterküche führte. Sonst war sie immer geschlossen, aber heute stand sie sonntäglich offen, und ein Gewirr köstlicher Gerüche wehte durch den Spalt heraus. Faust legte eine Hand auf den Türknauf und spähte nach links und rechts.

Drinnen im grottenartigen Kochgewölbe traf unterdessen der wohlgeborene Laienbruder Thomas von Hasselperg, seit zwei Jahrzehnten klösterlicher Küchenmeister, letzte Vorbereitungen für das Festmahl des vierten Advents. Unter dem neuen Abt hatte der Speisezettel der heiligen Herren sehr an Raffinesse gewonnen, und Thomas konnte Geschmack und Tafelfreude des Herrn Burrus gar nicht genug loben. Endlich wurden auch seine Kochkünste gewürdigt, während Abt Michael den delikatesten Neujahrsschwan mit dem gleichen nachsichtigen Lächeln verspeist hatte wie eine Wassersuppe zur Fastenzeit.

Weniger löblich war allerdings, daß die heiligen Herren sich beharrlich weigerten, ihm zumindest einen weiteren Gehilfen zuzuführen. Seit Jahr und Tag mußte er sehen, wie er mit Albert und Franz, den beiden stumpfsinnigen Küchenknechten, zu Rande kam, deren Geisteskräfte allenfalls zu stockendem Umrühren oder Spießdrehen hinreichten. Ein einziges Mal war ihm eine zusätzliche Küchenmagd genehmigt worden, das mußte nun auch schon mehr als zehn Jahre her sein, und die unselige Maid war ihm nach kürzester Zeit wieder abgegangen.

Dämpfe aus vielerlei Töpfen und Röhren waberten in der Küche umher. Thomas von Hasselperg wischte sich den Schweiß von den prallen Wangen und schaute hastig zur Sanduhr auf der Fensterbank hinüber.

Als Entree würde er gekochtes und gebratenes Schweinefleisch auftischen, dazu Flußfische und bunten Salat. Dann Weichseln und Kirschen, danach Kapaun, mit Brot gefüllt und mit gelber Sauce übergossen. Als nächstes gefüllte Eier auf hölzernen Spießen, dann die Krautwickel, dazu Hase und Wildschwein in schwarzer Sauce, wie es Abt Johannes so sehr liebte, und dann wieder ein Zwischengang: Brezeln in Öl gekocht mit Weichselmus. Schließlich eine Platte mit Dörrfisch und eine zweite mit trockenem Braten. Und endlich das Dessert: Milch und Eier, Lebkuchen und Konfekt.

Der Knecht Albert drehte den Spieß mit den Kapaunen, und sein Antlitz mit den blau schimmernden Wangen und vorquellenden Augen zeigte einen Ausdruck angespanntester Wachsamkeit. Dagegen glotzte der um zehn Jahre jüngere Franz auf die Schüssel voll gekochter Eier hinab und konnte sich augenscheinlich nicht besinnen, was er mit den weißen Bällen nun beginnen sollte. An Tagen, da sein Geist noch verhangener als gewöhnlich war, konnte es geschehen, daß er die Eier gegen Fenster und Wände warf und nachher unter Heulen und Kreischen beteuerte, es wären bloß Schneebälle gewesen.

Thomas von Hasselperg schmeckte die schwarze Sauce ab, die seit bald einer Stunde auf der hintersten Herdplatte köchelte. Ah! Aber irgend etwas fehlte noch.

In diesem Moment trat eine schmale Gestalt mit honigblonden Locken von der Nordseite her in die Küche ein. Im ersten Augenblick glaubte Thomas wahrhaftig, daß es der Geist der kleinen Faustin wäre, durch seine Erinnerungen heraufbeschworen. Er begann sich mit dem Kochlöffel zu bekreuzigen, unterbrach sich jedoch auf halbem Weg.

»Seht mir den dreisten Eintritt nach, Herr Koch«, sprach der Gast mit einer Stimme, die so spröde wie einst das Organ der Küchenmaid klang, aber eine halbe Tonleiter tiefer schwang. »Mein Name ist Georg Faust, und ich bitt' Euch sehr, laßt mich einmal geschwind in Euren Keller hinunterschauen, wo damals meiner Mutter – Ihr wißt schon – der Essigkrug zerbrochen ist.«

Der Küchenmeister führte die unterbrochene Bewegung zu Ende. Vom Kochlöffel troff die schwarze Sauce, und sein Geist war noch mit der Frage beschäftigt, welches Gewürz er hinzufügen mußte, während seine Seele aufs neue jene Schrecknisse von Michaeli anno 1479 nacherlebte und seine Lippen bereits gefügig Auskunft gaben: »Niemand kann dort hinab. Die Tür ist seit damals zugemauert.«

Der Blick des jungen Faust ging zur Treppentür neben der Esse, und Thomas von Hasselperg ergänzte: »Die Tür unten, mein' ich. Das Gewölbe unter dem Novizenbau ist nicht mehr zugänglich, Wein und Essig lagern seit langem im Keller der Weingartenmeisterei.«

In seiner Verwirrung führte er den Kochlöffel zum Mund und schlürfte die schwarze Sauce in sich hinein. Der Bursche ließ ein sprödes Lachen ertönen, worauf Bruder Thomas noch konfuser zumute wurde.

»Er sieht aus – er sieht aus ...«, begann er in träumerischem Tonfall und verstummte wieder. Damals hatte er der Faustin immer gerne hinterhergeblinzelt, und wenngleich zwischen ihm und der Maid nichts Fleischliches vorgefallen war, hatte er doch in mancher Nacht ihr Abbild vor sich gesehen. Unter sich, um genau zu sein, unter seinen krampfhaft zuckenden Hüften, in seiner Bettstatt im Schlafsaal der Laienbrüder. Nun, das heiße Blut der Jugend! Selbst als die Faustin längst fortgeschafft worden war, hatte er noch nächtens ihr Abbild umarmt. Ihre blutige Punze vor sich gesehen, zwischen den Schenkeln leuchtend wie ein Fetzen schlachtfrisches Osterlamm.

»Wie seine Mutter damals sieht Er aus«, brachte er seinen Satz zu Ende, aber als Thomas um sich schaute, war er mit den beiden Knechten in seiner Küche wieder allein. Und Franz hatte die Eier noch immer nicht geschält, dabei fehlten zur Terz allenfalls noch zwei Gran Stundensand.

Schon auf den Stufen zum Keller hinab spürte er die Schwingungen ihrer Angst. Dreizehn Jahre waren seitdem vergangen, aber die Lüfte vibrierten noch immer von ihrem Entsetzen, von ihrem insektenhellen Wimmern, als sie die Treppe wieder hinaufgetaumelt kam.

Besudelt, geschändet, für immer verstört.

Er schloß die Augen und sah sie vor sich, den Glanz ihrer aufgerissenen Augen, den zitternden Schatten ihres Leibes und darin die Wunde, die Wunde. Ohne seine Augen wieder zu öffnen, ging er Schritt um Schritt hinab. Unaufhörlich schien sie ihm entgegenzukommen, schreiend, stolpernd, und wenn er nicht beiseite trat, lief sie geradewegs durch ihn hindurch.

Er krümmte sich unter ihren Schmerzen, erbebte in ihrem Entsetzen, preßte die Lippen zusammen, um nicht ihre Schreie auszustoßen, ihr Heulen und Wimmern. So taumelte er den Gang entlang, der nirgends mehr hinführte, stieß gegen Wände, spürte keinen Anprall, empfand einzig ihren Schmerz.

Am Ende des Gangs blieb er stehen, legte seine flachen Hände aufs Mauerwerk. Die Steine waren nachträglich eingefügt worden, um das zu bemerken, brauchte er keine Hellsichtigkeit und nicht einmal eine Laterne. Seine Finger tasteten über die grob beschlagenen, nur ungefähr eingepaßten Steine im Rechteck der einstigen Tür. Einige Brocken waren locker, und er hätte sie mit den bloßen Händen hinausziehen können. Hinter dem wackligen Wall klumpte sich Grauen, wie uralter Schmutz, den niemand beseitigt hatte. Einen Moment lang war er versucht, auf der Stelle durch die Mauer zu brechen, in den Keller vorzudringen, in dem er gezeugt worden war.

So brennend sehnte er sich danach, endlich das Rätsel zu lösen, das die Mutter und ihn wie mit bösem Zauber umwob. Aber seine Angst war immer noch viel zu groß. Er hob die Lider und ließ die Hände sinken.

An die Ungewißheit bin ich fast schon gewöhnt. Aber an der Gewißheit, daß die Mutter damals den Samen des Satanstiers empfangen hätte, würde ich zerschellen wie vor dreizehn Jahren ihr Essigkrug.

22

Aus dem Herrenrefektorium schallte die Stimme von Bruder Hilarius herüber, der an diesem vierten Adventssonntag das Amt des Vorlesers innehatte. Im Klausurgeviert mußten die Mönche striktes Schweigen bewahren, kein weltliches Wort durfte dort auch nur geflüstert werden. Auch während der Mahlzeiten, die sie an Festtagen gemeinsam zu sich nahmen, war jegliches profane Tuscheln oder Tratschen bei Strafe untersagt. Und damit die Gedanken der nahezu hundert Konfratres, die an fünf langen Tafeln im Refektorium saßen, selbst beim Kapaun in erbaulichen Bahnen blieben, rezitierte Fra Hilarius die Schriften des Evangelisten zum Sonntag vor der Ankunft des Herrn.

Währenddessen tafelte Johannes Burrus mit dem Baumeister Krahlis im Speiseraum für weltliche Klostergäste, der noch unter Abt Michael vom Laienrefektorium abgetrennt worden war. Denn die Zahl der Konversen, einst drei- bis viermal so stark wie die Schar der Konfratres, war in diesem fünfzehnten Jahrhundert nach der Fleischwerdung des Herrn zu einem kläglichen Häuflein eingeschrumpft.

Die Augen vorquellend, die Flickenschürze um den dürren Leib genestelt, schlurfte der Küchenknecht herein und setzte die Schüssel so hart auf den Tisch, daß die Sauce schwappte. »Paß Er doch auf!« schalt der Abt, doch in Gedanken war er nicht beim tumben Albert, nicht einmal bei der köstlichen schwarzen Sauce und den röschen Wildschweinscheiben, die sich zwischen ihm und Krahlis in baumeisterlicher Kühnheit türmten. Nein, im Geiste weilte Johannes wieder einmal bei den Spielwerken seiner Knabenzeit.

Als er dem Herrn Krahlis unlängst verkündet hatte, der Schöpfer höchstselbst habe ihm übermittelt, wie die neuen Gebäude aufzuführen seien, da hätte er im Grunde hinzufügen müssen: »Vor dreißig Jahren schon.« Aber er war so sehr daran gewöhnt gewesen, jene Erlebnisse vor sich selbst und aller Welt zu bemänteln, daß es ihm manchmal immer noch schien, als hätte irgendein anderer und nicht etwa er selbst mit jenen kunstvoll gefügten Gebeinen gespielt. Und obwohl er ja mittlerweile erkannt hatte, daß er schon damals vom Allmächtigen berufen worden war, kam es ihm noch immer ein wenig unwirklich vor, daß er hier zur Vorweihnacht anno 1492 mit dem Baumeister tafelte und ihm, die Backen voller Wildschwein, offenbarte: »Schon als ich ein Knabe von drei Jahren war, hat Gott meine Schritte gelenkt, damit ich dereinst imstande wäre, zum Lobe des Herrn diese Gebäude aufzurichten. Alles ist Zeichen, alles Fügung im Leben jener, die der Schöpfer als Seine Werkzeuge erwählt.«

Der Baumeister nickte, warf die Schneckenlocken über die Schulter zurück und tröpfelte sich sieben Skrupel schwarze Sauce über den zum Sterben zarten Hasenbraten.

In jener längst versunkenen Zeit, da die Pest durch Städte, Dörfer und Klöster raste und das halbe Abendland entseelte, fanden erdbraun gekleidete Mönche eines Tages einen winzig kleinen Knaben vor der Pforte ihrer Einsiedelei. Es war ein dürftiger Bau, irgendwo im welschen Wald gelegen und durch Alter und Verwahrlosung halb verfallen, und die drei Männer, die in den Trümmern hausten und sich zu jeder Stunde vor einem fauligen Holzkruzifix zu Boden warfen, hatten ausgemergelte Leiber und Bärte bis zum Gürtel, der nichts Besseres als ein Kälberstrick war.

In Johannes Burrus' Erinnerung waren die Gürtel der Mönche rot wie frisches Blut, aber diese unwahrscheinliche Einzelheit ließ er beiseite, zumal der Herr Krahlis ohnehin schon recht angespannt aussah. Dabei hatten der Kapaun und die Krautwickel vorzüglich geschmeckt, und auch der Braten mit schwarzer Sauce schien dem hageren Nürnberger zu munden.

Der Abt hob seinen Becher mit dreijährigem Burgunder und trank dem Baumeister lächelnd zu.

Auch er selbst war damals ungefähr drei Jahre alt gewesen. Eine Gruppe von Leuten, in seiner Erinnerung bloß gesichtslose Schatten, hatte ihn vor der Pforte zurückgelassen, nicht ohne zuvor heftig gegen das Türholz zu schlagen. Er war kaum mehr bei Bewußtsein, entkräftet durch Hunger und unendliches Herumirren im Dickicht der Wälder, und allem Anschein nach hatten ihn die Leute dort abgesetzt, damit er ihnen nicht länger zur Last fiel.

Vielleicht glaubten sie sogar, daß die Mönche willens und imstande wären, sein Leben zu retten, ihn aufzupäppeln und so zu behüten, wie es bei einem dreijährigen Kind notwendig war. Aber die drei Männer in den schlammfarbenen Kutten waren schlecht gerüstet für eine solche Mission.

In seiner Erinnerung schwang die Pforte auf, und ein knochendürrer Riese beugte sich zu ihm hinab. Johannes starrte ihn an, und der Riese gab ihm eine gewaltige Ohrfeige. Als Johannes aufschrie, nickte der Mann mit düsterer Miene, packte ihn unter den Achseln und nahm ihn mit hinein.

Sie legten ihn in eine Kammer, deren Boden bemoost war und die Decke bei Nacht mit Sternen übersät. Tags schien die Sonne herein, und wenn Regen fiel, verwandelte sich das Gemach in einen Morast. In klaren Nächten schaukelte der Halbmond auf den Überresten des Dachstuhls. Eulen hockten auf den Balken, die wie Wildeberzähne gen Himmel ragten, im Finstern winselten die Wölfe, doch ungleich lauter war der Heulgesang der Mönche.

Die Eremitage mußte weit unten im Süden gelegen sein, denn in seiner Erinnerung waren die Tage meist heiß und die Nächte lind oder schwül. Die Luft roch süß nach Blumen, Fäulnis und Harz. Und die Mönche heulten und schrien bei Nacht und bei Tag.

Sie nährten sich von rohem Fleisch, und als er vor Hunger wimmerte, steckten sie ihm einen blutigen Fetzen in den Mund, den er herunterzuschlucken versuchte, aber unter Würgen und Spucken wieder erbrach. Da zerkauten sie für ihn die viehische Speise und spien ihm den Brei aus Speichel und rohem Mahlfleisch in den Mund.

Anbetungen heulend, knieten sie um ihn herum im Morast, rangen die Hände himmelwärts und flehten Eule und Mond an, sein Leben zu schonen.

In seiner Erinnerung lag er Monate lang in jener Kammer. Sein Gewand zerfiel, in seinem Haar wimmelte Ungeziefer. Wenn er versuchte, sich aus Moos und Morast aufzurappeln, gaben seine Beine unter ihm nach, und er mußte sich neuerlich betten. Aber er versuchte es wieder und wieder, und schließlich gelang es ihm, sich zu erheben und in der Ruine umherzutaumeln.

So entdeckte er den wurmstichigen Schrank. Er stand in einem Zimmer, das die Mönche nie betraten. Schnecken und Käfer hausten in seinen Laden und Fächern, und als er ein widerspenstiges Türchen mit Gewalt aufzerrte, stob eine Wolke hauchzarter Fliegen mit blutfarbenen Flügeln hervor.

Thomas von Hasselperg persönlich tischte die Brezeln mit Weichselmus auf. Er wechselte einen Blick mit dem Abt – der Baumeister sah blaß aus. Schweiß netzte seine Stirn und färbte die Schneckenlocken noch dunkelbrauner ein.

Der Abt beugte sich vor und deutete mit dem Löffel voll Weichselmus auf die Brust des Herrn Krahlis. »Und nun stellt Euch vor, was ich in dem Reliquiar entdeckte – Modelle kirchlicher Bauten von so anmutiger Feinheit und köstlicher Künstlichkeit, wie menschliche Augen sie wohl niemals vorher erblickt haben.«

Andreas Krahlis lächelte matt und kräftigte sich am Burgunder.

Da gab es eine Kathedrale mit gewaltigem Hauptschiff, von dem strahlenförmig Nebenschiffe abgingen, und das gesamte Gemäuer bestand aus menschlichen Gebeinen. Hunderte von Säulen und Streben, so daß man zuerst meinte, einen abgestorbenen Wald vor sich zu sehen, mit knorrigen Wipfeln, kahlen Ästen, die sich wie in flehender Gebärde gen Himmel reckten. Aber selbst mit seinen drei oder vier Jahren hatte Johannes damals schon genügend Totengerippe am Wegesrand erblickt, um zu erkennen, was er vor sich sah. Pilaster und Streben, Mauern und Maßwerk, es war alles Gebein. Auch das Dach des Gotteshauses war mit knöchernen Schindeln gedeckt, deren Wölbung noch die Herkunft aus dem Becken eines längst verblichenen Recken Christi bewies. Den Glockenturm dieser anmutigen Kathedrale krönte eine Kuppel, die wie eine menschliche Schulterkugel geformt war, jedoch mit abbröckelndem Blattgold belegt. Und solcher Bauten gab es wohl ein halbes Dutzend in jenem Schrank, Türme und Kapellen, Kirchen und Dome, und alles wirkte so zart, so schwerelos, als könnten die Bauten im nächsten Moment in die Lüfte emporschweben.

»Und nun der Dörrfisch, vortrefflich«, lobte der Abt und häufte sich den Teller voll, während der Baumeister seine Hände in der Wasserschale schwenkte und sich mit dem Leintuch Finger und Antlitz trocknete. »Nanu, nicht einmal den kalten Braten mögt Ihr noch kosten, Herr Krahlis?«

Die Mönche waren außer sich, als er ihnen die Fundstücke zeigte. »Akkon, Akkon«, hörte er sie immer wieder stammeln und begriff erst viele Jahre später, daß es die Gebeine von Kreuzrittern sein sollten, die im Kampf ums heilige Jerusalem dahingegangen waren.

So wie Johannes auch erst lange Zeit danach erkannte, daß die drei Mönche vom Pfad der rechten Frömmigkeit irgendwann abgeirrt sein mußten, um seither im Dickicht eines heiligen Wahnsinns umherzutaumeln. Falls es überhaupt Mönche waren und nicht bloß ein paar Vogelfreie, die in den Ruinen der einstigen Einsiedelei untergekrochen und vom Satan zum Satyrspiel verleitet worden waren. Wenn eine Schlange durch die Ruine glitt, rissen sie sich die Gewänder von den ausgedörrten Leibern, tanzten um das Gezücht herum und warfen sich vor ihm zu Boden. Rastlos liefen sie in der Ruine umher, heulten Anrufungen zum Himmel empor, brachen vor dem fauligen Kruzifix in die Knie, brachten Eule und Mond Opfer dar.

Als sie das seltsamste Fundstück aus dem Reliquienschrank entdeckten, verklärte sich ihre Miene, ihr Blick wurde noch flackernder, und einer nach dem anderen setzte sich den schaurigen Kranz aufs Haupt. »Mohammed, Mohammed«, verstand er, ohne jedoch damals schon in den Sinn dieser heiser hervorgebellten Silben einzudringen. Und dazu vollführten die Mönche beidhändig Gebärden, als ob sie unter ihren Gürteln verborgene Würste packen und den vorderen Zipfel heruntersäbeln würden.

Beschnittene Schmachglieder dahingemetzelter Muselmanen, aber diesen Teil seiner Erinnerungen behielt Burrus aus Zartgefühl für sich. Ein ledernes Dutzend, am Riemen aufgefädelt und so schwärzlich eingeschrumpft wie die Finger eines leeren, halb vermoderten Handschuhs. Als wäre es die Dornenkrone des Erlösers, so stolz trugen die verlorenen Mönche diesen Kranz auf ihren Zottelschöpfen, in denen Spinne und Käfer nisteten, und die fauligen Lederfinger wippten auf und ab, wenn sie in ekstatischer Prozession durch die Trümmer der Eremitage tanzten.

»Ich kann Euch nicht genau sagen, wie lange ich bei diesen Männern hausen mußte«, so steuerte der Abt auf den Schluß seiner Erzählung zu, »aber zwei Jahre waren es gewiß. Eines Tages kam ein wandernder Bettelmönch vorbei, ein Bruder vom franziskanischen Orden der Minderen Brüder, und der nahm mich barmherzigerweise mit sich und führte mich durchs halbe Abendland, bis göttliche Fügung mich viele Jahre später hierher geleitete, zu den Zisterzienserbrüdern von Maulbronn. Nach kürzester Prüfzeit wurde ich einer der ihren und bin es bis heute, wie Ihr seht.«

Der Abt schob den leergegessenen Fischteller beiseite, um Platz zu schaffen für die Dessertplatte, die der tumbe Franz eben hereintrug. »Aber das Geheule jener abgeirrten Mönche hallte noch lange darauf in mir nach, und der Anblick der beinernen Gotteshäuser hat sich meinem Geist und meiner Seele wie einer Wachstafel eingeprägt – eben so, Meister Krahlis, wie der allmächtige Gott dies in seiner Weisheit vorausbestimmt hat.«

Er bekreuzigte sich mit der Rechten und schob sich zugleich linkshändig ein Sahnekonfekt in den Mund. »Auf diese wunderbare Weise«, schloß er mit lautem Schnaufen und viel leiserem Schmatzen, »hat der Schöpfer mir also befohlen, Eure Baupläne zu vollenden: Alles, was an Euern Mauern Fleisch ist, muß weichen.«

Meister Krahlis leerte seinen Becher bis zur Neige. Einen Moment schwieg er noch sinnend, die Augen halb geschlossen. »Die Legende, Euer Herrlichkeit«, sprach er sodann, »hat meine Seele tief bewegt. Ich erkenne jetzt den frommen Ernst hinter Änderungswünschen, die mir zunächst ein wenig – wie sag' ich's – leichtfertig erschienen. Und ich gelobe Euch hiermit, ich bin willens und bereit, die Pläne nach Euren – und des Allmächtigen – Vorstellungen zu bessern.« Nur seine Miene, die noch immer nachdenklich wirkte, paßte nicht zu diesen Worten. »Ehe wir den Pakt besiegeln«, schob er nach kurzem Zögern hinterher, »versteht mich recht, Euer Herrlichkeit ... Wenn Ihr mich rasch einen Blick auf Eure Goldtruhen werfen ließet?«

Faust stürzte sich auf den »Tractatus« des Albert Magnus, und schon die ersten Absätze schenkten ihm neue Hoffnung. *»Die Alchimie verfährt aber also«*, schrieb der große Mann, *»daß sie einen gewissen Körper zersetzt, ihn aus seiner Gattung herausnimmt und mit dem wesentlichen seiner Bestandteile einen Körper anderer Gattung bedeckt. Daher ist dasjenige alchimistische Verfahren am besten, welches von denselben Mitteln ausgeht wie die Natur selbst, nämlich von der Reinigung des Schwefels durch Kochung und Sublimation und der Reinigung des Quecksilbers und guter Vermischung beider mit einer metallischen Grundlage, denn durch solche Deckung füllt sich die Schale des Adepten mit reinem Gold.«*

Auf diese ermutigenden Worte folgten allerdings lange Listen von Pulvern und Ölen, die der Alchimist teils anschaffen, teils erst herstellen sollte, und umständliche Beschreibungen des alchimistischen Werkes, das aus Zerreiben und Zerstoßen, Kochen, Destillieren und Sublimieren bestand.

Viele Wörter, die Albert Magnus für Stoffe oder Prozesse gebrauchte, hatte Faust niemals vorher vernommen, aber es schienen allesamt Materien zu sein, die sich wirklich aus der Erde graben oder im Tiegel nachvollziehen ließen. Nach wochenlangem Umherwanken im Geröll unbegreiflicher Allegorien und phantastischer Fabelnamen spürte er zum ersten Mal wieder festen Grund unter den Füßen. Denn beim »Tractatus« erging es ihm genau umgekehrt als bei dem Werk des Demokrit. Einzelne Wörter mochten dunkel scheinen, doch der Sinn des Ganzen war strahlend klar.

Dem wahren Alchimisten ging es überhaupt nicht darum, Gold herzustellen – sein Denken kreiste vielmehr um den geheimnisvollen »Stein der Weisen«. Dieser wiederum war anscheinend kein Stein, sondern ein Pulver, das man nur durch sorgsamste und langwierigste Arbeit im alchimistischen Labor gewinnen konnte. Wenn man aber dieses Pulver erst einmal besaß, hielt man den Zauber in Händen, durch den nahezu alles möglich schien: Dreck in Gold zu verwandeln, Alter in Jugend, sogar Puppen aus Lehm in Geschöpfe aus Fleisch und Blut.

Albert Magnus unterschied vier Hauptstufen des alchimistischen Prozesses. Bei der Herstellung des Steins der Weisen erhielt man zunächst ein schwarzes Pulver – diese Stufe hieß bei ihm Melanosis oder Schwärzung. Schritt man weiter auf dem richtigen Weg voran, so färbte sich das Pulver weiß – das war die Leukosis oder Weißung. Ihr folgten die Xanthosis oder Gelbfärbung und schließlich die Iosis oder Rötung. Das Gelbstadium sah er dabei als Zwischenstufe an, die dem Alchimisten zwar bewies, daß er auf dem rechten Weg war – *»aber um Gold oder Kindlein zu erschaffen, brauchst du das gelbe Pulver nicht«*.

Faust las diesen Satz drei- und viermal, und das Herz schlug ihm auf einmal so heftig, daß es in seinem Kopf zu dröhnen begann. Er ließ sein Lachen ertönen. »*Um Gold oder Kindlein zu erschaffen, brauchst du das gelbe Pulver nicht, so wie Gott den Adam aus schwarzer, weißer und roter Erde und den vier Elementen erschaffen hat. Unter diesen Erden sind also das schwarze, weiße und rote Pulver des Adepten gemeint.*«

Es war aber die Zeit, da die Christenheit zum tausendvierhundertzweiundneunzigsten Mal die Geburt des Gottessohnes feierte, voll inbrünstiger Hoffnung, daß der Erlöser bald wiederkehren würde, um sein Reich zu errichten, wie es geschrieben stand.

Am Morgen des Heiligen Tages wanderte Faust auf der Landstraße gen Knittlingen, nachdem er acht Tage lang keinen Schritt aus dem Kloster getan hatte. Sein Herz war leicht, seine Seele heiter wie seit langem nicht mehr. Schnee bedeckte die Landstraße und hatte auch die Wiesen zur Linken und das Tannenholz zu seiner Rechten so hell überpudert, daß er die Augen gegen das gleißende Licht zusammenkniff.

Seine Gedanken flogen wie Schneeflocken bald seinen Füßen voraus zur Faustin und zu Lena, bald zurück ins Kloster, wo er den Albert Magnus und den Raimund Lullus bedauernd im Verschlag gelassen hatte. »*Das Meer wollte ich in Gold verwandeln*«, hatte der herrliche Lullus geschrieben, »*wenn es mit Quecksilber gefüllt wäre.*«

In seinem Rücken begannen die Klosterglocken zu läuten, und voraus in einiger Ferne, gleichsam flüsternd, stimmten die Knittlinger Kirchglocken ein. Wenn er durchaus will, daß ich ihm Gold erschaffe, dachte Faust, dann muß der Herr Johannes mir ein alchimistisches Labor einrichten, denn mit den Büchern allein ist nichts getan. Alle Gegenstände, die der große Albert in seinem Traktat aufführt, muß der Herr Johannes mir auch beschaffen – einen Athanor, den alchimistischen Ofen, mit Schalen und Phiolen und Retorten, mit Stößeln und Zangen und natürlich mit all den Pulvern, Elixieren und Ölen, die man auf künstliche Weise vereinigen soll, damit die schwarze und weiße und gelbe und schließlich die rote Erde entsteht – der Rote Löwe, wie der Zauberstaub bei Lullus auch heißt.

Während er so in Gedanken am eisig gleißenden Tannenholz entlangging, fiel sein Blick auf einen schwarzen Klumpen, der am Waldsaum lag. Er schien zu zucken und zu beben, dann wieder lag er reglos wie ein Steinbrocken da.

Faust verließ die feste Straße, watete durch den Schnee hinüber und beugte sich über das dunkle Gelump. Und da war es ein großer, zottiger Hund, das Fell schwarz bis auf die spitze Schnauze und das schmale, wie schmerzlich verzerrte Antlitz: Dort war der Pelz so weiß wie frischer Schnee.

Mit leisem Winseln begrüßte ihn das Tier. Sein Auge blickte flehend, doch schon sterbenstrüb. Blut rann aus seiner Flanke, und als Faust das Fell dort auseinanderschob, sah die Wunde aus wie mit dem

Dolch ins Fleisch gebohrt. Dabei war weit und breit weder Mensch noch Messer zu sehen.

Er kauerte sich neben das Tier, legte ihm seine Hand ins Fell und schloß die Augen. »Du wirst leben«, sagte er, während die Glocken in Ost und West verhallten, »aber erst müssen wir beide uns placken.«

Auf seinen Armen trug er den sterbenden Hund nach Knittlingen, mehr als zehn Meilen weit, und immer wenn das Tier zu entschlafen drohte, blies er ihm seinen Atem ins Gesicht oder sang, keuchend unter der Bürde, was ihm eben in den Sinn kam – das Paternoster der Mönche oder das Marienlob, und als er damit durch war, sang er dem Hund die Hymne, die vor dreihundert Jahren ein Mönch zum Lob des heiligen Johannes gedichtet hatte: »*Der ist unermeßlich reich / der im Gold verkehrt den Zweig / Kiesel in Karfunkel!*«

Der Hund leckte ihm das Gesicht, und ehe Faust durch das Knittlinger Stadttor trat, rückte er die Last auf seinen lahmen Armen zurecht und sagte: »Ich will dich Messer nennen, wegen deiner Wunde – und aus dunkleren Gründen.«

23

Das neue Jahr begann mit Schneestürmen und Mißvergnügen.

Die ganze Weihnachtswoche hatte Faust in Knittlingen gesessen, den Hund Messer gepflegt, ein neues Puppenspiel für die Mutter erdacht und mit der Siebenschöpf getändelt. Aber je länger die Muße sich hinzog, desto öfter hatte er sich dabei ertappt, wie er die verbleibenden Stunden und Tage zählte. Dabei hatte Lena sich abgemüht, ihm alles behaglich zu machen, doch mit ihr erging es ihm wie eigentlich immer schon: Je vertrauter sie wurden, desto enger fühlte er sich eingepfercht. Und desto mehr fühlte er sich wieder als Knabe, abhängig von der Mutter, die ihrerseits hilflos wie ein Kind war.

Er wollte zurück nach Maulbronn, zu Albert Magnus und Raimund Lullus, alles andere waren Fesseln, aus denen er sich herausziehen mußte. Aber Fra Josephus hatte ihn angewiesen, sich erst nach Neujahr wieder im Kloster einzufinden, und so hatte er heimlich auf den Glockenschlag gelauscht und sich im stillen ausgemalt, wie der Herr Johannes ihn abermals zu sich riefe. Erst überrascht, bald schon mit zustimmendem Nicken würde der heilige Mann seinen Vorschlag anhören, ein alchymisches Labor einzurichten – irgendwo im Klostergeviert würde sich ja gewiß ein passender Ort finden. Dort würde er dem Herrn Burrus dann Gold erschaffen, falls es das war, wonach er lechzte, oder das Elixier der ewigen Jugend oder welche Zaubertat auch immer er begehrte.

Ich will Euch beweisen, mein Herr Vater, daß ich Eurer würdig bin. Und wenn Euch mein Name und Dasein erst mit Stolz erfüllt, dann sollt Ihr alle Welt wissen lassen, wer ich für Euch bin: Euer Sohn. Und dann wird endlich das Gemunkel von dem Dämon verstummen, den Ihr in jenem Keller beschworen hättet, und die Mutter und ich werden frei und geachtet sein und unter unserem eigenen Dach in Frieden leben.

So hatte Faust in der Kammer unter dem Küferdach wieder einmal phantasiert, und Lena war immer einsilbiger geworden. Und er hatte es zwar bemerkt, aber nur halbherzig versucht, die Siebenschöpf wieder aufzumuntern. Sie hatte ja recht, er hörte ihr allenfalls mit einem halben Ohr zu, denn in ihren Schwarmreden fiel ihm eine Rolle zu, die ihm allzu kümmerlich schien. Immer nur als Puppenspieler zog er mit ihr im Eselskarren übers Land, dabei sah er selbst sich längst als einen neuen Lullus, als ruhmreichen Weisen, der nur eine Unze Zauberstaub ausstreuen mußte, um Truhen mit Gold zu füllen, die Herzen und Türen der Fürsten für sich zu öffnen.

Selbst der Hund war so rasch genesen, als ob er es kaum erwarten könnte, zurück nach Maulbronn zu gehen. Binnen dreier Tage hatte sich seine Wunde geschlossen, ob nun durch Fausts Handauflegen oder die Heilpflaster der Tonia Siebenschöpf. Bald schon hatte sich Messer von seinem Lumpenlager in Fausts Kammer aufgerafft, winselnd an der Tür gescharrt und seinen Herrn ermuntert, mit ihm ins wirbelnde Winterweiß hinauszuziehen.

Ein wenig unheimlich sah Messer schon aus, wie er, beglückt durch die wiedergewonnene Lebendigkeit, mit hohen Sätzen durch Schneewehen sprang – ein großer, zottiger schwarzer Hund, und wo sein Gesicht unter den schwarzen Spitzohren sein sollte, war scheinbar nur eine glatte, leere Scheibe, weiß wie frischer Schnee.

So schnell war Faust niemals vorher von Knittlingen bis zum Kloster gelaufen – mit Messer um die Wette, in einem Taumel aus eisigen Flocken, zu seiner Linken bald schon der Tannenforst, dessen Schwärze wie für immer unter dem himmlischen Weiß verschüttet war. So als ob die weihnachtliche Herabkunft des Heilands diese Welt wahrhaftig gebessert, ihr Licht und Unschuld wiedergegeben hätte, die Finsternis der Hölle zurückgedrängt.

Hinter dem Wald tauchte das Kloster auf, mit glitzernden Dächern unter einem Himmel voll funkelnder Flocken, und Faust trat vor die Pforte und lachte gegen seine Rührung an. Sogleich war der Hund bei ihm und sah hechelnd zu ihm auf. »Guter Messer.« Faust klopfte ihm mit der einen Hand das Fell und ließ mit der anderen den heiligen Georg niederkrachen. Es war der 2. Januar im 1493. Jahr des Herrn, und die Luft war so voll mit Schnee, daß man kaum die Hand vor Augen sah.

Der schwarze Hund entging Bruder Josephus dennoch nicht. Sein Rosinenkopf erschien in der Luke und fuhr gleich zurück, als ob er einen Hieb erhalten hätte. »Schaff Er das Tier weg! Wo denkt Er hin – dies ist ein geweihter Ort!«

»Aber, Väterchen, es ist doch nur ein armer Hund.« Faust sah den Alten bittend an. »Am Heiligen Tag lag er dort drüben, zum Sterben schwach.« Er deutete in die Richtung des Tannendickichts, von dem im Schneegestöber indessen nichts zu sehen war. »Ich habe ihn aufgepäppelt, und seitdem hängt er mir so treu wie der Sohn dem Vater an.«

Mit zusammengekniffenen Augen sah der greise Mönch in die gewiesene Richtung. Er bekreuzigte sich, seine Lippen murmelten ein unverständliches Gebet.

So dicht, als ob die Engel weißes Vlies vom Himmel würfen, fiel unterdessen der Schnee. »Schaff Er das Vieh weg«, befahl der Pförtner. »Bring Er's nie mehr hierher, wenn Er noch länger im Kloster verkehren will.«

Faust kauerte sich neben dem Hund ins gleißende Gewölk. »Du mußt zurück, Messer, verstehst du? Lauf zur Mutter und zu Lena – hier kannst du nicht mit hinein.« Der Hund legte den Kopf schräg, und sein Antlitz war so glänzend weiß, daß Faust einen Moment lang meinte, sich darin zu spiegeln. Sogar den Runzelkopf des Pförtners, der hinter ihm in der Luke lauerte, glaubte er im Gesicht des Hundes zu sehen. »Lauf jetzt, Messer. Bis nächsten Sonntag.«

Der Hund wandte sich um und trottete davon. Während Faust sich erhob, das Barett vom Kopf nahm und sich den Schnee aus den Haaren schüttelte, mußte er gegen den Drang ankämpfen, Messer hinterherzurennen. Längst war das Tier im weißen Gestöber verschwunden, aber wenn er die Augen schloß, sah er Messer dennoch – wie er nicht weit hinter der alten Eiche von der Straße abwich und mit großen Sprüngen auf den Waldsaum zuhielt.

»Kommt Er nun herein, oder will Er dort draußen Wurzeln schlagen?«

»Ich komme, Väterchen, ich komme schon. Und ein glückliches neues Jahr wünsche ich Euch. Möge Gott Euch segnen und Euch noch lange in Gesundheit leben lassen.«

Die zweite Enttäuschung traf ihn härter als Messers Verbannung. Der Abt war auf Reisen.

Murrend riegelte ihm Bruder Josephus das Portal zum Herrenhaus auf. Die Halle kam ihm noch düsterer vor als letztes Jahr, erfüllt von kalter Moderluft und uraltem Gram. Die Tür zum oberen Geschoß war verschlossen, und in Fausts Verschlag lag ein Tüchlein aus Staub über Pult und Büchern.

Er blies den Staub fort. Es war so kalt, daß er seinen Atem wölken sah. Er rieb die Hände aneinander, dachte kurz an die Decke in seiner Schlafkammer und beschloß, daß seine Zeit zu kostbar wäre, um nochmals zurückzulaufen – zum Gesindehaus und drinnen die Stiege hoch zu seiner Kammer und mit der Decke die ganze Strecke zum Abtshaus zurück. Er zündete seine Laterne an und hielt die Hände darüber. Das dünne Flämmchen würde ihm, wie auch bisher, als Licht- und Wärmespender genügen. »Und was meint Ihr, Väterchen, wann der Herr Abt wieder bei uns sein wird?«

Nur widerwillig ließ sich der Alte weitere Zeitung entlocken. Ihre Herrlichkeit weilte in Heidelberg, am kurfürstlichen Hofe. Eigentlich wollte der Herr Abt am Tag der Taufe des Heilands wieder aufbrechen, aber der Witterung halber werde er wohl in der Residenz ausharren müssen, bis die Schneestürme sich milderten.

Faust setzte sich auf seinen Schemel, nahm den Lullus vom Bücherstapel und klappte ihn auf. »Danke, Väterchen. Aus Euren Worten schließ ich, daß der Herr Abt wohl in allenfalls acht Tagen zurück sein wird?«

»Das nenne ich schlecht geschlossen, Scholar.« Der Alte verschränkte die Arme vor der mageren Brust. Zur Taufe des Erlösers, fuhr er brummend fort, werde der Herr Burrus ja auf Visitationsreise gehen, wie die Maulbronner Äbte seit jeher in jedem dritten Jahr. Bis weit ins Frühjahr hinein werde Ihre Herrlichkeit ein Dutzend Tochterklöster inspizieren, die allesamt Maulbronner Aufsicht unterstünden. Und der Schneestürme halber werde er dieses Jahr direkt von Heidelberg aus aufbrechen und allenfalls im April wieder hier eintreffen, vielleicht auch noch später. »Das hängt von Umständen ab, die einen flaumbärtigen Burschen nichts angehen.«

»Dank Euch, Väterchen.« Niedergeschlagen vergrub sich Faust in seinem Lullus.

Die Enttäuschung unterwühlte seinen Mut und lähmte seinen Geist. Was hatte er sich da bloß eingebildet? Aus Barmherzigkeit gestattete der Herr Johannes, daß er in diesem Verschlag ein paar Bücher studierte, aber das war auch schon alles. Wenn er auch nur ein wenig wichtig für ihn wäre, hätte der Abt ihm dann nicht zumindest drei Zeilen hinterlassen, ehe er für ein Dritteljahr davongefahren war?

Aber hatte er denn wirklich geglaubt, daß der mächtige Abt seiner Dienste bedürfte? Lullus wie auch Albert Magnus betonten immer wieder, daß der Adept nur mit unendlicher Mühsal auf dem Weg der Erleuchtung voranschreiten und erst nach vielen Jahren beharrlichen Forschens und Probierens hoffen könne, ans Ziel zu gelangen. Und da sollte der Abt gerade auf ihn, Georg Faust, seine Hoffnungen setzen? Sofern er überhaupt nach alchimistischen Schätzen gierte, was ja bei einem heiligen Mann kaum wahrscheinlich war – warum versicherte er sich dann nicht der Dienste eines erfahrenen Adepten? Aus welchem Grund sollte der Abt ausgerechnet auf ihn, einen kaum dreizehn Jahre alten Jüngling von geringer Bildung und üblem Leumund, in dieser heiklen Angelegenheit vertrauen?

Nein, sagte sich Faust in seiner frostigen Kammer – alles habe ich falsch gedeutet, in den Plänen des Herrn Johannes spiele ich sowenig eine Rolle, wie der Mond den Köter in Betracht zieht, der in hellen Nächten zu ihm heraufheult.

Er zwang sich, gleichwohl im Lullus weiterzulesen, doch über stumpfes Buchstabieren kam er längere Zeit kaum mehr hinaus. Es waren leere, leblose Lettern, die er in sich hineinlöffelte, und währenddessen kaute er an seiner Enttäuschung wie an einem ledernen Fetzen herum.

Die Alchymia war beargwöhnt, weil allzu viele Betrüger mit falschem Gold die Gutgläubigen blendeten, aber es war keine verbotene Kunst. Kein Inquisitor, kein Papst untersagte den Alchimisten, ihre Wissenschaft der Schwärzung, Weißung und Rötung auszuüben. Ja, Albert Magnus berief sich sogar mehrfach auf den Alchimisten Jakob Ossa, der vor hundertsiebzig Jahren zum Papst gekürt worden war. In seiner Schrift »Ars transmutatoria«, oder Kunst der Verwandlung, hatte dieser Papst Johannes XXII. dargelegt, wie er den Roten Löwen im Feuer gezeugt und im Tiegel geboren hatte. Zweihundert Goldstangen, die sich zum phantastischen Wert von achtzehn Millionen Gulden summierten, hatte er in seinem Labor erschaffen und der heiligen römischen Kirche für ihr frommes Werk vermacht.

»*Alles, was ich bis hierher beschrieben habe*«, versicherte auch Lullus, »*stimmt mit der göttlichen Schöpfung überein. Nennt es Magie, das soll mir gleich sein – aber es ist Weiße Magie, Zauberei aus dem Buch der Natur, im Einklang mit dem Willen Dessen, der diese Welt erschaffen hat.*«

Und wenn die Alchimie aber eine gottgefällige Wissenschaft ist, Herr Johannes – warum habt Ihr mir gleich zu Anfang befohlen, mit niemandem über die Schriften zu sprechen, die Ihr mir zu lesen gebt?

Immer wieder stieß er bei Lullus auf eigentümliche Beteuerungen wie diese: »*Bis hierhin verläuft alles just so, wie der Allmächtige es vorausbefohlen hat.*« Und ganz ähnlich auch bei Albert Magnus – er mußte lange blättern, bis er die Stelle wiederfand, aber hier war sie: »*Dies alles, was ich zur Umwandlung der Metalle schreibe, stimmt mit dem Willen des Herrn vollkommen überein. Den Odem herbeizuzwingen wäre gewiß wider den Schöpfer, aber der Rote Löwe glückt dem Erleuchteten auch so.*«

Wozu diese Einschränkungen? überlegte Faust und rieb fröstelnd die Hände gegeneinander. »Bis hierin ...« – was befand sich hinter dieser Grenze? Und was hieß »den Odem herbeizwingen«?

Über solchem Grübeln verrannen Wochen. Die Schneestürme schwanden, und mit ihnen vergingen auch die Unwetter in Fausts Seele. Ungefragt erschien eines Tages der grimmige Bruder Lukas und türmte ihm weitere Folianten aufs Pult – das »Liber de Alchymia« von Lullus und seine »Praxis universalis magni operis«, die »Gesamte Ausübung des Großen Werkes«, außerdem die »Verborgene Spagyrik«, die alchimistische Pflanzenkunde, von Paulus Nigrethius.

Der Februar kam. Mit neuem Mut begann er im »Liber de Alchymia« zu lesen.

24

Nach Neujahr war der Hund Messer brav nach Knittlingen zurückgelaufen, wie sein Herr es ihm befohlen hatte. Indessen war er erst spätabends im Küferhaus eingetroffen, und zwar so zerzaust und abgekämpft, als ob er gegen ein Rudel Höllenhunde gestritten hätte.

Die Küchentrine stellte ihm einen Napf mit Abfällen vor die Kammertür, Messer probierte jedoch nur spärlich davon und bellte dann erbost auf den Fraß hinab. Kurz darauf würgte er auch das Wenige, das ihm in den Wanst geraten war, unter Krämpfen wieder hervor, und laut Lena war es ein Schleim von bläulicher Färbung.

Am Sonntag darauf, als Faust von der Sache erfuhr, brauchte er nicht lange zu überlegen. »Eisenhut«, sagte er der Trine auf den Kopf zu, und das Küchentrampel gestand unter Schniefen und Augenrollen, daß sie auf Geheiß des Küfers versucht hätte, den Hund zu vergiften.

»Weil's ein Satansvieh ist, sagt der Herr!« kreischte die Trine und trachtete, Faust zum Trost oder als Abbitte zu umarmen, aber er wich schaudernd vor ihr zurück.

»Lieber würde ich mich vom Teufel umschlingen lassen als von dir.« Er lachte, und diesmal bekam die Trine eine Gänsehaut.

In der »Verborgenen Spagyrik« des Paulus Nigrethius hatte er von der Wirkungsweise des Eisenhuts gelesen. Es war die giftigste Pflanze in Gottes Kräutergarten, und schon drei pfälzische Skrupel, von der Wurzel geschabt, reichten aus, um einen Menschen zu töten. Gewöhnte man sich indessen an, tagtäglich eine winzige Menge des Giftes zu sich zu nehmen, so war man gegen die furchtbare Waffe gefeit.

Noch am selben Sonntag ging Faust hinaus vor das Knittlinger Stadttor, um am Ufer des Besselbachs einen Strunk Eisenhut unter dem Schnee hervorzugraben. Mit einer Raspel zerrieb er die Wurzel zu staubfeinem Puder, und von diesem Tag an nahmen Messer und er selbst wenigstens zweimal in jedem Monat ein Viertel Skrupel vom Eisenhut ein. Anfangs wartete er noch beklommen, ob ihn Krämpfe befallen, ob der Hund und er um die Wette bläulichen Schleim speien würden, aber außer einem kaum merklichen Ziehen in den Eingeweiden spürte er nichts. Und auch das verlor sich, doch etwas anderes wuchs mit jedem Tag: seine Begierde, den vielwissenden Herrn Nigrethius einmal im persönlichen Gespräch zu befragen.

Dem Küfer aber ließ er durch die Trine bestellen, daß er sich fortan vor Messer hüten möge. »Der Biß einer Kreatur, in deren Adern Eisenhut kreist, bringt den stärksten Mann qualvoll ins Grab.«

Immer Montag früh geleitete ihn Messer nach Maulbronn und kehrte spätabends erst, zerzaust und müde, nach Knittlingen zurück. Niemand wußte, was der Hund an diesen Tagen trieb, doch die Nadeln in seinem Pelz verrieten, daß er wohl auch im Tannenforst umherstreifte.

Samstagabends, wenn Faust unterm Vespergeläut durch die Klosterpforte davonging, brauchte er niemals lange nach Messer zu rufen. Nach allenfalls einer Meile war der Hund bei ihm, sprang mit gewaltigen Sätzen aus der Wiese zur Linken hervor oder kam ihm mit seitlich aus dem Maul wehender Zunge entgegengeflogen, die Spitzohren vom Wind niedergehalten und das Zottelfell wie Gefieder aufgeplustert, wenn Faust sich neben ihn kauerte, um ihn zu klopfen und zu loben. »Brav, Messer, guter Hund.«

Das schwarze Tier legte seinen Kopf schräg, aus dunklen Murmelaugen sah es seinen Herrn aufmerksam an. Nur einen Wimpernschlag vorher hatte Faust einen großen schwarzen Vogel am Himmel kreisen sehen, aber wie durch einen Spuk war die Gabelweihe, oder was es sein mochte, im gleichen Moment verschwunden, als Messer aus der Wiese hervorgestürmt war.

»Hast du die Mutter auch gut behütet, Zottelkerl?«

Der Hund bejahte mit hellem Fiepen. Die Zunge hing ihm rosarot zwischen den Zähnen hervor, und jedes Haar auf seinem schimmernd weißen Antlitz schien vor Aufmerksamkeit zu beben.

Schon vor Wochen war Faust aufgefallen, wie sehr der Hund den absonderlichen Engeln ähnelte, die so häufig auf den Kohleskizzen der Faustin erschienen – jünglingshafte Gestalten in funkelnd schwarzem Feder- oder sogar Schuppenkleid, und nur ihr Antlitz war weiß wie Milch und von einem himmlischen Lächeln bestrahlt. Vor der Mutter und vor Lena erwähnte er nichts davon, doch die Faustin schien es wie er zu empfinden. Wenn Messer durch ihre Tür schnürte, klatschte sie in die Hände und lockte das Tier zu sich her. Selbst ihre Bilder ließ sie für ihn liegen, krauchte nach Hundeart auf dem Boden umher und tätschelte Messer, der sich hechelnd vor ihr ausstreckte und mit seinem Schweifbusch freudig auf die Bodenbretter klopfte.

Zu dieser Zeit studierte Faust abwechselnd die »Praxis universalis« und die »Alchymia« des Lullus und wäre über der Weisheit des Lehrers und der Erhabenheit seines Gegenstandes fast demütig geworden. Die Welt der Alchymia war voller Mysterien, und die in ihr waltenden Harmonien schienen ihm so erhaben und vollkommen wie der Allmächtige selbst. Wie eine Ameise vor dem Stiefel des Riesen, so fühlte er sich, wenn Lullus ihm die kosmischen Gesetze vor Augen führte. Und dann ließ er sein Lachen ertönen, um Demut und Beklommenheit aus seinem Herz herauszusprengen.

»*Alles bewegt sich, alles ist in Schwingung*«, schrieb der herrliche Lullus. »*Erhöhe die Schwingung, und Quecksilber wird zu Gold, Lehm wird zu Fleisch, Fleisch wird zu Geist.*« Und Lullus schrieb allerdings auch diese Sätze, über denen Faust lange grübelte: »*Alles hat zwei Pole, alles ist Tag und Nacht, männlich und weiblich zugleich. Deshalb sind gleich und ungleich dasselbe, nur verschieden im Grad. In der Alchymischen Hochzeit werden männlich und weiblich, Lenden und Schoß durch die Wollust des Feuers dauerhaft vereinigt: Am Ausgang des großen Werkes erscheint der Hermaphrodit, Adam Kadmos, der Urmensch der göttlichen Schöpfung.«*

Wie sehr er sich auch bemühte, es gelang ihm nicht, in den Sinn dieser Sätze einzudringen, und doch beunruhigte ihn dieses neuerliche Versagen seiner Geisteskräfte nur wenig. Denn in seinem Innersten spürte er die Wahrheit der Verkündigung: Er selbst hatte es schon immer so gefühlt. Alle Vereinzelung und Entzweiung war bloß Schein und Blendwerk. Unter der spiegelnden Oberfläche war alles, was draußen getrennt schien, seit jeher und für immer eins. Und der Adept gelangte ans Ziel, indem er diesem verborgenen Prinzip auch in der sichtbaren Welt der geschaffenen Dinge und Kreaturen zu offenbarer Wirksamkeit verhalf.

»Im Blei liegt das Gold verborgen, in der Erde das lebendige Fleisch. Hol es hervor. Erhöhe die Schwingung. Laß Lenden und Schoß der Schöpfung sich in alchymischer Wollust vereinigen. Doch überschreite niemals die Grenze zwischen Seligkeit und Verdammnis.«

Was bedeutete diese Warnung? Er befragte den Bibliothekar des Klosters, als der ihm im März weitere Schriften vorlegte, doch der hagere Fra Lukas kniff die Lippen zusammen und sah stumm auf ihn hinab. »Wie kann ich vermeiden, heiliger Mann«, beharrte Faust, »daß ich die Grenze versehentlich berühre?«

Bruder Lukas schien mit sich zu ringen, seine eingefallenen Wangen zuckten, seine Hände vollführten unverständliche Gebärden. »Zwing niemals den Odem herbei, wie Albert Magnus sagt«, stieß er endlich hervor. »Fünf Feuerproben besteht das geschaffene Gold, dann zerfällt es, so steht es bei Lullus und ebenso bei Ihrer Heiligkeit, Johannes XXII.« Er beugte sich über Fausts Pult und blätterte in der »Ars transmutatoria«. »Hier ist die Stelle: *›Den Stein der Weisen zu erschaffen ist unendlich mühsam und glückt nur den wahrhaft Erleuchteten. Wenn du aber den Spruch gebrauchst, kannst du ohne Plage und Erleuchtung Gold von allerbester Güte erzeugen, das noch in der sechsten und sechsundsechzigsten Feuerprobe dem natürlichen Golde gleicht. Doch der Preis, bedenke, ist ewiger Verlust der Seligkeit.‹«*

»Den Spruch?« wiederholte Faust voll Erstaunen. »Was bedeutet das?«

Bruder Lukas wies auf ein Büchlein in scharlachrotem Lammleder, das er eben mit anderen Bänden gebracht hatte. »Die Antwort findet Er hier. Der Herr Johannes Burrus schickt Ihm diese Schriften – gewißlich zur Warnung und, wie ich sehe, eben noch zur rechten Zeit.«

»Meinen innigsten Dank, Herr.« Der Mönch war noch nicht aus der Tür, da hatte Faust das bezeichnete Büchlein vom Stapel genommen und die Schließe aufgeschlagen.

Sein Herz pochte noch rascher, als er die Sigle im Frontispiz entzifferte: *»Haer. sat. 1232 A.D. Für die Bibliothek des Klosters Spornstein aus römischen Beständen im 1492. Jahr des Herrn erhandelt von Abt P. Nigrethius«*. Dann erst fiel sein Blick auf den Titel des Werkes, und was er las, erstaunte ihn so sehr, daß er längere Zeit zu atmen vergaß.

Mit der ausströmenden Atemluft ließ er sein Lachen ertönen, doch gegen die Hitze, die ihm in die Schläfen gestiegen war, vermochte es nichts. Das samtweich gebundene Büchlein barg das »Vox in Rama«, ein Dekret von Papst Gregor IX., der vor zweihundertfünfzig Jahren mit inbrünstigem Eifer Teufelsanbeter verfolgen und verbrennen ließ.

Mit Sorge und Schmerz, erklärte Ihre Heiligkeit in der Präambel, erfülle ihn die wachsende Macht des Satans auf Erden. *»Getrieben von schändlicher Begierde, irdische Reichtümer anzuhäufen, und im frevlerischen Bestreben, Geheimnisse der Schöpfung aufzudecken, die der Allmächtige in Seiner Weisheit vor den Menschen verborgen hat, schrecken häretische Schwarzkünstler selbst vor der Anrufung des Widersachers nicht zurück.«*

Faust blätterte mit fahrigen Fingern um. Zur Unterweisung und Belehrung der Priester und Inquisitoren, so fuhr Ihre Heiligkeit fort, seien in diesem Erlaß die abscheulichen Charakteristika von Anbetung und Beschwörung des Satans zusammengetragen, wie sie sich 1232 A.D. zu Aachen ereignet – *»mitsamt der Gunsterweise, die Luzifer seinem alchimistischen Buhlen verheißen und bezeigt, so wie sie im peinlichen Verhör erwiesen und im Feuer erhärtet wurden, nebst der Wehklage des Teufelsbündlers Hannes Borethius, als er erkennen mußte, daß er nach Gold und Macht gegiert und ewige Verdammnis dafür erhandelt hatte.«*

Hier endete die Seite, und Faust wollte weiterblättern, doch die Blätter waren so zusammengesiegelt, daß er sie nur im Packen umschlagen konnte und von der ersten gleich auf die siebenundsechzigste Seite kam.

»– *ich bereue, o meine Seele knirscht und zagt*«, hieß es hier, und der diese Worte stammelte, konnte wohl niemand anderes als der unselige Hannes Borethius sein, der sich mit dem Satan eingelassen hatte. »*In alle Ewigkeit werde ich in der Hölle schmachten, Teufel werden mich schinden und braten, mir die Zunge mit heißen Zangen zwacken, mein Fleisch mit glühenden Dornen pfählen, Glutnadeln mir unter die Nägel treiben in alle Zeit und Ewigkeit! Aber welchen Glanz ich sehen durfte, o Satanel, welch schwindelnden Einblick in die Mysterien der Schöpfung ich durch Eure Gunst erlangte, Fürst der Verlorenheit! Wie köstlich kühl und schwer der Stab in meiner Hand lag – Zepter der Macht, des Wissens, der Gier! Wie viele Truhen mit Gold ich füllte, wieviel wimmelndes Leben ich im Feuer erzeugen, im Tiegel gebären durfte – durch Euch, Herrscher der Hoffnungslosigkeit, nur durch Euch! Und welche Ekstasen mich durchrasten, welche Schauer der Wollust! Wie alles mein schien, mir unterworfen, wie ich nur mit dem Finger zu schnipsen brauchte, und alles tanzte, wie es mir gefiel! Gestirne, Königinnen, jedes Ding und jede Kreatur! Aber, ach, um welchen Preis!*«

Und wieder begann der Unselige zu jammern und zu knirschen, seine Reue hervorzuwinseln, um ein Erbarmen zu flehen, von dem er wußte, daß es auf alle Zeit verspielt war.

»*Ah, ein Rausch und Rasen war's, ein Stürzen und Schweben, ein Tanz und Taumel, ein schamloses Wühlen und Wimmeln in allen Sphären zugleich: mit der Stärke des Engels, der Leiblichkeit des Menschen, der kochenden Begierde, wie nur der Teufel sie zu entfachen vermag. Ah, hättest du mir lieber einen Höllenfunken eingeblasen, Allmächtiger, anstelle des hellen, so leicht zu betrübenden Seelenflämmchens – ich würde bis heute nicht bereuen, daß ich Euch gerufen, Fürst der Verblendung, Quell aller irdischen Wonnen, von Macht, Reichtum und Lust! Aber, ach weh, nun muß ich in Ewigkeit büßen, mit glühenden Klauen werden Eure Teufel mir in die Augen stechen immerdar.*«

Und so rollte der Verdammte zwischen Schauern wollüstigen

Erinnerns und qualvoller Erwartung der ewigen Strafe hin und her. Und ob am Ende die Reue überwog, blieb für Faust unerfindlich, denn auch die folgenden Seiten waren wieder im Packen versiegelt: Er blätterte um und war ans Ende des scharlachroten Büchleins gelangt.

25

Über ihm kreisten Engel und Gestirne am Himmel, und unter sich hörte, roch, ja schmeckte er das Feuer. Die Scheite knisterten, Flammen züngelten, und der Widerschein der Glut leckte bis zu seiner Bettstatt empor.

Er wußte, daß er fiebernd in der Knittlinger Dachkammer lag, doch es half nichts. Er war der Teufelsbündler, der alles an sich reißen wollte – die Kraft der Engel, die Wärme des Leibes, die Begierde aus Höllenfeuern. Und der nun alles verloren hatte und flehentlich die Arme zum Himmel emporstreckte, doch die Engel wandten sich weinend von ihm ab. Und unter seinem Lager rumorte die offene Hölle.

Das Dekretale des Papstes Gregor IX. war wohl allzu würzige Kost für ihn gewesen – abends war er nach Knittlingen zurückgewandert, bereits in Fieberschauern schwankend. Wenigstens einmal war er über einen Steinbrocken gestolpert und zu Boden gefallen, und hätte Messer nicht gebellt und gefiept und ihn wieder und wieder angestoßen, er wäre gewiß im Graben eingeschlafen, eine leichte Beute für Räuber und Wolf.

Er erinnerte sich noch, daß er, kaum zu Hause, die Faustin bestürmt hatte: »Das neue Puppenstück, Mutter – entsinnt Ihr Euch? Als ob ich's erahnt hätte!« Und mit einem jähen Brennen in der Kehle, das seine Stimme fast zerbrechen ließ: »Und als ob Ihr mich je erretten könntet!«

Damit war er vor der erschrockenen Mutter und der kaum weniger entgeisterten Siebenschöpf zusammengebrochen. Nur ganz dunkel entsann er sich, daß sie ihn hierher geschleppt hatten, in seine Kammer, daß sie ihn aus den Kleidern genestelt, aufs Lager gebettet hatten – wann? Vor Stunden? Tagen?

Der Hund Messer lag neben seinem Bett am Boden, seufzend, als ob er abgrundtief mit ihm litte. Ich muß nach Maulbronn zurück, dachte Faust, aber wenn er auch nur die Beine über den Bettrand zu heben versuchte, wurde ihm so schwindelig, daß die Engel und Gestirne in rasendem Wirrwarr dort oben durcheinanderstoben. Und wenn er dann wieder still lag, hörte er unter sich die klaffende Hölle.

Die Feuer prasselten. Die Geschundenen schrien. Eisen klirrte. »Ah, hättest du mir einen Höllenfunken eingeblasen, Allmächtiger – ich würd' bis heute nicht bereuen, daß ich Euch gerufen, Fürst der Verblendung!«

Zähne klapperten. Faust lag still da und erkannte, daß es seine eigenen waren, wie auch der reuelose Sünder dort unten mit seiner Stimme schrie. Da ließ er sein Lachen ertönen, aber die Stimme verstummte nur kurz, wie von fernher horchend, und setzte desto lauter aufs neue ein.

Faust krallte seine Hände links und rechts ins Lumpenlager, denn nun war ihm, als läge er rücklings auf einem Floß, das über tosendes Wasser fuhr.

Wozu habt Ihr mir das scharlachrote Buch gesandt, Herr Johannes – um meinen Eifer abzukühlen oder heißer zu entfachen? Um mich zu warnen oder anzureizen, über die Grenze hinauszustoßen oder zurückzuziehen? Was trage ich in meinem Innern – Himmelsflämmchen oder Höllenfunken? Wer hat mich erschaffen, Herr Burrus – der allmächtige Gott oder jener Dämon?

Irgendwann schlief er ein, und zum ersten Mal nach langer Zeit träumte ihm wieder, daß jener Falke auf seiner Brust säße. Der Vogel drängte ihm den Schnabel zwischen die Lippen, und Faust umfaßte ihn mit beiden Händen und schleuderte ihn von sich. Er vernahm einen gräßlichen Aufprall, ein Bersten und Knirschen wie von brechenden Knochen, und als er auf seiner Bettstatt emporfuhr, war es der Hund Messer, den er von sich geworfen hatte. Anscheinend war das Tier mit dem Antlitz voran gegen die Wand geprallt, nun lag es zuckend am Boden, und sein weißes Gesicht war mit Rissen und Sprüngen überzogen wie ein zerbrochener Spiegel. Noch einmal überlief ihn ein Beben, die Scherben fielen hinab, und dahinter tat sich ein Loch auf, schwärzer als alles, was Faust jemals gesehen hatte. Und aus dem Loch waberte ein dunkler Dampf hervor.

Faust wollte schreien oder lachen, doch er brachte keinen Laut heraus. Er wollte fliehen oder mit dem Pfühl nach der Erscheinung werfen, aber er saß wie gelähmt. Und der Dampf waberte hervor, drehte sich wie Fäden umeinander und klumpte sich zu einem Geist von abscheulicher Ungestalt, ein Knäuel aus Warzen und Furchen, in denen boshaft rote Augen funkelten. Dann hob der Geist zu sprechen an, doch es klang wie Eselswiehern, und mit einem kaum weniger eselsschrillen Schrei gelang es Faust endlich, den Bann zu sprengen.

Das Herz zerhämmerte ihm die Brust. Er saß auf seinem Lager, bis zum Gürtel nackt und klebrig von kaltem Schweiß. Aber das Fieber schien gewichen, seine Stirn und Wangen waren wieder kühl.

Der Hund hockte neben ihm auf dem Boden und sah aufmerksam zu ihm auf. »Komm her, Messer. Wie froh ich bin, daß dir nichts geschehen ist.« Fiepend schmiegte das Tier seine himmlisch weiße Wange in Fausts Hand.

Der Morgen dämmerte bereits. Es erstaunte ihn, wie lind die Luft in seiner Kammer war, aber er dachte nicht weiter darüber nach. Seine Knie fühlten sich wacklig an, als er zum Schemel hinüberging, wo seine Kleider auf ihn warteten. Die Hosen schlotterten ihm auf der Hüfte, doch er zurrte den Gürtel enger, ohne sich darum zu bekümmern.

Ich muß nach Maulbronn. Der Lullus wartet, und auch der Herr Johannes wird ja bald zurück sein.

Neben dem Pult lagen seine Puppen, und er stopfte sie in ein Bündel, das er sich über die Schulter warf. Es schien ihm ganz selbstverständlich so, wie er auch, ohne einen Moment zu zögern, in die Nachbarkammer hinüberging, sich über das Bett der Faustin beugte und sie zärtlich auf beide Wangen küßte. »Bis nächsten Sonntag, Mutter.«

Der Hund Messer wartete schon an der Treppe. Im ersten Morgenlicht waren sie auf der Landstraße nach Maulbronn.

Mit einem Stöhnen ging die Luke auf, doch anstelle der vertrauten Runzelmiene erschien das Mondgesicht eines jüngeren Fratres. »Was begehrt Er? Solange das Fieber wütet, darf kein Fremder hinein.«

»Aber ich bin nicht fremd, heiliger Mann.« Er mußte sich an der Mauer abstützen, so mürb fühlten sich seine Beine an. »Und das Fieber habe ich auch nicht mehr in mir. Ich bin nur noch nicht wieder ganz bei Kräften.« Seine Brust hob und senkte sich, als ob er mit Messer um die Wette gelaufen wäre. Dabei hatte er sich nur Schritt um Schritt vorangeschleppt, ächzend wie Fra Josephus.

Er nannte seinen Namen, und der Mönch senkte den Blick, als ob er einen Schrecken verbergen wollte. Dann erst riegelte er die Pforte auf und ließ den Scholaren ein.

Bruder Josephus liege mit dem Fieber danieder, so erfuhr Faust, und mit ihm ein Dutzend weiterer Konfratres. Und der Pförtner wies ihn an, sich als erstes zum Badehaus der Knechte zu begeben, um alle verborgenen Fieberkeime herauszuschwitzen, die in seinem Leib noch nisten mochten. Heilsame Kräuter würden dort in der Badestube verbrannt, und ein medizinkundiger Mönch peitsche die schweißüberströmten Leiber mit frischen Birkenzweigen, um die Kur zu befördern.

Vor der Pforte fiepte Messer seinen Abschiedsgruß. »Bis Sonntag!« rief Faust über die Mauer, und dann leiser zum Pförtner: »Welchen Tag schreiben wir heute, mit Verlaub?«

Seine Ohren vernahmen die Antwort, doch sein Geist mochte es nicht glauben. Nur seine Seele nahm die Nachricht gerne auf: Also war alles Höllengeheule bloß ein langer Fiebertraum gewesen?

»Er hat schon recht gehört«, erklärte der Mönch, »vorgestern ist unser Heiland auferstanden, ergo schreiben wir heute den 23. April.«

Da erst begriff er, wie ernstlich krank er gewesen sein mußte. Bald vier Wochen hatte er in der Knittlinger Kammer gelegen, und seither war es Frühling geworden, der Herr Jesus war gekreuzigt worden, begraben und lebendigen Leibes zurückgekehrt.

Er ging über den Wirtschaftshof auf das Badehaus der Knechte zu, das sich zwischen Haspelturm und Latrinenhaus erhob. Staunend bemerkte er, wie weit die Schanzarbeiten fortgeschritten waren – die Wehrmauern ragten an einigen Stellen schon so hoch hinauf, daß der Hof bis zur Mitte hin verdüstert war, obwohl die Sonne am Himmel prangte. Knechte zersägten Balken, Zimmerleute stiegen auf Gerüsten auf und nieder, Steinmetze schlugen mit gewaltigen Hämmern auf Quadersteine ein. So dauerte es eine Weile, bis er durch all das Erschrecken und Erstaunen hindurch eine stille Freude spürte. Gewiß war es ein günstiges Zeichen, daß er gerade an seinem dreizehnten Geburtstag vom Fieber genesen war.

Das Bündel mit seinen Fadenpuppen über der Schulter, zog er die Tür zum Badehaus auf. Ein beißender Geruch, sauer wie Essig, schlug ihm entgegen. Der Nebel in der Stube war so dick, daß nur der Umriß eines Zubers zu erkennen war und weiter hinten eine Kapuzengestalt, die ihn mit gebieterischem Winken in den Dampf hineinbefahl.

Folgsam trat er ein und zog die Tür zu. Neben dem Zuber stand eine Holzbank, und er warf sein Bündel darauf und streifte Wams und Hemd ab. Noch während er aus seinen Hosen stieg, war die Kapuzengestalt heran und begann, mit einem Büschel Birkenreiser seinen Rücken auszupeitschen.

»Herr Thomas?« fragte Faust, da er meinte, unter der Kapuze die prallen Wangen des Küchenmeisters erspäht zu haben. Aber der Kuttenmann peitschte nur stumm, mit leisem Ächzen, weiter.

Es schnitt und zwiebelte nicht übel auf der nackten Haut, doch gemessen an den Qualen, die jener Hannes in der Hölle erleiden mußte, war es wahrlich nicht der Rede wert. Mit den Reisern deutete die Gestalt auf den Zuber, und Faust kletterte hinein. Flüchtig mußte er an die Allegorie des Demokrit denken, der von peitschenden Wärterinnen und nackten Jünglingen gefabelt hatte. In seinem Leib verspürte er ein inwendiges Zittern, und der Dampf machte ihn fast so schwindelig, als ob das Fieber zurückgekehrt wäre. Aber das kam nur von der feuchten Hitze und von seiner Entkräftung nach Wochen der Krankheit.

Er hockte sich in die brodelnde Brühe. Der scharfe Odem nach Essig und wohl auch einer Beimischung von Schwefel trieb ihm den Brand in die Augen. Der Schweiß rann ihm aus allen Poren, wie es offenbar sein sollte. Außer ihm und dem Kapuzenmann schien niemand in der Badestube zu sein, zumindest waren keine Silbe und kein Seufzer zu hören. Allerdings konnte man in dem Dunst kaum zwei Schritte weit sehen.

Faust lehnte sich gegen die Rundung der Zuberwand und schloß die Augen. Das Fieber hatte ihn ausgezehrt, aber er würde rasch zu neuen Kräften kommen. Er brannte darauf, sich wieder auf den Lullus zu werfen – einen ganzen Monat hatte er durch die Krankheit verloren! Und auch der Herr Johannes wollte ja im April zurückkehren, also war er vielleicht sogar schon wieder hier. So rasch wie irgend möglich mußte er mit dem heiligen Mann sprechen. Ihn zur Rede stellen, die Antwort auf jene Frage erbetteln oder erlisten, die ihm nach den Fiebergesichten dringlicher schien als je zuvor.

Was ist zu Michaeli anno 1479 in Eurem Keller geschehen, Herr?

»Steh Er auf, sag ich!« Die Augen unter der Kapuze funkelten. Die Wangen, eben noch rund und apfelrot, sahen auf einmal fahl und hohl aus. Die ganze Kuttengestalt kam ihm viel hagerer und schmaler vor als vorhin. Nur die halb zerschlagenen Reiser, die auf ein niederes Gatterbett neben dem Zuber wiesen, schienen noch dieselben zu sein. »Leg Er sich dort auf den Rost, damit man Ihn weiter kurieren kann.«

Er rappelte sich auf, stieg tropfend aus dem Topf und streckte sich auf dem Rost aus. »Plagt Euch nicht ohne Not, Herr«, bat er, »Eure Kur ist vortrefflich, aber mein Leib hat das Fieber schon besiegt.«

Die Antwort war ein Peitschenhieb, so heftig, daß er zusammenfuhr und der Mönch vor Eifer ächzte.

»Heda, was treibt Euch?« Faust krümmte sich ein, doch anstelle von weiteren Schlägen spürte er eine unerwartet sanfte Berührung. Ein einzelner Finger strich über seine linke Hinterbacke hin und fuhr rauh und doch sachte, andächtig fast, sein hufgestaltiges Mal nach.

Als er sich aufgerappelt hatte, schlug hinten schon die Tür. Nackt, schwindelig, schweißübergossen lief Faust im Essig- und Schwefeldampf umher. Rief »Heda!«, stolperte über Scheffel, stieß sich an Zubern und fand sich doch bloß, wie er seit jeher gewesen war: allein.

So hoch ragte der nördliche Klosterwall nun empor, daß selbst die gewaltigsten Tannen vom Wald des Sjö her kaum mehr drüber hinwegspähen konnten. Dafür wurde es in dem Gang, der vom Wirtschaftshof hinüber zum Abtshaus führte, jetzt bei Tag und Nacht nicht mehr hell.

Wie im Traum wandelte Faust dahin. Es war nicht mehr der fiebrige Schwindel, mit dem er in der Knittlinger Kammer gelegen hatte, aber noch weniger war es gewöhnliches Wachen – es war ein Dämmern zwischen Traum und Tag.

Noch immer spürte er die Berührung auf seiner Haut, dort, wo seine Seele bloß zu liegen schien, seit Frido ihm vor Jahr und Tag das Brandmal eingeprägt hatte. Er ging an der Küche vorbei und sah durchs weit offene Fenster, daß Thomas von Hasselperg drinnen am Ofen stand. Mit der einen Hand rührte er im Topf, die andere fuhr mit einem Tuch über seinen Nacken. Und doch war Faust nahezu sicher, daß er vorhin im Badehaus die feisten Wangen des Küchenmeisters unter der Kapuze gesehen hatte – jedenfalls zu Anfang, als er eingetreten war.

Aber warum hätte er die Peitsche insgeheim an einen zweiten, hageren Mönch weiterreichen sollen? Es ergab keinen Sinn, und zudem fühlte Faust sich zu müde und geistestrüb, um diesen Punkt noch länger zu begrübeln.

Er ließ den düsteren Gang hinter sich und trat auf den kleinen Platz, zu dessen rechter Seite sich das Abtshaus erhob. Wie sehr erstaunte es ihn, neben dem wuchtigen Bau eine Grube von gewaltigen Ausmaßen vorzufinden, die den Ostflügel des Klausurgevierts mit der einstigen Infirmerie verband.

Also seid Ihr von der großen Reise zurückgekehrt, Herr Johannes? Und habt bereits mit den Bauten begonnen, auf deren Skizzen ich im November einen Blick werfen konnte?

Sinnend blieb er am Rand der Grube stehen und sah hinab in den Schlund voller Schlamm und Geröll. Knechte gruben die Erde auf und zogen mit bloßen Händen Steinbrocken aus dem Grund. Zimmerleute plagten sich, die Erdwälle mit Balken und Brettern zu festigen, damit nicht alles wieder einstürzte und die Arbeiter bei lebendigem Leib begrub.

So wie der Heiland begraben wurde, aber Er ist am dritten Tag wiederauferstanden zum Zeichen, daß alle, die da an Ihn glauben, dereinst vom Tode erlöst werden sollen. Nur frevlerische Schwarzkünstler wie jener Hannes Borethius hatten die Seligkeit verspielt, übertölpelt vom Satan, der sie Ekstasen durchrasen, ungeheure Schauer der Wollust erleben ließ.

Und wie rätselhaft, dachte Faust, daß ich schon in der Weihnachtswoche ein Puppenspiel mit ganz ähnlicher Handlung für die Mutter ersonnen habe. Das Bündel trug er auf dem Rücken, am Rand der Grube lagen Balken aufgestapelt, die sich leicht zur Bühne fügen ließen. Sogar ein paar hohe Bretter lehnten daran, und Faust brauchte sie nur zurechtzurücken, damit sie dem Puppenspieler Deckung gaben. Dann stülpte er sein Bündel um und knüpfte die lumpigen Kreaturen mit Sorgfalt an seine Finger.

Vor Jahr und Tag hatte er einmal die Legende vom Theophil durch fahrende Schauspieler auf dem Knittlinger Kirchplatz aufführen sehen. Damals hatte ihm das Winselstück wenig zugesagt, aber letzte Weihnacht war ihm das Gejammer des wankelmütigen Gottesmannes wieder in den Sinn gekommen, und er hatte einige Fetzen daraus für sein eigenes Puppenstück herausgeklaubt.

Der rote Grobian war durch Ankleben von Klumpfuß und Bockshörnern rasch zum Satan umgewandelt. Der Zauberermantel des jungen Gerkas bekam ein Kreuz aufgemalt und ward zum Talar des Priesters Theophil. Und die Mutter Nalida erhielt einfach jenen Namen, den die Faustin ohnehin mit der Gottesmutter teilte: Maria. Denn im Seufzerstück um Theophil wurde der klägliche Teufelsbuhle am Schluß durch die Mater Maria erlöst.

Und das Spiel ging los.

Der rote Satan kreiste um Theophil herum und trachtete ihn durch Verheißungen auf seine Seite zu ziehen. »Die tiefsten Geheimnisse der Schöpfung will ich dir zeigen, wenn du mir deine Seele verschreibst. Die schönsten Weiber werden danach lechzen, deine Wünsche zu erfüllen. Die kostbarsten Schätze aus der Tiefe der Erde werden die Keller deines Palastes füllen – Rubine und Karfunkel, Gold und Geschmeide von so unsäglichem Glanz, daß du beim bloßen Anblick vor Wonne fast vergehst.«

»Aber meine Seele ist ein zu hoher Preis«, sträubte sich Theophil. »Willst du dich nicht mit einem geringeren Tauschgut bescheiden? Wie wär's, wenn ich dir meine letzten fünf oder meinethalben zehn Lebensjahre gebe – alles, was mir davor noch bleibt, polsterst du im Gegenzug mit Glanz und Reichtum, mit Schönheit und Wollust mir aus.«

Der Satan grunzte vor Abscheu. »Was helfen mir deine Greisenjahre? Ein halb verrotteter Madensack von einem Leib, gefüllt mit leprösen Ideen, zerfressenen Hoffnungen, erkalteten Begierden? Pfui Teufel noch mal!« Und dann begann er wieder, die Lüste und Mysterien anzupreisen, mit denen er Theophil überhäufen würde, wenn der ihm nur seine Seele verschriebe.

Theophil wand sich, doch er würde nicht mehr lange widerstehen. »Zu verführerisch sind die Blendbilder, die Ihr mir in die Lüfte malt, mein höllischer Herr. Schon seh ich die Maiden vor mir, die mich mit Armen und Beinen umschlingen wollen, und die Truhen voller Gold, die meine Keller füllen sollen, und den Tiegel voller Zauberstaub, den Ihr mir zueignen werdet, damit ich mir Gold und Kreaturen erschaffen kann, wie es mir beliebt.«

»Ein Aftergott wirst du sein, auf zwei Dutzend Jahre«, so schmeichelte der rote Satan, »und was danach kommt, darauf verschwende jetzt keinen Gedanken – genieße dein Leben, solange du jung bist!«

Und Theophil fand sich am Arm gepackt und vom Satan mitgezogen. In seiner Not wandte er sich zu Maria um, die unterdessen zu Füßen der beiden am Boden gesessen und versunken im Staub gemalt hatte. »Mater Maria, zu Hilfe!« schrie er. »Wenn Ihr mich retten wollt, gebietet ihm Einhalt durch Euer mächtiges Wort!«

Und Maria blickte auf zu ihnen, jubelnd beim Anblick ihres geliebten Sohns. Sie erhob sich, kam mit anmutigen Gebärden zu Theophil herüber und reichte ihm lächelnd ihre Hand. Da ließ auch er sein Lachen ertönen und widersetzte sich nicht länger, als der rote Satan sie beide mit sich zog.

Das Spiel war aus. Faust kam hinter den Brettern hervor, die Puppen baumelten ihm an ihren Fäden von den Händen herab. In seinen Augen spürte er den Brand, so lodernd kalt wie niemals vorher, und die Kluft zu seinen Füßen war groß wie der Schlund der Hölle, und Feuerströme schossen aus der Tiefe hervor. Und die dunkle Glut strömte in seinem Innern empor, tränkte jede Faser seines Leibes und seiner Seele.

Eine häupterreiche Zuschauerschar hatte sich vor ihm versammelt.

Aus der Grube waren die Zimmerleute im schwarzen Anzug und die Knechte im kurzen Kittel hervorgekrochen. Am Klausurbau hatte sich ein Türchen aufgetan, und gleich einer schwarzen Wolke waren zwei Dutzend Konfratres hervorgewallt. Eben noch hatten sie ihm applaudiert und Rufe der Begeisterung ausgestoßen, jetzt starrten sie alle ihn nur noch stumm und reglos an.

Er spürte die Feuerfäden, die von seinen Händen ausgingen und all diese Männer an ihn knüpften – es waren fleischerne Marionetten, seinem Willen unterworfen. Er hob seine Arme, und sie setzten sich in Bewegung. Ihre Augen waren glasig, die Wangen gerötet. Einige fuhren sich mit flachen Händen über Wanst und Brust, mit einem entrückten Lächeln, als ob sie den Leib der schönsten Geliebten befühlten. Andere nestelten an ihren Gewändern, rafften Kutte oder Kittel, so daß ihre Schenkel bloß lagen. Und dabei sahen alle nur auf ihn, als ob er der Quell ihres Lebens und das Ziel ihrer Liebe wäre, und mit Schritten, als ob sie durch tiefes Wasser wateten, kamen sie in schwankender Linie auf ihn zu.

Als die ersten so nah heran waren, daß sie ihn mit vorgereckten Händen hätten anrühren können, flog mit hellem Knall das Portal des Abtshauses auf, und zwei heilige Herren traten heraus.

»Im Namen des Erlösers! Ihr seid vom Spuk des Satans befreit!« Atemlos nach dieser herausgeschrienen Austreibungsformel, eilte Johannes Burrus an der Grube vorbei und trat vor die verzauberte Zuschauerschar, mit dem Rücken zu Faust. In der Rechten hielt er ein mit Rubin und Karfunkel besetztes Kruzifix, und seine Arme waren hoch erhoben, während Faust die seinen nun sinken ließ und sich mit der Hand über Stirn und Augen fuhr.

Er fühlte, wie die dunkle Glut in seinem Innern erlosch. Rascher als jemals vorher, so wie sie allerdings dieses Mal auch gewaltiger in ihm emporgetost war als irgendwann vorher. Sterbensmatt wurde ihm nun wieder zumute, mit klammer Hand tastete er nach dem Balkenstapel, auf dem eben noch Satan um Theophils Seele geeifert hatte, und sackte darauf.

Während der Abt die Zimmerer und Knechte zurück in die Grube scheuchte und die Konfratres mit verwirrten Mienen in ihr Klausurgeviert zurückeilten, schritt der zweite Mann, der mit Burrus aus dem Portal getreten war, zu Faust herüber. Es war ein hagerer Herr Anfang der Dreißiger, mit eingefallenen Wangen und füchsisch ruhelosen Gebärden, und obwohl Faust in seiner Mattigkeit kaum zu ihm aufsah, ahnte er gleich, daß es die Kapuzengestalt aus der Badestube war. Der Mann, der ihm einen heftigen Peitschenhieb versetzt und sodann sein Mal betastet hatte.

Vor Faust blieb er stehen und sah ihn aufmerksam an. Der Schnitt seines Talars und das dunkle Skapulier verrieten den Benediktiner, und einen so breiten Goldring mit klobigem Rubin trugen nur Äbte oder Prälaten. »Das war eindrucksvoll, Bursche.« Seine Stimme war nahezu tonlos, ein trockenes Flüstern, als ob er durch einen Teppich aus Asche spräche.

Faust hob die Schultern und ließ sie langsam wieder fallen. Es drängte ihn, dem fremden Mönch zu erklären, daß es sich mit dem Mal in seinem fleischernen Mond anders verhielt, als es den Anschein haben mußte. Aber aus irgendeinem Grund brachte er seinen Mund nicht auf, und dann vergaß er ohnehin alles, was er eben noch dunkel erwogen hatte.

»Will Er nicht Sein Knie vor mir beugen?« Asche schien aus dem schmallippigen Mund zu wölken, über Fausts Antlitz zu wehen. »Weiß Er nicht, daß die gelehrtesten Männer des Abendlandes ihre Seligkeit hergeben würden, um einmal den Ring des Nigrethius mit ihren Lippen zu berühren?«

26

In wieviel tausend Nächten hatte er dem Herrn Burrus im Geiste die Fragen gestellt, die seine Lippen dann im Tageslicht doch nie hervorgebracht hatten. Jetzt stand er vor den beiden Äbten, im Empfangssaal des Herrenhauses, wo Burrus und Nigrethius am Erkerfenster auf Lehnstühlen thronten. Und er wünschte so sehr, daß sie stillschweigen würden, daß vor allem der Herr Johannes ihm die Offenbarung ersparen würde, die ihm doch ersichtlich schon auf den Lippen lag.

Er hätte sich umwenden, davonlaufen mögen, aber der Blick des Nigrethius bannte seine Füße am Boden fest. Oder sich zumindest die Ohren zuhalten mögen, doch seine Hände zitterten so sehr, daß er sie vor seinem Gürtel ineinander gefaltet halten mußte, um ihr erbärmliches Beben zu verbergen.

Der Abt räusperte sich bedeutungsvoll und wechselte einen Blick mit dem Herrn Nigrethius, dessen Antlitz so fahl war wie mit Kreide bestäubt. »Er wird sich fragen«, begann Burrus, »warum ich Ihn heute zu mir befohlen habe, und gewiß wird Er sich auch schon öfter die Frage vorgelegt haben, wodurch Er überhaupt meine Barmherzigkeit auf sich gezogen hat. Denn siehe, die Weide ist voller Lämmer, und nicht überall kann der Hirte zur Stelle sein, den lauernden Wolf zu verjagen.«

Er leckte sich die Lippen. Seine Stimme klang noch fettiger und zugleich atemloser als bei ihrer letzten Begegnung im Herbst. Der Talar spannte sich um die ungeheure Masse seines Fleisches, das in Wülsten übereinandergelagert schien. Doch es war bezähmtes Fleisch, gebunden durch das Kruzifix, das auf der Schräge seines Leibes lag, an die Goldkette angeschirrt.

»Er soll nun erfahren, was ich zu Michaeli anno 79 gesehen habe.«

Faust krampfte die Zähne aufeinander. Der Blick des Nigrethius fühlte sich an wie vorhin sein Finger auf dem hufförmigen Mal – rauh und doch sacht.

»Ich befand mich in jenem Keller, durch Weinfässer gedeckt, als Seine Mutter sich dem Essigscheffel näherte, und ich sah, wie das schwarze Tier hinter dem Bottich hervorbrach und sich auf sie warf, und ...« Mit fleischiger Hand tastete Burrus nach dem Kruzifix. »Und ihr Gewalt antat. Das ist es, was ich gesehen habe und bezeugen kann.«

Faust stand da und schwieg. Sein Herz flammte auf und verbrannte. Seine Seele loderte auf und verlohte. Rußschwarz wurde auch sein Geist, so daß er nur noch ein dunkles Gestammel zu denken vermochte: Nacht und verdammt. Schwarz und aus. Dämon und kein Sohn. O Vater, mein Vater, verloren.

Der schwarze Vogel kam herbeigeflogen, hockte sich auf die Schanzmauer gegenüber dem Erker und ruckte mit seinem plump beschnäbelten Kopf. Verloren, o Vater, und aus.

»Alles ist Zeichen«, fuhr indessen der Herr Burrus fort, »alles ist Fügung im Leben desjenigen, den der Allmächtige als sein Werkzeug erwählt hat.« Gelassen, fast heiter klang er nun, wie jemand, der über eine vertrackte Frage lange nachgedacht hatte und seines Urteils unerschütterlich gewiß war.

Nicht nur sei es seine Pflicht als Christ und Gottesmann, sich für die Errettung jeder Seele zu verzehren – selbst in einem so schwierig scheinenden Fall wie dem seinen, bei dem, offen gesprochen, bloß von einem halben Seelenflämmchen die Rede sein könne. Denn zur anderen Hälfte sei er, Georg Faust, von der dunklen Flamme seines dämonischen Erzeugers durchglüht und befeuert, und dies sei theologisch erhärtete Wahrheit und leide keinerlei Zweifel. Aber der Allmächtige habe nun einmal gerade ihn, Johannes Burrus, als Augenzeugen jenes schändlichen Aktes eingesetzt und ihm solcherart die Bürde auferlegt, den Halbteufel Faust zu schirren und zu leiten. »Und darob frohlocke Er nun, denn dies ist unser Geschenk zu Seinem dreizehnten Wiegenfest: All unsere theologische Kunst und Frömmigkeit wollen wir daransetzen, um Sein halbes Seelenflämmchen vor dem Satan zu retten.«

Wieder warf der Herr Johannes seinem Nebenmann einen raschen Blick zu. »Lange habe ich mich mit meinem weisen Amtskollegen Paulus von Spornstein beraten«, setzte er dann hinzu. »Sorgsam haben wir das Für und Wider beider Wege erwogen, auf denen Er das Ihm bemessene kleine Seelenheil erreichen kann, wenn Er nur allezeit auf dem anbefohlenen Pfad bleibt. Und der eine Weg ist die Austreibung des Dämons« – er riß das Kruzifix an der Kette hoch, ließ es wieder fahren, und es sank in sein Fleisch zurück –, »der andere die Überlistung des Teufels in Seinem Busen: indem man den Dämon nämlich sein böses Werk verrichten läßt, aber Sorge trägt, daß all sein übles Trachten nur den Glanz des Allmächtigen heller erstrahlen macht. Und wir haben entschieden, Ihn auf diesem zweiten Weg in die Seligkeit zu führen. Doch laß Er sich mahnen: Zur Linken wie zur Rechten Seines Weges lauern und locken die Heerscharen des Satans. Irrt Er auch nur ein einziges Mal von Seinem Pfad ab, so werden wir nichts Sanfteres mehr vermögen, als Ihn in die Obhut der Inquisition zu geben.«

Faust vernahm jedes Wort, doch für seinen entsetzensstarren Geist klang es wie das Rascheln von Zweigen und Laub im Wind. Nacht und verdammt, leierte es in ihm. Dämon und kein Sohn. O Vater, mein Vater, verloren.

»Aber ich hoffte so sehr«, flüsterte er endlich, »daß Ihr mein Vater wäret, heiliger Herr.« Damit brach er in die Knie und fiel nach rückwärts um und blieb reglos liegen.

Er lag auf dem Teppich zu Füßen des Herrn Burrus, der wie vorhin in seinem Lehnstuhl saß und über die Wölbungen seines Leibes auf ihn herunterspähte. Der Herr Nigrethius dagegen war mit füchsischer Flinkheit aufgesprungen, kaum daß Faust gefallen war. Nun kniete er neben ihm, nestelte ihm Wams und Hemd auf und betastete seinen Rumpf.

»Auch wenn ich weitere Zeichen nicht entdecken kann«, teilte er seinem Amtskollegen mit, »leidet es keinen Zweifel, daß der Bursche einen Dämon behaust. Wie er Eure Fratres in lüsterne Fleischpuppen verwunschen hat, Burrus – nie zuvor habe ich ein Satansstück wie dieses gesehen.«

Er schaute zum Herrn Johannes empor, und sie lasen einer am Antlitz des anderen ab, von welchen Gesichten auch sie überschauert worden waren, als sie vorhin nach draußen geeilt waren, um den Bann zu brechen. Wie ein Kristallkelch voller Engelsmilch, so gleißend hatte der Halbteufel gestrahlt, wie ein heidnischer Hermaphrodit, wie Maid und Jüngling zugleich, so mit allen Reizen Evas und allen Verführungskünsten der Schlange begabt war er für einen Moment selbst in den Augen der beiden Äbte erschienen, die doch gewöhnlich gegen Luzifers Blendwerk gefeit waren.

»Den Dämon auszutreiben wäre der weniger gefährliche Weg«, fügte Nigrethius hinzu, und er sprach so leise, daß Burrus den Kopf vorreckte, um den äschernen Klang besser aufzufangen. »Aber unsere Entscheidung ist wohlerwogen.« Er machte ein Kreuzzeichen über dem Liegenden. »Nun erheb Er sich wieder und lausche auf die Gebote, die wir erlassen haben, um Ihn durch Luzifers Labyrinth zur Seligkeit zu führen.«

Abermals stand er vor den beiden Äbten, zum Umfallen matt, bis in sein Innerstes zitternd. Doch er bat nicht, sich hinsetzen oder gar davongehen zu dürfen – er stand da, zitterte und schwieg.

In ihm echoten die Offenbarungen des Burrus. »Und ich sah, wie das schwarze Tier hinter dem Bottich hervorbrach und sich auf sie warf und ihr Gewalt antat. Das ist es, was ich gesehen habe und bezeugen kann.«

Und er, Faust, hatte es immer schon gewußt. Sehnlich gehofft, daß es sich anders zugetragen hätte, aber in seinem tiefsten Innern kaum je daran geglaubt.

Hätte der Herr Johannes Euch Gewalt angetan, Mutter, so hätte Eure Seele sich irgendwann wieder besänftigt. Euer Geist wäre wieder licht geworden, nach Monaten oder selbst nach Jahren. Aber das schwarze Tier hat Euch geschändet, und deshalb habt Ihr geschrien und geweint, solange Ihr die faulige Frucht in Euch trugt. Und deshalb sucht Eure Seele seither Zuflucht bei den Engeln, und deshalb auch malt Ihr immer wieder Eure ungeheuren Mischgestalten: Teufel mit Engelsantlitz, Himmelsboten mit Schuppenschweif. Weil Ihr einen Halbteufel geboren habt: mich. Und deshalb, Mutter, jauchzt Ihr unter Tränen und weint bitterlich, derweil Ihr lacht. Denn zwei Flammen brennen, ach, in meiner Brust, ein Gotteslicht und ein Satansfunken.

Burrus sagte: »Nach sorgsamem Wägen haben wir entschieden, den Dämon nicht aus Seinem Leib auszutreiben. Denn ohne den Funken, mit einer halben Lebenslampe, wäre Er bloß ein Klumpen zuckendes, atmendes Fleisch. Lahm und blöd, hilfloser als ein Wickelkind, angewiesen auf die Barmherzigkeit einer Mutter, die Ihn füttert und seinen Leib säubert, obwohl ihm bereits der Bart aus Kinn und Wangen sprießt. Und so müßte er lallen und darben wohl zwei oder drei Dutzend Jahre – sag Er an, wünscht Er diesen Weg zu gehen?«

Und Faust flüsterte: »Nein. Das nicht. Das bitte nicht.« Alles, alles, nur nicht wieder angewiesen auf die Hilfe meiner Mutter, die sich doch selbst nicht helfen kann. Nein. Eher will ich den Dämon in meinem Innern dulden und mich von Burrus und Nigrethius schirren und schinden lassen, damit der Satan durch mich sein böses Werk tut und doch den Glanz des Allmächtigen mehrt.

Und Nigrethius raunte: »Wie Er da vorhin bei der Grube den Willen der Leute an sich geknüpft hat – war es für Ihn das erste Mal?«

Wieder verneinte Faust. So sei es ihm oft schon widerfahren, erklärte er und zitterte noch immer – »daß der Boden unter mir aufspringt, die Glut hervorkriecht, in mir emporfließt. Daß die Leute wie mit Feuerzwirn an mich gebunden werden.« Und immer widerfahre ihm dies nur, wenn er zuvor eins seiner Puppenstücke aufgeführt habe.

»Und wenn es Ihm geschieht – welche Zeichen, daß der Dämon in Ihm mächtig geworden, verspürt Er dann an seinem Leib?«

»Die Haare sträuben sich mir. Im Nacken, auf den Armen, den Rücken hinab.« Wie bei Gänsehaut überziehe seine Haut sich dann mit harten, empfindlichen Pusteln, und gräßlich kalt werde ihm, denn was ihn durchströme, sei frostiges Feuer. Kalter Schweiß breche dann aus seinen Poren, es sei, als ob alles Inwendige aus ihm herausdrängte, alle seine Leibesgrenzen sich zu öffnen trachteten, durchlässig werden wollten für die Fäden aus kalter Glut.

»Und wie verhält es sich mit Seiner männlichen Kraft?« Der Zeigefinger des Nigrethius wies zu Boden, stieg dann langsam aufwärts. »Regt sich auch in Seinen Lenden der Dämon, wenn ihm jene feurige Verknüpfung widerfährt?«

»Ja, auch dort.« Gerade dort, heiliger Mann. Es ist der Hauptsitz meines inwendigen Teufels, sein allerliebstes Leibesteil. Er füllt es zum Bersten mit Blut und Glut, er läßt es aufschwellen wie einen Fliegenpilz im Regen, er füllt meinen Geist mit Bildern schimmernd roter Tiefe, in die sich hinabzuwerfen, wieder und wieder, die schönste aller Lüste sei.

»Nun, genug davon.« Burrus streckte seine Arme ruckartig zu den Seiten hin, als ob es Schwingen wären. »Jetzt zu den Geboten, die wir für Ihn erlassen haben. Merk Er eifrig auf.«

Und Burrus erläuterte, wiederum im Tonfall eines Mannes, der alles wohldurchdacht hatte, Gott und Fürst auf seiner Seite wußte und mit sich selbst gänzlich im reinen war: »An einem unbekannten Ort hier im Klostergeviert liegt seit Zeiten ein Goldschatz vergraben. Diesen Hort soll Er unter meiner Leitung mit den Kräften des Dämons aufspüren und emporheben. Aber das wird nicht annähernd genügen, denn der Allmächtige hat mir aufgetragen, zahlreiche Bauten von nie gesehener Pracht zu errichten, auf daß selbst die Steine das Lob des Herrn singen in kraftvollem Chor, der bis in die Tiefen der Hölle und über die Meere bis zu den Muselmanen schallt. Und deshalb soll Er mit den Kräften des Dämons auch alchymisches Gold erschaffen, zehn Truhen Goldes, zwanzig oder soviel man Ihm eben anbefiehlt.

Der Herr Paulus wird Ihm alle Schriften zugänglich machen, die Er für Seine Wissenschaft braucht, und wenn Er die Bücher in ein paar Jahren ausstudiert hat, so will ich Ihm ein Labor mit allem einrichten, was Er zum Backen des alchymischen Goldes benötigt. Denn wir beide haben uns verschworen, den Dämon zu übertölpeln zu Seiner Errettung und zum Lob des Herrn. Und wenn Er auch nur ein einziges Mal wider das Joch aufbegehrt, das wir für Ihn erdacht und Ihm aufgeschirrt haben, so ist Er verloren, und Sein Leib wird verderben im Feuer der läuternden Liebe.«

Zweiter Teil:
Die Braut in Rot

27

Am Bachufer saß ein Haufen Bauernknechte bei den Weiden und ließ sich die Jause schmecken. Auch einige Mägde waren darunter, und zwischen Kauen und Schlingen flogen die Scherzworte hin und her.

»Für welchen Liebsten flichtst du denn den Jelängerjelieberkranz, Pauline?«

»Für dich, Otto, sicher nicht. Statt deine Nase in anderleuts Liebeshändel zu stecken, sieh besser zu, daß du nicht so viel Sauerbier säufst, sonst mußt du nachher wieder seichen wie ein Hengst.«

»Wie ein Hengst – so bin ich«, bestätigte der Angesprochene mit breitem Grinsen, »und nicht nur beim Pissen. Kriech heut nacht zu mir ins Stroh, dann zeig ich dir mein Jelängerjelieber.«

Gelächter und derbe Ermunterungen. Die Pauline war rot geworden, aber sie ließ den Spott ohne Scheltworte über sich ergehen.

»Und du, Adele, magst nicht dein Mieder ein wenig aufknüpfen gegen die Mittagshitz'?« Der dies fragte, offenbar ermutigt durch die gutmütige Reaktion der Pauline, war ein Bürschlein von allenfalls vierzehn Jahren, mit schmalen Schultern, sieben Haaren unter der Nase und weiteren sechs unterm Nabel.

Gelächter und Scherze verstummten. Die Miene des Fragers wechselte jäh von dreist zu bang. Die Adele Geheißene nämlich war ein stark gebautes Weib in den Zwanzigern, mit wogendem Busen unter dem schweißfleckigen Kittel und funkelndem Kupferhaar. Gegen die Augustsonne trug sie ein Kopftuch aus grauem Leinen, das die Fülle ihres Schopfes kaum zu bändigen vermochte. Sommersprossen sprenkelten die Blässe ihrer Haut auf Wangen und Nase, und ihre Augen glänzten dunkelgrün wie feuchtes Moos.

»Du meinst wohl, gegen die Brunst unter deinem Kittel, Bastian? Laß sehen, ob man dir helfen kann.« Mit einem Sprung erhob sie sich von dem Steinbrocken, auf dem sie gesessen und ihren Brotkanten mit einem Messer beackert hatte, das sie nun durch die Luft wirbeln ließ.

Früher war die rote Adele mit Schaustellern übers Land gefahren, und angeblich konnte sie auf einem Seil durch die Lüfte spazieren und mit ihrem Messer auf zwanzig Fuß Entfernung einen Spatzen im Flug zerteilen, ohne auch nur hinzusehen. In manchen Nächten holte sie der Bauer Hadelitz in seinen Pfühl, und dann konnte man den alten Schinder jauchzen und jaulen hören wie einen Wolf bei Mondschein. All das und einiges mehr fiel dem kleinen Knecht nun wieder ein, und als sie mit einem weiteren Sprung den Himmel über ihm verdunkelte, fiel Bastian auf die Knie. »Hab's nicht so gemeint, ich schwör's!«

Aus wolkenlosem Himmel brannte derweil die Sonne auf den vorüberhüstelnden Besselbach und die Äcker des Weilers Kufling herab, wo die Ernte im schönsten Gang war. Denn die Entdeckung der neuindischen Inseln, mit den nackten Wilden darauf, die laut Johannes Burrus wie das Vieh lebten, war für die Christenheit doch nicht ganz nutzlos gewesen. Schon im vorletzten Jahr hatten reisende Händler in Knittlingen und Speyer nie gesehene Samenkörner und Setzlinge auf den Märkten feilgeboten. Mit skeptischen Mienen hatten die Bauern sich die neueste Narretei aufschwatzen lassen und die blau-weiß blühenden Kräuter in ihre Äcker gepflanzt. Doch seit die ersten Früchte geerntet worden waren, goldfarben wie die Septembersonne und leuchtend rot wie Jungfrauenblut, schwärmte die ganze Pfalz von den »Schoten der Nackten«, den »heidnischen Beeren« und welche Kosenamen noch für die Paprika kursierten.

Man schrieb den 17. August im 1497. Jahr nach der Fleischwerdung des Erlösers, und das Messer funkelte in der Hand der roten Adele. »Hoch mit dir, Bastian. Und die Hosen runter.«

Der kleine Knecht erhob sich. Gesenkten Kopfes begann er am Gürtel zu nesteln, doch ehe die Adele rote Rache nehmen konnte, hielt neben ihr ein Eselswagen am Wegesrand.

Es war eine einfache Karre mit zwei eisenbeschlagenen Rädern. Oben auf dem hölzernen Aufbau saß ein Gestell aus Weidenästen, zur Kuppel gewölbt und mit löchrigem Sacktuch bespannt. Auf dem Bock hockte ein Bursche mit mädchenhaft runden Wangen und

Augen vom bleiernen Blau zugefrorener Seen. Eine Haube verbarg sein Haar, ein schlotterndes Gewand seine Statur. Und während die neun Knechte und vier Mägde noch Blicke wechselten und zögernd näher traten, flatterte hinten an der Karre der Vorhang hoch, und zum Vorschein kam eine Puppenbühne.

Augenblicklich begann das Spiel. So kunstvoll gefertigte Fadenpuppen hatten die Knechte und Mägde noch nie gesehen, und so geschmeidig bewegten sich die Figuren, so lebhaft sprachen und gestikulierten die Kerlchen, als ob es wahrhaftig atmende Kreaturen wären, winzige Menschlein aus Fleisch und Blut.

Aufrecht stand der junge Zauberer vor dem Mönch, der ihm eifernd Vorhaltungen machte. »Aber Er muß sich diesem Geist anvertrauen, Gerkas«, rief er und deutete auf den Bockshörnigen im roten Gewand, der am rechten Rand der Bühne stand und erwartungsfroh zu ihnen herüberschielte. »Er muß ihn anflehen, daß er Ihm Gold gibt, viele Truhen voller Gold – um Seiner Seligkeit willen!«

»Es ist ja der Satan, Herr Barnas!« schrie Gerkas in seiner Not. »Laß ich mich mit ihm ein, so muß ich für alle Ewigkeit im Fegefeuer schmoren!«

»Im Gegenteil, ganz im Gegenteil. Beruhige Er sich doch.« Der Mönch Barnas sprach mit so fettiger Stimme, daß man meinte, das Öl rinnen zu sehen. Mit einer Hand tätschelte er Gerkas die Schulter, die andere rieb über seinen Kugelbauch. »Verleitet Er den Satan, Ihm Gold zu verschaffen, und bringt Er den Schatz dann getreulich zu mir, so wird Seine Seele im Paradeis jubilieren, das verheiß ich Ihm.«

Gerkas schaute gehetzt von Barnas zum Satan. Am linken Bühnenrand erschien eine weitere Gestalt – ein junges Weib von unirdischer Schönheit, mit schimmernd roten Haaren und stolzer Miene, aber weder Barnas noch der junge Gerkas schienen sie zu bemerken.

»Schwört Ihr mir bei der Gottesmutter, Herr, daß Ihr die Wahrheit sprecht und ich in den Himmel komme, wenn ich für Euch mit dem Teufel buhle?«

Der Mönch schrak zusammen. »Schwören soll ich?« erboste er sich. »Ja, ist Ihm denn das Wort eines heiligen Mannes nicht Eides genug? Nun lauf Er endlich hinüber zum Herrn der Tiefe, entreiß ihm das Geschmeide und eile spornstreichs zu mir zurück!«

Der junge Zauberer senkte den Kopf noch tiefer. Eben wollte er sich auf den Weg machen, mit hängenden Schultern, ein Sinnbild jammervollen Opfers, als in seinem Rücken ein heller Ruf erschallte. »Tu's nicht, Gerkas – folge lieber mir!«

Er fuhr herum. »Laria!« Ein Moment tiefen Erstaunens, dann straffte sich seine Gestalt, die Schultern hoben sich. »Geliebte Erzzauberin! So lange Jahre suche ich schon nach dir!« Er warf sich förmlich nach vorn, rannte auf sie zu und breitete im Laufen die Arme aus. »Laria! Meine Retterin!« Er umhalste sie zu einer leidenschaftlichen Umarmung. »Ewig will ich dir dankbar sein.«

»Auf ewig verdammt sein sollst du, Gerkas!« zürnte hinter ihm der Mönch Barnas, aber die beiden beachteten ihn nicht. Sie lagen einander in den Armen und küßten sich so heiß und innig, wie es noch auf keiner Puppenbühne zwischen Speyer und Knittlingen zu sehen war.

Dann allerdings war das Spiel schon wieder aus, und der Vorhang flatterte hinab. Einen Moment herrschte Stille, nur das Murmeln des Besselbachs war zu hören und der keuchende Atem des kleinen Knechtes Bastian, der mit hängender Kinnlade neben der Adele stand. Die Magd hielt ihr Messer noch in der Hand, doch als sie nun zu applaudieren begann, ließ sie es achtlos zu Boden fallen. Alle klatschten jetzt wild in die Hände. Während des Spiels hatten sie nur ab und an leise gelacht oder geseufzt, nun brach die aufgestaute Erregung aus dreizehn Kehlen hervor. Sie schrien ihre Begeisterung heraus, nickten einander wie verzaubert zu.

»Dem Pfaffen hat er's gegeben!« schrie einer.

»Aber Obacht, Puppenspieler«, rief der Knecht Otto, der vorhin die Pauline in sein Strohbett eingeladen hatte. »Wenn dich die Schwarzkutten ertappen, brennst du.«

Und da wurde es abermals still, doch diesmal war es das Schweigen, das auf jähes Erschrecken folgt. Und auf den Schrecken folgte wieder etwas anderes, als an der Seite des Karrens das Tuch hochflog und ein Jüngling mit blonden Locken und ebenso goldenem Spitzbart vom Wagen sprang.

In seinen Augen brannten blaue Flämmchen, die ganze Gestalt schien von innen her zu erglühen. Sie glotzten ihn an, ergriffen wie sonst nur in Träumen oder beim innigen Gebet. Ihre Arme hoben sich wie von selbst, ihre Beine setzten sich in Bewegung, und mit Gebärden, als ob sie durch tiefes Wasser oder zähen Morast wateten, kamen sie im Halbkreis allesamt auf ihn zu.

Damals war Faust in seinem achtzehnten Jahr, und einen stattlicheren Jüngling hatten die Leutchen aus dem Weiler Kufling gewiß noch nie gesehen. Die knapp geschneiderte schwarze Jacke spannte sich um breite Schultern, das Hemd darunter trug er offen, so daß die starke Brust mit dem goldenen Flaum hervorsah. Auf seinem Schopf saß das Barett mit der Falkenfeder, am linken Zeigefinger trug er einen Reif mit funkelnd schwarzem Stein. Aber in diesem Augenblick hätte Faust auch wie der elendeste Greis daherkommen können, in Lumpen gehüllt, mit eingefallenen Wangen, krummbeinig und bucklig – die Knechte und Mägde hätten ihn dennoch angestarrt wie eine Erscheinung von engelhaftem Glanz und Ebenmaß.

Durch seinen Blick, seine Glut war etwas in ihnen lebendig geworden, das sie längst verscharrt und vergessen gewähnt hatten – ihre verhohlensten Träume, geheimsten Wünsche, süßesten Begierden. Um das zu erkennen, brauchte man kein zweites Gesicht, das bemerkte selbst die Siebenschöpf, die, als Bursche vermummt, vorn auf dem Kutschbock hockte und mit wachsender Angst auf die Fieberwangen, Tollkirschaugen, staksenden Schritte des Kuflinger Gesindes sah.

»Laß uns fahren, mein Faust«, raunte sie ihm zu.

Faust aber, den lodernden Brand in den Augen, zu seinen Füßen die Kluft, aus der dunkle Glut quoll, seine Hände mit Feuerfäden an die Knechte und Mägde gebunden, die wie eine fleischerne Woge auf ihn zugeschwappt kamen – Faust nahm nichts und keinen wahr als das rote Weib. Ihr Busen wogte, der Kupferschopf funkelte, die Augen schimmerten grün wie nasses Moos. Glaubte er wirklich, daß sie die schöne Laria wäre, von der Puppenbühne gesprungen, umgewandelt in diese gewaltige Magd?

Wahrhaftig, in diesem Augenblick wechselseitiger Verwirrung glaubte er es. Die Leutchen wankten auf ihn zu, rissen an ihren Gewändern, entblößten sich, seufzten und grimassierten, und nicht nur das blöde Grinsen des Knechtes Otto verriet, daß er den rechten Moment für gekommen hielt, sich als Hengst zu beweisen. Und Faust streckte seine Hand zur Erzzauberin Laria aus, und die rote Adele berührte sie und begann im gleichen Moment gellend zu schreien: »Zu Hilfe, der Teufel – er hat uns mit Blendspuk verhext!« Zwischen den Brüsten zog sie ein Kruzifix und ein weiteres Messer hervor und wollte sich eben auf ihn werfen, als Faust sich beim Kragen gepackt und durch die Plane rückwärts auf den Wagen gerissen fand.

»Hüa, lauf schon, Tarock!« schrie die Siebenschöpf, und der Esel setzte sich in Bewegung und begann sogar zu traben, so rasch die kurzen grauen Beine ihn trugen.

»Haltet sie auf!« kreischte die Adele.

Tatsächlich rannten einige Knechte hinter der davonschaukelnden Karre her. Schneller als alle anderen lief der kleine Knecht Bastian, der darauf brannte, sich vor der Adele hervorzutun. Doch als er dem Wagen so nahe gekommen war, daß er die flatternde Plane fast mit der Hand packen konnte, da traf ihn aus dem Dunkel des Wagens ein brennender Blick. Und da wurden die Beine des Burschen schwer, eben noch erblickte er den Satan und den Mönch, die sich hinter der Plane in den Armen lagen, dann geriet er ins Stolpern, und als er sein Gleichgewicht wiedergewonnen hatte, schlingerte die Karre zwanzig Schritte voraus auf die Landstraße von Knittlingen nach Maulbronn.

»Um Himmels willen, was war nur mit den Leuten los?« Auf einer schmalen Lichtung im Knittlinger Forst lag Lena Siebenschöpf neben Faust im Gras und Moos, mit gefurchter Stirn, denn der Vorfall bekümmerte sie noch immer. »Und vor allem – was war mit dir, mein Faust? Wie du dreingesehen hast. Und dann dieses wilde rote Weib!«

Er zog sie enger an sich heran, ihren schlanken Leib, der noch heiß und feucht war von ihrer Umarmung, und sie legte ihre Wange auf seine golden beflaumte Brust.

»Ich mag es nicht, mein Faust, wenn … du weißt schon – wenn du so bist.«

Es ist der Dämon, mein Lenchen, die dunkle Glut in mir. Er sagte es nicht, sondern strich ihr nur stumm eine braune Strähne hinters Ohr. Ihre Hand kreiste um seinen Nabel und tastete sich weiter hinab.

Wenn er aus der Puppenwelt zurückkam und die dunkle Glut in

ihm emporschoß, das mochte sie gar nicht leiden. Aber wenn er sie danach so wie gerade eben umarmte, das gefiel ihr sehr. Obwohl sie ja spürte, daß nicht sie sein Blut so sehr in Wallung brachte. Daß er sie ansah voll zärtlicher Begierde, aber sein Blick suchte nicht ihr seit Kinderzeit vertrautes Antlitz. Daß er sie umarmte, ihre Brüste koste und knetete, doch seine Hände meinten nicht ihr braves Fleisch. Daß er sein fiebrig heißes Glied in sie hineinstieß, und was er in ihre Schulterbeuge stöhnte, klang niemals wie ihr eigener Name. »Laria!« Ein einziges Mal, vor Monaten schon, hatte er die gefürchteten Silben in ihr Ohr geseufzt, und seitdem schmeckten seine Küsse ihr nicht mehr nur süß nach Lust und Glück, sondern ebenso salzig nach Eifersucht und Verlassenwerden.

»Ich weiß, Lenchen«, flüsterte er. »Sorg dich nicht, es hat nichts zu bedeuten. Denk nicht mehr daran.«

»Und das hier, in meiner Hand, mein Faust? Hat es auch nichts zu bedeuten?«

Doch, Lena, es bedeutet, daß der Dämon keine Ruhe gibt. Bei Tag und Nacht drängt und lockt er mich und verheißt Erfüllung ungeheuerlichster Träume. Stillung von Begierden, Lenchen, die dein lieber Leib nicht kennt und niemals kühlen kann.

Sie stützte sich auf den Ellbogen und sah auf ihn hinab. Seine Miene verriet ihr, daß er im Geist schon wieder weit entfernt war. »Laß uns aufbrechen, mein Faust.« Sie hauchte ihm einen Kuß auf den Mund. »Ich weiß ja, es zieht dich zurück zu deinen heiligen Herren und Schriften.«

Bis heute hatte er der Siebenschöpf nicht anvertraut, was die Äbte Burrus und Nigrethius ihm damals eröffnet hatten, vor über vier Jahren. Daß er ein Halbteufel sei, von einem Satanstier gezeugt. Daß er mit dämonischem Beistand Goldschätze heben oder erschaffen solle, anderenfalls er brennen werde – seine Seele in der Hölle, sein Fleisch im Feuer der Inquisition.

Und er würde es ihr auch niemals offenbaren.

Es war die Zeit, da Meister Krahlis die Marienkapelle vollendete, den ersten der ehrgeizigen Neubauten des Johannes Burrus. Binnen dreier Jahre war ein Kunstwerk von wundersamer Schönheit aus der

Grube zwischen Klausur und Herrenhaus emporgewachsen, und der Abt ließ die Kapellenweihe mit einer Feier von gleichfalls rarer Pracht begehen.

Die Äbte befreundeter Klöster reisten eigens aus dem ganzen Land herbei, die Vorsteher von Bebenhausen und Herrenalb, von Schönthal und Brönnbach, selbst der Abt des abgelegenen Stifts Waldsassen hatte den weiten Weg nicht gescheut. Auch Bertram Meyer, Bischof zu Speyer, fuhr im Vierspänner mit Goldbeschlägen vor, ein unscheinbarer Mann mit Kugelbauch und roter Nasenspitze, die den Weinliebhaber verriet. Aus seiner Kutsche stieg allerdings auch der hagere Dominikaner Jakobus Parzer, Inquisitor mit Sitz in Speyer, der in dem Ruf stand, Hexerei und Häresie auf sieben Meilen zu riechen. Gewiß hätte sogar Kurfürst Philipp die heiligen Männer mit seiner Gegenwart geehrt, wenn Ihre kaiserliche Majestät höchstselbst ihm nicht unter Androhung der Reichsacht untersagt hätte, sich dem Kloster auf weniger als fünfhundert pfälzische Fuß zu nähern. Über dem Streit zwischen dem Habsburger Löwen und dem Wittelsbacher Tiger waren die Schanzarbeiten längst zum Erliegen gekommen, und von den Schatullen Goldes, die dem Kloster aus dem Heidelberger Schatz zufließen sollten, war seit zwei Jahren keine Rede mehr.

Abt Burrus seufzte leise, allerdings mehr vor Stolz und Behagen, denn die Lobesworte und bewundernden Blicke seiner Gäste gefielen ihm sehr. Höchsteigen führte er sie durch die Kapelle im Erdgeschoß des Marienbaus, auch wenn er bei dem vielen Gehen und Sprechen arg ins Schnaufen kam.

In der Luft hingen noch die Gerüche von frischem Firnis und klammem Gips. Talare rauschten, eisenbeschlagene Sohlen klapperten über den Marmorboden. Einige Platten waren nur lose eingelegt, darunter wand sich eine Treppe in die Tiefe. Aber allein großherzige Stifter durften auf eine letzte Ruhestätte in der Marien-Krypta hoffen.

»Bitte beachtet auch das Altarbild, Euer Eminenz.« Er deutete auf das dreiflügelige Gemälde, ein Werk des Venezianers Giovanni Pisoretti, das die Mater Maria mit dem Knaben zeigte, von zwei knienden Äbten verehrt. Beide reckten die gefalteten Hände zur Gottesmutter und zu ihrem Sohn empor, rechts der heilige Benedikt, zur Linken Bernhard von Clairvaux.

Der Bischof verharrte vor dem Gemälde, augenscheinlich ergriffen vom Ausdruck stiller Frömmigkeit in den Gesichtern der knienden Äbte. Das Lächeln, mit dem Maria auf den Knaben in ihrem Arm herabsah, zeigte einen leisen Beiklang von Kümmernis, so als ob sie bereits ahnte, daß ihr Kind dereinst hingeschlachtet würde.

Der Marienbau war zwar bei weitem nicht so leicht und beinern geraten, wie der Herr Johannes sich das ursprünglich erträumt hatte. Mit flinkem Kohlestift hatte Baumeister Krahlis ihm vorgestrichelt, wie seine Kapelle beim leisesten Herbsthauch in sich zusammensinken würde, wenn er den Gesetzen der Statik nicht Rechnung trug. »Und Statik heißt, wie sag' ich's: massive Stützpfeiler, wuchtige Gewölbe, Herr, die tragenden Mauern allenfalls zaghaft mit Maßwerk durchbrochen.«

Gleichwohl war der Marienbau ein Wunder an filigraner Leichtigkeit. Das Netzgewölbe ein viele Tonnen schweres Gemäuer, und doch glaubte der Betrachter, dessen Blick zur Decke emporgezogen wurde, leichthin ausgespanntes Linnen zu erblicken. Halbreliefs an den Wänden stellten den Erzengel Michael und den heiligen Georg dar, und zwar so kunstvoll und lebensecht, daß man meinte, die Kämpfer des Herrn aus der Mauer hervorbrechen zu sehen. Und zierlicher verästelte Fialen oder feiner ziselierte Maßwerkfiguren in den gewaltig großen Spitzbogenfenstern hatte keiner der hochgestellten Gäste je bewundern dürfen. Auch das Fensterglas war mit zarter Pracht bemalt, und die Treppe nach oben war so anmutig gewunden wie ein Pfad, der in Gottes freier Natur zum höchsten Gipfel führt.

An der Spitze seiner Besucherschar erklomm Abt Burrus mit Schwitzen und Prusten die zahlreichen Stufen und trat atemlos in den oberen Saal. Hier waren beide Längswände großzügig durchfenstert, die Maßwerksäulen noch kunstvoller ausgearbeitet, und das Netzgewölbe schien wahrhaftig wie ein riesiges Spinnennetz hoch über ihren Häuptern zu schweben. Von Westen her ergoß sich Sonnenlicht in den Saal und zeichnete ein knöchernes Muster auf den Boden aus Rosengranit, in den Bildnisse lesender und schreibender Mönche eingelassen waren.

»Gelehrsamkeit mag ja eine Zier der Mönche sein, Burrus«, ließ sich Bischof Meyer vernehmen. Er deutete auf eine Bodenplatte, die einen Zisterzienser am Lesepult zeigte, das Buch vor sich aufgeschlagen, doch mit einem grüblerischen Ausdruck sah er über die Schrift hinweg ins Nirgendwo. »Aber was soll Euch dieser Zweifler in der Marienkapelle, einer Stätte schlichter Frömmigkeit?«

»Nun, Eminenz, die Kapelle ist dort.« Der Abt wies auf den Boden vor seinen Füßen und bemerkte dann erst, daß er die Geste des Bischofs kopierte. Mit hastigem Lachen versuchte er darüber hinwegzugehen. »Und beachtet bitte auch diese Schlußsteine, Eminenz.« Er legte den Kopf zurück, so gut es gehen mochte, und deutete auf das Gewölbe über ihnen. »Neben Augustinus und Hieronymus hat Pisoretti auch den heiligen Bernhard abermals porträtiert. Sind ihm die Bildnisse nicht köstlich gelungen? Seht nur den kühnen, bei aller Frömmigkeit stolzen Blick des Bernhard von Clairvaux.«

»Ein zuweilen maßloser Stolz«, erwiderte der Bischof, »befeuert durch eine Gelehrsamkeit, der Euer Ordensheiliger nicht selten den Vorzug vor frommer Einfalt gab.«

Johannes Burrus schwieg. Die raren Momente, da Bertram Meyer, Bischof zu Speyer, die Lust am theologischen Streit überkam, ließ man am besten still vorüberziehen.

»Ein wundervoller Saal, Burrus«, mischte sich da ein Gast von hagerer Gestalt ein. Er trug das Skapulier der Benediktiner, seine Wangen waren eingefallen, die Lippen schmal, und seine Stimme klang so trocken, nahezu tonlos, als ob er durch eine Schicht aus Asche spräche. »Um dieses Skriptorium wird Euch das halbe Abendland beneiden.«

Der Bischof schrak zusammen. »Sagtet Ihr Skriptorium, Herr Paulus?« Unter zusammengezogenen Brauen warf er erst Nigrethius, dann Burrus einen forschenden Blick zu.

»Und dort vorn findet Ihr auch wiederum die Mater Maria, Eminenz.« Burrus deutete auf den in leuchtenden Farben bemalten Schlußstein über der Tür. Die Gottesmutter lächelte auf sie herab, und in ihren Augen war ein Glitzern, als ob sie mit Mühe ihre Tränen zurückhielte.

Glücklicherweise begannen in diesem Moment die Glocken zu läuten – die neue Glocke im Dachreiter just über ihren Häuptern und die drei großen Glocken vorn in der Klosterkirche, und ihr Donnern und Brausen war die Stimme Gottes, vor der jedermann in Ehrfurcht zu verstummen hatte, sei er nun Bischof oder Abt.

Oder selbst Inquisitor vom Orden des heiligen Dominikus. Auch Jakobus Parzer hatte den Wortwechsel aufmerksam verfolgt, und seine Nüstern hatten gebebt, als ob er bereits die Witterung der Häresie aufgenommen hätte.

Vorbei an der kalligraphischen Wandinschrift, die Giovanni Pisoretti in der Manier eines magischen Quadrats angeordnet hatte, führte Burrus seine Gästeschar wieder hinab in die Kapelle. Schuhsohlen quietschten auf dem Granitboden, Kruzifixe klirrten an goldenen Ketten, wohlgenährten Leibern entrang sich vielstimmiges Ächzen.

Währenddessen spürte Burrus unablässig den Blick des Nigrethius in seinem Nacken. Dank der kundigen Hilfe des Abtes von Spornstein war die Unterweisung des jungen Faust hurtig vorangeschritten, insofern hatte er wenig zu bereuen, doch manchmal war ihm der Herr Paulus regelrecht unheimlich. Das magische Quadrat mit der Geheimtür daneben ging auf Nigrethius zurück, und von ihm stammte auch der Plan, den Saal über der Marienkapelle als Studierraum einzurichten – nicht für die Konfratres, sondern für klosterfremde Gelehrte und Scholaren. Gemeinsam würden sie beide in diesem Skriptorium den Georg Faust dressieren, so hatte Nigrethius ihn mit befremdlichem Glanz in den Augen unlängst erst wieder traktiert.

Die Schallflut der Glocken verebbte. Zur Rechten des Bischofs schritt Burrus durch die Kapelle, zwischen Bänken und Säulen auf den Altar mit Maria und dem Knaben zu. Und just da durchfuhr ihn ein Gedanke, der seinen Atem vollends stocken ließ. Nigrethius hatte doch nicht etwa vor, im Skriptorium einen Dämon zu beschwören, zusammen mit dem Scholaren Faust?

Der Kantor machte ein zierliches Zeichen mit dem kleinen Finger, und die Konfratres hoben an zum choralen »Gegrüßet seist Du, Maria«. Gut fünf Dutzend Gläubigen bot die Kapelle Raum, und die Bänke waren bis auf den letzten Platz mit hochrangigen Gästen gefüllt. Die Hälfte von ihnen war gekommen, weil sie eine Einladung des Abtes von Maulbronn nicht ausschlagen konnte, auch wenn ihnen die weite Reise lästig fallen mochte. Die andere Hälfte aber war vom Glanz dieses neuen Gotteshauses angezogen worden, dessen Anmut und Pracht sich bereits in Klöstern und Schlössern herumzusprechen begann. Johannes Burrus sah schon den Strom von Gästen voraus, der von nun an nicht mehr abreißen würde – Äbte und Prälaten, Grafen und Herzöge, die allesamt nach Maulbronn reisen würden, um die köstlichen Bauten zu bewundern, die er zum Lob des Herrn im Klostergeviert emporwachsen ließ.

Sein Blick flatterte durch die Kapelle und fand das Antlitz des Abtes von Spornstein. Neben ihm, mit zitternden Nüstern, saß der Dominikaner. Hatte Parzer schon Zeitung von dem Scholaren Faust bekommen? Wie um seine stumme Frage zu beantworten, nickte Nigrethius ihm zu.

Einen vom Dämon Gezeugten durch Satans irdischen Irrgarten zur Seligkeit zu führen, war eine Tat reinster Nächstenliebe, würdig eines Heiligen, ja des Erlösers. Doch wie leicht ließ sich ihr Trachten und Treiben mißverstehen.

28

Es war die Nacht zu Sonntag, dem 20. August, und im Gästehaus des Klosters lagen die hohen und heiligen Herren in ihren Betten und schliefen selig, obwohl vom Tannenholz Heulen und Belfern herüberschallte. Faust jedoch lag wach in seiner Knittlinger Kammer, und ob er die Augen öffnete oder schloß, er sah immer nur sie. Ihre Augen wie feuchtes Moos, ihren üppigen Leib, die funkelnde Kupfermähne.

»Wer bist du?« Er wußte, daß sie ihm just diese Frage stellen würde. Er hörte sogar schon, wie sie die Worte betonen würde – mit leisem Spott und einem herrischen Beiklang, der keineswegs nur gespielt war. Dabei wußte er ja auch, daß sie bloß irgendeine rote Bauernmagd war, ein Gretchen oder Kathreinchen und gewiß nicht die fleischgewordene Laria aus seinem Puppenzauber. Und dennoch warf er sich auf seinem Lager hin und her und roch sogar den Duft ihres blassen, gesprenkelten Fleischs, eine schwere Süße, die ihn benommen und begierig machte, obwohl es nur phantasierter Odem war. So lüstern und rastlos, daß er irgendwann aufsprang und beim Schein des Dreiviertelmondes in der Kammer auf und ab ging.

»Wer bist du?« Sie lief rückwärts vor ihm her, den Blick auf sein Antlitz geheftet.

Ich bin hochfahrend und kleinmütig, verzagt und von mir selbst berauscht. Ich bin der bescheidene Puppenspieler, der im Bühnenspiel unsichtbar wird und den Lena über alles liebt, weil er für seine Kreaturen sich selbst hinzuopfern scheint. Ich bin der brandäugige Wundermann, der nach dem Spiel hinter der Bühne hervorkommt und euch alle mit spukhafter Verzückung schlägt. Ich bin der fürsorgliche Sohn der Faustin und für die Siebenschöpf ein zärtlich liebender Gefährte. Und dies alles bin ich zugleich oder so rasch nacheinander, wie beim Tarock die Karten fliegen: Narr und Magier, Priester, Teufel und Tod.

Er war ein Scholar von so unmäßiger Lernbegierde, daß der Bruder Bibliothekar mit dem Herbeischleppen der Schriften kaum mehr nachkam. Er konnte Krankheiten erfühlen, einfach indem er die Hand auflegte. Er konnte den Leuten die Zukunft aus ihren Händen lesen, denn auch diese Kunst hatte er aus den Büchern des Herrn Nigrethius gelernt. Er wußte nahezu alles über die Wissenschaft der alchimistischen Schwärzung und Weißung, der Gelbfärbung und Rötung – indessen nur über jene Mysterien und Etappen des Großen Werkes, die sich aus den Schriften rechtschaffener Alchimisten erschließen ließen. Über die verbotenen Künste, über die Anrufung der Dämonen, die Dreck in wirkliches Gold, Lehm in atmendes Fleisch zu verwandeln vermochten, wußte er noch immer nichts. Jenes scharlachrote Büchlein fiebrigen Gedenkens, das »Vox in Rama« des päpstlichen Hexenjägers, lag unter einer Decke aus vierjährigem Staub.

Wie oft hatte er sich in den letzten Jahren gefragt, ob der Dämon durch jenes Fieber in ihm geweckt worden war oder ob es sich gerade umgekehrt verhielt und der unreine Geist in ihm die Hitze des Fiebers entzündet hatte, damit er für seine Verheißungen empfänglich würde. Und dabei schien es gleich zu sein – die Stirnen der Engel waren von marmorner Kühle, ihr Blick klar wie frostige Luft. Das vom Dämon berührte Fleisch aber fieberte.

Er war Georg Johannes Faust, und er war im einen Moment ein Gottesgeschöpf und im nächsten ein Teufelsdreck. Er war sprunghaft wie ein Bock und zersprungen wie jener Essigkrug. Denn sein Vater war ein schwarzes Satanstier und seine Mutter Maria ein Engel, wenn es denn jemals einen fleischernen Engel auf dieser Erde gab.

Nachts träumte ihm noch immer ab und an vom Falken, der auf seiner Brust saß, oder von der Hand, die ihn kopfüber in den kalten Schlamm stieß. Weit öfter suchte ihn der arme Sünder Hannes heim und schrie von wollüstigen Wonnen, die ihm der Satan geschenkt habe, von den tiefsten Geheimnissen der Schöpfung, die ihm vom Herrn der Tiefe offenbart worden seien, von funkelndem Gold und wimmelndem Leben in seinen Tiegeln und von den Qualen, mit denen er büßen müsse in alle Ewigkeit.

Noch immer hatte Faust das Siegel nicht erbrochen, aber er spürte, daß der Tag näher rückte, an dem er die Beichte des Borethius lesen würde.

»Wer bist du?« Sie lief rückwärts vor ihm her, den Blick auf sein Antlitz geheftet. In der Rechten hielt sie ihr geschmiedetes Kruzifix, in der Linken das blitzende Messer. Er streckte die Hände nach ihr aus, und wieder hörte er die Worte, die sie ihm vor Tagen ins Gesicht gegellt hatte: »Zu Hilfe, der Teufel – er hat uns mit Blendspuk verhext!«

Tu eins von beiden weg, Messer oder Kreuz, rote Metze, und nimm statt dessen mich.

Er beschwor ihren Schatten mit aller Gedankenkraft, die er aufbringen konnte. Lange Zeit stand sie vor ihm und sah ihn nur immerzu an, und über ihr schwebte der Dreiviertelmond und glotzte durch die Luke herein. Dann endlich warf sie das Messer weg und umfaßte statt dessen den Teil seines Leibes, in dem der Dämon am liebsten saß und sich schaukelnd umhertragen ließ. Jetzt aber ragte der fleischerne Stab himmelwärts auf, und Faust fühlte ihre warme, feste Hand und dachte: Morgen will ich zu ihr gehen.

Zur Sext ließ Abt Burrus das »Te deum laudamus« singen, dann beteten alle hohen und heiligen Herren in choralem Gemurmel den einhundertfünfzigsten nebst dem sechsundsechzigsten Psalm: »Lobet

Gott in Seinem Heiligtum, preist Ihn in Seiner mächtigen Feste!« Und: »Wir kommen mit Opfern in Dein Haus, wir erfüllen Dir unser Gelübde, allmächtiger Herr: Fette Tiere bringen wir Dir als Brandopfer dar.«

Indes sie noch murmelten, flog die zweischwingige Tür auf, und die Küchenknechte Franz und Albert wankten ins Herrenrefektorium, knieweich unter Silberplatten voll glotzender Schweineköpfe und üppiger Lendenbraten in Essigsauce. Sämtliche Herren zückten ihre Messer, schnitten sich daumenbreite Scheiben herunter und griffen so herzhaft zu, als ob dem Küchenmeister keine weiteren Wunder zuzutrauen wären. Die Sauce troff von manikürten Fingern, Lendenfasern wanden sich um geweihte Karfunkelringe, und Schweinsborsten klebten sich über Mündern fest, die vor Behagen immer breiter wurden.

Besonders Bischof Meyer und Abt Burrus kauten und schlangen noch um die Wette, als Thomas von Hasselperg seine Knechte bereits neuerlich in Marsch setzte. Der zweite Gang bestand aus gedünsteten Forellen und Äschen, und dazu wurden wiederum »Beeren der Heiden« und »Teigschlangen der Venezianer« gereicht, vulgo Paprika und lange Nudeln. Und der Burgunderwein floß zum Lendenbraten so reichlich wie der Frankenwein zu den Äschen, die Abt Nigrethius mit äschernem Stimmklang lobte.

Auch Baumeister Krahlis war zugegen, ließ sich für Fialen und Netzgewölbe loben, hob ein ums andere Mal seinen Becher mit Würzburger Weißem und brachte in knarrendem, nicht durchweg verständlichem Fränkisch artige Trinksprüche an: »Die Gesichte von Abt Burrus müßt Ihr loben, herrliche Herren, und den Genius von Signor Pisoretti, denn ohne diese beiden wäre der Marienbau – wie sag' ich's – gewiß nicht das, was er heute ist.«

Signor Pisoretti aber, der wirrbärtige Bildhauer und Altarmaler, der mit Meißel und Pinsel zu hexen vermochte, hatte sich entschuldigen lassen: So viele heilige Herren auf einem Haufen machten ihn nervös. Und dabei begann sich selbst Jakobus Parzer beim dritten Gang zu entspannen, wenn auch nur so weit, wie seine Ordensregeln es ihm erlaubten. Jetzt nämlich tischten die tumben Knechte Rebhühner und Kapaun in schwarzer Sauce auf, die Burrus willkommen hieß, indem er seine triefenden Fingerspitzen küßte, dazu Hecht in Aspik und schweren welschen Wein. Doch der köstlichste Gipfel wurde erst um die vierte Stunde erklommen, als der Küchenmeister Schüsseln mit Schwarzeberbraten in indischer Pfeffersauce auftragen ließ.

Es war die Stunde, da Faust in die Kammer seiner Mutter trat, das Bündel mit frischer Leibwäsche und seiner Kladde in der Hand. »Heute muß ich ein wenig früher zurück. Lebt wohl, Mutter.«

Sie saß an dem kleinen Tisch, den Flori Kuhrer ihr aus alten Brettern gezimmert hatte (denn Flori arbeitete unterdessen als Zimmermannsgeselle in der Werkstatt des Knittlinger Meisters Haferkann), und sie winkte ihn herbei, ohne recht von ihrer Zeichnung aufzusehen.

Voller Erstaunen schaute er auf ihr jüngstes Bild hinab. Ein Gewebe und Geschlinge aus Engeln bedeckte das Blatt bis auf den allerletzten Fleck. Es war ein wuchernder Forst aus Himmelsboten, mit Baumstämmen aus Engelleibern, Ästen aus Engelarmen, großen, herzförmigen Blättern, die allesamt mit leuchtenden Augen, lächelnden Lippen versehen waren. Und doch wirkten diese strahlenden Engel in ihrer gedrängten Fülle, ineinander verwoben und verschlungen, bis zu den Fußknöcheln eingewurzelt, wie verdammt oder wenigstens verhext. So stark die Schwingen auf ihren Rücken auch sein mochten, es gab einfach nicht genügend Raum, sie zu entfalten und sich mit gebotener Macht in die Lüfte zu erheben, auf daß die Wurzeln zerrissen, die Erde aufbrach und sie freigab.

»Was für ein wundervolles Bild, Mutter. Aber ob es den heiligen Herren gefallen würde?« Er küßte sie auf Stirn und Wangen, und sie umarmte ihn, schmiegte sich an ihn und wollte ihn lange nicht gehen lassen.

Auf der Treppe traf er die Siebenschöpf, ihr Blick flog zu dem Bündel auf seiner Schulter und zu seinem Antlitz zurück. »Du gehst schon, mein Faust?«

Trunkene Verwünschungen und Weibergeheul drangen aus den Gemächern des Küfers zu ihnen heraus. »Wenn dein Ferkel eine Fotz hat, behalt's meinethalben. Hat's einen Schwanz, dann weg damit!«

»Ja, ich muß gehen.« Er nahm sie beim Arm und zog sie mit sich, weiter die Treppe hinunter. »Ist das etwa Lissa – da drin beim roten Grobian?«

Sie nickte, und als sie zu ihm aufsah, schwammen ihre Augen in Tränen. »Warum hat sie nicht hören wollen? Sie hat wirklich geglaubt, daß der Gerlach sie zur Frau nimmt, wenn sie sein Kind in ihrem Leib trägt. Dabei weiß sie doch ...«

Lena brach ab, ihre Schultern zuckten. Stumm traten sie durch die Hintertür auf den Hof und gingen hinüber zum Stall, wo seit letztem Herbst der Esel Tarock neben der Schimmelstute des Küfers stand.

Nur alle paar Wochen und eigentlich bloß Lena zu Gefallen fuhren sie mit dem Eselskarren auf einen Dorfplatz oder Anger hinaus, und dort ließ er dann die Puppen auf der Bühne tanzen und streiten. Nachher ging die Siebenschöpf, mit Haube und weitem Gewand als Bursche verkleidet, immer mit seinem umgedrehten Barett herum, und die Leutchen kramten bereitwillig ihr Kupferstück hervor. Auch durch Handauflegen und Handlinienlesen hatte Faust seither manchen Heller verdient, aber das mußte er vor dem Puppenspiel verrichten, denn daß er danach aus dem Wagen sprang, mochte Lena nicht leiden. Und eines Tages hatte sie seine Kupferlinge zusammengezählt und verkündet: »Dafür bekommen wir was Eigenes, mein Faust.« Denn anfangs hatten sie Wagen und Maultier immer von Frido entliehen, der die Böttcherei aufgegeben hatte und als reisender Paprika-Agent übers Land zog. Und dem Esel, den sie zu Erntedank des 1496. Christenjahrs auf dem Knittlinger Markt erstanden, gab Faust den Namen Tarock.

»Du gehst zu ihr, dem roten Weib«, sagte sie, indes sie in den Stall traten.

»Ja, Lenchen.« Es erstaunte ihn nicht, daß sie es wußte, denn sie war ein Teil von ihm, wie er und die Mutter zusammengehörten. »Ich muß zu ihr. Ich kann an nichts anderes mehr denken.«

Im Dämmerlicht des Stalls sahen sie sich an und beide gleich wieder weg. Die Sauen hinten im Koben grunzten und kreischten. Sie hatten Lenas Stimme erkannt oder ihren Geruch gewittert und glaubten, daß sie gekommen wäre, sie mit Abfällen zu mästen. Faust dachte an Lissa, und er wußte, daß Lena dasselbe dachte wie er.

»Aber du weißt doch, daß sie es nicht sein kann, mein Faust. Laria ist nur eine Puppe aus deinem Spiel.«

»Ich weiß ja, mein Lenchen.« Er zog sie an sich, und sie ließ es nach kurzem Sträuben geschehen. »Trotzdem muß ich zu ihr.«

Tarock scharrte und rief. Faust schob sie sachte von sich. »Du brauchst mich nicht zu fahren. Ich nehme auch Messer mit, und er wird unseren Esel wohlbehalten nach Hause führen.«

Er küßte sie auf Stirn und Wangen und ging zu Tarocks Abteil.

»Wer bist du? Ach, der Puppenspieler?« Sie lehnte im Rahmen der Hüttentür, barfuß, mit gelöstem Haar. Im prallen Sonnenlicht erinnerte ihn das Grün ihrer Augen eher an Seerosenblätter als an nasses Moos. Aber ihre Stimme klang genau so, wie er es vorausgesehen hatte – spöttisch und herrisch, obwohl sie wie eine Magd gekleidet war. »Was willst du? Verschwinde von hier. Wenn der Hadelitz dich sieht, schlägt er dich tot.«

»Mich totschlagen ist schwer. Ich bin Faust, man kennt mich überall hier. Willst du mich nicht einlassen? Und wie ist dein Name – Gretchen? Lilly?«

Sie lachte ihn aus. »Dich einlassen? Adele heiße ich, Knabe, aber mehr als meinen Namen bekommst du nicht von mir.«

»Und weshalb bist du dann hier in der Hütte? Du wartest doch auf wen?«

Ihre Stirn furchte sich. »Du fragst, als ob's dich was anginge. Unruhig war mir zumute, und da bin ich halt hier heraus – na und?«

Er war mit der Karre bis zum Waldsaum gefahren, von wo aus der Bauernhof schon zu sehen war. Dort hatte er Tarock und Messer zurückgelassen und dem Hund befohlen, beim Wagen zu warten, bis er zurückkäme. Er war auf das Bauernhaus zugelaufen, hatte im Gehen die Augen halb geschlossen und all seine innere Kraft auf die rote Magd gelenkt. Ein gutes Stück hinter dem Bauernhaus, auf einem Hügel zwischen Schafweiden, stand die Hütte, und plötzlich hatte er gewußt, daß sie dort auf ihn wartete.

»Unruhig war dir zumute – auch in der Nacht schon?«

Ihre Augen wurden schmaler. Ihr Nicken war kaum zu bemerken. Erstaunen mischte sich in ihre spöttisch abweisende Miene.

»Wegen mir bist du hier herausgekommen«, stellte er fest, »weil du es genauso willst wie ich.« Er streckte ihr die Hand hin wie vor Tagen am Ackerrand, und diesmal schrie sie nicht »Zu Hilfe, der Teufel«, aber sie wich ins Halbdunkel der Hütte zurück.

Er folgte ihr so hurtig wie der Wolfshund dem Hasen. Mit dem Fuß schob er hinter sich die Tür zu, und ehe seine Augen sich an das Dämmerlicht gewöhnt hatten, spürte er die Kälte ihres Messers an der Kehle.

»Ich mag's nicht leiden, wenn einer mich so bedrängt. Ich schneid's dir ab, weißt du, Faust?« Sie zerrte an seinen Hosen, ohne das Messer von seinem Hals zu nehmen. Ihre Augen blitzten vor ihm im Düstern. Ihr Fleisch roch just so, wie er es in der Nacht vorausgewußt hatte. Eine süße Schwere, die ihn begierig und benommen machte.

Der Dämon in ihm bebte. Ihre Hand umfaßte sein fiebrigstes Leibesteil. Sein Herz klopfte rasch und stark, aber er spürte keine Angst, nur ein heißes Zittern in jeder Faser seines Fleischs.

»Ein Geist haust darin«, erklärte er ihr. »Wenn du seinen Palast abhackst, springt der Dämon in dich rein.«

»Ein Dämon? Das beweis mir, Knabe.«

Er wollte lachen, aber ein Krächzen kam heraus. »Sein Palast verfällt nie. Wie ein Fliegenpilz schwillt er mit jedem Regenguß nur noch praller an – das ist der Beweis.«

Ihr Blick verschleierte sich. Sie zog ihn zur Bettstatt weiter hinten in der Hütte und hieß ihn, sich auf dem Strohpfühl auszustrecken. Aus ihrem Busen zog sie das Kruzifix, das an einem Lederriemen baumelte, und band seine linke Hand am Bettpfosten fest. Das Messer warf sie neben dem Pfühl zu Boden. Dann hockte sie sich rittlings auf ihn und streifte sich den Kittel über den Kopf. »Wenn du lügst, schneid ich's dir ab. Hüa, Geisterpferd, bring mich zum Tanzplatz!«

Sie ritt ihn so wild, daß Schauer der Wollust ihn durchrasten. Ihre blassen, großen Brüste sprangen über ihm auf und ab wie taumelnde Monde. In ihrem Gesicht sah er, wie Spottlust der Begierde wich, dann in Erschrecken umkippte. Er schloß die Augen, um zu sehen, was sie erblickte.

Als Pferd und Reiter jagten sie durch einen dunklen Wald, ein

Dickicht aus Gestrüpp und Nadelästen wie der Maulbronner Tann. Und da war ein kahler Fels, und dort sprang sie von ihm herab und fiel vor einem Geist von abscheulicher Ungestalt auf die Knie. Der Teufel hockte auf einem goldenen Thron, und er hatte einen Eselskopf mit gedrehten Widderhörnern und einen zottigen Leib wie ein Wolf, und zwischen seinen Schenkeln bäumte sich die verfluchte Schlange von Eden. Und Adele näherte ihr Antlitz dem Gezücht und öffnete eben die Lippen, um die Viper in sich einzulassen, als Faust mit größter Mühe seine Augen wieder aufriß und der Blendspuk zerfiel.

Auf seiner Mitte saß noch immer das gewaltig rote Weib und ritt ihn so erbarmungslos, als ob er zuschanden gehen sollte. Ihre Mähne flog auf und ab wie eine Wolke voller Blut, ihr Mund war halb geöffnet, die Augen geschlossen, die Wangen gerötet, ihr Atem ging keuchend. Mit der rechten Hand, die nicht gefesselt war, griff er nach ihr und knetete ihr Fleisch. Sie begann zu seufzen, im Takt ihrer Sprünge, und das Kruzifix schlug klirrend gegen den Bettpfosten, als ihr Seufzen in helle Schreie überging.

Beweise, daß ein Dämon in dir haust, hatte Adele von ihm gefordert, und das hatte ihn zum Lachen gereizt, denn mit annähernd diesen Worten hatte Nigrethius ihm vor Jahren eine Handreichung für Inquisitoren zugesandt: »*Beweis dessen, daß die Greuel der Dämonenzeugung häufig geschehen, mit gut katholischem Glauben übereinstimmen und erhärtete theologische Wahrheit sind.*«

Adele sprang auf ihm hoch und nieder, und die Muskeln in ihrem Schoß preßten sich um sein brennendes Glied, während in Fausts Innerem eine äscherne Stimme den Beweis der Dämonenzeugung ausführte: »Der unreine Geist kann jegliche Gestalt annehmen, und als erstes verwandelt er sich in ein Weib von derbem Liebreiz, das bei Nacht im Pfühl eines arglosen Mannes erscheint, mit wogenden Brüsten und lockendem Schoß. Und solcherart reizt der Dämon die Wollust des Schläfers und melkt ihm den Samen ab, wie ein Bauer am Euter der Kuh reibt und zieht, bis die Milch aus der Zitze spritzt, und die gestohlene Saat trägt er durch die Lüfte mit sich fort und verdirbt sie durch seine dämonische Natur. Sodann sucht er eine Maid heim und wandelt sich hierfür in einen Geist von männlicher Erscheinung um, einen wohlgestalten Jüngling oder auch einen Rüden mit rauhem Fell, je nachdem, wieviel Aufwand ihm ratsam scheint, denn wenn der Dämon seine Erscheinung nicht gleisnerisch schönt, so gleicht er den abscheulichsten wilden Tieren – dem Wolf oder der Schlange, dem Bock oder dem Eselshengst und oftmals ihnen allen zugleich. Und in der gewählten Gestalt umschlingt er die Maid, erzwingt oder erkost die Öffnung ihres Schoßes und ergießt den geraubten und verzauberten Samen«, und da ergoß er sich mit heiserem Schrei in ihren Leib.

Und der Palast des Dämons verfiel nicht, wie er es vorausgesagt hatte, mit jedem Regenguß schwoll der Fliegenpilz nur noch praller an. Und nicht lange, da begann Adele noch heller, hastiger, heißer zu schreien, und dann sank sie auf ihm zusammen und küßte und streichelte ihn und stammelte sogar ein atemloses »Verzeih mir«, weil sie ihn angebunden hatte.

Aber die Schnur hatte sich über ihren Sprüngen von selbst gelockert, und das Kruzifix lag neben ihrem Messer am Boden.

Wie ein Tier mit zwei Rücken drehten sie sich auf dem Pfühl herum, ohne sich voneinander zu lösen. Vor dem Fensterladen sank die Dämmerung herab, und von fern her hörte er die Maulbronner Glocken zum Angelus herüberläuten. Er lag auf ihr, seinen Kopf auf ihre Brüste gebettet, und ihre Hände lagen auf seinem Rückwärtigen, kratzten über sein Hufmal und wiegten ihn hin und her.

»Ich war zwölf«, flüsterte sie, »als ich die Landstraße in unserem Weiler entlangging und die Pestgeißler angerast kamen, eine Wolke aus Geifer und Wahnsinn, Leibern und Peitschen und Schreien und emporspritzendem Blut. Und sie rissen mich mit sich, hinaus in die Welt.«

29

Er ließ den heiligen Georg niederkrachen, und es hallte wie Donner über das dunkle Geviert. So spätnachts hatte er noch nie an die Klosterpforte gepocht.

»Warte noch, Messer«, sagte er. »Wenn Josephus mir nicht mehr öffnet, muß ich nach Knittlingen zurück.« Der Wagen stand unter der alten Eiche, und im Mondschein sah Faust, wie der Esel witternd die Nase hob und seine Ohren zuckten. Der Hund hockte neben Tarock im Staub und sah aufmerksam zu seinem Herrn herüber.

Und wenn sie mich nicht mehr einlassen, weil ich ihre Gebote gebrochen habe? Du sollst keine Unzucht treiben mit der roten Magd. Bang stand er da und lauschte nach den Schlurfschritten des alten Josephus. Doch drinnen blieb es still, und bei dem Gedanken, daß alles aus und vorbei wäre, er nie mehr ins Kloster dürfte, die Schriften studieren, wurde ihm elend zumute.

Wie oft hatte er sich drinnen beengt und angepflockt gefühlt, in seinem Verschlag wie ein Hofhund in der hölzernen Hütte, und sich ausgemalt, als Student nach Heidelberg oder Erfurt zu gehen. Philosophie und Mathematik studieren, die »Odyssee«, den Aischylos, die erhebenden Epen und Tragödien des Altertums. Aber der Herr Johannes würde ihn niemals freigeben – oder höchstens, indem er ihn von sich stieße und den eisernen Liebkosungen des Inquisitors überließe.

Abermals ließ er den Drachentöter krachen. Und da erhob sich hinter den Klostermauern ein ungeheurer Lärm, ein Dröhnen und Knallen und Widerhallen, und anstelle der Pforte flogen beide Flügel des großen Tors auf.

Eine riesenhafte schwarze Kutsche, von vier Rappen gezogen, rumpelte nach draußen, und Messer sprang auf und bellte wie besessen gegen den golden beschlagenen Wagen los. Im Schein der Laternen, die vorn und hinten an dem Kutschkasten schaukelten, erblickte Faust ganz kurz die beiden Herren im Innern – ein rundes Gesicht mit stark geröteter Nase, über dem die purpurfarbene Bischofs-Mitra schwebte, und ihm gegenüber ein asketisches, beinfahles Antlitz mit dunklen Augen, die den Scholaren, seine Eselskarre, den bellenden Hund mit starrer Aufmerksamkeit maßen.

»Still, Messer. Laß die heiligen Herren zufrieden, hörst du?« Der Hund setzte sich mit sichtbarem Widerstreben wieder hin und sah knurrend zu, wie die Kutsche in der Nacht verschwand. »Und jetzt hör mir zu, Messer.« Mit schräg gelegtem Kopf schaute der Hund zu ihm auf. »Jetzt führst du Tarock brav nach Hause, verstanden?« Er kauerte sich neben Messer und klopfte ihm das zottige Fell. Der

Hund zitterte und hechelte, so sehr hatte ihn das plötzliche Auftauchen der Bischofskutsche anscheinend aufgestört. »Hast du verstanden, Messer? Führe Tarock nach Hause. Und dort suchst du Lenchen, damit sie den Esel und die Karre versorgt.«

Der Hund fiepte sein bekümmertes Ja. Durch das zugleitende Tor schlüpfte Faust ins Kloster, als die Glocken eben zur Mitternacht schlugen.

»Jetzt erst geruht Er, herbeizuschwänzeln? Weiß Er denn nicht, daß die Straßen bei Nacht dem Teufel gehören?«

Und dem Herrn Bischof, dachte Faust, begnügte sich aber mit einem begütigenden Brummen. Der Dreiviertelmond schwebte über der Klosterkirche. Es sah aus, als hätte er sich auf den Turmreiter aufgespießt und schrumpfte dadurch ein wie ein undichter Ballon.

Neben dem murmelnden Fra Josephus ging er über den Wirtschaftshof. Die Luft war warm und roch nach Feuer und Heu. »Wohin bringt Ihr mich denn um diese Stunde, Väterchen?«

Der Pförtner blieb stehen, faßte nach Fausts Hand und ließ sie gleich wieder fahren. »Hat Er etwa wieder das Fieber im Leib?«

Es ist der Dämon, Väterchen. Er befeuert mein Fleisch mit seiner dunklen Glut, die sich so fiebrig heiß anfühlt und mich doch inwendig zittern läßt, vor Kälte oder Angst. »Nein, Väterchen, es ist nichts.«

»Nun hurtig denn«, schimpfte Josephus, »die Herren warten schon auf Ihn.«

Die Luft im Marienbau war schwanger von Weihrauch und heiligem Schweiß. Laternen, von Steinengeln gehalten, ließen Licht aus Mauernischen rinnen. Vor den bemalten Fenstern glitzerten gelbe Sterne und ein scharlachroter Mond.

Ohne sich um den Pförtner zu scheren, der ihn zur Treppe nach oben steuern wollte, trat Faust in die ebenerdige Kapelle ein. Er tauchte seine Fingerspitzen in das Weihwasserbecken, bekreuzigte sich und beugte das Knie.

Ich habe gesündigt, heilige Mutter. Gesenkten Kopfes ging er zwischen den Bankreihen hindurch zum Altar. Bisher hatte er nur ab und an einen Blick durch ein Fenster oder die zugleitende Tür des Marienbaus werfen können, wo Pisoretti abwechselnd an den Statuen der Heiligen gemeißelt und am dreiflügeligen Altarbild gemalt hatte. Jetzt sah er die Gottesmutter mit dem Kinde zum ersten Mal in Vollendung, und wie die Äbte Benedikt und Bernhard sank auch er vor der Mater Maria auf die Knie.

Die Schönheit der Göttin, ihr kummervolles Lächeln, die stille Frömmigkeit der knienden Heiligen – jede Einzelheit bestärkte ihn nur noch mehr in dem Eindruck, der ihn beim Betreten der Kapelle befallen hatte.

Verworfen und verloren bin ich, Mater Maria. Zur roten Magd Adele bin ich gegangen, weil ich ahnte, daß sie mit dem Teufel Umgang hat. Ich roch es sofort, heilige Mutter, es war die schwere Süße ihres Fleischs.

Er faltete die Hände. Er hatte den Brand in den Augen und in der Kehle wie seit seiner Knabenzeit nicht mehr. Zum Allmächtigen betete er niemals, denn was ein liebender Vater sein sollte, verstand er in seinem Herzen nicht. Um so inbrünstiger rief er seit jeher die Mutter Maria an.

»Göttliche Maria, du bist die Mutter aller Vollkommenheit in der Welt. Du kannst Glück von Kummer, Erde von Feuer, das Fleisch von der Seele, das Zarte vom Groben trennen. Du bist sanft und achtsam, stark und gewaltig, du steigst von der Erde zum Himmel hinauf und wieder herab auf die Erde, um die Macht der höheren zu den niederen, ohnmächtigen Wesen zu tragen. Dir gehört der Ruhm der Welt, und alle Dunkelheit flieht dich. In dir ist die Kraft, mit der die Welt geschaffen worden ist und mit der du auch mich geschaffen hast, Göttin Maria.« Er blinzelte zu ihr hinauf. Der Knabe in ihren Armen blickte klar und kühl.

Schon der Wortlaut seines Gebetes war Sünde, denn er hatte es aus einem Buch namens »Chrysopeia« entlehnt, das nicht der Gottesmutter Maria, sondern der Maria Prophetissa gewidmet war, einer Schwester Noahs, die von Ketzern und Satansbuhlen als Begründerin der alchimistischen Kunst verehrt wurde.

In der Schrift hieß es, daß Maria Prophetissa von einem abtrünnigen Engel gezeugt worden sei, der einer Menschentochter beigelegen habe. So wie auch im Fünften Buch Tobias geschrieben stand: »*Die Engel sahen, wie schön die Menschentöchter waren, und nahmen sich von ihnen Frauen, wie es ihnen gefiel. Und die Kinder, welche die Weiber den Geistern gebaren, waren von riesenhaftem Wuchs oder mit anderen Gaben der Engel versehen. Manche von ihnen hatten das zweite Gesicht, andere konnten Steine in Gold verwandeln, Krankheiten durch Handauflegen besiegen oder sich furchtbare Waffen erschaffen, einfach indem sie sich Schwert oder Messer in ihrem Herzen vormalten.*«

Zu seinem siebzehnten Geburtstag hatte Paulus Nigrethius ihm das Büchlein »Chrysopeia, oder die Goldmacherkunst« überreichen lassen, verbunden mit einem Hinweis auf das Fünfte Buch Tobias. Es war ein offenkundiger Versuch gewesen, ihm mit der apokryphen Verwandtschaft zu schmeicheln, aber Faust war bibelkundig genug, um sich zu entsinnen, was in der Heiligen Schrift auf das Wirken jener Geister folgte: »*Und der Herr sprach: Ich will den Menschen vom Erdboden vertilgen durch eine große Flut.*«

Er wandte sich um, und da stand Nigrethius vor ihm.

»Seine Frömmigkeit in Ehren, aber nun spute Er sich. In dieser Nacht soll Sein heißester Wunsch Wirklichkeit werden.«

»Ihr wollt mir also gestatten, als Student nach Heidelberg zu gehen?«

»Das soll Sein heißester Wunsch sein? Er versucht wohl mit mir zu scherzen. Nun also!« Der Abt von Spornstein faßte ihn bei der Hand wie einen Knaben und zog ihn mit sich fort. »Der Herr Johannes wird seine Großmut bald bereuen, wenn Er ihn noch länger warten läßt. Ich rat' Ihm: Zum Zeichen Seiner Dankbarkeit werfe Er sich vor Seinem väterlichen Gönner auf die Knie.«

Faust lauschte dem äschernen Raunen, aber im Geiste war er noch immer bei Maria Prophetissa und der roten Adele. Eine lichte und eine dunkle Maria gibt es in meinem Leben, eine brave und eine wilde Braut. Und wie könnte es auch anders sein? Zwei Flämmchen, brennen, ach, in mir, und das eine nährt mich, das andere verzehrt mich. Und auch bei den Herren Johannes und Paulus schien sich das Gesetz Geltung zu ertrotzen – so wie der eine mit Fleiß immer mehr Fleisch auf seine Gebeine häufte, mehr und mehr zur fleischernen

Feste wurde, so warf der andere mit Eifer Fleisch von sich ab. Allenfalls einmal pro Jahr bekam Faust den Abt von Spornstein zu sehen, und jedesmal schien er noch mehr zu Pergament und Asche ausgezehrt.

Nigrethius zog ihn die Stufen hinauf und raunte: »Hat Er Seinen Hermes Trismegistos auch eifrig studiert? Und die Theosebia ebenso?«

»Ja, Herr, und daneben nehme ich mir vor allem die ›Chrysopeia‹ und den Lullus immer aufs neue vor. Alle Schriften, die Ihr mir vorlegen laßt, studiere ich mit Eifer und Sorgfalt. Oft verdrießt es mich, wenn Müdigkeit mich zwingt, meine Lektüre zu unterbrechen. Wie gern würde ich Tag und Nacht lesen und die goldenen Lehren in meinen Notizbüchern keltern.«

»Löblich, Faust, löblich. Aber nun heißt es die Bücher einmal beiseite tun.«

Während Faust noch an dem kalten Schrecken würgte, der ihm bei diesen Worten durch Hals und Rachen hochgefahren war, trat er an der Hand des Herrn Paulus in den oberen Saal.

Der weite Raum war noch immer nahezu leer. Nur ein Schrank an der Wand, ein Schreibpult mit aufgeschlagenem Folianten daneben und die beiden Lehnstühle vor den reich bemalten Bogenfenstern. Wie vor Jahren stand Faust vor den thronenden Äbten. Sein Blick haftete auf einer kunstvoll bemalten Bodenplatte, die einen Mönch beim eifrigen Schreiben zeigte. Ein einziges Wort in dem winzig kleinen Buch konnte er entziffern: »*Maria*«.

»Fortan wird Er in diesem herrlichen Saal die Bücher studieren, die der Herr Paulus und ich ihm vorlegen lassen.« Burrus schnaufte lauthals. »Denn das alte Herrenhaus, wo Er all die Jahre im Verschlag gesessen hat, soll niedergerissen werden, sobald wir Erntedank begangen haben. Das ist das eine, das Er erfahren soll. Und das andere ist …« Er versuchte mehrfach, sich einen Pfropf aus der Kehle zu räuspern.

Währenddessen ließ Faust seinen Blick umherschweifen. Nach den Jahren im Verschlag wäre es wundervoll, in diesem Saal voller Pracht und Licht zu lesen und zu schreiben. Noch war der mit Schnitzereien übersäte Bücherschrank an der Stirnwand leer. Doch er konnte sich mit Leichtigkeit vorstellen, wie sich dieser Raum mit Pulten und Büchern, Mönchen und Scholaren füllen würde. Wie eine Atmosphäre heiliger Stille, andächtigen Schreibens und Studierens sich ausbreiten und alle einhüllen würde, die sich diesem Raum anvertrauten. Aber Faust mochte kaum glauben, daß der Herr Johannes auch ihn, seinen Halbteufel, in der prachtvollen Halle lesen und schreiben ließe. Und wie paßte im übrigen die Ankündigung des Herrn Paulus dazu, daß die Bücher nun einmal beiseite bleiben müßten?

»Und was sagt Er zu dieser Zeitung, Scholar?« Nigrethius deutete mit dem Zeigefinger auf den Boden.

»Meinen innigsten Dank, Herr Johannes.« Widerstrebend sank er vor den Äbten auf die Knie.

»Und nun das andere«, fuhr Burrus fort und blinzelte gebieterisch. »Mit so löblichem Eifer hat Er die Schriften studiert, daß Er auf der Treppe der Prüfungen nunmehr um eine Stufe weiterrücken soll. Erheb Er sich also und laß sich vom Herrn Paulus und mir in das Labor führen, das wir in dem brennenden Wunsch, Ihn vor der Hölle zu erretten, für Ihn eingerichtet haben.«

Es war aber die Zeit, da leuchtend bunte Vögel in großer Zahl am kurpfälzischen Himmel gesichtet wurden, und kaum jemand wußte einen Reim auf die Erscheinung. Diese Vögel hatten plumpe Leiber, ähnlich den Saatkrähen, doch ihr Gefieder war so strahlend rot und gelb und funkelnd grün und blau, als ob irgendwo in den Wäldern ein Schellennarr säße, der die Krähen in Töpfe mit Florentiner Ölfirnis tauchte und ihnen dann anbeföhle: »Jetzt eilends gen Speyer und Heidelberg.«

In der Knittlinger Kirche hatte Pater Huebele erst am letzten Sonntag geeifert, das grellbunte Federvieh müsse aus dem Württembergischen entwichen sein, denn der Stuttgarter Hof war berüchtigt für Ausschweifungen aller Art.

Aber in diesem farbenfrohen Fall traf den württembergischen Herzog allenfalls geringe Schuld.

Das kalligraphische Quadrat befand sich in Brusthöhe eines Mannes von mittlerem Wuchs, rechterhand hinter der Tür zum oberen Saal.

Pisoretti hatte die Lettern kunstvoll ineinander verschlungen, und gewiß hätte Faust ihren Sinn selbst dann nicht gleich entschlüsseln können, wenn Burrus ihm nicht geboten hätte, ihnen den Rücken zuzukehren.

Der Abt hatte einige Mühe, seinen fleischigen Zeigefinger auf die richtigen Buchstaben zu drücken, ohne benachbarte Lettern zu berühren. AIRAM. Auch die vorgeschriebene Reihenfolge mußte man einhalten, damit sich der sinnreich verborgene Mechanismus entsperrte. Burrus stemmte sich mit der Schulter gegen die Mauer, und mit einem steinernen Knirschen schwenkte die Geheimtür auf.

Moderluft wehte empor aus lichtloser Tiefe. Auf Geheiß des Nigrethius stieg Faust hinter dem Herrn Burrus hinab. Im Vorbeigehen prägte er sich den Schriftzug im schnörkelreichen Quadrat ein, aber erst nach einem Dutzend Stufen setzten sich die Lettern in seinem Geist in der richtigen Reihenfolge zusammen. »*Amor et cellarium non patitur socium*«. Liebe und Keller lassen sich nicht teilen.

Dicht hinter ihm folgte Paulus Nigrethius. Beide Äbte hielten Laternen in der Hand, die blasse Lichtpfützen auf die Stufen gossen. Fausts Herz schlug auf einmal so hastig und holpernd wie damals, vor bald zehn Jahren, als er vom Zelt des Doktor Bleikamm nach Hause gelaufen war, von der wütenden Menge gejagt.

Die Treppe endete in einem Gang unter der Erde. Mit jedem Schritt wurde das Hämmern in seiner Brust ärger, dabei verstand er noch immer nicht, was ihn so sehr ängstigte. Beruhige dich, mein Herz, sie werden dir nichts antun. Nicht jetzt, nicht hier. So hatte er sich auch damals zu besänftigen versucht, und oben in ihrer Kammer hatte die Faustin auf dem Strohlager gesessen, vom roten Grobian grün und blau geprügelt. Aber auch so etwas würde ihnen heute nicht widerfahren.

Er folgte dem Herrn Johannes, der sich schnaufend, mit rollenden Bewegungen durch den Gewölbegang mühte. »Den Athanor wird Er im Labor vorfinden, den Goldmacherofen«, raunte in seinem Rücken der Abt von Spornstein, »außerdem alles an Pistillen und Tiegeln, Säften und Schlämmen, Metallen und Pulvern, was Er zur alchymischen Hochzeit benötigt. Auch das Balneum Mariae wird nicht fehlen, der Dreifuß zum Kochen von Löwenwasser und Jungfrauenöl, der auf Maria Prophetissa zurückgeht. So steht es wenigstens geschrieben – und weiß er auch zu sagen, wo?«

»Bei Theosebia, der Schwester des Zosimos, Herr.« Das Blut dröhnte ihm in den Ohren. Seine Beine fühlten sich an wie mit Schlämmen befüllt. So taumelte er hinter Burrus drein und begriff noch immer nicht, welche Geister in seinem Innern tobten.

Dann riegelte der Herr Johannes die Tür am Ende des Ganges auf, und Faust blieb wie zur Steinfigur erstarrt auf der Schwelle stehen. Dort drüben, vor der hinteren Stirnwand des Gewölbes, lag die Mutter am Boden, ihr zitternder Schatten.

Maria Faustin als blutjunge Magd. Geschändet und für alle Zeit in den Äther geätzt.

»In diesem Karzer soll ich für Euch Gold schaffen, Herr Johannes? Warum gerade hier?«

Fausts Stimme klang noch spröder als sonst – bebend und so rauh, als ob sie gleich in einem Aufschrei brechen würde. Burrus war bis zur Mitte des gewaltig großen Kellers vorausgegangen, nun wandte er sich um und hob die Laterne so hoch, wie es gehen mochte. Mit sichtlichem Widerstreben trat Faust eben in das Gewölbe ein, von Nigrethius so dicht gefolgt, als ob er den Scholaren über die Schwelle schöbe.

»Nun, dieser Keller stand ohnehin leer.« Burrus leckte sich die Lippen. Die Treppe vom Skriptorium hinab hatte er eigens mauern lassen, von Knechten aus einem entlegenen Klostergut, die tief gläubig waren und von Geburt an stumm. »Und für Seine Zwecke ist er so gut wie jedes andere Loch.«

Faust ging weiter auf ihn zu, wobei er sich mit beklommener Miene immer wieder umsah. Er zitterte am ganzen Leib, und als Burrus das bemerkte, befielen ihn unversehens Furcht und Zweifel an ihrem Plan.

Allmächtiger, was fange ich an, wenn der Dämon sich sogleich des Scholaren bemächtigt? Wenn Faust, im Stande der Besessenheit Beschwörungen schreiend, unverzüglich den Unflat der Hölle herbeiruft, das schwarze Tier?

Burrus wechselte einen raschen Blick mit Nigrethius, und auch auf dessen pergamentenem Antlitz stand geschrieben, wie sehr der Abt von Spornstein in Sorge war. Und dabei war Nigrethius der ungleich größere Kenner, ein Gelehrter von einzigartiger Belesenheit, in dessen Bibliothek alle okkulten Schriften der Christenheit nebst ihren Widersachern versammelt waren.

»Will Er sich denn gar nicht kundig machen, ob die Regale auch enthalten, was Er für das große Werk braucht?« Nigrethius nahm Faust bei der Hand und führte ihn tiefer ins Gewölbe. Obwohl er sich um einen leichten Ton bemühte, wirkte seine Haltung so angespannt wie bei einem Fuchs, der die Gans belauert. »Schau Er nur her – alles, was ein Alchimist sich wünschen kann, findet Er hier.«

Faust zitterte stärker. Der Dämon bemächtigt sich seiner, dachte Burrus und bekreuzigte sich im Geiste. Mit abwesendem Blick streifte der Scholar den Athanor, den Doppelofen mit dem gewaltigen Rohr, den Burrus just dort hatte aufstellen lassen, wo früher der Burgunder gelagert hatte. Das Rohr führte unter der Decke entlang zur Außenwand gegenüber, wo es in einem kupfern umfaßten Durchbruch verschwand. Direkt daneben klaffte ein zweites Loch, mit einem Schmiedegitter davor, dessen daumendicke Eisenstäbe gewiß kein wildes Tier überwinden konnte. Der Luftstollen dahinter, von den stummen Knechten gegraben, wand sich unter dem Wehrwall hindurch und dreißig Schritte tief in den Wald, wo er zur Oberfläche aufstieg, verborgen im Buschwerk und durch ein weiteres Gitter gesperrt.

Denn damit die alchymischen Dämpfe nicht die Lunge des Laboranten verdarben, mußten dem Gewölbe frische Lüfte zugeführt werden, selbst um den Preis, daß seither die Winde schauerlich im Tunnel heulten. Auch wenn Burrus sich immer wieder ins Gedächtnis rief, daß dort draußen im Tannenholz ganz gewiß kein Rudel Wölfe vor dem Gitter saß und in choralem Gewinsel um Einlaß flehte, klang das Jammern der gefangenen Winde dennoch wie der Heulgesang der Verdammten.

Mehr aus Schwäche als aus Überzeugung wandte er sich neuerlich um und ging weiter bis zum Ende des Gewölbes, wo zwei Stühle bereitstanden. Dahinter befand sich ein rechteckiges Wandstück, dessen hellere Färbung sich deutlich vom umgebenden Gemäuer abhob. Burrus erinnerte sich lebhaft, wie er dieses Türloch, das den Keller damals mit dem Küchenbereich verbunden hatte, vor bald achtzehn Jahren hatte zumauern lassen, ebenso wie den Eingang gegenüber, gleich nachdem alle Scheffel in die Weingartenmeisterei umgelagert worden waren.

Die einstige Essignische befand sich zur Linken des Athanors. Mit einem schmerzlichen Ausdruck schaute Faust von der Nische zu Burrus und wieder zurück. Der Abt von Maulbronn war auf einen Stuhl gesunken, die Laterne hatte er auf den Sitz daneben gestellt. Seine Füße waren so geschwollen, daß ihm das Fleisch aus den Schuhen quoll und seine Zehen fühllos wie Bleiklumpen waren. Es mußte zwei Uhr nachts sein, wenn nicht später. Und vom Tannenholz her heulte der Wind herein, und Faust deutete auf den Boden vor Burrus' Füßen und sagte mit bebender Stimme:

»Bitte, Herr, rückt ein wenig zur Seite – Ihr drückt ihr ja das Herz ab!«

Burrus rappelte sich auf, so rasch die feste Burg seines Leibes es erlaubte. »Das Herz? Aber wem denn?« Mit fahriger Hand tastete er nach der Laterne. Doch wie er auch auf dem Boden herumleuchtete, außer ein paar uralten Flecken vermochte er nichts zu sehen.

Faust gab ihm keine Antwort. Er hatte sich schon wieder zur Wandnische umgewandt, und nun bückte er sich und kroch halb hinein. »Diese Bilder, Herr Johannes?«

Burrus bekreuzigte sich abermals im Geiste, ehe er widerstrebend neben den Halbteufel trat. »Was meint Er denn nur?«

»Diese Engelbilder, Herr«, sagte Faust mit einer Stimme zwischen Lachen und Schreien, »seht Ihr nicht?«

»So beruhig Er sich doch! Gewiß sehe ich die Himmelsboten, aber was heult Er denn derart herum wegen ein paar vergilbter Pinselstriche?«

Faust nahm ihm die Laterne aus der Hand und kroch tiefer in die Nische hinein. »Und waren die Engel auch damals schon hier – als das schwarze Tier durch die Steine brach?«

Seine Stimme echote in der Nische, die nach all den Jahren immer noch sauer und scharf nach Essig stank. Und während Burrus noch über der Frage grübelte, die er selbst sich schon mehr als einmal vorgelegt hatte, ging jählings die Laterne aus, und in der Schwärze der Engel- und Essignische begann es so gräßlich zu jaulen und zu belfern, so herzzerfressend zu heulen und zu kreischen, daß Burrus aufschrie und die Hände hochriß und taumelnd eine Vierteldrehung um die eigene Achse beschrieb, zur mutwillig wieder aufgebrochenen Tür hin, durch die er eben noch Paulus Nigrethius mit flatternder Kutte fliehen sah.

30

Es war tief in der Nacht. Unablässig ging Nigrethius im Skriptorium auf und ab. Jede sechste Bodenplatte war mit dem Bildnis eines gelehrten Mönchs bemalt, der Granit dazwischen sah aus wie mit Blut gesprenkelt. Er schritt vom betenden zum lesenden Mönch, von diesem weiter zum grübelnden Konfrater, auf den schließlich ein Zisterzienser mit ekstatischer Miene folgte, der die Seiten seines Buches mit Schriftzeichen übersäte. Und zu lesen war nur ein einziges Wort: »*Maria*«.

Seine Schritte erzeugten bloß ein leises Rascheln, ungefähr wie bei einem Salamander. Obwohl er nahezu die ganze Nacht durchwacht hatte, fühlte Nigrethius keine Müdigkeit. Johannes Burrus dagegen saß zusammengesunken auf einem Lehnstuhl am Fenster, das Haupt in seine Kinnwülste gebettet. Pfeifende Laute drangen aus dem Oval seines Mundes, das wie vom Specht geklopft aussah.

Die Steintür zum Alchimistenlabor hatten sie sorgsam wieder verschlossen. Glücklicherweise war ihnen der Dämon nicht gefolgt, sondern hatte sich damit begnügt, von seinem Essigloch aus hinter ihnen her zu heulen. Die beweglichen Lettern des Geheimworts, in umgekehrter Reihenfolge eingedrückt, verriegelten nicht nur den Mechanismus der Mauertür, sondern bildeten auch einen wirksamen Bann gegen alle Ungeheuer der Tiefe, die dort unten aus der Nische hervorquellen mochten. MARIA. Mit seiner allerletzten Kraft hatte Burrus den Bann ins Werk gesetzt, dann war er zu seinem Lehnstuhl gewankt und unverzüglich eingeschlummert.

Nigrethius jedoch fühlte sich an Geist und Gliedern so frisch wie seit Jahr und Tag nicht mehr. Hätte er einen Tarnzauber gekannt, der vor menschlichen Blicken und dämonischen Klauen gleichermaßen schützte, so wäre er gewiß unten im Gewölbe geblieben, um beim

Fortgang des dunklen Werks zuzusehen. Aber er hatte schon zu viele Berichte von leichtfertigen Gottesmännern gelesen, die, ob Beschwörer oder bloß Augenzeuge, vom hervorbrechenden Höllengewürm in Stücke gebissen und gerissen worden waren. Von abgeirrten Priestern mit ins Genick gedrehtem Antlitz kündeten die Protokolle, von Eingeweiden an Kammerwänden und ähnlichem Gesudel, und selbst von jenen, die eine Beschwörung ohne leiblichen Schaden überstanden, waren viele für immer an Geist und Seele versehrt.

Es galt also, auf der Hut zu bleiben, gerade jetzt, da er seinem Ziel näher gekommen war als jemals vorher, dachte Nigrethius und ging leichtfüßig im Skriptorium auf und ab. Spätestens beim ersten Tageslicht, wenn Psalmen und Hymnen zur Prim erschallten, würde der unreine Geist weichen müssen, und dann würde er zusammen mit Burrus abermals hinabsteigen und sich von Faust berichten lassen, was in der Nacht geschehen war.

Bis dahin aber waren es noch wenigstens zwei Stunden, und während Nigrethius vom schreibenden zurück zum grübelnden Mönch und von diesem zum lesenden Gottesgelehrten schritt, konnte er nicht umhin, sich seiner eigenen Jugendjahre zu entsinnen, die durch Fausts Anblick wieder einmal in ihm lebendig geworden waren. Durch seine Scholarentracht, den jünglingshaften Stolz – und mehr noch durch Fausts frech hingeworfene Frage: »Ihr wollt mir also gestatten, als Student nach Heidelberg zu gehen?«

Denn auch der Abt von Spornstein, den die Christenheit als einen der Gelehrtesten unter den Lebenden verehrte, hatte einst davon geträumt, an der ehrwürdigen Universität zu Heidelberg zu studieren. Auch ihm war die Erfüllung dieses Wunsches versagt geblieben, und überdies gab es da noch eine zweite, weit heiklere Gemeinsamkeit zwischen Paulus Nigrethius und Georg Faust. Doch dieses Geheimnis hatte er weder Johannes Burrus noch auch nur seinem eigenen Beichtvater jemals anvertraut, und er beabsichtigte auch keineswegs, es irgendeiner Menschenseele zu offenbaren.

Seinen Vater hatte er niemals kennengelernt, denn der Edle Konrad von Heidenberg war bereits im März des Jahres 1458 nach Fleischwerdung des Heilands einem Herzleiden erlegen. Damals war der Knabe

Paul eben sechs Wochen alt, und bis zu seinem vierten Jahr blieb seine Mutter Anna mit ihm allein. Paul liebte sie sehr. Er schlief in ihrem Bett, sie lehrte ihn flöten und singen, und die ganze Welt schien nur aus ihnen beiden und einigen Mägden für ihre Bequemlichkeit zu bestehen. Doch zu Jesu Taufe 1462 A.D. erschien auf dem Heidenbergschen Gut nahe dem Moseldorf Schwarzenborn ein überaus bärtiger Ritter namens Eberhard zu Thausen, und ehe das Frühjahr recht erblüht war, führte der Recke die blonde Anna zum Altar.

Der Knabe Paul aber wollte nicht mehr leben. Von einem Tag zum anderen hatte er die Mutter an den polterseligen Schwarzbart verloren, der seine Anna von Herzen liebte, wenn auch nicht ganz so innig wie seinen Weinberg und seine Karpfenzucht.

Mit sieben Jahren wollte Paul zur Lateinschule gehen, doch der Stiefvater schickte ihn zu seinem Winzer in die Lehre. Heimlich brachte der Knabe sich dennoch das Lesen und Schreiben bei. Mit zehn Jahren vertraute er sich dem Pfarrer von Schwarzenborn an, und der steckte ihm ab und an eine lateinische Fibel und später auch ein Heftlein mit griechischen Fabeln zu.

Zwischen Eberhard zu Thausen und seinem Stiefsohn wurde es mit den Jahren immer ärger. Die Mutter Anna war zu schwach, um zwischen dem ehernen Gemüt des Gatten und dem biegsamen Geist des Sohnes zu vermitteln. Mit vierzehn begehrte Paul in Heidelberg zu studieren, und auf die Frage des Stiefvaters, wozu all das künstliche Brüten taugen solle, schrie er außer sich: »Damit ich nicht solch ein Karpfen werde wie Er!«

Statt einer Bürgschaft nebst monatlicher Schatulle für das Studium erhielt er Prügel. Kaum konnte er wieder aus den Augen sehen, da schnürte Paul sein Bündel und entwich über Trier und Köln nach Heidelberg. Doch keine Universität wollte ihn aufnehmen, da er die Lateinschule nicht besucht hatte und weder Pater noch Vater als Fürsprech besaß. So schlug er sich jahrelang mit den unsinnigsten Brotberufen durch – als Privatlehrer für Klavichord-Schüler, die seine Ohren mit fühllosem Gehämmer quälten, als Lohnschreiber in Kanzleien und sogar als Gaukler auf Jahrmärkten: Er ließ bunte Tücher vor den Augen seiner Zuschauer verschwinden, und als er im Publikum mehrmals eine blonde Maid erspähte, meinte er, sie käme wegen ihm. Doch einmal, als ihm ein Tuch aus dem Gürtelversteck hervorflatterte, lachte sie ihn so herzlos aus, daß er alles Gaukelzeug hinwarf und davonlief. Dabei hatte er bis dahin geglaubt, daß er gerade für sie blende und zaubere, denn sie war so blond und zart wie Frau Anna in seinen frühen Knabenjahren.

Wenig später erfuhr er, daß seine Mutter am Fleckfieber verschieden sei. Er legte ihren Namen ab, nannte sich fortan Paulus Nigrethius und zog ruhelos durchs Land. Jahrelang reiste er von einem Kloster zum anderen, immer in der Hoffnung, auf einen Lehrer zu treffen, der ihn in all den Wissenschaften unterweisen würde, die ihm verwehrt geblieben waren. Doch auch um die Gelehrsamkeit der meisten Mönche war es dürftig bestellt. Oft nannten die Klöster nur eine Handvoll Bücher ihr eigen, und selbst die vermoderten unter der Treppe in der Klosterkirche, wenn es nicht gerade eine lateinische Bibel oder ein geistliches Liederbuch war.

Ungefähr bis zu diesem Punkt war Nigrethius bei seinen schwermütigen Erinnerungen und leichtfüßigen Wanderungen vorangeschritten, als der Herr Burrus mit einem Prusten und Zucken zu sich kam. Seine Rechte machte wedelnde Bewegungen im Leeren über seinem Schädel, und dazu stammelte er schlaftrunken: »Ein Vogel – habt Ihr nicht gesehen, Nigrethius?«

»Euch träumte, Freund.« Paulus von Spornstein verharrte unter dem Schlußstein des Bernhard von Clairvaux. »Gewiß wurden Eure Traumgesichte durch die Gedanken angeregt, die Ihr vorhin Eurer Chronik anvertraut habt.« Und er wies auf das Stehpult an der hinteren Stirnwand, mit dem Folianten und dem Tintenfaß daneben, in dem noch der Gänsekiel stak.

Burrus erhob sich mit schwerer Würde und glättete sein Gewand. Das mit Rubin und Karfunkel übersäte Kruzifix schlenkerte wie ein Perpendikel und kam in der Furche zwischen Brust und Bauch zur Ruhe. Er griff nach der Laterne und begab sich zum Stehpult hinüber, um seinen jüngsten Eintrag in die Chronik des Klosters nochmals zu überlesen.

»Seit Wochen werden die Lämmer auf unseren Weiden durch Federvieh von feuerfarbenem Aussehen beunruhigt, das in bunten Wolken

und mit grämlichem Krächzen vom Württembergischen her ins Bistum eindringt. Vom Herrn Sekretär Seiner bischöflichen Eminenz verlautbart, daß es sich um Vögel von den neuindischen Inseln handeln soll. Die nackten Wilden dort beten das mürrische Vieh als ihre Götzen an, und wie der Herr Sekretär sagt, vermag das Federgetier gar menschliche Worte zu lallen, zwar mit knarrender Stimme, aber desto gewisser ist es Teufelswerk und kann nichts anderes sein. Und der Beweis ist, daß das fieberbunte Gezücht, immer laut dem Herrn Secretarius, auf den gotteslästerlichen Namen ›Papageil‹ hören soll. Wenn man es solcherart anredet, kommt es herbeigeflattert, klumpt sich dem Rufenden wie ein Batzen bunten Kots auf die Schulter und knarrt ihm höllische Verheißungen ins Ohr.«

Johannes Burrus blickte vom CCCXXXVIII. Band der Chronik auf. »Seid Ihr nicht auch beunruhigt, Nigrethius?« fragte er und meinte vielerlei zugleich – das indische Federvieh und den Halbteufel in seinem Keller, die leeren Schatztruhen seines Klosters und die hinhaltenden Episteln des Kurfürsten Philipp, der die versprochenen Schatullen nicht senden mochte, solange der Kaiser ihn hinderte, Maulbronn seinem Fürstentum einzuverleiben.

Mit unerhört leisen, leichten Schritten durchmaß Nigrethius das Skriptorium und blieb unter dem Schlußstein der betrübten Maria stehen. »Mit Verlaub, Herr Burrus, dies grelle Federvieh ist Eures Kummers nicht wert.«

Johannes Burrus begab sich zurück zu seinem Lehnstuhl. Seufzend ließ er sich darauf nieder, lauschte kurz zur Steintür hin und vernahm nicht das beiläufigste Belfern. Und während der Herr Paulus raschen und raschelnden Schrittes vom schreibenden zum grübelnden Mönch weiterging, sank Burrus das Haupt abermals in den Hals, sein Mund öffnete sich zum O, und mit leisem Pfeifen flog die Atemluft ein und aus.

Zu Anfang des Jahres 1479 klopfte der wandernde Scholar Paulus Nigrethius an der Klosterpforte im kurpfälzischen Spornstein an. Man ließ ihn ein, doch als er nach Bibliothek und Skriptorium fragte, schüttelten die Benediktiner nur mürrisch die Köpfe. Ihr betagter Abt lag im Sterben, die Zukunft des Klosters war ungewiß. Sehr viel dringlicher als Bücher brauchten sie Novizen und vermögende Stifter, denn von fünfzig Betten im Dormitorium waren damals mehr als zwei Dutzend seit Jahr und Tag verwaist. Und die Schatztruhe des Klosters war bis auf ein paar Weißpfennige leer.

Paulus Nigrethius dankte für Auskunft und Bewirtung und trat durch die Pforte wieder auf die Straße hinaus. Er war gescheitert, das wurde ihm mit jedem Schritt klarer. Es war ganz und gar sinnlos, an weiteren Klostertoren anzuklopfen oder gar sich vor Universitätsdekanen auf die Knie zu werfen, denn wohin er auch käme, die geistige Labung, nach der er so sehr lechzte, würde er nirgendwo finden.

Einige Meilen wanderte er bei frostiger Witterung dahin, als ein gewaltiger Schneesturm einsetzte. Bald war die Luft so voll wirbelnder Flocken, daß er seinen Weg nicht mehr vor sich sah. Er nahm es als Zeichen Gottes und kehrte um.

Noch im selben Jahr erhielt er die Profeß und wurde ein Mönch vom Orden des heiligen Benedikt. Der alte Abt zu Spornstein war mittlerweile ins Paradies aufgefahren, und als sich die Konfratres im Kapitelsaal versammelten, zeigte sich rasch, daß keiner von ihnen die Mühsal des Lenkeramtes auf sich nehmen wollte. Fra Paulus bewarb sich kurz entschlossen um den Abtsring, darauf gefaßt, daß die Mitbrüder ihn auslachen würden, wie damals die blonde Maid ihn verspottet hatte. Aber zum allgemeinen Erstaunen wurde er noch am selben Tag zum Abt gewählt.

Er war einundzwanzig Jahre alt. Die älteren Mönche, die darauf gesetzt hatten, ihn leicht in ihrem Sinne lenken zu können, erlebten bald die nächste Überraschung: Abt Paulus erließ eine Reihe strikter neuer Klosterregeln, und die erste von ihnen lautete, daß die Mönche an jedem Werktag zwischen Terz und Sext im Skriptorium arbeiten mußten. Zusammen mit den Briefen, die seine Ernennung kundtaten, bat er die Äbte der befreundeten Klöster, ihre kostbarsten Bücher nach Spornstein zu senden, um sie dortselbst abschreiben zu lassen. So legte er den Grundstein für eine Bibliothek ohnegleichen und für seinen Ruhm als belesenster Abt der Christenheit.

Dabei hatte er niemals eine Universität betreten, und sein Wissen war ungeordnet und lückenhaft. Doch das hinderte ihn nicht, noch in seinem ersten Amtsjahr etliche Urkunden zu fälschen, die das

Kloster als Eigentümer weitläufiger Liegenschaften auswiesen. Und es hinderte ihn noch weniger, eine gelehrte Schrift über die heilige Anna zu verfassen, die Mutter Mariae.

»*Der Engel des Herrn hat sie mit Armen aus himmlischem Feuer umfangen*«, schrieb er, »*und die Liebe Gottes in ihr Herz gegossen, so daß Anna fruchtbaren Leibes wurde, ohne sich mit der Erbsünde zu beflecken.*« Diese These löste ungeheure Erschütterungen in der gelehrten Christenheit aus. Seine Widersacher beschimpften Nigrethius als Schwätzer und Ketzer, doch der junge Abt von Spornstein blieb unbeirrt. Durch eine kühne Zusammenstellung von Aussprüchen der Propheten, Evangelisten und Kirchenväter untermauerte er seine Behauptung, und im Februar 1480, just in dem Jahr, als Faust zur Welt kam, erfuhr Paulus Nigrethius seinen größten Triumph: Die römische Kurie verkündete, die Unbeflecktheit der heiligen Anna zu leugnen sei strafwürdige Ketzerei. Aus dem ganzen Kaiserreich reisten Geistliche nach Spornstein, um den Mann kennenzulernen, der zu dieser Zeit gerade erst begann, die heikelste Leidenschaft seines Lebens zu entdecken.

Damals nämlich fiel Nigrethius das »Vox in Rama« in die Hände, und die Beichte des teuflischen Alchimisten Hannes Borethius erschütterte ihn ebenso sehr wie Jahre später den Scholaren Faust. Fieberhaft forschte und las er weiter, stieß auf ähnliche Schriften mit teilweise noch unerhörteren Offenbarungen und begann bereits während der Lektüre eine eigene Grundlegung der magischen Künste niederzuschreiben.

Dies nämlich hatten die Bekenntnisse der verworfensten Teufelsbeschwörer den Abt von Spornstein gelehrt: Alle gottgefällige Wissenschaft, wie sie an den Universitäten verkündet, von Scholaren und Professoren immer aufs neue durchgekaut wurde, war nur ein Grab voll modernder Gebeine, verglichen mit dem Glanz, Gold und blutwarmen Gewimmel, das der Herr der Tiefe seinen Jüngern versprach.

In den folgenden Jahren arbeitete Nigrethius unermüdlich an der Schrift »De scriptoribus ecclesiasticis«, einem Katalog der berühmten und vergessenen Kirchenschriftsteller, deren Leben und Werk er in neunhundertneunundneunzig Porträts beschrieb. Das Buch wurde ein blendender Erfolg, der die Schatztruhen des Klosters füllte und dem Namen des Nigrethius bis nach Rom hinauf und nach Konstantinopel hinüber einen erzenen Klang verlieh.

Neben Säulen der spirituellen Gelehrsamkeit, wie dem heiligen Augustinus oder Thomas von Aquin, gedachte Nigrethius in seinem Katalog auch einer Vielzahl okkulter Kirchenautoren, die niemals auf Erden gewandelt waren. Und einer nicht minder großen Schar gelehrter Mönche, die nachweislich am Mauerwerk der katholischen Kirche mitgemeißelt hatten, legte er Aussprüche in den Mund, die ihnen nie über die Lippen gekommen waren. Und bei alledem ging er so umsichtig vor, daß lange Zeit niemand Verdacht zu schöpfen schien.

Das ihm anvertraute Kloster gedieh, Novizen strömten herbei, und die Konfratres murrten allenfalls noch leise über die ihnen aufgenötigte Schreibfron. Bei Nacht schlief Nigrethius ruhig, denn sein Gewissen war rein. Stets handelte er in dem festen Glauben, daß er durch all sein Fälschen und Betrügen nur mithelfe, die Macht und Herrlichkeit Gottes zu erweisen, und zwar weit kühner und kräftiger, als all die tote Gelehrsamkeit der Doktoren und Professoren es je vermöchte.

In seiner »Magia naturalis« schilderte er die »weiße Besessenheit«, bei der sich eine Seele in einem bereits belebten Leib einnistete und die Seele, die bislang diesen Leib regiert hatte, unterdrückte oder sogar austrieb. »*Da der Engel des Herrn das Licht des Lebens in die heilige Anna eingießen konnte, so daß sie fruchtbaren Leibes wurde, ohne sich zu beflecken*«, schrieb er, »*ist es auch möglich und zuweilen geboten, daß eine starke, reine Seele sich eines Leibes bemächtigt, der von einem schwächeren, blakenden, besudelten Lebensflämmchen befeuert wird.*«

Und in seiner »Steganographia«, einem maßlos ehrgeizigen Werk über die Geheimschriften und die himmlischen Geister, die bei der Verschlüsselung und Übermittlung von Botschaften hilfreich seien, führte er aus: »*Ich beherrsche die Kunst, meine Gedanken dem Eingeweihten auf jegliche Entfernung mitzuteilen, sei es auch auf hundert Meilen und mehr und mag derselbe auch drei Meilen tief im Kerker schmachten. Und diese Wissenschaft ist gottgefällig, sofern wir sie zum Wohle der Christenheit anwenden. Darum ist es auch erlaubt, einen*

Dämon für fromme Zwecke zu dressieren und zu schirren. Denn die Geister der Tiefe gleichen den Tanzbären, die jeden Sprung ausführen müssen, wenn man ihnen nur einen Eisenring durch die Nase gezogen und eine Kette an den Ring angeschmiedet hat. Der Ring und die Kette in unserer Allegorie sind aber die okkulten Künste, mit denen der Eingeweihte den Geist abrichten und unterjochen kann. Allein den Dämon in eigener Person zu beschwören, ist dem Christenmenschen bei Strafe der ewigen Verdammnis untersagt.«

Als beim ersten Morgenlicht vom Klausurbau der Hymnus herüberschallte, wachte Abt Burrus neuerlich auf. Sein Rachen fühlte sich so wund an, als ob während des Schlafes etwas Rauheres als bloß Atemluft in ihm ein- und ausgeflogen wäre. Wieder hatte ihm in wirren Gesichten von grellem Federvieh geträumt, das in Wolken über dem Kloster kreiste und sich jählings in den geweihten Innenhof hinabstürzen ließ. Papageien watschelten durch den Kreuzgang, klumpten sich den Konfratres auf die Schultern und knarrten ihnen unerhörte Blasphemien ins Ohr. Einer dieser ketzerischen Aussprüche echote noch in seinem Geist. »Was ihr Satan nennt, ist nur der Schatten eures Gottes«, hatte ein rot und gelb gefiederter Vogel gekrächzt.

»Kommt jetzt, Burrus.« Der Abt von Spornstein stand schon an der steinernen Tür. »Wir wollen nun zu Eurer Kreatur hinuntergehen.«

Johannes Burrus erhob sich. Seine Füße waren bis über die Knöchel hinauf geschwollen. Mit Bewegungen, als ob er eine sehr dünne Eisschicht überqueren müßte, näherte er sich der quadratischen Inschrift und drückte auf die Lettern AIRAM. Gerade in diesem Moment fiel ihm ein, wo er den Ausspruch des Traumviehs schon einmal vernommen hatte. Im Sterbezimmer seines Vorgängers, von den Lippen des verehrten Abtes Michael.

Er ließ Nigrethius den Vortritt. Die Laternenarme vorgereckt, tappten sie ins Dunkel des Treppenschachtes hinunter, und das Herz pochte Burrus hart und schnell in der Brust. Unten der Gewölbegang dünkte ihn länger und dunkler als in der Nacht. Die Winkel voller Schatten, in denen Augen zu funkeln schienen. Er bekreuzigte sich unaufhörlich. Seine Augen blinzelten, seine Lippen bewegten sich zum stummen Stoßgebet. Herr im Himmel, beschirme mich mit der schimmernden Wehr deiner Liebe.

Nigrethius riegelte die Tür zum Laborloch auf. Ein beißender Gestank nach Essig, Quecksilber und Schwefel schlug ihnen entgegen. Nebeneinander verharrten sie auf der Schwelle, die Laternen emporgereckt.

Es war stickig heiß im Labor. Faust hockte am Boden, am anderen Ende des Kellers, nahe der zugemauerten Tür zur Küchenseite. Er schien überhaupt nicht zu bemerken, daß sie eingetreten waren, doch augenscheinlich war er allein. Vom schwarzen Tier jedenfalls war nichts zu sehen oder zu hören. Im Stollen winselten die gefangenen Winde, aber das war eben nur Luft, die zwischen dem Tannenholz und dem Keller hin und her fuhr, und durchaus nichts Ärgeres.

Burrus und Nigrethius faßten neuen Mut und drangen tiefer ins Gewölbe ein. Laternen an den Wänden verströmten ein gelbes Licht. In beiden Eisenkugeln des Athanors prasselte Feuer. Nigrethius trat zum Ofen, und auf der Herdplatte fand er einen Kupfertopf, in dem ein sämiger Saft von honiggoldener Farbe brodelte. Es sah aus, als hätte der Scholar Sonnenlicht eingekocht.

Unterdessen ging Burrus zu Faust hinüber, der in starrer Haltung am Boden saß. Die Beine ausgestreckt, Kopf und Oberkörper ein wenig vorgebeugt, als ob er im Sitzen schliefe. Aber für einen Schläfer saß er zu steinern da, und seine Arme waren vor dem Leib zusammengewölbt, als ob er eine unsichtbare Gestalt, die in seinem Schoß lagerte, behutsam umarmte. Da fielen Burrus auch die Worte wieder ein, die Faust ihm in der Nacht zugerufen hatte. »Ihr drückt ihr ja das Herz ab!« Und für einen sehr kurzen Augenblick sah er sie wahrhaftig in seinen Armen liegen – Maria Faustin, weinend, geschändet, und der Sohn umfing sie mit einer Gebärde der Liebe und des Kummers, wie sonst die Gottesmutter den Gekreuzigten in ihren Schoß gebettet hielt.

Dann verblaßte die Vision, und Burrus tastete nach seinem Kruzifix. Teuflischer Blendspuk! Als er neuerlich hinsah, umarmte der Scholar lediglich eine Wolke essigsaurer Luft. »Erheb Er sich!« rief er in scharfem Ton und wartete schnaufend, daß sein Befehl ausgeführt würde. Aber Faust hob nur ganz langsam den Kopf und sah Burrus an.

Sein Antlitz war grau vor Gram und Grauen, und es schien Burrus, daß der Jüngling in dieser Nacht stark gealtert wäre. Falten von der Nase hinunter zu den Mundwinkeln hatten sich in seine gestern noch glatte Haut gekerbt. Doch die blauen Flämmchen in seinen Augen brannten heller denn je.

»Schaut Euch das an, Burrus.«

Er wandte sich um und fand Nigrethius über die Kladde des Scholaren gebeugt. Gefügig mühte er sich zum Athanor hinüber, und als er die Essignische passierte, schlug er ohne hinzusehen ein hastiges Kreuz.

Wie die vergilbten Engelbilder in die Nische hinter das Essigfaß geraten waren, hatte er bis heute nicht herausgefunden. Nächtelang hatte er die Klosterchronik und andere Schriften studiert, aber nirgendwo einen Hinweis entdeckt.

Der Wind heulte im Stollen, und es klang wahrhaftig wie Wolfsgejaule. Als Burrus über die Schulter zurücksah, hatte Faust den Kopf wieder gesenkt, und mit einem Ausdruck untröstlichen Kummers sah er auf seine leeren Hände hinab.

Nigrethius blätterte ihm die Kladde auf und tippte mit dem Finger in ein Gekrakel, auf das Burrus längere Zeit hinabblinzelte, ohne irgend etwas zu begreifen. Er erblickte ein Gewimmel aus astrologischen Chiffren, Zahlen, Kürzeln, alles mit flatternder Hast zu Papier gebracht. Und mitten darin, in so winziger Schrift, daß erst der nachdrücklich klopfende Finger des Herrn Paulus seinen Blick auf die richtige Fährte zog: »*Euer Schmerz zerdrückt mir das Herz. Ich kann an diesem Ort nicht bleiben.*«

Der knochendürre Finger des Nigrethius blätterte weiter, und wieder erblickte Burrus als erstes nur ein Wirrwarr von Mond- und Merkursymbolen, Bruchstücke alchymischer Formeln und halbleserliche Angaben in Skrupel oder Gran. Doch am Rand dieser Seite, umrahmt mit einem Gatter aus krampfhaften Krakeln, hatte Faust dies geschrieben: »*Auf Knien vor der Engelpforte. Wie recht Ihr habt: Dieser Keller ist für mich bestimmt.*«

Auf die Seite daneben war eine Gestalt im Kapuzenmantel gezeichnet, mit unkenntlichem Antlitz, ein umgekehrtes Kruzifix vor der Brust. Unter dem Gürtel klaffte der Mantel, und ein aufgerichtetes Schmachglied ragte zwischen den Schößen hervor, mit blutroter Spitze, auf der eine Dornenkrone saß. Es war ein Bild von so roher, vollkommener Bosheit, daß sich Burrus neuerlich bekreuzigte und ein Stoßgebet himmelwärts entließ.

Erst dann entzifferte er, was in steil abfallender Linie unter dem Sudelbild gekritzelt stand: »*21. August 1497 A. D. Heut nacht hab ich Euch gesehen, mein furchtbarer Herr.*«

31

Getreulich kochte er die Formeln des Lullus und die Rezepte des Albert Magnus nach, und dabei wußte er längst, daß er den Stein der Weisen so nie gewinnen würde.

Anfangs wiesen die Säfte und Schlämme, Pulver und Erden in seinen Tiegeln nur wenig Ähnlichkeit mit den Stoffen auf, die Lullus oder Maria Prophetissa beschrieben hatten. Mit dem Pistill zerstieß er Strünke und Steine im Mörser, bis sein Geist vom Stampfen und Stoßen ganz leer wurde. Sulfur verätzte seine Finger, die Schwefeldämpfe reizten seine Lunge, so daß er sich in Hustenkrämpfen krümmte. Vom Bleipulver wurde sein Haar grau, und die Öle überzogen ihm Hemd und Haut mit einem fettigen Glanz. Aber er versuchte es immer wieder, notierte sich Mengen, Dauer und Feuerstärke, und mit jeder Probe wurden ihm die Metalle und Gefäße, Feuer und Dämpfe vertrauter.

Doch das Bewußtsein, daß er auf diesem Weg nicht zum Ziel gelangen könnte, verließ ihn nie – auch dann nicht, wenn er sich vor einer Spiegelscherbe den Bleistaub aus den Haaren schüttelte und seine Locken darunter golden wurden. Allein durch Zerstampfen der Metalle, Pulverisieren und Erhitzen ließ sich der Stein der Weisen nicht gewinnen – dieses Eingeständnis fand sich letztlich in allen Schriften der alchimistischen Meister, sorgsam verschlüsselt und doch unverkennbar für den, der die Allegorien zu lesen verstand.

Während Faust vor dem Athanor stand, Tiegel schwenkte und Erden zerstampfte, Säuren mischte und Kolben befüllte, spürte er unablässig die Blicke der Engel auf sich, die aus der dunklen Essignische zu seiner Linken nach ihm spähten. Dort unten war das schwarze Tier hervorgebrochen, es war die Pforte zur teuflischen Tiefe. Was immer er an geheimen und verbotenen Gaben begehrte – dort unten mußte er anklopfen, damit seine Wünsche erfüllt, seine Begierden gestillt würden.

Um das Gold der Alchimie zu gewinnen, hatte Demokrit gefabelt, mußte der Adept nackt sein, und Wärterinnen mußten ihn auspeitschen. Und die Wärterinnen bedeuteten die unreinen Geister, und die Nacktheit hieß, daß der Adept im Stand der Besessenheit sein mußte, denn nur durch die Macht des Dämons konnte die Verwandlung gelingen. Die Stirn der Engel war so kühl wie ihr Blick, das vom Dämon berührte Fleisch aber war fiebrig erhitzt, und der Blick des Besessenen war so milchig wie Glas, das bei der Destillation beschlug. Und nur unter diesem Blick wurde Dreck zu Gold, Lehm zu lebendem Gewimmel.

Die lächelnden Engel in der Nische waren bloß Maskerade, die gleisnerische Schauseite, und was sich dahinter verbarg, war die Fratze, die Tiefe, das schwarze Licht der Finsternis. Und er hatte es immer schon gewußt.

Er begriff, daß all die ungeheure Geduld und Beharrlichkeit, der Erfindungsreichtum, auch die oft lachhafte Umständlichkeit der alchimistischen Meister allein aus der Angst herrührten. Sie alle hatten gewußt, hatten irgendwann verstanden, daß nur der Dämon den Dreck in ihrem Tiegel zu Gold verwandeln konnte. Daß alles, was sie kochten und destillierten, nur Vorbereitung und Beigabe war, denn wenn Satan nicht seine Pratze darüber hielt, blieb der Staub in ihrer Retorte Staub, und ihr Gold war höchstens messinggelb gefärbtes Blei. Wenn Luzifer aber seinen Geifer über sie verspritzte, so begann es in ihren Pfannen zu funkeln, und es war wirkliches Gold, das auch in der sechsten und sechsundsechzigsten Feuerprobe nicht zerfiel. Und selbst lebendige Kreaturen konnten sie dann aus den dreifarbigen Erden backen, aber so wie Gott dem Adam das Leben eingehaucht hatte, so brauchten sie den Odem des Dämons, damit ihre Puppen zu zucken und zu japsen begannen, damit Lehm sich in Fleisch verwandelte, von Wärme durchpulst und rosig überhaucht.

Sie alle hatten sich gesträubt und gefürchtet, die große Prophetissa, der verschwiegene Araber, der herrliche Lullus – auch das hatte Faust aus ihren Gleichnissen herauszulesen gelernt. Und wer von ihnen es schließlich gewagt hatte, der war überreich belohnt worden und mit der ewigen Verdammnis bestraft.

Der Herr Johannes hatte ihm zwar erklärt, daß es sich gerade bei ihm anders herum verhielt. Daß er die Seligkeit, das ihm bemessene kleine Seelenheil nur dadurch erreichen könnte, daß er sich mit den Heerscharen des Satans einließ. Doch in Faust hauste ein Zweifel, der fuhr in seiner Seele herum, und mit allem, was er in sich hineinschlang, wurde er nur noch gieriger. Die dunklen Mächte dort unten waren um so viel gewaltiger als er. Schon damals, als er fiebernd auf seinem Bett gelegen hatte, unter sich die klaffende, lockende, heulende Hölle, da hatte er ja erfahren, daß er mit seinen schwachen wachen Kräften nichts gegen diese Gewalten vermöchte. Aus den Tiefen des Traums, der Schwärze des Schlafs, den Urgründen der Lüste wälzten sie sich hervor, eine Glutwoge wühlenden Gewürms, die alles mit sich riß, was sich ihr entgegenwerfen wollte.

Und die beiden Äbte, die heiligen Herren Johannes und Paulus? Ach, sie würden gewißlich trachten, ihren Halbteufel so lange als möglich zu erhalten, das Werkzeug, das der Allmächtige ihnen vor die Füße geworfen hatte, auf daß der Herr Burrus ihn schirre und zwinge, Böses in Gutes zu wandeln wider seine dämonische Natur. Aber wenn am Ende die zierlichen Kirchen und Kapellen im Klostergeviert errichtet wären, wenn der Stein das Lob des Himmels sänge und der Satan käme und ihn vor ihren Augen in die Verdammnis hinunterrisse, so würden die Äbte gleichwohl ausrufen: O Herr, Dein Werk ist wohlgetan.

In der Woche verließ er den Keller kaum mehr. Oft verbrachte er auch die Nächte im Gewölbe, und da er vor Kummer und Grauen nicht in den Schlaf fand, saß er meist noch nach Mitternacht am Tisch und schrieb in seine Kladde, während von der Kirche her dumpf die Vigilien-Gesänge herüberklangen.

An die Gesichte, die ihn während seiner ersten Nacht vor der Essigpforte befallen hatten, dachte er nur selten und mit starkem Unbehagen zurück. Den Schatten der Faustin, gefangen im Äther, erblickte er noch immer, wenn er zum zugemauerten Türloch hinüberschaute, und an jedem Tag saß er wenigstens für ein paar Atemzüge bei ihr am Boden und wiegte sie in seinen Armen. Aber der Kapuzenmann mit dem umgekehrten Kruzifix und dem unkenntlichen Antlitz war ihm seither nie mehr erschienen, und wenn seine Gedanken in diese Richtung abirren wollten, lenkte er sie rasch auf einen anderen Gegenstand um.

Ich bin noch immer nicht bereit für Euch, mein dunkler Herr.

Im Morgendämmer, wenn die Konfratres den Hymnus zur Prim anstimmten, stand er meist schon wieder am Ofen und brockte Erden in Kupferpfannen oder goß Mondöl in Phiolen. Abt Burrus trat zu frommer Andacht in die Marienkapelle, und währenddessen heizte Faust den Athanor, bis die beiden Eisenkugeln am Fuß des gewaltigen Rohres knackten und glühten.

Er brachte die Materia im Ofen zum Lohen, bis sie zu funkelndem Pulver zerfiel – das war die Calcinatio. Er gab das Pulver in den Glaskolben, der seines Schnabels wegen Pelikan hieß, und erhitzte den Staub, bis ein trockener Geist daraus aufstieg – das war die Sublimatio, die Lullus mit dem Gleichnis der auffliegenden Vögel umschrieb. Er erhitzte die Substanz abermals in der Retorte, um Geist und Leib voneinander zu scheiden. Das war die Putrefactio, die Fäulnis oder Verwesung, und ihre Symbole waren der Rabe, aber auch der Erlöser am Kreuz.

Der gewonnene Stoff war ein Pulver von schwärzlicher Farbe und fettiger Beschaffenheit. Er löffelte es in die Retorte, die Horn des Hermes hieß. Ein Röhrchen führte zu einem weiteren Glasgefäß, dem Retortenkolben, und er setzte die Apparatur so gewaltig unter Hitze, daß ihm der Schweiß in die Augen rann und das Horn des Hermes sich von innen milchig beschlug. Wie Perlen auf einer Schnur, so fädelten sich die Tropfen nebeneinander auf und rollten im Glasrohr erst langsam, dann in eiernder Eile in den zweiten Kolben hinüber, und das war die Distillatio. Und obwohl ihm mittlerweile alles so gelang, wie es in der »Chrysopeia« beschrieben stand, verließ ihn niemals das Bewußtsein, daß er auf diesem Weg nicht ans Ziel gelangen konnte.

Damit der Herr Burrus ihn freigab, mußte er Truhen funkelnden Goldes beschaffen. Und aus Pulvern und Metallen könnte er nur dann einen Schatz zusammenbacken, wenn er an die Essigpforte klopfte und der Herr der Tiefe ihm seinen Odem in den Tiegel blies. Doch für seinen Beistand verlangte der Satan unerhörte Opfer – die Seele des Buhlen ohnehin, aber auch zuvor schon, zur Besiegelung des Paktes, mußte man ihm mit gotteslästerlicher Gabe huldigen.

Das nämlich verbarg sich hinter blumigen Begriffen wie Knabensand und Honiglicht in den Schriften des Morgenländers Abu Mussa Giabr. Oder hinter geheimnisvollen Namen wie Jungfrauenöl und Kindsmehl in den Werken der Prophetissa. Oder hinter mysteriösen Bezeichnungen wie Seelenfett und Heidenmilch in der Beichte des Hannes Borethius.

Neben seinem Werkeln am Athanor hatte Faust begonnen, das »Vox in Rama« zu lesen. Mit zitternder Hand hatte er das Siegel des scharlachroten Bändchens erbrochen, die ersten Sätze überflogen und im gleichen Augenblick gewünscht, er hätte es niemals getan.

An den Samstagabenden fuhr er noch immer zurück nach Knittlingen, und meist stand die Siebenschöpf schon mit dem Eselskarren unter der Eiche, wenn er zur Vesper aus der Klosterpforte trat. »Bis Montag, Väterchen!«

»Was Er nur immer mit seinem ›Väterchen‹ will? Nun heb Er sich hinweg, Scholar!«

»Ich bin ja schon fort, Väterchen Josef.« Faust schwang sich zu Lena auf den Bock, müde und doch von einem milden Fieber durchglüht. Lena küßte und umarmte ihn, und er herzte sie wohl auch mit flüchtiger Zärtlichkeit, doch sein Geist und seine Seele waren in jener Zeit selten bei ihr.

Sie zockelten die Straße entlang, und Messer sprang mit hellem Bellen neben dem Wagen her. Tarock zuckte mit den Ohren und bleckte seine großen gelben Zähne, und Lena sagte: »Wie furchtbar grau du aussiehst, mein Faust. Was machen die heiligen Herren nur immer mit dir?«

»Einen Esel machen sie aus mir. Nein, laß nur, Lenchen, ich helfe ihnen ein wenig, das ist alles.« Er sah sie von der Seite an und dachte an die rote Adele und spürte einen Stich in seiner Brust – von seinem Gewissen oder von den Schwefeldämpfen oder von beidem.

Wenn er nachher die Mutter in ihrer Dachkammer umarmte, schien es ihm jedesmal, als wären sie nur gerade für ein paar Stunden getrennt gewesen. Wie jung sie noch immer aussah. Als ob ihre Lebensuhr damals unter dem Essigscheffel stehengeblieben wäre, so daß sie für alle Zeiten sechzehn war, eine ranke Maid mit hellem Lächeln und honigblondem Haar.

»Ihr seid jünger als ich, Mutter.« Sie umhalste ihn mit kindlichem Jauchzen. Er ließ sich von ihr küssen und streicheln. Mutter, Sohn, Schwester, Geliebte, Kind.

Schließlich rief er nach Messer und rieb ihm ein Siebtel Gran Eisenhut in den Napf. Auch seine Abendsuppe würzte er, wie seit vielen Jahren an jedem zweiten oder dritten Samstag, mit ein paar Krumen vom tödlichsten Gift der Christenheit.

Und an jedem Sonnabend schien Lissas Bauch gewölbter, ihre Miene bekümmerter. »Im März soll sie niederkommen«, hatte Lena ihm erzählt. »Wenn sie einen Knaben zur Welt bringt, will sie ihn dem Gerlach in die Arme legen. Und sie glaubt wahrhaftig, mein Faust, daß der Grobian dann außerstande wäre, dem Kleinen etwas anzutun.«

Stolze, törichte Lissa, dachte Faust. Er wirft dein Knäblein gegen die Wand, daß das Köpfchen zerplatzt. Und dann ruft er nach der Trine, damit sie saubermacht. Aber statt dessen sagte er nur: »Beten wir, daß der März eine Maid bringt, Lenchen.«

An den Sonntagen ging er mit der Siebenschöpf zur Kirche und hörte sich an, wie Pater Huebele gegen die bunten Krähen predigte und wider die Verderbnis, die da drohte aus dem Stuttgarter Sündensumpf. Nachher besuchte er höchstens noch Flori Kuhrer und lachte leise über das Herzeleid seines alten Gefährten. Flori nämlich, mit wogendem Wanst und sanftem Blick wie ehedem, hatte sich in die Enkelin der Wehefrau vergafft, und die alte Agatha hatte gedroht, wenn er nicht von der Kleinen ließe, würde sie ihm die männliche Kraft wegzaubern. Und auch von Frido hatte Flori Zeitung bekommen – neben Paprikasamen und -setzlingen, roten und gelben Früchten vertrieb der Schlaks seit kurzem neuindischen Federschmuck und hatte Flori aufgeregt von einem Segelschiff berichtet, das in Bälde die spanische Küste erreichen sollte, mit Käfigen voll nackter Wilder an Bord.

Sie unterhielten sich dann meist noch ein wenig über die blau und rot, grün und gelb gefiederten Krähen, von denen etliche tatsächlich mit knarrender Stimme zu sprechen vermochten. »Allmächtiger!« hatte ein feuerfarbener Riesenvogel erst vor drei Tagen auf dem Knittlinger Kirchplatz gekrächzt. »Allmächtiger!«, wieder und wieder »Allmächtiger!«, und immer mehr Leute hatten sich unter dem Eichbaum versammelt, auf dessen abgestorbenem Querast das Federvieh gesessen hatte. »Allmächtiger!« Bis schließlich der Pater Huebele aus der Kirche hervorgestürmt war und das Weihrauchfaß gegen den Vogel geschwenkt hatte, der bald schon in einer Wolke aus heiligem Dampf vom Baum gefallen war.

Flori wußte fast immer von derlei frommen Narreteien zu erzählen. Wenn er fertig war, ließ Faust wieder sein Lachen ertönen, doch spätestens, wenn die Glocken zur Sext schlugen, wurde er unruhig. Unter Lenas kummervollem Blick schwang er sich auf den Eselskarren, rief nach Messer und fuhr hinaus zur roten Magd.

Der Sommer zerfiel, und mit ihm sank das alte Abtshaus nieder. Der Herbst verfaulte, und wo der wuchtige Bau Jahrhunderte lang in den Himmel geragt hatte, hoben die Knechte abermals eine Grube aus. Mit hölzernen Schritten stakste Meister Krahlis in dem Schlund umher, warf die Schneckenlocken über die Schultern und befahl in erdigem Fränkisch, die Wände mit Balken und Kufen zu steifen.

Unterdessen träufelte Faust Säuren ins Destillat. Silberne Dämpfe stiegen auf, und zurück blieb ein schneeweißes Pulver, so fein und leicht, daß die Stäubchen im Feuerschein über dem Tiegel tanzten. Das hieß die Coagulatio, und nun galt es, das Pulver durch Zugabe von Mond- und Löwenöl so zu festigen, daß es selbst in der stärksten Glut nicht weiter zerfiel. Dies war die Fixatio, die Lullus mit der Allegorie des Ouroboros umschrieb, des Drachen, der sein eigenes Schweifende im Maul festhielt und daher auch »Schwanzfresser« hieß. Und während draußen im Klostergeviert der erste Schnee herniederwölkte, so glitzernd und fein wie der alchimistische Staub im Stadium der Weißung, glückte Faust auch die Fixatio, die Lullus als die schwerste Etappe des Großen Werks bezeichnet hatte.

Aber das war gewiß nur ein schwarzer Scherz des Erleuchteten.

Denn nun blieb noch die höchste und heikelste Stufe zu meistern, und das war die Ceratio oder Erweichung. Bei diesem letzten Schritt mußte sich das fixierte Pulver in eine rötliche Schmiere von öliger Beschaffenheit verwandeln – *»ähnlich anzufühlen wie eine leibeswarme Wachspuppe oder die eben ausgetriebene Nachgeburt«*. Und um diese rötliche Schmiere zu erhalten, den »Schweiß der Venus«, den »Roten Löwen«, das »Blut der unbefleckten Jungfrau« und wie die gloriosen Umschreibungen noch alle lauteten – um dieses Zauberfett zu gewinnen, den Stein der Weisen, der eigentlich kein Stein und auch kein Staub, sondern eben ein blutfarbenes Öl war – hierfür mußte der Adept zu seinem fixierten Pulver wenigstens drei Skrupel jener gotteslästerlichen Substanz hinzugeben, die bei Abu Mussa Giabr »Knabensand«, bei der Prophetissa »Jungfrauenöl« hieß und bei Hannes Borethius den Würgreiz erzeugenden Namen »Seelenfett« trug.

Er war ihr Geisterpferd, und sie war die wilde Jägerin. Sie ritt ihn erbarmungslos, trieb ihn durch Schlucht und Busch, und sie beide schrien vor dunkler Lust. Sie band ihn mit dem Kruzifix ans Bett, und er griff mit der freien Hand in ihr Haar und riß ihr Antlitz zu sich herab. Er küßte sie so wild, als ob er zur Gänze in sie hineinfahren wollte, in ihren Schlund, in ihren Schoß, alles zugleich.

Im Keller zu Maulbronn hatte ihm einmal geträumt, daß die Engelspforte der Schoß einer Dämonin wäre und er bloß hineinkriechen müßte, um die höchsten Wonnen zu erfahren. Und im Traum war er auch gleich in die Nische hineingekraucht und hatte bis zu den Schultern schon in der Hölle gesteckt, als er mit einem Schrei und rasendem Herzen aufgewacht war.

Und Adele rief: »Schneller, mein Pferdchen, hüa, hüa!«

Er schloß die Augen zu Schlitzen und sah, was sie erblickte: den Tanzplatz im Wald, und dort waren zahllose Weiber versammelt, alle so gewaltig wie die rote Magd. Er war das Geisterpferd, und er schwebte rücklings dahin, wohl drei Fuß über dem Boden und von allem Tuch, aller Tugend entblößt. Wenn Adele von ihrem Pferdchen sprang, schwang sich sogleich das nächste Weib hinauf und trieb ihn immer im Kreis um den Brocken herum, der in der Mitte des Platzes aufragte, ein Pilz aus schwarzem Stein. Und obenauf thronte der Satan in seinem goldenen Sitz, und sein Eselshaupt blickte ihnen starr und mit grämlichem Ausdruck hinterher, wie sie in sausender Lust um den Brocken taumelten. Adele krallte ihre Finger in seinen fleischernen Mond und schrie: »Satanslust, für dich geb' ich alles her! Heißer kann nicht mal der Scheiterhaufen sein!«

Da riß er seine Hand aus der heiligen Fessel heraus und preßte sie ihr auf die Lippen. »Leise, Adele.«

Aus großen Augen sah sie ihn an. Angst ließ ihr kühnes Antlitz für einen Wimpernschlag fast zerfließen, dann schob sie seine Hand weg und winkte mit königlicher Gebärde ab. »Wird schon keiner gehört haben – und wenn!« Sie legte sich auf ihn, und gemeinsam drehten sie sich herum, so daß er auf ihr zu ruhen kam, schaukelnd auf ihren Schenkeln und Brüsten. »Jesus, durch deine Wunden rot«, flüsterte sie in sein Ohr, »bewahre uns vor frühem Tod.«

Behutsam bewegte er sich in ihr, während sie wieder von den Pestgeißlern zu erzählen begann, die sie mit sich davongerissen hatten, als sie eine Maid von zwölf Jahren war.

In jener Zeit, da die Pest durch Städte, Dörfer und Klöster raste und das halbe Abendland entseelte, lief Adele den sandigen Hauptweg ihres Heimatweilers entlang, der Melsin hieß und in der märkischen Heide gelegen war. Der Schwarze Tod hatte fast alle Melsiner hinweggerafft, die sich bis dahin mit Schafhüten und Wollweben kümmerlich genug durchgebracht hatten. Von ihrer Familie war nur noch die Mutter am Leben, und auch sie war an jenem Morgen mit schwarzen Flecken an Hals und Armen aufgewacht. Adele irrte im Dorf umher, rief mal nach dem Herrn Pfarrer, mal nach dem Kräuterweib, das seit Tagen und Wochen von Hütte zu Hütte zog, um durch Abbrennen von Mistel und Kamillekraut den Pesthauch auszutreiben.

Adele ging bis zum äußersten Dorfrand, wo die unendliche Heide begann, gesprenkelt mit Erika und hier und dort ein paar hingetupften Schafen. Auf ihr Rufen hatte sie nicht die leiseste Antwort erhalten, und schließlich erkannte sie, daß im ganzen Weiler außer ihnen beiden keiner mehr am Leben war. Eben wollte sie sich umwenden, zur Mutter zurückeilen, als sie weit draußen in der Heide eine dunkle Wolke erblickte, die sich mit unnatürlicher Hast auf sie zu bewegte. Nun hörte sie auch schon die dumpfen, gleichförmigen Klagegesänge, und ein eigentümlicher Hauch von Fieber und Blut wehte ihr in die Nase. Und im nächsten Moment war die Wolke heran und schlang Adele ein und riß sie mit sich fort.

Es war eine Woge aus Menschenleibern, und sie war mitten darin und mußte mit den anderen rennen, um nicht zertreten zu werden. Denn alles, was der fleischernen Wolke im Weg war, ob Huhn, Katze oder Hund, zerstampfte sie mit hundert Füßen.

Das Innerste der Wolke wurde von sechs Männern in zerfetzten schwarzen Roben gebildet, die hielten Peitschen in Händen und hieben sich mit rasender Frömmigkeit ein ums andere Mal die Knotenschnur ins eigene Fleisch. »Nun hebt auf eure Hände, daß Gott dies große Sterben wende! Nun hebet auf eure Arme, daß Gott sich euer erbarme!« So schrien sie unaufhörlich, und im Takt ihres Heulgesangs klatschten sie sich die Peitsche auf Rücken oder Brust. »Jesus, durch deine Namen drei, mach, Herre, uns von Sünden frei!« Der löchrige Stoff ihrer Roben, zerschlagenes Fleisch, frisches und geronnenes Blut bildeten eine dicke Schmierschicht auf ihren Schultern, schimmernd wie dunkles Gefieder. »Jesus, durch deine Wunden rot, behüte uns vor frühem Tod!«

So grausig dies alles Adele berührte, noch gräßlicher schienen ihr die Gestalten, die mit den Geißlern dahintaumelten, im Bann ihrer Raserei wie mitgerissene Monde, die ihren Wandelsternen auf ewig folgen müssen. Die Hölle schien ihre Tore geöffnet zu haben, um diese Kreaturen auszuspeien. Dem einen lief zäher Sabber aus dem Maul, das von der Oberlippe bis in die Nüstern hinein daumenbreit gespalten war. Ein anderer hatte nur noch ein Auge, und in der zweiten Höhle hauste ihm ein großes Spinnentier, das zwischen Lid und Tränensack ein Netz aus milchweißen Fäden gewoben hatte. Alle zogen Fratzen wie vom Dämon Besessene, ihre Leiber zuckten wie beim Veitstanz, und viele taumelten nackt oder nahezu entblößt dahin. Eine Alte hatte sich die schlaffen Brüste nach rückwärts über die Schultern geworfen, und ihr knäbischer Gefährte rupfte sich im Rennen büschelweise die Haare vom Haupt.

Ein noch recht junger Mann flößte Adele indessen das ärgste Grauen ein: Er hielt sie mit einer Hand im Nacken fest und grimassierte unaufhörlich zu ihr hinab. Sein Antlitz, ja sein ganzes Haupt wies kein einziges Härchen auf, seine Miene wechselte unablässig – von onkelhaftem Bedauern über zwinkernde Ermunterung zu vorgespiegeltem Erschrecken –, und währenddessen zwackte er sie ein ums andere Mal mit seiner Rechten ins Genick. »Sing mit, Kleine«, schrie er. »Du mußt singen gegen den Schwarzen Tod!«

Die Wolke aus Leibern, Fratzen, Peitschen, aus Schreien und Heulgesängen wirbelte durch den Weiler Melsin. »Jesus, durch deine Namen drei«, schluchzte Adele, »mach, Herre, uns von Sünden frei!«

Ein hageres Weib zu ihrer Linken, Antlitz und Arme mit Eiterbeulen bebuckelt, beugte sich zu ihr herunter und wollte ihr die Wange tätscheln. Adele wich der Klaue voller Aussatz mit krampfhaftem Rucken aus und verlor das Gleichgewicht. Sie wäre gewiß zu Boden gefallen, von Geißlern und Veitstänzern zertreten worden, hätte der Onkel sie nicht am Nacken emporgezogen, so heftig, daß sie himmelwärts gerissen wurde, starr vor Entsetzen und Schmerz. Für einige Momente engelhafter Verrückung flog sie über den Köpfen der Geißler dahin, zwischen emporsausenden Peitschenschnüren, in einer Gischt aus Geifer und Blut, und schrie mit den anderen die Heulgesänge mit: »Nun hebet auf eure Arme, daß Gott sich euer erbarme!«

In ihrer Erinnerung rasten sie just in diesem Moment an der Hütte vorbei, in der sie aufgewachsen war und wo nun ihre Mutter im Sterben lag. Dann stürzte sie wieder in die Wolke hinein, irgendwie fing der Onkel sie auf, so daß sie auf ihren Füßen aufkam, und stolpernd lief sie weiter, schon ein Teil der Wolke geworden, und jagte in einem Wirbel aus Schreien, Peitschen, Leibern in die Heide hinaus.

32

»Wann wird Er denn nun die erste Goldprobe wagen?«

»Die Alchimie ist eine schwierige Wissenschaft, Herr Johannes. Meine Kenntnisse mehren sich, aber für das Große Werk mußte selbst der herrliche Lullus ein Viertel seines Lebens aufwenden.«

»Aber Er braucht ja nur nachzubraten, was die Meister Ihm vorgekocht haben!«

»Mit Verlaub, heiliger Herr – wenn es so leicht zu machen wäre, würden längst alle Bäcker von der Pfalz bis zur märkischen Heide in ihren Öfen Goldlaibe backen.«

Mit Bedacht hatte Burrus den Stuhl einige Schritte weit von der vermauerten Tür abgerückt, ehe er darauf gesunken war. Faust im fleckigen Kittel bewegte sich emsig zwischen Tisch und Ofen hin und her.

»Gebt mir noch ein Jahr oder allenfalls zwei, Herr Johannes«, sprach er über die Schulter, »dann will ich Euch pfannenweise Gold erschaffen.«

»Noch ein Jahr, gar deren zwei?« Das Blut sackte Burrus aus den Backen. Obwohl er bereits saß, hatte er das starke Bedürfnis, Platz zu nehmen.

Seine Schatztruhen waren leer. Heute früh war Meister Krahlis zum wiederholten Mal in der Abtstube vorstellig geworden, die vorläufig im Skriptorium untergebracht worden war. Den Zimmerern und Maurern, den Steinmetzen und Knechten seien sie nun bereits zwei, drei und vier Monatslöhne schuldig, so Krahlis mit stetig wachsendem Nachdruck. Sogar Messer Pisoretti habe er vertrösten müssen. Von den ihm selbst verheißenen Talern wolle er jetzt gar nicht reden. »Gleicht den Rückstand bis Palmsonntag aus, Herr, sonst brechen die Steinmetzen nicht länger den Stein, sondern – wie sag' ich's – statt dessen mit Euch. Und Pisoretti reist auf Nimmerwiedersehen nach Venezia.«

Bis Palmsonntag waren es noch schnöde drei Wochen. Der März war gekommen, und mit ihm eine milde Frühjahrssonne, die Eis und Schnee im Nu dahinschmelzen ließ. Eigentlich war es die beste Zeit, um die Bauarbeiten voranzutreiben. Aber Philipp von der Pfalz reiste im Reich umher, im Gefolge des Kaisers und in schwindender Hoffnung, die Gunst des Habsburgers zurückzugewinnen. In seiner Not hatte Burrus unlängst angeordnet, jeden Bauer, Schmied oder Meier, der nicht pünktlich seinen Zehnten zahlte, mit der Leibesstrafe zu züchtigen – einen Peitschenhieb für jeden Tag, um den sich die schuldige Lieferung verspätete. Aber sehr viel mehr als zorniges Geraune in den Dörfern und Einödhöfen hatte auch diese Neuerung nicht eingebracht. Seine Schatullen und Truhen waren, bis auf eine klägliche Handvoll Taler, ausgeplündert und leer.

»Merk Er nun auf, wie ich entschieden habe.«

Faust wandte sich um zu ihm, an den Tisch gelehnt, in der Linken einen steinernen Mörser. Im Stollen heulten die Winde, und während Burrus sich zu sammeln suchte, hob Faust das Pistill und begann zu stoßen.

»Er wird sich ja entsinnen, daß ich Ihm einst von dem Schatz gesprochen habe, der an unbekanntem Ort unter dem Klostergeviert vergraben liegt.«

Faust hörte auf zu stoßen. Zum ersten Mal an diesem Tag schien er Burrus seine ganze Aufmerksamkeit zuzuwenden. »Und ich soll den Schatz für Euch suchen, Herr Johannes?« Burrus leckte sich die Lippen und nickte. »Und wenn ich Euch den Schatz gefunden habe, gebt Ihr mich frei?«

»Aber wo denkt Er nur wieder hin, Faust.« Burrus blinzelte und schnaufte. »Ihn freizugeben hieße ja, sehenden Auges zu dulden, wie Er vom Pfad der Seligkeit wieder abkommt und in Luzifers Labyrinthen verdirbt.« Er stemmte die Füße fester auf den Boden und rappelte sich auf. Einen Augenblick stand er schwankend, und es schien ungewiß, ob er auf den Stuhl zurücksinken oder von der Masse seines Leibes vornüber umgerissen würde. Doch weder das eine noch das andere geschah.

»Überdies benötigen wir für unser frommes Werk sehr viel mehr Gold, als der Schatz allenfalls hergeben mag.« Johannes Burrus tastete nach seinem Kruzifix. »Er wird mir also den Schatz finden und gleichwohl Seine Pfannen füllen mit alchymischem Gold. Und nun folg Er mir ins Gewölbe unter dem östlichen Klausurflügel. Dort wollen wir die Suche beginnen.«

Er stand inmitten des gewaltig großen Kellerraums, die Augen geschlossen, den linken Arm seitwärts weggestreckt. Er konzentrierte sich auf die Wand zu seiner Linken, und nachdem er ein paar Augenblicke so verharrt hatte, begann sich das Dunkel mit einem feinen Muster zu durchziehen.

Er erblickte eine schwarze Masse, und das war das Gemäuer. Dazwischen verliefen feine und breitere Linien von hellem oder mittlerem Grau, und das waren die Spalten zwischen den Steinen, die teils mit Mörtel gefüllt, teils durch die Jahre ausgehöhlt worden waren.

Ohne recht zu beachten, was er da machte, warf er seine Jacke ab und sein Hemd. Das Bild wurde klarer. Wie ein Schachbrett, mit zittriger Hand gezeichnet, die Felder von ungleicher Größe und die Farben wild durcheinandergewürfelt, so zeigte sich die Wand nun seinem inneren Auge. Schwarze Felder, das waren die ältesten oder massivsten Steinquader. Hellere Parzellen, das waren später eingefügte Steine, solche aus poröserem Stein oder einfach Hohlräume. Auch die Linien zwischen den Steinen hoben sich nun schärfer voneinander ab. An einer Stelle war der Mörtel heller und besser erhalten als irgendwo sonst in der Wand, und Faust ging hin, um mit der Hand darüber zu tasten.

»Hat Er etwas erspürt? So rede Er doch!«

»Ja, Herr, aber keinen Schatz.« Faust befühlte den Mörtel, die Unebenheiten im Gemäuer, ohne die Augen zu öffnen. »Laßt diesen Stein entfernen und die beiden linkerhand, und im Hohlraum dahinter werdet Ihr eine Schriftrolle finden.«

Er wandte sich zu Burrus um und sah das Erschrecken in den Augen des Abtes. »Ist ihm unwohl?« fragte der Herr Johannes und tastete nach seinem Kruzifix.

»Es geht schon.« Aber Faust mußte sich für einen Moment an der Wand abstützen. Der Schweiß rann ihm über Rücken und Brust. Seine Wangen fühlten sich fiebrig heiß an, und zugleich verspürte er wieder jenes inwendige Zittern, vor Kälte oder Angst.

Er ging zu seinem Hemd, nahm es vom Boden auf und wischte sich die Nässe von der Stirn. Als er sich umwandte, markierte Burrus eben mit roter Kreide die Mauersteine, hinter denen Faust die Schriftrolle erblickt hatte: ein faltiges Rohr, durchscheinend wie Greisenhaut.

»Weiter«, drängte der Abt. »Konzentrier Er sich. Was schaut Er noch?«

Eine Wand nach der anderen suchte er auf diese Weise im Gewölbe unter dem östlichen Klausurflügel ab. Zur Terz schaute er einen Spatel, den ein Maurer vor Jahrhunderten in der Höhlung eines Steins vergessen hatte, und kurz darauf die Knochen von Krähen und Ratten in einem stillgelegten Kaminschacht. Zur Non erspürte er im Boden einen rücklings aufgebetteten Leichnam, die Skeletthände über der Brust gefaltet. Doch den Goldschatz des Abtes Adalbert von Diffengrund fand er nicht.

»Ihr ahnt nicht, Herr Johannes, wie kraftzehrend dies Schauen ist.« Die Hände und Knie zitterten ihm so arg, daß er für diesen Tag aufgeben mußte.

Burrus sah ihn an, die Laterne in der emporgereckten Hand, und seine Rechte tastete abermals nach dem Kruzifix. Der Leib des Burschen war triefend naß, als ob er eben aus dem Zuber gestiegen wäre. Die Haare klebten ihm am Schädel. Hemd und Jacke hatte er über die Schulter geworfen, und obwohl seine Wangen fiebrig rot waren, schien er vor Kälte zu zittern.

In seinen Augen zuckten die blauen Flämmchen. Burrus schaute sie an und erschauerte unter Gesichten, die nur der Dämon in Fausts Busen ihm senden konnte. Wie lieblich das Antlitz des Burschen ihm mit einem Mal schien, wie reizend sein Lächeln, wie köstlich geformt seine Nase. Burrus verspürte den heftigen Drang, die Spitze dieser Nase zu küssen, ja sie mit seinen Lippen kosend und saugend zu umfassen, und nur indem er die Laterne senkte und statt dessen mit gebieterischem Blinzeln das Kruzifix emporriß, gelang es ihm, den Bann zu brechen. »Halt Er sich bereit«, gebot er atemlos, »am Montag nach der Prim das nächste Gewölbe zu durchforschen.«

Es war die Zeit, da mit der Frühlingssonne auch die bunten Krähen zurückkehrten, und niemand wußte, wo sie während des Winters abgeblieben waren. Hier und dort hatten Jäger oder Wandergesellen einen grell gefiederten Kadaver im Schnee bemerkt, doch die meisten Fiebervögel hatten wohl einen Unterschlupf gefunden, wo sie in Wärme und Wohlbehagen überwintern konnten. Und wo sollte sich dieser Unterschlupf sonst befinden, wie Pater Huebele zu Aschermittwoch eifernd forschte, wenn nicht in den notorisch wohlbefeuerten Gemächern der Hölle?

Faust jedoch hatte mit dem allegorischen Feder- und Schuppenvieh der Alchimisten übergenug zu ringen und zu rupfen, und so hatte er sich um das Geschwätz von den Narren- oder Teufelsvögeln bislang kaum geschert. Doch an jenem Sonntag Ende März, als er unter dem Mittagsläuten mit dem Eselskarren wieder nach Kufling zockelte, flog ein neuindischer Fiebervogel von einem Baum am Wegesrand herab und landete zu seiner Linken auf dem Kutschbock.

»Weistu, willstu«, knarrte das Vieh, das in den Farben des roten Grobians gemustert war.

Faust sah erstaunt auf den Vogel hinab. Mit schräg gelegtem Kopf hockte der neben ihm auf dem Bock und ließ den Hals vor- und zurückrucken. Faust wollte sein Lachen ertönen lassen, und es wurde ein Krächzen. Sein alter Angsttraum wurde wach in ihm, der Falke auf seiner Brust, der ihm den Schnabel zwischen die Lippen drängte. Vögel waren ihm niemals so recht geheuer gewesen. Und dieser hier sah trotz seines kindisch bunten Gefieders nicht eben traulich aus.

Tarock war stehen geblieben, seine Ohren zuckten. Der Hund Messer saß neben ihm im Staub und fiepte zu Faust hinauf.

»Weistu, willstu«, knarrte der Vogel. Als Faust ihn weiterhin nur schweigend ansah, machte das Vieh einen unbeholfenen Satz und landete schwer auf seiner Schulter. »Weistu, willstu. Weistu, willstu.« Der Vogel reckte den Hals zur Seite und verdrehte den Kopf nach oben, so daß sein klobiger Schnabel fast gegen Fausts Lippen stieß.

Faust wollte die Hand heben, das Fiebervieh von sich stoßen, aber er saß da wie eine Puppe mit zerrissenen Fäden. Der Schnabel stieß gegen seinen Mund. »Weistu, willstu. Weistu, willstu.«

»Ja und ja!« schrie er schließlich. »Ich weiß, ich will – und jetzt verschwinde und laß mich!«

Da breitete der Vogel seine Flügel aus und erhob sich mit unbeholfenem Taumeln in die Luft. Faust aber hatte die Sache im nächsten Moment vergessen – da vorn war der Waldsaum, wo er Messer und Tarock mit der Karre lassen würde, und dort hinter dem Bauernhaus stand die Hütte auf dem Hügel, und darin harrte seiner die rote Magd.

Vielleicht wäre die Adele für alle Zeit mit den Geißlern und Veitstänzern mitgetaumelt, wäre die Wolke aus Leibern, Schreien, Peitschen nicht irgendwann, nach Stunden oder Tagen, in eine Wagenburg fahrender Schausteller gerannt.

Das Ergebnis war ein tolles Tohuwabohu. Schlangenmenschen wanden sich am Boden, die Geißler heulten und peitschten. Feuerschlucker spien Flammen gegen das Weib mit den übergeworfenen Brüsten. Zwerge schlugen Räder zwischen dem Schartenmaul und dem Einäugigen, dem das Spinnentier wild übers Antlitz spiralte.

Über all dem Wirrwarr wankten Seiltänzerinnen von Wipfel zu Wipfel, und der nackthäuptige Onkel riß am Seil und fing eine der geernteten Maiden in seinen Armen auf.

Ein Hüne mit Löwenhaar aber, unbeeindruckt von Schreien und Schlägen, Feuer und Bußgesängen, teilte die Wogen wie einst Moses das heulende Meer. Mit der Rechten packte er Adele beim Arm, seine Linke hielt den Griff eines gewaltigen Krummdolchs umfaßt. Bei den Schaustellern hieß er nur der König, und er trug Adele aus dem Tohuwabohu heraus.

Er brachte sie in seinen Wagen, bettete sie auf einen Seidenpfühl und ließ sie essen und trinken. Anfangs glaubte sie wahrhaftig, er meinte es gut mit ihr. Er war ein Messerwerfer, und mit ihm reiste sein Söhnchen, das war zwei Jahre jünger als sie und hieß nur der Prinz. Bisher hatte der König seine Messer nach dem Prinzen geworfen, fortan sollte die rote Maid vor der silberfarbenen Bretterwand stehen, wenn er seine Dolche schleuderte.

Adele zitterte bis ins Herz hinein, als sie von diesem Plan hörte. Doch dann sah sie den Prinzen genauer an und fand, daß er nirgendwo zerstochen und zerschnitten schien. Sie fragte ihn danach, und der Prinz lachte. »Mein Vater trifft ein einzelnes Haar auf dreißig Schritte, ohne hinzusehen.« Das beruhigte sie ein wenig, und nach der Raserei mit den Geißlern fiel sie bald schon in tiefen Schlaf.

Sie erwachte, weil sich der Wagen des Königs in rumpelnder Bewegung befand. Neben ihr lag der Prinz und schlief. Der König aber saß mit gespreizten Schenkeln auf seinem Sessel von thronähnlicher Troddelpracht, und als er bemerkte, daß ihre Augen geöffnet waren, befahl er ihr mit einer herrischen Gebärde, sich vor ihn hinzuknien.

In den Jahren, die nun folgten, verging kein einziger Tag, an dem Adele nicht vor dem Königsthron kniete. Und wenn sie nicht knien mußte, bekam sie eine Kette um den Hals geschlungen und durfte draußen vor dem Wagen auf- und abklirren wie ein Hund. Und wenn sie weder kniete noch angekettet war, stand sie im roten Kostüm vor der silbrig schimmernden Holzwand, die Beine eng beisammen, die Arme waagerecht weggespreizt. Ihre Hand- und Fußknöchel waren mit Lederschnüren festgebunden, damit sie nicht durch unbeherrschtes Zucken in eine Wurfbahn geriet. Und der König warf seine Messer nach ihr, umzäunte sie mit Dolchen, so knapp neben ihrem Knie, ihrer Hand, ihrer Wange, daß sie den Luftzug von der herbeisausenden Waffe spürte. Und das Publikum schrie Ah und Oh, und mit der Zeit lernte Adele, daß es ihr am besten erging, wenn der König sie gerade mit Messern bewarf. Danach kam das Angekettetsein, und am ärgsten war es, vor dem Thron zu knien.

Seine linke Hand hielt immer den Dolchgriff an seinem Gürtel umfaßt, derweil sie zwischen seinen Schenkeln kniete. Manchmal schlief der Prinz, manchmal stellte er sich schlafend und sah ihnen hinter prinzlichen Seidenwimpern zu. Adele stellte sich vor, daß es eine Rübe oder eine Honigstange wäre, Rettich oder Konfekt. Eine Weile gelang es ihr auch meist, sich auf diese Weise einzulullen, aber am Ende hatte sie doch immer nur einen sterbenden Vogel im Mund, dessen Todesgeifer auf ihre Zunge spritzte. Und dann genas der Vogel, hob ruckend den Kopf, und alles begann aufs neue.

Während sie an der Kette vor dem Wagen hockte oder mit den Riemen angebunden vor der Messerwand stand, malte sie sich aus, wie sie durch einen Zauber aus der Gewalt des Königs freikommen würde. Eine hilfreiche Hexe würde ihr eines Tages ein Kettchen von harmlosem Aussehen zustecken, und die Schmuckzacken daran wären Zähne. Dieses Kettchen würde sie nachts um den Vogel des Königs legen, mit einem Faden verbunden, um es im rechten Moment blitzartig zuzuziehen. Der König würde sich vornüber krümmen, zunächst nichts begreifend, obwohl der Vogel da bereits in einem Schwall aus Blut und Geifer zwischen seinen Mantelschößen hervorgeflogen käme.

»Na, auf die Hex hab' ich umsonst gewartet«, so beschloß Adele meist diese wundersame Geschichte, die Faust sich immer wieder aufs neue von ihr erzählen ließ. »Aber mit den Jahren bin ich selbst ein wenig zu einer Hexe geworden, oder jedenfalls zu dem wilden Weib, das du hier vor dir siehst. Und eines Nachts, als der König auf dem Pfühl eingeschlafen ist, ohne mich vorher anzuketten, da habe ich das dickste Kissen auf sein Antlitz gelegt und mich oben drauf gehockt und so schwer gemacht, wie ich nur konnte.«

Der König stöhnte und zuckte unter ihrem fleischernen Mond, aber wie um sich auf diese Nacht vorzubereiten, hatte Adele in den

Jahren beim Messerwerfer gewaltig an Größe und Gewicht zugelegt. Vergeblich versuchte er sich freizuzappeln, bald schon wurden seine Bewegungen matter, und lange vor dem Morgendämmer hatte der König seinen letzten Schnaufer getan.

Der Prinz hatte alles mitangesehen, und Adele umfing mit der Linken seinen kleinen Vogel und wiegte in der Rechten den Königsdolch. »Kein Hauch, Prinz, oder dein Vöglein fliegt.«

Noch am selben Morgen begruben sie den König, und am Vormittag band Adele den Prinzen vor die Bretter und begann mit den Messern zu üben.

Das nächste Dorf, auf dessen Anger sie ihr Schaustellerzelt aufspannten, war der Weiler Kufling. Dort warf sie mit den Messern des Königs nach dem kleinen Prinzen, und fünf Würfe glückten, der sechste Dolch aber nagelte seine weggestreckte Hand gegen die Silberwand. Der Prinz stieß jämmerliche Schreie aus und bezichtigte sie unter Rotz und Geheul vor aller Augen, den König ermordet zu haben. »Sie hat sich auf sein Antlitz gehockt und ist immer auf ihm auf- und abgesprungen, das Teufelsweib!«

Adele entwich aus der Manege, und als sie draußen am Besselbach herumirrte, sprang der Kuflinger Bauer Hadelitz hinter einer Weide hervor. »Du gehst mir nicht mehr aus dem Sinn, rote Magd, seit ich dich gestern gesehen hab', wie du deinen Wagen ins Dorf gelenkt hast.« Er packte sie bei den Händen. »Komm mit mir, Adele, auf meinem Hof soll's dir wohl ergehen.«

Drinnen im Zelt schrie der Prinz noch immer, daß sie den König umgebracht hätte, und so gab es für sie kein langes Besinnen – Adele küßte den Bauern, daß ihm tausend rote Teufelchen vor den Augen tanzten, und ließ sich von ihm nach Hause führen.

33

Die ganze Woche lang trieb ihn der Herr Johannes durch die Keller des Klostergevierts, doch der Schatz des Abtes Adalbert blieb verborgen. Am Montag und Dienstag erforschte Faust die Gewölbe unter der Frateria und dem Kapitelsaal im östlichen Klausurflügel, am

Mittwoch und Donnerstag wandelte er durch die Katakomben unter dem Schlafsaal und dem Speiseraum der Laienbrüder im westlichen Trakt. Er spürte rostige Messer und Münzen, Spatel und Stößel auf, die aus nie mehr zu erhellenden Gründen vor Jahrhunderten in Wänden und Fundamenten eingemauert worden waren. Auch Gebeine von Menschen und Tieren schaute er in erklecklicher Zahl, und am Donnerstag entdeckte er im Gemäuer unter dem Laienrefektorium einen metallenen Einschluß, von dem ein starker Glanz ausging.

»Diesen Stein nehmt hinweg, Herr«, sagte er und befühlte einen Quader, ohne die Augen zu öffnen. »Und den daneben auch, dahinter sitzt Euer Schatz.«

Doch was die eilends herbeigeholten stummen Knechte aus der aufgebrochenen Mauer wuchteten, erwies sich als kindsschädelgroßer Brocken reiner Bronze, gut zum Gießen von Glocken, aber zum Auffüllen geplünderter Schatztruhen unbrauchbar.

Mit untrüglicher Sicherheit vermochte Faust Metalle aller Art aufzuspüren, ebenso wie Gebeine jeglicher Abkunft. Doch zwischen Eisen und Bronze konnte sein Seherauge offenbar so wenig wie zwischen Mauskadavern und menschlichen Leichnamen unterscheiden, und für andere Stoffe schien es sogar blind zu sein. Um seine Gabe zu erproben, hatte Burrus einige Blätter Papier in einer Mauerritze versteckt und seine vorletzten Goldtaler hinter einem losen Stein verborgen. Die Münzen erspürte Faust unverzüglich, an den Papieren aber wandelte er achtlos vorbei. Und die angebliche Schriftrolle, die er bei seiner ersten Probe geschaut hatte, erwies sich als Armstück einer stark durchrosteten Rüstung, übersät mit Anrufungen der Mater Maria, die allem Anschein nach ein sterbender Kreuzritter mit dem Dolch in seine Brünne geritzt hatte.

Abt Burrus verstand diesen Fund als göttlichen Fingerzeig. Durch die kunstvollen Modelle aus Märtyrergebeinen hatte der Allmächtige ihm einst die Weisung gesandt, geistliche Häuser von knochenfeiner Anmut zu errichten. Mit dem fiebrig beschrifteten Bruchstück aus der Kreuzritterrüstung gab der Herr im Himmel ihm nun zu verstehen, daß er noch immer auf dem richtigen Weg war.

Am Freitag führte er seinen Halbteufel durch die Krypta unter der Klosterkirche, und beide waren erleichtert, als diese Schreckensstunden hinter ihnen lagen. In der Krypta waren vier Dutzend Äbte und fast ebenso viele Stifter begraben, außerdem etliche Bischöfe. Mit geschlossenen Augen, die linke Hand mit gespreizten Fingern bald auf eine Wand, bald auf den Boden gerichtet, stand Faust inmitten des steinernen Gottesackers und wagte kaum einen Schritt zu tun. Unter einer fingerdünnen Steinschicht lagen die Leichname so eng nebeneinander, als ob sie sich im Tod fröstelnd zusammendrängten. Die Gebeine sah er als dunkelgraue Schatten, eingebettet in eine poröse Masse von glimmendem Gelb und Grün. Doch auch in der Krypta blieb der Goldschatz des Abtes Adalbert verborgen.

Nach dem fünften Tag hatte Faust jeden Winkel seherisch durchforscht, mit Ausnahme des einstigen Weinkellers, unter dessen gewölbter Decke er in dieser Woche nur selten dazu kam, die Formeln des Lullus und der Maria Prophetissa nachzukochen. Wenn er von der Prim bis zur Non unter der Erde gewandelt war, die Augen geschlossen, den linken Arm wie eine fleischerne Wünschelrute ausgestreckt, so konnte er in den restlichen Tagstunden nur noch wie untot umherschleichen. Sein Geist war dann wie ausgeglüht, seine Seele von Nebeln umwallt. Noch Stunden danach rann ihm der Schweiß über Brust und Rücken, und seine Wangen fühlten sich fiebrig heiß an, indes er inwendig zitterte.

Am Samstagfrüh trat der Herr Johannes in den Laborkeller und sprach: »Der Klosterschatz muß hier, in diesem Loch, verborgen sein. Erheb Er sich also und forsche nach.«

Faust rappelte sich von seinem Lager auf, der Kopf dröhnte ihm vor Müdigkeit. In der Nacht hatte er Stunde um Stunde wach gelegen, zu erschöpft, um in seiner Kladde zu krakeln, zu matt sogar, um den Schatten der Faustin in seinen Armen zu wiegen. Erst weit nach den Vigilien war er in bleiernen Schlaf gefallen, und nun fühlte er sich noch zerschlagener als zuvor.

Im schweißklammen Schlafhemd, die Haare verworren, so stand er vor dem Herrn Johannes. Er hatte so sehr gehofft, daß ihm diese Prüfung erspart bliebe, und im Antlitz des Abtes entzifferte er die gleiche Angst, die auch in seinem Herzen hauste. Es war das erste Mal überhaupt, daß die beiden, der heilige Mann und seine Kreatur, annähernd das gleiche fühlten. Und doch war es kein Moment menschlicher Nähe, wie sie aus einem Gleichklang der Seelen hervorgeht. Denn wenn ein Mönch und ein Halbteufel das gleiche fühlten, so konnte es trotzdem nie das gleiche sein.

Noch einmal mühte sich Faust mit allen Kräften. Er begann bei dem Wandstück, das von der Essignische am weitesten entfernt war. Wenn er den Schatz in der Stirnwand oder allenfalls in der nördlichen Außenmauer aufspürte, bliebe ihm immer noch das Allerärgste erspart. Doch die Stunden verrannen, und er fand nicht einmal einen Nagel oder Löffel.

Auch ohne die Lider zu heben, wußte er, daß der Herr Johannes noch immer drüben bei der Tür stand, zur Flucht bereit, und sich unaufhörlich bekreuzigte. Die Mönche sangen zur Terz und beteten zur Sext. Der Wind heulte im Tunnel hinter dem Eisengitter, und Burrus trat schnaufend von einem geschwollenen Fuß auf den anderen. So langsam wie irgend möglich näherte sich Faust dem Winkel voll vergilbter Engel und geklumpter Dunkelheit. Wenn er die Goldbrocken des Abtes von Diffengrund im Boden neben dem Athanor schaute oder in der Mauer hinter seinem Arbeitstisch aufspürte, bliebe er vor dem Gräßlichsten immer noch verschont. Doch in keiner Wand, hinter keiner Säule, unter keiner Bodenplatte strahlte der Klosterschatz vor seinen geschlossenen Augen auf.

Als er sich schließlich der Essignische näherte, begann Burrus murmelnd zu beten. Das Herz hämmerte Faust bis hinauf in die Schläfen. Seine Augen waren noch immer fest geschlossen. Klarer als jemals vorher begriff er in diesem Moment, daß sein Talent, in die Tiefe jenseits der bunten Oberfläche zu blicken, nicht allein Gabe oder gar Glück, sondern mehr noch Fluch und Verhängnis war. Er trat vor die Höllennische, und das inwendige Zittern wurde zum Schlottern. Unendlich langsam hob er seinen linken Arm und reckte die Hand mit gespreizten Fingern hinab zur Essigpforte.

Zuerst schaute er nur schwarze Mauersteine in unregelmäßiger Folge, durchzogen von einem Muster heller und dunklerer Linien. Zugleich vernahm er ein Wimmern und Winseln wie aus großer Ferne, das allmählich anschwoll, zum Heulen und Jammern wurde. Und dann plötzlich, binnen eines einzigen Herzschlags, wurde das Heulen zum seelenzerreißenden Kreischen, und die Mauersteine wurden durchscheinend wie herabrinnendes Wasser, und dahinter schaute er einen lotrechten Schlund. Im Geiste beugte sich Faust vor, um in den Abgrund hinabzuspähen, und da brach ihm ein goldener Schein von solchem Glanz entgegen, daß er mit einem Stöhnen zurückfuhr und beide Hände vor seine Augen riß.

Das Bild zerfiel im Nu. Faust ließ die Hände sinken und fand sich, am Boden hockend, unter dem Eisengitter des Lufttunnels, ein halbes Dutzend Schritte von der Essignische entfernt.

»Was hat Er gesehen, so rede Er schon! Er hat aufgeschrien und ist nach rückwärts getaumelt, fast so, als ob Ihm ein Hund an die Gurgel wollte!«

»Ein Hund, Herr Johannes?« Faust ließ sein Lachen ertönen. »Das trifft den Kern nicht ganz. Aber was verschlägt's, heiliger Mann – sowenig, wie in dieser Mauer Hunde hausen, sowenig birgt sie Euren Schatz.« Er rappelte sich auf, zerrte sich das triefendnasse Hemd über den Kopf und wankte nackt zu seiner Lagerstatt. Seine Wangen glühten, der Schweiß troff ihm aus den Haaren. Und zugleich war sein Innerstes zu Eis erstarrt.

Während sich Johannes Burrus abermals bekreuzigte und hinauf ins Skriptorium floh, kroch Faust unter seine Decke und zog die Beine an den Leib. Doch wie krampfhaft er seine Zähne auch aufeinanderbiß, nach kürzester Zeit begannen sie immer wieder zu klappern.

Euer Gold, Herr Johannes, liegt dort unten am Grund der Hölle. Wenn Ihr so sehr danach lechzt, warum kriecht Ihr nicht selbst in den Schlund hinab, es Euch zu holen?

Es war aber die Zeit, da Kaiser Maximilian den Infanten Ulrich zum Herzog von Württemberg kürte. Der junge Regent war vierzehn Jahre alt, ein Bursche von kräftiger Statur, breitschultrig, mit rotblonder Löwenmähne und fülligem Leib. Schwäbische Schwanenpasteten mundeten ihm so vorzüglich wie venezianische Sahnepralinen, doch den »zwölf Regenten«, einem in langwierigen Verhandlungen erwählten Zirkel von Ständen und Prälaten, schwante schon damals, daß es Herzog Ulrich in Bälde nach schärferer Speise gelüsten würde.

Vorläufig sollten die Regenten im Namen Ihrer unmündigen Herrlichkeit die Geschicke des Landes leiten. Aber in Städten und Klöstern, auf Burgen und Meierhöfen überall im Lande wurde bald schon gemunkelt, der junge Ulrich werde bei erster Gelegenheit gegen den pfälzischen Philipp zu Felde ziehen. Ins Antlitz der kaiserlichen Gnaden habe der Jüngling bei seiner Inthronisierung verkündet: »Wenn ich erst das Herzogsschwert schwingen darf, Majestät, wird der Philipp Euch Maulbronn nimmer entreißen, und für mein köstliches Württemberg hol' ich das Vaihinger Land mit Klingen und Büchsen zurück.«

»Nanu, Messer, du kommst allein?« Der Hund fiepte ein trübseliges Ja. »Wo hast du denn die Lena gelassen?«

Mit eingezogenem Schweif schlich Messer um seinen Herrn herum, fiepend und winselnd, bis Faust sich hinkauerte und ihm die Flanke klopfte. »Ist ja gut, Messer, ist alles gut.«

Doch das Winseln des Hundes steigerte seine eigene Unruhe nur noch mehr. Den ganzen Tag hatte er auf seinem Strohbett im Keller gelegen, zu zerschlagen, um die alchymische Hochzeit voranzutreiben, und zuinnerst viel zu bang und aufgewühlt, um in den Schlaf zurückzufinden.

Er klomm auf den Kutschbock, rief »Holla, Tarock!«, und der Esel zockelte nicht zögernd los wie sonst, sondern verfiel in Trab, noch ehe sie vom staubigen Klosterweg auf die Landstraße aufgefahren waren. »Na, was ist denn in Tarock gefahren, Messer?«

Der Hund sprang neben der Karre her. Die dunklen Murmelaugen funkelten in seinem milchweißen Antlitz, und im Rennen bellte er so wild zu Faust hinauf, daß er fast über seine eigenen Füße stolperte.

»So arg ist es? Dann laß uns sausen wie der Sturm.« Faust nahm die Peitsche und ließ sie über dem Esel knallen, dabei stürmte Tarock schon wie ein Kurierpferd voran. Der ganze Karren ächzte und bebte, und hinten sprangen die Holzpuppen auf der Bühne umher, daß es wie der Totentanz der Knochenmänner klang. Aber warum sie sich so sputen mußten, was ihn selbst, Messer und Tarock so sehr beunruhigte, verstand er noch immer nicht.

Mit all seiner Seelenkraft dachte er an die Mutter, beschwor ihr

Bild vor seinem inneren Auge herauf. Sie saß am Tisch, den Flori ihr gezimmert hatte, über ein Engelbild gebeugt. Frau Faustin, dachte er beschwörend, Mutter, bitte schaut mich an.

Und da hob sie den Kopf und sah mit fragendem Lächeln zur Fensterluke hin, und Faust erkannte, daß es ihr wohl erging.

Lächelnd senkte sie den Kopf und malte weiter.

Der Geifer flog Tarock von den Lefzen, so wild galoppierte er über die abendliche Straße. Längst lag das Tannenholz hinter ihnen, und dort vorn in der Senke schimmerten schon die Knittlinger Dächer in der Abendsonne. Mit wehenden Ohren rannte Messer neben der Karre her, und noch immer bellte er zu seinem Herrn hinauf.

»Ist gut, Messer, ich hab' ja begriffen, was du mir sagen willst.« Er hatte all seine Aufmerksamkeit Lena zugewendet und sie gleich schon aufgespürt. Sie kauerte im Stall, auf einem Heuballen in Tarocks Abteil, und neben ihr lag Lissa rücklings im Stroh. Ihre Augen waren weit aufgerissen, und Lissa warf den Kopf hin und her und stieß hastige, atemlose Schreie aus. Zu ihrer anderen Seite kniete Tonia Siebenschöpf und hielt ihr die Hand. Hinter der Holzwand scharrte die Schimmelstute des Herrn Gerlach im Stroh. Die Sauen in ihrem Koben grunzten und schrien. Niemals hatte er die Mutter Siebenschöpf so verzagt gesehen wie in dieser Stunde, da ihre Tochter selbst zur Mutter wurde.

»Schneller, Tarock!« Aber schneller ging es ohnehin nicht, die Räder ratterten, die Bretter ächzten schon zum Erbarmen. Und ob sie nun nach Knittlingen rasten oder schlichen, ob er am Abend oder bei Nacht einträfe, das Schicksal von Lissas Kindlein lag ohnehin nicht in seiner Hand. War es eine Maid, so durfte es immerhin im Gomorrha der Küferei aufwachsen. War es aber ein Knabe, so mußte Lissa ihn weggeben oder sich dem Urteil des schwarzen Sjö unterwerfen.

Bitte, Sjö, laß es ein Mägdelein sein.

Als sie die Küferei erreichten, war Tarocks Fell naß vor Schweiß, und dem Hund hing die Zunge bis zum Boden. Faust führte den Esel vor den Stall, und in Tarocks Abteil lag noch immer Lissa im Stroh. Doch nun war eine Decke über ihren Leib gebreitet, und in ihrem Arm ruhte das Kindlein.

Es saugte an ihrer Brust und schmatzte vor Eifer. Aus winzigen Schlitzen blitzte helles Augenblau hervor, und Fäustchen so klein wie Pflaumenkerne fuchtelten in der Luft umher.

»Verzeih, mein Faust, daß ich heut' nicht gekommen bin.« Lena umarmte ihn, das Winterblau ihrer Augen schimmerte vor Tränen. »Aber du siehst es ja selbst.« Sie deutete auf das Kindlein.

Auch Tonia Siebenschöpf wirkte tief bekümmert. Sie kauerte neben der jungen Mutter im Stroh, und als Faust sich neben sie kniete, drückte sie ihm die Hand und sah ihn beschwörend an.

Lissa aber wiegte ihr Kind in den Armen. Mit einem Lächeln heitersten Glücks sah sie zu Faust auf, indes ihr Mund ein Wiegenlied summte. »Er soll Georg heißen«, sagte sie, »so wie du, Faust – und wie sein Vater.« Sie nahm das Knäblein auf und hielt es ihm entgegen. »Willst du dem Jorgele keinen Kuß geben, Faust?«

Behutsam nahm er ihr das winzige Wesen ab. Das schwarz beflaumte Köpfchen lag in der Schale seiner Hand wie in einem Helm. Arme und Beine, nackt und froschhaft gekrümmt, zuckten wie im Traum. Als Faust ihn sacht an seine Brust drückte, seufzte der Kleine auf.

Er hauchte dem Jorgele einen Kuß auf die gefurchte Stirn. »Aber der Gerlach darf ihn nicht zu sehen bekommen, das weißt du doch, Lissa?«

»Ich weiß«, sagte Lissa und strahlte noch immer. »Zumindest fürs erste ist es besser, wenn wir ihn von seinem Sohn fernhalten. Und deshalb ist es auch gut, daß er gestern mit der Postkutsche nach Heidelberg gereist ist. Wenn er in ein paar Tagen zurückkommt, wird er hier kein Kindlein mehr vorfinden und auch gewiß keines vermissen. Er wird nicht einmal fragen, was mit dem Balg in meinem Bauch geschehen ist. Aber wenn der kleine Georg erst zwei oder drei Jahre alt ist und wenn der Gerlach ihn dann zu sehen bekommt, dann wird er vor Stolz auf sein Söhnchen beinahe platzen.«

Oder vor Wut, dachte Faust, doch er sah nur stumm auf das kleine Antlitz hinab. Die Augenschlitze hatten sich gänzlich geschlossen, das Jorgele schien in seinem Arm vertrauensvoll eingeschlummert zu sein.

»Auch die alte Agatha haben wir mit Bedacht nicht gerufen«, meldete sich Tonia Siebenschöpf zu Wort, »denn weder der Gerlach noch der Götze im Tannenholz sollen über unser Kindlein richten dürfen.« Sie sah Faust an, und der tiefe Ernst ihrer Miene entfachte aufs neue seine Bangigkeit. »Du sollst deine Hand über ihn halten, Kleiner«, fuhr sie fort, »dich fürchtet der Gerlach, und so wie die heiligen Herren dich beschützt haben, so beschirme nun du Lissas Knäblein.«

»Mich fürchtet er?« wiederholte Faust. Vor Erstaunen hatte er so laut gesprochen, daß das Kindlein mit einem Zucken aus dem Schlaf fuhr. Aus winzigen Augenschlitzen blinzelte es zu Faust empor, dann begann es kläglich zu weinen.

Faust reichte das Bündel zur Mutter zurück. »Wenn der Grobian irgendwen fürchtet«, fuhr er leiser fort, »dann allenfalls den Herrn Burrus. Aber wie stellt ihr euch das denn vor? Glaubt ihr etwa, ich könnte am Montag mit einem Wickelkind im Arm an die Klosterpforte pochen?«

Tonia Siebenschöpf legte ihm ihre rauhen Hände auf die Wangen und drehte sein Antlitz so, daß er sie ansehen mußte. »Ja, Kleiner, das glauben wir«, sagte sie einfach. »Und wir bitten dich um der Barmherzigkeit willen, nimm das Jorgele mit zu den heiligen Herren und leg sein Leben und Glück in die Hände des liebenden Himmelsvaters. Denn nur du kannst ihn retten, und wenn du ihm nicht beistehst, wird er unweigerlich verrecken.«

Die Sauen kreischten im Koben. Draußen auf dem Hof rief Tarock, weil man ihn heute gar nicht in sein Abteil zu führen schien. Faust sah von Tonia zu Lissa, die so strahlend zu ihm aufblickte, als ob er der wiedergekehrte Erlöser wäre, und weiter zu Lena, die ruhig seinen Blick erwiderte. Auch für sie schien es gewiß, daß er imstande war, das Knäblein zu retten, und seine Hilfe nicht versagen würde.

Aber der Himmelsvater, mein Lenchen, liebt uns nicht. Und der Herr Johannes geleitet nur jene Knaben, die einen Dämon in sich tragen.

Er sagte es nicht. Er wußte, daß ihm in Maulbronn niemand helfen würde. Daß sie ihn zwingen würden, den Säugling zur Kindsmutter zurückzubringen, und wenn er sich den Geboten des Herrn Johannes nicht beugte, würden sie ihn in die eisernen Arme des Inquisitors stoßen.

»Sorgt euch nicht, meine Lieben«, sagte er, »schon morgen bringe ich das Jorgele an einen sicheren Ort, wo es dem Kindlein an nichts fehlen soll.«

Sie drängte ihn, sich auf den Bettrand zu setzen, die Schenkel weit geöffnet. »So mußte ich vor dem König knien, hast du schon vergessen, was ich dir erzählt hab', Faust?« Sie kauerte sich vor ihn, das Feuerhaupt auf seine Lenden gesenkt. »So mußte ich knien, die halbe Nacht, den halben Tag«, fuhr sie fort, und es klang so dumpfig, als ob sie geknebelt wäre. »Den König hab' ich getötet, und die Hand des Prinzen habe ich mit dem Dolch ans Kreuz genagelt.« Sie hob den Kopf und sah zu ihm empor. »Und die Leute sagen, daß ich eine Hexe bin, Faust, daß ich die Männer hasse und ihnen übel will, und sie haben recht. Und da verlangst du von mir, daß ich deinen kleinen Wickelknaben beschützen soll?«

»Steh auf, Adele, ich bitte dich, und leg dich wieder zu mir. Ich mag's nicht leiden, wenn du so vor mir kniest.«

»Du magst es nicht leiden – und was ist mit diesem hier, mit deinem Dämon? Sofern er's auch nicht leiden mag, hat er eine gockelhafte Art, es zu zeigen. Ah, ihr seid doch alle brünstige Hähne – was euch freilich nie gehindert hat, die Liebste nach dem zweiten Schrei zu verraten.«

»Niemals würde ich dich verraten, das weißt du. Und ich glaub' auch nicht, daß du eine Hexe bist und den Männern übel willst. Für mich bist du alles, nur kein Übel – meine wilde Liebe, heiße Lust, brandrote Braut.«

»Das alles, Faust?« Forschend sah sie zu ihm empor, und dann begann sie wieder an seinem ragenden Glied zu saugen, als ob es ein schwer zu leerender Weinschlauch wäre.

Währenddessen lag das Jorgele in seinem Korb und mümmelte, die Augen zu Schlitzen geschlossen, an dem Baumwollfetzen, den sie ihm ins Mündchen geschoben hatten, mit Milch und ein paar Spritzern Baldrian getränkt.

Wärest du eine Hexe, Adele, so hättest du ja damals am Ackerrand nicht »Zu Hilfe, der Teufel!« gerufen.

Er wollte ihr beteuern, wie sehr er ihr vertraute, und er wollte sie anflehen, ihn nicht auf diese Weise zu kosen, nicht so, wie es der König immer von ihr erzwungen hatte. Doch die Wollust umwallte ihn mit roten Nebelschwaden, und so ließ er sich mit einem Stöhnen nach rückwärts auf ihr Hüttenlager sinken und schloß die Augen.

Sogleich wurde sein Geist von Bildern überflutet. Uralten, vergessen geglaubten Gesichten – die Hand, die ihn kopfüber in den kalten Schlamm stößt, wieder und wieder, der Falke auf seiner Brust, und wie er ihn von sich schiebt, ist es Messer, und als der Hund gegen die Wand prallt, zerbirst der Spiegel seines Antlitzes, und ein Dämon von abscheulicher Ungestalt wabert aus dem Haupt des Hundes hervor. Wieder vernahm Faust, wie unter ihm die offene Hölle rumorte und wie Hannes Borethius, der teuflische Alchimist, psalmodierte: »Wie viele Truhen mit Gold ich füllte, wieviel wimmelndes Leben ich im Feuer erzeugen, im Tiegel gebären durfte – durch Euch, Herrscher der Hoffnungslosigkeit, nur durch Euch! Und welche Ekstasen mich durchrasten, aber, ach, um welchen Preis!«

Da ergoß sich Faust mit überkippendem Schrei in den Mund der roten Magd, und die Gesichte verebbten. Das Jorgele spie seinen Stoffetzen aus und begann jämmerlich zu greinen. Und Faust lag rücklings auf dem Strohbett und lauschte den verzückten Selbstanklagen des Borethius, die in seinem Innern nur allmählich zu einem Flüstern erstarben.

»Ich bitte dich, Adele«, sagte er schließlich, »nimm den Kleinen in deine Obhut.« Er setzte sich wieder auf, und sie schaute zu ihm empor, immer noch kniend, Lippen und Kinn mit dem verdorbenen Samen des Dämons verschmiert. »Der Hadelitz wird's dir sicher gestatten«, fuhr er fort, »du hast mir ja oft erzählt, daß er dir in allem willfährig ist, wenn du ihn nur immer zu Neumond vom Apfel kosten läßt.«

Das Grün ihrer Augen glitzerte wie gespiegeltes Moos. »Wenn du es wirklich so willst, Faust, dann laß den Kleinen hier.«

Das Jorgele schrie unterdessen wie am Höllenspieß. Sie beugte sich zu ihm hinüber, hob das Kindlein aus seinem Korb und legte ihn sich in den Arm. Der Kleine machte schmatzende Laute, fuchtelte mit den Händchen und greinte weiter. Sachte drückte sie den winzigen Kopf an ihren Busen und seufzte auf, als sich die Lippen des Jorgele um ihre Brustspitze schlossen.

»Aber mein Herz ist leer, wie soll ich ihn nähren?«

Auch darauf wußte er schon eine Antwort, denn er hatte darüber nachgedacht, während er mit dem Eselswagen nach Kufling hinausgefahren war. »Anfangs kommt seine Mutter so oft wie möglich hierher, um den Kleinen zu stillen. Und daneben und späterhin nährst du ihn so, wie die Kälbchen aufgepäppelt werden – Kühe sind auch Mütter, Adele.«

Sie mußte lachen, doch zugleich quollen Tränen aus ihren Augen. Das Jorgele begann wieder zu schreien, erbost über die verdorrte Zitze, die ihm in den Mund gelistet worden war. »Wenn du es wirklich so willst«, wiederholte sie, »dann laß ihn hier. Ich tu's für dich, nur für dich, Faust. Aber dann will ich auch, daß du jetzt gehst.«

34

Der Himmel erglühte in vorösterlichem Purpur, als Faust durch die Pforte ins Kloster trat. Vor dem Marstall stand eine prachtvolle Kutsche, mit Gold beschlagen und mit dem kurfürstlichen Wappen geschmückt. Bewaffnete in pfälzischer Livree führten vier schnaubende Schimmelhengste vor dem Stall auf und ab, und Abt Burrus beugte schnaufend das Knie vor Ihrer Herrlichkeit, Philipp dem Aufrichtigen, der im damastenen Mantel und mit ritterlichem Schwung aus der Kutsche stieg.

»Aber keine Bange, Burrus, meine Gunst wird Euch immer bestrahlen«, hörte Faust im Vorbeigehen, doch mehr auch nicht. Fra Josephus hielt seine Hand umklammert und zog ihn leise zeternd zum Gesindehaus.

»Hat man Ihm nicht gesagt, Er soll in Knittlingen sitzen, bis man Ihn wieder ruft? Ist Er mit Blindheit geschlagen oder mit Hoffart, oder wie sonst kann Er sich erdreisten, mit Seinen Füßen denselben Boden zu berühren wie Ihre kurfürstliche Herrlichkeit?«

»Beruhigt Euch, Väterchen, ich werde Euren Philipp schon nicht verscheuchen. Aber sagt doch – die Schanzarbeiten sollen also weitergehen?«

»Was hat Er sich um derlei zu scheren? Ab jetzt in den Knechtssaal mit Ihm, und wag Er nicht, einen Fuß nach draußen zu setzen! Vor allem im Marienbau will man Ihn bis auf weiteres nicht sehen.«

»Ich hab' schon verstanden, Väterchen.« Über die Schulter schaute Faust nach rechts und sah eben noch, wie Fürst und Abt, der eine rank, der andere rund, in die Dunkelheit des Durchgangs zum Marienbau tauchten.

Im Gesindehaus ging er die knarrende Treppe hoch, sein Bündel geschultert, und trat in den Schlafsaal der Knechte. Wie lange war er hier nicht mehr gewesen, denn in der Woche nächtigte er nun immer im Alchimistenkeller, auch wenn es mehr Kerker als Kammer war.

Die Knechte sahen ihm stumm entgegen. Er erkannte den Franz und den Albert, aber die anderen Gesichter waren ihm fremd. Ungefüge Schädel, wie grob aus dem Stein gehauen, über klobigen Leibern, Armen wie Gewölbesäulen, Fäusten wie Steinbruchhämmer. Gewiß werkten die meisten von ihnen bei Meister Krahlis, der seine Gesellen und Knechte von früh bis spät über die Baustelle trieb. Die Grundmauern des Abtshauses wuchsen bereits aus der Grube empor, aber die Arbeiten gingen viel langsamer voran als beim Marienbau.

»Was starrt ihr mich so an?« Faust trat zu den Knechten, die zu sechst oder siebt am Boden hockten. Aus ihren Mienen las er, daß er ihnen nicht willkommen war. Aber er war nie irgendwem auf Erden willkommen gewesen, ausgenommen die drei Frauen, die ihn liebten – Maria, Lena, Adele, jede auf ihre Art. Und ausgenommen die beiden Äbte, die sich verschworen hatten, ihn zur Seligkeit zu führen.

Zwischen den Knechten lagen beinerne Würfel am Boden, die sie wohl eben noch in der Schweinsblase geschüttelt hatten. Ein Krug Sauerbier, schon halb geleert, stand nahebei. Auf einem Schemel blakte die Laterne. Der Himmel vor den aufgestoßenen Holzfenstern war rot wie Adeles Haar, wie ein verblutender Fuchs, wie kochende Kupfersuppe auf dem Athanor.

Faust kauerte sich in ihren Kreis. Er wußte selbst nicht recht, was er bei ihnen suchte, oder doch, er wußte es durchaus – alles war ihm in diesem Moment lieber als die Einsamkeit seiner Kammer.

Die Knechte glotzten noch immer, feindselig und stumm. Nur ein junger Bursche, der zu seiner Linken hockte, sah ihn mit unverhohlenem Interesse an. Aber gerade dieser Jüngling war Faust am unbehaglichsten von allen. Es war beinahe noch ein Knabe, von zarter Gestalt, mit runden Wangen, goldenen Wimpern über Augen von rehhaft schimmernder Bräune.

Er fragte den kleinen Knecht nach seinem Namen.

»Adi Wenger.« Auch seine Stimme klang sanft und hell, beinahe wie bei einer Maid.

»Aber du werkst wohl nicht bei Meister Krahlis?«

Die groben Kerle prusteten hämisch, stießen einander mit Ellbögen wie Rammeisen an.

Adi bekam rote Wangen, doch sein Blick jagte trotzig im Kreis herum. »In der Küche«, preßte er hervor.

»Die neue Magd des Herrn Thomas.« Das Gelächter der Bauknechte dröhnte und prasselte wie Steinschlag. Selbst die Tumblinge Franz und Albert kicherten mit, unfähig zu begreifen, daß der Spott gegen den jungen Küchenknecht sie selbst nicht minder traf.

»Paß nur fein auf, Adilein, daß dir das schwarze Tier nicht auch den Arsch aufbricht.« Adi wurde rot bis in die Stirn hinauf, aber die Kerle geiferten immer weiter. »Wie es der Magd vor dir ergangen ist, Kleines: als sie im Keller Essig holen sollte und statt dessen mit einem Satansbalg im Bauch zurückkam – diesem hier.«

Abermals wurde die Runde stumm, ein blutlüsternes Tier mit einem Dutzend Augen, die sich in sein Antlitz bohrten, und ebenso vielen Pranken, die locker auf Schenkeln und Knien lagen, bereit, ihn zu packen, in fleischerne Fetzen zu reißen.

Mit einem Ruck beugte er sich vor und ergriff mit seiner Linken die schwielige Riesenhand des Mannes, der ihn Teufel genannt hatte. Der Kerl wurde starr, versuchte indessen nicht, ihm die Hand wieder zu entziehen.

Faust senkte die Lider. Er schaute einen ungefügen Schatten, Balken oder länglicher Steinbrocken, der aus großer Höhe herabzustürzen schien. Das ganze Bild zitterte vor Entsetzen und zerfiel, noch während er die Augen wieder öffnete. »Du arbeitest auf der Baustelle.« Es war keine Frage. »Geh nicht mehr zu Meister Krahlis – oder dir wird ein Unglück geschehen.« Er drehte die Pranke in seiner

Hand, so daß er ihr Inneres sehen konnte. Die Geistlinie des Knechtes war ein kümmerlicher Krakel, die Erdlinie, die von der Länge seines Lebens zeugte, brach nach weniger als zwei Dritteln ab. »Geh nicht mehr zur Baustelle«, bekräftigte Faust, »such dir am besten gleich morgen eine andere Arbeit. Und schau häufig nach oben – von dort droht dir Gefahr.«

Das Abendrot war unterdessen zu Dämmergrau eingeäschert. Erst als Faust den Schrecken in den Zügen des Bauknechtes sah, wurde ihm klar, wie die Kerle seine Worte auffassen mußten – nicht als Seherspruch, sondern als Zauberfluch. Der Knecht bekreuzigte sich, und seine Hünenhand schlotterte so sehr, daß das fromme Zeichen zu Gekritzel mißriet. Die anderen taten es ihm nach, mit gesenkten Köpfen, so als ob sie fürchteten, daß er auch sie verhexen könnte, oder als ob schon sein Blick sie an Leib und Seele verdürbe. Stumm rappelten sie sich auf und schlurften zu ihrem Strohlager weiter hinten im Saal.

Nur einer blieb vorn bei Faust, der sich gleichfalls erhoben hatte, um zu seinem alten Schlafgemach zu gehen. »Ich weiß, es ist die Kammer der Scholaren«, sprach Adi Wenger mit maidenhaftem Zirpen, »aber ich bitte Euch sehr, Herr Faust, laßt mich bei Euch nächtigen. Das Bett ist breit, und ich hab' auch bisher in Eurer Kammer geschlafen – die Knechte, wißt Ihr, sie meinen es nicht böse, aber manchmal treiben sie es doch zu arg. In der ersten Nacht haben sie mich im Schlaf gefesselt, und als ich zu mir kam, knüpften sie mich eben kopfüber unter die Decke.«

Er hob die Laterne, die er vom Schemel aufgenommen hatte, in die Höhe, um Faust den Balken zu zeigen, daran sie ihn aufgehängt hatten. Doch in diesem Moment erlosch mit einem letzten Zischen das Tranlicht, und sie standen im Dunkeln vor der Kammertür.

»Also meinethalben«, sagte Faust. »Aber nenn mich nicht Herr und gib auch sonst acht, daß du mir nicht lästig fällst.«

»Habt tausend Dank, Faust, immer will ich Euch gefällig sein.«

Es war die Stunde, da Adele das Jorgele in ihren Armen wiegte, denn das Knäblein fuhr immer wieder greinend aus dem Schlaf. Von der euterwarmen Kuhmilch, auf die Kuppe ihres kleinen Fingers geträufelt, hatte es ein paar Tropfen aufgeleckt und gleich wieder ausgespien.

Seine Lippen suchten die mütterliche Zitze, und auch jetzt schnappte das Mündlein auf und zu, ohne die nährende Brust zu finden.

»Ruhig, nur ruhig, mein Knäbelein fein«, sang Adele in sein Ohr, und der kleine Georg schien einige Augenblicke mit gespannter Aufmerksamkeit zu lauschen. Doch gleich ging das Suchen und Greinen von neuem los.

Nicht mehr lange, mein Vögelein.

Und es war die Stunde, da Adi Wenger in der Kammer alles abwarf, Hosen, Wams, Hemd, und nackt unter Fausts Decke kriechen wollte. »Das Hemd zieh wieder an«, bestimmte Faust, ohne von seinem Buch aufzusehen.

Der kleine Knecht schlüpfte in sein Hemd und legte sich neben den Scholaren, der bloß seine Schuhe von den Füßen geschüttelt hatte und das Barett an den Bettpfosten gehängt.

»Was studiert Ihr da, Herr Faust?«

Er blätterte und schwieg.

»Verzeiht, ich meine – was lest Ihr, Faust?«

»Ein päpstliches Dekret.«

»Wohl ein Werk von großer Frömmigkeit?« Adi rückte näher heran.

»Nun, Knabe, das trifft den Kern nicht ganz.«

Eine fiebrige Wärme ging von Adis Leib aus. Und auf einmal schien es Faust, wenn er sich jetzt seinem Bettgefährten zudrehte, würde er nicht den kleinen Knecht neben sich finden, sondern …

Er unterbrach sich mitten im Bedenken. Die fiebrige Hitze kroch zu ihm herüber, breitete sich im ganzen Bett aus. Dennoch begann er inwendig zu beben, aus Frost oder Furcht. Er zwang seine Aufmerksamkeit zur Offenbarung des Hannes Borethius zurück. So lange schon hatte er sie lesen wollen, bereits vor Wochen hatte er das Siegel erbrochen, und nun endlich schien ihm die rechte Zeit gekommen.

»Aber gewiß spart Ihre Heiligkeit nicht an erbaulichen Legenden?« beharrte Adi und glitt noch näher heran.

Faust schielte seitlich am »Vox in Rama« vorbei und sah, daß Adis Antlitz so flammendrot war, als ob er ein Feuer zwischen seinen runden Wangen nährte. »Doch, er knausert sehr damit. Und nun entsinn dich – du wolltest mir nicht lästig fallen. Laß mich also lesen.« Er rückte seinerseits bis zum äußersten linken Rand der Lagerstatt.

Die Hitze kroch ihm hinterher.

»*In den Bund mit Luzifer überzuwechseln ist nicht viel anders, als vom Wachen in den Schlaf zu gleiten*«, so hub die Beichte des Borethius an. »*Die Leute machen immer ein Brimborium darum, dabei reicht es beinahe, sich dem Herrn der Tiefe im Geiste zu verschreiben. Dazu jene kleine Gabe, den Beutel, wie sie ihn nennen, und für den Anfang ist alles getan.*«

Faust spähte wieder nach rechts und sah mit Erleichterung, daß Adi eingeschlummert schien. Das glühende Antlitz ihm zugewandt, die goldenen Wimpern gesenkt über Augen von rehbrauner Sanftheit. Ein Bein angewinkelt, einen Arm halbwegs vorgestreckt, als trachte er noch im Schlaf, sich näher an Faust heranzupirschen. Der verworrene Blondschopf verhängte zur Hälfte sein Gesicht, und es konnte ebensogut das Antlitz eines ganz anderen sein. Nicht von Adi.

»*Weißt du, was ein Beutel ist, fragten sie, und ich bejahte. Willst du uns den Beutel bringen, zum Tanzplatz bei Vollmond? Und ich bejahte wieder. Hätte ich ahnen müssen, was sich unter dem harmlosen Namen verbarg? Gelobt ist gelobt, sagten sie nachher, als ich mich sträuben, ihrem Griff mich entwinden wollte, geschworen ist geschworen, Hannes, nun gehörst du zu uns. Und sie hatten recht: Da war ich schon einer der ihren. Ich ging in mich und fand, daß ich immer gewußt hatte, was jener Beutel war. Ein Beutel Fleisch. Blutwarmes, frisches, atmendes Fleisch, mit Augen, Herz und allem, prall in den Hautsack eingefüllt.*«

Adi streckte die Hand ein wenig weiter vor, und sie kam in Fausts Armbeuge zu liegen. Weiter zum Bettrand hin weichen konnte er nicht, und den Burschen zu wecken und abermals sein Gestammel anzuhören war ihm zuwider. Dann lieber die glutheißen Finger auf meinem Arm. Eine Hand so schlank und weich, daß sie ebensogut zu jemand anderem gehören konnte. Nicht zu Adi.

Sondern zur Faustin, wie sie damals bei mir gelegen hat, o Mater Maria. Wie sie neben mir lag, als ich ein Knabe von vier und sechs Jahren war. Ihre goldenen Locken, ihre schlanken Finger, die so oft bei Nacht auf meiner Brust ruhten, ihr Knie, das im Dunkeln auf meiner Mitte lag. In Schlaf und Traum hat sie einmal meine linke Hand genommen und zu ihrem Schoß hinabgezogen, und wo ihre

Scham sein sollte, erfühlte ich ein männliches Schmachteil, hart und wie mit rauhem Fell bedeckt.

O Mater Maria. Steh mir bei, Prophetissa, ich fleh' dich an.

Er schwitzte und zitterte und las weiter und weiter, und es schien ihm, als ob er zugleich läse und höchstselbst erlebte, was auf jenem Tanzplatz in tiefer Nacht geschah. Das päpstliche Büchlein, in scharlachrotes Lammleder gebunden, sank auf seine Brust, und der kleine Knecht kroch näher heran. So daß sie beide fieberten und in brodelnden Säften zusammenbuken wie die Verdammten im teuflisch befeuerten klaftertiefen Gemach.

Faust wollte ihn von sich schieben, aber es ging nicht, er schlief ja schon und träumte doch bloß, daß er bei Adi läge, und in Wahrheit saß die rote Adele auf ihm und ritt ihn durch die Nacht.

»Hüa, mein Geisterpferd, zum Tanzplatz, hüa!«

Sie sprang von ihm herunter, und er blieb rücklings in der Schwebe, kniehoch über dem Moos, das den Felsgrund zu Füßen des Felsbrockens überzog. Diesmal thronte der Satan nicht oben auf dem Stein, sein goldener Sessel stand auf ebener Erde, so daß Faust die abscheuliche Ungestalt deutlich sehen konnte, den Eselskopf mit gedrehten Widderhörnern und darunter den Wolfsleib und zwischen seinen Schenkeln die verfluchte Schlange. Zahlreiche Weiber, alle nackt und gewaltig wie Adele, sprangen kreischend um den Brocken herum, aber der Satan verfolgte alles mit trübsinniger Miene, die kein Gold dieser Welt jemals aufheitern könnte.

Nahebei, halb hinter Thron und Brocken versteckt, brannte das Feuer mit dem großen Kessel darauf. So, wie Faust im Leeren schwebte, rücklings zu Füßen des Satans festgebannt, konnte er nicht genau erkennen, was dort drüben beim Topf vor sich ging. Aber er wußte es dennoch, so wie Hannes Borethius immer schon gewußt hatte, was sie mit jenem »Beutel« meinten.

Adele trug das Bündel zum Feuer und war gleich zurück. Sie setzte sich wieder auf ihn und schrie »Hüa!«, und er mußte sie um den Brocken tragen, im Kreis, immer wilder im Kreis. Im Vorüberrasen versuchte er jedesmal zu erspähen, was bei dem Feuer geschah, eine Unruhe ergriff ihn, die ärger wurde, je länger der Taumel dauerte.

Aber Adele ritt ihn so ungestüm, daß er vor Wollust nichts mehr zu denken vermochte, und als er sich im Vorüberjagen aufzurichten versuchte, um in den Topf hineinzuschielen, sprang eine zweite Metze herbei und setzte sich rittlings auf sein Antlitz. Und ein Schoß molk ihn, einer tränkte ihn, und so ging es die halbe Nacht, unter Kreischen und Geifern, und immer kniete eins der Weiber vor dem Goldthron und bot der Schlange ihren Schlund dar.

Zwischen allem Heulen hörte er wieder und wieder dies dünne Winseln. Keine Worte, nichts, was sich verstehen, nichts, was sich mißverstehen ließe. Nur ein dünnes Winseln und doch so herzzerdrückend klar.

Als sie wieder dem Topf entgegentaumelten, brachte er mit Mühe seine Hände hoch und stieß den fleischernen Mond, der auf seinem Antlitz hockte, von sich herab. Und warf seinen Kopf herum, spähte in den Kessel hinunter und sah Frösche, Kröten, Ratten, in trüber Brühe treibend, dazwischen ein winziges Antlitz, schimmernd im Mondschein.

»Ich hab's für dich getan, Faust, nur für dich! Hüa, mein Geisterpferd!«

»Aber ich hab' das nicht gewollt, Adele! Retten solltest du ihn, beschützen solltest du ihn – deshalb habe ich dir das Jorgele gebracht!«

Es war die Wahrheit, und es war Lüge, und dieses Ineinander von Wahr und Falsch machte ihn stumm, während in ihm alles schrie.

Nachher, als sie wieder beim Topf vorüberkamen, brodelte darin bloß noch ein roter Sirup, mit funkelnden Fettaugen darauf. Er erbrach sich, ein Schwall schwarzer Galle quoll aus seinem Mund, und die Weiber lachten, packten ihn bei den Haaren und zerrten ihn vor den goldenen Thron.

»Küß die Schlange, Faust. Öffne ihr deinen Mund, liebkose sie mit deiner Zunge, umfasse ihren Kopf mit deinen Lippen und spüre, wie die samtene Haut auf dem Fleisch des gebenedeiten Tieres auf- und niedergleitet.«

»Nein, ich will nicht, nein und nein!« stöhnte Faust und warf den Kopf hin und her.

»Ich weiß, und ich will – waren das nicht deine Worte, schon vor Wochen, als wir dich danach fragten?«

»Nein, nein«, schrie Faust, und ebensogut hätte er »ja, ja« schreien können, denn es war beides wahr und zugleich beides falsch.

Mit größter Mühe wand er sich aus den Armen der Teufelsweiber, die sein Antlitz auf die zuckende Schlange herabzudrücken suchten. Hände rissen ihm Haarbüschel aus, Krallen kratzten ihm blutige Striemen in Rücken und Brust. Endlich besann er sich, daß er nur die Augen aufbekommen müßte, um den Bann zu brechen, mit seiner allerletzten Kraft zwang er die Lider hoch, und der teuflische Blendspuk zerfiel.

Er lag in seiner Kammer neben dem Schlafsaal der Knechte, und an ihn geschmiegt lag irgendwer und blies ihm seinen Atem ins Ohr. Fausts Herz hämmerte zum Zerspringen. Sein Fleisch schien zu kochen, sein Blut zu brodeln, und er erkannte, daß das Fieber zurückgekehrt war. Sehr viel mehr erkannte er indessen nicht.

In der Dunkelheit, die seine Kammer füllte, vermochte er von dem Schläfer an seiner Seite keine Haarspitze zu erspähen. In der ebenso dichten Schwärze, die seinen Geist bewölkte, konnte er sich nicht entsinnen, mit wem er in dieser Nacht sein Lager teilte und wie es dazu gekommen war. Maria, Lena, Adele. Doch er wußte, daß es keine von ihnen war.

Ein Arm lag über seiner Brust, und er betastete ihn und versuchte ihn von sich wegzuschieben, aber es ging nicht. Ein Knie lag auf seinem Oberschenkel, und er befühlte es und versuchte es von sich wegzustoßen, aber auch das mißlang ihm. Er war zu geschwächt, oder die fremden Gliedmaßen waren durch einen Zauber auf ihn gebannt. Und wie um ihn zu entmutigen oder zu besänftigen, glitt der kochende Leib noch näher an ihn heran.

Starr lag Faust da, fiebernd, mit rasenden Pulsen, und wartete auf das Ende der Nacht. Die Knechte draußen grunzten und furzten in der Stierbrunst viehischen Schlafs. Wie aus großer Ferne vernahm er irgendwann den choralen Hymnus zur Nocturne.

Heilige Mutter Maria, bitte mach, daß dem Jorgele nichts widerfahren ist. Daß alles nur ein Fiebertraum war, befeuert von der Beichte des Borethius, die ich gestern abend noch las.

Aber er wußte, daß es mehr, sehr viel mehr war als ein Fiebertraum. Vor Wochen und Wochen schon hatte er die ersten Sätze aus den Offenbarungen des Hannes Borethius gelesen und sich danach gewünscht, er hätte das Siegel nimmer erbrochen.

»*Ein ungetauftes Kind, Knabe oder Maid*«, hatte Borethius geschrieben, »*nicht älter als sechs Tage, und das geben sie lebend in den Kessel und sieden es behutsam zu Tode. Und nach geduldigem Kochen und Ausscheiden der Knochen gewinnen sie eine sämige Flüssigkeit, die heißt Jungfrauenöl, und ein fettiges Mehl, das heißt Knabensand, und mengt man beides ineinander, so erhält man jenes Seelenfett, das alles vermag: Dreck in Gold verwandeln, Lehm in lebendes Gewimmel.*«

Und er hatte es gewußt, als der Fiebervogel auf seiner Schulter saß. Es gewußt, als er das Jorgele zu Adele brachte. Es gewußt, als Adele »Ich tu's für dich, nur für dich« rief. Er hat's gewußt, ich nicht, schrie Faust im Fieber, er, der inwendige Dämon! Es gewußt, gewußt, gewußt, aber nie und niemals habe ich das gewollt.

Endlich dämmerte der Morgen. Er sah in das Antlitz des Burschen, der sich mit Arm und Knie an ihn klammerte, als fürchtete er, nach rückwärts in einen Abgrund zu rutschen. Oder als gedächte er, wenn es soweit wäre, ihn mit hinabzuziehen. Seine Wangen waren fahl wie Mehl, indessen mit roten Pusteln gesprenkelt. Faust befühlte sein eigenes Antlitz und fand sich desgleichen mit Blasen besät.

Die Pest, dachte er und versuchte aufs neue, sich unter dem anderen hervorzugraben. Er schob und stieß und drückte ihn endlich von sich herunter, und mit noch größerer Mühe glückte es ihm, sich aufzusetzen. Ein furchtbarer Schwindel sauste in seinem Kopf umher, und noch immer konnte er sich nicht entsinnen, wer der Bursche war und was er in seinem Bett verloren hatte. Und als er aufzustehen versuchte, waren seine Beine so weich wie Honigstangen in der Mittagssonne, und mit Dröhnen und Poltern fiel er neben dem Bett zu Boden.

Das nächste, woran er sich viel später entsinnen konnte, waren die klotzigen Köpfe der Bauknechte im Türspalt, das Grauen in ihren wie aus Baumholz hastig geschnitzten Gesichtern. »Die Pest, der Teufelsfaust hat die Pest!« schrie irgendwer.

Dann erst wieder, wie sie ihn ins Badehaus der Knechte schleppten, an Händen und Füßen gebunden, nackt. Wie sie ihn in einen Zuber mit kaltem Wasser stießen, so daß ihm der Frost fast das Herz gefror. Wie die Misteldämpfe wallten, wie sie ihn aus dem Zuber zogen, an einen Balken knüpften und mit Weidenruten auf seinen Leib einschlugen. Der Küchenmeister Thomas, der Bibliothekar Lukas und ein weiteres halbes Dutzend heiliger Männer, die er nicht einmal dem Namen nach kannte. Ächzend vor Eifer, röchelnd vor Wonne hieben sie auf ihn ein. Auf seinen Rücken, seine Brust, auf Schenkel und Lenden.

35

Er sah die Angst in ihren Augen, den Schmerz in ihrem Lächeln, aber die Frage, die in ihren Herzen brannte, stellten sie ihm nie. Zumindest nicht in den ersten Tagen und Nächten, und in seiner Schwäche, seinem Schwindel war er ihnen noch dankbar dafür. Dabei quälte er sich unablässig mit demselben Rätsel wie Lissa oder Lena, in fiebrigen Träumen ebenso wie in den seltenen Momenten schwindeligen Wachens.

Wohin hast du das Jorgele gebracht?

Sie gingen in seiner Kammer aus und ein, Lena und Lissa, Tonia und die Faustin, sie umsorgten ihn, kühlten seine fiebrig heiße Stirn, deckten ihn zu, wenn er in Schüttelfrösten bebte.

Was hast du mit dem Knäblein gemacht?

Sie tränkten und fütterten ihn, wuschen und trockneten ihn, lächelten und sangen unter Tränen. Und er lag da wie in einem Bann, niedergedrückt durch das Fieber und mehr noch durch seine Ahnung, daß er schuldig war. Dabei begriff er noch immer nicht, was geschehen war.

Nach Tagen oder Wochen war das Fieber soweit gesunken, daß er sich auf seinem Strohlager aufsetzen konnte, ohne daß die Kammer mitsamt Lenchen und Messer, seinen Büchern und dem Schreibpult des Herrn Johannes in trudelnde Bewegung geriet.

»Wie froh ich bin, daß es dir besser geht.« Lena half ihm, seine Grießsuppe zu löffeln, denn die Hand zitterte ihm noch zu sehr, vor Schwäche und wohl auch vor Angst. »Aber nun sag mir doch, bitte, mein Faust: Wohin hast du das Jorgele gebracht?«

Ihr Blick war schmerzlich und voll banger Erwartung. Es schien, als ob sie die Antwort längst wüßte und gleichwohl noch ein wenig hoffte, daß er tröstliche Kunde für sie hätte. Für sie und vor allem für Lissa, die Mutter des Knäbleins.

»Zur Adele.« Er griff nach ihrer Hand. »Warum fragst du, Lenchen, was ist passiert?«

Ihr Antlitz erstarrte. Sie stellte die halb geleerte Schale auf den Boden. Hinter der Wand hörte er die Faustin leise jauchzen. Seine Kammertür ging auf, und im Spalt erschienen die Köpfe von Tonia und Lissa.

»Gut, daß du endlich wieder bei Sinnen bist, Kleiner.« Die Mutter Siebenschöpf schob sich in seine Kammer. Ein grauer Schimmer lag auf ihrem schwarzen Haar, so als ob es mit Asche bestäubt worden wäre. Ihr früher so stolzes Antlitz schien in Kummer und Schmerz versteinert. Sie trat an das Fußende seiner Lagerstatt, die Arme vor dem Leib verschränkt. »Du kannst dir nicht vorstellen, in welcher Sorge wir alle seit Tagen sind.«

»Aber was ist denn nur passiert?« fragte er wieder und wünschte sich, die Antwort niemals zu erfahren.

»Sag du uns erst noch eines.« Lissa trat hinter ihrer Mutter ein, stieß die Tür mit dem Fuß zu und lehnte sich dagegen. Auch sie wirkte wie erfroren in Trauer und Hoffnungslosigkeit. »Warum hast du mein Kindlein nicht in die Hände der heiligen Männer gegeben, wie es vereinbart war?«

Faust versuchte zu erklären – er hatte ihnen ja nicht versprochen, das Jorgele ins Kloster mitzunehmen, er hatte nur zugesagt, das Kind an einen Ort zu bringen, wo es in Sicherheit wäre. »Die Mönche hätten ihn nicht aufgenommen, glaubt mir, ich kenne die heiligen Herren. Sie beten bei Tag und Nacht, was soll ihnen da ein schreiendes Wickelkind?« Er sah den Zweifel in ihren Augen, und auch in seinen eigenen Ohren klangen seine Worte auf einmal hohl. »Aber bei der Adele wird es ihm doch wohl ergehen?«

Die drei Siebenschöpf-Frauen sahen stumm auf ihn herab, und noch immer hoffte er, daß dem Jorgele nichts Arges widerfahren war. »Sie sollte ihn umsorgen und mit Kuhmilch nähren, und dir, Lissa, wollte ich vom Kloster aus Nachricht schicken, wo dein Knäblein ist.

Aber dann hat mich wieder das Fieber niedergestreckt. Aber jetzt redet doch endlich, ich bitte euch – ist das Jorgele nicht mehr dort?«

Lissa hob die Hände und verbarg ihr Antlitz darin. Als sie ihn wieder ansah, glitzerten ihre Augen vor Tränen. »Der Hadelitz und seine Metze sitzen in Speyer im Karzer«, sagte sie mit einer Stimme, als ob sie gewürgt würde. »Der Bauer sagt, er hat bei der Adele einen Beutel mit Säuglingsknochen gefunden, mit Fleischfetzen daran, die noch warm und blutig waren. Da hat er sie beim Richter Habakus angezeigt, und als die Büttel gekommen sind, um die Magd in den Karzer zu führen, hat sie geschrien, sie hätte alles nur gemacht, weil der Hadelitz sie dazu gezwungen hätte – das Kindlein von einer fahrenden Wahrsagerin abgekauft und bei Nacht auf den Tanzplatz gebracht, um es unter teuflischen Gebräuchen totkochen zu lassen. Der Bauer wollte es so, hat sie immer wieder geschrien, weil der Satan versprochen hat, ihn für diese Gabe reich zu entlohnen.«

Faust senkte die Lider, das Herz krampfte sich ihm zusammen. So ist also alles, was mir im Fieber träumte, wahrhaftig geschehen.

»Bis eben gerade«, fuhr Lissa mit tränenheiserer Stimme fort, »hatte ich noch eine winzige Hoffnung, daß alles ein Irrtum wäre. Aber schon als wir vor einer Woche die Kunde bekamen, daß der Hadelitz und seine Magd wegen Teufelsbuhlschaft vor die Inquisition gebracht worden wären, da wußte ich in meinem Herzen, daß jenes Kindlein niemand als mein Jorgele war.«

»Aber die Adele ...« Faust hob den Blick und sah erst Tonia, dann Lissa an. Die Kammer begann sich vor ihm zu drehen, und er ließ sich zurück auf sein Strohlager sinken und schloß die Augen. »Wenn ich geahnt hätte, daß sie zu so etwas ...« Aber ich habe es ja gewußt, dachte er und verstummte mitten im Satz. Es gewußt und nicht wissen wollen. Wenn sie rittlings auf mir saß, habe ich die Augen geschlossen, um zu schauen, was sie erblickte – den Tanzplatz, den Brocken mit dem thronenden Satan, die Hexen, wie sie im Kreis taumelten und vor dem Fürsten der Finsternis niederknieten. Ein willkommener Stachel dunkler Lust waren diese Gesichte für mich und wohl auch für sie. Aber ich hielt es für bloßes Tändeln mit dem Teufel und wollte nicht wahrhaben, daß es mehr sein könnte als ein gemeinsamer wollüstiger Traum. Dass wir eins im anderen den dunklen

Dämon weckten, bis sie die Herrschaft über mein Wähnen und deinen Willen gewannen, meine wilde Braut.

»Quäle dich nicht, mein Faust.« Lena ergriff seine Hand und drückte sie leicht. Als er die Lider hob, schwebte ihr liebes Gesicht über ihm, und die winterblauen Augen sahen ihn an mit zärtlicher Sorge. »Dich trifft keine Schuld, mein Liebster«, sagte sie sanft. »Wir waren es ja, die dich gedrängt haben, das Jorgele zu beschützen. Und wenn du ihn nicht zu den heiligen Männern mitnehmen konntest, so hattest du gar keine Wahl, als die Adele um Hilfe zu bitten – du kennst ja auf der ganzen Welt niemanden sonst, mein Faust, der dir bei irgend etwas helfen könnte. Nur uns Frauen, die heiligen Männer und sie.«

Und den Herrn der Hoffnungslosigkeit. Den gehörnten und geschwänzten Satan auf seinem goldenen Thron. Doch sie sprach so sanft und leise auf ihn ein, daß er sich nur allzu gerne von ihrer lieben Stimme und dem süßen Trug ihrer Worte einlullen ließ.

Die Tür ging auf und wieder zu, und ohne die Augen zu öffnen, wußte er, daß er mit Lena allein war. Der Abend dämmerte. Die Kirchglocken läuteten zum Angelus. Messer leckte seine Hand und fiepte freudig, weil sein Herr wiederauferstanden war.

Und das Jorgele ist tot. Unter teuflischen Gebräuchen zu Tode gekocht, wie ich es im Fieber gesehen habe. Es ist, als hätte ich mich selbst gemordet. Mit jenen mich gemein gemacht, die mich vor Jahr und Tag ins schlammige Wasser stießen.

Gehört auch das zu Eurem Plan, Herr Johannes – daß Euer Halbteufel einen Knaben opfern läßt für Euer großes Werk und sein kleines Seelenheil?

»Aber warum der Hadelitz?« murmelte er irgendwann. »Was hat der Bauer damit zu tun? Und weshalb hat die Adele behauptet, daß das Kindlein von einer fahrenden Wahrsagerin stammen würde?«

Er hörte das Zögern in ihrer Stimme, als Lena ihm Antwort gab. »Das haben wir uns natürlich auch gefragt. Und ich erkläre es mir so, mein Faust: Die Adele hat dich benutzt und hintergangen, um durch dich zu einem Säugling zu gelangen, den sie dem Satan hingeben konnte. Aber sie hat dich auf ihre Art wohl auch geliebt, und so hat sie die Mär von der Wahrsagerin und dem gekauften Kind ersonnen.

Denn wenn sie dem Inquisitor offenbaren würde, daß du ihr das Kindlein gebracht hast, so hätte der Jakobus Parzer wohl auch dich verhaften lassen.«

Darauf erwiderte er nichts, doch das Herz verkrampfte sich ihm aufs neue in der Brust. Nicht aus Angst vor den Zangen und Dornen des Inquisitors, sondern vor Entsetzen, weil Lena etwas in seinem Innern angerührt hatte, vor dem er bislang ausgewichen war.

Die Adele hat das Jorgele zum Tanzplatz gebracht, um mich dem Satan zu verschwören. Und dann hat sie alle Schuld dem Hadelitz zugeschoben, damit der neu gewonnene Teufelsbündler nicht gleich wieder im läuternden Feuer der Inquisition verginge. Aber warum hat sie das getan? Weil sie mich liebt und mein inwendiger Dämon ihre Liebe mißbraucht hat, um sie und mich ins Verderben zu führen – oder weil der Fürst der Tiefe sie ausgesandt hat, um mir die »kleine Gabe« abzulisten?

Der Schwindel hinter seiner Stirn wurde zum Sausen. Irgendwann schlummerte er wieder ein.

»In der Schlafkammer des Hadelitz«, sagte Lena in einem Tonfall, als ob ihre Erzählung nicht einen Moment lang unterbrochen worden wäre, und Faust war sogleich wieder wach, »soll ein Kruzifix verkehrt herum an der Wand gehangen haben. Und am Grund des Kübels, in den der Bauer nachts seine Notdurft verrichtete, haben die Büttel eine Marienfigur gefunden, die über und über mit Kot besudelt war. Offenbar war der Hadelitz schon seit langem den Verlockungen der Hölle erlegen.«

»Aber woher weißt du das alles, Lenchen?«

»Seit Tagen redet ja die ganze Stadt davon. Die Spatzen pfeifen es von den Dächern, die Krähen krächzen es vom Himmel, mein Faust. Und Pater Huebele predigt von nichts anderem mehr als von der Schwäche des Fleisches und der Hölle zwischen den Schenkeln der Satansmetzen.«

Wie mächtig der Dämon in meinem Innern ist, dachte Faust, während Lena mit einlullender Stimme weiter und weiter erzählte. Überall in mir wirkt und west er, der unreine Geist. So wie ich mich einst über meine Knittlinger Widersacher lustig machte, die sich durch ein paar Steine, mit Bocksfett bemalt und mit Essig bespült, in die Irre führen ließen, so spottet er gewiß über mich. So wie ich mit Holzpuppen auf der Kinderbühne spiele, so läßt er mich und Adele, den Hadelitz und das Jorgele an seinen Fäden tanzen. Und webt sein schwarzes Garn ins Gold der Gier und ins Rot der Liebe. Und ehe du den Zwirn bemerkst, zappelst du längst an seinen Schnüren.

»Die Adele soll alles gestanden haben«, sagte die Siebenschöpf, »aus freien Stücken und dann noch einmal in der peinlichen Befragung. Und der Bauer Hadelitz, heißt es, leugnet zwar immer noch, aber das rettet ihn auch nicht, weil sie ja jene Satanssachen in seiner Schlafkammer gefunden haben. Es tut mir so leid, mein Faust, aber am Palmsonntag sollen sie beide auf dem Domplatz zu Speyer verbrannt werden.«

36

Selten konnte sich Johannes Burrus der wuchtigen Fassade des Doms zu Speyer nähern, ohne ein Frösteln zu spüren. Das Gotteshaus war ein steingewordener Hohn auf alles Lichte und Leichte, von gedrungener Statur wie ein Krötentier, das mit angewinkelten Gliedern auf dem Hügel saß. Und zum Überfluß schmückten streitende Drachen und Eulen das Portal.

Der März neigte sich, es war ein heiterer, schon frühlingsmilder Sonntag im 1498. Jahr des Erlösers.

Nun, vorderhand hatte er mit seinen eigenen Klosterbauten übergenug zu tun. Zwei Truhen schieren Goldes hatte Kurfürst Philipp ihm jüngst übersandt, und seitdem Meister Krahlis sämtliche überfälligen Löhne ausgezahlt hatte, wuchsen Mauern und Säulen des neuen Maulbronner Herrenhauses wie von Zauberhand emporgezogen aus der Grube hervor. Und die gleichfalls wieder aufgenommenen Schanzarbeiten würden zwar den Zorn des kaiserlichen Löwen reizen. Aber wie ihm Ihre kurpfälzische Herrlichkeit erst kürzlich erläutert hatte, dienten die Wehrmauern ja gerade dazu, das Kloster vor kaiserlichen und württembergischen Kanonen zu beschützen, und so hatte also alles seine Richtigkeit.

Der schräg abfallende Platz vor dem Dom war mit Schaulustigen übersät, aber Burrus musterte die Leutchen, die da unten hinter hölzernen Gattern eingepfercht standen, nur mit einem kurzen Blick. Auch das Brennholz war bereits zu hohen Haufen aufgeschichtet, einer links, einer rechts des Portals. Wäre es nach ihm gegangen, er hätte die Hexe und ihren Buhlen draußen auf dem Schindanger richten lassen, an einem Werktag zu früher Morgenstunde, wenn selbst die gierigsten Gaffer Dringlicheres zu verrichten hatten, als dem Einäschern von Satansjüngern beizuwohnen.

Aber Bischof Meyer lieh in derlei Fragen einzig dem Jakobus Parzer sein Ohr. Und Johannes Burrus hatte sich gehütet, den hohen Herren in so brenzliger Angelegenheit dreinzureden. Immerhin konnte er froh sein, daß sein Halbteufel nicht in diese Satanssache verstrickt schien. Obwohl er es noch immer äußerst sonderbar fand, daß gerade der Bauer Hadelitz die Hexe angestiftet haben sollte, einen ungetauften Wickelknaben zu rauben.

Der Hadelitz ein Teufelsjünger? Burrus kannte den vierschrötigen Mann seit vielen Jahren. Zu Erntedank karrte der Bauer immer Weizen und Früchte fuderweise auf den Klosterhof. Und auch wenn es hieß, daß er sein Gesinde mit harter Hand lenke, so war er doch ein gottesfürchtiger Mann von mittleren Jahren und auf dem teuflischen Tanzplatz eine nur mühsam vorstellbare Figur.

Nun, das Spektakel würde spätestens zur Non verraucht sein, sagte sich der Abt, indes er sich der Tribüne den Scheiterhaufen gegenüber näherte, wo für die Geistlichkeit Sessel aufgestellt und Leinsegel gegen jegliche Witterung ausgespannt waren. Burrus küßte den Rubin am bischöflichen Finger, neigte das Haupt vor den Nüstern des Inquisitors und grüßte leichthin zu den Tonsuren geringerer Äbte hin, die mit ansehnlichem Eifer in seine Richtung nickten und buckelten. Unter leisem Seufzen, in dem sich Behagen und Unbehagen zu annähernd gleichen Teilen mischten, sank er auf seinen mit Goldbrokat bezogenen Sitz. Der Boden der Tribüne war mit Schilfblättern bestreut, die gewiß an Palmwedel erinnern sollten. Denn immerhin feierte die Christenheit an diesem Tag den Einzug des Heilands ins heilige Jerusalem.

Die Glocken begannen zu läuten. Ihr erzener Klang ergoß sich über den Domplatz und hüllte alle Zuschauer, ob Geistliche oder Gaffer, in einen Mantel aus brausendem Schall. Da schwang zu seiner

Linken das Tor des Bischofspalastes auf und die Hexe nebst Hadelitz wurden auf den Platz geführt. Die Glocken dröhnten, doch lauter noch war das Stöhnen und Raunen, das die rote Magd und ihren Buhlen empfing. Es klang wie das Röcheln eines tausendhäuptigen Tieres, dem in ebenso vielen Rachen Rotz und Geifer zusammenliefen.

Zwei Henker, in schwarzer Kutte und mit spitzen Kapuzen, die nur die Augen frei ließen, führten Adele und den Bauern zu den Holzhaufen am Domportal. Beide waren an den Fußknöcheln zusammengebunden, so daß sie nur langsam vorwärts kamen, und schon dieses gemächliche Gehen schien ihnen Mühe zu bereiten. Der Hadelitz humpelte und mußte sich mit der Linken auf einen Knotenstock stützen, derweil der rechte Arm schlaff und verdreht an seiner Seite baumelte. Auch der Unterkiefer hing ihm herunter, was gewiß vom Einführen der Eisenbirne herrührte und seinem sonst nahezu leeren Antlitz den Anschein unmäßigen Erstaunens verlieh. Eigentlich durfte er sich ja glücklich schätzen, da die ärgsten Martern hinter ihm lagen und er sogar der Verbrennung bei lebendigem Leibe immer noch entgehen konnte, wenn er nur endlich gestand und unter Tränen bereute. Gleichwohl schlotterte der Hadelitz, sein Antlitz zuckte, und auf dem kurzen Weg zum Feuer mußte sein Henker ihn zweimal am rechten Arm emporreißen, da die Knie unter ihm nachzugeben drohten. Und bei jedem Emporreißen stieß der Hadelitz einen viehischen Schrei aus, auf den ein Schwall kaum verständlicher Verwünschungen folgte.

So hatte ihn der Bauer also jahrelang hinters Licht geführt, sagte sich Burrus. Bei Tageslicht hatte er den gottfrommen Landmann gespielt, um nächtens auf das Bildnis der Muttergottes zu koten oder in fiebriger Brunst mit Riesenweibern wie dieser roten Magd durch den Wald zu wanken. Doch auch diesmal vermochte sich der Abt den Vierschrot nur mühsam als Besessenen vorzustellen.

Ganz anders das Feuerweib neben ihm – ihr Busen wogte, ihre Schenkel bebten noch unter der unförmigen Schandkutte, mit der sie ins Feuer sollte. Es waren Schenkel, die gar nicht anders konnten, als die Lenden eines Buhlen zu umschlingen, mit einem flammendroten Schoß von unauslotbarer Tiefe. Wie eine Wolke aus Blut, so wallte ihr das Haar unter der Kapuze hervor, und ihre Augen funkelten dunkelgrün wie schmatzend nasses Moos, auf das sie ihre Buhlen hinabzuzerren liebte. Auch ihr Antlitz sah zerschlagen aus, doch die violetten Male und blauen Beulen trieben ihr abscheuliches Wesen nur deutlicher hervor. Ihre Lippen waren wie von Bissen geschwollen, und nachdem sie bei der Befragung einige Zähne ausgespien hatte, schien ihr Gesicht in einem teuflischen Grinsen erstarrt.

Aber dein Satansspiel, Metze, ist aus.

Dies dachte jedenfalls Johannes Burrus, derweil die Klangflut vom Glockenturm her verebbte und die Hexe sowohl wie Hadelitz von den Fußfesseln befreit und an die Pfähle über den Scheiterhaufen gebunden wurden. In den Augenwinkeln bemerkte er auf einmal seinen Halbteufel – kein Zweifel, er war es, dort unten in die Menge eingepfercht, an seiner Seite ein junges Weib mit scheuer Miene und fuchsbraunem Haar. Nur indem er sein Kruzifix umklammerte, vermochte Burrus seine Rechte am rasenden Kreuzschlagen zu hindern.

Wenn er jetzt nur einen Mucks tut, reißt ihn die Hexe mit ins Verderben. Und mich dazu, aber nein, das darf und wird nicht geschehen. Burrus sah sich von Visionen überflutet – wie der Halbteufel den Allmächtigen und Bischof Meyer schmähte, wie er sich auf den Henker warf, ihn zu Boden rang, die Metze befreite. Er entließ ein stilles Stoßgebet gen Himmel, und die Gesichte verblaßten.

Hat mir der Gerlach nicht erst gestern berichtet, daß Faust vom Fieber genesen, doch noch zu schwach sei, um seine Kammer zu verlassen? Ruhig, nur ruhig, es wird schon nichts geschehen.

Allerdings hatte es im Kloster bereits einiges Gerede gegeben, nachdem gleich zwei Knechte, die unter einem Dach mit Faust genächtigt hatten, tags darauf verblichen waren. Der Küchenknecht Adi Wenger war am Fleckfieber verschieden, der Bauknecht Ottokar wenig später von einer abstürzenden Fiale in der Baugrube erschlagen worden. Daraufhin hatte natürlich wieder ein abergläubisches Geraune begonnen: Der Faust hätte dem Ottokar am Vorabend die Hand aufgelegt und ihm den Tod in der Grube angehext, aus Rache, weil der Bauknecht ihn einen Dämonenbalg geheißen hätte.

Zu allem Überfluß hatte Kurfürst Philipp angekündigt, in Bälde eine Besatzung von einigen dreißig Reisigen ins Kloster zu verlegen, zur Verteidigung des Schanzwerks. Unter den Augen der Kürassiere konnte er seinen Halbteufel gewiß nicht auf geweihtem Grund spazierenführen, sagte sich Burrus, und für alle Zeit im Essigkeller einsperren ließ der Bursche sich ebensowenig. Da war es so oder so am besten, wenn er den Faust für eine Weile verschwinden ließ – Nigrethius würde schon Rat wissen.

So grübelte der Abt und knetete sein Kruzifix, und unterdessen hatten die Henker bereits Pechfackeln angezündet. Zu beiden Seiten der Todgeweihten standen sie in ruhiger Haltung neben dem Domportal, der eine unter den Drachen, der andere bei den Eulen. Eben beugte sich Adeles Scharfrichter zu ihrem Holzhaufen hinüber, zog ein Scheit heraus und hielt es in die Flamme, wohl um sicherzugehen, daß die Hölzer nachher auch anstandslos brennen würden.

Der Scheit entflammte sich mit leisem Knistern, und ein brandiger Geruch stieg auf, der den Odem kokelnder Haare und schmorenden Menschenfleischs schon vorausahnen ließ.

Über Äbte und Priester und selbst über Bischof Meyer erhoben, hatte Jakobus Parzer bis dahin auf seinem scharlachroten Sessel ausgeharrt. Nun raffte er sich auf und stand einige Momente schwarz, stumm und hager über allen Häuptern, ehe er mit schallender Stimme ausrief: »Angeklagt und geständig, die Magd Adele. Sie hat offenbart, daß sie von einer fahrenden Wahrsagerin einen Säugling erfeilscht und zum Einkochen unter teuflischen Gebräuchen auf den Tanzplatz im Kuflinger Forst gebracht. Sag Sie nun an vor aller Ohren, Adele – aus welchem Grund hat Sie solche Greuel getan?«

»Wie oft willst du's noch hören, Himmelsschinder. Der Bauer hat den Beutel von mir verlangt.« Ihre Stimme klang heiser und verwaschen, und zwischen ihren zerschlagenen Lippen und löchrigen Zahnreihen kamen die Wörter nur undeutlich heraus. »Bring ihn, hat er geschrien, oder ich liefere dich dem Richter aus. Denn der Hadelitz wußte, daß ich den König umgebracht hab', und so mußte ich mich fügen.«

»Der reisende Schausteller, der sich König nennen ließ, obwohl er bloß mit Messern warf«, rief der Inquisitor, »spricht Sie von diesem Narren?«

»Er war kein Narr, Herr – eher ein Satansgott in Fleisch und Blut. Unter meinem Arsch hat er sein Leben verröchelt, und der Hadelitz wußte davon.«

»Und bereut Sie, daß Sie das Blut eines unschuldigen Kindleins vergossen und die Todsünde der Teufelsbuhlschaft begangen hat?«

»Wie sollt' ich's bereuen, beim Satan – mein Herz ist leer, meine Seele verrußt. Ich hab's gemacht und würd's morgen wieder tun.«

»Dann muß Ihr die Gnade des Schwertes versagt bleiben. Ihr Leib soll im Licht vergehen, und Ihre Seele wird bis in alle Ewigkeit die Qualen des Fegefeuers erfahren.«

Darauf erwiderte Adele nichts mehr, doch die Menge antwortete mit tausendmäuligem Seufzen und Japsen – man würde die Hexe lebendig brennen sehen. Der Inquisitor hatte sich unterdessen dem Hadelitz zugewandt, aber der Bauer antwortete auf alle Fragen nur mit viehischem Gebrüll und unverständlichen Flüchen. Verstand und Anstand schien er auf dem Streckbett gelassen zu haben, ja er gebärdete sich ärger als daheim in den Ställen sein eigenes Hornvieh, das unterdessen, nebst Haus, Acker und Gesinde, in katholisches Eigentum übergeführt worden war.

Angewidert vom Gelall des Buhlen hob Jakobus Parzer beide Arme, so als ob er die Todgeweihten segnen wollte, und seine Nasenflügel bebten stärker. Denn es war das Zeichen für die Henker, ihre Fackeln in die Holzhaufen hinabzustoßen, und im nächsten Moment züngelten schon die Flammen und fraßen sich durch Ast und Scheit zu dem ungleich köstlicheren Mahl empor, das dort an Tannenpfähle angebunden stand.

Faust krampfte die Nägel in seine Handteller. Die Siebenschöpf stand zu seiner Rechten, die Hand in seiner Armbeuge. Adele, sieh mich an, flehte er im stillen, ein letztes Mal. Beschwörend sah er zu ihr hinauf. Gib mir ein Zeichen, daß du mich nicht nur deshalb umarmt hast, weil der Satan dich zu mir sandte. Doch die rote Magd blickte nicht zu ihm hin, und sie schrie ihm auch nichts zu – kein Abschiedswort und keine Schmähung.

Die Flammen leckten schon an den Füßen der Teufelsbuhlen, und der Hadelitz schrie und wimmerte in einem fort. Adele aber begann zu lachen, als ob der Satan sie an den Fußsohlen kitzelte, und wie die Flammen sich an ihren Beinen aufwärtsschlängelten, schrie sie mit zerschlagenem Mund, so daß der Geifer durch Zahnlücken spritzte: »Ah, Fürst der Lüste, kriechst du mir wieder die Schenkel hoch? Soll dein Rabe mir nur ins Nest fahren, Hoheit, ich will ihn würgen, daß ihm Aug' und Schnabel übergehen!«

Die Flammen züngelten höher, und immer fiebriger schrie Adele ihr Entzücken über den Domplatz. Da riß sich Faust von der Siebenschöpf los, rempelte und rangelte sich durch die Menge, sprang über das Gatter und stand auf dem leeren Platz unter dem Dom. Er mußte den Kopf in den Nacken legen, so hoch ragten der Hügel und die Feuer vor ihm auf. Und das Portal dazwischen, gesäumt von steinernen Drachen und lebenden Schindern, war wie ein klaffend schwarzer Schlund in den Himmel hinauf. »Warum, Adele?« rief er. »Warum hast du das Jorgele in den Wald gebracht?«

Die Flammen umtanzten sie schon bis zu den Schultern. Längst hatte das Feuer ihre Schandkutte zerfressen, nackt stand sie inmitten der Garben, mit Ketten an den Pfahl gebunden, der gewaltige Leib in Höllenlicht gehüllt.

»Ich hab's für dich getan, Faust, und du weißt es!« schrie sie, doch mit einer fremden Stimme, die beinahe wie das Belfern im Tannenholz klang. »Weil du es so gewollt hast – nur deshalb hab' ich's getan!«

Hände griffen nach Fausts Schultern, um ihn zurückzureißen, doch er machte sich los und lief weiter auf das Feuer zu. Adele brannte nun lichterloh. Ihr Fleisch kochte, ihre Augen glühten, ihre Mähne war eine Flammenwoge, aus der hunderttausend Funken stoben. Nie war sie Faust wilder, gewaltiger, unbesiegbarer erschienen als in diesem Moment. Den Kopf weit zurückgelegt, so stand er zu Füßen der roten Braut. Und just in diesem Augenblick riß sie mit einem Ruck den Pfahl, an den sie hinterrücks angebunden war, aus dem Haufen heraus und wankte brennend, von Flammen umlodert, von Schwaden umwabert, durch Asche und Glut zu Faust hinab.

Drei Schritte vor ihm brach sie in die Knie. Der Tannenpfahl in ihrem Rücken zerbarst, und so bekam sie in diesen letzten Augenblicken ihres Lebens noch einmal die Hände frei. Die Linke reckte sie

Faust entgegen, mit der Rechten wies sie auf den Boden vor ihren Knien. »Wir sehen uns wieder, Liebster – im Paradies!« Dann brach sie in bellendes Gelächter aus und fiel nach rückwärts um, am ganzen Leib zuckend und zitternd. Rauch waberte aus ihren Ohren, Funken stoben aus Adeles Augenhöhlen, ihr Antlitz verzerrte sich vor höllischem Lachen, und die Leute schrien Ah und Oh – ein solches Spektakel hatten sie noch auf keinem Jahrmarkt und keinem Scheiterfest gesehen.

Zuletzt sei aus ihrem Schoß gar eine schwefelgelbe Flamme hervorgeschossen, mit gespreizten Schenkeln habe sie auf dem Domplatz gelegen, so daß der halbe Sprengel bis auf den Grund der Hölle spähen konnte. So wurde es jedenfalls späterhin in den Schenken von Speyer bis Knittlingen erzählt, aber das war bloß frommer Überschwang.

Die rote Magd war tot, bei lebendigem Leib gebraten wie ihr bäurischer Buhle, und über den Domplatz wehten fettiger Ruß und ein halsabschnürender Gestank nach verbranntem Fett und zerplatzten Därmen. Und während die Leute noch in heiligem Schauder auf die Geläuterten schauten, nahm die Siebenschöpf ihren Gefährten beim Arm und führte ihn durch stille Gassen eilends hinab zum Anger, wo Messer die Eselskarre bewachte.

»Wir müssen weg von hier, mein Faust«, sagte sie, »bevor die heiligen Herren auch dich ins Feuer binden.« Die Knie zitterten ihr so sehr, daß sie den Kutschbock kaum zu erklimmen vermochte. Doch als Faust sich neben sie setzen wollte, wies sie mit ihrem scheuen Lächeln nach hinten. »Besser, du verbirgst dich bei deinen Puppen.«

Er tat wie geheißen. Wieder und wieder sah er Adele vor sich, wie sie brennend auf ihn zuwankte, dann vor ihm in die Knie brach. »Weil du es so gewollt hast – nur deshalb hab' ich's getan!«

Lena ließ die Peitsche schnalzen, und nach halbherzigem Sträuben trabte Tarock los.

37

In diesem Frühling schien ihm die Siebenschöpf so heiter und ihrer selbst gewiß wie niemals vorher. Mit ihrer Kutschertracht – weiten Wadenhosen, Wams und speckiger Mütze, unter der sie ihr Eichhörnchenhaar aufgetürmt trug – sah Lena wie ein halbwüchsiger Bursche aus, mit weichen Wangen und einem scheuen Lächeln, wie man es bei einem Kutscher schwerlich erwarten würde. Zuweilen nannte Faust sie Toni, mit dem Kosenamen ihrer Mutter, der zur Not als Rufname für einen Burschen gelten konnte. Aber es war ein Scherz, der ihm wenig behagte, aus mehrerlei Gründen – weil er Lena noch mehr auf die Stufe der Mütter rückte und weil er ihn selbst an den kleinen Knecht Adi erinnerte, in dessen Name äffend Adele nachzuklingen schien. Doch es war Lenas Wunsch, daß er sie Toni rief, wenn sie unter Leuten waren, und Faust fügte sich, wie er sich in jenen Wochen nahezu allem fügte, was die Siebenschöpf für sie beide ersann.

Lena lächelte von früh bis spät, derweil sie Tarock auf holprigen Nebenwegen gen Heidelberg lenkte. Mit dem Eselswagen rumpelten sie nach Bretten und von dort mal mehr, mal minder nordwärts von Fleck zu Flecken. Ihre Schlafkammer war meist nur eine Scheune oder ein Schäferkarren, nicht selten auch bloß ein Busch am Wegrand. Sie badeten in Bächen oder Quellen, und wenn die Dunkelheit herabfiel, bevor sie einen Gasthof in der Ödnis gefunden hatten, so begnügten sie sich mit einem Brotkanten und einem Brocken Allgäuer Käse, der auf ihrem Wagen noch zwischen den Fadenpuppen umherkollern mochte.

»Wenn du nach dem Puppenspiel so seltsam verwandelt bist, du weißt schon, mein Faust – wir würden nur den Argwohn von Priestern und Bütteln auf uns ziehen.« Bald jeden Tag beschwor ihn Lena aufs neue, sich still zu verhalten, zumindest in der ersten Zeit. Scheu lächelte sie zu ihm empor, seine kühle Rechte zwischen ihren warmen Händen. »Versprich mir, daß du an dich halten wirst. Es ist ja nur für ein paar Wochen, bis sich alles beruhigt hat. Nach dem, was in Speyer passiert ist, könnte wohl nicht mal dein Herr Johannes dich retten, wenn du jetzt in die Fänge der Inquisition geraten würdest.«

Er versprach ihr alles, was sie hören wollte. Eigentlich wollte er nur, daß sie ihn in Ruhe ließen – Lena, sein inwendiger Dämon und auch sonst jedermann. Daß er auf dem Kutschbock neben ihr hocken und sich durch Wälder, Auen und Weinberge schaukeln lassen konnte, im Halbschlaf dämmernd, der ihn vor Gedanken und Träumen gleichermaßen bewahrte.

In den ersten Wochen, wenn Lena ihren Eselskarren auf einen Kirchplatz oder Dorfanger lenkte, wagte er nicht einmal, den Lumpenvorhang emporflattern zu lassen, der seine Puppenbühne verbarg. Mit heller Stimme pries der Kutscherbursche Toni die Gaben seines Meisters Rimelius an, und nicht lange darauf war ihr Wagen von Bauern und Knechten umringt. Doch anstatt sie mit seinen hölzernen Kreaturen zu verzücken oder nach dem Spiel gar wie fleischerne Riesenpuppen zu lenken, begnügte sich Faust damit, den Leuten aus der Hand zu lesen und ihre Leiber mit seiner Linken zu befühlen, um ihre verborgenen Leiden zu schauen.

Eine Bedrückung lag über dem Pfälzer Land, der Hunger glänzte in den Augen der armen Leute. Eine stumme, kaum erst ausgekrochene Wut verdüsterte Seelen und Gesichter, und von Engeln erleuchtete Prediger zogen von einer Stadt zur anderen, um das nahe Ende dieser Welt zu verkünden. Doch von alledem nahm Faust, oder eben Meister Rimelius, wie Lena ihn in jenen Frühlingswochen nannte, wenig wahr.

Der Name ging auf einen Scherz in ihrer Kinderzeit zurück. Mit neun und zehn Jahren hatte Faust seine Fadenpuppen zuweilen in Reimen sprechen lassen, und in zärtlicher Torheit hatte Lena ihn daraufhin ihren lieben Reimel genannt. »Dann besser gleich Rimelius«, hatte Faust gespottet und sodann lange gebraucht, um Lenchen zu erklären, daß jedermann, der als Streiter zeitgemäßen Geistes gelten wollte, seinem Namen einen latinisierenden Anstrich gab.

Zwischen Ostern und Himmelfahrt wog Meister Rimelius wohl fünf Schock schwieliger Pratzen in seinen Händen, erforschte schlanke und plumpe Finger, befühlte Mond- und Marsberge, deutete Länge und Verlauf von Erd-, Geist- und Herzlinien. Obwohl er die Handlesekunst des Herrn Nigrethius sorgsam studiert hatte, schien es ihm, daß die Chiromantie eine recht ungefähre Wissenschaft sei, weitschweifig und allzu sehr im vagen verweilend.

Was half es beispielsweise dem alten Müller, wenn der Handleser ihm versicherte, daß er arbeitsam, gottfromm und Ausschweifungen abgeneigt sei? Das hatte der Alte schon vorher gewußt, und auch wenn er, von der vermeintlichen Hellsichtigkeit des Wahrsagers beeindruckt, bereitwillig sein Kupferstück hervornestelte, so war ihm mit der Auskunft doch wenig gedient. Die Chiromantie, auf herkömmliche Weise betrieben, war kaum mehr als schlaue Bauernfängerei. Legte Faust demselben Alten aber seine Linke auf den Buckel und schloß die Augen, um ins Innere des Mannes zu schauen, so strömten ihm die Gesichte nur so zu.

»Als kleiner Knabe bist du in den Mühlbach gefallen und wärst beinahe ertrunken«, teilte er dem Müller mit. »Im Wachen kannst du dich an den Vorfall längst nicht mehr erinnern – kein Wunder, die Sache ist ja ein halbes Jahrhundert her. Aber in gewissen Träumen kehrt deine Seele immer wieder dorthin zurück, und deshalb schreckst du so häufig aus dem Schlaf auf und fühlst dich am Morgen wie zerschlagen. Sag, Müller, hab' ich recht?«

Der Alte kniff die Lippen zusammen und starrte Faust lange aus schmalen Augen an. »Schon möglich, Herr, aber wie könnt Ihr davon wissen?«

»Ich lese es in deinem Innern.« Faust senkte abermals die Lider. Seine Linke ruhte noch immer auf dem Rücken des Müllers, der sich unter dem lebenslangen Schleppen von Mehlsäcken gekrümmt hatte wie eine Scheffelkufe. »Ich sehe den Ort genau vor mir – am Ufer des Mühlbachs steht dort eine vielarmige Weide, und zwanzig Schritte dahinter ragt das Schaufelrad aus dem Bachbett auf.« Er zog seine Hand zurück und sah dem Müller ins Antlitz. »Und das ist mein Rat an dich: Begib dich zuweilen sonntags dorthin, setz dich unter die Weide und schau in den Bach hinab. Erlaube deiner Seele, im Wachen jenes Entsetzen nachzuerleben, dann wirst du in den Nächten bald schon so tief und ruhig schlafen wie ein Wickelkind.«

Der Alte stammelte seinen Dank. Seine Augen waren feucht geworden, mit bebender Hand fuhr er in sein Wams und zog eine weitere Münze hervor. »Hier, Bursche, nimm, dein Meister hat es sich verdient.«

Mit strahlendem Lächeln nahm Lena die Münze entgegen – ein silbrig schimmernder Albus, genug für Nachtmahl und Kammer in einem gediegenen Gasthof. Und da drängelte sich schon der nächste durch die Menge der Gaffer und streckte Faust seine Hand entgegen.

»Lest mir das Schicksal, Meister Rimelius, und flechtet an, was Eure Hellsicht mir rät.«

Es war ein hochgewachsener Mann in mittleren Jahren, von hagerer Gestalt und mit tiefen Furchen, die sich von den Nasenflügeln zu den Mundwinkeln zogen. Faust umfaßte die knochige Hand und erstarrte. Eiskälte wehte ihn an. Um ganz sicherzugehen, legte er ihm die Linke auf den eingefallenen Leib und schloß die Augen. Wo sich die Gedärme in starken, dunklen Farben schlängeln sollten, trug der Mann einen Klumpen schwarzer Nacht in seinem Bauch.

Er hob die Lider, ergriff erneut die Hand des Todgeweihten und sah ihm ins Gesicht. »Du arbeitest als Knecht bei einem Bauern«, sagte er und bemühte sich um ein aufmunterndes Lächeln. »Wie ist dein Name?«

»Konrad.« Der lange Kerl sah unbehaglich nach links und rechts, als wäre es ihm eigentlich nicht erlaubt, seinen Namen zu offenbaren.

»Du hast dich dein Leben lang wie ein Ochs ins Joch spannen lassen, Konrad.« Faust lächelte ihn an. »Aber damit muß es jetzt genug sein.«

Der Knecht fuhr zusammen und wollte ihm seine Hand entziehen, doch Faust hielt sie mit sanfter Beharrlichkeit fest. »Du hast doch ein paar Pfennige zur Seite gelegt? Dann nimm deinen Beutel und geh auf und davon. Zieh in dein Heimatdorf und sag deinem alten Mütterchen Lebwohl. Davon träumst du doch seit langem?« Der Knecht nickte, und ein zaghaftes Grinsen rundete für einen Moment seine Wangen. »Dann spute dich«, riet ihm Faust. »Viel Zeit bleibt euch nicht mehr.«

»Wieviel?« Die Lippen des großgewachsenen Mannes begannen zu zucken. »Ein Sommer, Herr, oder mehr – vielleicht gar ein halbes Jahr?«

»Ein paar Monate, so Gott will«, räumte Faust ein, obgleich Konrad wohl keine vier Wochen mehr zu leben hatte. Die schwarze Wolke füllte sein Inneres fast schon bis zum Herz hinauf.

»Es macht sowieso keinen Unterschied – ich hab' keinen Heller und kann nirgendwo hin.« Konrad ließ den Kopf hängen, seine ganze Gestalt schien in sich zusammenzusacken. »Zwanzig Jahre lang hab' ich mich für meinen Bauern geschunden, und er hat mir niemals auch nur einen Pfennig bezahlt. Ein Schlafplatz im Stroh und jeden Tag ein paar Brocken gegen den allerärgsten Hunger – mehr hat mir das Ochsenleben nicht eingebracht.«

In der Menge ringsum begann es zu murren. »Recht hast du, Konrad«, rief ein junger Knecht, der am Rand des Angers auf einer gefällten Weide saß.

»Aber haltet lieber das Maul«, empfahl ein anderer, »sonst bekommt ihr doch nur wieder die Ochsenpeitsche zu spüren.«

Konrad drehte sich nach links und rechts und schien sich immer unbehaglicher zu fühlen. »Laßt mich los, Herr«, bat er schließlich Faust. »Euer Rat ist sicher gut gemeint, aber für mich taugt er nicht. Ich bin als Ochs geboren und muß hier im Joch verrecken. Also gehabt Euch …«

»Das mußt du nicht«, fiel ihm Faust ins Wort. »Wieviel haben wir heute eingestrichen, Toni?«

Der Kutscherbursche mit den winterblauen Augen kauerte nahebei am Boden und klopfte dem Hund Messer das Fell. »Zwanzig Kupferstücke und drei Weißpfennige, Meister.«

»Die Kupferstücke gehören Konrad«, entschied er. Der Knecht starrte ihn an, außerstande, das Wunder zu begreifen, während die Leute ringsum durcheinander zu rufen begannen. »Sag mir nur eines noch, Konrad, welcher ist dein Bauer? Er ist doch auch hier auf dem Platz?«

Der Knecht wandte sich um und deutete auf einen älteren Mann mit prallen Wangen und gewaltigem Schnauzbart, der einige Schritte abseits stand, an seiner Seite eine junge, stark gebaute Magd. Üppig wie eine Pferdemähne strömte ihr das bräunliche Haar bis auf die Schultern. Und war da nicht gar ein kupferner Schimmer auf ihrem Haupt?

Ach woher, Narr, was du wieder träumst, schalt sich Faust. Ihre Augen leuchten blau wie der gewöhnlichste Maienhimmel, und ihre Haut ist nicht blaß wie Mondlicht und mit tausend Tupfern gesprenkelt, sondern von der alljährlichen Erntesonne gegerbt und gebräunt.

Dennoch konnte er seinen Blick nicht von ihr wenden. Er starrte sie an, über die Menge der Knechte und Mägde, Bauern und Müller hinweg, und sein Herz krampfte sich zusammen vor Trauer und Schmerz.

Endlich gelang es ihm, sich von der fremden Magd abzuwenden, so daß sie ihm zumindest aus den Augen war. Er ging um den Wagen herum und sah auf das Flüßchen hinab, das neben dem Anger vorüberplätscherte, ungleich schmaler und zahmer als der Besselbach, wo er einst Adele zum ersten Mal begegnet war.

Auf einer Trauerweide am jenseitigen Ufer hockte ein schwarzer Vogel von greulicher Ungestalt, und Faust sah schwermütig zu, wie das Federvieh seinen Kopf halb unter den Flügel schob und mit einem Auge zu ihm herüberschielte. So sehr waren seine Gedanken bei dem Vogel und seine Seele bei Adele, daß er kaum mitbekam, wie hinter ihm der Kutscherbursche Toni dem Knecht Konrad eine Handvoll Kupferstücke in die Rechte klimpern ließ und der Todgeweihte seinen Dank stammelte. Wie die Siebenschöpf mit heller Stimme ausrief, daß die Darbietung beendet sei, und die Leute zu ihrem Tagwerk zurücktrotteten. Wie Lena ihn beim Arm faßte, zum Karren führte und auf den Kutschbock schob.

Und während der ungeschlachte schwarze Vogel mit trägem Flügelschlag aus der Uferweide aufflog, lief Lenchen um Tarock herum, schwang sich neben Faust auf die Bank und rief mit einem Lächeln in der Stimme: »Auf nach Brachenheim! Wollen doch sehen, Tarock, wem dein Herr als nächstes seine Kupferstücke schenkt.« Die Magd mit dem füchsischen Schimmer im Haar schien Lena nicht weiter aufgefallen zu sein, sowenig wie die Blicke, die Faust ihr zugeworfen hatte, oder zumindest ließ sich Lena nichts anmerken. Derweil sie Tarock über die zertrampelte Wiese lenkte, zurück auf den Fahrweg, sah sie Faust von der Seite mit scheuem Lächeln an. »Wie willst du es nur jemals zu einem eigenen Haus bringen, mein Liebster – wenn du deine Münzen immer gleich an arme Teufel weitergibst?«

Er zuckte mit den Schultern und verdrehte sich zugleich den Hals, um den schwarzen Vogel, der hoch über ihnen kreiste, nicht aus den Augen zu verlieren. Auch Messer, der neben dem Esel dahintrottete, schaute immer wieder zum Himmel und stieß leise Knurrtöne aus.

»Und doch mußte ich an mich halten«, fuhr Lena fort, »um dich nicht zu umarmen und abzuküssen, als du dem Konrad deine Kupferstücke vermacht hast. Ach, wie hab' ich dich lieb, mein Faust. Für alle Zeiten möchte ich so mit dir durch die Welt ziehen.« Sie ließ die

Peitsche schnalzen, und Tarock bleckte die Zähne, als ob er ihr beipflichten wollte. »Aber stell dir nur vor, wie die Leute stieren würden – wenn dein Kutscherbursche dich vor aller Augen umschlingt und seine Lippen …« Sie wurde fast so rot wie der Klatschmohn am Wegrand und brach ab.

Faust gab ihr keine Antwort, und Lena erkannte, daß er ihr kaum zugehört hatte. Man schrieb den Himmelfahrtstag, seit bald sechs Wochen waren die Siebenschöpf und ihr Liebster da bereits unterwegs.

38

Schon der Name des Gasthofs behagte ihm wenig, aber er hielt es wie meist in dieser Zeit und fügte sich Lenas Plan. Unter dem Kupferschild mit dem gewaltigen Falken trat Faust mit dem Kutscherburschen Toni in die Schenke ein.

An langen Tischen saßen Zecher gedrängt auf Schemeln und Bänken, und der Wirt hinter dem Tresen kam mit dem Eingießen von Wein und Dünnbier nur mühsam nach. Alle paar Augenblicke rief die Schankfrau im rostroten Kittel ihm weitere Bestellungen zu – »zehnmal Vesper, sieben Krüge Weißen … drei Bier … Und wie steht's mit Schlafplätzen für heute nacht?«

»Die Kammer ist noch frei«, schrie der Wirt zurück. Unter der niedrigen Decke waberte Qualm umher, so dicht und rußig dunkel, daß man kaum drei Schritte weit sah. »Und im großen Bett noch drei Plätze, wenn die Gesellen nicht zu fett sind.«

Auf diese Verheißung hin überboten drei unbehauste Zecher einander mit Schmeichelreden, um sich die verbliebenen Schlafplätze zu sichern. »Bis Heidelberg hinauf haben wir Eure Gastlichkeit rühmen hören«, beteuerte der erste. »Wir zahlen auch im voraus«, versicherte sein Gefährte. »Bitte überzeugt Euch selbst«, bot der dritte an, »Ihr werdet kein Gran Fett an unseren Leibern finden.« Und er erhob sich grinsend und machte Anstalten, seinen Wanst zu entblößen.

Doch die Schankfrau verwies es ihm, indem sie ihn derb auf seinen Schemel zurückstieß: »Ich glaub's Ihm ja, Kerl. Schlimm genug, daß die Odenwäldler da drüben unsere Schenke mit dem Badehaus zu verwechseln scheinen.« Sie deutete auf ein Dutzend Burschen, die in zerschlissenem Unterzeug und gutturalem Gespräch beisammen saßen, indes ihre Hemden und Hosen im Rauch der Küchenesse trockneten. Anscheinend hatten sie vorhin im Dorfteich gebadet und bei dieser Gelegenheit auch ihre Kleider gewaschen, wie es unter fahrenden Leuten üblich war.

»Schaut, dort hinten, Meister Rimelius – unter dem Fenster sind noch zwei Plätze frei.«

Lena bahnte sich einen Weg durchs Gedränge, und Faust folgte ihr, ohne sonderlich auf seine Umgebung zu achten. Die Nacht war hereingebrochen, und wer jetzt noch keine Unterkunft gefunden hatte, würde draußen im Dunkeln wohl auch kein halbwegs bequemes und sicheres Plätzchen mehr aufspüren. Doch es war ihm gleich, ob sie im »Falken« oder auf den Stufen vor dem Gasthof nächtigen würden, oder seinethalben auch in der Enge des Eselskarrens zusammengekrümmt.

Die Siebenschöpf zog ihn neben sich auf die Bank. Auch hier hockten die Tafelnden so eng gedrängt, daß man sich kaum zu rühren vermochte. Doch immerhin strich zwischen den Fensterläden ein linder Nachtwind herein. Gegen den dicken Dunst aus Schweißgeruch und Bratenduft, vergossenem Bier und Ofenqualm vermochte der Luftzug allerdings wenig.

»Wo denkt Er hin«, fuhr die Wirtin den Kutscherburschen Toni an, »bestell Er, was jedermann bekommt, oder such Er sich eben eine andere Schänke.«

Eilends erklärte sich Lena mit allem einverstanden, was die Schankfrau verlangte. »Dann also das Nachtmahl für meinen Meister und für mich, außerdem einen Krug Weißen und einen Apfelmost. Und die Kammer, von der Ihr eben spracht – die ist doch noch feil, Frau Wirtin?«

»Die Schlafkammer für Eheleute, allerdings.« Die Wirtin zog den Nasenrotz hoch. »Dies ist ein gottfrommes Haus, Bursche. Für Sodomiten haben wir nicht mal im Koben Platz.«

Längst war der Siebenschöpf die Röte in die Wangen gestiegen, und etliche Zecher glotzten bereits zu ihnen herüber. Aber Lena ließ sich nicht entmutigen, sondern winkte der Schankfrau, sich tiefer zu ihr herabzubeugen. »Verzeiht uns die Maskerade, Frau Wirtin«, sagte sie so leise, daß Faust ihr Gewisper kaum verstand. »Wir sind zwei Liebesleute aus dem Württembergischen. Ich bin so gut wie Ihr selbst ein Weib, mit dem Herzen an der rechten Stelle und Brüsten darüber, wie es sein soll.« Und sie nestelte ihr Wams ein wenig auf, so daß die Wirtin hineinspähen konnte. »Dieser junge Herr ist mein Bräutigam«, fuhr sie flüsternd fort, »aber unsere Familien liegen seit der Großväter Zeiten im Streit und wollen nicht dulden, daß wir uns vermählen. Und so sind wir in dieser Verkleidung entwichen – mein Liebster als fahrender Wahrsager, ich selbst als sein Kutscherbursche –, weil wir hoffen, daß Ihr Kurpfälzer mit Brautleuten barmherziger verfahrt.«

Eben noch zeitig war ihr dieser kleine Schwindel in den Sinn gekommen, der seine Wirkung auf die Wirtin zum Falken schwerlich verfehlen konnte. Dem rotnasigen Klotz hinter dem Tresen hatte sie gewiß nicht aus Liebe die Hand gereicht, doch um so minniglicher seufzte sie seit jeher, wenn ein Troubadour in ihrer Schenke von herzverwirrenden Wonnen sang. Und die Grenze zum Württembergischen hatten ihre in treuem Schankdienst geplätteten Füße nie überschritten, doch desto überzeugter war sie, daß alle Übel dieser Welt in Stuttgart ausgebrütet würden. Und folglich war es ihre zwiefache Pflicht als Pfälzerin und Christin, dies unschuldige Pärchen in der Schlafkammer für Eheleute einzuquartieren.

Sie lief auch gleich los, das Gemach festlich herzurichten, und schrie im Abgang nach ihrer Tochter Agnes, damit die Maid unterdessen Schüsseln, Krüge und Platten herbeitrug. Auch dem Pferdeknecht würde sie Bescheid geben, auf daß er Tarock ausschirre und in den Stall des »Falken« führe.

Faust schaute auf, mit nichts Ärgerem als Wein und Braten rechnend, und da traf ihn ein Blick aus moosgrünen Augen. »Wer bist du?« fragte er, denn was zwischen Lena und der Wirtin geredet worden war, hatte er kaum zur Hälfte aufgefaßt.

»Die Wirtstochter. Ich bring', was Er gefordert hat – Fleisch, Brei und Wein.«

Er hatte überhaupt nichts gefordert, jedenfalls nichts, was sich braten und auftischen ließe. Ungeduldig sah er zu, wie die Schankmagd

Schüsseln und Platten vor ihnen aufreihte. Den Weinkrug nahm er ihr aus der Hand und leerte ihn zur Hälfte in gierigem Zug. »Sag mir deinen Namen«, bat er die Maid, indem er den Krug vor sich auf den Tisch scheppern ließ.

»Trinken kann Er ja, der goldene Jüngling.« Die Wirtstochter war vor ihm stehen geblieben, die Hände auf den Hüften. Sie war eine noch junge Frau von plumper Gestalt, mit teigigem Antlitz und schlammbraunem Haar, das ihr in dünnen Strähnen auf die Schultern rann. »Aber mehr als meinen Namen bekommt Er von mir dennoch nicht.«

Selten war Faust ein weniger ansehnliches Weib untergekommen, doch beim Anblick ihrer Augen, mit ihrem Schimmer wie feuchtes Waldmoos, begann ihm das Herz in der Brust zu hämmern.

»Die Agnes ruft man mich.« Ihr Blick ging von ihm zu dem Burschen an seiner Seite. »Na, das nenn' ich mal zwei hübsche junge Herrchen.« Sie beugte sich so weit über den Tisch, daß sie beide den reizlosen Inhalt ihres Kittels erkunden konnten, und verschwand dann mit schwingenden Schenkeln im Schenkendunst.

Er schaute ihr hinterher, und es schien ihm, als hätte er nie eine greulichere Metze erblickt. Lena schnitt ihm Braten vor, häufelte ihm Hirsebrei auf den Teller, und mit den ersten Bissen erwachte in ihm der Hunger.

Seinen Krug hatte er rasch gänzlich geleert, ungefragt brachte die Schankmagd einen zweiten. Schläfrig saßen Lena und er vor bald schon blank gegessenen Tellern und sahen den Odenwälder Burschen zu, die im Unterzeug durch die Stube schwankten. Sie taumelten umher, fielen einander in die Arme, und aus ihren Kehlen drang mißtönendes Brummen wie von zornigen Bären.

»Sie ist deiner Begierde nicht wert, mein Faust«, hörte er einmal Lenchen an seiner Seite murmeln, aber als er sich zu ihr wandte, lächelte sie ihn nur müde an. Warum sollte sie ihm auch derlei zuflüstern? Als Agnes abermals an ihrem Tisch vorbeischaukelte, sah er sie mit größerer Aufmerksamkeit an und kam doch nur wieder zu dem gleichen Schluß. Abstoßender als eine Waldköhlerin sah sie aus, und dazu gebärdete sie sich wie eine feile Magd. Doch dann traf ihn neuerlich ihr Blick, und der Gaumen wurde ihm dörr.

Als Lena ihre Zeche begleichen wollte, begann Agnes sie auch noch unflätig zu beschimpfen. »Gezahlt wird, wenn alle am Tisch aufgefressen haben, merk Er sich das, junges Herrchen!« Die Arme hatte sie unter dem Gallertbusen verschränkt, doch obwohl sie mit dem Kutscherburschen Toni zeterte, schaute sie aus funkelnden Moosaugen unablässig nur Faust an. »Und wenn's Ihm nicht paßt, dann schwänzel Er nur lieber rasch in die Nacht hinaus, eh ich Ihm mit dem Speckmesser den Arsch balbiere.«

Die Siebenschöpf wurde bleich bis unter ihr Stülpnäschen, doch Faust zuckte nur mit den Schultern. »Laß sie geifern, wie sie mag, Lenchen«, flüsterte er in ihr Ohr. »Allenfalls eine Stunde noch, dann führt uns die Wirtin in unser Brautgemach.«

Endlich hatten alle am Tisch fertig getafelt, und die Schankmagd ließ sich dazu herab, das Zechgeld entgegenzunehmen. Wie es in Gasthöfen gängig war, rechnete sie auf der Schieferscherbe zusammen, was von sämtlichen Gästen am Tisch verzehrt worden war, und teilte den Betrag durch die Häupterzahl. Gemeinsam mußten der Wahrsager und sein Bursche zwei Weißpfennige berappen, einen für Braten und Wein, den zweiten Albus für die Kammer.

Als sie die knarrende Treppe emporstiegen, geführt von der Wirtin, die ihnen feierlich zum Brautbett leuchtete, fühlte sich Fausts Kehle mit einemmal so schmerzhaft wund an, als ob er krügeweise nicht heurigen Wein, sondern zerriebenes Spiegelglas in seinen Schlund gegossen hätte. Er schluckte ein paarmal und vergaß die Beschwernis gleich wieder – vor ihnen schwang eine Tür auf, und dahinter kam ein gewaltiges Bett zum Vorschein, mit Brettern so schwarz und dick wie bei einem Königssarg und mit Daunenpfühlen fast bis zum blutrot betroddelten Samthimmel hinauf.

Kaum war die Tür hinter ihnen zugefallen, da warf Toni die Kutschermütze ab, schüttelte sich aus Wams und Hosen. Im Nu hatte Lena auch ihn um Jacke und Wams gebracht, darin war sie seit Jahren geübt. Im Hemd stand sie neben dem Pfühlgebirge, mit ihrem lieben Lächeln ergriff sie seine Hand und wollte ihn mit sich unter den Samthimmel ziehen.

»Warte noch, Lenchen. Hörst du nicht – Tarock ruft.«

Ihr Lächeln verlor sich. Einige Augenblicke lauschten sie in die Nacht hinaus, doch außer den Schreien einer fernen Eule und dem Heulen der Hofhunde im Weiler war nichts zu hören.

»Seltsam, jetzt ist er wieder still. Aber ich gehe trotzdem schnell nach unten, um zu sehen, ob sich Tarock und Messer wohl befinden.«

Sie ließ seine Hand los, und ihr Lächeln kehrte zurück. »Dann hurtig, mein Faust – deine Braut wartet im Liebespfühl.«

Barfuß, in Hemd und Hosen schlich er die Stiege wieder hinunter. Er hätte nicht sagen können, ob Tarock wirklich gerufen hatte, aber irgend etwas zog ihn hinab. Unten leuchtete die Mondsichel durch klaffende Läden in die Gaststube. Behutsam bahnte er sich einen Pfad zwischen den Odenwälder Kerlen, die in trunkenen Verrenkungen auf den Bohlen schnarchten.

Eine Seitentür führte vom Schankraum in den Stall. Als er sie öffnete, hörte er tatsächlich einen Eselsschrei. Oder war es der Riegel, der im Eisen kreischte? Wie früher in der Küferei, dachte Faust, wenn Gerlachs Gesellen mit ihren Hämmern auf die metallenen Bänder einhieben.

Pferde schnaubten und scharrten, als er in die nach Heu und Hafer duftende Herberge der Tiere trat. Durch Ritzen in den Holzwänden sickerte Mond- und Sternenlicht. Er gab ein beruhigendes Brummen von sich und ging langsam durch den Gang zwischen den Holzverschlägen. Kutsch- und Reitpferde, Schimmel und Rappen, nur von seinem Esel war nichts zu sehen.

»Tarock? Messer?« Leise rief er nach den vierbeinigen Gefährten, und mit einem Fiepen gab Messer ihm endlich Antwort. Im hintersten Winkel des Stalles waren die beiden untergekommen, in einem Abteil, das so schmal war, daß Esel und Hund sich kaum hineinzwängen konnten. Aber anscheinend hatte der Stallknecht sie mit dem Nötigsten versorgt.

Faust klopfte Messer das Fell, tätschelte dem Esel die Flanke und sprach noch ein paar Augenblicke murmelnd auf die beiden ein. Weiter gab es hier nichts für ihn zu tun.

Kurz darauf war er wieder oben im Gasthof, zog die Tür zur Brautkammer auf und stahl sich hinein. Der Mond erhellte einen schmalen Streifen des ungeheuren Bettes, die restliche Kammer war in Nacht getaucht. In der Schneise aus Licht aber lag Lenchen, die Augen geschlossen, und unter dem weißen Hemd hob und senkte sich ihr Busen im sachten Takt des Schlafs. Auf ihrem Antlitz lag ein so freudiges Lächeln, als ob Faust sie in ihrem Traum innig umarmte.

Schlafe wohl, mein Lenchen. Auf Zehenspitzen schlich er zur anderen Seite des Bettes, warf seine Hosen ab und kroch unter den erstickend dicken Pfühl. Einige Augenblicke lauschte er noch Lenas Atemzügen, dann fiel auch Faust in den Schlaf.

Irgendwann kam er zu sich. Ein warmer Leib lag an ihn geschmiegt, Hände machten sich hitzig an ihm zu schaffen, derweil weiche Lippen sein Antlitz mit Küssen besäten.

Er fühlte hin und ertastete den schlanken, wohlvertrauten Leib. Die Siebenschöpf, wer sonst. Schlaftrunken ließ er zu, daß sie sich auf ihn schwang und ihn in wildem Galopp zu reiten begann. Sie stützte die Hände auf seine Brust, und ihr Atem fuhr ihm stoßweise in die Nase.

So leidenschaftlich hatte Faust sie niemals vorher erlebt. Als er seine Hände um ihre Mitte legte, beugte sie sich zu ihm hinab, und ihre Zunge drängte sich in seinen Mund. Was nur war mit Lena geschehen? Sie schien ihm gänzlich verwandelt, alle scheue Gedämpftheit wie eine alte Schlangenhaut abgesprengt.

Da ergriff ihn eine Woge dunkler Lust und riß ihn mit sich, hinauf und hinab in tollem Taumel. Eine Wolke mußte sich vor die Mondsichel geschoben haben, jedenfalls war es in der Brautkammer zum Goldenen Falken nun so finster wie in einem Sarg. Und auf einmal schien es ihm, daß Adele zu ihm zurückgekehrt wäre, in Lenas braven Leib gefahren, um ihr Herz und Schoß mit heißer Gier zu füllen. Er griff nach ihr und knetete ihr Fleisch, und von Lust durchschauert schloß er die Augen und schaute in jähem Schrecken, was die Reiterin sah.

Er erblickte Adele, wie sie sich in die Hütte des Bauern Hadelitz stahl. Auch dort war es Nacht, doch im Mondlicht sah er, wie die rote Magd sich vor dem Bett hinkauerte, wo er so oft mit ihr gelegen hatte. Und Adele zog das Kruzifix zwischen ihren Brüsten hervor, und neben dem hölzernen Erlöser baumelte ein Ledersäckchen am

Band. Sie nestelte es auf und klaubte einen irdenen Tiegel heraus. Dann hob sie eine lose Bohle im Boden an, schob das Krüglein blitzschnell darunter und war im nächsten Moment aus der Tür. Und im übernächsten ergoß sich Faust in den Schoß seiner Reiterin mit brechendem Schrei, in dem sich Lust und Schrecken, Begierde und Schmerz so unscheidbar vermengten wie Jungfrauenöl und Knabensand im Tiegel der roten Magd.

Noch während Adele in ihrem Busen gesucht hatte, war Faust von der Gewißheit übergossen worden, was sie aus dem Beutel nesteln würde. Starr lag er im Brautbett, und die Kälte kroch ihm wie Schlangengezücht durch den Leib. Längst war die Buhlin von ihm herabgeglitten, aus dem ächzenden Bett, über stöhnende Dielen zur Tür. Dann das Klirren des Riegels, aber das alles hatte er nur wahrgenommen wie einen nebelgrauen Traum.

Obwohl er mit weit offenen Augen ins Dunkel starrte, sah er immer nur sie. Adele, seine wilde Braut. Wie sie in der Hütte des Hadelitz kniete, wie sie den Beutel zwischen ihren Brüsten hervorwühlte, wie sie den Tiegel unter der Bodenbohle barg.

Das Krüglein mit Seelenfett, um dessentwillen das Jorgele geschlachtet worden war.

39

Wohl ein Dutzend Meilen lag der Goldene Falke schon hinter ihnen, und noch immer schlich das Grauen in Faust umher. Grauen und eine widerwillige Ehrfurcht vor den Tücken des furchtbaren Herrn.

Ergib dich, wisperte es in ihm. Er ist mächtiger, so viel mächtiger, raunte sein inwendiger Dämon, seit im Morgenlicht die Siebenschöpf neben ihm erwacht war. Auf der Fensterseite des Brautbetts wie am Abend, unbefleckt ihr Hemd und ein Lächeln in ihrem Antlitz – tapfer oder wahrhaft arglos?

Er wollte es nicht wissen, am Morgen nicht und mit jeder Meile, die sie auf holprigem Weg dem Städtchen Schwaigern näher brachte, noch weniger. Man schrieb den 18. Mai im 1498. Jahr des Herrn, und wie an bald jedem Freitag, seit sie aus Speyer entwichen waren, würden sie an einem verabredeten Ort auf Frido treffen. Seit er vor elf

Jahren im Küferhaus vor Faust auf die Knie gefallen war, hing der Schlaks ihm unverbrüchlich an. Lange Jahre zog Frido nun schon als Paprika-Agent von Flecken zu Flecken und bot seit neuestem auch Kopfschmuck aus fieberbunten Papageienfedern auf den Märkten von Bretten bis Bruchsal feil. So vermochte er Faust bei jedem Treffen zu erzählen, worüber die Leute in Heil- oder Maulbronn sich gerade die Mäuler verrenkten, und stand überdies in Austausch mit seinem Nebenjünger Flori Kuhrer, der ihm das neueste Gemunkel aus Knittlingen sandte.

Sie hatten vereinbart, sich zur Mittagsstunde am alten Turm auf dem Heuchelberg zu treffen. Den ganzen Vormittag über hatte Faust kaum ein paar Worte gesprochen, der Siebenschöpf schien er schweigsamer noch als in all den Wochen, seit sie aus Speyer mehr geflohen als abgereist waren.

Während die Maisonne vom wolkenlosen Himmel brannte, lenkte Lena Tarock in den Schatten des Heuchelturms und sprang vom Bock. »Ich bin gespannt, welche Neuigkeiten Frido diesmal mitbringt.«

Faust hob nur die Schultern und ließ sie wieder fallen. Mal hatte Frido gemeldet, daß Jakobus Parzer seine Schergen ausgesandt habe, um Fausts Umgang mit Adele auszuforschen, dann wieder, daß aller Argwohn gegen ihn verflogen sei. Doch derlei Zeitung war schwerlich zu trauen, die Berichte und Gerüchte wechselten schneller als Wetter und Wind.

Und um zu erfahren, wie es der Mutter erging, brauchte Faust erst recht keine Boten auf Pferden oder Bauernkarren. Dafür genügte es wie seit jeher, daß er die Augen schloß und seinen Geist auf sie lenkte. Tonia und Lissa kümmerten sich hingebungsvoll um die Faustin, und bislang hatte der Herr Gerlach sich offenbar nicht erdreistet, sie aufs neue zu bedrohen oder gar zu mißhandeln. Und doch wurde Faust jedesmal elend zumute, wenn er daran dachte, daß die Mutter noch immer in der Gewalt des Küfers war.

Er glitt von der Kutschbank und kauerte sich neben Messer auf den lehmigen Boden des Heuchelbergs. Genauso hatte er auch in der Frühe, ehe sie aus Brachenheim abgereist waren, im Stall bei Messer gesessen, und da war die Schankmagd Agnes unbemerkt herangekommen und hatte sich ihm von hinten aufgehockt. Ihr Rückwärtiger auf seinen Schultern, ihre Schenkel um seinen Nacken, ihre Hände in seinen Haaren, und dazu ihre atemlosen Schreie: »Hüa, Geisterpferd, hüa!« Dann war Lena von der Schenke her in den Stall getreten, und die grünäugige Magd hatte sich durch die Gassentür davongemacht, nicht ohne ihm zum Abschied ihre Zunge zu zeigen.

Müßte ich nicht Ekel verspüren, vor ihrem brackigen Schoß und breiigen Busen, vor ihrem fleischig bleichen Zungenwurm, der zur Mitternacht in meinem Mund umhergefahren ist? Aber sie war ihm ja zuwider, doch zugleich raste in ihm der Dämon umher und entfachte seine Begierde.

Fridos Karren war beladen mit Steigen voller »Schoten der Nackten«, auf denen allerlei Gebilde aus phantastisch bunten Federn aufgestapelt lagen – Perücken aus grellem Gefieder, Kränze und Kronen, sogar ein Spitzhut, wie Zauberer sie tragen, aus blutroten Federn war dabei.

Faust und Lena umarmten den Freund, der ihnen noch hagerer und höher aufgeschossen vorkam als beim letzten Mal.

»Schwere Zeiten«, sprach Frido. »Was soll ich mit neuindischen Schoten, so murren die Bauern allerorten, wenn übers Jahr die Welt untergeht?« Überdies preßten die edlen Herren ihre Untertanen immer grausamer aus – hier ein Steuerpfennig mehr, dort eine zusätzliche Abgabe, um die fürstlichen Schulden zu mindern. »Nirgendwo treiben es die Herrscher ja ärger als drüben im Württembergischen, aber auch unser Philipp greift dem gemeinen Mann immer schamloser in den Sack. Na, deinen Herrn Burrus freut's, Faust, und den armen Frido gereut's!«

Sie setzten sich auf die Stufen unter dem Heuchelturm, und einige Augenblicke lang schauten sie still auf das Städtchen Schwaigern hinab. Der Himmel war maienblau, die Luft geschwängert mit Blütenduft. Nirgends fühlte Faust sich einsamer als im Kreis seiner arglosen Gefährten. Beide glaubten noch immer, daß der Herr Johannes sein unerklärter Vater wäre und der Dämon bloß eine Ausgeburt abergläubischer Schwätzerei.

Wenn er die Augen schloß, sah er Adele vor sich, so klar und nah, als ob sie neben ihm säße. Sie und nicht Lenchen. Sie und nicht die greuliche Magd von heute nacht. Adele, wie sie den Beutel aus ihrem Busen zog, den Tiegel hervorwühlte und unter der Bohle barg.

Wähle, Faust, wähle. Gib ein Skrupel vom Seelenfett des Jorgele zum roten Pulver, schrei den Spruch, der den Höllenherrn herbeizwingt – und deine Pfannen werden sich mit Goldbrocken füllen, so zahlreich wie die Nissen in Agnes' Haar.

Derweil erzählte der Paprika-Agent von den neuesten Fährnissen ihres Gefährten Flori, und sie alle drei lachten über die Tölpeleien des Besenmachersohnes. Auch vom weggehexten Gemächte des unseligen Flori wollte Frido ihnen berichten, doch später erst, wenn die bedeutenderen Dinge abgehandelt wären.

Und Frido schob sich das Barett in den Nacken und sagte: »Ich bring' dir gute Botschaft, Faust. Von Knittlingen bis Speyer glaubt keiner mehr, daß du der Adele und ihrem Teufelsbuhlen ein Kindlein verschachert hättest. Im Palast des Parzer ist letzte Woche eine fahrende Wahrsagerin mit Zangen befragt worden, und die Vettel hat gestanden, daß sie der Adele ein Knäblein überlassen hat, für viereinhalb Heller, um es dem Teufel aufzutischen.«

Auch Pater Huebele habe in der Frühmesse am Sonntag über den Fall des Hadelitz gepredigt, fuhr Frido fort. Zuweilen trügen just die vermeintlich Gottesfürchtigsten den Satan im Herzen, und gar sehr verdrieße es den Allmächtigen, wenn falsche Frömmigkeit sich erdreiste, für alle Übel die immergleichen Sündenböcke anzuklagen.

Frido verstummte und sah Faust erwartungsvoll an. Doch Faust schwieg und wich dem Blick des Gefährten aus. »Du bist frei, Faust«, sagte der Federhändler schließlich.

Da lachte er auf, sein altes, kaltes Lachen, und Frido und die Siebenschöpf wechselten ratlose Blicke. »Ja, frei, mein Freund«, sprach er dann, »das ist eben so ein Wort. Wählen kann ich, wohl wahr, nur gänzlich frei komme ich niemals mehr.«

Es war aber die Zeit, da die Knittlinger Wehefrau ihre Drohung wahrgemacht hatte und dem Flori Kuhrer weggehext, was er durchaus nicht entbehren wollte. Seit Jahr und Tag stieg er der Reni hinterher, dem blond bezopften Enkelkind der zauberkundigen Agatha, und zu deren Ehre sei angemerkt, daß sie ihn wohl ein dutzendmal gewarnt hatte. Wie er nun eines Morgens in seiner Kammer erwachte, verspürte er starken Harndrang. Flori wälzte sich aus dem Pfühl, seine Linke tastete nach dem Nachttopf, derweil die Rechte sein Schlafhemd raffte und dann ins Leere griff.

Am Wanst des Geprellten lag's nicht, so berichtete der Agent für Paprika und Papageienfedern weiter, auch wenn Floris Bauch mehr und mehr einem Riesenkürbis ähnelte, der alles darunter Nistende verbarg. Flori fühlte und wühlte, kramte gar eine Spiegelscherbe hervor und hielt sie sich sinnreich unter den Rumpf. Doch auch sein Blick verlor sich im spiegelnd Leeren.

Gleichwohl gelang es dem Zimmerergesellen, sich in den Topf zu erleichtern, auch wenn er selbst nicht begriff, wie es zuging: Der Strahl entsprang dem Nichts unter seinem Nabel und prasselte schäumend ins Emaille. Und Flori pferchte sich in Hemd und Hosen und lief stracks zu Pater Huebele, um ihm den Zauber zu klagen. Denn während er mit Hand und Auge vergebens geforscht hatte, war sein Geist mit besserem Ertrag der Urheberschaft des Übels nachgejagt.

Er fand den Pater in der Sakristei. Trotz seiner fortgeschrittenen Jahre gab der Priester dem jungen Zimmermann an Beleibtheit nur wenig nach. Vor Erstaunen schnaufte er stärker, als Flori drucksend seinen Verlust umschrieb. »Entblöß Er sich«, näselte der Pater schließlich.

Flori nestelte und schwitzte. Die Wände des engen Sakristeiraums waren mit Roben behängt, denen ein erstickender Geruch nach Weihrauch und Kampfer entströmte. Als Flori seine Mitte freigenestelt hatte, ging der Gottesmann ächzend in die Knie. So ein Fall war ihm noch nicht untergekommen, doch über die dogmatischen Folgerungen konnte er sich nachher noch den Grind zergrübeln. Vorerst galt es, näherliegende Möglichkeiten auszuschließen – daß der Bursche ihn foppen wollte oder einfach nicht richtig nachgeforscht hatte. Schließlich konnte ein bei aller Beweglichkeit so wohlgegründetes Organ nicht ohne weiteres auf- und davonfliegen.

Der Pater spähte hin, und sein Blick verlor sich in dämmriger Leere. Ein Schwindel ergriff ihn, und er kauerte sich fester auf seine stämmigen, wenn auch altersknotigen Knie, sammelte sich kurz und griff zu.

Nichts. Huebele tastete im Ungefähren, jedoch schon ohne Hoffnung. Endlich richtete sich der Geistliche mit Floris Hilfe wieder auf. »Ein böser Zauber«, beschied er den Besenmacherkegel. »Hat Er keinen Verdacht, wer Ihm solches angetan haben könnte?«

Da erzählte ihm Flori, daß er sich vor Jahr und Tag in die kleine Reni vergafft habe, die apfelbrüstige Enkeltochter der Wehefrau, und die Agatha habe schon mehrfach gedroht, ihm alle Üppigkeit wegzuhexen, wenn er nicht von der Reni lasse.

Der Blick des Paters haftete noch an Floris Gürtel, derweil sein Geist schon ins Weite schweifte. »Dann geh Er nun zur Agatha und bestell ihr dieses: Offenbart sie Ihm nicht unverzüglich, wo sie Sein Organ verwahrt hält, so soll sie vom Inquisitor zu Speyer vorgeladen werden wegen Teufelsbuhlschaft und Hexerei.«

Beklommen begab sich Flori hinaus zum Besselbach, wo die Wehefrau mit ihrer Sippschaft in einer halb verfallenen Hütte hauste. Er pochte an die Tür, und als die Alte erschien, trug er ihr alles vor, wie der Pater es ihm eingeschärft hatte.

Die Agatha schaute grimmig, dann lachte sie auf und sprach: »Laß es dir eine Lehre sein, Söhnchen – wenn der Vogel das nächste Mal davonfliegt, spürst du ihn nie mehr auf.« Und sie beschrieb ihm einen hohen Eichbaum im Knittlinger Forst. Dort solle er emporklimmen, und im Vogelnest unter dem Wipfel werde er finden, was er so arg entbehre.

Flori zog in den Forst hinaus, erstieg schnaufend den Eichbaum und fand das Vogelnest. Darin saßen wohl drei Dutzend Mannsglieder, pickten nach Futter, das zwischen ihnen ausgestreut lag, und reckten dann wieder die Köpfe empor, wie wenn es wirkliche Vögel wären. Lahm vor Erstaunen sah Flori ihrem Treiben zu. Seinen eigenen Vogel hatte er längst entdeckt, doch schließlich griff er nach einem anderen, der ihm stattlicher schien. Aber der Vogel hackte nach ihm und wollte sich nicht wegführen lassen, und so blieb Flori nichts übrig, als mit seinem eigenen Spatz vom Eichbaum zu steigen.

Unten angekommen, schob er das Vieh eilends in sein Beinkleid und gürtete sich sorgsam. Dann lief er nach Knittlingen zurück und begab sich abermals in die Sakristei, wo Pater Huebele eben seine Robe für die Abendmesse anlegte. Neuerlich mußte sich der Besenmachersohn vor dem Priester entblößen. Flori wollte ihm danken, doch Huebele verwies es ihm mit den Worten: »Glaub Er nun bloß nicht, die Agatha hätte Ihm das Seinige wahrlich aus den Lenden herausgerupft. Die Hexe hat Ihn mit Hilfe des Satans nur so tückisch geblendet, daß Sein Auge nicht sehen und Seine Finger nicht tasten konnten, was doch in Wirklichkeit allezeit an seinem Ort war.«

Dem Flori war es gleich, solange der Gaukelbann nur wirklich gebrochen und der Vogel wieder im Bauer war. Aber der Priester wollte ihn nicht gehen lassen, ohne eine fromme Mahnung an das Geschehene, oder eben nur scheinbar Geschehene, anzuflechten: »Immerhin können wir sagen, mein Sohn, daß alle, die solcherart von Dämonen gefoppt werden, der göttlichen Gnade entbehren. Daher heißt es auch im Buch Tobias: ›*Die der Lust sich ergeben, über die gewinnt der Teufel Macht.*‹«

Damit war der Besenmachersohn entlassen. »Drei Wochen später«, so beschloß Frido den frommen Schwank, »als ich wieder mal in Knittlingen war, hat Flori mir eines Abends die Schnurre erzählt. Und stellt euch vor, plötzlich faßt er sich an den Kopf und ruft aus: ›Ja, sag mal, Frido, heißt das nicht, daß auch der Herr Pfarrer der göttlichen Gnade entbehrt?‹«

Zu Fridos Erstaunen stimmte Faust diesmal nicht in sein Lachen ein. »Wie sehr der Flori recht hat, ahnt er wohl selbst nicht«, sagte er, mehr zu sich als zu seinen Gefährten. »Wen die Dämonen mit ihren Gaukeleien narren können, der hat die Gnade verloren. Wer aber beständig vom Teufelsspuk geblendet wird, den hat die Liebe des himmlischen Vaters nie bestrahlt.«

40

Hintereinander lenkten sie ihre Eselskarren den Heuchelberg hinab. Damit er sich weiter mit Frido besprechen konnte, hatte Faust sich zu ihm auf die Kutschbank geschwungen, während die Siebenschöpf ihnen voranfuhr, mit dem Hund Messer als Fausts Stellvertreter auf dem Bock.

»Und jene Wahrsagerin«, fragte er, »sitzt noch zu Speyer in Haft?«

Frido gab einen unbestimmten Brummton von sich. »Hilda Bredegast nennt sie sich. Am Pfingstsonntag, heißt es, soll sie zu Ehren des Heiligen Geistes brennen.«

Noch drei Wochen, Faust – drei Wochen, um zu wählen.

Am Hexenturm vorbei rollten sie auf den Marktplatz, wo bereits etliche Krämerkarren im Schatten der Kirche und des Schlosses der Fürsten von Neipperg aufgereiht waren. Käufer und Gaffer liefen durch die Budengassen, Hanswurste stolzierten hinterdrein und ahmten sie mit übertriebenen Gebärden nach. Doch auch über dem Markt von Schwaigern lag eine düstere Bedrückung, und vom oberen Ende her hörte man die Stimme eines Propheten schallen, der heiser die Apokalypse beschrie.

Frido lenkte seinen Karren in eine Lücke zwischen zwei Bauernbuden, und Faust half ihm, seinen Esel abzuschirren und dem braven Grautier den Hafersack umzuhängen. »Vermachst du mir diesen roten Hahn?« Er nahm den blutfarbenen Spitzhut vom Wagen und setzte ihn statt des Baretts auf seinen Schopf.

»Er gehört dir, Faust.« Mit bewunderndem Lächeln sah Frido ihn an. »Wenn ich's recht bedenke, hab' ich ihn nur für dich von dem spanischen Krämer erhandelt – wer sonst würde sich erkühnen, einen solchen Feuerhut zu tragen?«

Faust dankte ihm, rückte das Gefieder zurecht und erhob sich auf die Zehenspitzen, um nach Lena auszuspähen.

Die Siebenschöpf hatte für ihren Karren unterdessen ein günstiges Plätzchen gegenüber der Kirche gefunden. Als Faust hinzutrat, handelte sie eben mit einem Büttel die Gebühr aus. »Für drei Heller mögt ihr den Leuten bis zum Abenddämmer die Hände auslesen«, sagte der Wächter und schob seinen Knüppel in den Gürtel zurück. »Wie lautet der Name Seines Meisters?«

»Faust nennt man mich, und ich bin weithin bekannt im Kurpfälzer Land.« Er nickte Lena zu, dann legte er dem Büttel seine Linke auf den Arm. »Ich vermag nicht nur die Erd- und Geistlinien zu lesen, guter Mann. Unter meinen Händen erwachen die Puppen zauberisch zum Leben, und auch die verborgenen Leiden der Menschen kann ich schauen kraft meiner Sehergabe.« Er schloß kurz die Augen. »Er jedoch, guter Mann, bedarf keines Medikus, denn Er ist gesund wie ein Pferd.«

Erfreut blickte der Büttel zu dem jungen Wahrsager auf. »Also auch Krankheiten vermögt Ihr zu erspüren? Eine köstliche Gabe. Und es ist wahr, ich habe eine rechte Pferdenatur. In letzter Zeit allerdings ...« Er senkte die Stimme und winkte Faust, sein Ohr zu ihm herabzubeugen. »Nun, ich habe mich unlängst aufs neue vermählt, und Ihr seht ja selbst, mein Haar wird schon grau. Meine Ulrika ist ein gut Stück jünger als ich, eine gar schmiegsame Maid, die vom Kosen und Umhalsen kaum genug bekommen kann. Nun, und da käme mir ein Mittelchen – Ihr versteht schon – recht gelegen.«

Faust mühte sich, seine Ungeduld zu bezähmen. »Ein Elixier kann ich Ihm nicht verschreiben, denn ich bin kein Medikus oder Wundarzt. Aber um Ihm aufzuhelfen, braucht es auch weder Saft noch Salbe. Wenn Er das nächste Mal Seine Hulda umarmt, stell Er sich recht lebhaft einen Lindwurm vor, der schnaubend und feuerspeiend in seine Schatzhöhle einfährt – glaub Er mir, die Gattin wird's Ihm danken.«

»Einen Lindwurm?« Der Büttel schaute zweifelnd, dann zog ein Grinsen seine Züge in die Breite. »Ein wundersames Mittel, ich spüre schon, wie es mich zu kräftigen beginnt.«

»Wieviel bin ich Ihm also schuldig?«

»Ihr? Aber gar nichts, keinen Heller«, versicherte der Wächter und sah mit großen Augen zu Fausts Feuerhut auf.

41

Wenn ich dem Parzer nicht offenbare, von wem die Adele das Knäblein hatte, muß jene Bredegast an meiner Statt sterben. Was bleibt mir da zu wählen – ich muß nach Speyer, mich in die eisernen Arme des Inquisitors geben.

So grübelte Faust an Lenas Seite, indes Tarock sie auf holprigen Wegen heimwärts zog. Sie werden mich in den Kerker werfen und mit ihren Zangen befragen, und anstelle der Bredegast werde ich brennen wie die Fackel des heiligen Michael. Um meinen Leib, die fleischerne Puppe, ist's mir nicht bang noch wehe – zu leben ekelt mich, je länger ich auf Erden wandle. Doch was soll mit der lieben

Mutter werden? Wenn der Herr Johannes seine Hand nicht mehr über sie hält, wird der Küfer sie erschlagen oder zumindest hinaus auf die Gasse jagen. Allmächtiger Gott, das darf nicht geschehen. Jene Hilda soll nicht für mich ins Feuer gehen, aber noch weniger dürfen sie an der Faustin rächen, daß ich mich vom Dämon überlisten ließ. Doch wie stelle ich's nur an, daß ich die Wahrsagerin rette, ohne die Mutter mit ins Verderben zu reißen?

Wenn er sich hinopferte, um die Bredegast vor dem Feuer zu bewahren und die Hinschlachtung des Jorgele zu sühnen, und wenn er zudem alles so richtete, daß die Mutter wohlbehütet leben konnte – mußte der Allmächtige mit einem Sündenwurm, der sich so reuig krümmte und kringelte, nicht ein wenig Erbarmen haben? Eben genug für ein winzig kleines Seelenheil?

Laß ich mich vom Herrn Burrus mein Leben lang schirren und schinden, so winkt mir am Ende ja auch nicht mehr, als ich leicht schon morgen zu Speyer erringen könnte – ein Plätzchen am äußersten Paradiesrand, wo das Licht bereits fahl wird, die Engel unwirsch sind, höllisches Heulen sich in ihren Gesang zu mengen scheint.

»Was ist nur mit dir, mein Faust? Du scheinst mir noch versunkener als in all den Wochen, die wir auf Reisen waren. Bist du denn gar nicht froh, daß sich alles so glücklich gewendet hat?«

»Doch, Lenchen, glücklich und froh.« Tatsächlich heiterte sich seine Miene auf. Aber ja, durchfuhr es ihn, wieso komme ich jetzt erst drauf?

Er mußte den Herrn Johannes dazu bringen, die Mutter in seine Obhut zu nehmen. Warum sollte der Abt sich auch sträuben? Burrus würde wähnen, daß der Sohn seiner Gewalt nur noch mehr unterworfen wäre, wenn er die Mutter in Gewahrsam bekäme. Ich will ihm das Gelöbnis ablisten, beschloß Faust, daß er die Mutter behüten und ihr Obdach gewähren wird, was auch kommen und werden mag. Und wenn ich mich dann hinopfere und zu Speyer im läuternden Licht verglüht bin, so wird der Herr Burrus die Faustin gleichwohl im Kloster wohnen lassen. Denn hat er sich mir gegenüber auch selten mild gezeigt, so wird doch auch er zuweilen Mitleid fühlen.

In weiter Ferne noch, kaum zu erahnen im Abenddämmer, hoben sich die Türme und Dächer von Maulbronn vor dem schwarzen

Schlund des Tannenholzes ab. Faust beschirmte die Augen, um gegen das Himmelsrot besser zu sehen, und wie um den Rückkehrer willkommen zu heißen, begannen just da die Glocken leise zum Angelus zu läuten.

Also ist's beschlossen, zu Pfingsten will ich brennen und alles, was sie jener Bredegast zur Last legen, demütig auf mich nehmen.

»Der junge Herr Scholar! Ja, wo hat Er sich denn all die Zeit herumgetrieben? Glaubt Er etwa, Er kann im Kloster ein- und ausgehen, wie es Ihm gerade behagt? Wenn Ihre Herrlichkeit die Geduld mit Ihm verliert, wird Er noch an meine Worte denken – aber dann ist es zu spät!«

»Ihr habt ja recht, Väterchen. Schuld habe ich auf mich geladen.«

Wie früher ließ sich Faust bei der Hand nehmen und vom greisen Bruder Pförtner über den Wirtschaftshof führen. Fra Josephus zog ihn in den düsteren Gang zwischen dem Klausurbau und der östlichen Wehrmauer. »Was schleicht und stockt Er denn wie ein Maultier! Hat Er meine Worte nicht vernommen: Ihre Herrlichkeit hat befohlen, Ihn sogleich zum Marienbau zu bringen, wenn Er an die Pforte klopft.«

»Ich komme ja schon, Väterchen. Aber sagt doch – ist das ganze Geviert jetzt von so kolossalen Burgmauern umgeben? Welchen Feind haben denn heilige Männer wie Ihr überhaupt zu fürchten?«

»Wann will Er nur endlich aufhören, mich mit Seinen Fragen zu verdrießen. Was geht es Ihn an, wo Ihre Herrlichkeit Steine auftürmen läßt? Steck Er Seine Nase nur emsig in die Bücher, die der Abt in seiner Gnade Ihm vorlegt – statt in die Gruben, die der Herr Burrus auszuheben befiehlt.«

Da mußte Faust lachen, und der Bruder Pförtner schalt ihn noch ärger, aber der Scholar hörte ihm nicht mehr zu. Scher dich nicht um die Gruben, die der Herr Johannes graben läßt – ein vortrefflicher Rat.

Als sie auf den kleinen Platz vor dem Marienbau traten, hielt Faust abermals inne, erstaunt über die Raschheit, mit der Burrus Steine sprießen ließ. In nur sechs Wochen war an der Stelle des alten Abtshauses ein neues Gemäuer emporgewachsen. Noch waren es nackte Wände, vielfach durchfenstert und mit dem kahlen Gerippe des

Dachstuhls darüber, doch schon das Mauerwerk ließ erahnen, wie prachtvoll das Herrenhaus geraten würde, ein Fürstenschloß weit eher als die Behausung eines Klostervorstehers. Zimmerleute und Dachdecker stiegen an den Gerüsten auf und nieder. Hämmer und Sägen lärmten, und ganz oben zwischen den Spanten des Dachstuhls ragte Baumeister Krahlis hager ins Himmelsblau empor.

»Auch wenn Ihre Herrlichkeit ein weiches Herz hat – treib Er es nur nicht zu arg, sonst wird Er bald schon vergebens bei Seinem Gönner anklopfen.«

Fügsam ließ sich Faust weiterziehen. Auf den Stufen vor dem Marienbau sah er noch einmal hinüber zu Gemäuer und Gerüsten rechterhand.

Solange der Herr Johannes Gold rascher in Stein verwandelt, als selbst Lullus Schätze erschaffen könnte, wird mir die Klosterpforte nicht verschlossen bleiben. Aber Ihr, heiliger Mann, werdet wohl bald schon vergeblich nach Eurem Halbteufel rufen. Denn ich bin gekommen, um Abschied zu nehmen und die Mutter in Eure schützende Hand zu geben.

Unten ging die Tür auf und gleich wieder zu. Burrus hörte leise Schritte, bald darauf ein Rumpeln, als ob ein schweres Ding zu Boden gefallen wäre. Er öffnete den Mund, um den Störer zu schelten, und besann sich dann anders. Den Federkiel, mit dem er in der Klosterchronik geschrieben hatte, warf er aufs Pult und durchmaß so leise, wie seine Beleibtheit ihm irgend erlaubte, das Skriptorium über der Marienkapelle.

Von der Bodenplatte mit dem schreibenden Zisterzienser schritt er zum grübelnden und von diesem zurück zum lesenden Mönch. Als er an dem kalligraphischen Quadrat vorbei auf die Treppe trat, flog ihn einem Schauer gleich die Ahnung an, daß der junge Faust endlich zurückgekommen war.

Dem Allmächtigen sei Dank. Doch wenn Burrus daran dachte, wie sein Halbteufel am Palmsonntag zu Speyer aufgetreten war, wurden ihm die Knie noch immer weich. Die brennende Hexe hätte er bald umarmt, und ihrer beider Geschrei hatte wahrhaftig fast so geklungen, als ob der Scholar in die Satanssache verwickelt wäre.

Seit dem Osterfest war keine Woche vergangen, in der Burrus nicht nach Speyer gereist wäre oder zumindest Episteln zum Bischofspalast gesandt hätte, um den Argwohn der hohen Herren zu zerstreuen. Dabei war schon zu Philippus-Jakobus die fahrende Wahrsagerin aufgegriffen worden, eine annähernd glatzköpfige Vettel namens Hilda. Doch auch nachdem sie gestanden hatte, der roten Adele ein Knäblein verschachert zu haben, war der Eifer des Inquisitors nur geringfügig abgekühlt. Der junge Faust hatte mit der roten Metze Umgang gepflogen, also war er in Parzers Augen der Teufelsbuhlschaft kaum weniger verdächtig als der Bauer Hadelitz.

Erst nachdem sich Burrus höchstselbst für die Gottfrömmigkeit des Scholaren verbürgt hatte, war Parzer bereit gewesen, seinem Verdacht gegen die übel beleumdete Halbwaise nicht weiter nachzugehen. Genauer gesagt – nachdem Burrus eingewilligt hatte, in einer alten Erbsache klein beizugeben, die seit Jahr und Tag zwischen Maulbronn und Speyer anhängig war. Bald zweihundert Goldtaler, die ein der Hexerei überführter Pfründner dem Kloster vermacht hatte, flossen daraufhin noch Anfang Mai dem Inquisitionskontor zu – und die Truhen des Herrn Johannes waren seither wieder nahezu leer.

Schnaufend stapfte der Abt die Treppe hinab. Aus der Marienkapelle klangen Murmeln und leises Schluchzen, als läge dort ein Sünder vor der Gottesmutter auf den Knien, um unter Tränen seine Sünden abzubüßen.

Nicht nur der Inquisitor in Speyer, auch der Heidelberger Philipp hatte ihm in den letzten Monaten das Leben vergällt. Mit unbilliger Hast waren die Schanzmauern auf kurfürstlichen Befehl verstärkt und selbst die Wehrtürme an den Ecken des Klostergevierts aufgestockt worden. Schon seit Karfreitag hielten sich dreißig Reisige bereit, als Besatzung ins Kloster einzurücken, und in seinem jüngsten Brief hatte Philipp erklärt, daß er sich länger nicht hinhalten lasse: Spätestens zu Fronleichnam müsse über Maulbronn die kurpfälzische Fahne wehen.

Aus all diesen Gründen war Burrus beinahe erleichtert gewesen, als der Halbteufel nach seinem Speyerer Auftritt erst einmal spurlos verschwunden war. Doch zugleich hatte ihn die Eigenmächtigkeit des Scholaren erbittert – wie konnte seine Kreatur sich erdreisten, ohne

Erlaubnis davonzuziehen? Auch jetzt kochte in ihm wieder der Zorn empor. Wo kämen wir hin, wenn jedes Vieh sich erkühnen würde, Joch oder Zaumzeug abzuwerfen, wie es ihm gerade beliebt? Doch während der Herr Johannes in die Marienkapelle trat, schwand seine Wut rasch dahin. Was er statt dessen empfand, ähnelte fast schon der Glückseligkeit.

Tatsächlich lag der Satansbalg vor dem Marienaltar auf den Knien. Die Hände hatte er fromm gefaltet und zur Gottesmutter emporgereckt. Aus seinem Mund quoll tränenheiseres Gemurmel, doch als Burrus nähertrat, verstummte Faust und wandte sich auf Knien zu ihm um. Seine Augen schimmerten feucht. Auf seinem Antlitz lag ein so schmerzlicher Ausdruck, daß Burrus für einen kurzen Moment beinahe Mitleid empfunden hätte.

Er hob die Hand und machte das Kreuzzeichen über dem Knienden. »Ein Sünder, der von Herzen bereut, ist dem Herrn teurer als tausend Fromme mit verstockten Herzen.« Atemlos hielt er inne. »Doch merk Er sich eines, Faust: Diesmal konnten wir Ihn noch vor dem Zorn des Inquisitors bewahren. Versucht Er indes noch einmal, sich dem Joch zu entwinden, so wird Seine Seele in die Verdammnis fahren und Sein Leib im Feuer der läuternden Liebe vergehen. Und nun erheb Er sich und folge mir ins Labor.«

Johannes Burrus hatte sich halb schon umgewandt, dann hielt er in der Drehung inne. Als hätte Faust die Worte seines Gebieters nicht vernommen, blieb er auf den Knien liegen und sah den Abt nur unverwandt an.

»Was denn noch?« Burrus war nahe daran, dem Halbteufel einen Tritt zu versetzen, damit das störrische Vieh endlich in Bewegung kam. Da blieb sein Blick abermals an Fausts Antlitz haften, das von tiefem Schmerz verdüstert schien. »Was denn?« wiederholte er leiser.

»Nur eine flehentliche Bitte, Herr.« Faust hob die gefalteten Hände nun zu Burrus empor. Der Spitzbart auf seinem Kinn funkelte wie eingekochtes Sonnenlicht. »Erfüllt sie mir, und ich will Euch so viel Gold erschaffen, wie Ihr von mir verlangt.«

»Und wenn nicht?« Burrus blinzelte gebieterisch. »Will Er mir etwa Forderungen stellen? Spreche Er nur offen – wenn ich mich verschließe, was beginnt Er dann?«

»Nun, Herr, es ist nur eine Bitte. Schlagt Ihr sie mir ab, so will ich gleichwohl nach Kräften trachten, für Euch Dreck in Gold zu bessern.« Er senkte den Kopf, reckte die gefalteten Hände aber desto höher zu Burrus empor. »Doch wenn Sorgen meinen Geist verdüstern und wenn Schmerz meine Seele bekümmert, wie könnte ich dann hoffen, ein Ziel zu erreichen, das selbst Lullus nur unter Anspannung aller Kräfte zu meistern vermochte?«

Er will sich einen Erdenlohn erbetteln, was sonst. Burrus leckte sich die Lippen. Seine Füße waren schon wieder bis über die Knöchel hinauf geschwollen, und hinter seiner Stirn sauste es wie beinahe immer, wenn er längere Zeit stand oder umherlief. Aber es widerstrebte ihm, sich umzuwenden und auf einer Sitzbank Platz zu nehmen – dieses Zwiegespräch an unpassendem Ort mußte schleunigst beendet werden. »Also laß Er in Gottes Namen hören: Was bekümmert Ihn so sehr?«

»Meine Mutter, heiliger Herr. Seit jenem Vorfall – Ihr wißt schon – ist sie auf die Gutmütigkeit ihrer Nächsten angewiesen. Und der Herr Gerlach – nun, er hat sie schon manches Mal geschlagen, und seit Jahr und Tag lauert er auf eine Gelegenheit, sich die Besessene, wie er sie nennt, vom Hals zu schaffen.«

»Nun komm Er doch zur Sache: Wie lautet Sein Begehr?«

Da wendete Faust sein Antlitz abermals zu Burrus empor und sprach leise, doch mit fester Stimme: »Gewährt der Faustin Obdach, heiliger Mann, und gelobt mir, daß Ihr allezeit für ihr Wohl sorgen werdet, was auch sein und kommen möge, so versprech' ich Euch für meinen Teil: Noch ehe das Jahrhundert sich rundet, will ich Eure Truhen bis zum Rand füllen mit künstlichem Gold.«

Im ersten Zorn wollte Burrus den dreisten Scholaren aus der Kapelle weisen, ihm neuerlich mit dem Zorn des Jakobus Parzer drohen. Aber er schluckte seine Empörung herunter und blinzelte nur längere Zeit still auf den Knienden hinab. »Seine Sorge um die Faustin ehrt Ihn«, sprach er schließlich. »Fürs erste muß Seine Mutter gleichwohl noch unterm Dach des Küfers verbleiben. Doch es liegt allein bei Ihm, wann sich die Dinge zum Besseren wenden: Backt Er mir Gold in Seinen Tiegeln, so soll Seine Mutter selbigen Tags hier im Kloster Obdach finden.«

Faust erhob sich leichtfüßig, und Burrus mußte seinen Kopf in den Nacken legen, um dem Halbteufel weiter ins Antlitz zu sehen. »Eure Hand drauf, heiliger Mann.« Und er streckte dem Abt seine Rechte hin.

Das ging nun aber wahrlich zu weit. »Ich hab's Ihm versprochen, und damit genug.« Burrus blinzelte und wollte sich abermals umwenden. Doch die blauen Augen blickten flammend auf ihn hinab, und da hob sich seine Rechte wie von selbst und legte sich in die kühle Hand des Halbteufels Faust.

»So ist der Pakt zwischen uns geschlossen, Herr Johannes – unter den Augen der Mater Maria.«

Ein Frösteln rann Burrus das Rückgrat hinunter – ein sanftes Kratzen, wie wenn eine Vogelfeder ihm vom Nacken ganz sacht bis hinab zu seinem Rückwärtigen führe. Schnaufend verließ er die Marienkapelle und plagte sich abermals die Stufen hinauf. Oben befahl er dem Scholaren, ihm den Rücken zuzuwenden, während er mit fleischigem Finger auf die gebotenen Lettern drückte: AIRAM.

42

Ruhelos ging er im Labor auf und ab, immer sieben Schritte hin und sieben her. Vom Ofen zum vergitterten Schacht gegenüber, in dem die Winde winselten, daß es fast wie Wolfsheulen klang. Und wieder zurück zum Athanor, der dem Gemächte eines Riesen nachgebildet schien mit seinen gewaltigen Eisenkugeln und dem himmelwärts gereckten Rohr.

Längst war der Abt wieder hinaufgegangen, mit einem scheelen Blick zur vermauerten Tür hin, wo der Schatten der Geschändeten im Äther schwamm. Doch in seiner Rechten spürte Faust noch immer die Hand des Herrn Johannes, ein warmer, weicher Batzen Fleisch.

Eigentlich war es ja kaum zum Erstaunen, daß Burrus Bedingung gegen Bedingung gestellt hatte: Schaff Er mir Gold, so soll die Faustin Obdach erhalten. Und doch hatten die Worte des heiligen Mannes ihn getroffen wie ein Hammerschlag aufs Haupt.

Also muß ich, ehe ich mich hinopfern darf, auch Euch die Hand zum Pakt noch reichen, mein höllischer Herr?

Schon vor Monaten hatte er ja begriffen, daß all die Geheimnistuerei und Umständlichkeit der alchimistischen Meister allein aus der Angst herrührten. Und stand nun selbst vor der schwarzen Pforte, und alles in ihm heulte vor Angst.

Bisher hatte er den Athanor nicht wieder eingeheizt, ja seinen Phiolen und Schalen auf dem Werktisch kaum einen Blick geschenkt. Ein Leben lang könnte ich Erden und Elixiere mischen, erhitzen, destillieren und würde doch niemals den Stein der Weisen gewinnen. Als ich auf meinen Knien vor der Engelspforte lag – in jener Nacht hab' ich Euch gesehen, mein dunkler Herr. Und für einen Moment, so winzig wie ein halber Wimpernschlag, hat mich da schon das Grauen angesprungen, das aus den Schriften von Albert und Lullus, ja selbst aus dem Werk der ehrwürdigen Prophetissa klingt. Ein Entsetzen jenseits von allem, was Sterblichen sonst widerfährt. Als die Engelpforte aufsprang und Ihr den Tiefen entstiegt, mein furchtbarer Herr.

Doch wann immer er seither in Gedanken oder Traum dorthin zurückirrte, wurde sein Geist trüb, seine Seele fühllos, so daß er jene Szenen stets bloß wie in Nebel und Dämmer wiedersah.

Die Winde winselten im Luftstollen, und siebenmal lauter heulte in ihm die Angst. Aber mir bleiben ja noch bald zwei Wochen, suchte er sich zu ermuntern, bis jene Bredegast zu Pfingsten brennen soll. Und schildert Lullus nicht, wie man den Stein der Weisen gewinnen kann, ohne sich dem Herrn der Hoffnungslosigkeit zu ergeben?

Er lief auch gleich zu seinem Strohlager im Winkel hinüber, wo die Schriften der erleuchteten Meister aufgetürmt lagen. Mit fahrigen Fingern blätterte er in der »Ars transmutatoria«, bis sein Blick auf diesen Zeilen haftenblieb: »*Den Stein der Weisen zu erschaffen ist unendlich mühsam und glückt nur den wahrhaft Erleuchteten. Wenn du aber den Spruch gebrauchst, kannst du ohne Plage und Erleuchtung Gold von allerbester Güte erzeugen, das noch in der sechsten und sechsundsechzigsten Feuerprobe dem natürlichen Golde gleicht. Doch der Preis, bedenke, ist ewiger Verlust der Seligkeit.*«

Faust schlug die Kladde wieder zu und warf sie auf den Haufen zurück. »Wenn du aber den Spruch gebrauchst.« Längst wußte er ja, was sich hinter derlei Rätselsätzen verbarg. »Wenn du den Odem herbeizwingst.«

Wieder nahm er seine Wanderung zwischen Athanor und Mauer auf. »Willst du Dreck in Gold verwandeln, so verwende jenes Seelenfett, das alles vermag.« Die Winde heulten im Schacht. In weiter Ferne sangen die heiligen Männer Hymnen und Psalmen zur Sext. Man schrieb den 27. Mai im 1498. Jahr des Herrn, einen halbmondigen Montag. In der Frühe war Faust zu Fuß von Knittlingen zum Kloster gelaufen, begleitet nur von Messer, denn der Esel Tarock hatte sich auf den letzten Meilen ihrer Reise das linke Vorderbein vertreten und lahmte seither wie der Bocksfüßige höchstselbst.

Draußen über Kloster und Forst mußte die helle Nachmittagssonne scheinen, doch hier im Keller war es düster wie in einer Gruft. Auf dem Tisch stand die Laterne in einer Pfütze gelben Lichtes, ringsum in Nischen und Winkeln klumpte sich ewige Nacht. Zum ersten Mal, seit er hier drunten im Gewölbe werkte, wurde Faust so recht bewußt, daß er gefangen war.

Der Abt öffnete für ihn die Tür mit dem geheimen Mechanismus und verriegelte sie wieder, wenn er den Laboranten allein ließ. Bisher hatte Faust immer so fieberhaft am Ofen gewerkelt oder die Schriften ausgekeltert, daß ihm die Zeit niemals lang geworden war. Ja, im Gegenteil, wenn der Abt spätabends zu ihm heruntergeschnauft kam, war Faust immer baß erstaunt gewesen, daß schon wieder ein Tag verstrichen sein sollte.

Doch heute erging es ihm anders. Wie Wächter umstanden ihn die Mauern, und ihn ekelte vor dem Dunst aus Stein und Spalten, als ob es schon der Brodem der Hölle wäre. Alles drängte ihn, nach draußen zu laufen, sich im Freien zu ergehen, unter der lieben Maiensonne. Dort würde ihm schon einfallen, was er nun beginnen, wie er sich aus der Falle winden sollte, in die er durch seinen Pakt mit dem Abt und die Schliche des Satans geraten war.

Aber er würde nicht die Treppe hinauftappen, oben an die Steintür pochen und den Herrn Burrus bitten, ihm zu öffnen. So ummauert dies Gewölbe auch schien, auf drei weiteren Wegen kam man leicht hinaus. Der erste führte durch die Essig- und Engelspforte und geradewegs in die Hölle hinab. Der zweite verlief durch die Tür hinter dem Schatten der Faustin, die vor bald zwei Jahrzehnten vermauert worden war, und weiter durch den Kellergang zur Klosterküche, wo Thomas von Hasselperg und seine tumben Knechte allerdings Augen und Mäuler aufreißen würden.

So blieb also immerhin der dritte Pfad, den die winselnden Winde wiesen. Schon oft hatte Faust vor den Eisenstäben gestanden, die den Stollen zum Labor hin verschlossen. Das Gitter war mit Winkeln und Scharnieren an der Wand befestigt, doch die ließen sich ohne viel Federlesens lösen, und der Tunnel dahinter führte unter der Wehrmauer hindurch ins Freie, dreißig Schritte tief im Tannenholz.

Ohne sich länger zu besinnen, hob Faust das Gitter aus seiner Verankerung und lehnte es an die Wand. Im nächsten Moment kroch er mit dem Kopf voran in den Tunnel hinein.

Vom Hymnus der heiligen Männer war hier drinnen nichts zu hören – nur die Windsbraut kreischte ihm ihre Gier ins Ohr. Mit den Schultern stieß er an rauhen Fels, aber der Stollen war breit genug, daß er auf Knien und Ellbogen vorankrauchen konnte.

Die Laterne hatte er im Labor zurückgelassen, und so wurde die Dunkelheit immer dicker, je weiter er vorankam. Im Wachen hatte er nie daran gedacht, doch nun schien es ihm, als ob er in seinen Träumen schon häufig durch diesen Stollen geglitten wäre. Mühsam wie die verfluchte Schlange von Eden und doch rascher, als er erwartet hatte. Nach kurzer Zeit begann der Kriechgang anzusteigen, und bald schon nahm Faust voraus einen hellen Punkt wahr, der schnell größer wurde.

Schließlich endete der Gang vor einer kleinen Treppe. Darüber befand sich ein weiteres Schmiedegitter, und Faust stieg einige Stufen empor und blinzelte ins Zwielicht hinauf. Offenbar endete der Gang unter einem Busch. Über blühendem Gezweig ragten Tannen empor, schwarz und gewaltig wie die Riesen der Vorzeit, von denen es im Buch Tobias hieß, daß sie von ungetreuen Engeln gezeugt worden wären.

Faust löste das Gitter aus seiner Verankerung und hielt es mit emporgereckten Armen über seinen Kopf gestemmt, während er die letzten Stufen emporklomm und ins Innere des gewaltigen Hollerstrauchs trat.

Seit er vor Jahren mit Flori und Frido zum Schwarzkopf gepilgert war, hatte er den Maulbronner Tannenforst nie mehr betreten. Doch während er nun Äste und Zweige beiseite bog, um sich einen Weg aus dem Strauch zu bahnen, schien es ihm, als hätte seine Seele diesen Ort nie gänzlich verlassen. Seit damals nicht, als jene Hand ihn wieder und wieder hinabgestoßen hatte ins schlammig kalte Naß. Als er ein winzig kleiner Wickelknabe gewesen war, hilflos und nackt. Der Wind ließ die Wipfel rauschen. Die Rufe der Vögel klangen wie Eulenschreie, dabei mußte es noch immer heller Tag sein. Doch mit jedem Schritt, um den der Hollerbusch weiter zurückblieb, schien es düsterer zu werden.

Seine Füße fanden wie von selbst den Weg, dabei hätte er gar nicht sagen können, wohin es ihn zog. Erst als der Felsbrocken vor ihm auftauchte, zottig wie ein Wolfshaupt in seiner grün bemoosten Senke, dämmerte es Faust, warum er durch den Tunnel gekrochen war, hinaus in den Tannenforst. Er würde den Märtyrer im Fell um Rat und Beistand bitten. Und hatte es kaum gedacht, da warf es ihn vor dem Schwarzkopf auf die Knie, hinab ins schmatzend feuchte Moos. »Schwarzer Sjö, komm herbei, ich fleh' dich an!«

Vom Gipfel des zottigen Brockens her vernahm er ein Rauschen wie von Schwingen, und als Faust den Kopf hob, schien da oben wahrhaftig ein riesenhafter schwarzer Vogel zu hocken, funkelnd in seinem Federkleid. Doch im nächsten Moment vernahm er ein Knurren und Belfern, dazu ein Trommeln von ungeheuren Pfoten, so dröhnend und hallend, wie nur der schwarze Sjö es zustande brachte.

Da preßte sich Faust die Hände auf die Ohren und ächzte: »Märtyrer im Fell, was soll ich tun?«

Das Heulen schwoll an und ließ den Wald erzittern, und dann wurde es mit einem Ruck tausendmal lauter und entlud sich in einem Donner von Worten, so dröhnend, daß Faust meinte, Brust und Schädel sollten ihm zerspringen. »Was willst du, Faust! Hab' ich dir nicht die Magd gesandt?«

Der furchtbare Schall ließ jede Faser seines Leibes zucken. Auf den Knien lag Faust vor dem hündischen Heiligen, die Augen geschlossen, schreiend vor Schmerz und Schrecken, während der Donner in seinem Innern umherfuhr. »Willst du, willst du! Magd gesandt?« Zugleich war ihm, als würde er bei den Füßen gepackt und mit wütender Wucht abwärts gestoßen. Mit größter Mühe gelang es ihm schließlich, seine Lider zu heben. Sogleich verblaßten die Gesichte, das Heulen und Donnern verebbte, und mit ihnen erstarb in seinem Innern der Schmerz.

Faust richtete sich auf und sah um sich, und da brach aus dem Buschwerk neben dem Brocken ein schwarzes Zottelvieh hervor und rannte bellend auf ihn zu. »Messer? Was hast du denn hier im Wald zu suchen?« Wild vor Entzücken, seinen Herrn so bald wiederzusehen, sprang der Hund an ihm empor. »Braver Messer, so beruhige dich doch – ich freue mich ja auch.«

Er klopfte und streichelte den Hund, und dabei echoten in seinem Innern die Donnerworte des schwarzen Sjö. »Willst du – Magd gesandt?«

Einige Augenblicke kauerte er noch im Moos, bis sein Herz sich beruhigt hatte und seine Beine sich nicht länger anfühlten wie mit Schlamm aus dem Besselbach befüllt. »Komm jetzt, Messer«, sprach Faust schließlich. »Wir müssen noch einmal nach Kufling.«

Er drückte die Tür zu ihrer Hütte auf, und der Schmerz sprang ihn an wie ein tollwütiges Tier. Seit so vielen Wochen hatte er ihn mit sich getragen und ängstlich bewacht.

Faust trat in den dämmrigen Raum, ihr Nest für einen Winter, einen halben Frühling. Der vertraute Geruch nach Holz und Heu. Nur dein Duft, Adele – für alle Ewigkeit verweht. Dort hinten das eiserne Bett, der Pfosten, an den sie ihn zu knüpfen liebte. Ein Spiel war's und doch so viel mehr. Meine Seherhand mit deinem Kruzifix gebunden.

Er versuchte nicht mal anzulachen gegen den Brand in Hals und Augen. Gegen das Tier, das mit wütender Gier sein Herz zerfetzte. Er tappte in der Hütte umher, und das Wasser lief ihm über die Wangen.

Jene Hilda Bredegast vor dem Feuer zu bewahren mag gut und gottgefällig sein. Aber nicht deshalb will ich mein Leben hinopfern, Adele, sondern weil ich ohne dich nicht leben kann. Schon als kleiner Knabe hab' ich mich ahnungsvoll gesehnt nach dir. Immer schon geisterst du in meiner Puppenwelt umher, geliebte Laria. Und bist du tot, so will ich auch nicht länger leben. Und warst du vom Satan ausgesandt, so will ich lieber in der Hölle dir unter Qualen nahe sein, als auf Erden in einsamem Schmerz zu darben.

Indes er der roten Metze seine Liebe schwor, trat Faust zum Bett und sank darauf. In zärtlichem Gedenken fuhren seine Finger über den Strohpfühl, dann endlich beugte er sich hinab und betastete die Bohle, die er nachts im Goldenen Falken geschaut hatte. Und wirklich ließ sie sich leicht herausziehen, und darunter lag der Tiegel in mehlfahlem Gewimmel.

Vor Ekel hätte Faust das Brett fast wieder zurückgeworfen, so wie man die Augen bedeckt, um etwas Entsetzliches nicht zu sehen. Aber er bezwang sich, legte das Holz beiseite und kauerte sich neben der Höhlung nieder.

Das Gewürm war offenbar durch den Tiegel angelockt worden. Von seinem Inhalt mußte ein Duft ausgehen, dem die wimmelnde Brut nicht widerstehen konnte. Schimmernde Käfer trachteten die tönerne Hülle zu zerknacken. Staubfarbene Würmer krochen über den Tiegel hin, als hofften sie, ein Leck aufzuspüren, durch das sich der köstliche Inhalt schlürfen ließe. Das Seelenfett des unter teuflischen Gebräuchen hingeschlachteten Jorgele.

Starr vor Schmerz und Ekel kauerte Faust vor dem Bodenloch und sah auf das Getier hinab. Bin ich denn besser als solch ein Käfer, dachte er, giere ich nicht auch wie dies Gewürm nach dem Schmand in Adeles Tiegel?

Endlich überwand er sich und zog das Gefäß aus der Erde hervor. Was sich am Töpflein anzukrallen oder festzukleben suchte, kehrte er flüchtig fort mit einigen Halmen aus dem Bettpfühl, schob das Brett an seinen Ort zurück, erhob sich und eilte zur Tür.

43

Das irdene Töpflein stellte Faust auf einen Schemel neben dem Ofen, damit es ihm aus dem Blick wäre. Dann heizte er den Athanor an, bis die Flammen hinter den Fenstern beider Eisenbälle tanzten. Er stellte sich vor, wie er selbst bald im Feuer stehen und die Zungen brünstig an ihm emporlecken würden, und anstatt ihn zu ängstigen, schenkte der Gedanke ihm Trost.

Er würde sie alle überlisten, den Fürsten der Tiefe, seinen inwendigen Dämon und den Herrn Johannes dazu. Doch damit ihm das Schelmenstück gelänge, mußte er sich sputen – bloß noch zehn Tage, bis der Herr Parzer befehlen würde, jene Wahrsagerin im Feuer zu läutern.

Seltsamerweise wendete er an Hilda Bredegast kaum einen Gedanken. An das Weib, zu dessen Errettung er sich selbst hinopfern würde – doch was für ein Mensch jene Hilda sein mochte, ob sie alt oder jung war, rank oder bucklig, sündig oder schuldlos, war ihm gleich. Voll Eifer nahm er seine Arbeit am großen alchymischen Werk wieder auf, wo er sie vor Monaten unterbrochen hatte. Über die Fixatio war er damals nicht hinausgekommen, und der letzte Schritt, der über Erfolg oder Scheitern entschied, die Ceratio oder Erweichung, war der heikelste von allen.

Hierbei mußte das fixierte Pulver in jene ölig rötliche Schmiere verwandelt werden, die laut Lullus wie die *»leibeswarme Wachspuppe oder die eben ausgetriebene Nachgeburt«* anzufühlen war. Aufs genaueste schrieben die erleuchteten Meister vor, wie die Ceratio vorzubereiten sei, durch Erhitzen, Rühren und Schlämmen, ehe man ein gutes Skrupel von jener Substanz hinzugeben durfte, die Abu Mussa Giabr in seinem »Buch der Reichtümer« begütigend als »Honiglicht« umschrieb.

Auch Bezeichnungen wie »Kindsglück«, »Jungfrauenöl« und selbst »Knabensand« schienen Faust noch recht annehmbar, verglichen mit dem Titel, den Hannes Borethius der Substanz angeheftet hatte. Unweigerlich ließ ihn der Name Seelenfett an metzgernde Engel denken. Dann lachte er sein sprödes Lachen und bereitete mit umständlichem Eifer die Vollendung des Werkes vor – den Roten Löwen, das Blut der unbefleckten Jungfrau, durch das allein krankes Gold gesunden konnte.

Um »den Odem herbeizuzwingen«, wie es bei Albert Magnus hieß, würde er schließlich auch einen Spruch schreien müssen, ehe er das Seelenfett in seine Pfanne rinnen ließ. Aber soweit war er noch lange nicht, vorerst galt es die »Erweichung« vorzubereiten, und das

Beträufeln des weißlichen Pulvers in der Kupferpfanne forderte all seine Aufmerksamkeit.

Adeles Tiegel war unterdessen längst wieder unter fahlem Gewimmel begraben. Aus allen Ritzen schien das Getier herbeizukriechen, Würmer und Käfer, Spinnen und Maden bedeckten bald schon nicht nur Jorgeles Töpflein, sondern jeden Zoll des Schemels, auf dem es stand. Faust konnte niemals hinsehen, ohne ein Würgen zu verspüren, und jedesmal schien ihm die abscheuliche Schar noch weiter angeschwollen. Der Schemel zitterte und wand sich, so als ob er ganz und gar aus bebendem Schleim, aus zuckenden Zangen und sich krümmenden Würmern bestünde.

Doch Faust rührte in der Pfanne, vermied es nach Kräften, zum Schemel hinüberzuschauen oder auch nur an den satanischen Tran zu denken, dessen Geruch das Gewürm so sehr zu verzücken schien. »*Wenn das Pulver eine zartrosa Färbung annimmt*«, hatte die Prophetissa geschrieben, »*wie der bleierne Himmel in der allerersten Morgenröte: Dann nimm deine Pfanne vom Feuer und ziehe einen Hauch Kindsglück unter den erweichten Stein.*«

Am Donnerstag vor Pfingsten, drei Tage ehe Hilda Bredegast brennen sollte, war Faust zur Vollendung des Großen Werks bereit.

Es war aber die Zeit, da sechs Karavellen im spanischen Sevilla landeten, beladen mit Schätzen aus neuindischen Landen – beschlagenen Truhen voller Silberbrocken, bauchigen Flechtkörben mit phantastischen Federgebilden, Volieren voller Fieberkrähen sowie zwei gewaltigen Eisenkäfigen. Das Federvieh hieß Papageien, Kolibris und Quetzalvögel. Von den Käfigen beherbergte der erste sieben Brüllaffen, der zweite ebenso viele Wilde von den neuindischen Inseln, nackt, wie man sie eingefangen hatte, »*vier Männchen und drei Weibchen*«, wie es in den Frachtpapieren hieß.

Ihre Allerkatholischsten Majestäten, Ferdinand und Isabella von Spanien, hatten befohlen, beide Käfige an den Königshof bringen zu lassen, damit die Weisen von Kastilien und Aragonien durch eigenen Augenschein prüfen könnten, ob die Wilden als Affen oder Menschen anzusehen seien.

Tief unten im Bauch des sechsten Schiffes befand sich noch ein weiterer Käfig, unter Tuchballen verborgen, so daß die Bewohner der eisernen Behausung während der Überfahrt dem Ersticken jederzeit nahe gewesen waren. Als ihre Käfigtür zu nächtlicher Stunde geöffnet wurde, waren die sechs Gefangenen so entkräftet, daß sie das Schiff aus eigener Kraft nicht verlassen konnten. Dem Händler, der vor Monaten die Bestellung aufgegeben hatte und ebenso wie seine Geschäftspartner in den neuspanischen Territorien auf größte Diskretion bedacht sein mußte, blieb wenig anderes übrig, als die heikle Ware auf Armen und Schultern aus dem Schiffsbauch zu schleppen und auf einen Bauernwagen mit hölzernem Aufbau zu verladen, wie sie gemeinhin zum Transport von Stieren verwendet wurden.

Während die offiziell erbeuteten Schätze schleunigst nach Toledo gebracht wurden, begann für die jungen Neuinder aus dem Bauch des sechsten Schiffes eine entbehrungsreiche Reise durch die Alte Welt. Bald schon wurden sie getrennt, um im Lauf des Jahres auf verschiedenen Jahrmärkten in Welsch- und Deutschland aufzutauchen, wo sie, mal einzeln, mal zu zweien, mit menschlichen Elefanten und anderen Monstren zur Schau gestellt wurden. Auch mehrere Dutzend Papageien und anderer bunter Vögel verschwanden aus den königlichen Volieren und wurden bald schon vielerorts in der Alten Welt feilgeboten, ebenso wie die wundersamen Kunstwerke aus bunten Federn, deren Anblick so sehr bezauberte, obwohl niemand anzugeben wußte, welcher Bestimmung sie einmal dienen sollten.

Die Truhen voller Silber jedoch wurden scharf bewacht und gelangten unbehelligt an den spanischen Königshof. Zum Ende des fünfzehnten Jahrhunderts nach Fleischwerdung des Heilands waren auch die Schatzkammern ihrer Allerkatholischsten Majestäten von Kastilien und Aragonien so leer wie Jesu Grab am dritten Tag. Doch aus den neuspanischen Territorien sollte sich von nun an ein Silberstrom ins Mutterland ergießen, der mit den Jahren immer weiter anschwoll, gleichsam um die Wette mit dem Blutzoll, den die Wilden beim Schürfen des Silbers entrichteten, das ihre einfältigen Herzen für »Tränen der Mondgöttin« hielten.

Der Kummer der Göttin füllte die Kammern von Toledo, die Truhen der Herrscher in Heidelberg oder Stuttgart aber blieben unbenetzt. Wen mochte es da verwundern, daß beide Fürsten begehrliche

Blicke auf die Maulbronner Pfründe warfen – so als ob das Kloster ein neupfälzisches oder eben neuwürttembergisches Eiland wäre, bevölkert von zisterziensischen Wilden, denen es die Tränen ihres Gottes abzumelken galt.

Während aber die Truchsessen in Heidelberg und Stuttgart von klösterlichen Schätzen träumten, hätten die letzten Maulbronner Gulden kaum mehr eine der Geldkatzen auszufüllen vermocht, wie sie unter fahrenden Händlern gängig waren. Für jenen diskreten Handel hatte die Katze des Käufers in Sevilla zweiundvierzig Gulden ausgespien, und noch in derselben Nacht veräußerte der Krämer die drei kräftigsten Käfigbewohner an fahrende Schausteller weiter, zum Stückpreis von vierundsiebzig Gulden. Es war die Zeit, da Fugger und Pfeffersäcke durch schlaues Wirtschaften an Vermögen und Macht gewannen, während den Regenten in Schlössern und Klöstern alles Gold, das sie an sich rafften, gleich wieder zwischen den Fingern zerrann. Und wer nicht hoffen durfte, durch Raubzüge bei Nackten oder Nachbarn zu frischem Gold zu kommen, dem blieb eine letzte Ausflucht – die Alchimie.

Von dunkler Ahnung getrieben, trat Burrus vor die Steintür im Skriptorium. Eben war der Gesang der Konfratres zur Nocturne verhallt, und der Abt gestand sich ein, daß er auch in dieser Nacht keinen Schlaf mehr finden würde.

Stunde um Stunde hatte er in seinem Lehnstuhl gesessen, vor dem Bogenfenster mit den wundersam ziselierten Maßwerkstreben, und durch die farbigen Gläser hinausgeschaut in die je nachdem glimmend gelbe oder scharlachrote Nacht. Dem Heulen der Wölfe drüben im Tannenholz gelauscht, den Schreien der Nachtvögel und jenem rätselhaften Dröhnen, das die Leutchen in seinen Weilern als »Donner des schwarzen Sjö« beraunten.

Selbst unter den Konversen im Kloster gab es manch einen tumben Bruder, der wohl zuweilen ein heimliches Gebet zum »Märtyrer im schwarzen Fell« hinsandte. Als ob ich's nicht wüßte! dachte der Abt, während seine Rechte sich schon dem kalligraphischen Quadrat entgegenhob. In früheren Jahren hatte er es seinen Schäfchen streng verwiesen, wann immer ihm zu Ohren kam, daß sie zum wilden

Heidenhund hinüberblökten, statt ihre Häupter vor dem einen und einzigen Gott zu beugen. Irgendwann hatte er begonnen wegzuhören, wenn vom schwarzen Schatten des heiligen Bernhard gemunkelt wurde, dabei erzürnte ihn diese Verirrung bis heute mehr als jeder andere Aberglaube, ja ärger sogar als offene Anbetung des Satans.

Wer den Fürsten der Hölle anrief, der verschacherte seine Seligkeit, um für ein paar Erdenjahre von der boshaften Macht, von Blendwerk und Verwirrung zu profitieren. Jene ketzerischen Narren aber, die sich vor dem Schwarzkopf auf die Knie warfen, flehten das Heidenvieh um Güte und Gnade, um Errettung ihrer Kindlein an. Und das eben hieß, daß sie den Teufel um Beistand gegen den Allmächtigen selbst anbettelten – ganz so, als ob Himmel und Hölle, Gott und Satan, Engel und Dämonen nicht klar geschieden, sondern bloß zwei Seiten ewigen Zwielichts wären.

Burrus bekreuzigte sich hastig, dann drückte er die Lettern, die den Mechanismus entriegelten, und mit einem dumpfen Malmen sprang die Steintür vor ihm auf. AIRAM.

Er mußte hinab, seinem Halbteufel ins Gewissen reden. Was genau ihn trieb, hätte er selbst nicht sagen können – die Leere in seinen Schatztruhen oder sein Unbehagen, wann immer er an Pfingsten dachte. Die linke Hand samt Laterne vorgereckt, tappte er die Stufen hinunter und verharrte am Fuß der Treppe. Die Holztür am anderen Ende des Gangs war geschlossen und überdies mit Lederhäuten bespannt, um den Schall zu dämpfen. Dennoch hörte Burrus, daß Faust in seinem Labor nicht stumm werkelte wie zumeist, sondern mit lauter Stimme sprach. Einzelne Worte waren nicht zu unterscheiden, aber es klang nicht wie bloßes Memorieren, auch nicht wie das betrübte Gemurmel, das Faust zuweilen anstimmte, wenn er am Boden saß und jenen Schatten in seinen Armen wiegte. Sehr viel eher hörte es sich an, als ob der Laborant eine eifernde Ansprache hielte.

Aber, Barmherziger, vor welchem Publikum? Burrus bekreuzigte sich so ungestüm, daß die Laterne unter rostigem Quietschen an ihrem Griff hin und her schwang. Langsam ging er weiter, gewiß nicht auf Zehenspitzen, doch so leise, wie es seine unförmig geschwollenen Füße erlaubten. Vor der Tür blieb er abermals stehen und drückte ein Ohr dagegen. Nun konnte er deutlich vernehmen, was Faust dort drinnen schrie. Abermals lief ihm ein Schauder zwischen den Schultern hinunter, so als ob eine Vogelfeder ihm vom Nacken abwärts übers Rückgrat führe, bis hinab zu seinem Steiß.

»Bin ich nun bereit für Euch, mein furchtbarer Herr?« hörte er es von drinnen schreien. »Ging's nach mir – dann nein und nie. Aber was verschlägt's – schon übermorgen zünden die heiligen Herren ihr Feuer an, um zu Speyer den Pfingstgeist zu ehren. Also muß ich Euch heute herbeischreien, Großfürst Marbuelis, damit Ihr Euren Odem in meine Pfanne furzt.«

Der Abt vernahm ein Rumpeln, als ob ein hölzernes oder knöchernes Ding harsch auf den Boden gesetzt würde, dann ein kaltes Lachen, wie es dem Halbteufel in den unpassendsten Momenten aus dem Rachen fuhr. Wieder bekreuzigte er sich und kämpfte gegen den Drang an, augenblicklich ins Skriptorium zurückzueilen, die Steintür hinter sich zu schließen und mit dem heiligen Bannwort zu versiegeln. MARIA.

»Ihr meintet wohl, nur weil Ihr mir Euren Dämon in den Leib gepflanzt habt, könntet Ihr mich allezeit lenken wie einen hölzernen Fadenhannes? Lang genug ist's Euch ja geglückt, mein Herr der Hoffnungslosigkeit. Aber damit soll es jetzt genug sein – am Sonntag wird die fleischerne Puppe unter dem Dom zu Speyer brennen. Denn für mich, nicht für jenes Weib ist das Feuer bestimmt.«

Dem Abt wurden die Augen weit. Wollte Faust sich etwa vor dem Parzer bezichtigen, in jene Satanssache verstrickt zu sein? Und sich gar lossagen von der Hölle, noch ehe er dem Dämon auch nur eine Pfanne Goldes abgetrotzt? Sich selbst will er hinopfern, dachte Burrus, um sich meinem Joch zu entwinden, aber das werde ich nicht dulden. Wie kann die Kreatur sich erdreisten, eigenmächtig von dem ihr zugemessenen Weg abzuweichen? Doch die Vorsehung hat mich zur rechten Zeit hierhergeführt. Dafür danke ich dir von Herzen, Barmherziger, Amen.

Und der Abt riß die Tür auf und stolperte ins Labor, mit dem Laternenarm rudernd, während er sich mit der Rechten unablässig bekreuzigte. »Halt Er ein!« rief Burrus. »Im Namen des Herrn!«

Faust stand mitten im Gewölbe, auf dem Kopf einen aberwitzigen Spitzhut, der rot wie Fuchsblut und anscheinend aus den Federn jener heidnischen Krähen geflochten war, die Burrus seit Wochen bis in den Schlaf verfolgten. Hoch aufgerichtet stand er in einem Kreis magischer Zeichen, den er mit roter und weißer Kreide auf den Boden gemalt hatte. Im Heranstolpern unterschied der Abt Wassermann und Jungfrau, darunter die Schlange und den Gehörnten. Ein Totenschädel lag zu Fausts Füßen, die hohlen Augenlöcher auf die Essignische gerichtet, während der Magier selbst sich halb zu seinem Besucher umgewandt hatte. In der Hand hielt er ein zerlesenes Büchlein, das in rotes Lammleder gebunden war: das »Vox in Rama«.

Die Linke mit der Laterne vorgereckt, blieb der Abt drei Schritte vor dem magischen Kreis stehen. Sein Mund ging auf und zu, doch außer lautem Schnaufen drang kein Ton heraus. Er hatte sich getäuscht oder war, ärger noch, getäuscht worden, aber für einen Rückzug war es nun zu spät. Erleichterung malte sich auf Fausts Antlitz, während er das Büchlein zu Boden gleiten ließ, den Federhut vom Kopf streifte und achtlos auf den Totenschädel warf. Schon war er aus dem Kreidekreis herausgetreten, und ehe Burrus sich einigermaßen gefaßt hatte, stand der Halbteufel bei ihm und fragte mit drängendem Unterton: »Bitte, Herr Johannes – was ist mit jenem Weib, das zu Pfingsten ins Feuer soll?«

»Die Bredegast? Wieso fragt Er das?« Burrus konnte seine Blicke nicht vom Zauberkreis am Boden wenden, mit dem Totenschädel und dem Federhut darin. Aber noch weniger vermochte er den Scholaren zu fragen, was es mit all dem Mummenschanz auf sich hatte. Dabei schien ihm die Antwort nur allzu klar: Offenbar war er in eine Teufelsbeschwörung hineingeplatzt, und Faust schien über die Störung durchaus nicht unglücklich zu sein.

»Und wenn sie es gar nicht war, die Adele jenes Kind verschachert hat?«

»Nicht verschachert, sagt Er?« Burrus machte zwei Schritte nach rechts, um ein wenig Abstand zu Faust und zum Kreidekreis zu gewinnen. Im Halbdunkel neben dem Ofen nahm er einen Schatten wahr, klein und gedrungen wie ein Hund, der am ganzen Leib unablässig zu zucken schien. Doch Burrus konnte sich nicht entschließen, die Erscheinung genauer ins Auge zu fassen, zumindest nicht sofort.

»Dann müßte der Herr Parzer die Bredegast doch freigeben«, beharrte unterdessen Faust, »wenn sich herausstellen würde, daß ein anderer die Greueltat begangen hätte?« Während er dies fragte, zitterte der Halbteufel kaum weniger als jener Schatten zur Linken des Ofens.

»Was für einen Unsinn Er da zusammenschwatzt«, antwortete Burrus. »Selbst wenn jemand daherkäme und gerade diese Greueltat auf sich nähme, so müßte die Vettel dennoch am Sonntag brennen. Denn die Bredegast hat gestanden, daß sie der Hölle seit Jahren dienstbar war und mehr Kindlein gefangen und verschachert hat, als Er an seiner Hand Finger finden könnte.«

Der Abt verstummte atemlos. Erst im Sprechen war ihm das ganze Ausmaß des ungeheuren Verrats klargeworden, den der Scholar offenbar geplant hatte. Das Versprechen hat er mir abgelistet, daß ich seine Mutter beschützen würde, und mit einer einzigen Pfanne Goldes wollte er unsere Gutmütigkeit verspotten, und die heilige Inquisition wollte er als Werkzeug der Selbstentleibung mißbrauchen – ein wahrhaft satanischer Plan.

Burrus schöpfte tief Luft und zwang sich, zu Faust aufzusehen, obwohl er dem flammenden Blick kaum mehr standhalten konnte. »Wenn also ein Schelm in Speyer beim Herrn Parzer anklopfte, um eine Greueltat der Hexe auf sich zu nehmen oder auch deren zwei oder vier, so würde der gedachte Tropf nur Sünde auf Sünde türmen.« Er sprach langsam und mit künstlicher Betonung, damit der Halbteufel auch alles richtig auffaßte, und bei jeder Silbe blinzelten seine Augen wie Zwillingssterne. »Hoffärtig wäre sein Handeln und heimtückischer Mißbrauch der heiligen Inquisition, denn die Bredegast müßte dennoch sterben, und den Herrn Parzer hätte er über seine wahren Beweggründe getäuscht, um seine Entleibung zu erschleichen. Sich selbst zu richten aber ist Todsünde und führt zu ewiger Höllenqual.«

Auf Fausts Antlitz stand deutlich zu lesen, wie sehr diese Worte ihn im Innersten trafen. Seine Stirn runzelte sich, die scharfen Linien von den Nüstern zu den Mundwinkeln schienen noch tiefer zu werden. Die ganze hohe Gestalt sank in sich zusammen, so als ob seine letzte Hoffnung zerstört worden wäre. Nur sein Blick blieb kalt und klar.

Um von Fausts Augenflammen nicht länger bestrahlt zu werden, machte Burrus abermals zwei Schritte auf den Ofen zu. Und da erblickte er jenen Schemel – oder vielmehr, ein fahles, bebendes

Gewimmel von der Form eines Hockers, mit einem rundlichen Knopf darauf, als ob ein Tiegel dort stünde, oder eben ein zuckendes Gewürm von ungefährer Tiegelform.

»Das ist satanisches Blendwerk«, sprach Burrus mit sehr viel mehr Festigkeit in der Stimme als in seinen Knien. Er machte ein zitterndes Kreuzzeichen in Richtung des Ofens, doch der Schemel bebte und wimmelte weiter. »Im Namen des Erlösers«, rief er aus, »hinfort mit diesem Gaukelspuk!«

Da ließ Faust sein Lachen ertönen, und es klang, als ob auch er zitterte und seine Stimme gleich in Tränen oder Schreien brechen würde. »Zu spät, Herr«, sagte er, »auch wenn Ihr ihm diesmal noch zuvorgekommen seid. Doch seine List ist unauslotbar – sogar aus meinem Sträuben dreht er Stricke, um mich näher zu sich heranzuziehen, und aus meiner Angst und Hoffnung, aus Einfalt und Irrtum sowieso.« Er deutete zu dem Schemel im Halbdunkel, der aus nichts als schimmerndem Schleim geschreinert schien. »Seht nur, heiliger Mann – sein Thron zumindest ist schon hier.«

Doch Burrus brachte es nicht über sich, noch einmal zu dem fatalen Möbel hinzuspähen. Stumm stolperte er davon, durch den Gang und die Stufen wieder hoch, vom unaufhörlichen Quietschen seiner Laterne begleitet. Oben im Skriptorium warf er sich so unbeherrscht gegen die Steintür, daß sie mit dumpfem Knirschen ins Schloß fiel. Nur mit Mühe vermochte sein Zeigefinger die schützenden Lettern zu treffen. MARIA.

Wenig hätte gefehlt und der Leibhaftige wäre aus dem kotigen Schlund hervorgebrochen, gerade wenn ich durch die Tür gekommen wäre. Der Abt sah auf seine Hand hinab, und für einen Moment schien es ihm, als ob die feste Burg seines Leibes in ein Gewimmel sich windender Würmer verwandelt wäre.

44

Am Pfingstmorgen, als die Scharfrichter zu Speyer einen Scheiterhaufen von sieben Fuß Höhe neben dem Domportal schichteten, saß Faust in seiner Knittlinger Kammer am Schreibpult. Hinter der Bretterwand murmelte die Mutter im Traum, und er tunkte die Feder ins Tintenfaß und schrieb:

»*Alle meine Pläne sind gescheitert. Wie konnte ich jemals glauben, daß sich der Herr der Tiefe durch mich übertölpeln ließe – der Puppenspieler durch die Kreatur, die an seinen Fäden zappelt? Doch nicht nur er, auch der Herr Burrus hat meine Schliche durchschaut. So bleibt mir nur, mich neuerlich unters Joch zu beugen – wie Gerkas in der Puppenwelt, so treibt auch mich der heilige Mann der Hölle zu, und Satan breitet schon die Arme aus, mich an seine Brust zu drücken.*«

Faust lachte auf und warf die Feder auf seine Kladde, daß die Tinte spritzte. Die Glocken begannen zur Frühmesse zu läuten. Als Lena ihn am Abend gefragt hatte, ob er morgen nach Speyer wolle, hatte er stumm verneint. Aber wie er nun die Glocken brausen hörte, da spürte er, daß er doch hinfahren mußte.

Es war alles wie am Palmsonntag, als der Bauer Hadelitz und die rote Magd verbrannt worden waren. Der riesenhafte Dom zu Speyer, mit seinen steinernen Drachen und Eulen neben dem Portal, das wie ein dunkler Schlund zum Himmel emporzuführen schien. Davor der zur Pyramide aufgeschichtete Holzstoß mit dem knochenfahlen Tannenpfahl. Und am Fuß des abfallenden Platzes, hinter Holzgattern wie Vieh zusammengetrieben, wiederum Hunderte von Gaffern.

Vor dem Bischofspalast war abermals die hölzerne Plattform aufgebaut worden, mit den Brokatsesseln für die Äbte und dem erhöhten Sockel für Jakobus Parzer. Auf dem Katzenkopfpflaster lief eine Taube umher, mit ruckendem Kopf und hellem, wenn auch nicht reinlich weißem Gefieder. Eine junge Mutter, die neben Faust in der Menge stand, beugte sich zu ihrem kleinen Knaben hinab, der sich am panischen Flattern des Federviehs ergötzte. »Hänschen, laß den lieben Vogel – er ängstigt sich ja.«

Als sie sich wieder aufrichtete, blieb ihr Blick auf Faust haften, der zu ihrer linken Seite stand. Ein Lächeln flog über ihr Antlitz, dann errötete sie und senkte die Lider. Ihre Augen waren groß und leuchtend blau, die Gestalt jedoch klein und unscheinbar.

Faust nickte ihr abwesend zu. Er spähte umher, während auf dem Domplatz Kutsche um Kutsche vorfuhr, der Herr Burrus seinen Sessel erklomm und schließlich, unter dem Dröhnen der Glocken, auch die hohen Herren aus dem Palast hervortraten: Bertram Meyer und Jakobus Parzer, der eine so rund und rot wie der andere hager und fahl.

Und weiter verlief alles wie an Palmsonntag, als Adele verbrannt worden war. Der Scharfrichter erschien und zerrte die Hexe hinter sich her, ein greulich anzusehendes altes Weib mit nahezu kahlem Schädel. Nur ein paar graue Haarbüschel waren ihr über den Ohren und im Nacken geblieben, so daß es fast den Anschein hatte, als trüge sie eine Mönchstonsur. Doch unter ihrer erheiternden Haartracht barg die Hexe eine Fratze von solcher Bosheit, daß alle, die ihr Blick aus glimmend gelben Augen bestrich, wie unter einem Bann erstarrten.

Die Nase glich dem Krummschnabel eines Habichts, Warzen und Pocken überzogen Stirn und Wangen wie mit einem Firnis aus fahlen Schuppen. Der ganze Leib des Weibes war verwachsen, mit Höckern und Mulden an den unerwartetsten Orten, und die Wangen waren eingefallen wie bei sehr alten Leuten, die ihre Speise seit einem halben Leben zwischen zahnlosen Kiefern zerdrücken. Doch wie zum Hohn auf die Hinfälligkeit ihrer Erscheinung prangte unter ihrer Falkennase ein Kirschmündchen von maidenhafter Süße, schwellend rot und wie zum Kuß gespitzt.

»Angeklagt und geständig, die fahrende Wahrsagerin mit Namen Hilda Bredegast.« Wieder hatte der Inquisitor sich auf seinem Sockel hoch über allen Häuptern aufgerichtet, die Anklageschrift in der Hand. Doch er warf nur hin und wieder einen Blick auf sein Pergament, während er mit gleichmäßiger Stimme sein Urteil sprach.

Der Henker hatte die Hexe unterdessen bis zum Scheiterhaufen gezogen und wartete dort ab, ob er die Todgeweihte zuerst erstechen oder bei lebendigem Leib anbinden sollte – je nachdem, ob sie unter Tränen bereute oder verstockt blieb.

»Sie hat offenbart«, rief der Herr Parzer, »daß sie zum wenigsten sieben neugeborene Kinder, getauft oder ungetauft, aus Wiegen geraubt und verschachert hat, damit sie auf dem Tanzplatz dem Satan geopfert würden. Darunter auch jener Säugling, den der Bauer Hadelitz und seine Magd Adele zur Fastenzeit für den Teufel eingekocht haben. Sag Sie nun an, Hilda – bereut Sie, was Sie an Greueln verübt, und fleht Sie, jetzt da Sie vor der Ewigkeit steht, Ihren Schöpfer um Gnade an?«

»Und wie ich bereu', Herr Vogelscheuch – kotzen könnt' ich, wenn ich dran denke, daß ich nie mehr ein Kindlein schlachten soll. Daß meine Krallen« – sie entriß dem Henker ihren linken Arm und warf ihn anklagend empor – »nie mehr zarte Kehlen zerteilen dürfen. Welch ein Jammer, Herr Vogelscheuch!«

Der Henker suchte ihren Arm wieder einzufangen, was erst nach einigem Gerangel glückte. Doch als er die Hexenhand einmal erhascht hatte, zerrte er das Weib gleich zum Pfahl hinauf und band es über den Scheitern fest.

»Warum habt Ihr mich bloß nach den Küken befragt, Vogelscheuch?« kreischte unterdessen das Teufelsweib. Der Kirschmund glühte wie ein Feuermal. Krallenspitz bohrte sich ihre Stimme in Ohr und Herz der Zuhörer ein. »Die hab' ich ja nur gefangen, um meinen Teil des Pakts zu erfüllen. Als Dank durfte ich mich an älteren Kindlein laben – Knaben und Maiden, deren zuckende Herzen ich wie Klatschmohn aus blutwarmen Brüstchen pflückte. Ah, und wie köstlich war's immer in den Wochen davor, ihren Kummer, ihre Angst, die auf- und abblühende Hoffnung zu sehen! Wenn ich so ein halb erwürgtes Knäblein vom Haken knüpfte, sanft in meine Arme nahm und ihm ins samtene Öhrchen raunte: Na, Kleiner, jetzt wird ja alles gut! Und wenn es mich dann unter Tränen anlächelte und ich's an mich drückte und dabei ganz sacht von hinten erstach. Wie Leid und Lächeln und letztes Begreifen auf seinem Frätzchen sich jagten – ah, was gäb' ich drum, wenn ich nur einmal diese Lust noch schlürfen dürfte!«

Längst hatte der Inquisitor dem Henker das Zeichen gegeben, und die Fackel war in den Holzstoß hinabgestoßen worden. Die Flammen fraßen sich durch die Scheiter und leckten schon zum Tannenpfahl empor, an den die Hexe mit Händen und Füßen angebunden stand. Doch so laut das Feuer auch fauchte, die Bredegast kreischte ihre Beichte so gellend aus sich heraus, daß man jedes Wort noch im hintersten Winkel des Platzes vernahm.

Unruhe ergriff die Gaffer hinter dem Gatter, die anfangs mit stillem Entsetzen gelauscht hatten – Wutschreie schallten nun der Bredegast entgegen, Weiber heulten, Männer schüttelten die Fäuste zu der Todgeweihten empor, deren Beichte sich wie Kübel voll Geifer und Galle über ihre Häupter ergoß.

»Ah, die falbe Maid, die vertrauensvoll auf meinen Schoß kroch und der ich – schwipp, schwapp – mit meinen Fingern beide Augen aus dem Köpfchen stach! Einfach hineingepikt, Herr Vogelscheuch, mit den Krallen im Augenschleim herumgerührt und die köstlichen Tröpfchen mit der Zunge herausgeschleckt!« So schrie und heulte sie immer weiter, und als ihr die Flammen an den Beinen hochkrochen, kreischte sie zum Herrn Parzer empor, daß ihr die Teufelszungen gar wohl behagten. »Entsinnt Ihr Euch, Herr Vogelscheuch, als unlängst ein Weib Euch bei Nacht besucht und mit der Rabenfeder Euch bis zum Morgendämmer übers Arschloch gestrichen, daß Ihr in Pein und Wonnen quiektet wie ein Borstenschwein?« Die Flammen züngelten höher und höher, zernagten den Schandkittel der Vettel und fraßen ihr Fleisch. »Das war kein Traum, Herr Vogelscheuch«, schrie die Bredegast, »ich war's, und ich schwör' Euch – nichts auf der Welt war mir je so zuwider wie Eure geile Heiligkeit!«

Und die Hexe brach in keckerndes Gelächter aus, der kleine Knabe neben Faust aber begann just in diesem Augenblick zu weinen. Die junge Frau beugte sich zu ihm hinab, und da gerade wieder die Taube mit dem schmutzigweißen Gefieder vorbeistolzierte, deutete sie hin und rief: »Schau nur, Hänschen, der heilige Geist.«

»Nicht ganz«, antwortete Faust unwillkürlich, und wieder sah sie zu ihm empor und errötete. Ihr Mund ging auf und zu, aber was sie sagte, war nicht zu verstehen, denn nun begannen die Glocken zu läuten – offenbar hatte der Inquisitor ein weiteres Zeichen gegeben, um mit der erzenen Flut allen Satansgeifer der Hexe davonzuschwemmen.

Das Funkeln in den Augen der jungen Frau nahm Faust nur ganz am Rande wahr, denn im gleichen Moment schrie die Hexe droben im Feuer auf. Ein warmer, dunkler Schimmer, so wie wenn sich Seerosenblätter in einem sommerlich blauen See widerspiegeln, doch dann ließen ihn das Geschrei der Bredegast und eine Folge klatschender Laute herumfahren.

Faust sah eben noch, wie sich die Hexe unter einem Hagel von Steinen krümmte. Dann sank ihr der Kopf auf die Brust, und tausend Feuerschlangen glitten an ihrem Leib empor, zerbissen ihr Fleisch, krochen in Schlund und Därme und züngelten aus Nüstern und Augenhöhlen wieder hervor.

»Verfluchte Vettel – die quält kein Kindlein mehr!« Aufgewühlt schrien die Leute durcheinander, und noch immer dröhnten die Glocken so gewaltig, daß Faust den Boden unter seinen Füßen zittern fühlte.

Da erst kam ihm die junge Frau wieder in den Sinn und das moosgrüne Funkeln, das er für einen winzigen Moment in ihren Augen wahrgenommen hatte. Doch als er sich zur Seite wandte, stand neben ihm eine alte Bäuerin, die ihren Knotenstock wild zur Kirche hinaufschüttelte. Und obwohl er sich emsig umschaute, die Leute schreiend befragte, mit den Ellbogen sich schließlich durch die Menge rempelte – die junge Frau und ihr kleiner Knabe blieben verschwunden, und niemand konnte ihm sagen, wer sie waren und wohin sie gegangen waren.

45

Für die Fährfahrt über den Rhein verlangte der Flößer-Jan, ein stämmiger Mittdreißiger mit schmaler Stirn über schwarzen Brauenbüscheln, gemeinhin drei Albus pro Seele und deren vier für Esel oder Maultier nebst Gespann. Doch den hochgewachsenen Jüngling mit den goldenen Locken setzte er mitsamt seinem Karren nach Udenheim über, ohne auch nur ein Kupferstück zu fordern. Wo bei Christenmenschen ein mitleidiges Herz schlagen soll, saß beim Flößer-Jan ein hundslederner Münzsack. Stärker als die Gier auf Silberstücke war jedoch seine abergläubische Angst vor Zauberern und Hexen. Vor ihrem bösen Blick galt es sich zu hüten, und wenn man schon nicht wagen durfte, solche Reisenden abzuweisen, so war es noch weniger ratsam, sie für die Überfahrt zahlen zu lassen. Und am allerwenigsten, ihnen ins Antlitz zu sehen.

Vom Domhügel herab läuteten die Glocken zur heiligen Pfingstmesse. Außer dem Burschen mit den Flammenaugen begehrte um diese Stunde niemand überzusetzen. Kaum war der Karren an Land gerumpelt, da legte der Flößer-Jan gesenkten Blicks schon wieder ab und ließ in seinem Eifer erst nach, als der halbe Rhein zwischen ihm und dem jungen Hexer lag.

Während der Überfahrt hatte sich der brandäugige Geselle abwechselnd mit seinem Zottelhund unterredet und zum Himmel aufgesehen, wo ein Vogel von greulicher Ungestalt über der Fähre gekreist war. Nun aber, da der Eselskarren Fahrt aufnahm, wandte sich auch das schwarze Federvieh landeinwärts und flog mit starkem Schwingenschlag auf den Marktflecken zu. Und abermals legte der Goldschöpfige seinen Kopf in den Nacken, spähte zu dem Scheusal hinauf und lenkte seinen Esel gleichfalls gen Udenheim.

Noch einen Wimpernschlag vorher hatte Faust geglaubt, daß er stracks nach Knittlingen zurückfahren würde. Doch nun zockelte er wie von unsichtbaren Fäden gezogen am Ufer entlang und durch das Schiffstor in die schmucke Residenzstadt hinein. Noch immer fühlte er sich aufgepeitscht durch die Beichte der Bredegast. In seinem Innern echote das meckernde Gelächter der Hexe, und in seinem Geist schrie sie unaufhörlich ihre greulichen Offenbarungen. Wie sie das Knäblein getröstet und dabei hinterrücks erdolcht hatte. Wie sie die Augenmilch aus den Höhlen des Mägdleins geschlürft hatte als Lohn für die Wickelkinder, die sie dem Satan dargebracht.

Heute zu Speyer, dachte er und knirschte mit den Zähnen, um nicht zu schreien – durch das Maul Eurer Hexe hab' ich zum ersten Mal das Unmaß Eurer Bosheit erfahren, mein dunkler Herr. Zu welchen Greueln Ihr jene verleitet, die sich Euch verschwören, so daß sie für alle Zeit und Ewigkeit verworfen und verloren sind. Denn wer solches verübt und durchlebt hat – unschuldige Kindlein gepeinigt, sich an ihrem Schmerz und Kummer geweidet, an ihrer Todesangst ergötzt –, dessen Seele ist ja so untilgbar besudelt wie ein Leintuch, das mit Geifer und Blut, mit Eiter und Kot, mit Pisse und Pech begossen worden ist.

Faust knirschte mit den Zähnen, so gewaltsam preßte er seine Kiefer aufeinander, um nicht gegen die Hölle loszuschreien. Niemals werde ich mich Euch ergeben, Herr der Hoffnungslosigkeit, so schwor er im stillen. Eher will ich mein Leben lang mit der Mutter in

Schande und Armut leben, der Gewalt des Küfers unterworfen oder als verachteter Handleser, der von einem Einödhof zum anderen zieht und sich selbst und die Seinen kaum mit dem Nötigsten nähren, ihre Blöße mit Lumpen bedecken kann! Denn mit heißem Eifer stillt Ihr nur jene Gelüste, die Ihr erst durch den Pakt in Euren Buhlen erweckt habt. Auch das habe ich heute begriffen, mein furchtbarer Herr: Jene, die sich Euch verschwören, verwandelt Ihr durch den Schwur in Ungeheuer, die keine Liebe und kein Mitgefühl mehr kennen, bloß noch den Rausch aus Angst und Qual.

Unterdessen war Tarock durch das halbe Städtchen bis zum Marktplatz getrottet, an dessen Hinterseite sich das bischöfliche Residenzschloß erhob. Am Brunnen vor der Kirche sprang Faust vom Kutschbock und schaute mit allenfalls halber Aufmerksamkeit um sich. Linkerhand erhob sich ein bunt bewimpeltes Rundzelt, das er schon einmal gesehen hatte. Leute drängten sich vor dem aufgeschürzten Eingang, darüber prangte ein Schild mit goldfarbenen Lettern. Auf der kleinen Bühne daneben sprangen ein Harlekin und ein Schellennarr so ungestüm umher, daß die Bretter unter ihren Tritten ächzten. Und dennoch kam ihm dies alles hier nicht ganz wirklich vor. So als ob sich das Zelt mitsamt Bühne und Hanswursten nur einen Wimpernschlag vorher noch nicht dort drüben befunden hätte, an der Schmalseite des buckligen Platzes.

Er machte Messer ein Zeichen, bei Tarock zu bleiben. Rasch ging er auf das Zelt zu, ohne auf den Harlekin und den Hanswurst zu achten, die in ihren bunten Kostümen vor dem Eingang standen und ihm mit starrer Aufmerksamkeit entgegensahen. Sein Blick haftete auf dem Schild. Noch bevor er nahe genug heran war, um die Lettern zu lesen, fiel ihm der Wortlaut wieder ein: »*Dr. Thomas Bleikamm, herzoglicher Leibarzt*«.

»Ah, der kleine Wundermann! Legt Er noch immer den Leuten seine Hand auf, um ihre Leiden zu schauen?« Bleikamms pfälzisches Idiom klang noch so weich und verwaschen wie vor bald einem Jahrzehnt. Auch schimmerte seine Jacke so samten blau wie in Fausts Erinnerung, und den Kopf legte er zurück wie früher, als er nun sein behagliches Theaterlachen ertönen ließ.

»Hin und wieder, Herr.« Faust schaute sich im reisenden Operationssaal um – die hölzerne Liege, die lange Reihe der Sägen, Messer und Dorne, alles sah aus wie damals auf dem Kirchplatz zu Knittlingen, als Bleikamm die Kuhrerin zu Tode kuriert hatte. Auch das Eisen stand wieder zu Füßen des Doktors, in glimmende Kohle gebettet und rotglühend bis in seine Spitze hinein. Und doch konnte Faust sein Erstaunen kaum verbergen, so geduckt und verstört schien ihm der einst so dröhnend wohlgemute Mann.

»Aber ein stattlicher Bursche ist aus Ihm geworden«, schmeichelte der Wundarzt, »und statt knäbischem Flaum sprießt Ihm nun immerhin ein schütterer Bart.« Theatralisch streckte er seinen Arm gegen Faust aus, und die berühmte Chirurgenhand zitterte wie bei einem Greis. »Warum ist Er mir hintergereist? Um Abbitte zu leisten für seine dreiste Tat?«

»Wer immer Eure und meine Wege lenkt – gefolgt bin ich Euch nicht. Und nun sehe ich, daß ich Euch auch diesmal besser ferngeblieben wäre.«

»Aber da Er nun einmal hier ist ...« Erst jetzt schien dem Doktor bewußt zu werden, daß fünf Dutzend Gaffer vor seinem Zelt standen und begierig auf jedes Wort lauschten, das zwischen dem berühmten Wundarzt und dem Jüngling mit dem brennenden Blick gewechselt wurde. Er winkte Faust näher zu sich heran. »Wollte Er damals nicht in meine Dienste treten?«

»Allerdings, Herr. Doch Ihr versichertet mir, daß Eure Hanswurste mich prügeln würden, wenn ich Euch nochmals belästigen würde. Also lebt wohl.«

Er wollte sich umwenden, doch Bleikamm hielt ihn an der Schulter fest. »Wozu die Eile, junger Freund? Schau Er doch einmal hinter jenen Lappen dort, es wird Ihn sicher nicht gereuen. Will Er dann immer noch gehen, so wird niemand Ihn festzuhalten trachten.« Und er deutete mit bebender Hand auf einen Vorhang, der das hintere Drittel des Zeltes abschirmte.

Argwöhnisch sah Faust in die gewiesene Richtung. Die Angelegenheit behagte ihm immer weniger, je leutseliger der Doktor sich gab. Auch glich jener Vorhang, hinter den er durchaus spähen sollte, in der Tat eher einem Lappen als dem gediegenen Tuch, mit dem der

Wundarzt sich sonst so gern umgab. Zerschlissenes Sackleinen von ungewisser Farbe, dafür mit Spritzern und Tupfen in allen erdenklichen Farbtönen übersät.

Durch den Vorhang drang ein kläglicher Seufzer. Faust eilte hin, zog den Lappen beiseite, und dahinter lag, auf einen Holztisch gebettet, eine junge Frau. Ihre dunklen Augen waren geweitet von Schmerz oder Angst. Wirr ringelten sich schwarze Locken um ein Antlitz von so zarter Schönheit, daß er sie immer nur anschauen mußte, den eklen Vorhang in der Hand. Ihre Röcke waren emporgeschürzt, das weiße, straffe Fleisch vom Nabel bis unter den bebenden Busen entblößt.

Bleikamm war hinter ihn getreten. »Leg Er der Edlen seine Zauberhand auf«, sagte er so leise, daß es kaum mehr als ein Wispern war. »Sie klagt über gräßliche Leibspein von den Eingeweiden bis hinan in ihr Herz. Vermag Er zu schauen, woran es ihr mangelt, so soll es Sein Schade nicht sein.« Er packte Faust beim Arm und neigte sich vertraulich noch näher heran. »Die ganze Nacht habe ich über den Büchern gesessen und den Galen und alle Araber von vorne bis hinten durchforscht, aber ein Fall wie dieser scheint nirgendwo verzeichnet zu sein.«

Der Arzt schob ihn vollends in das Abteil hinein, und Faust gab seinem Drängen widerwillig nach. Hinter ihm fiel der Vorhang herab. Düsterlicht füllte den kleinen Raum und der Geruch jungen Fleischs. Abermals durchfuhr es ihn, daß dies alles einem Fiebertraum ähnlicher sei als der behäbigen Wirklichkeit. Doch im nächsten Moment saß er neben der Edlen und legte seine Linke auf ihren Leib, der unter der kühlen Berührung erstarrte.

»Verzeiht mir, werte Frau«, sagte er, »ich will nur …« Doch er redete nicht weiter, denn im Sprechen hatte er die Augen geschlossen, und was er nun schaute, ließ ihm den Atem stocken.

»Gewiß haben ihre Eingeweide sich verschlungen«, murmelte hinter dem Vorhang Doktor Bleikamm in kläglichem Selbstgespräch. »Und das krankhafte Stocken der Säfte bewirkt, daß ihr Herz sich zusammenkrampft.«

Faust hob seine Lider. Er bemerkte die Hoffnung in den Augen der jungen Frau und bemühte sich um ein tröstendes Lächeln, doch zugleich sah er noch immer vor sich, was er soeben in ihrem Innern geschaut hatte. »Ihr tragt ein Kind unter Eurem Herzen«, sagte er leise. »Aber es atmet nicht.«

Ein versteinertes Kindlein, kleiner als Eure Hand, schwarz und verschrumpft wie uraltes Leder.

Er zog seine Hand zurück, und die junge Frau begann zu schreien. »Ein Kind, aber woher denn ein Kind? Jungfrau bin ich, die heilige Maria ist meine Zeugin – noch nie hat ein Mann meine Unschuld angerührt!«

Faust vernahm ein Rascheln in seinem Rücken und wandte sich um. Bleikamm hatte den fleckigen Vorhang wieder gehoben und schaute mit angespannter Miene zu ihnen herein.

»Es tut mir so leid für Euch«, sagte Faust zu der Kranken, die unablässig weiter schrie. Ihr Busen hob und senkte sich stoßweise unter dem Wirrwarr der aufgeschürzten Röcke. Tränen rannen ihr die Wangen herunter, die mit fiebrig roten Flecken besät waren.

»Teufelsspuk!« schrie die junge Frau. Ihr Antlitz verzerrte sich, die zarten Hände hieben wütend auf ihren Leib ein. »Ah, seit langem ahnte ich's, nur wollte ich es bei Licht nie wissen – einen Höllenbalg hat mir der Satan in den Bauch gehext!«

Die Luft im Zelt schien Faust auf einmal stickig. »Seid guten Mutes«, sagte er zu der Schreienden, »der Doktor wird Euch bald von Euren Schmerzen befreien.« Er erhob sich und trat an Bleikamm vorbei in den vorderen Teil des Zeltes. Vor dem Eingang standen noch immer die Gaffer mit furchigen Mienen, deren Düsternis ihm nur allzu vertraut schien – die dunkle Lust, sich zu weiden an des Nächsten Schmach und Pein. Dann erst bemerkte er die junge Frau, die auf einem Sessel neben Bleikamms Messertisch saß. Sie allein hätte er vielleicht kaum wiedererkannt, doch ihr zur Linken lehnte ein kleiner Knabe, allenfalls vier Jahre alt, und schaute mit ängstlicher Miene zu dem Fleckenlappen hinüber, hinter dem die Unselige heulte und schrie.

Es waren die junge Mutter und der Knabe, die Faust am Morgen, als die Bredegast brannte, unter dem Dom gesehen und dann aus den Augen verloren hatte. Doch sie schien ihm nun weit stattlicher als drüben in Speyer – die Gestalt stärker, das Auge leuchtender, auch ihr Haar fülliger und von kräftigem Kastanienbraun.

Als sie den Kopf hob und ihn mit ernster Miene ansah, wurde sein Mund dörr, das Herz begann ihm hämmernd zu schlagen. Und das Blut schoß ihm in die Lenden, sein Blick verschleierte sich, und in seinen Ohren begann es zu rauschen, so daß er nur mit Mühe verstand, was der Doktor ihm erklärte.

Die Schreiende hinter dem Lappen sei eine Edeldame, unterwegs von Heidelberg nach Köln am Rhein. Leibliche Unbill habe sie gezwungen, hier in Udenheim die Reise zu unterbrechen, wo sie dank göttlicher Fügung auf ihn, den weithin berühmten Doktor, getroffen sei. Aber die Dame wünsche inkognito zu bleiben, auch er wisse nicht, um wen es sich handle, ja er kenne nicht einmal den Namen ihrer Zofe, die dort drüben hinter dem Schneidetisch sitze, begleitet von jenem Knaben, der ihr Sohn sei oder auch nicht.

»Oda nennt man mich«, sagte die junge Frau und blickte unverwandt nur Faust an. In ihren Augen war wieder jener moosgrüne Schimmer wie am Morgen, und ihre Stimme klang hell und heiser wie Adele, wenn sie auf ihm gehockt und ihn angefeuert hatte: »Hüa, mein Geisterpferd!«

46

Vor dem Zelt trommelten und trompeteten die Hanswurste, doch tausendmal lauter gellten die Schreie der Totgebärenden. Schon seit Stunden werkte Bleikamm mit seinem Harlekin hinter dem schmutzstarrenden Tuch. Mit hellem Schnipp und Schnapp biß sich die Schere durch Muskeln und Fleisch. Messer klirrten, die Säge sang. Dann wieder folgten Zischen und Schmurgeln und der Gestank von verdampfendem Blut.

Der Eingang zum Zelt war geschlossen worden, doch durch Ritzen zwischen den Bahnen glotzten die Gaffer, und jedesmal, wenn die Kranke aufschrie, echote draußen ein Heulen und Stöhnen über den Platz.

Ruhelos ging Faust derweil vorn im Zelt hin und her. Auf dem Sessel saß wie vorhin die Zofe, die also Oda hieß, neben ihr der Knabe, der am Morgen die Taube aufgescheucht hatte. Den Heiligen Geist mit dem unreinen Gefieder. Wann immer ihr Blick ihn traf, wurde ihm fiebrig heiß, und in seinen Ohren begann es neuerlich zu sausen. Hin und wieder sprach sie leise mit dem Knaben, und dann hätte er jedesmal schwören mögen, daß sie es war – sie, Adele, seine rote Magd. Aber wenn er dann wieder zu ihr hinspähte, sah er nur eine fremde Maid im Sessel des Arztes, mit mattbraunem Haar und dürftiger Gestalt. Ach, welches Weib hätte nicht kümmerlich ausgesehen neben seiner wilden Braut! Dann aber hob sie die Lider, und ihr schimmernd grüner Blick ließ sein Herz neuerlich rasen wie im Fiebertraum.

Hinter dem Vorhang erschallte ein Schrei, wie wenn eine Eule erwürgt würde. »Sei artig, Hänschen«, sagte Oda zu dem kleinen Knaben, der ein Messer vom Tisch genommen und dann vor Schreck fallen lassen hatte. Und ihre Stimme, hell und ein wenig heiser, ließ abermals Adele vor ihm auferstehen, und so ging es hin und her in unaufhörlichem Wechsel von Trug und Enttäuschung.

Als die Schreie hinter dem Vorhang zu einem Winseln verrannen, dämmerte bereits der Abend. Bald darauf wurde es gänzlich still, und Oda sah ihn mit Adeles Augen ängstlich an. Und nach weiteren bangen Momenten hörten sie den Harlekin murmeln: »Sie atmet. Aber der Puls pocht bloß noch schwach.«

Endlich schlug Bleikamm das Tuch zur Seite. Seine lederne Schürze und selbst sein Antlitz waren bis hinauf zur Stirn mit Blut besprenkelt. »Die Distel ist herausgerissen«, sprach er, und seine Stimme klang dumpf vor Erschöpfung, »aber das Beet, darin sie sich tückisch eingewurzelt hatte, ist aufgewühlt bis auf den Grund.«

Die Kranke hatte so viel Blut verloren, daß es fraglich schien, ob sie die nächsten Tage oder auch nur die kommende Nacht überstehen würde. Seine Gehilfen würden sie hinüber in den Gasthof zum Adler tragen, wo die Edle Quartier genommen hatte. »Ihre Herrin wird wohl erst in Tagen das Bewußtsein wiedererlangen«, schärfte Bleikamm der Zofe Oda ein, »und auch das nur, wenn Sie alles getreulich ausführt, was man Ihr anbefiehlt: Mit einem Schwamm träufle Sie der Gnädigen alle Stunde Wasser auf die Lippen. Beim Wirt bestelle Sie eine kräftige Brühe, und jede dritte Stunde flöße Sie der Herrin einige Löffel davon ein.«

Die Zofe gelobte, alles zu verrichten, wie der Wundarzt es

wünschte. Während die Hanswurste die Kranke auf eine Trage betteten und, von Oda und dem Knaben angeführt, quer über den Marktplatz zum »Adler« hinübertrugen, verschwand Bleikamm abermals hinter dem Vorhang.

Wenig später kehrte er mit einem gläsernen Ballon vom Umfang eines Männerhauptes zurück. »Schau Er sich das Monstrum an, Faust.« Der Arzt setzte das Behältnis behutsam auf seinen Schneidetisch. Es war zu zwei Dritteln mit wasserklarem Spiritus gefüllt, darin schwamm die Totgeburt, ein Püppchen aus schwarzem Schrumpelleder. Die Augen waren zu Schlitzen geöffnet, das Antlitz wie von Hohn verzerrt, die Gliedmaßen froschhaft gekrümmt. »Ich bin der Doktor Bleikamm«, fuhr der Berühmte fort, »und um zu erkennen, wo den Leutchen die Galle klumpt, brauche ich keine Zauberkunst. Das habe ich Ihm damals gesagt, Faust, und das gilt bis heute – jedenfalls im Prinzip.« Er fuhr sich mit blutiger Hand über die besprenkelte Wange. »Aber für den Teufel bin ich nicht zuständig, der schlägt eher in Sein Fach, Faust. Der Allmächtige möge verhüten, daß mir noch einmal ein solcher Fall unterkommt. Und nun nehm Er endlich dieses Satansaas an sich und hebe sich aus meinem Kreis hinweg.«

Die Glaskugel in seine Jacke gehüllt, schob er sich durch die Menge hinüber zum Brunnen, wo Messer und Tarock unter der Mariensäule auf ihn warteten. Die Nacht war längst hereingebrochen, gleichwohl drängten sich noch immer Dutzende Gaffer vor dem Zelt. Von der fremden Edeldame hörte er munkeln, aus Heidelberg sei sie, gewiß eine Geliebte des Fürsten, in Schande verstoßen, weil sie gesegneten Leibes war.

Aber ihr Leib war nicht gesegnet, dachte Faust, ein Dämon hat seinen kalten, schwarz beschuppten Stachel in ihren Schoß gestoßen und den verdorbenen Samen in ihren Leib gespritzt. So wie es einst auch Euch, geliebte Mutter, widerfuhr.

Über Kirche und Schloß sichelte sich der Viertelmond durch Regenwolken wie durch trächtiges Fleisch. Der Spiritus im Ballon gluckste. Faust meinte den Blick des Teufelspüppchens zu spüren, der sich durch Glas und Tuch hindurch in sein Antlitz stach. Ein

Mägdlein war es, nach allenfalls vier Monden im Leib der Mutter verdorrt. Ein Gerippe, nahezu fleischlos, dafür mit einer Haut wie Alligatorleder. Das winzige Maul in immerwährendem Hohn verzogen, die Schenkel geöffnet, als ob es mit der knöchernen Punze locken wollte.

Ein paar Fäden an Finger und Zehen gezwirnt, dachte Faust, und die Maid tanzt mit dem Mönch und dem Gehörnten um die Wette. Er zog die Plane hinten an seiner Karre hoch und setzte den Ballon behutsam auf die Puppenbühne. Der Hund knurrte zu dem ledernen Gast hinauf und klemmte den Schwanz zwischen die Hinterbeine.

»Ist ja gut, Messer.« Faust hockte sich neben ihm hin und klopfte und tätschelte ihn, bis der zottelige Gefährte ein wenig beruhigt schien. »Keine Sorge, das Lederkind bleibt hier im Gasthof. Wir allerdings auch – jedenfalls bis morgen früh.«

Im »Adler« war schon alles still und verrammelt, doch er polterte die Wirtsleute aus den Betten, erhandelte eine Kammer für die Nacht und einen Winkel im Stall für Messer und Tarock. Erst als er seine Kleider abgeworfen, sich in den Nachttopf erleichtert, Brust und Antlitz mit Wasser besprengt hatte, wurde ihm das Offenkundige klar: Er würde kein Auge zutun.

Den Glasballon hatte er neben seinem Bett auf den Schemel gestellt. Er nahm ihn herunter, setzte ihn auf den Boden, dann aufs Fensterbrett, schließlich auf den Hocker zurück. Es machte keinen Unterschied. Unablässig spürte er den höhnischen Blick des Teufelsbalgs auf sich.

Durch die Wand drang Gemurmel, und als er genauer aufmerkte, war es die Zofe Oda, die mit dem kleinen Knaben sprach. Er solle nun rasch die Augen schließen, denn Mitternacht sei nahe. »Nein, ich kann jetzt nicht bei dir bleiben, aber sei unbesorgt, mein Hänschen, später schaue ich nach dir.« Dann sang sie mit leiser, heller Stimme, rauh wie Adele, doch mit mütterlich frommer Zartheit ein Nachtlied für ihr Kind. »Schlaf ruhig und leicht, mein Knäbelein, der Blick des Vaters ruht auf dir, bis daß der Tag erwacht.«

Dann war das Lied aus, und im nächsten Moment ging seine Tür auf, und Adele stand vor ihm. Im Licht der Nachtlaterne sah sie wahrhaftig aus wie seine wilde Braut, wenn auch nur für die Dauer eines Wimpernschlags. Dann erst wurde ihm bewußt, daß er ohne Kleider vor ihr stand, und ehe er sie hinausweisen oder nach einer Decke haschen konnte, um sich zu bedecken, trat sie vollends ein und gab der Tür mit ihrem Rückwärtigen einen Stoß, daß der Riegel in die Schließe fiel.

»Willst du mir nicht auch die Hand auflegen, Faust?« Damit war sie schon bei ihm. Das Gewand riß er ihr vom Leib, und der Dämon sang und sprang in seinem fiebrigsten Leibesteil, das die Oda mit heißer Hand umfaßt hielt, und seine Zunge fuhr in ihrem Mund umher wie die Schlange in der Höhle, und seine Hand koste und knetete ihr Fleisch, während nur seine Linke unbeteiligt blieb, so als ob sie mit Adeles Kruzifixschnur gebunden wäre.

Sie sanken aufs Lager. Das Stroh raschelte, Federspitzen stachen durch den Pfühl und kratzten über ihre Haut, wie wenn es Pergament wäre, das ein im Bett versteckter Skribent mit heimlichen Zeichen besäte. Doch Faust störte sich nicht an Strohhalmen oder pikenden Federn. Sogar in ihrem Duft meinte er Adele wiederzufinden, an der schweren Süße ihres Fleischs. Wie früher in der Schäferhütte saß sie auf ihm und ritt ihn so wild durch die Nacht, daß ihr Atem keuchend ging und ihre Brüste auf und ab sprangen wie taumelnde Monde. Und ihr Schoß preßte sich um sein Glied, bis er die wonnevolle Pein nicht länger zu ertragen meinte und sich aufbäumte und sein Antlitz in ihrem Busen vergrub. »Adele.« Er stammelte es ein ums andere Mal, mit einer Stimme zwischen Lachen und Weinen. »Adele, Liebste, meine wilde rote Braut.«

Sie lächelte auf ihn hinunter, spöttisch und doch so, als ob sie verstünde. Als ob alles ein großes Geheimnis wäre, das sie beide teilten und über das offen zu sprechen nicht ratsam, aber noch weniger notwendig sei. Denn sie hatten einander ja wiedergefunden, sie war zu ihm zurückgekehrt, im Leib der Oda, und so machtvoll war ihre Seele, daß die dürftige Gestalt der Zofe sich mehr und mehr in Adeles gewaltigen Leib umzuwandeln schien.

»Ich muß nach der Herrin sehen.« Sie glitt von ihm herunter, verharrte neben seinem Lager und beugte sich über ihn. »Aber mein Durst ist noch lange nicht gestillt.« Und sie küßte ihn mit solcher

Gier, daß ihm das Blut in den Ohren rauschte und er ihrer Wiederkehr entgegenlechzte wie der Gottesfürchtige dem Jüngsten Tag.

Das Teufelspüppchen trieb in seinem Meer aus Spiritus. Vom Kirchturm herab bimmelte schütter die Stundenglocke – drei Uhr früh. Zu jeder Stunde schlich Adele hinaus, um nach der Kranken zu sehen, und wenn sie zurückkam, war sie wieder jene Oda. So daß er jedesmal zusammenschrak, wenn sie so nackt und fremd vor ihm stand, eine falbe, unscheinbare Maid mit sommerblauen Augen, wie jedes Gretchen oder Kathreinchen sie in der Welt spazierentrug. Und dann glitt sie zu ihm aufs Lager, lobte den Turm des Dämons, der allen Wettern standhielt, ohne je zu verfallen, und während sie ihn befühlte und koste, verwandelte sie sich abermals in seine wilde Braut. Und so erging es ihm Stunde um Stunde, die Geliebte umschlang ihn, lief hinaus und kehrte fremd zurück.

»Deine Herrin«, fragte er sie einmal, »woher kommt sie, wie ist ihr Name?« Er sprach in neckendem Ton, denn es war ja nur ein Spiel zwischen ihnen.

Sie lächelte ihn an, spöttisch und zärtlich, wie ihm schien. Aber eine Antwort bekam er nicht. Das Hänschen sei ihr eigener Sohn, soviel immerhin ließ sie sich entlocken, doch als er dann wissen wollte, wer der Vater des Kleinen sei, lächelte sie wieder nur still auf ihn hinab.

»Aber schau dir das Kindlein doch an, Adele.« Er deutete auf den gläsernen Ballon, darin das Teufelspüppchen trieb und aus dunklen Augenschlitzen nach ihnen spähte. »Es sieht aus wie ein Dämonenbalg!«

»Was du nur immer mit deiner Adele willst.« Sie kauerte sich auf allen vieren vor ihm hin, ihren fleischernen Mond ihm zugewandt. »Auf, auf, mein Köhler, heiz mir den Ofen ein.«

Faust tat wie ihm geheißen, stieß sein fiebrig heißes Glied in die Punze der Oda, legte ihr seine Linke auf den schaukelnden Mond und schloß die Augen, um schließlich doch noch zu schauen, was sie sah. Er fand sich in ein prachtvolles Gemach versetzt, mit Teppichen an den Wänden und hohen Fenstern, vor denen die Samtvorhänge nur nachlässig zugezogen waren. Mondlicht ergoß sich in das Zimmer und beschien auch das Bett, darin die Herrin der Oda in unruhigem Schlaf lag.

Sie stöhnte und seufzte und warf sich unaufhörlich in den Kissen hin und her. Dann hoben sich ihre Lider, aber auf ihren Augen lag ein Schimmer wie bei Leuten, die im Schlaf wandeln. Sie warf die Decke von sich und streifte auch ihr Nachtgewand ab, alles mit weichen, trägen Bewegungen wie jemand, der sich am Grund eines tiefen Sees bewegt. Sodann drehte sie sich auf den Bauch und buckelte sich hoch und hockte nun ebenso auf Händen und Knien, wie die Oda auf Fausts Lager kauerte.

Nicht lange, da fing sie wieder an zu seufzen und zu ächzen, und ihr Rückwärtiger schwang hin und her wie eine Laterne im Wind. »Aber so kalt, so kalt«, stammelte sie, doch da schwoll ihr Ächzen schon zum Gackern und Keckern, zu einem atemlosen »Ja, ja, ja!«, während sie sich immer schwerer in den Pfühl stemmte, die Arme eingeknickt, den Rückwärtigen emporgestreckt, dem unsichtbaren Freier entgegen, der ihr so schaurige Wonnen bescherte. Und »Ja, ja, ja, mein schwarzer Küster!« gackerte die Herrin, und ihr Leib schwang jetzt gleich einer Glocke vor und zurück, nur daß statt des erzenen Brausens bloß ein brünstiges Hecheln zu hören war.

Für einen Moment meinte Faust die Ungestalt zu erspähen, wie sie hinter der Herrin kniete, ein knöcherner Klumpen in funkelnd schwarzem Schuppenkleid. Dann schrie die Holde auf, so heiser und brechend, als ob ihr ein Pfahl bis ins Herz hinaufdränge. Und sank in sich zusammen und blieb reglos liegen, die Beine an den Leib gezogen, daß Faust im Mondlicht die aufgebrochene Frucht zwischen ihren Schenkeln prangen sah.

Just da begann aber hinter der Wand das Hänschen zu weinen, aus bösen Träumen aufgeschreckt. So mußte es Faust dulden, daß ihn Adele abermals verließ, und nachher war sie wieder bloß jene Oda, vor deren fremder Blöße er zurückwich, als sie unter seine Decke glitt. »Die Herrin schläft«, flüsterte sie, »und dem Hänschen träumte, daß es vor Durst verschmachten müßte. Ich hab' ihm zu trinken gegeben, und noch im Schlucken ist der Kleine wieder eingeschlummert.«

In der Hand hielt sie einen Becher, und da spürte Faust, daß auch seine Kehle wie verdorrt war. Er nahm ihr den Becher ab, es war ein dunkler Trunk, mit einem Geschmack nach Lurch und Sumpf, aber er leerte den Becher in einem Zug.

»Die halbe Nacht schon«, sagte sie, »schaut uns das tote Kindlein an, als ob es sagen wollte: Auch ich will leben! Und hat die kleine Maid nicht recht, Faust: Hat nicht auch sie ein Recht, die ganze süße Bitternis zu kosten?«

Er sah sie nur schweigend an. Ihre Finger spielten mit seinem fleischernen Stab, in dem noch immer der Dämon sang. Doch wie ein schwarzes Tuch sank nun die Müdigkeit auf Faust herab.

In jener Gegend, so erzählte Oda, wo das Schloß ihrer Herrin stand, gab es ein Dickicht mit einem Felsbrocken darin, einem Heiligtum des schwarzen Sjö. Und nicht weit von dem Tannenwald entfernt lebte auf dem Hof eines Großbauern eine Magd mit Namen Anna. Die Magd war liebreizend anzusehen, und so stellten ihr die jüngeren Knechte in Scharen nach. Sie war noch keine vierzehn Jahre, da wurde sie gebenedeiten Leibes. Und als die Zeit gekommen war, brachte Anna ein Kindlein zur Welt, eine gesunde Maid, die den Namen Marie erhielt.

Die kleine Marie war das anmutigste und anrührendste Geschöpf, das in jenem Landstrich jemals gelebt hatte. Wer sie erblickte, dem ging das Herz auf. Ihr Lächeln war wie ein Vorschein des Himmels, und ihr Mitleid mit der Kreatur war grenzenlos. Fand sie ein Vöglein, das aus dem Nest gefallen war, so päppelte sie es geduldig wieder auf. Wenn ein Bettler an die Tür pochte, flehte sie den Bauern an, dem armen Mann Brot und Kleidung und einen Schlafplatz für die Nacht zu geben. Und selbst der geizige Bauer, der sonst jeden Heller dreimal umdrehte und dann doch lieber in seine Schatulle einschloß, konnte ihrem Flehen nie lange widerstehen und machte schließlich alles, was sie von ihm erbat.

Mit vier Jahren wurde die Kleine von einem Fieber befallen, das ihre zarten Kräfte binnen kurzem verzehrte. Sie glühte am ganzen Leib, als ob sie lebendig gebraten würde. Wie gräßlich der Kopfschmerz war, der sie unablässig zu plagen schien, konnte man allenfalls aus ihren Weheschreien erraten. Denn wenn man sie fragte, wie es ihr ergehe, flüsterte sie immer nur: »Marie befindet sich wohl.« Dabei liefen ihr aber die Tränen über das fiebrig rote Antlitz, und nur acht Tage, nachdem die Krankheit sie befallen hatte, hörte ihr Herz auf zu schlagen.

Ohne Marie zu leben schien jedoch unmöglich. So empfanden es ihre Mutter Anna und alle Leute auf dem Hof. Sie hatten nicht einfach eine liebreizende kleine Maid verloren, sondern den Himmel, die Verheißung, ja den verzeihenden Gott. Zumindest kam es ihnen in ihrem maßlosen Schmerz so vor. Wenn der Satan einen Engel wie Marie erwürgen konnte, war alle Hoffnung dahin.

Noch in der Nacht, nachdem Maries Herz aufgehört hatte zu schlagen, zogen zwei Dutzend Weiber hinaus zum Brocken des schwarzen Sjö. »Märtyrer im Fell, bring Marie zu uns zurück!« So schrien sie und fielen vor dem Heiligen der Kinder auf die Knie. Und dann kam der Sjö über sie, und die Sinne schwanden ihnen. Und am Morgen darauf, als sie wieder zu sich fanden, erzählte eines der zauberkundigen Weiber, was der Märtyrer im Fell ihr befohlen hatte: Damit Marie weiterleben könnte, müßten sie hier am Felsen ein anderes Kindlein opfern.

Sie brauchten sich nicht lange zu beraten. Die Wiederkehr ihres kleinen Engels schien ihnen jedes Opfer wert. Überdies hauste am Rand des benachbarten Weilers eine greuliche Alte namens Lydia mit einem verwachsenen Knaben, den alle nur den schwefligen Peter nannten, denn sein Antlitz und sogar seine Augenbälle waren gelb wie Höllendampf.

Im Morgengrauen schlichen sich einige Knechte zur Hütte der Lydia, klaubten den Schwefelpeter von seinem Strohlager, und zur nächsten Mitternacht lag der Elende gebunden und geknebelt vor dem Schwarzkopf im Moos. Wie er sich auch bäumte, mit den gelben Augen rollte und dumpf durch seinen Knebel stöhnte, es half alles nichts. Die zauberkundige Alte hatte ihnen erklärt, wie es vonstatten gehen sollte. Also betteten sie die kleine Marie, die noch im Tod wie ein träumender Engel zu lächeln schien, neben den keuchenden und gurgelnden Peter. Dem Knaben stießen sie einen eisernen Stachel ins Herz, den sie vorher mit allerlei Brummen und Tanzen dem Sjö zugeeignet hatten. Dann zogen sie den Dorn aus dem Leichnam hervor und drückten die Spitze, von der das Blut des Schwefelpeter troff, auf die Lippen der schlummernden Marie.

Da schlug sie die Augen auf und richtete sich auf ihrem Moosbett auf, aber jeder, der in jener Nacht dabei war, spürte sogleich, daß eine Veränderung mit ihr vorgegangen war. Dies war nicht die Marie, die vor acht Tagen noch allerleuts Herzen mit himmlischem Lächeln und Singen erfreut hatte.

Als sich Marie erhob, war in ihren Augen ein quittengelbes Glitzern. Sie öffnete den Mund, und Fauchen drang hervor, wie man es früher immer vom schwefligen Peter erdulden mußte. Anstatt sich mit wonnigem Lächeln über ihre Wiederkehr zu freuen oder gar ihren Wohltätern zu danken, zog Marie eine unleidliche Grimasse. Dann schnellte sie herum, verschwand mit füchsischer Raschheit im Dickicht und tauchte erst Tage danach wieder auf – allerdings bei der Hütte jener Lydia, unter deren Dach sie fortan hauste.

»Der schwarze Sjö hatte die Bitte der jammervoll Trauernden erfüllt«, so beschloß Oda ihre Erzählung. »Da aber die Seele der kleinen Marie längst in den Himmel aufgefahren war, konnte er ihren Leib nur auf eine Weise wiederbeleben – indem er die Seele eines anderen Kindes, die eben aus ihrem Gehäuse wich, in Maries Leichnam lenkte.«

Faust vernahm jedes ihrer Worte, doch so lebhaft seine Seele alles mitempfand, so bleiern waren sein Geist und sein Leib. Mochte es am Trunk der Oda liegen oder an den Liebkosungen, die sie einander zugewendet hatten – kaum war die Erzählung aus, da fiel Faust in tiefen Schlaf.

So spürte er nicht einmal, wie die Zofe sich über ihn beugte und zum Lebwohl an ihm sog, als ob sie den Dämon aus seinem Turm herauszuschlürfen hoffte. Noch viel weniger nahm er wahr, wie sie von seinem Lager glitt, hinausging und nach kurzem mit einem Ledersäckchen zurückkam, das leise erklirrte, als sie es neben dem Glasballon auf den Schemel warf. Im Traum sah er abermals, wie die Herrin mit ihrem Rückwärtigen wackelte und wie sich der Eisendorn mit dem Blut des Schwefelpeter auf die Lippen der himmlischen Marie senkte, aber die Szenen vermischten sich, wie es in Träumen vorzukommen pflegt, und schließlich bohrte sich der Eisendorn in den fleischernen Mond jener Herrin, und der Dämon stieß seinen schwarz beschuppten Stachel in den Mund der kleinen Maid. Und da fuhr Faust mit einem Schrei aus Traum und Schlaf und sah um sich und verstand lange nicht, wo er war und wie er hierher geraten war.

Die Sonne schien in seine Kammer, er lag nackt im zerwühlten Pfühl, und sein Mannsglied fühlte sich so wund an, als hätte Adele ihm wahrhaftig die ganze Nacht beigewohnt. Nach und nach fiel ihm ein, was geschehen war. Auf dem Hocker stand noch immer der Glasballon mit dem höhnisch spähenden Püppchen darin. Daneben ein Ledersäckchen, und als er es zur Hand nahm und umstülpte, rieselte ein ganzes Dutzend funkelnder Gulden hervor.

Er rappelte sich auf und trat ans Fenster. Die Luke ging auf den Marktplatz hinaus, doch wo das Zelt des Doktor Bleikamm stehen sollte, reihten sich nun Verkaufsbuden in engem Gewirr. Sein Blick flog zum Kirchturm hinauf, und die Uhr zeigte an, daß die sechste Stunde nahe war.

Faust fuhr sich über die Stirn, hinter der es zu pochen und zu sausen begann. Was hatte sie ihm in jenen Becher gemischt? Eilends fuhr er in Hosen und Hemd und setzte sich sein Barett aufs schlafverworrene Haar. Aber noch ehe er seine Tür öffnete und in die Diele hinaustrat, wußte er, daß er niemanden mehr antreffen würde.

Die Herrin, so erfuhr er von den Wirtsleuten, sei im Morgengrauen verblichen. Gegen Mittag habe die Zofe anschirren lassen und mitsamt dem Leichnam der Edlen und ihrem Knaben Udenheim verlassen. »Mit welchem Ziel, fragt Er? Was geht's uns an, und was bekümmert's Ihn?«

Er zahlte seinen halben Albus für die Kammer und hängte sich die Gulden um den Hals. Den Ballon nahm er vom Schemel und ging hinunter in den Stall, wo der Hund gleich wieder zu knurren begann.

»Ich weiß ja, Messer«, sagte er, »und mir ist das Püppchen auch nicht geheuer. Aber dieser kleine Schatz hier« – er schüttelte den Beutel, daß die Gulden klirrten – »wiegt doch einiges Unbehagen auf.«

Zu dem güldenen Klirren mischte sich ein Rascheln, und da stutzte er, nestelte das Säckchen abermals auf und fingerte darin herum, bis er tatsächlich ein Papierfetzchen erhaschte. Er zog es hervor und brauchte ein paar Augenblicke, um die wie in größter Eile hingeworfenen Worte zu entziffern.

»Mit heißem Dank – für Ihn!«

47

Wochen und Wochen fuhr er nun umher, ohne auf Weg noch Ziel zu achten. Den Satan wollte er fliehen und Adele finden und wußte doch nicht, wie er dies oder jenes beginnen sollte. Der Dämon hauste ja in ihm und zupfte an seinen Leib- und Willensfasern wie an den Saiten einer Viola d'amore. Und wie könnte er hoffen, je seine rote Braut zu entdecken unter all dem Leutsvolk, das kreuz und quer durch die Lande rannte, rollte und ritt?

Mit dem Juli kam die Hundshitze, doch Faust hockte von früh bis spät auf dem Karren, die Zügel in der Hand. Stockte sein Wagen, so begann prompt die Grübelmühle in ihm zu mahlen, und so trieb es ihn immer weiter nach Süden hinunter, lange Zeit in Sichtweite des Rheinstroms. Aber nicht einmal das grandiose Naturtheater, mit den aufgetürmten Uferfelsen, zwischen denen sich das Wasser hindurchwand wie ein schäumender Lindwurm, vermochte ihn aus Trauer und Trübsal aufzustören.

Nachts rollte er sich in einem Graben oder unter dem Karren in seine Decke, und Messer bewachte das Teufelspüppchen auf dem Wagen und den Schlaf seines Herrn. Zuweilen lenkte Faust seinen Esel auf den Kirchplatz eines Weilers, und wenn die Leutchen dann herbeigelaufen kamen, las er ihnen das Schicksal aus Erd- und Herzensschwielen oder legte ihnen auch seine linke Hand auf, um ihre inneren Gebreste zu schauen.

Nur die Puppen rührte er in jener Zeit niemals an. Sie waren die Pförtner seiner inwendigen Hölle. Brächte er sie wieder zum Tanzen, so riegelten sie doch bloß zum Dank oder Hohn seine innere Satanspforte auf. Der Dämon sang und lockte auch so schon bei Nacht und Tag. Ihn zu fliehen war unmöglich, aber zumindest konnte Faust sich hindern, das schwarze Licht in seiner Brust auch noch zu nähren.

Es war aber die Zeit, da der Kaiser seine bündischen Schwaben an den Gestaden des Bodensees sammelte, damit sie den Schweizern Reichstreue einbleuten. Maximilian von Habsburg, mit der Hakennase und steifen Umständlichkeit seiner Sippe geschlagen, hatte beschlossen, höchstselbst gegen die eidgenössischen Verräter zu Felde zu ziehen. Vor eben drei Jahren war er zum Rex Romanorum gewählt worden, und schon drohte ihm das heilige Imperium zwischen den Fingern zu zerrieseln. Unersättlich verleibte der welsche Ludwig die italienischen Fürstentümer von Mailand bis Neapel seinem Reich ein, doch daß sich nun selbst die Schweizer auf die Seite Frankreichs schlagen wollten, dünkte den Kaiser ein Debakel zuviel. Und so blies er zum Krieg, und die schwäbischen Fürsten und Heerführer mußten sich fügen und ihrem obersten Feldherrn, der im abgetragenen grünen Röcklein eher einem Entenjäger ähnelte, mit Trommeln und Trompeten, Büchsen und Musketen nach Konstanz folgen.

Zur kaiserlichen Schar zählte auch der württembergische Herzog Ulrich, der damals in seinem fünfzehnten Jahr war. Ein hochgewachsener Jüngling mit rotblonder Mähne, zur Leibesfülle ebenso wie zum Jähzorn neigend, doch in besonnenen Stunden fast klug. In geistigen und mehr noch in leiblichen Dingen seinem Alter weit voraus, lechzte der junge Herzog dem Datum entgegen, da er den zwölf Regenten die Herrschaft über sein Reich entwinden würde, und ebensosehr brannte er darauf, Württembergs Macht und Glanz durch kriegerische Züge gegen die verhaßte Kurpfalz zu mehren.

In diesem Sommer jedoch, als der Kaiser seine Zelte am Ufer des Bodensees aufschlagen ließ, war das Gemüt des jungen Ulrich von Schmerz und Trauer verdunkelt. Vor acht Tagen erst hatte er Zeitung aus Stuttgart erhalten – seine über alles geliebte Schwester Constanzia war im kurpfälzischen Udenheim unter dem Messer eines Quacksalbers verschieden. Aus welchen Herzensgründen Constanzia die gefahrvolle Reise überhaupt angetreten hatte – der junge Ulrich ahnte es dumpf, doch wenn er an gewisse Verwirrungen auch nur dachte, steigerte sich sein Schmerz zu schierer Raserei. Da lenkte er seinen Zorn und Rachedurst lieber gegen den pfälzischen Scharlatan, der die geliebte Schwester zermetzelt hatte, oder gegen den jungen Schwarzmagier, seinen Gehilfen, der Constanzia durch Handauflegen behext haben sollte. So lautete zumindest die Kunde, die zu ihm gedrungen war, von Stuttgart und nachher auch von Udenheim – auf sein Flehen hin hatte der Kaiser eigens einige Späher ausgesandt, um alles Erdenkliche über den Wundarzt und seinen Zaubergehilfen ans Licht zu bringen.

Doktor Thomas Bleikamm nannte sich der eine, der andere Georg Faust. In seinem Fürstenzelt am Bodensee riß Ulrich das ererbte Schwert aus der Scheide und führte gewaltige Streiche gegen die beiden Pfälzerstrolche, die seine Einbildungskraft in die Luft zwischen den Damastwänden malte.

Faust gelangte nach Tübingen und hätte kaum sagen können, wann und wie. In der Herberge zum Schweizer Hof nahm er Quartier, und da die Schweizer reinliche Leutchen sind, fand er in seiner Kammer eine Schüssel mit klarem Wasser vor. Lange sah er hinein und bestaunte den Jüngling, der ihm so düster und fremd aus dem Spiegel entgegensah. Sein Antlitz war noch schmaler geworden, von wilden Locken und dem dunkleren Goldbart gerahmt. Die Haut rotbraun verbrannt, und in den Augen tanzten blaue Flämmchen.

Gelärme auf der Gasse zog ihn zur Fensterluke, und als er hinaussah, machten sich zwei Dutzend Leute, gewandet wie Handwerksgesellen und Bauernknechte, am Eingang des Schweizerhofs zu schaffen. Unter Rufen und Schreien behängten sie Tür und Fenster der Herberge mit Troddelschnüren, doch erst durch ihr Geschrei konnte sich Faust zusammenreimen, was es mit den Zottelquasten auf sich hatte.

»Arge Almtölpel seid ihr Schweizer«, schrien die Kerle und schwankten hin und her, als ob sie schon kräftig gezecht hätten, »mit den Kühen habt ihr lieber Umgang als mit uns braven Schwaben und dem Kaiserreich!«

Da flog just unter Fausts Luke ein Fenster auf, vier kräftige Arme hoben einen Trog aufs Bord hinauf und stülpten ihn um, daß sich der Inhalt auf die Gasse verspritzte. Die Leute unten schrien noch lauter, fuchtelten mit den Fäusten und fuhren sich fluchend über Kappe und Wams, die vor gelber Nässe troffen. »Echte Schweizerpisse!« rief einer der Männer, die sich weit aus dem Fenster gebeugt hatten, um den Schaden in Augenschein zu nehmen. »Viel zu gut für schwäbische Fürstensklaven!«

Faust schüttelte den Kopf und riegelte sein Fenster wieder zu. Er hatte kaum aufgefaßt, worum es bei diesem Gezeter ging, und im Grunde war es ihm auch gleich. In Gedanken war er bei Adele und bei der Faustin, die er so lange nicht gesehen hatte. Oder doch nur im seherischen Wachen, wenn er die Augen schloß und seinen Geist nach Knittlingen befahl.

Die Mutter schien ihm schwermütig seit Wochen. Lena ging bei ihr aus und ein wie stets, doch meist saß die Faustin an ihrem Tisch, die Hände vor sich gefaltet, und sah kaum auf, wenn die Siebenschöpf sie ansprach oder ihr ein Vesperbrett hinschob. Selbst an ihren Engelbildern malte die Mutter seit jüngstem nur noch spärlich. Meist sah sie mit einem schmerzlichen Ausdruck ins Leere, so als ob sie eine Bitte gen Himmel gerichtet hätte und seither vergeblich auf Erfüllung wartete.

Ach, liebe Mutter, dachte Faust, so ergeht es ja auch mir.

Später am Tag lief er durch die Tübinger Gassen, auf der Suche nach einer ruhigen Schenke, und geriet zum Marktplatz, wo lautstarkes Gerangel im Gange war. Sechs Zimmermannsgesellen, an ihrer Krähenkluft zu erkennen, hatten zwei junge Männer umzingelt, die Filzjacken und Hüte mit Gamsfedern trugen. Aus dem Geschrei der Zimmerer ließ sich entnehmen, daß die Burschen in den Filzjacken und knielangen Lederhosen Schweizer seien.

Bis Faust näher herangekommen war, hatten die Zimmerer die beiden schon zu Boden geworfen. Jetzt hieben und traten sie mit Fäusten und Füßen auf die Schweizer ein. »Heda, aufhören!« rief Faust, den der Schwäbische Bund sowenig bekümmerte wie der schweizerische Freiheitsdurst. »Laßt die beiden zufrieden, oder ich zeig' euch, was es heißt, einen Kuhschwanz zu tragen.«

Die Zimmerer hatten nämlich jeder einen Rindsschweif hervorgezogen, den sie unter wildem Geschrei über den beiden Burschen durch die Luft sausen ließen. »Arge Almtölpel seid ihr Schweizer«, brüllten sie wieder, »die lieber mit Kühen Umgang haben als mit uns braven Schwaben und dem Kaiserreich!«

Als Faust zu ihnen trat, wollte einer der Gesellen im schwarzen

Gewand ihn gleich beim Kragen packen. Aber Faust schaute ihn nur an, und der Arm des Zimmerers erstarrte. Seine Kameraden hatten noch nichts bemerkt und schlugen mit ihren Kuhschwänzen wie mit Peitschen auf die Schweizer ein.

»Ihr seid das Rindvieh«, sagte Faust und hob beide Arme empor. »Euch selbst müßt ihr die Kuhschwänze umbinden.« Alle sechs starrten ihn nun an, und er spürte, wie der kalte Brand seine Augen heller entflammte. »Knüpft euch die Ochsenschweife an den Steiß.« Sie taten wie geheißen. Mit Bewegungen wie Schlafwandler nestelten sie die Troddelschwänze hinten an ihren Gürteln fest, während die Schweizer still liegen blieben und zu ihren Widersachern emporstaunten. »Und nun dort hinauf – da oben ist eure saftige Weide!« Er deutete zu dem hohen Eichbaum, der mitten auf dem Marktplatz stand und den Ziehbrunnen mit seinem Astwerk beschirmte.

Auf Händen und Füßen, wie es sich für Rindviecher geziemte, trotteten und taumelten die Zimmerer zum Eichbaum hinüber, und die Kuhschweife zottelten ihnen hinterdrein. Am Brunnen standen etliche Mägde versammelt, und als sie die viehischen Zimmerer herankommen sahen, brachen sie in lautes Gelächter aus. Da begannen die Gesellen wie Ochsen zu muhen, und nun war auf dem ganzen weiten Platz kein Halten mehr. Während sich die Zimmerer muhend den Baum hinaufmühten und noch im Klettern die Zweige abzuweiden begannen, drängten sich ringsum in Fenstern und Toren die Leute und lachten, daß sie ihre Bäuche halten und sich die Tränen aus den Augen wischen mußten. Von allen Seiten liefen immer noch mehr Gaffer herbei, und ihr Geschrei erfüllte die Luft mit einem Brausen, als ob ein großer Sturm über der Stadt umhersauste.

»Wer seid Ihr, Herr?« So wurde Faust ein ums andere Mal gefragt. »Wie habt Ihr das gemacht? Seid Ihr ein Magier?«

Er bahnte sich einen Weg, nickte und lächelte nach links und rechts. Seine Gedanken entfernten sich schon wieder von den Ochsen auf dem Eichbaum und der aufgewühlten Menge. »Faust nennt man mich, als Wahrsager und Magier bin ich bekannt im Pfälzer und Schwabenland.«

»Recht geschieht es den Fürstenknechten!« schrien unterdessen die Leute. »Wir sollten den Schweizern beistehen, statt sie zu prügeln! Nieder mit dem Kaiser, nieder mit Pfaffen und Fürsten – es lebe das freie Schwabenland!«

Besonders die beiden Berner Burschen, die er vor den Zimmerern beschützt hatte, wollten nicht mehr von Fausts Seite weichen. In kehligem, nur teilweise begreiflichem Schweizerdeutsch redeten sie auf ihn ein und versuchten zu erklären, daß die Eidgenossen für eine gerechte Sache kämpften. Faust hörte ihnen allenfalls mit einem halben Ohr zu – unter der Schweizer Freiheit konnte er sich sowenig vorstellen wie unter dem Himmelsparadies. Doch die Berner schienen überzeugt, einen mächtigen Kämpfer für ihre Sache gewonnen zu haben. Und als sich die Kunde verbreitete, daß Büttel ausgeschickt worden seien, den hexerischen Störenfried zu verhaften, da legten ihm die Burschen jeder einen kräftigen Schweizerarm um die Schultern. »Bitte kommt mit uns, Herr Faust – in der Schenke da vorn werden die Kerle Euch nicht suchen. Später, wenn sich alles beruhigt hat, geleiten wir Euch zurück zum Schweizer Hof.«

So also kam es, daß Faust zum Feind der Fürstenknechte und Fürsprech schweizerischer Freiheit wurde, ohne es recht zu bemerken.

Es waren kriegerische Zeiten, und wer eine so feine Nase wie der Inquisitor Parzer besaß, hätte fast schon den Pestbrodem riechen können, der die Württemberger Luft binnen kurzem würzen sollte. Trompeten und Musketen lärmten indessen nicht nur am Bodensee, sondern selbst im sonst so behäbigen Maulbronn. Zwar hatte der Heidelberger Kurfürst bislang allem kaiserlichen Drängen widerstanden und sich von den bündischen Schwaben ferngehalten. Aber während die Württemberger nicht weniger als dreitausend Mann für die kaiserliche Sache nach Konstanz schicken mußten, verfolgte Philipp um so emsiger seine eigenen kriegerischen Pläne.

Drei Tage nach Pfingsten hatte er dreißig Reisige ins Kloster entsandt, denen bereits Ende Juni zwanzig Bogenschützen folgten. Aus dem Geviert der verdickten und aufgestockten Schanzmauern ragte nur noch der Dachreiter der alten Klosterkirche mit seinen beiden gewaltigen Glocken hervor. In ein paar Jahren schon würde der wütende Württemberger mit seiner Murfel vors Klostertor ziehen und die Glocken mit prächtigem Donnerkrachen vom First herunterschießen, doch ganz soweit war es noch nicht. Man schrieb den 30. Juli im 1498. Jahr des Erlösers, einen nahezu vollmondigen Montag. Und während sich Philipps Soldaten in den Gesindehäusern einquartierten und auf dem Wirtschaftshof zwischen Brunnen und Schmiede mit Armbrüsten und Musketen exerzierten, wurden die Arbeiten hinter dem Klausurbau wieder einmal eingestellt.

Auch in diesem Sommer waren Baumeister Krahlis und der Venezianer Pisoretti schon mehrfach im Marienbau vorstellig geworden, um dem Herrn Burrus auseinanderzusetzen, wie übel die Dinge lagen. »Bei den Zimmerern seid Ihr um drei Monate in Rückstand, Euer Herrlichkeit«, erklärte der Nürnberger und knarrte vor verhohlenem Ärger noch ärger als sonst. »Bei Messer Pisoretti desgleichen, und wenn ich selbst nicht seit bald einem Jahr alle Ansprüche hintanstellen würde – die Grube draußen wäre bis heute für nichts Besseres zu gebrauchen als, wie sag' ich's, für Euer eigenes Grab.«

Düstere Worte, die der Baumeister durch keine versöhnliche Wendung mehr zu mildern suchte. Vielmehr verharrte er stumm vor dem Sessel des Abtes, warf nicht einmal seine Schneckenlocken über die Schulter und schaute so starr wie Pisoretti auf den thronenden Burrus hinab. Selbst aus der Hagerkeit der beiden Männer las der Abt eine stille Anklage heraus, so als ob Baumeister und Bildhauer Hunger leiden müßten, während die Konfratres aus vollen Töpfen schöpften.

»Ich versichere Euch«, sprach Burrus endlich und blinzelte zwischen Krahlis und Pisoretti hindurch zum kalligraphischen Quadrat, »daß Ihr für Eure Hingabe dereinst im Himmel reichen Lohn erfahren werdet. Aber seid unbesorgt«, fuhr er eiliger fort, als der Nürnberger dazwischenschnarren wollte, »auch hienieden soll alle Beschwernis von Euch genommen werden, noch ehe der Sommer sich neigt. Und nun gehet hin im Namen des Herrn.«

Mit dieser Auskunft mußten sich der Baumeister und der Bildhauer fürs erste bescheiden. Doch auch wenn sich Burrus um einen zuversichtlichen Tonfall bemüht hatte, vor sich selbst konnte er längst nicht mehr verhehlen, daß seine Mittel und Ausflüchte nahezu erschöpft waren. Aus Heidelberg durfte er bis auf weiteres keine Zuwendungen mehr erwarten, und auch seine Bauern und Bergleute murrten immer lauter, weil ihr Pacht- und Pfandherr ihnen höhere

Lasten auferlegte als jeder Maulbronner Abt zuvor. So blieb bloß noch die Hoffnung auf seinen Halbteufel, der ihm leicht alle Truhen füllen könnte – wenn er nur nicht seit Pfingstsonntag wie vom Erdboden verschluckt wäre!

Als Faust von der Verbrennung der greulichen Bredegast nicht ins Kloster zurückgekehrt war, hatte Burrus nicht lange gezaudert und schon tags darauf einen Boten nach Knittlingen ausgesandt. Aber anscheinend war der Scholar auf- und davongefahren, ohne irgendwem seine Pläne zu offenbaren. Als Faust auch in den Wochen darauf verschwunden blieb, hatte der Abt weitere Kuriere und Episteln zu befreundeten Klöstern geschickt, nach Waldsassen hinauf und nach Rechenbach hinab, aber niemand hatte einen Burschen mit flammenblauen Augen und goldenem Lockenschopf gesehen.

Burrus erhob sich von seinem Sessel und schritt von der Bodenplatte mit dem betenden Mönch bis zu der Kachel hinüber, die den fieberhaft schreibenden Frater zeigte. Von hier aus nämlich konnte er durch die bemalten Fenster hinab auf den Rohbau seines Herrenhauses sehen. Die köstlich durchbrochenen Außenmauern waren nahezu vollendet, ebenso der Dachstuhl und einige Innenwände, doch seit Anfang Juni waren die Arbeiten mehr und mehr ins Stocken geraten. Der Anblick der nun vollends verwaisten Baustelle, mit den übereinander geworfenen Balken und aufgestapelten Dachpfannen daneben, trieb dem Abt ein Brennen in den Hals. Schnaufend ließ er die Atemluft entweichen, dann wandte er sich zu seinem Pult um.

Ein allerletztes Mittel, um die Rückkehr des Satansbalgs zu erzwingen, hatte er immer noch zur Hand. Er trat ans Schreibpult, glättete den darauf liegenden Bogen mit fleischigen Fingern und tunkte die Feder ein. Er würde dem Gerlach einen Wink geben, und der Küfer würde nur zu bereitwillig ausführen, was sich nun einmal nicht länger vermeiden ließ.

48

Von Tübingen geriet er nach Rottenburg, wo einst die Erzherzogin Mechthild sich von jungen Dichtern hatte beschwärmen lassen. Doch ihr Musenschloß streifte Faust nur mit zerstreutem Blick, während er seinen Karren vor den Gasthof zur süßen Rebe lenkte, um im schattigen Garten einen Krug zu leeren. Und als er die Schankmagd sah, die ihm den Trunk kredenzte, da entbrannte er in Begierde nach ihrem mädchenzarten Leib.

Es war eine Maid von allenfalls fünfzehn Jahren, mit flachsblondem Haar, das zur Schnecke geflochten ihr Köpfchen umrahmte. Über dem hellgrünen Rock trug sie eine leuchtend gelbe Schürze, darunter schaute anlockend das rote Unterkleid hervor. Eben hatte sie sich abwenden wollen, doch als sie seinen Blick auffing, blieb sie stockstarr vor ihm stehen.

»Wie heißt du, mein hübsches Kind?«

Ihre Augen verschleierten sich, und ein verwirrtes Lächeln flog über ihr Antlitz. Ihr Mund öffnete sich ein wenig, die Zunge spitzte schimmernd hervor. »Grete ruft mich die Mutter.« Ihre Stimme klang hell und fest, nur durch Verlegenheit ein wenig angerauht.

»Und wie nennt dich dein Liebster bei Nacht?«

»Ich bin ja noch ein Kind, sagt die Mutter.« Sie leckte sich nach Katzenart über die Lippen. Dann errötete sie so heftig, als ob sie mit Heurigem übergossen würde.

Er konnte sehen, wie ihr der Schweiß ausbrach – über der Oberlippe und auf der goldbraunen Haut über ihrem Busentuch, das sie nun mit einer fahrigen Bewegung aus dem Kleid hervorzog, um sich die Stirn damit zu tupfen. Unter ihrer Achsel erspähte er ein Vlies aus goldenem Flaum. Er lächelte sie an, und sie blieb stehen, wo sie stand, so nah vor ihm ins Gras des abendlichen Gartens gebannt, daß er nur die Hand hätte ausstrecken müssen, um die süße Rebe zu brechen.

»Weißt du denn, daß du die gleichen Farben trägst wie die neuindischen Fiebervögel?« Er hob seinen Krug, doch auch während er trank, sah er sie über den irdenen Rand hinweg unverwandt an.

Sie schüttelte den Kopf, ihr Mund begann zu zucken wie bei einem Kind, das gleich losgreinen will. Sie knetete ihr Tüchlein zwischen den Fingern, und ihr Busen hob und senkte sich unter dem fuchsroten Kleid. »Wünscht Ihr ein Bett für die Nacht, mein Herr?« Mit erschrockener Miene lauschte sie ihrer Frage hinterher. Dann errötete sie noch ärger, soweit das überhaupt möglich war.

»Aber gewiß, liebes Kind.« Faust lachte auf, daß die Zecher an den Tischen ringsum die Köpfe wandten. Er beugte sich zu ihr hinüber und fügte leiser hinzu: »Und ich wünsche, daß du mir zur zehnten Stunde einen frischen Krug in meine Kammer bringst.« Damit nahm er seinen Augenstrahl von ihr, und die Schankmaid eilte ohne ein weiteres Wort davon.

Faust schaute ihr hinterher, wie sie zwischen Tischen und Bänken auf die rebenumrankte Tür des Gasthofs zulief. Gewiß hieß es, dem Teufel neuerlich ein Tor zu öffnen, wenn er sich der Tändelei mit der kleinen Maid so willig überließ. Aber das galt immer und allezeit, denn die Macht des Satans nistete nun einmal unter dem Gürtel, und zumal bei ihm, dem Halbteufel Faust. Und ohnehin gab es jetzt kein Hü und kein Hott mehr – der Esel stand vor dem Stall und würde nicht mehr aufhören zu scharren, bis ihm die von süßen Reben umrankte Tür aufgetan würde.

Zur zehnten Stunde lag der Gasthof in tiefem Schlaf. Nur der junge Reisende mit dem wuchernden Goldbart ging in seiner Kammer auf und ab. Ob ihn die Maid versetzen würde? Schon der Gedanke ließ ihn stöhnen wie unter einem kaum erträglichen Schmerz. Sie wird's nicht wagen, dachte er, und wenn doch, dann stampfe ich in jede Kammer, drehe Pfühl um Pfühl um, bis ich fündig geworden bin.

Seit er sie im Garten hatte lächeln sehen, das Zucken ihrer Lippen, den goldenen Flaum unter ihrem Arm – seither raste alles in ihm vor Begierde. Er verstand kaum, was da mit ihm vorging, ihre Brüstchen sah er vor sich schon bebend schweben, ihren Duft wollte er einsaugen mit lüsternen Nüstern und im süßesten Nest nisten, bis der Hahn im Morgendämmer krähte.

Selbst die jungen Dichter im Himmelbett der Erzherzogin selig hätten kaum poetischer verbrämen können, wie steil ihm der Sinn nach der Schankmagd stand. Und während er zwischen Bett und Dachfenster hin und her ging und sich mal ausmalte, was ihm entgehen sollte, dann wieder, wie er es verhindern würde, pochte es zaghaft an seine Tür.

»Wer da?« rief er und riegelte auf. Und auf der Schwelle stand die Maid, wahrhaftig schon im Nachtgewand, die blonden Haare gelöst.

Im Antlitz trug sie jenes verwirrte Lächeln, in den Händen den irdenen Krug.

»Wie aufmerksam, mein Kind, daß du mir Erfrischung bringst. Wenn du den Krug dort hinten abstellen magst?« Er deutete auf den Schemel neben seinem Bett, darunter der Glasballon stand.

Sie tappte hin, und er schloß flugs die Tür. Als sie das Gefäß abgestellt hatte und sich umwandte, stand er so nah vor ihr, daß ihm ihr Duft berauschend in die Nase fuhr. Da schloß er die Hände um ihr Köpfchen und beugte sich hinab, um seinen Mund auf ihre Lippen zu drücken. Sie sträubte sich und suchte sich seinem Griff zu entwinden. »Hab keine Angst, Gretchen. Vor Wonne sollst du seufzen, nicht vor Weh.« Doch sie sträubte sich weiter, und da legte er einen Arm um sie und zog sie an seine Brust.

»Jetzt bist du einmal gekommen, und jetzt soll es auch geschehen«, raunte er, und sein Atem ging keuchend. »Wenn die Rebe reif ist, muß gekeltert werden, da hilft nun einmal nichts.« Er schob sie zu seinem Lager hin, daß sie rücklings in den Pfühl fiel, und griff noch im Stürzen ungestüm nach ihrem Busen, der unter dem Nachtgewand so verlockend wogte wie die sonnensüße Traube am Stock.

Doch er hatte sie kaum mit seiner Seherhand angerührt, da prallte Faust zurück, als hätte er in Feuer gegriffen. Alles in ihr schrie vor Angst und Schmach und Scham. Und alles Blut, das eben noch in seinen Lenden pulste, schoß ihm kochend bis zur Stirn hinauf. »Mater Maria, was wollte ich ihr tun?« Er rappelte sich auf und wich stolpernd vom Bett zurück, so weit die enge Kammer es erlaubte.

So jung wie diese Maid wart Ihr, geliebte Mutter, als der Dämon mit seinem kalten Stachel Euer Herz durchbohrte. Und ums Haar hätte er mich heut dazu gebracht, die schwarze Tat an ihr zu wiederholen. Seht nur, wie sie vor mir liegt – so blond und zart, so unschuldig und jung wie damals Ihr.

Im Licht der kleinen Wandlaterne lag die Maid wie hingemordet – die Augen weit und starr, das Antlitz fahl wie Mehl. »Grete«, sagte er leise, »bist du wohlauf, liebes Kind?« Doch sie antwortete nicht und regte sich nicht, so als ob sie wahrhaftig nur eine Puppe wäre, hingeworfen, bis der Spieler sie an ihren Fäden zurück ins Leben zöge. »Verzeih mir, ich bitte dich von Herzen«, flüsterte Faust, und obwohl er es zu verschlucken suchte, fuhr sein sprödes Lachen hinterdrein.

Da hob sie den Kopf und sah ihn verwundert an. »Worüber lacht Ihr, Herr?«

»Aus Freude, Kind, vor Dankbarkeit und Rührung. Aber nenn mich nicht Herr, ich bitte dich. Teufel bin ich und ein wenig auch von Gott beseelte Kreatur, doch gewiß keines Menschen Herr.«

»Ein Teufel wollt Ihr sein? Und doch gleicht Ihr den Engeln, deren Bildnisse in der Kirche hängen. Euer Lächeln, Herr …« Sie erhob sich, noch saß ihr das Entsetzen in den Augenwinkeln, und doch schien sie schon wieder zutraulich zu werden. »Eure Wohlgestalt, das goldene Haar …« Sie blieb vor ihm stehen, und jetzt war sie es, die ihre Arme emporreckte, die Hände auf seine Wangen legte, um sein Haupt zu sich hinabzuziehen. »Küßt mich, mein Herr, ich flehe Euch an.«

Er umfaßte ihre zarten Arme und schob sie von sich fort. »Nein, Grete, halt dich von mir fern – um deiner selbst.« Alle Lust war in ihm erstorben, der Dämon schwieg. Allein noch Grauen fühlte er – vor sich selbst, vor dem Gräßlichen, das geschehen wäre, hätte er nicht im letzten Augenblick erfühlt, wie ihre Seele Angst und Wehe schrie.

Doch sie wollte nicht von ihm lassen, mit strahlendem Lächeln sah sie auf zu ihm, und kaum hatte er seinen Griff gelockert, da warf sie sich neuerlich an seine Brust. »Rettet mich, erlöst mich, Herr.« Sie sprach stammelnd, und dabei zitterte sie in seinen Armen, als ob sie von Fieber geschüttelt würde. Streichelnd fuhren ihre Hände über seine Seiten, und während er noch sann, wie er sie beruhigen könnte, sank sie im Ring seiner Arme nach unten und preßte ihr Antlitz dorthin, wo der Dämon auf der Lauer lag.

»Liebes Kind, halt ein, du bist verblendet!« Seine Hände griffen in ihr Haar, aber statt sie zurückzureißen, wühlte er nur matt in ihrem Schopf, derweil ihre Lippen nach ihm haschten wie beim Kinderspiel. »Grete!« Er mußte alle Willenskraft aufwenden, und sein Ruf klang so verzweifelt, daß sie tatsächlich innehielt. Im Knien sah sie fragend zu ihm auf.

»Dort hinten, unter dem Schemel«, preßte er hervor. »Wenn du dort einen Teufel siehst, versprichst du mir, sogleich zu gehen?«

Da wurden ihre Augen groß, sie nickte wie im Krampf und ließ endlich ab von ihm. Im Knien wandte sie sich um, wie Faust sich vor Jahr und Tag von der Mater Maria zum Herrn Burrus umgedreht hatte. Ihr Blick fand das Glas, darin die Puppenaugen tückisch glitzerten, und niemals vorher hatte Faust mit solcher Freude eine Weibsperson vor Grauen schreien sehen.

»Geh jetzt«, sagte er, obwohl sie ohnehin schon zur Tür getaumelt war. »Und kein Wort zur Mutter, hörst du?«

Das nachdrückliche Nicken ihres glühend roten Köpfchens war das letzte, was er von der Schankmagd Grete sah.

Zäh rann die Zeit, er warf sich auf seinem Lager hin und her, Sorgen und Gesichte flogen um sein Haupt wie Friedhofskrähen. Zuweilen fiel er in unruhigen Schlummer, doch nach kurzem schreckte er immer wieder auf. Zum ersten Mal seit langem träumte ihm wieder, daß er ein ganz kleiner Knabe wäre und jene Hand hielte ihn im Nacken und stieße ihn hinab ins schlammig kalte Naß. Und auch das Knechtlein Adi erschien ihm und rückte im Schlaf nah und näher heran. Und da fuhr Faust abermals mit einem Stöhnen aus Schlummer und Traum.

Wie stickig es in der Kammer war. Er stand auf, tappte zur Fensterluke und stieß den Laden auf. Über dem Schloß schwebte der volle Mond, doch der Himmel war so schwarz, als sollte es nie mehr Morgen werden.

»Du meinst, du könntest vor mir fliehen?« Ein rauhes Raunen hinter seinem Rücken. »Und weißt doch, daß ich immer bei dir bin?«

An den Wirbeln sprang ihm kalter Schauer bis hinab zum Steiß. Seinen inwendigen Dämon hatte er hundert- und tausendfach spotten und locken gehört, doch dies Wispern kam von der Kammer her. Von der Bettstatt oder vom Schemel daneben.

»Wohin du auch rennst und rollst, Faust, ich bin bei dir allezeit.«

Er wollte sich umwenden, aber er stand wie festgebannt und mußte nur immerzu weiter hinaussehen in die funkelnd schwarze Nacht.

»Mit Verblendung schlag' ich dich, mit Täuschung umstrick' ich dich und umschlinge dich mit Spuk und Trug. Mal verwandelt ein

Weib sich dir foppend in Adele, mal vergaffst du dich in ein Mägdlein, so unschuldig wie einst deine Mutter Maria – und hinter aller Vermummung bin immer nur ich.«

Aus dem Erschauern war längst ein Schlottern geworden. Mit größter Mühe gelang es ihm, sich umzuwenden, doch er mußte ans Fenster gelehnt stehen bleiben, so weich war ihm in den Knien. »Glaubt bloß nicht, daß ich aus Angst vor Euch zitterte«, sagte er, und sein Gelalle war kaum zu verstehen. »Es ist nur die Kälte, die von Euch ausgeht und die Euch seit ältester Zeit verrät.« Mit tauben Fingern rieb er sich über Brust und Arme. Doch es wärmte ihn so wenig, als wenn er nackt durch einen Hagelsturm liefe und sich mit bloßen Händen zu schirmen versuchte – der Frost biß ihm durch Fleisch und Bein hindurch wie ein Briefdolch durch Papier. »Aber selbst Eure Macht ist begrenzt, mein dunkler Herr«, fuhr er mühevoll fort. »Es ist wahr, Ihr könnt mir eine Metze wie Agnes unterschieben, und Ihr könnt mir vorgaukeln, daß es die wiedergekehrte Adele wäre. Aber selbst Ihr könnt Adeles Seele nicht hindern, in den Leib einer Maid wie Oda zu fahren.«

Er lauschte zitternd, doch er erhielt keine Antwort. Auch der frostige Hauch begann aus der Kammer wieder zu weichen. Eine Weile blieb Faust noch am Fenster stehen, um Mut und Kräfte zu sammeln. Dann wankte er, so rasch es gehen mochte, zu seinem Bett hinüber, zündete die Nachtlampe an und leuchtete unter den Schemel.

Doch als er vor dem Glas auf den Knien lag, wußte er selbst nicht mehr, was er eigentlich erwartet hatte – das Teufelspüppchen schwebte in seiner Welt aus Spiritus und belauerte ihn aus schmalen Augen stumm wie stets.

Und warf sich wieder aufs Bett, von Unrast gepeinigt, einem Kribbeln wie von tausend roten Ameisen aus dem Maulbronner Tannenforst. Sein Geist flog nach Knittlingen hinüber, in die Kammer der Mutter, die mondbeschienen schlief. Alles sah still und friedlich aus, doch das Herz schlug Faust mit einemmal so rasend in der Brust, als ob es zerspringen wollte. Und während er sich noch in ihrer Kammer umschaute, schwang mit leisem Knarren die Tür der Faustin auf.

Eine breite, hochgewachsene Gestalt trat ein. Selbst im Dunkeln ging ein roter Schimmer von ihr aus. Schwankend wandte sie sich zum Bett der Faustin und sackte darauf. Die Mutter begann zu schreien, erst leise und schlaftrunken, dann gellend vor Schmerz und Angst. Riesenhaft lag der Küfer auf ihr und schlug und stieß keuchend und stöhnend auf sie ein.

Faust knirschte mit den Zähnen und ballte die Fäuste. Während er aufsprang, in Hemd und Hosen fuhr, strömten die Gesichte unvermindert auf ihn ein. Die Schreie der Mutter zerrannen zu einem Wimmern, indes der Gerlach weiter seine Fäuste auf sie niederprasseln ließ. Faust riß das Teufelsglas unter dem Schemel hervor, daß der Spiritus gluckste und das Püppchen schaukelnd im Kreis fuhr. Dann stampfte er schon die Stiege hinab, die Lampe in seiner Seherhand, den Glasballon unter dem rechten Arm. »Heda, Wirtschaft, riegelt das Tor auf, ich muß davon!«

In Schlafhemd und Nachthaube stolperte ihm eine Weibsperson vor die Füße, und er hob die Lampe, dankbar, daß es zumindest nicht die Schankmagd war. Noch immer lag der Küfer auf der Faustin und stieß sein mit Schwären besätes Seichrohr in ihren Engelsschoß hinein.

Ah, mein dunkler Herr, dachte Faust und warf der Alten einen Albus zu, darum also habt Ihr meine Begierde spukhaft auf die kleine Maid gelenkt! Als ob ich je dran gezweifelt hätte, daß Ihr mich und jedermann in ein Vieh wie den Küfer verwandeln könnt! Aber jetzt haltet ein, ich sträub' mich ja nicht länger – gleich morgen will ich mein Knie vor Euch beugen, Herr der Hoffnungslosigkeit.

Die Wirtin riegelte ihm den Stall auf, und Faust schob den Teufelsballon hinten auf die Karre, rief Messer herbei, schirrte den Esel an und rumpelte auf die dunkle Gasse hinaus. »Hüa, Tarock, lauf wie der Wind!« Er ließ die Peitsche über dem schläfrigen Esel schnalzen. Die Räder ratterten auf dem Katzenkopfpflaster, bellend lief Messer neben dem Wagen her. Hinter allen Toren schlugen nun die Hofhunde an, ganz Rottenburg wurde aus dem Schlaf gerissen, aber Faust nahm von dem Gelärme nur wenig wahr.

Unablässig strömten die Bilder auf ihn ein – die Faustin tastete sich wimmernd über Leib und Glieder, und der Gerlach wälzte sich von ihrem Lager, die Hosen auf den Fußknöcheln, und seine Fratze war vom Suff so gedunsen wie das Antlitz der Mutter von seinen Schlägen geschwollen und zerplatzt.

Gleich morgen will ich mich Euch vor der Essigpforte verschwören, aber ich fleh' Euch an, Ihr schwarz geschupptes Scheusal – haltet ein!

49

Er stand auf der Schwelle des Küferhauses, zum allerletzten Mal. An seinem Arm die Faustin, die unablässig lachte und weinte und kaum bei Sinnen schien. Ein Kleid aus hellem Leinen hatte Lena ihr geschneidert, das ihren mädchenschlanken Leib von Hals bis Fuß umschloß. Dazu trug sie einen durchbrochenen Schleier, um ihr zerschlagenes Antlitz zu verhüllen – die roten und violetten Male, das noch immer zugeschwollene Auge, den aufgeplatzten Mund. Der Gerlach stand hinter ihnen in der Werkstatt und lauerte im Kreis seiner Gesellen darauf, daß die Besessene und der Satansbalg endlich sein Haus verließen. Aber Faust verharrte mit der weinenden Mutter auf der Schwelle und blinzelte bloß in die morgenhelle Gasse hinaus.

Hier hab' ich vor Jahr und Tag gestanden und den Leuten ihre Katzenköpfe vor die Füße gekippt. Auch der Gerlach soll einen letzten Schwall aus dem Essigkrug abbekommen, ehe der Halbteufel Faust für immer davongeht. Denn allzu eilig, das müßt Ihr verstehen, Herr, ist's mir nicht damit, meinen Seelenrest der Hölle zu verschreiben. Auch wenn ich ja weiß, daß der Schwur nun keinen Aufschub mehr leidet.

In seinem Rücken stampfte der Küfer heran. »Ich geb' Ihm eine Mahnung mit auf den Weg, Faust: Sein Wohltäter Gerlach erwartet gewiß keine Dankbarkeit von einem Teufelsbalg. Sollte Er sich aber je erdreisten, einen Streich gegen mich zu führen, sei es durch Verleumdung, Magie oder was auch immer Er ersinnen mag – so findet Er sich, ich schwör's Ihm, noch selbigen Tags im Kerker des Parzer wieder.«

»Und das, Herr Gerlach, hättet Ihr nun besser nicht gesagt.« Mitsamt der Mutter wandte Faust sich um zu ihm. »Ich war drauf und dran, ohne Lebwohl von Euch zu gehen. Hab' mich nun aber eines Ärgeren besonnen.«

Noch immer überragte ihn der Küfer um eines halben Hauptes Länge. Doch daß er zum roten Grobian aufschauen mußte wie der Knabe zum Vater, schürte Fausts Zorn nur noch mehr. »Die Mannskraft nehme ich hiermit von Euch, Küfer. Mit der Dürftigkeit des Fleisches sollt Ihr für den Rest Eurer Erdenzeit geschlagen sein, unfähig, je wieder ein Weib zu berühren.«

In seinen Augen begann es zu brennen, und als er seine Linke gegen Gerlach ausstreckte, verzerrte sich das Antlitz des Küfers zu einer Fratze blanker Angst. Mit rot gedunsener Hand nestelte er unter seinem Gürtel, und da stob ihm ein Kuckucksvogel aus den gelb geschlitzten Hosen hervor. Mit wildem Flügelschlag jagte das Federvieh in der Werkstatt umher, verstört durch die fauchenden Feuer und das Gelärme von Hämmern und Sägen. Der Junggeselle Wolf, der nach sechsjähriger Lehrzeit unlängst die Küferprüfung bestanden hatte, riß sein Messer heraus und warf es dem Kuckuck so geschickt hinterher, daß die Klinge das Federaas unter die Balkendecke bannte.

Jörg Gerlach aber wand und krümmte sich, preßte sich die Fäuste in den Schritt und wehklagte elendiglich.

»Öffnet die Pforte, Väterchen. Die Sache eilt.«

Das Rosinenhaupt in der Luke äugte. »Was fällt Ihm ein, Scholar? Läßt sich einen ganzen Sommer nicht blicken und verlangt nun, wieder aufgenommen zu werden – und gar mit einem Weib?«

»Es ist ja meine Mutter Maria. Öffnet, ich bitt' Euch, Väterchen, oder es wird ein Unglück geschehen.«

Fra Josephus schüttelte grimmig den Kopf. Gewandet wie eine Braut saß die vorgebliche Mutter auf dem Kutschbock neben dem Scholar. Doch durch den Schleier schimmerte ein gräßlich entstelltes Antlitz – ein Auge zugeschwollen, Wangen und Stirn mit blutigen Malen übersät. Gleichwohl schien sie, durch allen Gram hindurch, mit zerbissenen Lippen zu lächeln.

Der Bruder Pförtner trat zur Seite, damit Philipps Wachsoldat die beiden in Augenschein nehmen konnte. Er allein durfte ohnehin nicht mehr entscheiden, wem die Pforte aufgeschlossen wurde und wer abzuweisen war. »Faust heißt der Bursche, die Bücher hat er allezeit hier im Kloster studiert – bis er dem Herrn Abt zu Pfingsten entlaufen ist.«

So erklärte und ächzte der greise Mönch, und unterdessen sah der Soldat in die Flammenaugen Fausts. In seinem Innern vernahm er eine Stimme, die scharfen Tones kommandierte: *Schließ Er auf, Soldat!* Und da fuhr seine Hand zum Gürtel und knüpfte den Schlüsselbund los.

Knarrend schwang die Pforte auf.

»Aber das Vieh aus dem Forst darf nicht hinein«, murrte Josephus.

Faust beugte sich vom Kutschbock zu Messer hinab, der mit geisterweißem Antlitz zu ihm aufsah. »Braver Hund. Auf bald, Messer, Leb wohl!« Damit griff er zum Zügel und lenkte seine Eselskarre, mit der Mutter auf dem Kutschbock und den Puppen unter der Plane, ins Klostergeviert hinein.

Fügsam trottete Tarock durch den Wirtschaftshof, vorbei an Reisigen mit geschulterten Musketen, an werkelnden Knechten und müßigen Zimmerleuten. Fausts Augen leuchteten wie blaue Feuer, und jeder, den sein Blick vom Bock herab bestrahlte, blieb stocksteif stehen und sah ihnen mit traumtrunkener Miene hinterher.

Als sie am Brunnen vorüberzogen, wo die Küchenknechte die Jausezeit verlallten, drehte sich die Faustin ihnen zu und sah aufmerksam vom tumben Albert zum tölpeligen Franz.

Erkennt Ihr die beiden wieder, Mutter? Junge Narren waren es damals und sind längst ältliche Toren. Aber wem erginge es anders – außer Euch?

Sie wandte sich wieder nach vorn, ihre Brust hob und senkte sich, doch sie gab ihm kein Zeichen, ob die Erinnerung in ihr lebendig wurde.

Wie gern hätte ich es Euch erspart, gerade hier wohnen zu müssen. Aber ich weiß auf der ganzen Welt keinen anderen Ort für Euch.

Sie fuhren durch den düsteren Gang zwischen Schanzwall und Klausurbau. Als sie an der Tür zur Klosterküche vorbeikamen, überlief die Faustin ein Zittern, und ihre Hände umklammerten den Rand der Kutschbank mit solcher Gewalt, daß ihre Knöchel sich bleichten.

Thomas von Hasselperg war ans Fenster getreten und sah ihnen klaffenden Maules hinterdrein. Niemals war sich Faust seiner Macht über die Menschen bewußter gewesen als an diesem 3. Augusttag im

1498. Jahr des Erlösers, da er mit der Faustin Einzug ins Kloster hielt. Auch jetzt war ihm schmerzlich klar, daß es bloß eine verliehene Macht war, von Gnaden der Hölle und seines inwendigen Dämons. Doch heute schien es ihm zum ersten Mal, als ob er den Dämon seinem Willen unterwerfen könnte, wie sich Tarock mit Rufen und Schnalzen durchs Klostergeviert steuern ließ.

Vor dem Marienbau befahl er dem Esel innezuhalten, und die Beichte der Bredegast kam ihm in den Sinn. So wie Luzifer und seine Engel im Sturz zu Teufeln verwandelt wurden, dachte er, so ist der Mensch, der sich dem Satan verschwört, vom selben Moment an kein Mensch mehr, sondern ein boshaft grausames Tier. Und doch muß ich mich Euch verschreiben, mein furchtbarer Herr, um meiner armen Mutter willen. Lieber will ich in alle Ewigkeit in der Verdammnis schmachten, als daß die Faustin auch nur einen Augenblick länger in der Hölle des Küferhauses darbt.

Die Faustin an seinem rechten Arm, unter dem linken den Glasballon, trat er in die kühle Dämmernis der Kapelle ein. »Schaut nur, die heilige Maria.«

Seite an Seite sanken sie vor dem Altar in die Knie. Wie bald jeden Abend, ehe er sein Haupt zum Schlaf bettete, murmelte Faust seine Anrufung der apokryphen Maria. Den Glasballon mit dem stierenden Teufelspüppchen hatte er auf dem Altarsockel abgesetzt. Neben ihm schluchzte und lachte die Faustin, und der Brand in seinen Augen wurde stärker. Für einen Moment schien es ihm möglich, daß das Marienbildnis in Flammen aufgehen würde, wenn er seinen lodernden Blick längere Zeit darauf gerichtet hielte.

In ihrem Rücken erklang ein Räuspern, dann mühsam herbeischlurfende Schritte. »Nun treibt Er's aber doch zu arg«, sagte Burrus und schnaufte. »Haben wir Ihm nicht auseinandergesetzt, daß Er die Gnade verwirkt, wenn Er sich unserem Joch nochmals entzieht? Und gleichwohl ist Er wiederum entlaufen und erkühnt sich zum Überfluß, mit einer Braut zurückzukehren? Hinaus mit ihr, das Weib entweiht den heiligen Ort der Maria!«

Auf seinen Knien rutschte Faust zum Herrn Johannes herum und zog die Faustin mit sich. »Aber es ist ja Maria, seht doch, Herr. Meine

Mutter und Braut, mein Kind und der heiligste Teil meiner selbst.« Mit brennenden Augen sah er zu Burrus auf. »Und nun schweigt besser still, Herr Johannes, denn alles ist nur so geschehen, wie Ihr es angeordnet habt.« Und er nahm den Schleier von der Faustin, so daß der Abt ihr zerschlagenes Antlitz sah.

Burrus wich vor der Verprügelten zurück und sank schwer auf die Kapellenbank. Das Blut sackte ihm aus den Wangen, wie so häufig hatte er den Eindruck, aus großer Höhe zu stürzen.

Barmherziger, ich danke Dir, daß Du mein Gebet erhört und mir Dein Werkzeug zurückerstattet hast, Amen.

Während des Sommers war sein Leibesumfang noch weiter angewachsen. Selbst wenn er wie jetzt einfach dasaß, ging sein Atem keuchend. An jedem zweiten Freitag, wenn er sich ins Badehaus der Herren verfügte, mußten ihn vier Konfratres in den Zuber heben. Was sich unterhalb seines Bauches befand, war seit Jahren seiner Sicht entzogen, aus gewissen schmerzhaften Entzündungen konnte er jedoch schließen, daß das Fleisch seiner Oberschenkel eine zusammengepreßte Masse bildete, selbst wenn er die Beine spreizte.

Unterdessen sah ihn der Halbteufel so lodernd an, daß Burrus angst und bange wurde. »Bloß gebeten hab' ich den Gerlach«, murmelte er und blinzelte heftig, »wenn er ein Mittel wisse, seinen Ziehsohn zurückzuholen, solle er's schleunigst gebrauchen – allein um *Seiner* Seligkeit willen, Faust.« Er nestelte ein Tüchlein hervor und tupfte sich über Haupt und Stirn.

Wie hätte ich ahnen sollen, daß der Gerlach ihr das Antlitz zu Brei schlägt? ›Bereit Er ihr Kummer, damit sie nach ihrem Sohn greint‹, nichts anderes hab ich ihm befohlen. ›Bringt Er Faust auf diese Weise zurück, so soll alle Beschwernis von Ihm genommen werden.‹ Daß der Küfer sie halb zu Tode prügeln würde, habe ich nicht gewußt und noch weniger gewollt.

Mit ihren blutigroten Wunden und violetten Malen unter dem emporgeworfenen Schleier bot die Verprügelte einen gräßlichen Anblick, wie eine Braut, die dem Teufel statt dem liebenden Bräutigam zugeführt worden war. Doch so erinnerte sie ihn zumindest nicht an die Maid von Michaeli 1479 A.D., die ihm noch immer häufig in Träumen erschien.

Schließlich erhob sich der Halbteufel und half seiner Mutter auf die Füße. »Nun, der Küfer scheint jedenfalls ein Mittel gefunden zu haben, heiliger Mann: Hier bin ich, gekommen, Euch so viel Gold zu erschaffen, wie ich vermag.« Noch einmal wandte er sich zum Altar um und nahm ein gläsernes Gefäß vom ungefähren Umfang eines Männerschädels auf. »Aber ehe ich mich dem Satan vollends verschreibe, sollt Ihr mir bei Eurer Seligkeit schwören, daß Ihr Maria Faustin fortan hier im Kloster Obdach gewähren und für ihren Schutz und ihre Bequemlichkeit sorgen werdet, was auch kommen und werden mag.« Er trat nahe an Burrus heran, die Mutter an seiner Hand, unter dem Arm den Glasballon, aus dem Burrus ein Paar gelber Augen entgegenglitzerte. »Schwört mir, Herr Johannes. Und dann will ich hinuntergehen und alles tun, was Ihr begehrt.«

Der Abt senkte den Kopf in sein Kinn. »Im Namen des Allmächtigen«, sprach er und erhob sich mit rudernder Mühsal, »alles soll so geschehen, wie Er es vorsieht.«

50

Er hatte das Feuer im Athanor geschürt, so daß die beiden Eisenkugeln vor Hitze knackten. Die Herdplatte glühte, und in der Pfanne zerrannen Quecksilber und Blei zu einer Suppe vom Blaugrau zugefrorener Seen. Oder des Winterhimmels, der blaß und fern darüber schwebte, oder der Augen von Lena Siebenschöpf, wenn sie ihn mit ihrem scheuen, lieben Lächeln ansah.

Lebwohl hätte ich dir sagen sollen, Lenchen, denn wenn ich erst den Zwingspruch geschrien habe, werde ich nie mehr der sein, der ich war. Nie mehr dein Rimelius, nie mehr mich suchend und verlierend im Puppenspiel. Nie mehr arglos, nie mehr auch nur halbwegs frei von Teufelstücke.

Das Gewimmel im Winkel schien ihm noch ärger als vor Pfingsten, da er den Tiegel mit Jorgeles Seelenfett auf den Schemel gesetzt hatte. Jede Faser des dreibeinigen Hockers schien zu beben, ebenso das irdene Töpflein, das wie ein Knopf mitten darauf saß.

Auf seinem Tisch stand der Glasballon, darin die im Spiritus schwebende Teufelsmaid – die schwarzen Ärmchen vor die Knochenbrust gepreßt, die verschrumpften Froschbeine gespreizt, als ob aus ihrem dürren Schoß je Leben kriechen könnte.

Vom Klausurbau drangen dumpf die Stimmen der Konfratres herab, die zum mitternächtlichen Chorgesang anhoben. Auf seinem Stuhl vor der vermauerten Tür stimmte der Herr Johannes mit atemlosem Brummen in den Hymnus ein. Und Faust sank auf seine Knie, vier Schritte vor der Essignische, und begann mit bebender Hand den Kreis in roter Kreide aufzumalen.

Wiederum hatte er sich für den Spruch aus dem »Vox in Rama« entschieden, der den Höllengeist Marbuelis herbeizwang. Denn dieser teuflische Herrscher war auch Borethius erschienen und hatte sich gerühmt, ein Hüter der Höllenschätze zu sein. »*Mein lieber Herr Hannes, die Hölle und ihr Revier ist unser aller Wohnung und Behausung, sie umfaßt so viel wie die ganze Welt. Über der Hölle und über der Welt bis unter den Himmel gibt es zehn Königreiche. In ihnen, auch Phlegeton genannt, regieren die Teufel. Unter ihnen gibt es vier königliche Regierungen mit Luzifer im Osten, Beelzebub im Norden, Belial im Süden und Astaroth im Westen. Und im Reich Luzifers bin ich, Marbuelis, Hüter der Höllenschätze, einer der mächtigsten Herren.*«

In den Kreis zeichnete Faust ein magisches Quadrat, in dessen Viertel schrieb er die vorgeschriebenen Zeichen: SUED und NATAS, AIRAM und ein viertes Signum, das wir hier nicht mitteilen werden. Denn wenn ein jeder, der beim Bücherkrämer das vorliegende Werk erwürbe, gleich losschreien könnte, um Ihre Schwarze Herrlichkeit Marbuelis herbeizuzwingen – es wäre nicht auszudenken. Und in den südlichen Kreisbogen schrieb er EVA, in den östlichen AVOHEJ, in den nördlichen SURTEP, in den vierten weitere geheime Siglen.

»*Durch diese Figur*«, so hatte Hannes Borethius des weiteren offenbart, »*kannst du aller Höllen Geister binden und zwingen, so du deine Zitation schreist und dabei inmitten des Kreises verharrst. Und wenn du den Spruch ohne Makel noch Auslassung ausrufst, muß der Geist aus der Höllen aufgefahren kommen und dir Blei zu Gold umschaffen, Dreck in blutwarmes Gewimmel, doch um welchen Preis.*«

Faust erhob sich und trat mit langem Schritt aus dem Kreis, wobei er ängstlich darauf achtete, kein Zeichen und keine Linie zu berühren. Er nahm die Schürzange vom Athanor, trat in jene schattenreiche Nische zur Linken des Ofens und klaubte das mit Schleim und Gewürm überzogene Töpfchen vom Schemel. Mit der Zange trug er den Tiegel zum Tisch hinüber und setzte ihn in eine hochwandige Schale neben dem Glasballon. Sodann suchte er das Gewimmel mit einem steifen Pinsel vom Tiegel abzustreifen, doch alles, was er an Spinnen oder Käfern herunterkehrte, wollte sogleich in sein süßes Eden zurück. Und ärger noch – wie er einmal nach rechts sah, bemerkte er einen dunklen Strich auf dem Boden, der zitternd von jener Nische zu seinem Tisch herüberwuchs, als ob dort Tinte rönne oder als ob eine unsichtbare Hand mit schwarzer Kreide einen Strich durch den Keller zöge. Doch es war das Gewürm, das den Hocker floh, um sich schwankend ins gelobte Land auf dem Labortisch aufzumachen. Schon krochen die ersten Käfer am äußersten Tischbein empor, gefolgt von Würmern, Maden, Spinnen, Schaben in solcher Zahl, daß die trappelnden Beinchen und kriechenden Leiber ein Rascheln und Scharren erzeugten, wie wenn gelehrte Mönche ihre Federn in heiligem Eifer über Papier jagen ließen.

Faust verspürte einen Würgreiz in der Kehle und entschied sich, den Tiegel fürs erste verschlossen zu lassen. Wenn er das Seelenfett jetzt schon entsiegelte, hätte das Gewürm jedes tranige Flöckchen aus dem Töpfchen geschleckt, ehe er den Marbuelis herbeigezwungen hätte.

Auf dem Athanor standen beide Gefäße bereit, die er für die alchymische Hochzeit benötigte. Die Kupferschale mit dem roten Pulver darin, das er mit dem Seelenfett zur wächsernen Masse vermengen würde, sobald der Marbuelis bei ihm wäre und bereit, seinen Odem in die Pfanne zu furzen. Im größeren Topf daneben die blaugraue Suppe aus Quecksilber und Blei, in die er zum argen Ende ein halbes Skrupel vom Wachs der Weisen einrühren würde, um das kranke Gold zu heilen.

Noch einmal trat er vor den Ofen und rührte in der wintergrauen Suppe, doch es war nur, um noch ein paar Augenblicke zu gewinnen. Alles, was zu tun war, damit die Zeremonie gelänge, war getan. Ebenso alles, damit für die Faustin fürderhin gesorgt war. Morgen würde sich Flori Kuhrer von seinem Meister Wagen und Zugochs leihen und mit der Siebenschöpf all ihre Habseligkeiten nach Maulbronn herüberschaffen, die unterm Dach des Küferhauses geblieben waren. Die Bettstatt der Mutter, ihre Engelbilder, auch ihren Tisch, an dem sie seit Jahr und Tag malte, nebst Pult, Büchern und Kladden aus Fausts Knabenkammer nebenan. Vorn im Wirtschaftshof sollten ihnen zwei Verschläge unterm Dach des Gesindehauses freigeräumt werden, einer für die Mutter, der zweite für Lena oder eine andere Weibsperson, die für das Wohl der Faustin künftighin sorgte.

Aber morgen erst, alles morgen, wenn er den Dämon beschworen, seine Pfanne mit Gold gefüllt, die drängendste Gier des Herrn Johannes gestillt hätte. Faust ging zu seiner Bettstatt im hintersten Winkel des Gewölbes und holte aus einem verriegelten Schränkchen hervor, was er allenfalls noch für die Anrufung brauchte – den Totenschädel, den er einst im Wald aufgelesen hatte, und den fieberroten Federhut von Frido.

Er kehrte zum Zwingkreis zurück und setzte den Totenkopf hinein, so daß die leeren Augen zur Essignische starrten. Und als auch das getan war, riß er sich mit Ritsch und Ratsch die Kleider herab. Wams, Hemd und Hosen, denn wer die Hölle anruft, soll nichts als seine Haut am Leibe tragen – seine von fiebrigen Schauern überlaufene Haut und allenfalls noch einen Spitzhut aus blutrotem Gefieder.

Und vom Tannenholz her heulten die Winde oder Wölfe, und im Klausurbau psalmodierten die Konfratres, und der Herr Johannes flehte atemlos zum Allmächtigen empor, während sich Faust den Feuerhut aufs Haupt hob und in heiße Erregung geriet. Sein Herz begann zu rasen, ein gewaltiger Brand setzte seine Augen in Feuer, und die dunkle Glut schoß in ihm empor.

Er trat in den Zwingkreis, setzte seinen linken Fuß auf den Totenkopf, reckte seinen Seherarm zur Essignische hin und begann also zu schreien: »Ich, Georg Johannes Faust, beschwöre dich, Großfürst Marbuelis, bei dem großen Gebieter und der göttlichen Mutter Maria im Himmel und auf Erden, im Wasser, in der Luft und im Feuer, in der Hölle und außerhalb der Hölle und bei dem Wort, das da war im Anfang der Welt. Im Namen des Erlösers, der dich, Großfürst Marbuelis, bei seiner Höllenfahrt siegreich überwunden und unter seine Füße getreten hat, beschwöre ich dich, daß du mir auftust die Grundfeste der

Erde und bei Amala Saim/Fara/Lamim/Saumi/ma/also fortan meinen Willen vollbringst, nach dem, was ich dir gebieten werde, Sela und Amen. Komm, Marbuelis, komm, komm!«

Da hob es von der Essignische her zu grollen und zu poltern an, wie wenn schwere Eisenkugeln hin und her gerollt würden. In den Augenwinkeln sah Faust gerade noch, wie der Abt sich von seinem Stuhl aufraffte und unter unaufhörlichem Murmeln und Bekreuzigen aus dem Teufelslabor floh. Dann senkte er die Lider und schaute, wie sich tief unten in der Erde ein Abgrund auftat und ein goldener Glanz hervorbrach. Der Boden unter ihm erbebte, alle gläsernen Gefäße, die auf dem Tisch beisammenstanden, klirrten gegeneinander, und der im Stollen gefangene Wind heulte wahrhaftig wie ein Wolf oder Hund und zwischendrin sogar wie ein gepeinigtes Kind.

Und Faust schrie, indem er seinen Seherarm abermals zur Essignische hinreckte: »Ma/Schaffot/Etanahoim/Masalami/Fasta/Apiramus/Misa/ETANOGANASA.«

Das Grollen und Beben wurde ärger. Er schloß abermals die Augen, und das Mauerwerk in der Essignische wurde durchscheinend wie herabrinnendes Wasser, und dahinter schaute er eine greuliche Ungestalt, die aus der Tiefe emporfuhr, ein riesenhafter Schatten mit Eselskopf und gewaltigen Habichtsschwingen.

Und die Ungestalt fuhr donnernd aus der Erde empor, und Faust sang, wie er es bei Borethius gefunden hatte: »Padaschia/Mizazima/Avit/Mot/Podeschia/Ich, der mächtige Magier Georg Johannes Faust, rufe dich, Großfürst Marbuelis, durch – –«

Und da brach er ab und fuhr herum, denn just in seinem Rücken hatte er lautes Bellen vernommen und dazu wiederum jenes Wimmern wie von einem kleinen Kind. Und im Herumfahren stieß sein Arm gegen den Glasballon und fegte das Gefäß zu Boden, wo es zerschellte mit einem Klirren, als ob tausend Gespenster in Lachen ausbrächen. Der Spiritus ergoß sich über den Zwingkreis des Marbuelis und löschte ihn größtenteils aus. In einer Pfütze aus Scherben und Spiritus kollerte das Teufelspüppchen über den Boden und blieb handbreit neben dem halb erloschenen Zeichen AIRAM auf dem Rücken liegen.

Benommen sah Faust um sich. Das Grollen und Beben aus der

Tiefe war verstummt, die Beschwörung anscheinend aufs neue gescheitert, denn wieder hatte er den Spruch nicht vollständig geschrien. Hinter dem Eisengitter aber, das den Tunnel vom Tannenholz her abschloß, saß der Hund Messer und bellte noch immer wie von der Tobsucht geschüttelt. Und ihm zu Füßen hockte ein winziges Menschlein und sah Faust mit einem Ausdruck bekümmerten Ernstes unverwandt an. Es mußte die Kreatur sein, die eben so jämmerlich geschrien hatte, und sie schien nicht viel größer als der Stiefel eines ausgewachsenen Mannes. Doch auch als Faust näher an das Gitter herantrat, schien es ihm ungewiß, von welcher Art dieses Wesen sein mochte – ein kleiner Knabe oder ein altersloser Zwerg. Schlammdunkles Wasser tropfte ihm aus den Haaren und lief an einem klapperdürren Leib hinab, der bis auf einen Fetzen um die Lenden unbedeckt war.

Nahe dem Wandgitter lagen Fausts eigene Kleider am Boden – rasch ging er hin und fuhr in Hemd und Hosen. Als er sich wieder umwandte, fiel sein Blick auf die Teufelsmaid in der Lache aus Glasbruch und Spiritus. Auf dem Rücken lag sie vor ihm, die beinernen Schenkel gespreizt, als ob sie eben ein Kind geboren hätte, und da durchschauerte Faust die jähe Einsicht: Ein dunkles Band verknüpft diese beiden, den Kleinen hinter dem Gitter und die schwarz verschrumpfte Satansmaid.

Noch immer bellte Messer so wild, daß es im Gewölbe widerhallte, doch Faust überkam nun eine große, kalte Klarheit. »Still, Messer – alle beide.« Er legte den Zeigefinger auf seine Lippen. Da verstummte der Hund, und auch der kleine Kerl nickte ihm mit wehmütigem Ernst zu.

Rasch nahm Faust nun das Gitter herunter, hob das tropfnasse Kerlchen aus dem Wandloch und ließ auch Messer ins Gewölbe herabspringen. Er trug die Kreatur, die weniger als ein Sack Stroh zu wiegen schien, zu seiner Bettstatt. »Komm her, Messer, ja, so ist es brav. Und keinen Ton, hört ihr?«

Abermals nickte der kleine Kerl mit bekümmerter Feierlichkeit, und dazu neigte er sein Häuptlein, das so zerbrechlich wirkte wie ein Glasgefäß. Auch der Hund fiepte sein Einverständnis, und da blies Faust die Laterne aus, die neben seinem Bett am Boden blakte, und eilte zum Athanor zurück.

Neuerlich schürte er das Feuer, bis die Herdplatte glühte und die wintergraue Suppe zu brodeln begann. Dann wandte er sich zum Tisch, wo der Tiegel mit dem Seelenfett des armen Jorgele längst wieder unter wimmelndem Gewürm begraben lag. Doch für das ekle Gezücht hatte Faust kaum mehr einen halben Blick. Zwischen Phiolen und Pfannen fand er das Ledersäckchen, das die Zofe Oda ihm in Udenheim auf dem Nachtschemel zurückgelassen hatte. Wer ihm das Dutzend guter Gulden zugeeignet hatte und aus welchen Gründen, hatte sich ihm bis dahin nicht erschlossen, aber mit einemmal schien es ihm gänzlich klar. Die Goldstücke stammten nicht aus dem Säckel jener Herrin und noch weniger aus der Schatulle des Doktor Bleikamm.

Wie könnte ich noch zweifeln, dachte Faust – mit Adeles Augen hat die Oda mich angesehen, und meine wilde Braut war's auch, die mir die Gulden zugedacht hat. Und er nahm das Ledersäckchen auf, ließ den leise erklirrenden Inhalt in seine Pfanne voll brodelnder Bleisuppe rinnen und rührte mit eisernem Löffel um.

Unterdessen hatte Burrus im Flur vor der Kellertür ausgeharrt. Mal war er bis zur Treppe geflohen, um sich dann wieder an die ledern bespannte Tür heranzuschleichen und sein Ohr dagegenzudrücken. Obwohl ihm das Blut bis in die Schläfen hinauf hämmerte und er unaufhörlich Stoßgebete gen Himmel schnaufte, vernahm er jede Silbe der geschrienen Teufelsbeschwörung nebst ihren infernalischen Folgen – Bellen wie von tausend Höllenhunden, ein Donnern und Klirren und Scheppern und Dröhnen, daß Burrus vor Angst und Grauen zu vergehen meinte, und zwischendrin sogar ein Winseln und Wimmern, als ob dort drinnen Wickelkinder hingeschlachtet würden, um den furchtbaren Marbuelis zu ehren.

Auch nachdem im Labor wieder Stille eingekehrt, der Geist allem Anschein nach in sein wurmiges Reich zurückgefahren war, verharrte der Abt noch längere Zeit lauschend und zagend vor der Tür. Doch außer dem Quietschen der Laterne in seiner schlotternden Linken und dem vertrauten Schnaufen, mit dem er die Atemluft einsog und aus seiner Lunge herausstieß, war kein Laut mehr zu hören.

Da faßte sich Burrus ein Herz und stieß die Tür auf. Am Ofen stand der Scholar und rührte in der Pfanne, wie wenn er sich bloß eine Morgensuppe kochen wollte. Doch als der Abt neben ihn trat, schlug ihm aus dem Topf ein solcher Glanz entgegen, daß er gar nicht anders konnte, als breit zu lächeln, und seine Seele froh und heiter wurde. Denn die Pfanne, darin es vorhin bloß bleigrau gebrodelt hatte, war nun bis zum Rand gefüllt mit einem goldenen Brei.

»Den schwarzen Gast hab' ich in seine Hölle zurückgezwungen, heiliger Mann«, sagte Faust leichthin, ohne im Rühren nachzulassen. »Aber ehe ich ihn gehen ließ, mußte er mir das kranke Gold in meiner Pfanne heilen.«

Burrus hob das Kruzifix, das an goldener Kette vor seiner Brust hing, und hauchte einen Kuß auf das Dornenhaupt des Erlösers. Auf dem Tisch, neben einer Schale voll unsäglich eklem Gewimmel, bemerkte er ein Ledersäckchen und reichte es dem Halbteufel Faust. »Brock Er mir das Gold in diesen Beutel, und damit soll Sein Werk für heute getan sein. Seine Mutter darf fürderhin im Klostergeviert leben, wie es Ihm versprochen worden ist. Wir sind recht zufrieden mit Ihm, Faust.«

Gebieterisch blinzelte Burrus zu ihm empor. »Und in drei Tagen oder vier, wenn Er wieder bei Kräften ist, wird Er den Dämon neuerlich heraufzwingen, und dann soll das Vieh Ihm so viel Gold ausspeien, wie dies Gewölbe irgend fassen mag.«

Dritter Teil: Das kranke Gold

51

Nur über die Vögel gewann Faust keine Macht, sie plagten ihn, wo sie konnten. Besonders die Fieberkrähen trieben oftmals ihren Spott mit ihm.

Ohnehin waren die Papageien, je weiter das Jahrhundert sich neigte, mehr und mehr zur Plage und Prüfung geworden. In bunten Schwärmen zogen sie über den Kurpfälzer und schwäbischen Himmel oder ließen die Bäume am Wegrand mit ihrem Gefieder spukhaft erblühen. Kamen Christenmenschen vorbei, so knarrten sie »Geh mit Gott!« oder »Heilige Mutter!«, und jedermann dachte wie die Pfaffen, daß es vom Satan gesandte Plagegeister seien. Vorboten gar der alles verheerenden Feuersbrunst, die zu Ultimo des 1499. Gottesjahrs die Welt verschlingen würde, wenn man den wandernden Geißelmönchen, Sehern und Bußpredigern Glauben schenkte.

Auf Fausts Karren hockten die Fieberkrähen in jenem Sommer dutzendweise und ließen sich von Tarock zum Bodensee ziehen. Wie Messer auch wider sie bellte und selbst der behäbige Esel seine Zähne gegen das Federvieh bleckte, sie flatterten höchstens als bunte Wolke auf und ließen sich bald wieder auf dem Sparrwerk über dem Wagen nieder. Bei Nacht krochen sie unter die Plane, plusterten sich zu bunten Federkugeln auf und sanken auf der Puppenbühne grämlich krächzend in den Schlaf.

Als Burrus in ihn gedrungen war, nun aber alle Klostertruhen ungesäumt mit Gold zu füllen, da hatte Faust kurzerhand behauptet, daß ihm ein spezieller Stoff noch fehle, ohne den das kranke Gold nicht dauerhaft zu heilen sei. »Bei dem Weiler Frauenfeld, Herr, so hat der Dämon Marbuelis mir offenbart, läßt sich ein Lehm von ähnlicher Güte gewinnen, wie ihn Abu Mussa Giabr einst in den libyschen Bergen gefunden hat.« Versäume es der Adept, seinen Goldtopf für fünf Tage mit solchem Lehm zu versiegeln, so drohe das geheilte Metall binnen kurzem wieder bleiern zu werden – siehe »Buch der Reichtümer«, Kap. III, § 6.

Dagegen ließ sich wenig bemerken, und so hatte Burrus dulden müssen, daß der Scholar drei Tage nach der Teufelsbeschwörung Keller und Kloster wieder gegen Kutschbock und Karre vertauschte. Der Weiler Frauenfeld lag hinter dem Bodensee, eine halbe Tagreise tief auf schweizerischem Gebiet.

Die Faustin saß derweil in ihrer neuen Kammer unterm Dach des klösterlichen Gesindehauses und malte von früh bis spät Engel mit schuppig schwarzen Schwänzen überm Steiß. Fürs erste war Lena in die Nachbarkammer eingezogen, mit bekümmertem Lächeln, weil sie nicht wieder als Kutscherbursche Toni mit ihrem Rimelius durch die Lande ziehen durfte.

»Beim nächsten Mal, Lenchen«, hatte Faust sie beschwichtigt, wenn auch mit zerstreuter Miene, die der Siebenschöpf verriet, daß er im Geiste schon nicht mehr bei ihr war.

Es war aber die Zeit, da bald siebentausend Bewaffnete des schwäbischen Bundes bei Konstanz im Feldlager saßen und die Unruhe in damastenen ebenso wie in sackleinenen Zelten stieg. Einer offenen Feldschlacht waren die Schweizer bislang ausgewichen und hatten statt dessen bloß einzelne Dörfer und Einödhöfe, die dem Kaiser die Treue hielten, ausgeplündert und in Brand gesetzt.

Besonders Ulrich war in großer Sorge, denn die eidgenössischen Plünderer kamen württembergischem Gebiet immer näher. Mit guten Gründen argwöhnte der junge Herzog, daß seine Bauern, vom Schweizer Freiheitsgeschwätz aufgehetzt, sich gegen ihn erheben könnten, anstatt sein Land wider die Eindringlinge zu verteidigen. Und so ging der halbwüchsige Hüne, dem mittlerweile ein rotblonder Flaum auf runden Wangen sproß, in wütender Unrast in seinem Zelt auf und ab, und seine Gedanken schweiften mal zu den dreisten Schweizern, dann wieder zu seiner Schwester Constanzia, die unterdessen zu Stuttgart begraben worden war.

Niemals hatte er irgendwen so zärtlich geliebt wie Constanzia, und nie würde er eine andere inniger lieben als sie. Die eigene Schwester zu beschlafen wäre jedoch Sünde gewesen, zu ahnden mit Verdammnis nebst Verlust des Herrscherthrons. Und so hatte Ulrich, dem schon in seinem elften Jahr die Säfte eingeschossen waren, seine Begierde auf Constanzias Zofe gelenkt und der braven Oda einen Knaben geschenkt, namens Hans oder das Hänschen. Und wenn jener pfälzische Quacksalber und sein hexerischer Gehilfe nun gleichwohl behaupteten, daß Constanzia gesegneten Leibes gewesen und im Gefolge einer Totgeburt verschieden sei, so schien es Ulrich, als wäre nie ein Weib auf Erden so schamlos verleumdet worden. Jungfräulich wie die Gottesmutter war sie, dachte er, stampfte in seinem Zelt auf und ab und kam sich betrogen vor.

Der Kaiser war wieder einmal auf Reisen im weiten Reich, und in seiner Absenz konnten sich die Fürsten und Heerführer nicht einig werden, ob man die Schweizer zur Entscheidungsschlacht zwingen oder weiter zuwarten solle. Seit Tagen und Wochen sagten die kaiserlichen Späher einen Angriff der Eidgenossen voraus, aber noch immer war kein einziger Kanonenschuß gefallen. Auch beim gestrigen Fürstentreffen hatte man wieder nur beschlossen, einige Schweizer Weiler plündern zu lassen, als Vergeltung für die jüngsten Raubzüge. Und so sehr Ulrich diese Strategie auch mißfiel, die ihm feige und unritterlich schien – als er nun die Fanfare vernahm, die zum Aufbruch der bündischen Rächer mahnte, da gürtete er sich das Erbschwert um und schrie nach seinem Burschen, daß der seinen Streithengst satteln ließe.

Zur Mittagsstunde überquerten sie mit dreihundert Mann den Fluß Thur und rückten gegen den Weiler Weinfelden vor. Die Reisigen waren mit Vorderladern und Kurzschwertern bewaffnet, dreißig Bogenschützen folgten als Nachhut, um sie vor Umschnürung oder Nachstellung zu schützen. Auf behäbigen Bauernwagen, die von Ochsengespannen gezogen wurden, führten sie Pechfässer in reichen Mengen mit sich, denn der Hauptzweck ihres Zuges war größtmögliche Zerstörung. Angst und Schrecken wollten sie verbreiten, um Rache für erlittene Plünderung zu üben und den Schweizern zu zeigen, daß ihre Geduld und Nachsicht am Ende seien.

Den Männern war zugesichert worden, daß sie alles Plündergut untereinander aufteilen dürften. Stillschweigend schloß dies auch das Privileg ein, jedes Weib zu notzüchtigen, das ihnen in den überfallenen

Höfen und Dörfern unterkam. Ebenso das Recht, die Kinder und die Alten zu roher Belustigung zu verwenden, sie aufzuspießen, zu pfählen oder wie Katzen zu ersäufen. Es war ein gängiges Mittel, die Stimmung unter den Wehrknechten zu heben und verräterischem Seitenwechsel vorzubeugen. Denn manch ein Soldat wäre wohl lieber mit den Schweizern in jenes Teufelsreich gezogen, das sie »die Freiheit« nannten, als für die gottgewollte Ordnung am Ufer des Bodensees zu streiten. Aber hatten die Gemeinen einander erst einmal wechselweise die Dörfer verwüstet, die Weiber geschändet, die Kinder zerfleischt, so war es mit der Verbrüderung nicht mehr weit her. Und recht bedacht, entschied Ulrich still für sich, konnte also auch das Plündern und Schänden eine gottgefällige Kriegslist sein.

Vier Dörfer und sieben Höfe zündeten sie an diesem Augusttag in ärgster Hundshitze an. Fauchend fuhren die Flammen aus den Dachfirsten empor, der Rauch verdunkelte den Himmel bis zum mächtigen Benediktiner-Kloster von St. Gallen. Rascher noch als das Feuer raste die Botschaft von Gasse zu Straße, von Dorf zu Stadt: Bündische Plünderer brandschatzten die Weiler zwischen Frauenfeld und Thur. So grausam wüteten diesmal die Schwaben, daß das Geheul der Gepeinigten und Gejagten von den Bergen widerhallte. Die Männer wurden erschlagen, Weiber geschändet, unschuldige Kindlein in Dorfteichen und Jauchegruben ersäuft.

Jetzt war es genug und mehr als genug, das empfand jeder Eidgenosse, der von den schwäbischen Schandtaten hörte. Besonders ergrimmte es die Leute, daß der junge Ulrich von Württemberg die Plünderer angeführt haben sollte. »Als die schwäbischen Fürstenknechte«, so hieß es bald schon auf allen Almen, »vor Ulrichs Augen einer jungen Magd Gewalt antaten und sie ihn anflehte, um des Erlösers willen ihr beizuspringen, da riß Ihre Herrlichkeit sein Roß herum und sprengte davon, wie wenn er nichts gehört und nichts gesehen hätte von den Greueln, die da in Seinem und des Kaisers Namen geschahen.«

Am 6. August im 1499. Jahr des Erlösers, als Faust die Gestade des Bodensees erreichte, lag der Raub- und Rachezug der Schwaben gerade drei Tage zurück. In der Freien Stadt Konstanz, wo zu Anfang des Jahrhunderts Papst Martin V. gewählt und Jan Hus verbrannt worden war, schwirrten Gassen und Schänken vor grausigen Gerüchten. Dutzenden Kindern hätten die Schwaben die Bäuche aufgeschlitzt, Alten und Weibern Ohren und Nasen abgeschnitten. Blutige Vergeltung würden nun wieder die Eidgenossen üben, darin waren sich alle einig. Viele Konstanzer liebäugelten noch immer mit der Schweizer Sache, doch seit die Stadt dem Schwäbischen Bund beigetreten war, äußerte man reichsfeindliche Ansichten bloß noch hinter vorgehaltener Hand.

Faust faßte von alledem auch diesmal wenig auf. Unterwegs hatte er mehrfach seine Karre in den Graben lenken müssen, um vorbeiziehenden Soldaten Platz zu machen. Aber wohin sie marschierten, auf wen sie mit ihren Musketen und Armbrüsten schießen wollten, bekümmerte ihn kaum.

In der Nacht, nachdem er zum zweiten Mal versucht hatte, den Höllenfürsten Marbuelis zu beschwören, hatte ihm geträumt, daß Adele im Fleisch jener Oda nach Konstanz am Bodensee gereist sei. Im Traum hatte er sie so klar und nah wie seit langem nicht mehr vor sich gesehen. »Ich geh' nach Konstanz, Faust«, hatte sie zu ihm gesagt, »zum Heerlager der Schwaben.« Nur deshalb hatte auch er sich ja auf den Weg zum Bodensee gemacht, und nur darum hatte er dem Herrn Johannes die Mär vom schweizerischen Zauberlehm aufgetischt.

Auch in Konstanz verweilte er nur kurz, kräftigte sich in einer Schänke am Konzilshaus und erfragte vom Wirt, wo das kaiserliche Heer lagerte. Er zahlte seine vier Kupferstücke für Wein, Brot und Allgäuer Käse, kletterte auf den Kutschbock zurück und rumpelte nochmals einige Meilen am Südufer des gewaltigen Sees entlang, bis er vor sich die bündischen Zelte und Wimpel in der Mittagssonne schimmern sah.

»Sein Name und Herkommen?« Die Muskete über der Schulter, eine Hand auf dem Knüppel, der an seinem Gürtel herabhing, trat der Wachsoldat dem Eselskarren in den Weg. Am Seeufer hinter dem Tor, das er verdrossen bewachte, breitete sich unabsehbar weit und bunt das Heerlager aus. Zelte in gedrängten Reihen, dazwischen Gassen, auf denen Soldaten exerzierten. Pferde wieherten, Offiziere brüllten Kommandos. Fahnen mit Falke und Adler hingen schlaff von Masten und Zeltspitzen herab.

»Georg Faust nennt man mich, aus Knittlingen komme ich, als Wahrsager und Puppenspieler bin ich bekannt im ganzen Kurpfälzer und Schwabenland.« Er fügte hinzu, daß er eine gewisse Oda suche, ein junges Weib und ihren kleinen Knaben, genannt das Hänschen, die sich im Heerlager aufhielten.

Die Sonne brannte vom Himmel und spiegelte sich in der meeresgroßen Weite des Sees. Der gleißende Widerschein ließ die Luft wie in Wellen erflirren. Ein Kapitel der »Geheimen Zauberpraktiken« kam Faust in den Sinn, darin Paulus Nigrethius beschrieb, wie man die Geister der Verstorbenen vor den Augen einer gerührten Trauergemeinde erscheinen lassen konnte.

Der Wachsoldat zog seinen Knüppel aus dem Gurt und ging gemächlich um den Karren herum. Der Jungmann mit dem roten Federhut auf dem Lockenschopf und dem weißgesichtigen Zottelhund neben sich auf der Kutschbank schien ihm harmlos. Außerdem war es viel zu heiß für argwöhnische Erforschung. Mit dem Holzprügel hob er hinten die Plane nur ein wenig an und spähte darunter. Durcheinandergeworfene Puppen, dazwischen bunte Federknäuel wie hingetupft. Nun ja, was fahrende Gaukler eben auf ihren Karren mit sich führten. Vorderlader oder gar Schweizer Reisige konnte er jedenfalls nicht entdecken, und so brummte er dem Wahrsager bloß zu: »Am Kreuzweg halt Er sich gen Osten – so gelangt Er zu den Marketendern und Hübschlerinnen. Da mag Er wohl auch seine Hulda oder Oda aufspüren.«

Während der Wahrsager seinen Karren auf dem angewiesenen Weg durchs Lager lenkte, griff sich der Wachsoldat an die Stirn. Georg Faust hieß der Gaukelkerl? Hatte nicht erst gestern abend am Feuer irgendwer erzählt, daß ein Hexer namens Faust die Schwester von Herzog Ulrich zu Tode gezaubert hätte?

Auf einem kleinen Platz zwischen Schuppen und Zelten fand sich Faust unversehens von Reisigen umringt. Vier Männer hatten ihre Musketen auf ihn angelegt, ein fünfter packte ihn am Arm. »Faust nennt Er sich? Und kennt Er einen gewissen Bleikamm, kurpfälzischer Wundarzt?«

Faust bejahte mit stummem Nicken. Die Umzingelung mißfiel ihm so sehr, daß der Zorn seine Augen in Brand setzte, doch er bezwang sich. Gegen Tausende unter Waffen hieß es bedachtsam vorzugehen.

»Und gesteht Er, vor acht Tagen in Udenheim gewesen zu sein?«

»Vielleicht ja oder auch nein. Was kümmert's dich, Soldat?«

Er ließ sich vom Kutschbock herunterziehen. Der Hund begann zu knurren, aber Faust redete ihm begütigend zu. »Keine Bange, Messer. Diese Männer werden uns nichts tun.«

Doch kaum war er von der Karre gestiegen, da packten sie ihn links und rechts bei den Armen und wollten ihn wegführen. Er sträubte sich, sah von einem zum andern, und die Flammen in seinen Augen loderten. »Laßt mich, Soldaten, oder es wird ein Unglück geschehen.«

Sie schüttelten nur die Köpfe und wollten ihn mit sich zerren. Doch als sein Augenstrahl über sie fuhr, wurden ihre Hände schlaff, und ihr Wille erlahmte. Mit leeren Mienen sahen sie einander an, wie Leute, die sich nicht besinnen können, wer sie sind und wohin es sie verschlagen hat. Nur ihr Wortführer ließ sich nicht sogleich einlullen. Mit gepreßter Stimme rief er aus: »Das ist der Magier Faust, der die Herzogsschwester totgehext hat – ergreift ihn!« Dann fiel er um und sank in tiefen Schlaf.

Aus Zelten und Gassen rings um den kleinen Platz kamen nun zahlreiche Soldaten und Offiziere herbeigelaufen. »Ich habe niemanden totgezaubert«, rief Faust mit dröhnender Stimme aus. »Wollt ihr wissen, wer den Tod der Herrin verschuldet, so schaut dort hinauf!« Und er hob beide Arme und deutete zum Himmel empor, wo nichts als das blaue Firmament und der gleißende Sonnenball zu sehen waren. »Das greuliche Ungeheuer, mit seinem Ochsenkopf und der fleischfarbenen Mähne – seht ihr ihn?«

Hunderte Stimmen antworteten ihm mit dunklem Stöhnen: »Ja, wir sehen ihn!«

»Wie er über euch kreist mit dem zottigen Riesenleib und den distelspitzen Flügeln, über denen ihm Feuer aus den Schultern stiebt – seht ihr ihn?«

Wieder bejahten sie mit einem Brummen und Stöhnen, als ob sie selbst zu Ochsen verwunschen worden wären.

»Der Satan ist's«, rief Faust, »an ihm müßt ihr Rache üben! Er hat eure Herrin beraubt und betrogen – um ihr Leben, ihr Glück, ihre Seligkeit!«

Da rissen sie zu Hunderten ihre Gewehre von den Schultern und feuerten zum blanken Himmel hinauf, daß es von Konstanz bis St. Gallen wie beim ärgsten Donnerwetter krachte und knallte. Sie feuerten und luden nach und feuerten aber- und abermals. Bogenschützen legten ihre Armbrüste an und sandten Pfeil um Pfeil in den gleichgültigen Himmel empor. Pferde und Maultiere brachen aus ihren Gehegen aus und jagten in den Zeltgassen umher. Weiber schrien, Offiziere brüllten Befehle, auf die niemand achtete.

Faust schwang sich auf seine Kutschbank und wollte sich im Tohuwabohu still davonmachen. Doch es war die Stunde, da die Schweizer Reisigen sich zwei Meilen landeinwärts sammelten, um jenen furchtbaren Schlag zu führen, den die schwäbischen Späher längst vorausgesagt hatten. Als sie das Krachen von tausend Vorderladern hörten, glaubten sie, daß der Kampf bereits im Gange wäre, stürmten das kaiserliche Lager mit fünftausend Bewaffneten und metzelten alles nieder, was in Zelten und Gassen umherwankte. Zu ihrer ungläubigen Freude leisteten die Schwaben keinen Widerstand, alle Kaiserlichen glotzten und schossen wie besessen zum Firmament empor, wo bloß gewaltige Pulverdampfschwaden zu sehen waren und mitten darin ein großer schwarzer Vogel, der über dem Seeufer im Kreis flog.

Bis zum Abend währte das Schlachten, und so wie die Schwaben vor Tagen weder Weiber noch Kinder geschont hatten, so massakrierten die Schweizer nun alles, was auf zwei Beinen im Lager umherlief. Herzog Ulrich von Württemberg und die anderen Fürsten und Heerführer hatten sich längst hinter den Konstanzer Stadtmauern in Sicherheit gebracht, doch von den Krämern und Gunstweibern, Schaustellern und Marketendern, die in einem Gewirr von Karren und Zelten am östlichen Ende des Heerlagers hausten, konnten nur wenige ihr nacktes Leben retten. Die erbosten Eidgenossen trieben sie ins Wasser, schnitten ihnen die Kehlen durch, erschlugen die Säbeltänzer mit ihren eigenen Waffen, zündeten Zelte und Karren an und schossen alles nieder, was sich aus den Flammen zu retten versuchte.

Nur den klapprigen Eselskarren, der unter einer Weide am Seeufer stand, ließen sie unbehelligt. Drei Dutzend neuindischer Fieberkrähen saßen hinten auf dem Sparrwerk, schlugen mit den Flügeln, flatterten auf und ab, so daß es ohnehin aussah, als ob der Wagen lichterloh brannte. Aber nicht deshalb hielten sich die Schweizer von der Karre des Puppenspielers fern.

Am hinteren Ende war die Plane hochgeschlagen, und in der Dämmernis darunter war ein winzigkleiner Kerl zu sehen, der mit betrübter Miene zwischen den Holzpuppen hin und her lief. Das Bürschlein war nicht größer als ein Stiefel, und niemand hätte sagen können, ob es ein kleiner Knabe oder ein Zwerg sei oder sonst ein Zauberwesen. Das Kerlchen schien ihnen wenig geheuer, doch auch das war nicht der Grund, weshalb niemand sich näher als auf ein Dutzend Schritte an den Eselswagen heranwagte.

Unter der Weide saß ein hochgewachsener Jüngling mit goldenem Haar und Bart am Boden, in seinen Armen eine junge Frau. Ihre Augen waren weit geöffnet, doch der Blick war so starr wie ihr Antlitz fahl. Ein blutiger Schlitz durchschnitt ihre Kehle, klaffend und rot wie ein zweiter Mund. An ihre Brust gepreßt hielt sie einen kleinen Knaben von allenfalls vier Jahren, dessen Hinterkopf ein blutiges Gebrocke war.

In den Augen des Mannes war ein Lodern, als ob er gleich Funken und Flammen weinen würde.

»Es ist der Zauberer Faust, er kämpft für die Freiheit wie wir«, so raunten die Schweizer einander zu. »Heut' hat er die Kaiserlichen so verhext, daß sie alle in die Luft geschossen haben, und schon unlängst in Tübingen hat er zwei unserer Leute vor wütenden Schwaben beschützt.«

Doch zum Dank hatten ihm die Schweizer beim heutigen Schlachten seine Liebsten niedergemetzelt, zumindest mußte es für die Soldaten so aussehen.

Faust saß unter der Weide und wußte nur wenig von Freiheitskämpfern oder Fürstenknechten. Unverwandt sah er ins Antlitz der toten Oda, in deren Augen kein moosgrüner Schimmer zurückgeblieben war.

Als er sich erhob, die beiden Leichname in seinen Armen, stob die Wolke der Papageien vom Eselskarren auf und ließ sich krächzend und mit den Flügen schlagend auf ihm nieder. Er suchte sie zu vertreiben, drehte sich hin und her, aber sie hockten sich ihm auf Kopf und Schultern, krallten sich in seinen Rücken, setzten sich auf den Leib der toten Oda und des an sie gepreßten Hänschens.

Die Schweizer Soldaten wechselten beklommene Blicke, aber niemand wagte dem jungen Zauberer beizustehen, der mit den Toten im Arm, in ein flatterndes, knarrendes, fieberbuntes Federkleid gehüllt, unter der Weide auf und ab lief und schreckliche Verwünschungen über den See schrie.

»Ihr schuppiges Scheusal, und wenn Ihr mir alles andere entreißt – meinen Seelenrest bekommt Ihr nie!« Die Papageien krächzten und knarrten. Mit Zuckungen und Drehungen wie ein Veitstänzer suchte er sie von seinen Schultern zu schütteln. »Auch wenn Ihr mich blendet und narrt und in meinem Schmerz und hilflosen Zorn mich verhöhnt – Euch verschwören werde ich mich nie! Denn Eure Lockungen sind Lüge, nur die boshaften Gelüste sind Euer Metier!«

Damit sank er in die Knie, ließ die Mutter und das Knäblein ins Ufergras gleiten und schlug die Hände vor sein Antlitz. So verharrte er in der Haltung eines Büßers oder Geschlagenen, während die Fieberkrähen ihm auf Haupt und Schultern saßen, mit den Köpfen ruckten und »Allmächtiger!« knarrten oder »Geh mit Gott!« oder »Heilige Maria!«

Als die Nacht hereinbrach, saß er immer noch in dieser Weise am Ufer, und niemand wagte, sich ihm zu nähern und ihm zu danken, daß er ihnen geholfen hatte, die schwäbischen Fürstenknechte zu schlagen. Doch als am folgenden Morgen die Sonne aus dem See stieg, war der Magier Faust verschwunden, und mit ihm sein Karren und alles Getier und Gezwerg, das anscheinend zu ihm gehörte. Nur die Leichname der jungen Mutter und des kleinen Knaben lagen noch dort im Gras, wo er sie am Abend niedergelegt hatte, und selbigen Tags verscharrten die Totengräber von Konstanz die beiden und alle anderen, die beim großen Schwaben-Schlachten umgekommen waren, in einer Grube weit draußen vor der Stadt.

Denn in der Gegend um St. Gallen waren in den jüngst verstrichenen Wochen bald zwanzig Leute tot in ihren Betten gefunden worden, mit erhabenen dunklen Flecken an Achseln und Lenden, und mehr als die eidgenössischen Musketen und Kanonen fürchteten die Bürger von Konstanz, daß die Schweizer ihnen die Pest einschleppen könnten.

52

Der Karren rumpelte über Wege und Straßen, durch Flecken und Weiler. Für den flüchtigen Betrachter mochte es aussehen, als ob der junge Kerl auf der Kutschbank betrunken wäre, so in sich zusammengesackt saß er hinter seinem Esel und so schlaff hielten seine Hände die Zügel. Das Haupt hing ihm auf der Brust und schaukelte hin und her. Seine Augen sahen verschwollen aus, das Antlitz war fiebrig rot.

Der Bursche hat die Pest, dachten die weniger flüchtigen Betrachter und bekreuzigten sich oder brannten gleich ein paar Kräuter ab, um den Brodem zu vertreiben. Doch auch sie irrten, wenngleich zu jener Zeit in der Tat kaum ein Tag ohne grausige Kunde aus Konstanz verging: Der Schwarze Tod gehe am Bodensee umher und springe von Dorf zu Dorf gen Norden.

Doch der goldlockige junge Mann auf dem Eselsbock war weder betrunken noch von der Pest behaucht. Ob nun der erwachende Dämon sein Fleisch in fiebrige Hitze versetzt oder umgekehrt das Fieber den schwarzen Geist erweckt hatte, blieb auch diesmal ungewiß – fest stand indessen, daß Faust von Fieberschauern geschüttelt wurde. Ein gräßlicher Schmerz tobte zwischen seinen Schläfen, es war, als griffe eine Pratze ihm in den Schädel und zupfte und zerrte mit Krallenfingern an seinen Hirnfasern wie ein dem Irrsinn verfallener Fiedler. Sein Blick war verschwommen, so als ob vor ihm unablässig Dampfschwaden aufstiegen. Sein Geist war benommen und zugleich schmerzlich klar. Er hörte, was die Leute einander zuriefen, aber er selbst glaubte keinen Augenblick, daß er die Pest in sich trüge.

Die Zeichen waren ihm nur zu vertraut. Der Dämon erhitzte sein Fleisch, befeuerte seine Träume, rührte dunkle Erinnerungen in ihm auf.

Trotz des Getöses in seinem Innern vernahm er auch das Gelärm von einem halben Dutzend Reitern, die ihm auf der schluchtenreichen Straße nach Villingen hinauf in einem Abstand von allenfalls drei Meilen folgten.

Der Dämon in ihm sang und schrie. Gib dich ihm, ergib dich, Faust. Er mußte sich zwingen, seine Augen offenzuhalten, denn sowie ihm die Lider zufielen, befeuerte der Dämon seinen Geist mit Bildern von schwarzem Glanz. Ließ ihn durch Palastsäle schreiten und raunte: Dein, Faust, alles dein. Führte ihn in unterirdische Gemächer, da krochen Schlangen mit Menschengesichtern am Boden und ein Knabe mit vier Armen suchte einen anderen zu haschen, dem fleischige Flügel aus den Schultern sprossen.

Und der Dämon wisperte: Alles für dich, Faust, wenn du dich bloß meinem Herrscher verschwörst. In Gold und Geschmeide wollen wir dich baden, in den köstlichsten Schlössern sollst du leben, und wonach immer es dich gelüstet, soll dir im nächsten Augenblick zu Füßen liegen. Maiden und Weiber, die dir nichts versagen werden, oder Männer, sie zu martern, oder Kindlein, wenn du dich an ihren Tränen, ihren Qualen weiden willst. Gib dich ihm, gib dich, und der Herr der Hölle erhebt dich für ein langes, wonnensattes Leben zum Aftergott dieser Welt.

Mit großer Mühe gelang es Faust, seine Augen zu öffnen. »Munkel«, rief er, und es klang so verwaschen, als ob seine Lippen steinern wären, »nimm die Zügel, schnell.«

Die Reiter waren unterdessen bis auf eine Meile oder weniger herangekommen, und selbst im Fieberrausch konnte sich Faust leicht zusammenreimen, daß sie nicht von ungefähr des Weges kamen. Es mußten württembergische Häscher sein, ausgesandt, den Magier zu fangen, der die schwäbischen Soldaten so schrecklich verblendet hatte. Und der überdies, wie sie zu glauben schienen, den Tod jener Herrin zu Udenheim verschuldete.

In seinem Rücken wurde die Plane gelüftet, und das Kerlchen schlüpfte heraus. Ob es ein kleiner Knabe oder ein Zwerg war, hatte Faust bislang nicht herausgefunden. Der Winzling sprach kein Wort, obwohl er viel von dem zu verstehen schien, was um ihn herum geredet wurde. Sein Antlitz war von unerhörter Beweglichkeit und vermochte jedes Gefühl in jeglicher Schattierung auszudrücken, vor allem, wenn es sich um Schmerz oder Kummer handelte, um Trauer oder Gram. Auch die Gebärden seiner verhältnismäßig langen Arme und der langfingrigen Hände wirkten ungemein ausdrucksvoll, wenngleich die genauere Bedeutung meist im dunkeln blieb.

Allem Anschein nach hatte ihn Messer unter dem Schwarzkopf gefunden, wohin der Kleine wohl gebracht worden war, damit der schwarze Sjö über sein Schicksal entschied. Faust hatte ihn sofort ins Herz geschlossen, so wie vor Jahr und Tag, als er Messer auf seinen Armen nach Hause getragen hatte. In jener Nacht, nachdem der Herr Johannes mit einem Beutel voll eingeschmolzener Gulden aus dem Labor gegangen war, hatte Faust den Kleinen auf seinen Tisch gesetzt und mit der Lampe angeleuchtet. Mit seinen dünnen, falben Haaren, dem knochigen Antlitz und ebenso hageren Körperchen glich er weniger einem Säugling als einem ältlichen Zwerg. Doch zugleich umgab ihn eine nachgerade strahlende Anmut, wie sie nur sehr jungen Geschöpfen zueigen ist. Faust hatte sofort beschlossen, das Kerlchen Munkel zu nennen – wegen des Gemunkels, das den Kleinen ebenso wie ihn selbst seit jeher umgab, und aus dunkleren Gründen.

»Nimm die Zügel«, sagte er nun, und wenn er mit der Zunge an seinen Gaumen anstieß, tat es so höllisch weh, als ob sein Rachen gehäutet wäre und seine Zunge mit Dornen gespickt. »In ein Versteck«, brachte er noch hervor, »bis die Soldaten vorbei sind.«

Munkel kletterte auf seinen Schoß und griff mit beinernen Händchen nach Tarocks Zügeln. Faust bekam eben noch mit, wie der Kleine die Karre in einen Waldpfad lenkte, der zwischen Tann und Farn steil abwärts führte, dann schwanden ihm die Sinne, und er nahm nur noch wahr, was der Dämon in seinem Innern gaukelte und raunte und schrie.

»Ach, Maria, gute Frau, ich wein' mir die Augen aus um Euren Sohn – und Ihr lacht! Ihr wißt es ja nicht besser, und dennoch meine ich manchmal, länger könnte ich's nicht ertragen – hier unterm Klosterdach eingesperrt mit Euch, und draußen wütet die Pest, und seit sechs Wochen nicht die kleinste Zeitung von ihm!«

Lena Siebenschöpf trat ans Lukenfenster und schaute hinaus. Außer Dachschindeln und einer schmutzigweißen Taube, die ruckenden Kopfes in der Traufe vorbeilief, war allerdings nicht viel zu sehen. Vom Wirtschaftshof her drangen verworrene Laute zu ihnen herauf. Der Schmied ließ seinen Hammer auf den Amboß krachen. Der Blasebalg fauchte, ein Pferd wieherte. Soldaten beim Wachwechsel schrien einander irgend etwas zu. Es klang kaum besser als Hundebellen, und gewiß gab es für sie dort unten nur wenig zu versäumen, und dennoch hätte Lenchen all ihre Habseligkeiten hergegeben, wenn sie nur nicht länger hier oben im klösterlichen Gesindehaus eingesperrt wäre.

So muß Georg sich als Knabe gefühlt haben, dachte sie, als er mit der Faustin unterm Dach des Küferhauses festsaß Jahr um Jahr. Man schaut durch die Luke hinaus, und man ahnt ja, daß dort unten nichts Wundersames vorgeht – und welkt doch vor Sehnsucht jeden Tag ein wenig mehr.

Man schrieb den 22. September, einen halbmondigen Sonntag, und noch immer flimmerte die Luft über Weilern und Feldern vor sommerlicher Hitze. Binnen eines Monats war die Pest von Konstanz bis hinauf nach Tübingen gejagt und hielt nun in tollen Sprüngen auf die Herzogsstadt Stuttgart zu. Zwischen den Schweizern und dem eben noch zeitig herbeieilenden Kaiser war zu Konstanz ein hastiger Friede geschlossen worden, der den Eidgenossen erlaubte, sich vom Reich zu lösen. Aber die Tinte auf den Pergamenten schimmerte noch vor Nässe, da sprangen alle schon wieder in ihre Kutschen und holperten davon. Denn auch in Konstanz waren unterdessen zwei Dutzend Leute mit den Zeichen des Schwarzen Todes aufgefunden worden. Nicht jedesmal hatte sich der Verdacht bewahrheitet, aber immer häufiger befahl der Medikus, wenn er aus der Tür eines eben Verstorbenen trat, das Pestglöcklein zu läuten und die Totenstube gegen den pestilenzischen Brodem auszuräuchern.

Von alledem wußte die Siebenschöpf wenig, doch desto mehr grämte und ängstigte sie sich. Die heiligen Herren hatten verfügt, daß sie und die Faustin in ihren Dachkammern verbleiben sollten, bis die Pestgefahr wieder gebannt wäre. Denn Fra Markus, der Spitalmeister des Klosters, vertrat die altehrwürdige Meinung, daß die Beulenpest ebenso wie der Schwarze Tod von den Weibern ausgehe, wobei der pestilenzische Keim durch Küssen, Lächeln, Beschlafen ebensogut wie durch Blicke, Anhusten und gemurmelte Formeln zum Überspringen stimuliert werden könne.

Immer zur Sext und zur Vesper kam einer der Küchenknechte heraufgeschlurft und stellte ihnen eine Schale Brei, dazu Brot, Käse und einen Krug Wasser vor die Tür. Der tumbe Franz und der törichte Albert waren die einzigen Leute, mit denen Lena seit Wochen ein paar Worte wechseln konnte, und auch das nur schreiend durch die verrammelte Tür. Von den Küchenknechten erfuhr sie auch die jüngsten Gerüchte über Pest und Krieg, wenngleich in närrischer Entstellung, und dazu vielerlei über Kabale und Zwist im Klostergeviert.

In Tübingen tanzten die Leute auf langen Tischen, die sie auf den Gassen aufgestellt und mit den köstlichsten Speisen beladen hätten, um einmal noch zu tafeln und zu prassen, ehe die Welt unterginge. Fiddler und Pfeifer zögen durch die Lande und spielten den Pestilenzischen zum Tanz auf. Trunkene Zecher entblößten ihre schwarzfleckigen Leiber und beschliefen einander unter aller Augen. In Rottenburg hätten arme Leute das Schloßtor aufgebrochen und in Sälen und Salons gräßlich gewütet. Bei Reutlingen seien wilde Weiber aus den Wäldern gekommen, auf zottigen Pferden reitend und von Kopf bis Fuß wie die neuindischen Affen behaart. Speere hätten sie wider die Reutlinger geschleudert und sie zur Herausgabe von Käselaiben und Weinfässern gezwungen, und aus alledem folge, daß der Jüngste Tag nahe sei. Und die kurpfälzischen Soldaten, die seit Fronleichnam das Kloster beschützten, hätten Holzbalken aus der Baugrube entwendet, um ein Kanonengerüst daraus zu zimmern. Und Meister Krahlis habe wieder einmal mit Abreise gedroht, wenn ihm nicht unverzüglich die Balken zurückerstattet und die dreieinhalb Truhen Goldes ausgehändigt würden, die der Herr Burrus ihm seit Jahr und Tag schulde. Und nein, vom Wahrsager Faust hätten Franz wie auch Albert keinerlei Kunde vernommen, sowenig wie von einem gewissen Rimelius, der ihnen ohnedies weder namentlich noch in persona bekannt sei.

Bin ja noch ein junges Weib und will auch ein wenig leben, dachte die Siebenschöpf vor der Fensterluke und schniefte in ihr Tüchlein.

Am Brunnen in der Sonne sitzen und mit den Knechten scherzen, mehr soll ja gar nicht sein. Denn mein Herz und meine Seele sind doch allezeit bei dir, mein Faust. Aber daß du nun in der Welt umherreist und uns keine Botschaft schickst – wie kann das nur sein?

Als sie sich umwandte, stand die Faustin so nah vor ihr, daß sie zusammenschrak. »Um Himmels willen, Maria, was macht Ihr?«

Die Mutter lächelte sie an. Legte ihre Arme um sie und zog Lena an sich. *Sorg dich nicht, mein Lenchen, er ist wohlauf.*

Die Siebenschöpf vernahm die Botschaft so klar, als ob ein Ausrufer sich vor ihr aufgestellt und ihr die Zeitung vorgelesen hätte: Faust ist wohlauf. An Maria Faustin gelehnt, blieb sie unter der Luke stehen, und eine heitere Gelassenheit breitete sich in ihr aus.

»Ihr habt recht«, sagte sie schließlich, »bestimmt ergeht es ihm gut. Gedulden wir uns noch ein wenig, bis er zu uns zurückkehren oder uns zumindest eine Nachricht schicken kann.«

Er lag in einem dämmrigen Verschlag, an beiden Händen gebunden. Maria Faustin spürte, wie seine Seele mit dem schwarzen Dämon rang. Und dennoch war er wohlauf, auch das fühlte sie, denn er war ein Teil von ihr, Fleisch von ihrem Fleisch.

Ein gewaltig großes Weib herrschte in jener Hütte, mit struppig schwarzem Roßhaar bis zum Nabel und wogendem Busen unter dem Flickenkleid. Sie hatte ihn auf das Strohlager gebettet, hinter Webvorhängen, die seinen Hüttenwinkel wie ein Kokon umgaben. Seine Hände waren an einen Wandbalken gefesselt, aber bloß zu seinem Wohl. Um ihn zu schützen, vor dem Ärgsten zu bewahren, selbst wenn es seinem Dämon gelänge, ihn so zu verblenden, daß er auf- und davongehen wollte, um jene Gelüste zu stillen, die der schwarze Geist in seinem fiebernden Fleisch entzündet hatte.

Sanft ruhte Marias Blick auf ihm. Er fühlte es und lächelte im Traum. Doch nur für einen Moment – dann verzerrten sich seine Züge wieder, er rollte mit den Augen, knirschte mit den Zähnen und riß an seinen Fesseln. »Macht mich los, damit ich Euch die Gurgel umdrehen kann, Ihr schuppiges Scheusal! Niemals werde ich mich Euch verschreiben – und wenn Ihr mir vorgaukelt, mich zum mächtigsten Herrscher dieser Welt zu küren!«

Der Schweiß rann ihm aus allen Poren. Ohne Kleidung lag er auf der einfachen Bettstatt, und selbst das Leintuch, mit dem jenes Weib ihn fürsorglich bedeckt hatte, war durchnäßt von seinem Fieberschweiß.

Sie beugte sich über ihn, drückte ihm ein tropfnasses Schwämmchen auf die Lippen, und er sog daran, gierig, wie ein Säugling an der Zitze der Mutter zieht. Mit einem Lumpen trocknete sie ihm Antlitz und Brust. Nahm das Leintuch hinweg, und als er nackt und in Fesseln vor ihr lag, sein fiebrigstes Leibesteil pfahlgleich emporgerichtet, da trat ein Glitzern in ihre Augen, die groß und dunkel wie Moorlöcher waren.

Unter allen Männern, die sie je auf ihr Lager gebettet hatte, war er der strahlend schönste. Mit seinen goldenen Locken, den flammend blauen Augen und einem Leib wie ein Heidengott oder Elf. Solange das Fieber in ihm wütete, er mit inwendigen Dämonen rang, sie anrief, verwünschte, dann wieder angstvoll ihrem Raunen lauschte – solange würde sie ihn nur als Heilerin berühren. Seine Wangen kühlen, Kräuter verbrennen, die seiner Seele Ruhe schenkten, und Elixiere ihm einträufeln, die das Fieber sinken ließen. Aber wenn er erst wieder gesundet ist, dachte sie und warf ihm rasch ein neues Leintuch über, will ich ihn in mir spüren.

Maria Faustin erfühlte auch diese Gedanken und Begierden des gewaltigen Weibes und hieß sie mit sanftem Lächeln gut.

53

Ihr Name war Klara, und in klaren Stunden drängte Faust sie zuweilen, ihm aus ihrem Leben zu erzählen. Sie war eben fünfundzwanzig Jahre alt, eine entlaufene Nonne aus dem Klarissenkloster zu Balsbach. Schon als kleine Maid hatte sie nichts lieber gemacht, als Kräuter zu sammeln und zu trocknen, zu häckseln und einzukochen. Später hatte sie entdeckt, daß ihre Elixiere, Salben und Tinkturen den Leuten das Leibgrimmen lindern, Schwären schließen und selbst die Galle besänftigen konnten, wenn das Überschießen schwarzer Säfte ebenso dunkle Gedanken und Träume nach sich zog.

Als Klara mit siebzehn den Schleier nahm, meinte sie, als heilige Frau dürfte sie allezeit durch die Lande ziehen, um die Leute zu heilen. Aber die Mutter Äbtissin zu Balsbach wollte immer nur, daß ihre Nonnen im Kloster psalmodierten und Hymnen sangen. Als im benachbarten Limbach das Fleckfieber umlief, wollte Klara mit ihren Kräuterelixieren von Haus zu Haus gehen, um die Leute zu heilen. Doch die Äbtissin verwies es ihr und befahl ihr wie allen anderen Schwestern, für die Siechen bloß zu beten. Denn wenn der Allmächtige eine Krankheit schickte, so stand es seinen Geschöpfen nicht zu, dem Herrn ins Werk zu pfuschen.

Klara nahm den Tadel stumm entgegen und entwich noch in der nämlichen Woche aus Balsbach. Lange Zeit irrte sie in Wäldern und Gebirge umher, bettete ihr Haupt bei Nacht auf Moos oder Gras, hütete sich vor den Nachstellungen der Vogelfreien und nährte sich von Beeren und Wurzeln.

Zu den vorgeschriebenen Stunden fiel sie noch immer auf die Knie und betete zur Gottesmutter und ihrem menschgewordenen Sohn. Aus dem Kloster war sie entwichen, doch nicht um sich der Sünde hinzuwerfen, sondern um in noch größerer Frömmigkeit zu leben, wenn auch auf ihre Art.

Eines Tages stieß sie auf ein Felsloch, kroch hinein und fiel sogleich in tiefen Schlaf. Im Traum erschien ihr die heilige Maria und sprach mit bronzener Stimme: »An diesem Ort bleibe, Klara, und lindere die Leiden deiner Mitgeschöpfe.« Und so geschah es. Klara erbaute sich eine einfache Hütte, deren Rückwand der Fels um jene Höhle war. Den Zugang zur Höhle verbarg sie hinter Kästen und Webteppichen, denn von diesem Ort im Stein sollte niemand erfahren. Dorthin zog sie sich zurück, um zu beten und in ihrer Seele das Bild der Gottesmutter und ihres fleischgewordenen Sohnes zum Leuchten zu bringen.

In der Hütte vor dem Fels schlief sie bei Nacht und kochte bei Tag ihre Elixiere. Hier empfing sie die Kranken, die bald schon in reicher Schar zu ihr strömten, flößte ihnen Kräutertropfen ein oder legte ihnen Heilpflaster auf. Und hier zog sie auch zuweilen einen jener Männer auf ihr Lager, die mit verliebten oder lüsternen Blicken um ihre Hütte strichen und über Schwindel oder Bauchkneifen klagten, obwohl die Wurzel ihres Leidens handbreit unter dem Nabel saß.

Faust hörte ihr immer aufmerksam zu, wenn sie von ihren Erlebnissen erzählte, und ließ zwischendrin wohl auch sein Lachen ertönen. Und eines Tages zeigte ihm Klara den Zugang zu ihrer Höhle. Sie schob Kästen beiseite und hängte Webteppiche ab, und dann mußte er sich auf seinem Lager aufrichten und an ihrem Arm durch die Hütte mühen. Sie führte ihn zu dem schmalen Loch in der Felswand, reichte ihm eine Lampe und hieß ihn hineinzuleuchten. Ihr starker Arm lag um seine Mitte, und er schob seinen Kopf in die Höhle hinein und blendete mit der Laterne im Dunkeln umher.

Es war ein gänzlich nacktes Loch im Stein, hier und dort ein wenig Moos, sonst nichts. Keine Bilder oder Bücher, nicht einmal ein Schemel oder Stuhl. Nur inmitten der Höhle hatte Klara einen Teppich von dunkelroter Farbe ausgebreitet, auf dem sie sich niederließ, um zu beten.

Sie führte ihn wieder zu seinem Lager im Lumpenkokon, und er zitterte vor Erschöpfung. Das Fieber kehrte zurück, ebenso der irrsinnige Schädelschmerz. Klara band ihn fest und deckte ihn zu, während er abermals in ohnmachtsähnlichen Schlaf sank und schreiend mit dem Dämon kämpfte.

54

Den kleinen Munkel bekümmerte die Krankheit seines Meisters sehr. An jedem Tag schlich er ein dutzendmal in Klaras Hütte, lüpfte den Vorhang im Winkel und spähte zu Faust hinein. Meist schien der große Mann kaum bei Sinnen, mit verdrehten Augen, stöhnend und knirschend warf er sich auf dem Strohbett hin und her. Doch zuweilen, wenn ihn der Dämon weniger plagte, geschah es auch, daß Faust ihn an sein Lager winkte.

»Bald bin ich wieder bei Kräften«, sagte er dann etwa, und sie beide wußten, daß es nicht stimmte. So hohlwangig sah Faust aus und so fiebrig schimmerten seine Augen, daß nicht einmal Munkel an rasche Genesung glauben konnte. Der Meister schwitzte, als ob er gebraten würde, und zugleich klapperten ihm die Zähne wie im Frost.

Munkel verbeugte sich mit betrübter Anmut und schlüpfte zurück auf die kleine Lichtung vor der Hütte. Er schwang sich auf Messers Rücken, hielt sich mit beinernen Händchen im Zottelfell fest und ließ sich durchs Dickicht tragen. Meist war Munkels Gemüt verschattet, doch auf dem Hund durch den Wald zu reiten erfreute sein Herz so sehr, daß er jauchzerähnliche Laute ausstieß, wenn Messer über den Bach sprang und drüben mit wilden Sätzen die Böschung erklomm. Am anderen Ende der Schlucht hauste ein Köhler namens Hubert, in dessen Schuppen hatten sie den Esel Tarock und ihre Karre untergebracht. Vor Jahren hatte Klara die verdorrte Mannheit des Köhlers wieder aufgerichtet, und seither fraß er ihr aus der Hand.

Sie hatte ihm einen Heilstaub verabreicht, von dem Hubert immer beim Erwachen und vor dem Nachtschlaf zwei Skrupel mit reichlich Wasser einnehmen sollte – ein Pulver aus der zermahlenen Rute eines Ebers, vermischt mit Bibergeil und bestreut mit Pfeffer, sieben Tage lang in der Sonne getrocknet und zuletzt mit reichlich Moschus, Ambra und Peruvianischem Balsam vermengt. Um die Wirksamkeit der Kur zu überprüfen, hatte sie den Köhler, einen noch jungen Mann von gedrungener Statur, im letztjährigen Sommer auf ihr Strohlager gezogen. Und seitdem wäre er ohne Zögern auf allen vieren von Villingen bis Tübingen gekrochen, wenn das mächtige Weib es von ihm gefordert hätte.

Messer trabte um die Köhlerhütte herum und stieß die Tür zum Schuppen, der versteckt hinter einem Dornbusch lag, mit seiner schneeweißen Nase auf. Munkel sprang herab und mühte sich, Heu aus dem Ballen zu rupfen, aber mit seinen schwachen Händchen konnte er immer nur drei Halme auf einmal hervorziehen. Er warf sie dem Esel hin, eilte zum Heuballen zurück und plagte sich längere Zeit in dieser Weise ab, doch mehr als ein Maulvoll Heu bekam Tarock nicht zu kauen.

Bekümmert hob der Kleine die dünnen Arme, und sein Antlitz legte sich in Falten der Zerknirschung. Nun sah er kaum mehr wie ein vierjähriger Knabe aus, eher wie ein runzliger Zwerg. Doch im nächsten Moment glättete sich seine Miene wieder, und jetzt hätte der Köhler, der gerade in seinen Schuppen trat, um zwei Schock Holzkohle wetten mögen, daß das Bürschlein nichts Ärgeres als ein zerlumpter kleiner Knabe sei, dem es durch irgendein Geschehnis die Sprache verschlagen hatte. Ob auch seine Erinnerung durch den Schrecken getrübt worden war, blieb im dunkeln, doch Munkels Geist schien so klar wie seine wasserhellen Augen, mit denen er ständig in kummervollem Eifer um sich spähte.

Mit dem Handrücken wischte Hubert sich Ruß von der Stirn und schüttelte seinen Schopf aus, daß der schwarze Staub flockte. Munkel mußte husten und hielt sich anmutig ein Händchen vor den Mund. »Hör gut zu, Kleiner«, sprach der Köhler, »eben waren zwei herzogliche Soldaten hier, die wollten wissen, ob mir ein Wahrsager mit goldenen Locken begegnet wäre. Ich hab' natürlich den Kopf geschüttelt und ihnen geraten, im Gasthof zum Bären nachzufragen. Aber mich umwölkt so eine Ahnung, Kleiner – spätestens morgen stehen die beiden bei Klara vor der Tür.«

Munkels Augen wurden weit. Hastig verbeugte er sich, sprang auf Messers Rücken, und im nächsten Moment jagten sie schon aus dem Schuppen und in wildem Ritt durch Wald und Schlucht zurück.

In der Hütte der Heilerin brauchte Munkel nicht lange, um Klara begreiflich zu machen, welche Drohung über Faust schwebte. Mit lebhaften Gebärden ahmte er einen Soldaten oder Jäger nach, der mit angelegtem Gewehr hinter jedem Baum und Busch nach Beute suchte. Dann deutete er auf den Lumpenkokon, darin Faust schlummerte, und schaute so bekümmert drein, als würde er im nächsten Moment in Tränen ausbrechen.

In klaren Stunden hatte Faust ihr dies und das aus seinem Leben erzählt. Daher ahnte Klara längst, daß er gesucht wurde, wegen Verzauberns der Herzogsschwester oder Verblendens der bündischen Heerschar, oder gar wegen beidem. Und auch ihr Entschluß, wie sie ihn vor Häschern des Herzogs oder des Inquisitors beschützen würde, stand seit längerem fest. »Du halte dich«, befahl sie Munkel, »fürs erste von deinem Meister fern.« Dann räumte sie Kästen und Teppiche beiseite, weckte Faust aus seinem Schlummer, führte ihn zur Felswand und half ihm, in ihre Höhle hinüberzukriechen.

Er streckte sich auf dem Teppich im Felsloch aus und fiel sogleich in tiefen Schlaf. Zum ersten Mal seit vielen Wochen blieb er von allem

Geschrei und Gegaukel seines Dämons verschont. Es war, als zöge der Teufel seine Pratze von ihm zurück, zumindest für einen köstlich erquickenden Augenblick.

Als er erwachte, fühlte sich Faust so heiter und leicht wie seit langem nicht mehr. Zwar mochte er durchaus nicht glauben, daß Marbuelis wirklich von ihm abgelassen hätte, daß der Furchtbare nicht länger trachten würde, ihn durch Spuk und Trug, durch Lockung und Drohung zur Buhlschaft zu verführen. Doch er nahm die Atempause dankbar hin und genoß den Frieden, der ihn umgab. Das Heulen der Hölle war verebbt, die fiebrige Hitze verweht, und mit ihr auch der schreckliche Schädelschmerz. Nur eine tiefe Müdigkeit war ihm zurückgeblieben.

Es gab kein Licht in der Höhle, und doch war der Raum im Stein nicht von Nacht, sondern von steter Dämmernis erfüllt. Was draußen in der Hütte gesprochen wurde, drang kaum als Murmeln zu ihm. Nur einmal, als barsche Tritte und Stimmen die Hütte erzittern ließen, da erspürte Faust, daß es Häscher waren, gekommen, ihn in den Kerker zu führen.

Er empfand weder Furcht noch Zorn. Die Büttel zogen wieder ab, und Klara summte ein Liedlein von süßer Jesusminne. Draußen gingen die Kranken und Betrübten ein und aus, und es klang wie das Gemurmel eines vorüberplätschernden Bächleins. Die Tage erstrahlten und erstarben, nur in der Höhle wurde es nie dunkel und niemals hell. Der September verglühte, und geheimnisvoll wie ein vermummtes Waldweib zog mit Dunst und Nebel und braunem Laubgestöber der Herbst durch die Schluchten herauf. Doch in der Höhle war von alledem wenig zu bemerken.

Ihre Stille besänftigte ihm Geist und Seele. Die Felswände waren nicht kahl, wie er anfangs geglaubt hatte – jeder Zoll des natürlichen Gemäuers schien mit Bildnissen der heiligen Maria bedeckt. Der Göttin und des Knaben. Sie wiegte ihren kleinen Sohn mit starken, sanften Armen. Voller Liebe lächelte sie auf ihn hinab. Was auch geschehen mochte, so würde sie ihn allezeit umfangen und beschützen. Und wenn die Welt voll Teufel wäre, Höllenpratzen nach ihm greifen würden, ihr das Kind zu entreißen suchten, sie würde allezeit lächeln und ihn wiegen und umarmen, unerschütterlich stark.

In der Marienhöhle vermochte der Dämon nichts wider ihn. Faust fühlte es mit seinem Herzen, lange bevor sein Geist die Botschaft verstand. Solange er hier im Loch lag, bestrahlt vom Lächeln der Göttin, gewiegt von den Armen Mariae, war er vor allem Höllenspuk gefeit.

Das Jahrhundert versank, und die Welt ging nicht unter, wie die Geißler und Schreiprediger es vorausgesagt hatten. Doch so schien es vielen noch ärger, denn die Pest wütete weiter, und es war, als ob der Herr im Himmel sich von seinen Geschöpfen abgewandt hätte. Als ob die Erde ihm der Erlösung nicht mehr wert schiene, des großen Strafgerichts und der Himmelfahrt der Gerechten. Statt dessen raste die Pest weiter und weiter, ein Jahr lang und dann noch ein zweites Jahr.

Auch in Knittlingen ging zu jener Zeit der Schwarze Tod um und raffte neben vielen anderen Lenchens arme Schwester hinweg, die schöne Lissa Siebenschöpf. Auch der Schuster gegenüber dem Küferhaus erlag dem Gefleckten Schrecken – mitten im Katzbuckeln brach er zusammen, und die neue Frau Kuhrerin, die sich eben hatte Schuhe anmessen lassen wollen, floh schreiend aus seinem Laden. Und nicht lange, da war auch ihr liebreizender Leib mit schwarzen Flecken besät.

Maulbronn aber schloß seine Tore und ließ niemanden mehr ein ins Klostergeviert, ausgenommen ein paar edle Herren mit reichem Grundvermögen und arger Angst vor dem göttlichen Gericht. Die sputeten sich, dem Herrn Burrus die Truhen zu füllen, auf daß sie im Kloster Zuflucht vor dem Pestrasen fänden und ihnen die Stiftung am Jüngsten Tag mildernd angerechnet würde. Die armen Leute indessen, die nichts zu stiften hatten, mochten draußen vor den Schanzmauern schreien und barmen und den heiligen Georg auf den Drachen krachen lassen, so lang und laut sie wollten – die Antwort war allenfalls ein dünnes Zetern vom Bruder Pförtner, der ihnen befahl, die Andacht der heiligen Herren nicht zu stören.

Lena Siebenschöpf aber saß droben bei der Faustin und weinte ihr Tüchlein so tropfend naß, daß einfaches Wringen ausgereicht hätte, um die Suppe für alle kurpfälzischen Soldaten zu salzen. Denn auch

Philipps Reiter und Bogenschützen saßen der Pest halber seit Jahr und Tag im Kloster fest.

Die Faustin malte Halbteufel mit Schuppenleibern und Engelsgesichtern, mit Satansschweifen und Händen aus Licht. Ihre Oberleiber waren nach hinten verdreht, mit ihren Lichthänden trachteten sie sich den Teufelsschwanz auszureißen und wandten dabei dem Betrachter ihr strahlendes Antlitz zu.

Im August des 1499. Christenjahrs war Faust davongegangen, und mehr als zwei Jahre drauf, am 7. September 1501 A.D., als die Mondsichel durch dunkle Wolken mähte, hatten sie noch immer keine Botschaft, kein Zeichen von ihm. Und doch mochte die Siebenschöpf, je länger sie ausharren mußte, um so weniger glauben, daß ihr Faust von der Pest dahingerafft worden war.

Es war aber die Zeit, da die Ratten aus Kellern und Jauchegruben brachen und ihr Fiepen und nacktschwänziges Wimmeln die Gassen und Märkte von Reutlingen und Tübingen bis hinauf nach Stuttgart und Heidelberg erfüllte. Wer noch auf eigenen Füßen zu taumeln, gar ein Roß zu besteigen, einen Kutschbock zu erklimmen vermochte, der floh nun hinaus ins öde Land. Doch für die meisten Leute war es für alles außer fürs Sterben zu spät.

Die Pestglocken bimmelten ohne Unterlaß. Zuhauf lagen die Toten in den Gassen, wo der Gefleckte Schrecken sie überfallen hatte, und kein Priester segnete ihre Seelen, kein Totengräber verscharrte ihre Überreste. Desto gieriger machten sich die Ratten über die Leichname her, fraßen sich durch Gedärme bis zum Herzen, kaum daß es aufgehört hatte zu schlagen.

Soweit Kraft und Hoffnung reichten, hatten die Leute wacker gegen den Menschenschnitter gekämpft. Befallene Städte hatte man abgeriegelt, den eigenen Bürgern notfalls mit der Waffe verwehrt, das Weite zu suchen. Die Häuser der Pestilenzischen ausgeräuchert, Angehörige von Pestopfern unter Arrest gestellt. Mit immer größeren Wagen, die immer häufiger fahren mußten, hatten sie die gefleckten Leichname mit den entsetzensstarren Gesichtern weit hinaus vor die Stadttore gebracht, um sie in immer größeren Gruben zu verbrennen.

Aber der Menschenleib ist kein dürres Scheit, das sich bereitwillig anzünden und zu Asche verbrennen läßt. Der Gestank schnürte den Totengräbern die Luft ab, der fettige Rauch trieb ihnen die Tränen in die Augen. Ihre Seelen schrien vor Entsetzen, doch wenn sie in ihrem Kampf auch nur ein wenig nachließen, würde der Schwarze Tod sie allesamt hinab in die Grube reißen. Also fällten sie ganze Wälder, zerhackten mit ihrer letzten Kraft die Bäume zu Kleinholz, um immer gewaltigere Feuer für immer größere Mengen schwarz verschwollener Leichen zu schüren. In ölig dunklen Säulen stieg der Rauch zum Himmel auf, waberte über die Städte, zog drachengestaltig übers Land.

Und es half alles nichts. Am Ende war in allen Antlitzen bloß noch Entsetzensstarre, waren die Achseln und Lenden selbst der letzten Totengräber, Pfaffen und Kräuterweiblein mit erhabenen dunklen Flecken besät. Wer an langen Tafeln auf Gassen und Märkten gepraßt hatte, war nun tot. Wer ihnen mit Fiedeln und Pfeifen aufgespielt, wer mit Schreien und Geißeln dawider geeifert hatte, war nun tot. Wer geflohen war oder ausgeharrt hatte, die Pestglocke geläutet oder den Räucherwedel geschwenkt hatte, war nun tot. Ob sie gegen den Schwarzen Tod furchtlos gekämpft oder sich ängstlich in ihren Kammern verkrochen hatten – sie alle waren nun tot. Nur die Ratten und allerdings auch die Bischöfe und Prälaten, die Herrscher und Höflinge zu Mainz oder Heidelberg, zu Stuttgart oder Speyer waren ganz überwiegend noch immer am Leben.

Die württembergischen Regenten, die weiterhin für Ulrich die Herrschaftsgeschäfte führten, beschworen Ihre minderjährige Herrlichkeit, eilends aus Stuttgart zu fliehen und im Schloß Albling nahe Villingen Zuflucht zu suchen, bis der Schwarze Tod sich vollends verausgabt hätte. Der bescheidene Adelssitz war verwaist, denn Alexander Graf von Albling, der letzte seines Geschlechtes, reiste seit Jahr und Tag rastlos in der Welt umher. Und da die Seuche aus unerfindlichen Gründen die Villinger Hügel und Schluchten bislang gemieden hatte wie der Satan den Weihrauchwedel, so rieten sämtliche zwölf Regenten Ihrer unmündigen Fürstlichkeit mit Eifer zu, dem ländlichen Gemäuer für kurze Zeit den Vorzug vor Stuttgarter Herrscherpracht zu geben.

Anfang November im 1501. Jahr des Erlösers, als die ersten Schneeflocken vom Himmel herniedertanzten, zwängte sich der Herzog mit verdrossener Miene in seine Kutsche und ließ sich nach Albling fahren. Zu seinem Gefolge zählten zwölf seiner engsten Vertrauten, allesamt ungestüme Jünglinge mit kriegerischen Herzen wie er selbst, sowie seine drei Lieblingsköche, die gelobt hatten, ihm seine Leibspeisen zuverlässig aufzutischen, ob man nun bei Villingen festsäße oder noch näher hin zum Ende der Welt.

55

Zwei Jahre können eine lange oder kurze Spanne sein, für Faust waren sie weder dies noch das. Bei Klara zu leben schien ihm, als ob er aus aller Zeit gefallen wäre, und wahrhaftig lag ihre Marienhöhle gleichsam außerhalb von Raum und Zeit.

In den ersten Wochen trieb es ihn noch häufig aus dem Felsloch ins Freie, doch bald schon zog er die dämmrige Höhle dem Getriebe und Gelärme der äußeren Welt vor. Wie ein biblischer Büßer harrte er bei Tag und Nacht in der Einsamkeit aus, und nur wenn Klara ihm eine Schale Suppe und einen Krug Wasser durch den Eingang schob, sprachen sie ein paar Worte oder schenkten einander ein stilles Lächeln.

Erst in tiefer Nacht kroch er ins Freie, um seinen Leib zu erleichtern, im nahen Bach zu baden und seinen vom Liegen ermatteten Gliedmaßen Bewegung zu verschaffen. Die Sterne glitzerten hoch über der Waldschlucht. Nachttiere riefen, mit trappelnden Pfoten flohen Maus und Hase, bis der Raubkauz hinabstieß und alles Fliehen in flehentlichem Fiepen erstarb.

Faust lauschte in die Wildnis hinaus und spürte, wie in seinem Innern der Dämon zu sich kam. Da beeilte er sich, in die Marienhöhle zurückzukriechen, und sowie er sich drinnen ausgestreckt hatte, mußte auch der Dämon wieder schweigen, und Faust sank abermals in tiefen Schlaf.

Als er nach bald einem halben Jahr zum ersten Mal wieder ins Tageslicht blinzelte, kam er sich nackt und verletzlich wie ein Neugeborenes vor. Das Sonnenlicht schien ihm stechend, so als ob den Engeln unterdessen Krallen gewachsen wären.

Aber dieser Eindruck verlor sich bald schon wieder. Wenn er in der Höhle lag und Maria auf ihn herablächelte, schien es ihm ein Ort reiner Glückseligkeit und alles dort draußen ganz und gar belanglos. Doch kaum ließ er die dämmrige Stille hinter sich, da verging mit ihr auch das Glücksgefühl. Es ließ sich nicht festhalten, nicht einmal in der Erinnerung recht bewahren. Neben der äußeren Welt, mit ihrer unaufhörlichen Bewegung, dem Wechsel von Licht und Dunkel, dem ständigen Kämpfen und Widerstreiten, schien ihm die Dämmernis in der Höhle unwirklich still und fahl.

Sein inwendiger Dämon war noch immer unbesiegt, aber der stille Frieden der Marienhöhle hatte ihn geschwächt wie ein stetig fortwirkendes Gift. Er glich einem waidwunden Wolf, der im Dorngestrüpp lag und seine Schwären leckte. Doch über kurz oder lang würde er wieder aus seinem Versteck hervorspringen, aufs neue heulen und trachten, ihn durch Drohung und Verblendung der Hölle zu verschwören. Und dennoch konnte Faust nicht für den Rest seiner Jahre in der Marienhöhle ausharren, auch das wurde ihm nun immer klarer, je häufiger er bei Tag aus dem Felsloch stieg. Die Höhle war wie ein Vorschein des Himmels, eines Paradieses, in dem Maria ihren Knaben umsorgte und niemand sonst hinzudrang, um beider Seligkeit zu stören. Damit er einst in dieses Elysium wieder einziehen könnte, mußte er indessen erst sein Erdenleben bestehen. Und also mußte er eines baldigen Tages wieder in die Welt hinaus.

Seit Jahr und Tag hatte er die Faustin nicht in seine Arme geschlossen, sie allerdings bald jede Nacht im Geist besucht. Auch das Lenchen würde sich grämen, weil ihr lieber Reimel so lange schon verschollen war. Und ebenso sehnlich wartete der kleine Munkel, daß sein Meister endlich wieder zu Kräften käme und sie alle aufs neue in die Welt hinauszögen – Munkel und Messer, der Esel Tarock und der Magier Faust.

Seit er ins Sonnenlicht zurückgekehrt war, verbrachte Faust oft halbe Tage in stiller Gemeinschaft mit dem kleinen Kerl. Ob Munkel Kind oder Zwerg war, ob er seine Sprache verloren oder die Rede niemals erlernt hatte, lag noch immer im dunkeln. Denn wenn Faust ihm seine Seherhand auflegte, vermochte er nichts anderes zu schauen als sich selbst. »Als wärst du mein Spiegel, Munkel«, sprach er oftmals zu dem Bürschlein, das nach wie vor nicht größer als ein Stiefel war, »ich selbst für allezeit als kleiner Knabe.«

Munkel legte dann sein Gesicht in betrübte Falten und vollführte anmutige Gebärden, deren Bedeutung rätselhaft blieb. Zusammen mit Faust führte er auf der Lichtung neben der Köhlerhütte verwickelte Puppenspiele auf, vor dem Köhler als einzigem Publikum. Auch dem Lederkindlein, das bei der Beschwörung des Marbuelis aus dem Glas gefahren war, hatten sie Schnüre an die verschrumpften Hand- und Fußknöchel gezwirnt und ließen die Satansmaid Arm in Arm mit dem roten Grobian über die Holzbühne tanzen.

Und wenn er nach dem Puppenspiel den Brand in seinen Augen lodern fühlte und der Boden unter ihm aufsprang und die dunkle Glut hervorschoß und der rußige Hubert wie eine Riesenpuppe auf der Lichtung umherwankte und mit zerfließendem Grinsen sein eigenes Fleisch zu umschlingen suchte – dann lief Faust geradewegs zu Klara zurück, kroch ins Marienloch, und der Dämon verstummte so jäh, als hätte die Göttin selbst ihm ihre sanften Hände um den Hals gelegt.

Noch immer sprang indessen der Schwarze Tod von Stadt zu Stadt, von Weiler zu Dorf. Klara berichtete Faust auch jedesmal voller Eifer, was sie vom jüngsten Wüten der Pest vernommen hatte. Wäre es nach ihr gegangen, so hätte er getrost für immer bei ihr bleiben mögen. Doch sie gab sich keiner Täuschung hin, und so war ihr längst klar, daß der strahlend Schönste, den sie je auf ihr Lager gebettet hatte, der einzige, dem sie je ihre Höhle gezeigt, ja ihr Heiligtum abgetreten hatte, nicht länger bei ihr verweilen würde, als die Pest und die Häscher des Herzogs ihn an ihre Hütte banden.

Sie liebte sein Lächeln, seine flammenden Augen, seinen Leib, der faunische Wildheit mit engelhafter Anmut vereinte. Aber sie wußte auch, daß er sie nicht in gleicher Weise lieben könnte, denn auch von seiner wilden Braut hatte er ihr dies und das erzählt. Sie ähnelte Adele in mancherlei Weise – mit ihrer gewaltigen Gestalt, den zupackenden Händen und ihrem leidenschaftlich liebenden Herzen. Aber selbst in den Augen und im Lächeln der dürftigen Oda hatte er mehr von Adele wiedergefunden, als er in Klaras Antlitz je entziffern könnte.

Ein einziges Mal hatte er das Lager mit der entwichenen Nonne geteilt, und als er ihr Fleisch mit seiner Seherhand berührt und die Augen geschlossen hatte, war seine Begierde sogleich wieder zerfallen. Klaras Seele kannte keine teuflischen Tanzplätze in schwarzer Nacht. Klara war ein Engel im Leib eines gewaltig wilden Weibes. In ihrem Innersten schien alles aus schierem Himmelslicht geschaffen, und was sie mit ihren Händen und Lippen, ihrer Liebe und ihrem Schoß berührte, trachtete sie gleichfalls in reines Licht zu verklären.

Doch gegen die Hölle in mir ist selbst deine Liebe machtlos, Klara.

Nach ihrer mißglückten Umarmung liebte sie ihn nur noch inniger, jedoch auf andere Art. Weiterhin küßte sie ihn zärtlich, nun aber wie eine Schwester. Ihre Gespräche wurden noch vertrauter, ihr Schweigen beredter. Wo andere sich lange mit Erklärungen abplagen mußten, genügte bei ihnen oftmals ein rascher Blick. Und zuweilen gar noch weniger.

Kurz nach Weihnachten nämlich erschien ein prächtig gewandeter Höfling in Klaras Hütte in der Waldschlucht bei Villingen. Es war spät am Nachmittag, und Faust hatte sich gerade wieder in die Höhle zurückgezogen. Eben streckte er sich auf dem Teppich im Felsloch aus, da vernahm er in seinem Geist Klaras Warnruf so deutlich und klar, als ob sie ihm ins Ohr gewispert hätte: *Obacht, ein Bote des Herzogs. Aber keine Bange, Faust, er kommt nicht wegen dir.*

»Der Edle hat mich artig umworben«, erzählte Klara nachher. »Allerdings hat er so geziert geredet, daß ich mir manches zusammenreimen mußte wie bei einem altertümlichen Rätselspruch. Aber es läuft wohl darauf hinaus, daß Herzog Ulrichs Seele betrübt ist und der Ruf meines Seelenelixiers bis zu ihm gedrungen scheint. Folglich hat Ihre Herrlichkeit mich für den Silvesterabend nach Albling hinaufbefohlen.«

Schon als Faust im November vernommen hatte, daß der Herzog gerade bei Villingen residieren wollte, bis sich die Pest ausgerast hätte, war ihm klargeworden, daß er sich nicht mehr lange bei Klara im Wald verbergen könnte. Überall in der Gegend streiften seither

Leute aus dem herzoglichen Gefolge umher, Jäger, Kuriere oder einfach blaublütige Jünglinge, die nach ländlicher Lustbarkeit lechzten. Über kurz oder lang würde Ulrich gewiß zu Ohren dringen, daß der Wahrsager, den er im ganzen Land suchen ließ, vier Meilen unter Albling in der Waldschlucht saß und zusammen mit einem Zwerg oder Knaben namens Munkel Puppenspiele aufführte.

Wenn der Herzog dann auch noch erführe, daß sie Constanzias Lederkindlein gelehrt hatten, an Fäden über die Bühne zu taumeln, so würde Ulrich gewiß höchstselbst in die Schlucht herunterreiten, um den Zauberer Faust mit dem blanken Schwert zu strafen. Und folglich war es an der Zeit, daß der junge Herrscher erfuhr, wie sich die Dinge wirklich verhielten. »Bis Silvester sind es noch sechs Tage«, sagte Faust. »Das müßte reichen – falls uns dein Köhler hilft.«

»Wenn ich ihn bitte«, antwortete Klara mit leisem Lächeln, »hilft Hubert bestimmt. Aber was hast du vor, Faust?«

»Glas brauche ich und einen Pinsel und Pflanzenfarben, die im heißen Dampf nicht gleich zerfließen.« Er sprang auf und ging in der Hütte auf und ab, so eifrig hatte sie ihn in all der Zeit kaum je erlebt. »Was ich vorhabe?« sagte er endlich. »Ich will mit dir ins Schloß hinauf.«

56

»Möge Sie sich in die alte Kapelle am Fuße des Alblinger Hügels verfügen, derweil Dero Liebden vom Schlosse her den Park durchmessen. Keine Bange, man wird's Ihr dort schon weisen.«

Es war in der Tat nicht ganz leicht, die verschnörkelten Reden des Höflings zu enträtseln. Zu früher Abendstunde erschien er wie vereinbart in ihrer Hütte, um Klara nach Albling zu geleiten, ein ältliches Männlein mit Spitzbauch unter honiggelber Sammetjacke und einer Lockenperücke, von der Puder rieselte. Beinahe hätte er ihr die Hand geküßt, bemerkte eben noch zeitig, daß es nicht passend wäre, und richtete sich mit dünnem Räuspern wieder auf. »Ein Edler von Atzeck bin ich im siebten Gliede«, sprach er, »aber heiß Sie mich einfach Herr, das mag hier genügen und beansprucht Ihren Geist nicht über Gebühr.«

Faust hielt sich bescheiden beiseite und suchte seine Erheiterung zu verbergen. Klara stellte ihn als ihren Gehilfen Reimel vor, der ihr beim Anrühren der Tinkturen und beim Schleppen ihrer zahlreichen Elixiere zur Hand gehe. Sie wies auf den bauchigen Weidenkorb, den sie neben der Tür bereitgestellt hatten. Unter dem Leintuch schauten Phiolen und Tiegel hervor.

Herr von Atzeck streifte die Bürde bloß mit gemüdetem Blick und schien nicht erpicht, den Inhalt zu erforschen. »Schleich Ihr Reimel also meinethalben hinterdrein.«

In geziemendem Abstand folgte ihnen Faust durch die Schlucht zur Straße hinauf, und bei jedem Schritt wuchs seine Heiterkeit. Mit ihrer gewaltigen Gestalt im bunten Flickenkleid, die nabellangen Haare rabenschwarz und zottig, ähnelte Klara einer wilden Riesin. Bald zwei Köpfe kleiner als die Heilerin, trippelte neben ihr der schmächtige Edle, mit den Armen rudernd, um auf holprigem Pfad die Balance zu wahren, und lispelte Verwünschungen, wenn er mit zierlichem Stiefel gegen einen Wackerstein stieß.

In der Nacht hatte es stark geschneit, die Tannenäste bogen sich unter der glitzernden Last. Aus seinem Karren hatte sich Faust schon vor Wochen die Kukulle geholt, die ihm Fra Josephus einst gegen die Kälte zugemessen hatte. Der Umhang reichte ihm kaum mehr bis über den Gürtel, aber er war aus guter Schafwolle gewoben und bot immer noch Schutz gegen den Frost.

Der herzogliche Zweispänner wartete an der Straße über der Schlucht. Klara ließ sich vom Edlen Atzeck in die Kabine helfen, ihr Gehilfe Reimel preßte sich neben dem breitarschigen Kutscher auf den Bock. Der Inhalt des Weidenkorbs klirrte auf seinen Knien, als sie in raschem Trab die Straße hinauffuhren. Eine halbe Meile vor Villingen bogen sie auf den löchrigen Weg nach Albling ein, und da wurde das Klirren zum Scheppern.

Hoffentlich würden die Gläser standhalten, die er in den letzten Tagen zusammen mit dem Köhler Hubert in dessen Hütte auf glühenden Kohlen gefertigt hatte. Der Korb jedenfalls barg alles, was sie benötigten, um Herzog Ulrich zu kurieren – von seiner Schwermut so gut wie von seinem Haß auf den Magier Faust.

Für die prachtgewohnten Augen des jungen Herrschers mochte Albling ein bescheidener Landsitz sein, Faust aber gefiel die trutzige Putzigkeit des Grafenschlosses sehr. Wie Herr von Atzeck bereits angedeutet hatte, würde Ulrich mit der Heilerin nicht droben im Schloß zusammentreffen, sondern in der alten Kapelle am Fuß des Hügels, auf dem sich das Herrenhaus malerisch erhob.

Wieder folgte der Gehilfe Reimel seiner Herrin und dem Höfling in demütigem Abstand, bemüht, das Klirren in seinem Korb zu dämpfen. Im Abenddämmer schritten sie durch den Schloßpark, der kunstvoll angelegt war mit gewundenen Pfaden und einem weidengesäumten Teich auf halbem Weg zum Schloß hinauf. Bäume und Sträucher schienen Faust recht verwildert, doch dieser Kontrast erhöhte den Reiz des Anwesens nur noch mehr.

Als er sich in seinen Knabenjahren geschworen hatte, daß er dereinst Herr im eigenen Haus sein würde, da hatte er allenfalls an ein Bürger- oder Handwerkerhaus gedacht, wie sie sich in den Knittlinger Gassen aneinander drängten. Aber wie er nun durch den verschneiten Park von Albling stapfte und mal zum Herrenhaus emporsah, dann wieder die reizvoll verfallene Kapelle am Fuß des Hügels ins Auge faßte, da erwachte in ihm der Wunsch, Herr über ein solches Schloß zu werden.

Alles Aufsehen solle vermieden werden, erläuterte derweil der Edle von Atzeck seiner Begleiterin. Derohalb hätten Ihre Herrlichkeit befohlen, das Heilweib in die entweihte Kapelle zu geleiten. Ohnehin seien droben im Schloß die Vorbereitungen für die herzogliche Neujahrsfeier in vollem Gange. »Ein stilles Fest ohne allen Pomp, damit Sie's nur recht versteht. Bloß sieben Gänge von der Pastete bis zum Praliné.«

Da fuhr Faust ein Lachen aus dem Hals, und er schüttelte rasch seinen Korb, um es zu überdecken. Laut erklirrten die bemalten Gläser, als er hinter Klara und dem Edlen in die Kapelle trat.

Ehedem schien es ein schmuckes Kirchlein gewesen zu sein, aber das mußte weit zurückliegen. Wind blies durch Fensterhöhlen, über den zertrümmerten Betbänken lag ein Tuch aus grauem Schnee. Der Steinaltar schien unversehrt, doch die darüber schwebenden Engelfiguren waren bloß noch unkenntliche Klumpen, von Würmern zerfressen und überzogen mit Vogelkot.

Er werde sich nun zum Schloß hinauf verfügen, erläuterte Herr von Atzeck, um Dero Liebden über die Ankunft des Heilweibs in Kenntnis zu setzen. Wie lange es auch dauern möge, bis Ihre Herrlichkeit erschienen, das Weib und sein Gehilfe dürften sich keinesfalls erkühnen, aus der Kapelle zu entweichen. Richteten sie jedoch alles zu Dero Gnaden Zufriedenheit aus, so solle es dem Heilweib reich entgolten werden.

Mit neuerlich dünnem Räuspern trapste der Höfling davon, und sogleich begann Faust, die Bühne für das Stück zu bereiten, das er für den jungen Herzog ersonnen hatte. Den Weidenkorb stellte er hinter den Altar, nahm die Phiolen und Tiegel mit Klaras Leib- und Seelenelixieren heraus und reihte sie auf dem Altartisch auf. Dann zog er die vier in Lumpen gewickelten Glasplatten hervor, die er sorgsam bemalt und mit feinen Fäden versehen hatte. Er zwirnte die Gläser unter den wurmigen Engeln fest, so daß sie frei an den Fäden schwingen konnten. Unter jedem schwebenden Gespensterfenster stellte er schließlich noch eine Schale auf den Boden, gefüllt mit der Kräutermixtur, die er nach Klaras Anweisung zubereitet hatte.

Unterdessen war es in der Kapelle nahezu dunkel geworden. Faust beeilte sich, die Laterne anzuzünden, die er beim Eintreten in einer Wandnische bemerkt hatte. »Wenn sich Ulrich dem Altar nähern will«, sagte er zu Klara, »halte ihn auf irgendeine Weise davon ab. Aber auch zu weit entfernen darf er sich nicht.« Er nahm die Lampe aus der Nische und stellte sie neben eine Bank, die noch einigermaßen brauchbar aussah. »Bring ihn am besten dazu, sich hierhin zu setzen. Aus dieser Distanz kann er die Erscheinung gut verfolgen, ohne verdächtige Vorrichtungen zu bemerken. Und sobald du mir das Zeichen gibst, fängt das Puppenspiel an.«

Sie umarmte ihn, und er spürte, daß sie am ganzen Leib bebte. »Es ist nur wegen der Kälte«, flüsterte sie, und sie beide wußten, daß es nicht stimmte. Mißlang das Gaukelspiel, so würde Ulrich nicht ruhen, bis Faust ins Feuer gebunden wäre – falls er ihn nicht sogleich mit eigener Hand erschlüge, denn der junge Herzog war berüchtigt für seinen jähen Zorn. Und wenn die Täuschung glückte, dann würde

Klara ihn gleichfalls verlieren, denn dann wäre er frei, aus ihrer Schlucht davonzuziehen.

»Sei beruhigt, liebe Klara«, flüsterte er zurück, »alles wird gut.« Er löste sich aus ihrer Umarmung und eilte hinter den Altar, denn noch war das heikelste Problem nicht gelöst. Er mußte einen Ort finden, von wo aus der Puppenspieler unbemerkt die Fäden ziehen konnte.

Nachher würde Klara die Kräuter in den vier Schalen anzünden, und dies war zugleich das Zeichen für ihn. Sie hatten die Blüten und Stengel zu einem feinen Pulver zerstoßen, das keine Flammen zu nähren vermochte, sondern bloß mit mattem Glühen verglomm. Doch es waren ölreiche Pflanzen, günstig zur Stärkung der Einbildungskraft und für traumreichen Schlaf. Und die starken Schwaden, die beim Verglimmen emporstiegen, würden die Gläser zum Schwingen bringen.

Faust wandte sich der schmalen Tür unter den Engelsfiguren zu, die zur Sakristei führen mußte. Die Bodenplatten hinter dem Altar waren wüst übereinandergeworfen, und aus handgroßen Löchern im Untergrund quoll modriger Brodem empor. Dort unten mußte sich einst eine Krypta befunden haben, und vielleicht lagen dort noch heute die Vorfahren des Grafen von Albling in der verfallenden Gruft. Er trat durch die Tür, als vom Park her schon Schritte im Schnee herbeiknirschten, und fand sich in einem engen, halbrunden Raum. Eine schmale Wendeltreppe drehte sich in die Erde hinunter. Auf Zehenspitzen schlich er hinab.

Die Decke war so niedrig, daß er sie mit ausgestreckter Hand berühren könnte. Durch Löcher und Ritzen tropfte dünnes Laternenlicht von der Kapelle herab. Wie aus weiter Ferne drangen Klaras helle Stimme und die dunkel brummende des jungen Herzogs zu ihm.

»Zottig wie ein wildes Waldweib sieht Sie aus«, hörte er Ulrich sagen. »Doch aus Ihren Augen leuchtet die Liebe. Ich vertrau' Ihr. Was weiß Sie mir wider die Trübsal zu raten?«

Faust schloß die Augen und streckte seinen linken Arm in die Dunkelheit. Er schaute vielerlei Gebeine, im Boden sorgsam nebeneinander aufgereiht. Eine Gruft, wie vermutet. Schulter an Schulter ruhten die Knochenleute im Boden, die beinernen Hände über leeren Brustkörben zusammengelegt. Die meisten von ihnen moderten wohl seit hundert Jahren oder mehr in ihren Gräbern.

»Gegen die Beschwernis der Seele, Euer Herrlichkeit«, sprach Klara mit sanfter Stimme, »nehmt beim Erwachen und vor dem Nachtschlaf jeweils zwanzig Tropfen meines Elixiers mit reichlich frischem Quellwasser ein. Und meidet schwere Speisen ebenso wie einsame Grübelei, denn beides mehrt die schwarzen Säfte.«

»Nun, was die Speisen angeht ...«

Faust zog seine kleine Blendlaterne unter der Kukulle hervor und zündete sie an. Leuchtete in das Gewölbe hinein, und da war nichts als modrige Ödnis. Steinerne Särge, mit Moos überzogen. Hier und dort eine Steinplatte zersprungen oder von neugierigen Händen beiseite gehoben, und was darunter lag, waren bloß noch zerbrockte Knochen, eingesunken in die Erde, zu der sie selbst seit Jahrhunderten wieder zerfielen.

In der Kapelle über ihm sprach Klara nun von Schmerz und Trauer, die wie Schatten seien und alles düster verfärbten, was ehedem leicht und licht schien. Doch der Wunsch, Herr über dieses Schloß zu werden, war ihm nicht von der Hölle eingeblasen worden – das wurde ihm schlagartig offenbar. Es war sein eigener Wunsch, so wie auch er selbst sich entschlossen hatte, den Herzog Ulrich mit einem Gaukelspiel zu verblenden, anstatt immer bloß furchtsam zu warten, welchen neuen Streich der Satan wider ihn führen würde.

»Wenn Ihr Euch einen winzigen Augenblick gedulden möchtet, Euer Herrlichkeit«, sprach über ihm Klara, »so will ich Euch rasch das Elixier zubereiten, das Euch von aller Schwermut befreien soll. Damit es auch trefflich anschlägt, muß ich einige Kräuter erhitzen, aber alles ist schon präpariert und wird nicht lange dauern.«

Und wenn du auch wähntest, Adele, daß du das Jorgele um meinetwillen dem Teufel zugeführt hättest, so hab' ich selbst es doch niemals gewollt. Und wenn du auch um meinetwillen ins Feuer gegangen bist, meine rote Braut, so habe ich selbst es doch nie gewollt. Und wenn der Hannes Borethius auch tausendmal beteuert hat, daß zwischen Wähnen und Wollen kein Unterschied wäre, so ist es doch tausendmal nicht wahr. Denn ein schwarzer Geist haust in mir, und er und ich sind zweierlei. Und was er wähnt und will und was ich für meinen Teil beschließe und begehre, ist gleichfalls zweierlei – und folglich bin ich frei!

Er hätte schreien und rufen und hinauflaufen und Klara umhalsen mögen, so sehr beglückte ihn dies Gefühl: frei zu sein, sein eigener Herr zu sein, verantwortlich nur für das, was er selbst willentlich tat und ließ, begehrte und entschied.

Absichtlich geräuschvoll machte sich Klara derweil hinter dem Altar zu schaffen, wie sie es vereinbart hatten. Zündete die Kräuter in den Schalen an, und dunkelrote Glut sprenkelte das herabsickernde Lampenlicht. »Besser, Ihr bleibt in der Bank sitzen, Durchlaucht«, rief sie, »damit Ihr den Dämpfen nicht zu nahe kommt.«

Ich will zu Reichtum und Ansehen gelangen, zu einem Schloß wie diesem hier, wo die Mutter bei mir leben kann, wie ich's ihr und mir vor Zeiten verheißen habe. Aber nicht dadurch, daß ich mich dir verschwöre, du kotiges Ungeheuer, sondern durch meinen eigenen Willen und meine eigene List, meinen eigenen Geist und mein eigenes Ich.

Eine gewaltige Aufregung ergriff ihn, und obwohl Klara droben immer lauter rumorte, dachte er nur ein ums andere Mal, daß es doch möglich sein müsse, die Hölle zu übertölpeln, derweil der Teufel ihn zu narren meinte. So wie er ja auch den Herzog Ulrich mit ebensolchem Gaukelspiel verblenden wollte, wie es sonst der Satan gegen ihn selbst gebrauchte.

»Ah, was ist das?« hörte er den jungen Ulrich schreien. »Ein Geist? Allmächtiger, wahrhaftig – ein Geist!«

Da kam Faust eben noch zeitig zu Sinnen, trat unter die Bresche im Gruftgewölbe und sprach mit der hellen Stimme der Verblichenen: »Ich bin's, mein geliebter Bruder – deine Constanzia!«

Totenstille. Faust spähte durch die Deckenlöcher empor und meinte den Geist der Constanzia über dem Altar schweben zu sehen. Er hatte ihr Antlitz und ihre Umrisse auf die Glasplatten gemalt und alles getreulich so ausgeführt, wie es der Herr Nigrethius empfahl, um die Erscheinung eines Geistes vorzutäuschen. »*Die Dämpfe bringen die Gläser ebenso wie die Phantasie des Betrachters in Bewegung, und bald schon wird er die Lüfte von wundersamen Phantasmen erfüllt sehen.*«

»Mein liebes, liebes Stänzle.« Die Stimme des jungen Herzogs drohte überzukippen, als ob er vor Freude und Rührung wieder zum Knaben geworden wäre. »Bist du's wirklich, Schwester?«

»Was du immer fragst, mein liebster Ulle. Erkennst du mich denn nicht?«

»Doch, doch.« Gurgelnd zog Ulrich den Nasenrotz hoch. Faust schloß die Augen und sah ihn klar umrissen vor sich, ein hünenhafter Jüngling mit fülligen Wangen, aus denen rötlichblonder Flaum sproß. »Wie sollte ich dich nicht erkennen, Liebste? Komm zurück zu mir, Stänzle, ich fleh' dich an! Ich kann ohne dich nicht sein.«

Da überkam Faust Mitgefühl – Ulrich trauerte um die Schwester nicht weniger, als er selbst sich nach Adele sehnte. Er hob seine Lider, denn es schien ihm unzart, den Herzog in seinem Schmerz auch noch auszuspähen. »Von dort, wo ich nun bin, mein liebster Bruder«, ließ er Constanzia mit sanfter Stimme sagen, »kommt niemand mehr zurück. Aber gräme dich nicht, es ergeht mir gut bei den Geistern, und von hier aus kann ich auch allezeit über dich wachen.«

»Oft habe ich's gefühlt«, sagte Ulrich mit brechender Stimme, »daß du unsichtbar bei mir wärst, Stänzle – deine Augen hab' ich auf mir gespürt, so wie jetzt, und deinen lieben Busen an meinem Herzen!«

Faust vernahm ein Stampfen und Rumpeln, wie wenn der junge Hüne aufgesprungen und über die Trümmer der Kirchenbänke gestolpert wäre. Nun hieß es sich sputen, damit der Spuk nicht doch noch mißriet.

»Halte ein, Liebster«, rief Constanzia. »Trachte nicht, meinen Schatten zu berühren, sonst kann ich niemals mehr zurück. Für immer muß ich dann umherirren, den Lebenden und den Toten gleichermaßen fremd und fern.«

Ein Stöhnen und Seufzen, dann ein dumpfer Aufprall – offenbar war Ulrich in die Knie gesunken. »Ich tu' alles, was du sagst, Stänzle, nur bleib bei mir!«

»Das kann ich nicht, du dummer Lieber. Aber ich verspreche dir, wenn du es einmal gar nicht mehr ohne mich aushältst, komm' ich dich wieder besuchen. Doch eines laß dir noch sagen, mein Bruder: Jener Faust, der mir zu Udenheim beigestanden hat, ist ein guter und gar frommer Mann. Ihn trifft keine Schuld, daß ich verbleichen mußte, und es schmerzt mich bis ins Grab zu sehen, daß du den wackeren Kerl mit deinem Zorn verfolgst.«

»Keine Schuld?« echote Ulrich tränenheiser. »Also war's allein der Bleikamm, der deinen Lilienleib zermetzelt hat, Liebste?«

Zweieinhalb Herzschläge lang rang Faust mit sich, dann hatte er seinen alten Groll heruntergewürgt. »Auch Bleikamm ist ein braver Mann, lieber Bruder. Als Mensch wie als Medikus gewiß nicht fehlerlos, doch auch ihn trifft keine Schuld an meinem Tod.«

»Aber wen sonst, Stänzle – nenn mir den Namen des Scheusals, daß ich ihm die Kehle zerquetsche!«

»Sch, sch, mein Brüderlein. Der Vater im Himmel war's.« Daraufhin brach der Herzog in erbärmliches Schluchzen aus, doch Constanzia mühte sich, seine Seele zu besänftigen. »Weine nicht, lieber Bruder. Bitte glaube mir, ich leide keine Qualen, außer wenn ich dich leiden sehe. Also traure nicht so arg um mich, um deiner wie um meiner selbst. Versprichst du's mir?«

Ein langer Seufzer. Dann: »Ja, ich versprech's. Alles, alles, will ich für dich tun.«

»Ich danke dir, Liebster. Und nun bitte ich dich, geh hinauf ins Schloß und feiere mit unseren Freunden. Alles Glück, das mir auf Erden nicht vergönnt war, wünsche ich dir im neuen Jahr.«

Ulrich seufzte und stöhnte noch ein wenig, weinend nahm er Abschied von Constanzia, nachdem sie ihm nochmals versprochen hatte, ihm nach Möglichkeit einmal wieder zu erscheinen. Dann endlich hörte Faust, wie der herzogliche Jüngling aus der Kapelle stampfte und knirschenden Stiefels draußen durch den Schnee davonging.

Bis Faust die Wendeltreppe erklommen hatte und wieder droben in der Kapelle war, hatte Klara die Gläser schon von den verwurmten Holzengeln abgeknüpft, die Glut gelöscht und alles im Korb verstaut.

Eben trat der Edle von Atzeck ein und trippelte zwischen zertrümmerten Betbänken zierlich zum Altar. »Dero Gnaden Tränen abzupressen scheint mir eine wunderliche Weise, fürstlichem Trübsinn abzuhelfen. Aber Dero Herrlichkeit haben sich sehr zufrieden gezeigt und mir anbefohlen, dem Heilweib diesen Beutel auszufolgen.«

Auf dem Rückweg saß Faust neben Klara in der Kutschkabine, denn der Edle von Atzeck hatte es vorgezogen, im Schloß zu verbleiben. Auf der weich gepolsterten Kutschbank, die herzogliche Pelzdecke über die Knie gebreitet, träumte Faust desto kühner von eigener Grafenherrlichkeit. »Was würdest du sagen, Klara, wenn dies Schloß bald schon mein eigen wäre?«

Sie schaute ihn nur nachdenklich an, mit einer Miene, als ob ihm manches zuzutrauen wäre. Und verhielt es sich denn anders? Konnte der Gaukler, der einen weltlichen Herrscher so leicht überlistet hatte, nicht mit gleichem Erfolg einen Höllenfürsten täuschen? Wenn ihn der Teufel an seinen Fäden zappeln ließ, wer sollte ihn hindern, Marbuelis an seine eigenen Schnüre zu zwirnen? So phantasierte und frohlockte Faust, derweil sie durch die Neujahrsnacht fuhren, die erfüllt war von Glockengeläut und wirbelndem Weiß.

»Ehe der Schnee schmilzt, kannst du nicht gehen«, sagte Klara.

Er nahm ihr das Säcklein aus der Hand, warf es im Dunkeln zur Kutschdecke hoch und fing es wieder auf. Drei Goldstücke waren darin, und Faust ließ sie in seine Linke klirren und erwiderte mit leisem Lachen: »Wenn es not tut, liebe Klara, bringe ich viel mehr zum Schmelzen als bloß Schnee.«

57

Mitte April umarmte er Klara, erklomm den Eselskarren und fuhr durch das pestverheerte Land gen Maulbronn. Mit seinen verlassenen Dörfern und verfallenen Höfen, den verwahrlosten Weinbergen und Äckern, darauf bloß noch Winden und Disteln wuchsen, schien es ihm ein riesenhafter Spiegel seiner selbst. Verwüstet und verheert, aber noch immer am Leben.

Klara hatte ihm eine Steige mit ihren Leib- und Seelenelixieren überlassen. Die Phiolen klirrten wie silberne Glöckchen und zeigten von weither ihr Herannahen an. Wenn er künftig durch die Lande fahren und den Leuten seine Seherhand auflegen würde, konnte er den Kranken und Beschwerten nun auch Arzneien verabreichen gegen geringes Entgelt. Klara hatte ihm das Versprechen abgenommen, daß er sie nach spätestens einem Jahr wieder besuchen würde – um sich mit neuen Phiolen einzudecken und um ihr zu berichten, wie es ihm und den Seinen ergangen war. »Und um in Albling einzuziehen«, hatte er in allenfalls halbem Scherz hinzugefügt.

Wenn aber die Hölle ihn neuerlich plagte, durfte er auch vorher zu ihr zurückkehren und in ihrer Marienhöhle Schutz suchen vor seinem inwendigen Dämon.

Munkel saß neben Faust auf dem Kutschbock, brach Brocken um Brocken von den Brotlaiben, die Klara ihnen als Wegzehrung mitgegeben hatte, und warf sie den Bettlern am Straßenrand zu. Seine dünnen Haare flatterten wie eine falbe Fahne im Frühlingswind, das kleine Gesicht war von Bekümmerung zerfurcht. Wieder und wieder verbeugte er sich vor den abgehärmten Gestalten, die hinter ihnen zurückblieben, und seine Ärmchen beschrieben Zeichen in der Luft, als segnete er sie im Namen einer Gottheit, an deren Güte kaum irgendwer noch glaubte.

Knochendürre Hunde streunten durch wüste Weiler, darin außer dem Geruch kalter Asche nichts mehr zu finden war. Wie ein Schatten waren der Pest die plündernden Mörderbanden gefolgt. Wer selbst denen widerstanden hatte, brachte nun kaum mehr die Kraft auf, die Bettlerhand nach dem vorüberrumpelnden Karren auszustrecken. Der Hunger ließ ihre Augen glitzern, und die Bäuche der hohlwangigen Kinder waren aufgetrieben wie Kürbisse zur Erntezeit.

Nahe Herrenberg gerieten sie in einen Hinterhalt – sieben Räuber sprangen aus dem Dickicht und umringten die Eselskarre. »Runter vom Bock«, schrie ihr Anführer Faust an. »Und mit deinen Lumpen ebenso. Das nackte Leben will ich dir schenken, alles andere gehört uns.« Doch Faust sah nur aus lodernden Augen von einem Räuber zum andern, und da wichen sie zurück und verharrten am Wegrand so reglos wie Steinfiguren, während Tarock das graue Haupt emporwarf und weiterzockelte, als ob nichts geschehen wäre.

Den Wegelagerern bei Sindelfingen erging es noch ärger – Faust hob seine Arme gegen sie und schaute sie flammend an. Und da verwirrten sich ihre Sinne, ihre Kumpane schienen ihnen mit einemmal die ärgsten Feinde geworden. So grimmig hieben sie aufeinander ein, daß ihre Schreie und das Dröhnen der Holzprügel noch drei Meilen weiter im Wald widerhallten.

Und nur gegen die Vögel vermochte er noch immer nichts. Es war, als hätten sie eine halbe Tagreise vor Maulbronn auf ihn gewartet – eine Wolke bunter Krähen, die aus den Wipfeln aufstoben und sich auf dem Sparrwerk seiner Karre niederließen. »Allmächtiger«, krächzten sie, »Heilige Maria!« und neuerdings auch »Strafgericht!«, mit gräßlich knarrendem *Rrrr*.

Am Mittag des 23. April im 1502. Jahr des Erlösers zügelte Faust seinen Esel vor der Klosterpforte von Maulbronn. Bald drei Jahre war er unterwegs gewesen, und mit Bedacht hatte er seine Rückkehr gerade auf diesen vollmondigen Samstag gelegt, da sich die Geburt des Halbteufels zum zweiundzwanzigsten Mal jährte.

Der heilige Georg schien ihm noch schrundiger als ehedem. »Väterchen?« Die Antwort war bloß ein mattes Ächzen. »Fra Josephus? Wollt Ihr mir nicht auftun?« Abermals ließ er seinen Namenspatron auf den Drachen niederkrachen. »Ich bin's ja – Faust, der Scholar des Herrn Johannes.«

Für lange Augenblicke geschah gar nichts. Dann endlich ging mit einem Knarren das Guckloch in der Pforte auf. Doch anstelle des vertrauten Rosinenhaupts erschien das rotwangige Antlitz eines jungen Soldaten.

»Zur Seite, Bursche. Wo ist Fra Joseph?«

Der Soldat sah ihn aus großen Augen an. Mit Bewegungen, als ob er durch Schlamm watete, wich er von der Pforte zurück.

»Da seid Ihr ja, Väterchen.« Der greise Mönch saß auf der Bank vor seinem Pförtnerhäuschen. Seine Augen schimmerten milchig, die zitternde Rechte krampfte sich um den Knauf eines Knotenstocks. »Wollt Ihr mir nicht die Pforte aufriegeln?«

»Was Er nur immer mit Seinem ›Väterchen‹ hat.« Seine Stimme war noch dünner geworden. Ein kaum merkliches Lächeln flog über sein Antlitz, und die Runzeln auf seinen Wangen wogten wie Wellen bei Sturmwind. »Der Reisige wird Ihm auftun. Mich tragen meine Beine schon lange nicht mehr.«

»Laß mich nur ein, Soldat. Du hörst ja, was der heilige Mann dir befiehlt.«

Willenlos wie ein Schlafwandler trat der Wächter wieder vor, nestelte einen gewaltigen Schlüssel aus der Gürteltasche und riegelte auf. Faust trat sogleich durch die Pforte, und zum Erstaunen des Soldaten folgte der Esel mitsamt der Karre voller Fieberkrähen wie von selbst. Abermals wich er zur Seite, und da erst erblickte er den unwirklich mageren Winzling, der vorn auf der Kutschbank stand und mit beinernen Händlein die Zügel hielt. Zugleich sprang hinten ein großer schwarzer Hund aus der Karre und hielt in wilden Sprüngen auf den Tannenforst zu.

Das Kerlchen auf dem Kutschbock war nicht viel größer als ein Bierkrug, und seine Haut hatte die Farbe von Staub. Der Soldat bekreuzigte sich im Geiste, derweil er bebend die Muskete von der Schulter nahm. Da traf ihn neuerlich ein Blick aus flammend blauen Augen, und mit leerer Miene hängte er sich die Waffe wieder um und schlug die Hacken zusammen.

»Verdrießt es Euch, Väterchen, daß Ihr nicht mehr gehen könnt?« Faust trat neben den Bruder Pförtner. »Sagt es nur frei heraus – wie der Erlöser den Lazarus, so will ich auch Euch von der Lahmheit und von allem heilen, was Euch sonst beschwert.«

»Was er da nur wieder redet. Lästert den Herrn Jesus, der närrische Scholar!« Abermals zog ein Lächeln wie warmer Wind über die ledernen Wellen in seinem Antlitz. Aus blinden Augen schaute der Alte zu ihm auf, als ob Faust das Wunder durchaus zuzutrauen wäre. »Aber nun begebe Er sich eilends in seine Kammer hinauf, und laß Er sich hier unten nicht mehr blicken, bis Ihre Herrlichkeit Ihn zu sich ruft.«

»Da hat der Herr Burrus wohl wieder hohen Besuch?«

»Ja, wie denn anders, Scholar – zur Weihe des neuen Herrenhauses wird er wohl nicht gerade die Köhler aus den Wäldern einladen.«

»Nun, Väterchen, da geb' ich Euch recht.« Rasch legte Faust dem Alten noch seine linke Hand auf. »Euer Herz ist immer noch stark wie bei einem Pferd. Nur Eure Galle macht mir ein wenig Sorgen – überlaßt Euch nicht zu sehr der Grübelei, das mehrt die schwarzen Säfte.«

»Jetzt aber hinweg mit Ihm, Scholar!«

Auch die Äbte von Bebenhausen und Herrenalb, von Schönthal und Brönnbach waren wieder erschienen, denn eine Einladung nach Maulbronn schlug kaum jemand ohne Not aus. Einmal wegen der reichen Speisen, die Herr Johannes auch in Hungerzeiten auftischte – und dann allerdings auch, weil über die Bauwut des Burrus von Konstanz bis Heidelberg die tollsten Gerüchte umliefen. Und so waren neben Bertram Meyer, Bischof zu Speyer, diesmal auch die Kirchenfürsten von Mainz und Trier gekommen, um mit anzusehen, welch neuen Narrenturm der Herr Burrus sich errichtet hatte.

»*Wie sich die Päpste zu Rom in Knabenärsche ergießen, so läßt der Abt zu Maulbronn Türme sprießen. Und feiert Richtfest um Richtfest mit Wildbret und Burgunder, derweil in seinen Dörfern der Hunger umgeht.*« So hieß es zumindest in einem Flugblatt, das seit Monaten immer wieder in Bretten, Knittlingen und anderswo über die Märkte flatterte, und niemand wußte, von wessen Warzenhand die Schmähschrift stammte. »*Der Burrus reibt seinen brünstigen Wanst an Kapitellen und Säulen, so wie der Heilige Vater geifernd die Schweife seiner Freier leckt.*«

Auch Jakobus Parzer war gekommen, obwohl ihn seine Pflichten im Inquisitionspalast zu Speyer nahezu unabkömmlich machten. Auf dringende Bitte des Herrn Burrus hatte er einige Drucker und Schreiber verhaften lassen, die für jene Hetzreden in Frage kamen. Auf dem Streckbrett hatten die Kerle auch allesamt gestanden, daß der Satan ihnen eingeblasen habe, den Heiligen Vater und seinen gottfrommen Sohn Burrus zu schmähen. Aber noch am gleichen Tag, an dem man die Buhlen ins Feuer gebunden hatte, war in Speyer und anderswo das nämliche Kotblatt neuerlich aufgetaucht. Und so sah der Jakobus Parzer noch grämlicher als gewöhnlich aus, wie er zwischen den meist wohlgenährten Äbten und Prälaten in der Halle des neuen Herrenhauses stand und den Anpreisungen des Herrn Burrus lauschte.

Baumeister Krahlis und der Bildhauer Pisoretti hatten sich abermals selbst übertroffen, Pracht und Kühnheit der dreischiffigen Halle würden bis zum Jüngsten Tag nicht ihresgleichen finden. Noch lichter und leichter als im Marienbau spannte sich das Netzgewölbe hoch über den heiligen Häuptern. So reich war die Westwand durchfenstert und mit feinstem Maßwerk ziseliert, daß das Gemäuer durchscheinend und wie schwerelos wirkte. Selbst aus Säulenschäften und Kapitellen hatte der Venezianer so verschwenderisch Flachreliefs hervorgemeißelt, daß auch die neidischsten Gäste ihre Bewunderung nicht verhehlen konnten.

Indessen glitzerte Mißgunst aus vielerlei frommen Augenpaaren. Während die meisten Klöster in der Kurpfalz und im Schwabenland von unabwendbarem Niedergang ergriffen schienen, strömten dem Herrn Burrus die edelblütigen Novizen nur so zu. In Waldsassen oder Herrenalb wußte man kaum mehr, wie auch nur die Silberstücke für ein paar neue Dachschindeln aufzubringen wären, und derweil sprossen in Maulbronn die prachtvollsten Bauten wie Steinpilze aus dem Staub. Und nicht ein einziger der frommen Herren, die nun an der Eichentafel im neuen Abtsaal Platz nahmen – nicht einer von ihnen glaubte, daß es bei diesem Pomp und Prunk des Johannes Burrus durchweg mit rechten Dingen zuging.

Gewiß, Maulbronn war seit jeher eines der reichsten Klöster im deutschen Süden, und aus seinen Dörfern und Wäldern, Höfen und Minen flossen dem Abt alljährlich gewaltige Summen zu. Auch waren dem Burrus in den letzten Jahren einige vermögende Stifter zugelaufen, teils der Pest halber, teils wegen der Tafelfreuden, die zu Maulbronn die Askese versüßten. Und bestimmt hatte auch Kurfürst Philipp etliche Truhen Goldes den Neckar hinabgesandt, ehe der Abt bereit war, sein Kloster kurpfälzischem Einfluß zu unterwerfen. Und doch ließ sich selbst aus solchen Quellen eine so fürstliche Hofhaltung schlechterdings nicht bestreiten.

Der neue Abtsaal nahm einen Gutteil des Obergeschosses ein. In seinen Abmessungen dem einstigen Krankensaal ähnlich, wo Burrus so viele Abende mit seinem Vorgänger Michael selig verbracht hatte, übertraf er doch selbst die Räume im Marienbau an Raffinesse und Pracht. Unter der hohen Decke, die gleich einem Fischernetz gefältelt und gerafft war, schwebten in fleischfarbenem Fresko die Engelscharen, von denen Burrus seit Jahr und Tag phantasiert hatte. Der alte Geruch nach Moder und Siechtum war ungleich frischeren Düften gewichen – nach Mörtel und Farben und sogar nach garem Federvieh. Denn soeben wankten knieweich die Küchenknechte herein, um den ersten Gang aufzutragen – Kapaun, in Würzbrühe gesotten, nebst neuindischen Schoten in leuchtendem Gelb und Rot.

Das Herrenhaus schloß sich mit seinem südwestlichen Eck direkt an den Marienbau an, der seinerseits eine Brücke zwischen Herrenhaus und Klausurbau bildete. Wer im Abtsaal unter den hohen Südfenstern saß und sich nur ein wenig den Nacken verrenkte, konnte ergiebige Blicke durch das Stirnfenster des Skriptoriums tun, wo die vermögenden Novizen des Herrn Burrus in wahrlich beneidenswerter Zahl ihre Häupter über die Lesepulte beugten. Vor Jahr und Tag war der langgezogene Saal noch nahezu kahl gewesen. Nun jedoch bedeckten Bücherborde die Wände, und der Abt von Waldsassen mußte zweimal neu ansetzen, bis er die wahre Zahl der Studierpulte dort drüben errechnet hatte: nicht weniger als zwölf. Selbst vor dem kalligraphischen Quadrat nahe der Treppe, die hinab zur Marienkapelle führte, hatte der Bruder Bibliothekar ein Stehpult für lernbegierigen Mönchsnachwuchs gerückt, so daß die eigenartige Inschrift *»amor et cellarium non patitur socium«* nahezu verdeckt war.

Aus annähernd fünfzig vergoldeten Rahmen lächelten oder sinnierten die einstigen Äbte von Maulbronn auf die Tafelnden herab. Auch ihre altersdunklen Porträts hatte Messer Pisoretti mit ein wenig Weingeist behutsam aufgefrischt. Selbst Adalbert von Diffengrund schien seither milder dreinzuschauen, ungeachtet des Umstands, daß der Klosterschatz, den er vor bald hundert Jahren verborgen hatte, noch immer unauffindbar schien.

Baumeister Krahlis saß zur Linken des Inquisitors und schien an seiner düsteren Nachbarschaft wenig Anstoß zu nehmen. Dagegen hatte sich Pisoretti wie stets entschuldigen lassen, seines heiklen Magens halber, der so viele heilige Herren auf einem Haufen nicht vertrug. Mit weitschweifigem Eifer erläuterte Krahlis dem Herrn Parzer seine goldenen Maßwerksregeln, was den Hexenjäger ersichtlich sehr verdroß. »Auf zwei Ellen steinernes Geschnörkel rechnet deren vier an massivem Mauerwerk, Herr, sonst – wie sag' ich's – verstrickt Ihr Euch im niedersackenden Deckennetz.«

Der Inquisitor zückte sein Messer, ohne mit mehr als einem Knurren zuzustimmen, und Krahlis warf die Schneckenlocken über die Schulter und tat es ihm nach. Während die hohen und heiligen Herren dem Geflügel zusprachen, sich auch den pfälzischen Weißen munden ließen, flogen immer wieder verstohlene Blicke zum wohl berühmtesten Gast in der Tafelrunde, der zwischen Burrus und dem Inquisitor saß. Denn natürlich war auch Paulus Nigrethius erschienen, von pergamentenerem Aussehen denn je. Wohl jeder in der Runde wußte, daß er ein enger Vertrauter des Herrn Burrus war. Doch der Verdacht, der seit Monaten über dem Abt von Spornstein schwebte, wurde mehr und mehr auch für seine Gefährten zur Gefahr. In Episteln, die zwischen Mönchen und weltlichen Gelehrten zirkulierten, wurde Nigrethius einer Vielzahl von Vergehen bezichtigt.

Ein Gutteil der Kirchenautoren, die er in seinem Katalog »De scriptoribus ecclesiasticis« aufführe, sei niemals hienieden gesichtet worden. Ehrwürdigen Kirchenvätern wie Augustinus oder Thomas von Aquin habe er Aussprüche in den Mund gelegt, die den heiligen Männern nie über die Lippen gekommen oder aus der Feder geflossen seien. Selbst eine erkleckliche Zahl von Urkunden, die Besitzansprüche seines Klosters belegten, habe der Abt von Spornstein eigenhändig gefälscht. Am schwersten aber wog der Vorwurf, der auch die witternden Nüstern seines Tischnachbarn Jakobus Parzer möglicherweise erklärte – der Verdacht nämlich, daß der Herr Paulus ein Zauberer sei und Umgang mit Höllengeistern pflege.

In einem Brief an den Karmeliter Bostius hatte sich Nigrethius just an Karfreitag gebrüstet, daß er alle erforderlichen Formeln und Zeremonien kenne, um die Geister der Nacht herbeizuzwingen. Zwar sei ihm brennend bewußt, daß ein Christenmensch, der sich dem Satan verbünde, zu ewigen Höllenqualen verdammt sei. »*Anders, guter Freund, stehen die Dinge indessen, wenn Ihr Euch einen Halbteufel unterjocht, der mit dem verdorbenen Samen Satans gezeugt worden ist: Ihn könnt Ihr zum Höllenbund pressen ohne Gefährdung eigener Seligkeit. Und nun malt Euch die Möglichkeiten aus, die sich eröffnen würden, wenn ein kundiger Kirchenmann und sein frommer Vertrauter einen solchen jungen Halbteufel geschirrt und abgerichtet hätten und er ihnen als gefügiges Höllenvieh so viel Gold vor die Füße scheißen müßte, wie sie für ihre gottgefälligen Werke gerade brauchen.*«

Zur Beschwernis des Herrn Paulus war jener Bostius vor Erhalt der Epistel am Schlagfluß verschieden, und sein Abt und Beichtvater hatte den Brief geöffnet und seinen Argwohn bestätigt gesehen. Bruder Bostius hatte seit längerem ein allzu warmes Interesse für die okkulte Philosophie gezeigt, und wohin solche Irrwege führten, ging mit betrüblicher Klarheit aus dem Brief des Nigrethius hervor. Obwohl sich allerdings und andererseits aus der Epistel nur wenig Handfestes folgern ließ. Nigrethius hatte seinen Brieffreund zu einem heiklen Gedankenspiel eingeladen, das schien im Grunde schon alles zu sein. Und sonderbar war nur, daß dieser Spekulation gewisse Maulbronner und Spornsteiner Verhältnisse nur allzu genau entsprachen.

Hinter dem kundigen Kirchenmann und dem frommen Vertrauten schienen sich demnach Paulus Nigrethius und Johannes Burrus zu verbergen. Der unterjochte Halbteufel konnte kein anderer als jener Georg Faust sein, von dem seit jeher die Rede ging, daß er vom schwarzen Tier gezeugt worden sei. Und die gottgefälligen Werke, für die der Satan durch besagten Faust herbeigezwungen wurde, waren eben die maßlos prächtigen Bauten zu Maulbronn und die kaum weniger kostspielige Narretei des Herrn Nigrethius, der jeden Gulden aus seiner Klosterschatulle für Bücher und Manuskripte aus den entlegensten Bibliotheken des Abendlandes vergeudete.

Nach dem zweiten Gang, Eier auf hölzernen Spießen, erhob sich Burrus und hielt unter erklecklichem Schnaufen eine kurze Ansprache. Darin lobte er sich selbst und den Allmächtigen, Meister Krahlis und Messer Pisoretti und bat zuletzt die ehrwürdigen Herren um Nachsicht, daß man sie diesmal bloß mit einer geringen Jause abspeisen werde – »der trabenden Not halber«, fügte er hinzu und blinzelte verständnisheischend. Aber da hatte man ohnehin schon begriffen, wenngleich mit stillem Bedauern – im Land ging der Hunger um, die Leute kauten die Borke von den Bäumen und brachten sonntags allenfalls noch gebratene Ratten auf den Tisch. Und so mußte man sich selbst in Maulbronn für einmal mit schmaler Kost bescheiden.

Unter beifälligem Murmeln sank der Abt auf seinen Sessel zurück. Er machte von Hasselperg ein Zeichen, und gleich darauf trugen die Küchenknechte Platten mit Schweinsköpfen in saurer Sauce herein, dazu Rebhühner, mit Weißbrot gefüllt, in Öl gesottene Brezeln und bauchige Krüge voll Burgunderwein. Die Überraschung schien geglückt, die Stimmung der heiligen Herren stieg, zumal auf die Schweinsköpfe und Rebhühner ausgelöstes Wildeberfleisch in schwarzer Sauce folgte.

Wenig nachdem die Glocken zur Sext verhallt waren, trat Thomas von Hasselperg neuerlich in den Saal. Die Mehrzahl der heiligen Herren sah ihm erwartungsfroh entgegen, denn der Auftritt des Küchenmeisters schien weitere Gaumenwonnen zu verheißen. Doch der wohlbeleibte Konverse nickte nur entschuldigend in die Runde, eilte zur Stirnseite der Tafel, wo Burrus unter dem Gemälde des Diffengründers thronte, und führte seinen Mund neben das linke Ohr seines Herrn.

»Der Satan bald ist da«, meinten einige der Umsitzenden zu vernehmen und wisperten das Gehörte ungesäumt weiter. Denn zur schwarzen Botschaft paßte, daß Burrus stark erbleichte und mit bebender Hand nach seinem Kruzifix griff.

Man wechselte klamme Blicke. Die Wortfolge blieb sonderbar, doch bei so heikler Zeitung konnte selbst ein im Glauben gefestigter Laienbruder wie Thomas schon mal ins Haspeln geraten. Und ein jeder in der Tafelrunde, der je von den Gerüchten um Burrus und Nigrethius und ihren Halbteufel Faust gehört hatte, folgerte sogleich, daß der Küchenmeister seinem Abt eine Satansbeschwörung gemeldet hätte.

Dabei befremdete die familiäre Art der Mitteilung fast noch mehr als ihr offenbarer Gegenstand – es klang in der Tat beinahe so, als ob das halbe Kloster an Teufelsmessen teilhätte und notfalls eben der Küchenmeister einspränge, wenn der Abt von Maulbronn einmal gehindert war, die lästerliche Litanei zu zelebrieren.

Der Satan bald ist da.

In stiller Hast schritt man zum gesülzten Hecht, sprang zum Weichselmus mit Nüssen über und endete aufatmend beim Konfekt. Die Äbte von Waldsassen und Bebenhausen tauschten Blicke unter hochgezogenen Brauen, die Vorsteher von Schönthal und Herrenalb murmelten Bitten um himmlischen Beistand. Derweil schaute Jakobus Parzer über bebenden Nüstern so düster drein, als ob er im Geiste schon die Klage gegen Burrus und den mitverschworenen Nigrethius diktierte. Auch die Kirchenfürsten von Mainz und Trier blickten bloß noch steinern an Ihrer Herrlichkeit Meyer von Speyer vorbei, der sie an diesen Teufelsort gelockt hatte.

Lebkuchen und Pralinen kauten die heiligen und hohen Herren in unheilvollem Schweigen. Vom Skriptorium her hörte man zuweilen den Bruder Bibliothekar einen Tadel schnarren, wenn ein Novize gewagt hatte, das Schweigegebot zu durchbrechen. Doch selbst der Studiensaal voll jugendlicher Mönchsanwärter aus den edelsten Kurpfälzer Familien erschien manchen Äbten geringerer Klöster mit einem Mal wie eine Theaterbühne, die Burrus vor ihnen aufgebaut hatte, um hinter den Kulissen desto ungestörter die Hölle zu beschwören.

58

»Aber ich bitte Euch, Nigrethius, versetzt Euch doch in meine Lage. Gerade jetzt kann ich den Scholar durchaus nicht gebrauchen. Bedenkt nur, der Edle von Simmerle ist drauf und dran, mir seine Alb samt Jagdschloß und Weinberg zu stiften. Aber erst letzte Woche hat er mich wieder gefragt, was es mit den Gerüchten um jenen Faust auf sich habe. Ob es zutreffe, daß der Kerl hier im Kloster ein- und ausgehe, und ob er, der Edle, nicht Gefahr laufe, durch den bösen Blick des Scholaren verhext zu werden.«

Außer Atem hielt Burrus inne. Der Abt von Spornstein hatte auf sofortige Unterredung gedrungen, und so hockten sie noch zur Mitternacht in der neuen Studierstube, die Burrus sich neben dem Abtsaal eingerichtet hatte. Hier gedachte er künftig an jedem Abend seine Gedanken der Klosterchronik anzuvertrauen, und hier saß ihm nun allerdings der Herr Paulus so reglos gegenüber, als wollte er für den Rest der Nacht im Sessel verharren.

Bis auf Nigrethius waren alle Gäste, die Burrus zur festlichen Weihe des Herrenhauses eingeladen hatte, noch vor der Abenddämmerung wieder aufgebrochen – ein wenig überstürzt, das ließ sich nicht verhehlen, und dennoch war es eine glanzvolle Feier gewesen. Selbst die Mißgünstigen hatten kaum verbergen können, wie tief sie beeindruckt waren und wie sehr sie ihn um seiner Visionen und seiner Tatkraft willen bewunderten. Mochten den Klöstern im ganzen

Abendland die Mönche und Untertanen davonlaufen – wie Bernhard von Clairvaux vor bald dreihundert Jahren würde notfalls auch Johannes von Maulbronn allein sich dem Niedergang entgegenstemmen.

»Aber ich brauch' ihn, Burrus, gerade jetzt«, raunte Nigrethius mit äschernem Stimmklang. »Ihr wißt so gut wie ich, wie dreist meine Widersacher mich bedrängen. Euer Wunsch war es doch, den Halbteufel mit okkulter Gelehrsamkeit zu mästen, und nun sitzen mir die Gläubiger im Nacken und fordern ihren Lohn für die kostbaren Schriften, die ich Euch aus Rom und Byzanz herbeigeschafft habe. Ich muß ihre Forderungen befriedigen, Burrus, sonst schwemmt mich der Strom aus Schulden und Beschuldigungen bald hinweg. Also holt nun den Faust herbei, ich bitte Euch abermals. Und befehlt ihm, neuerlich seinen Höllengeist zu beschwören, wie er's ja nach Eurem Zeugnis schon einmal vollbracht hat.«

Doch Burrus schüttelte nur stumm und beharrlich sein Haupt. Längst hatten ihn ja Zweifel befallen, ob es nicht ohnehin ein allzu kühner Plan war, die Hölle zu stacheln, um den Glanz des Allmächtigen zu mehren. So war er im Grunde nicht unfroh gewesen, als der Scholar davongezogen und Jahr um Jahr ausgeblieben war. »Ihr habt es selbst gesehen«, sagte er endlich zu Nigrethius, »im Skriptorium sitzen meine Novizen, und wir können den Faust doch nicht vor aller Augen durch die Geheimtür hinab ins Labor führen. Und wenn er dann den Marbuelis beschwören würde – Ihr macht Euch keine Vorstellung von dem Gestank und Donnerkrach, mit dem so ein Höllengeist zur Erde emporfährt. Nein, es geht nicht.«

Darauf schwieg Nigrethius, offenbar wußte nicht einmal der Vielbelesene den Einwand gleich zu widerlegen.

Wenn er erst alle anderen Quellen gänzlich ausgeschöpft hätte, dachte derweil Burrus, könnte er immer noch auf seinen Halbteufel zurückgreifen – solange er die Mutter des Scholaren in Gewahrsam hatte, mußte Faust zurückkehren, wenn er es wünschte, und sich auch allen weiteren Befehlen fügen. Aber es hieße ein gottfrommes Werk ohne Not zu gefährden, würde er gerade jetzt dem Drängen des Nigrethius nachgeben. Seine Truhen waren wohlgefüllt mit dem Gold der Stifter, und was den Abt von Spornstein anging – seine

Gläubiger konnte Nigrethius durch Gold zum Schweigen bringen, jene aber, die ihn des Betrugs und der verbotenen Zauberei bezichtigten, sicher nicht. Und wenn der Herr Paulus schon stürzen mußte, war es ohnehin klüger, ihm nicht auch noch die Hand zu reichen und sich mit hinabreißen zu lassen in einen Strudel aus Verleumdung und Verdacht.

»Wenn erst Philipps Soldaten wieder abgerückt sind, das immerhin will ich Euch heute zusichern«, sagte Burrus, um die leidige Sache endlich abzuschließen und um dem Abt von Spornstein doch noch ein wenig entgegenzukommen, »dann richte ich dem Scholaren im hintersten Trutzturm ein neues Labor ein. Und wenn er dort vor Tag und Tau die Hölle beschwört, wird kein Novize und kein Stifter sich dran stören.«

»Und wann wird das etwa sein?« Der Abt von Spornstein beugte sich in seinem Sessel so weit nach vorn, als ob er sein pergamentenes Haupt auf die ungeheure Schenkelmasse seines Gegenübers betten wollte.

»In zwei Jahren, dünkt mich, oder allenfalls drei.«

Eure Verlogenheit, alter Gefährte, stinkt bis zum Himmel, dachte Paulus Nigrethius, und über eure Feigheit müssen die Teufel noch im hintersten Winkel der Hölle die Nase rümpfen. Doch wenn Ihr nicht mehr mittun wollt, so schirre ich mir den Satansbalg eben allein. Er erhob sich und schritt leichtfüßig zur Tür. »Ihr handelt, wie Ihr handeln müßt. Ehe Euch der Halbteufel die Stifter verscheucht, schickt ihn am besten bald wieder fort.«

Der Abt von Maulbronn blinzelte zustimmend. »Gleich morgen will ich ihn unterweisen – solange mir Philipps Wehrknechte im Nacken sitzen, ist hier kein Platz für ihn.«

»Aber Ihr hegt keine Zweifel, was seine magische Kraft angeht?« Wie vor bald einem Jahrzehnt deutete Nigrethius auf den Boden und ließ seinen federkieldürren Finger langsam in die Waagrechte steigen.

»Zweifel?« Burrus schüttelte den Kopf, daß seine Kinnwülste wie Pudelohren flogen. »Vor meinen Augen hat er den Marbuelis beschworen und den Höllengeist genötigt, ihm die Pfanne mit Gold zu füllen.«

»Und Ihr habt wahrhaftig alles mitangesehen?«

»Nun, fast alles.« Burrus fingerte nach seinem Kruzifix, fand es in der Furche zwischen Wanst und Brüsten und umschloß den Erlöser fest mit seiner rechten Hand. »Ehe es zu arg wurde, bin ich hinaus, doch als ich zurückkam, brodelte in seinem Topf das teuflische Gold.«

»Er könnte Euch betrogen haben«, wandte Nigrethius ein. »Er wäre nicht der erste, der heimlich das Gold hinzugießt, das nachher in seiner Pfanne gleißt.«

Burrus blinzelte heftiger. »Ihr habt das Grollen aus der Tiefe nicht gehört«, sagte er, und seine Stimme bebte. »Das Donnern und Brüllen – und wenn Ihr den Thron des Marbuelis gesehen hättet, der neben dem Athanor stand, ganz und gar aus wimmelndem Gewürm ...«

Nigrethius schloß kurz die Augen. Nein, auch er hegte keinen Zweifel. Wie oft hatte er sich ausgemalt, bei einer solchen Beschwörung zugegen zu sein. Nun, vielleicht würde es schon bald dazu kommen.

Er hob die Lider und nickte dem ungetreuen Burrus zum Abschied zu. »Der barmherzige Gott sei mit Euch.«

»Gehet hin in Frieden, Nigrethius.«

»Wie es mich beglückt, geliebte Mutter, wieder bei Euch zu sein. Und wie wunderbar, auch dich wiederzusehen, mein Lenchen. Euch beide zu umarmen, mich mit eigenen Augen zu überzeugen, daß es euch wohl ergeht.«

Der Morgen dämmerte bereits, und sie saßen noch immer in der Kammer der Faustin beisammen und erzählten einander, was ihnen in den zurückliegenden Jahren widerfahren war. Aufmerksam hatte Faust die Engel angesehen, die die Mutter seit seiner Abfahrt vor bald drei Jahren gemalt hatte.

Lachend und jauchzend hatte sie ihn umarmt und lange nicht wieder loslassen wollen. Noch immer kam sie ihm kaum gealtert vor, ja mit den Jahren schien sie wahrhaftig immer jünger zu werden. Endlich war es ihm gelungen, sich von ihr zu lösen, und da hatte sich das Lenchen in seine Arme geworfen, schluchzend vor Wiedersehensfreude und Schmerz. Die Pest hatte Lissa hinweggerissen, schon im letzten Frühjahr war ihr Leichnam draußen vor der Stadt in einer

Grube verbrannt worden. Und Lenas Trauer war wie eine Mauer, die ihr seither den Himmel verbarg und düstere Schatten auf sie warf.

Auch der kleine Munkel lachte und weinte viel in dieser Nacht. Die Faustin hatte ihn gleich in ihr Herz geschlossen und küßte und umsorgte ihn, als ob es ihr Knabe wäre. Dagegen hatte Lena das Kerlchen zuerst bloß mit scheuer Zärtlichkeit angesehen und schließlich unter Tränen ausgerufen: »Als du zur Tür hereinkamst, mein Faust, mit dem Kleinen auf deinen Schultern – da dachte ich, du hättest das arme Jorgele zurückgebracht!«

Und Faust tröstete sie und fand seinerseits Trost in Lenas sanften Armen. Von der Herzogsschwester Constanzia erzählte er ihnen in dieser Nacht und ließ nur die Zofe Oda beiseite. Vom schwäbischen Heerlager, von Krieg und Verblendung, von dem Fieber, das ihn nach Konstanz befallen, und von der Heilerin Klara, bei der er Zuflucht gefunden hatte. Lena sah ihn forschend an, aber diesmal brauchte er vor ihrer eifersüchtigen Seele keine Herzenshändel zu verbergen. Von Klaras Marienhöhle erzählte er mit dankbarer Andacht, und nach einem Moment des Erschreckens begriff die Siebenschöpf desto freudiger, daß er bloß von einem Felsloch sprach.

Über dem Klostergeviert ging die Sonne auf. Munkel lag zusammengerollt im Bett der Faustin, sein Antlitz noch im Schlaf zerfurcht von einem Kummer, der nie von ihm zu weichen schien. Lächelnd standen die beiden Frauen neben dem Bett und schauten zu, wie der Kleine sich im Schlaf eine bequemere Lage suchte. »Wir haben alle deine Sachen aufgehoben«, sagte Lena. »Ich meine – alle Kleider, die du als Knabe getragen hast, mein Faust.«

Sie ging zu dem Kasten unter der Fensterluke und kehrte gleich schon mit den Gewändern zurück, die der Küfer ihm zu seinem sechsten Geburtstag überlassen hatte. Nach einem flüchtigen Blick hatte Faust alles wiedererkannt, und der Hals krampfte sich ihm zusammen.

Die Faustin klatschte in die Hände und wollte dem schlafenden Munkel gleich alles überstreifen. Aber Faust mochte es nicht dulden. »Besser als die Lumpen, die er derzeit am Leib trägt, sind die alten Sachen schon«, sagte er, »und trotzdem will ich nicht, daß Munkel den Küferkram anzieht.«

Er nahm Lena die abgenutzten Gewänder aus den Händen, hielt sie ins Licht und ließ sein altes Lachen ertönen. »Ich verspreche euch hiermit«, sprach er, »auch dir, Munkel« – denn der Kleine war über dem Palaver aufgewacht und blinzelte schlaftrunken zu den Leuten hinauf, die sich über ihm graue Gewänder hin- und herreichten. »Munkel wird neue Kleider bekommen, noch heute will ich mit ihm zum Schneider in Knittlingen oder Bretten gehen. Und das soll überhaupt erst der Anfang sein, meine Lieben.« Er sah von einer zur anderen und dann wieder zu Munkel hinunter, der sich im Pfühl aufgesetzt hatte und mit großen Augen zu ihnen aufblickte. »Ich bin gekommen, um euch nach so vielen Jahren einmal wieder zu umarmen, aber ich bin nicht hier, um lange zu bleiben. Ich muß wieder hinaus, so rasch wie der Herr Burrus mich irgend ziehen lassen will. Denn was ich Euch einst verheißen habe, liebe Mutter, und ebenso dir, mein Lenchen, das will ich nun endlich ausführen. Ich muß hinaus, um zu Ansehen und Vermögen zu gelangen und mein eigener Herr zu werden, der die Seinen in der Sicherheit und Bequemlichkeit seines eigenen Hauses beherbergen kann.«

In seiner Rührung hätte er ihnen beinahe auch noch vom Schloß Albling erzählt und von seinem Traum, das verwaiste Anwesen eines Tages sein Eigen zu nennen. Aber die Siebenschöpf sah ihn ohnehin schon mit solcher Bestürzung an, daß er es vorzog, keine weiteren Pläne zu offenbaren.

»Du bist gerade zurück und willst schon wieder davon?« Die winterblauen Augen füllten sich mit Tränen. »Und was wird aus mir, mein Faust?«

Er zog sie an sich und küßte sie zärtlich. »Es ist nicht für lange, ich versprech's dir, mein Lenchen«, flüsterte er ihr ins Ohr. »Und wenn ich das nächste Mal komme, führe ich dich und die Mutter an einen Ort, wo wir alle unbehelligt leben können.«

Seine erste Nacht in der neuen Schlafkammer verbrachte Burrus ebenso wie unzählige vorher in seinem alten Gemach. Die Stunden verrannen, und er fand keinen Schlaf. Er lag auf dem Rücken, die Füße auf übereinandergestapelten Kissen ruhend, damit das Wasser aus den unförmig geschwollenen Fußgelenken abfließen konnte. Die

Beine so weit wie irgend möglich gespreizt, so als ob er im Begriff wäre, ein Kind zu gebären. Und wahrlich ähnelte die feste Burg seines Fleischs mehr und mehr dem Leib eines hochschwangeren Weibes. Die Brüste so voll, als ob bereits die Muttermilch eingeschossen wäre, der Wanst zu einem ungeheuren Ballon aufgewölbt. Und was ihm darunter, eingepfercht zwischen Bauch- und Beinfleisch, schlaff und fremd aus dem Leib hing, schien ihm zuweilen eher eine Neugeburt Mariae als die alte Schlange Adams zu sein.

Solche Verwirrung befiel ihn allerdings bloß in unruhigen Träumen, wenn er zwischen Wachen und Schlaf auf seinem Bett lag und dem holprigen Hasten seines Herzens lauschte. Der gurgelnden Mühsal, mit der ihm der Atem durch die Kehle ein- und ausfuhr, Schleimtröpfchen mit sich riß und unterwegs wieder verlor. Dem Gemurmel seiner Seele, die wie ein verstörter Vogel durch die Gewölbe seiner Erinnerung irrte. Mal fand er sich in jener Essignische wieder, und unter seinem Steiß brach das schwarze Tier hervor und warf sich mit hellem Belfern auf die Küchenmaid. Mal geriet er in jenes Ruinenkloster seiner frühesten Knabenzeit, und die Mönche heulten Gebete zu Mond und Eule empor und umtanzten ihn, die Krone aus verschrumpften Lederfingern auf dem Haupt. »Mohammed, Mohammed«, schrien die Mönche, vollführten Gebärden unter ihren Gürteln, als ob sie Würste zerschnitten, und Burrus fuhr mit einem Stöhnen aus dem Halbschlaf auf.

Der Morgen dämmerte bereits. Von seinem Bett aus konnte er durch das köstlich mit Maßwerk durchsetzte Bogenfenster hinaus auf den nördlichen Wehrwall sehen, und auf dem First hockte jener abscheuliche schwarze Vogel, der ihn seit so vielen Jahren immer wieder heimsuchte.

Seit der Halbteufel im Kloster ein- und ausgeht, durchfuhr es ihn. Reglos lag er da, mit gespreizten Beinen und hochgestützten Füßen wie eine Gebärende, und spähte über die Wülste seines Wanstes hinweg zu dem funkelnden Federvieh. Sorgsam prüfte er seine Erinnerung und kam endlich zu dem Schluß, daß es sich so und nicht anders verhielt. Als Faust im Knabenalter zum erstenmal ins Kloster gekommen war, hatte ein solches riesenhaftes Schwingentier auf der Mauer gegenüber dem alten Abtsaal gesessen und mit einem Auge zugesehen, was zwischen Abt und Satansbalg geschah. Und so war es wieder und wieder gewesen – das Vieh flog herbei, wenn Faust ins Kloster kam, und verschwand, wenn der Halbteufel das Weite suchte.

Im Liegen tastete Burrus nach seinem Kruzifix und fand es zwischen seinen Brüsten. Barmherziger Gott, ich bitte Dich, sende mir ein Zeichen. Ist es Dein Wille, daß ich den Halbteufel Faust weiter unter meinem Joch halte, um dereinst Deinen Ruhm durch ihn zu mehren? Oder soll ich ihn von mir jagen und stoßen für alle Zeit? Er schloß die Augen, seine Lippen bewegten sich in stiller Zwiesprache. Wieder und wieder flehte er den Herrn im Himmel an, ihm den rechten Weg zu weisen.

Als Burrus die Lider wieder hob, war der schwarze Vogel verschwunden. Er beschloß, es als das erflehte Zeichen anzusehen. Mit der Kraft seines Glaubens vermochte er den Satan noch immer aus seinem Kloster zu verbannen, ob der Halbteufel Faust nun gerade zugegen war oder nicht.

Mühevoll hob er seine Füße von den aufgetürmten Pfühlen und rappelte sich auf. Ehe der Edle von Simmerle gestiftet hätte und die Heidelberger Reisigen wieder abgezogen wären, konnte er den Halbteufel durchaus nicht gebrauchen. Aber mit Krahlis hatte er bereits vereinbart, daß sie noch in diesem Frühjahr mit dem Neubau des Winterrefektoriums beginnen würden, und wenn auch dieses Werk vollbracht wäre, würden sie sich ans Allerheiligste wagen, die köstlichste Kathedrale der Christenheit. In zwei Jahren oder allenfalls dreien würden seine Truhen also wieder leer sein, und dann wäre es gute Zeit, Faust zurückzurufen, damit er den Marbuelis herbeischrie und der ihm den Keller mit Höllengold füllte.

Während der Abt sich alles aufs angenehmste zurechtlegte, watschelte er die Treppe hinab, deren rosengranitene Stufen so kühn geschwungen waren wie die Augenbraue des heiligen Georg. Stöhnend durchmaß er die gewaltige Halle und legte im Gehen den Kopf zurück, um neuerlich das Netzgewölbe anzuhimmeln. Da stieß sein Fuß gegen eine Hürde, und Burrus blieb stehen und senkte sein Haupt, so tief es gehen mochte in den fleischernen Kragen seines Kinns.

Was er zu sehen bekam, schien ihm so wenig glaublich, daß er heftig blinzelte und mehrere Schritte zurückwich, um die Erscheinung genauer ins Auge zu fassen. Eine winzige Kreatur, nicht größer als ein Foliant. Unter dünnen Haaren von unbestimmbarer Farbe schimmerten nahezu durchscheinende Schädelknochen hervor. Das Geschöpf war dürr wie eine Winterdistel und nur mit ein paar löchrigen Lumpen behängt. Die Haut darunter war krankhaft bleich und grau gesprenkelt wie schmutziger Schnee. Aus übergroßen, wasserhellen Augen sah der Winzling zu Burrus auf, während seine mageren Arme rätselhaft anmutige Gebärden vollführten.

»Verzeiht, das ist mein Munkel, Herr«, erklang es von der Tür her, und als Burrus aufblickte, stand vom Morgenlicht übergossen der Scholar vor ihm.

Er schien dem Abt noch höher gewachsen als ehedem. Sein Antlitz war schmaler geworden, die Falten von der Nase zu den Mundwinkeln hatten sich tiefer eingekerbt. Das Blond seiner Haare und des nachlässig gestutzten Bartes funkelte golden. Doch tausendmal heller brannte sein Augenblau.

»Sein Munkel?« echote Burrus. »Hat Er die Kreatur etwa frevlerisch gefertigt vermittels Seiner Alchimie?«

Da fuhr Faust sein altes Lachen aus der Kehle, und die Flammen in seinen Augen tanzten. Der brennende Blick ließ Burrus an die Mönche seiner frühesten Knabenzeit denken, die vom Pfad der rechten Frömmigkeit abgeirrt und einem heiligen Irrsinn verfallen waren. Er leckte sich über die Lippen und tastete nach seinem Kruzifix. »Nun, Faust – hat Er denn jene Erde gewonnen, um deretwillen Er vor Jahr und Tag aufgebrochen war?«

»Noch nicht, Herr. Widrige Zeitläufte hinderten mich, bis nach Frauenfeld vorzudringen – erst war's der Krieg, dann die Pest.« Dunkel und wohltönend füllte der Klang seiner Stimme die weite Halle. »Aber wie bei Albert Magnus zu lesen ist, soll jener Lehm auch in den Bergen über Main und Kinzig zu gewinnen sein.« Er machte der knochigen Kreatur ein Zeichen, und das Kerlchen trippelte herbei. »Ich bin gekommen, Herr Burrus, Euch um Erlaubnis zu bitten – laßt mich zum Main hinaufreisen, und mit etwas Glück bin ich in ein paar Wochen schon zurück und kann Euch so viel Blei zu Gold umschaffen, wie Ihr irgend braucht.«

Nun, desto besser, dachte der Abt. Kurz erwog er, seine Erleichterung hinter gespieltem Grimm zu verbergen, verwarf den Gedanken aber gleich wieder. Fausts lodernder Blick lag auf ihm, und in diesem Moment schien es Burrus, als ob der Halbteufel selbst Gedanken zu lesen vermöchte. »Fahre Er nur getrost zum Main hinauf, Faust«, sagte er schließlich. »Seine Mutter mag im Gesindehaus verbleiben, wie es Ihm versprochen worden ist. Er selbst aber halte sich vom Kloster fern, bis wir Ihm ein Zeichen geben.«

»Ganz wie Ihr befehlt, Herr.« Faust verneigte sich und ließ abermals sein Lachen ertönen, und die Kreatur sprang auf seinen linken Stiefel und machte mit bekümmerter Anmut die Verbeugung ihres Meisters nach.

59

Klaras Phiolen klingelten wie eine reisende Marienkapelle, als Faust auf löchrigen Straßen nordwärts fuhr. Zu Anfang traf er oft tagelang keine Menschenseele. Die Höfe waren verfallen, die Weiler verwaist. Auf Kirchäckern wühlten Wildschweine in den Gräbern. Über verwucherte Felder staksten Raben in funkelnder Schar. Einmal fuhr er an einem Jagdschloß vorbei, und da schauten aus den Fensterhöhlen der einst wohl prunkvollen Halle zwei Hirsche mit gewaltigen Geweihen hervor.

Es erinnerte ihn an eine Legende, die er als Knabe gelesen hatte – von einem Zauberer, der den Leuten Hörner anhexte, wie es ihm gefiel. Doch die Hirsche dort drüben waren kein Spukvieh. Die Menschen schienen weithin ausgestorben, und statt ihrer zogen die Tiere in Hütten und Paläste ein.

Auf Messers Rücken ritt Munkel oft stundenlang neben dem Eselskarren her. Wenn er sich müde geschaukelt hatte, kletterte er hinten auf den Wagen und schlummerte zwischen den Puppen ein.

Räuber und Wegelagerer bekamen sie diesmal nicht zu Gesicht. Vielleicht hatte sich herumgesprochen, daß der Magier Faust alle Widersacher allein mit dem Brand seiner Augen bannen konnte. Oder es lag an den neuindischen Krähen, die ihn wiederum plagten, mal auf dem Sparrwerk hockten, mal als bunte Wolke über seinem Wagen kreisten. Oder auch die Räuber waren weiter nach Norden gezogen, denn südlich von Heilbronn lohnte bis auf weiteres kein Hinterhalt mehr.

Erst hinter Schwaigern wurde es langsam besser. Faust sah Bauern, die auf den Feldern säten, und sogar hier und dort eine magere Kuh auf der Weide. Allmählich belebte sich auch die Straße wieder, sie überholten Handwerksgesellen, die zu Fuß durchs Land zogen, und mußten ihrerseits vor Kutschen oder Reitern weichen.

Anfangs rumpelten sie in jedem Weiler auf den Anger oder Kirchplatz, und Faust schrie in Fenster und Schenken hinein, daß er ein Seher und Heiler sei, gekommen, um allerleuts Leiden zu lindern. Doch die Siechen und Bekümmerten strömten ihm bald schon in so überreicher Schar zu und sein Ruf wuchs so rasch, daß er beschloß, bloß noch größere Flecken und freie Städte anzusteuern.

Er legte seine Seherhand auf Schultern und Arme, Scheitel und Buckel und schaute jede Beschwernis, die sich auf Seelen und Leiber legen kann. Kummer und Würmer, Herzeleid und Blähdarm, Schlagfluß und Satansfurcht. Frauen erzählten ihm vertrauensvoll von der Trockenheit ihrer Schöße, Männer offenbarten ihm, daß ihr Gelüste stärker als ihr Gemächte sei. Greise hoben ihre Lider, die wie vorjähriges Laub aussahen, und die Augäpfel darunter waren quittengelb. Bucklige Mütterchen humpelten herzu und knüpften Tücher über offenen Schwären auf, darin es madenfahl wimmelte. Auch ihre Wiegenkinder schleppten die Leute herbei und flehten ihn an, den Feenzauber hinwegzunehmen, der machte, daß die Kleinen kränklich und mager blieben, wie oft die Mütter ihnen auch ihre Brüste boten.

Faust schaute und tröstete, und fast immer wußte er Linderung und Rat. Er hieß die Beschwerten, Klaras Elixiere auf Zungen oder Schwären zu träufeln, auf die Eichel welker Mannheit oder zwischen die geheimen Lippen dörrer Weiberschöße. Tinkturen gegen Würmer verschrieb er und Salben gegen eitrigen Aussatz, Tropfen für trübe Augen, Elixiere zur Erleuchtung des Geistes und zur Aufhellung der Seele. Und nur wenn jemand wünschte, daß seine zerbrochenen Knochen zusammengefügt oder daß ihm der Leib geöffnet würde, um brandiges Fleisch herauszuschneiden, so schickte Faust ihn mit ein paar begütigenden Worten fort. »Dafür mußt du dir einen Wundarzt suchen«, sagte er dann, denn nur wer ein fürstliches Privileg besaß, durfte die Leiber der Lebenden öffnen.

Ohnehin verspürte er wenig Drang, mit Messer und Säge durch Menschenfleisch zu schneiden, wie der Bauer mit dem Pflug durch den Ackerboden grub. Vermittels seiner Seherhand schaute er Ort und Art der Beschwernis, ob sie nun im Herzen oder in der Galle saß, ob Lebenskraft in rotem Strom und goldener Ergießung ungehemmt durch Fleisch und Adern floß oder die schwarzen Säfte überwogen. Dann nämlich drohten Erstarrung, Trübsal oder gar ein früher Tod, doch auch hier wußte der Heiler Hilfe: Klaras Lebenselixier.

Kaum weniger als seine Sehergabe und die Phiolen der einstigen Nonne trug sein winziger Gehilfe zu dem Ruf bei, der Faust bald schon wie ein Strahlenkranz umgab. Auf der Puppenbühne auf- und niedertrippelnd, unter der zurückgeschlagenen Plane, hieß Munkel mit anmutigen Gebärden jeden willkommen, der zum Eselswagen drängte, um dem seherischen Heiler seine Beschwernis zu Füßen zu legen. Mit einem Ausdruck schmerzlichen Ernstes lauschte der Kleine, wenn die Leutchen stockend ihre Leiden schilderten oder wenn Faust ihnen die Linke auflegte und bei gesenkten Lidern die Diagnose stellte.

Wer bis dahin gezweifelt hatte, daß ein so kümmerliches Kerlchen, ob nun dem Schoß eines Weibes oder der gläsernen Mutter entsprossen, gelehrte Rede begreifen könne, der sah sich nun aufs Lieblichste widerlegt. »Das Lebenselixier, Munkel«, sprach der Meister etwa, und schon lief der Kleine zur Steige voll Phiolen. Man vernahm ein Klingeln wie von tausend Silberglöckchen, dann kam Munkel wieder herbeigesprungen, eine Phiole mit milchig weißem Inhalt zwischen Fingern, die so dünn wie diesjährige Hollerzweige waren. Und auch beim Einstreichen der Münzen für Diagnose und Arznei zeigte sich Munkel stets so zartfühlend und gescheit, daß manch einer sich am liebsten noch einmal hinten angestellt hätte, nur um abermals zu sehen, wie der Kleine den Albus mit anmutiger Verneigung entgegennahm.

Niemals hatte Faust auch nur angedeutet, daß er den kleinen Munkel im alchimistischen Labor erschaffen hätte, und doch raunten und flüsterten es sich die Leute bald schon überall zu: »Seht nur, sein Homunkel.« So wie auch alle Welt überzeugt schien, daß in dem schwarzen Hund mit dem spiegelnd weißen Antlitz ein Dämon namens Messer hause, der dem jungen Zauberer allezeit folgen und dienen müsse.

Erst wenn er jegliche Kümmernis geschaut und gelindert hatte, zwirnte sich Faust meist die Schnüre um die Finger und ließ seine Puppen wie früher über die Holzbühne tanzen. Der Gehörnte schaute aus seinem Abgrund hervor und suchte den jungen Gerkas anzulocken. Der feiste Mönch Barnas legte ihm die Hand auf den Rücken und schob ihn mit Fleiß dem Höllenschlund zu. Die Mutter Nalida ließ sich lachend mit hin- und herziehen. Und Gerkas rief voll verzweifelter Sehnsucht nach Laria, der mächtigen Erzzauberin, die er so innig liebte und die allein ihn zu retten vermochte.

Doch statt der schönen Laria stellte sich eine Maid von abstoßender Häßlichkeit ein, mit schwarz verschrumpfter Lederhaut und froschhaft gekrümmten Gliedmaßen. In schamloser Blöße taumelte sie herzu, suchte Gerkas zu umhalsen und drängte ihre beinerne Punze gegen seine Lenden. Gerkas sträubte sich, doch die Teufelin wollte nicht von ihm lassen. Das Publikum seufzte und grauste sich mit dem jungen Zauberer, der sich endlich aus der Umschlingung befreien konnte und die Satansmaid hinab in den Höllenschlund stieß.

Brausender Applaus. Die Leute klatschten und trampelten und riefen nach dem Puppenspieler, und als Faust unter der Plane hervorsprang, schrien alle Ah und Oh und drängten sich noch näher heran. Munkel hatte unterdessen Zuflucht bei den Puppen gefunden, auch der Hund Messer sprang nun auf den Kutschbock, denn die Leute schwappten wie eine fleischerne Woge auf den Eselskarren zu.

Faust hob die Arme, die Flammen in seinen Augen loderten und tanzten. Der inwendige Dämon erwachte, der Abgrund zu seinen Füßen sprang auf, und die dunkle Glut quoll hervor. Doch er wußte nun, wie er den Dämon seinem Willen unterwerfen konnte. Niemals mehr wollte er wie früher hilflos mitansehen, wie der schwarze Geist die Herrschaft an sich riß. Faust senkte seine Lider und versetzte sich in die stille Dämmernis der Marienhöhle. Und da schloß sich der Abgrund unter ihm, und die dunkle Glut kroch in den Schlund zurück.

Als er die Lider wieder hob, verspürte er noch immer einen hellen Brand in seinen Augen. Die Leute drängten sich um ihn herum, stöhnend und seufzend vor Wonne, als ob ein engelgestaltiger Heiland vor ihnen stünde. Doch es war bloß ein milder Zauber, der sie in Verzückung versetzte, ihr Antlitz strahlen machte, ohne sie mit Verblendung zu schlagen und als fleischerne Riesenpuppen zu unterjochen.

So wie er die Satansmaid seinem Spiel einverleibt hatte, so hatte Faust nun auch gelernt, seinen inwendigen Dämon an den Schnüren seines willentlichen Ichs zu führen. Und sein Ruf wurde gewaltiger und strahlender mit jedem Tag, an dem er weiter nordwärts fuhr, den Neckar hinauf und den weiten Mainauen entgegen.

Im Mai erreichten sie Mosbach, und von dort bis hinauf nach Würzburg traf er bald jeden Tag Leute, die ihm von einem gewissen Doktor Faust vorschwärmten. Ein gelehrter Mann sei dieser Faust, noch schmal an Jahren, doch belesen für drei. Mit Rufnamen hieß er mal Jörg, mal Hannes und einmal sogar Heinrich. Nicht lange, da ging gar die Rede um, der junge Magier und Medikus habe zu Heidelberg die Heilkunst studiert und Theologie und Juristerei dazu. Und im Kloster zu Maulbronn sei er als Knabe ein- und ausgegangen, und der dortige Abt habe ihn alle Schriften durchforschen lassen, auch die okkulten Weisen und die Adepten der Alchimie.

Im Heerlager zu Konstanz, das erzählte bald jeder zweite, der jemals vom Magier Faust gehört hatte – am Bodensee habe er die Kaiserlichen zu Tausenden verzaubert, weil er ein Freund der Unterjochten und ein Widersacher der Fürstenknechte sei. Schon bei seinen allerersten Ausfahrten als Puppenspieler hatte er sich den Leuten stets als der weithin bekannte Faust vorgestellt. Und jetzt staunte er jeden Tag aufs neue über den hallenden Klang, den sein Name bis ins Fränkische hinauf nun wahrhaftig besaß.

Als Faust in Aschaffenburg eintraf, war der Juni bald vorüber, und der Maingrund brütete in der Sommerschwüle. Mit Bedacht hatte Faust seine Ankunft auf einen Freitag gelegt, denn tags darauf sollte auf dem Platz unter der Burg ein großer Wochenmarkt stattfinden.

Längst hatte er Gefallen an dem Spektakel gewonnen, das sein Erscheinen in Flecken und Städten nach sich zog.

Am Flößertor nannte er seinen Namen, und die Wächter wechselten beklommene Blicke, ließen den Zauberer mit all seinem Getier und Gezwerg jedoch anstandslos ein. Und noch während er seine Eselskarre durch die enge Fürstengasse lenkte, verbreitete sich die Nachricht vom Flößerhafen bis hinauf zur Burg: Der berühmte Magier und Medikus Faust sei in der Stadt und werde dem verehrlichen Publikum morgen auf dem Marktplatz eine Probe seiner einzigartigen Künste geben.

Für die Nacht mietete er eine Kammer im Gasthof zum Goldenen Ochsen. Sein Beutel war so reichlich mit Silbermünzen gefüllt, daß er nur noch selten auf eine bequeme und sichere Herberge verzichten mußte. Der Esel Tarock wurde im Stall des Gasthofs untergebracht, Messer nächtigte beim Wagen, um die Puppen und Phiolen zu bewachen. Faust aber legte sich mit Munkel zu Bett und verbrachte eine ruhige Nacht im weichen Pfühl.

Auch am nächsten Tag verlief zunächst alles so, wie er es mittlerweile gewohnt war. Der Wochenmarkt zog Bauern, Krämer, Käufer aus den Weilern und Höfen ringsum in die Stadt, und so drängten sich die Leute bald schon zu Dutzenden und Hunderten um seinen Wagen. Faust legte ihnen die Hand auf und schaute schwarze Ängste, steinerne Herzen oder verschrumpfte Begierden. »Munkel, die Herztinktur«, sprach er dann etwa oder sandte den Kleinen aus, Seelenelixier aus der Steige zu holen, Wundsalbe, Lebenselixier oder was sonst er den Beschwerten verabreichen wollte. Von seiner Burg herab ließ der Erzbischof gewaltig die Glocken dröhnen, doch Klaras Phiolen schienen den Leuten süßer in den Ohren zu klingeln – das Gedränge um den Eselswagen wurde immer ärger, während die heilige Messe an diesem Sonnabend nur mäßigen Zuspruch fand.

Längst waren Faust die drei hoffärtig dreinblickenden Männer aufgefallen, die wie Steinsäulen in der Menge standen und zusahen, was der Magier dort an seinem Eselskarren trieb. Schon in Heilbronn und Mosbach war er von städtischen Bütteln geplagt worden, die ihm namens der Obrigkeit untersagten, in ihren Stadtmauern fürderhin die Heilkunst auszuüben. Doch da er ohnehin meist am nächsten Tag weiterzog, war ihm Ärgeres als eine rauhe Mahnung bislang nicht widerfahren.

Diese Herren mit den glatt geschabten Wangen, hochmütig gelüpften Brauen und engen Gewändern in antikischem Schnitt waren indes gewiß keine städtischen Büttel. Ihre bleiche Haut und bucklige Haltung verrieten die Stubenhocker. In bald jeder Stadt saßen einige wohlgelittene Ärzte, die es verstanden hatten, sich mit der örtlichen Macht auf guten Fuß zu stellen. In Heidelberg oder Mainz hatten sie die Heilkunst studiert und achteten nun argwöhnisch darauf, daß keine durchreisenden Heiler ihnen die Kundschaft abspenstig machten. Zwar bedurften nur Wundärzte, die mit Messer und Dorn in die Leiber drangen, wohl auch brandige Gliedmaßen mit der Säge abschnitten, eines fürstlichen oder städtischen Privilegs, um ihr Blutwerk zu verrichten. Dem bunten Völkchen der Heiler, das den Leuten die Hand auflegte, sie durch Gesang oder Salben kurierte, mit Kräutertrank oder Zaubermurmeln traktierte, war es dagegen ohne besondere Erlaubnis freigestellt, seine Künste auszuüben. Doch wenn die ortsansässigen Ärzte die Stadtgewalt verhetzten, so blieb den fahrenden Leuten kaum anderes übrig, als vor den Knüppeln der Büttel zu weichen.

Von sechs Uhr früh bis zum Mittagsläuten und dann noch einmal drei Stunden bis zum Abenddämmer legte Faust an diesem Samstag bei dampfender Hitze den Beschwerten und Bekümmerten seine Seherhand auf. Die Phiolen klirrten unaufhörlich, wieder und wieder mußte Munkel zur Steige springen und Seelen- oder Lebenselixiere holen. Und während all dieser Stunden verharrten immer zumindest zwei der grimmig blickenden Männer in ihrer Nähe und schienen im Geiste zu notieren, was der fahrende Heiler diagnostizierte und verschrieb. Jedoch griffen sie nicht ein, und auch die städtischen Wächter marschierten zwar mehrfach mit gezückten Knüppeln am Eselswagen vorüber, ohne jedoch auch nur das Wort an Faust zu richten.

Als die Sonne sank, hatte er wohl fünf Dutzend Leuten die Hand aufgelegt, und der Silbersack mit den heute eingestrichenen Münzen war so prall gefüllt, daß Munkel ihn mit zwei Händchen kaum mehr zu heben vermochte. Und noch immer drängten sich unzählige

Bekümmerte vor der Karre und sahen den Doktor Faust in stiller Erwartung an.

»Für heute ist's genug«, sagte er zu den Umstehenden, »eure Beschwernisse zu deuten kostet mehr Kraft, als selbst ein Ochse hat.« Sein Hemd war schweißgetränkt, und der Kopf dröhnte ihm von der Mühsal des Schauens. Doch er sah die Enttäuschung in den Gesichtern der Leute, und so fügte er hinzu, daß sie morgen wiederkommen sollten. »Vom Morgendämmer bis zum Mittagsläuten trefft ihr mich hier noch an, dann muß ich weiterziehen.«

Die Mienen jener Männer, die ihn von früh bis spät ausgespäht hatten, wurden bei diesen Worten noch grimmiger, doch es war ihm gleich. Oder nicht einmal nur gleich – das beharrliche Interesse dieser hochgelehrten Herren behagte ihm sehr. Ihre gelüpften Brauen verrieten, daß sie seine magische Medizin bloß für Hokuspokus hielten und neben den toten Dogmen ihres säulenheiligen Galenus nichts anderes gelten ließen.

An der Hinterseite des Wagens flog die Plane hoch, und die Puppen taumelten auf die Bühne. Der Gehörnte lockte, der Mönch drängte, die Mutter lachte und weinte. Und als Gerkas diesmal nach der Erzzauberin Laria rief, wurde er erhört. Vom Himmel hoch kam sie herbeigebraust, schöner und gewaltiger als jedes Weib im Erdenrund. Kupfern glühte ihre Mähne, moosgrün funkelten die Augen, und noch während sie über Gerkas schwebte, ergriff der Mönch Barnas schon watschelnd und jammernd die Flucht. Auch der Teufel zog das Hörnerhaupt ein, jauchzend klatschte Nalida in die Hände, derweil Gerkas und Laria einander in fiebriger Leidenschaft umarmten.

Der Vorhang flatterte herab, und die Leute heulten förmlich auf. Gerade jetzt, da es am innigsten wurde, sollte das Spiel schon vorbei sein? An der Seite des Wagens wehte nun die Plane empor, die fieberbunten Krähen stoben auf, und der Zauberer Faust erschien. Sein Augenblau loderte, auf dem Goldschopf trug er den feuerroten Federhut. Als er die Arme hob, taumelten die Gaffer zu ihm heran. Mit Stöhnen und Seufzen und verdrehten Augen wankten sie auf den Eselswagen zu. Auch die hoffärtigen Herren hingen wie hagere Riesenpuppen an den Glutfäden, die der Puppenspieler mit fuchtelnden

Armen mal raffte, dann wieder wie Angelschnüre von sich warf. Doch für die örtlichen Gelehrten in den antikischen Tuniken hatte Faust da schon keinen Blick mehr.

Seine Flammenaugen brannten sich in das Antlitz eines jungen Weibes, das inmitten der schwankenden, wankenden Gaffer stand, großgewachsen und mit wogender Brust unter dem schwarzen Samtgewand. Dunkel funkelten ihre Augen, und ihr Schopf im kunstvoll geknüpften Haartuch war so lodernd rot wie kochende Kupfersuppe, wie ein verblutender Fuchs, wie Abendrot über dem Tannenholz.

Der Dämon in seinem Innern begann zu singen. Über fünf Dutzend Köpfe hinweg sah Faust das gewaltige Weib an, und in ihrem verhangenen Blick, ihrem erhitzten Antlitz, ihren schlafwandlerischen Gebärden las er, daß sie dasselbe schaute wie er.

Gerade noch zeitig gelang es ihm, die Augen zu schließen und seinen Geist in die Marienhöhle zu befehlen. Da verstummte der Dämon, und der Abgrund zu seinen Füßen verschloß sich. Als Faust die Lider wieder hob, suchte der hagerste jener hoffärtigen Herren eben mit blödem Grinsen eine Bauernmagd zu haschen, derweil die beiden anderen Gelehrten einander umschlungen hielten und die heikelsten Geheimnisse in die Ohren schrien. Der ganze Marktplatz sang und tanzte. Faust aber sah nur die junge Frau mit der Kupfermähne, die eben durch ein reich verziertes Portal zur Linken seines Gasthofs trat. Noch einmal wandte sie das Antlitz und sah mit funkelnden Augen zu ihm herüber, dann verschwand sie im prachtvollsten Bürgerhaus am Markt zu Aschaffenburg.

Eine Wolke fiel vom Himmel herab und hüllte Faust in ein buntes Federkleid. Bezaubert schauten die Leute zu, wie die neuindischen Vögel sich in seine Schultern krallten, auf seinen Schädel hockten, ihre Klauen in seinen Rücken schlugen, und wohl jeder auf dem weiten Platz glaubte, daß die Papageien wie Messer oder Munkel seinem Willen unterworfen wären.

Doch wider die Vögel vermochte er noch immer nichts.

60

Der Abend war mondhell und sommerwarm. Faust vesperte mit Munkel im Gastgarten des Goldenen Ochsen, und wie immer nahm der Kleine nur ein paar winzige Bissen zu sich – drei Bröckchen Brot, dazu ein Eck Allgäuer Käse und vier Schlucke Milch. Zierlicher als Munkel speiste kein Kind und kein Zwerg auf dieser Welt.

Die Leute spähten zu ihnen herüber. Faust war daran gewöhnt und achtete kaum mehr darauf. Auch einen der hochmütigen Herren, die ihn auf dem Marktplatz beobachtet hatten, bemerkte er einmal zwischen den Zechern, doch im Geist war er längst im Nachbarhaus.

Kaum hatte Munkel den letzten Happen vertilgt, da rieb er sich mit den Fäustchen über die Augen. Es war ein arbeitsreicher Tag gewesen, auch für ihn. Faust leerte seinen Weinkrug, nahm den schläfrigen Munkel auf den Arm und trug ihn in die Kammer hinauf.

Der Kleine ging niemals zu Bett, ohne sich zuvor wenigstens mit ein paar Spritzern Wasser zu reinigen. Nun trapste er zum Waschtisch, schwenkte die Hände in der Schüssel, warf sich einige Tropfen ins Antlitz und trocknete sich sorgsam ab. Dann schlüpfte er aus Hemd, Wams und Hosen und zog sein Schlafhemd über, legte seine Gewänder säuberlich über einen Schemel und sprang in den Pfühl.

Wie an jedem Abend betete Faust mit ihm die Anrufung der Maria Prophetissa. Die beinernen Händchen über der Decke gefaltet, sah der Kleine andächtig zur Kammerdecke auf, und seine Lippen bewegten sich, als flehte auch er stumm zur Göttin empor. Und weil heute Sonnabend war, holte Faust schließlich noch seinen Tiegel mit geriebenem Eisenhut aus dem Reisebündel, nahm wie seit Jahr und Tag ein halbes Skrupel davon ein und verabreichte auch Munkel einen Hauch vom tödlichsten Gift der Christenheit.

Erst vor ein paar Tagen wieder waren sie auf der Landstraße von einem Rudel verwilderter Hunde angegriffen worden. Messer, der gleichfalls bald jede zweite Woche sein Krümlein Eisenhut erhielt, hatte dem Anführer des Rudels einen harmlosen Biß versetzt, und nur ein paar Herzschläge später war der riesenhafte Hund mit dem lehmgelben Fell verreckt. Mit zuckenden Läufen und erbärmlichem Fiepen, während rosenroter Schaum aus seinem Maul gequollen war.

Ihres Anführers beraubt, war die Meute mit eingezogenen Schwänzen zurück in den Wald geflohen, und Messer hatte ihnen noch lange hinterhergebellt.

»Schlaf gut, mein Munkel.« Die Augen waren dem Kleinen schon zugefallen, als Faust die Kammertür leise hinter sich schloß.

Zur zehnten Stunde trat Faust auf den stillen Platz hinaus. Noch immer hatte er den Brand in seinen Augen, wie stets, wenn er in der Puppenwelt gewesen war. Er malte sich aus, was ihn hinter jenem Portal erwarten würde, und die Hitze kroch in sein fiebrigstes Leibesteil.

Niemals, seit du zu Speyer ins Feuer gebunden wurdest, hab' ich ein Weib getroffen, Adele, daß dir so ähnlich sieht wie sie. Sein Herz begann hart und rasch zu schlagen. Der Mond schien auf das Schnitzwerk, mit dem ihre Tür verziert war – eine junge Frau von überirdischer Schönheit, hingelagert auf eine Wiese am Waldrand, und bei ihr lag ein Einhorn, das Haupt in ihren Schoß gebettet, während die Jäger schon mit Schwert und Armbrust nahten.

Die Tür lehnte im Rahmen – er drückte sie auf und trat auf Zehenspitzen hindurch. Ein schmaler Innenhof, mit einem Brunnen darin und einem jungen Eichbaum. Im Geäst schaukelte der volle Mond. Und auf der Bank darunter saß sie.

»Ich habe gebetet, daß Ihr kommen würdet.« Sie sprang auf und ergriff seine Hand. »Ich danke Euch so sehr, Herr Faust.« Ihre Stimme klang hell und ein wenig rauh, als ob sie gesungen oder geschrien hätte.

Geschrien vor Wonne und Lust, dachte er. Sie war wahrhaftig so groß und gewaltig wie Adele. »Nenn mich nicht Herr, ich bitte dich.« Er konnte kaum atmen, noch weniger ruhig sprechen. Mit Mühe bezwang er sich, um nicht sogleich seine Arme um sie zu schlingen, in die süße Höhle hinter ihren Lippen zu dringen. »Wie ist dein Name?«

»Man heißt mich die Meißnerin, nach meinem lieben Gemahl, dem Herrn Friedrich Meißner, Kaufmann für Schmiedewaren aller Art.«

Die Auskunft kühlte ihn ein wenig ab. »Was schwärmst du mir von deinem Gatten? Nun denn, Meißnerin – wie nennt der Herr Friedrich dich, wenn er dich zärtlich umarmt?«

Da brach sie zu seiner Bestürzung in Tränen aus – im Mondschein sah er, wie ihre Augen schimmerten und ihr Busen sich krampfhaft senkte und hob. »Magda«, seufzte sie. Und da erst begriff er – der schwarze Samt, die Tränen.

»Dein Mann ist tot, Magda? Seit wann?«

»Als gestern die Sonne aufging, war er noch munter wie Ihr.« Sie drückte seine Hand. »Aber stellt Euch vor, zu Mittag ist mein Friedrich dort drüben in sein Lager gegangen, er wollte eine Eisenplatte zur Seite heben, weil dahinter irgend etwas im Bord lag, an das er anders nicht herankam – und da trifft ihn der Schlag, und er fällt um und ist tot.« Sie begann krampfhaft zu schluchzen, nestelte ein Tüchlein aus dem Busen und betupfte ihre Augen.

Augen so dunkelgrün wie feuchtes Moos. Und ihre Haare unter dem schwarzen Tuch – fuchsrot und üppig, er hätte seine Nase hineindrücken mögen, um die schwere Süße einzusaugen. Aber sie war in Trauer. Eine Frau von allenfalls fünfundzwanzig Jahren, der gerade heute der Mann gestorben war und die sich nun vor Kummer nicht zu fassen wußte. Warum hatte sie ihn gleichwohl verlockt, sie nächtens aufzusuchen?

»Kommt mit hinein, Herr. Ihr müßt ihn mir wieder lebendig machen.« Ihre Stimme klang nun eifrig, wie bei einem kleinen Kind. »Und wenn Ihr's mir versagt, will auch ich nicht länger leben. Aber Ihr werdet mir meinen innigsten Wunsch nicht abschlagen, ich weiß es.« Vertrauensvoll sah sie ihn an. »Ihr seid ein mächtiger Magier, Herr, für Euch ist es leicht. Und erfüllt Ihr mir die Bitte, so schenke ich zum Dank Euch alles, was Ihr von einem Weib begehren könnt.«

Sie führte ihn ins Haus. Der feierlich dumpfe Duft von Lilien schlug ihm entgegen, und als sie Licht machte, sah er, daß auf den Dielen ein dicker Teppich aus weißen Blüten lag. Beklommen folgte er ihr in den Salon, und darin standen Schränke mit köstlichem Schnitzwerk, und Stühle mit damastenen Polstern waren abgerückt von einem Eichentisch, auf dem der Leichnam im offenen Sarg lag.

Das junge Weib riß sich das Tuch vom Haupt, daß ihr Fuchshaar hervorquoll, warf sich über den Toten und besäte sein Antlitz mit Küssen und Tränen.

»Allmächtiger Gott, warum nennen sie Dich barmherzig, wo Du doch grausamer bist als der Wolf draußen im Wald? Mir den Liebsten entrissen hast, kaum daß Dein Pfaffe uns feierlich vermählt hat? Seht doch, Herr Faust, wie kalt seine Lippen sind, wie wächsern seine Stirn.«

Widerstrebend trat Faust neben ihr an den Sarg. Der Herr Friedrich war ein Mann von stattlicher Gestalt gewesen, mit schütterem Haar und stolzem Antlitz, wohl um ein Jahrzehnt älter als seine Gemahlin. Magda schien jetzt außer sich vor Schmerz, sie lag über dem Leichnam, schrie und weinte, und je rasender sie sich gebärdete, desto ähnlicher wurde sie seiner wilden Braut. »Aber Ihr werdet ihn wieder lebendig machen, Herr Faust«, rief sie unter Tränen, »schwört mir, daß Ihr ihn mir zurückgeben werdet, noch in dieser Nacht!«

Er legte seine Linke auf den Leichnam, schloß die Augen und erschauerte. Der Leib des Herrn Friedrich war wie ein Klumpen Kohle aus dem Ofen des Köhlers Hubert. »Es tut mir so leid.« Er nahm seine Hand von der Schulter des Toten. »Aber ich kann deinem Mann nicht mehr helfen. Seine Seele ist schon nicht mehr in diesem Leib.«

»Aber Ihr könnt sie zurückholen«, beharrte Magda. »Ich weiß es genau, ich habe oft gehört, was die Klageweiber an den Särgen getuschelt haben – in den ersten Tagen kann die Seele zurückkehren, und dann wird der Verblichene auferstehen in der Frische seines Fleischs.«

»In der Frische seines Fleischs? Wer hat dir das verheißen, Magda – der Teufel vielleicht?«

Sie sah zu ihm auf, mit verrenktem Hals, denn noch immer hing sie halb über dem Sarg. Eine dicke Strähne ihrer fuchsroten Mähne lag auf der bleichen Leinenbrust des Leichnams. »Ihr seid ein mächtiger Magier, Herr Faust«, rief sie wieder. »Habt Ihr nicht zu Konstanz ein ganzes Heerlager verhext? Haben euch die Mönche des heiligen Bernhard nicht die alchimistische Kunst gelehrt? Warum wollt Ihr mir die Bitte nicht erfüllen? Für Euch ist es eine Kleinigkeit, für mich aber geht's um alles, Herr – um Leben, Liebe, Glückseligkeit.«

Sie raffte sich auf und kam wankend wie eine Berauschte auf ihn zu. Ihr Antlitz war mit fiebrigen Flecken betupft, die Augen schimmernd naß, die Kupfermähne gesträubt. Faust sah die gewaltige Gestalt im schwarzen Schmerzenskleid, die tausend Sprenkel auf ihrer blassen Haut und war nahe daran, mit ihr zu weinen.

»Es geht nicht«, sagte er leise. »Bitte glaub mir – was du verlangst, steht nicht in meiner Macht.«

Aber statt sich dreinzufügen und von ihrem Drängen abzulassen, begann sie zu schreien. »Ah, Ihr fürchtet wohl, daß ich nachher meinen Teil des Pakts nicht halte, Herr? Oder daß Euch mein Fleisch reizlos erscheinen könnte, wenn Ihr mich erst in inniger Blöße erblickt? Solcher Zweifel will ich Euch sogleich entheben, mein Herr Faust.« Sie fuhr sich mit beiden Händen in den Busen und riß sich, ritsch und ratsch, das Kleid herunter. In Fetzen hing der schwarze Samt ihr um die Mitte, die Brüste wogten, die Schultern bebten. Obwohl Faust fünf Schritte von ihr fern war, roch er begierig die schwere Süße ihres gesprenkelt blassen Fleischs.

Er trat näher zu ihr, bloß um ihr begütigende Worte zu sagen. Kaum jedoch war er bei ihr, da fiel sie ihm in die Arme, und er mußte sie festhalten, damit sie nicht stürzte und ihn neben dem Leichnam auf den Lilienteppich riß. Sie sträubte sich in seinen Armen, doch er hielt sie fest und summte ihr leise in die Halsbeuge, wie er es bei Adele gemacht hatte. Und nichts schien ihm süßer auf der Welt, als endlich den warmen, weichen Leib seiner wilden Braut wieder zu spüren, ihr Busen an seiner Brust, ihr klopfendes Herz an seinem Herzen, das mit heißem Pochen Antwort gab.

Er küßte sie, und sie ließ es geschehen. Unter Tränen lächelnd sah sie auf zu ihm, und dann nahm sie ihn bei der Hand und führte ihn in ein Gemach hinter dem Salon, mit einem prächtigen Himmelbett darin. Sie wand sich die Fetzen ihres Gewandes vom Leib, brachte auch ihn um seine Kleider und zog ihn unter den Samthimmel.

Im Pfühl legte sie sich gleich für ihn bereit, doch ihre Lider waren gesenkt, und er verstand, daß sie in ihrem Herzen dem Herrn Friedrich beilag. Da befiel ihn Trübsinn, und er sann darüber nach, wie sonderbar traurig es war, daß sie beide gleichsam im anderen ihren liebsten Toten umhalsten.

Als dann aber Magda nach ihm griff, da verging ihm alles Sinnieren. »Ah, Friedrich«, rief sie, »seid mir ein wackerer Bauer, der den Acker innig eggt, ehe er die Furche besät.«

Daran hielt er sich, und nachdem er schließlich gesät hatte, seufzte das gewaltige Weib, prüfte die Egge und raunte heiß in sein Ohr:

»Ah, Friedrich, seid mir ein guter Bauer, der jede Furche seines Feldes mit der gleichen Liebe pflügt.«

Wiederum willfahrte er, und als sie beide vor Wonne geseufzt und geschrien hatten und Faust in ihren Armen schläfrig wurde, da befiel die Meißnerin mit einemmal rüde Nüchternheit. Sie schob ihn von sich fort und verbarg ihre Blöße unter einem Leintuch. »Euren Lohn habt Ihr bekommen, Herr Faust. Also tut nun auch Euren Teil.«

Er schaute zu ihr auf, und der Schmerz verschnürte ihm den Hals. Niemals hatte er ein Weib getroffen, das seiner wilden Braut so ähnlich sah wie sie. Und doch konnte er seine Adele sowenig von den Toten erwecken wie den Herrn Friedrich Meißner, dessen Leichnam im Nebenzimmer lag.

Es sei denn ...

»Was schaut Ihr mich so seltsam an, Herr? Habt Ihr meine Gunst noch nicht genug genossen? Ist Eure Begierde noch immer nicht gestillt?« Sie griff abermals nach seinem hitzigsten Leibesteil, darin der Dämon tanzte und sang. »Was verlangt Ihr noch, Herr Faust, ehe Ihr Euren Teil erfüllt? Wollt Ihr den Mund mir mit Eurer Mannheit füllen? Oder kitzelt Euch ein heikleres Gelüste, das Ihr bislang keinem Weib zu offenbaren wagtet? Nur ungescheut heraus damit.« Sie warf das Laken wieder von sich, beugte sich zu ihm herab, und ihre Zungenspitze stieß heiß und hart in seinen Nabel, ehe ihre Lippen tiefer glitten.

»Nein, Magda, laß mich.« Er mußte ihr Einhalt gebieten, auf der Stelle, oder es wäre zu spät. Nur zu gut erinnerte er sich an die heiße Wonne, die ihn durchschauert hatte, als Adele einst zwischen seinen Schenkeln kniete, aber er wollte nicht, daß es auf diese Art geschah. Nicht so, wie der König es ehedem von ihr erzwungen hatte, nicht so, wie der Satan sich auf dem nächtlichen Tanzplatz von seinen Buhlen huldigen ließ.

»Dann sagt mir, Herr, was sonst ich Euch gewähren soll, damit Ihr Euren Teil erfüllt.« Mit schmerzlichem Ausdruck sah Adeles Antlitz zu ihm auf. Ihr Mund schwebte über seiner Mitte. Er hatte sie trösten und beruhigen wollen, doch er peinigte sie bloß und nutzte ihren Kummer grausam aus.

Niemals könnte er ihre Hoffnung erfüllen, und er wollte, daß sie es endlich verstand. »Ein furchtbares Opfer müßtest du bringen, Magda«, sagte er, »kostbarer als alles, was du je zurückbekommen könntest.«

»Ein Opfer? Was ist es? So sagt es mir doch, Herr, und weidet Euch nicht länger an meiner Qual! Wollt Ihr, daß ich mit Euch komme, daß ich ein Jahr lang Euch zu Willen bin – ich tu's! Oder nicht nur Euch, sondern Euren Kumpanen dazu – ich bin bereit! Nur sagt mir endlich, was ich tun muß, damit mein Liebster zu mir zurückkehrt in der Frische seines Fleischs.«

Da gab er sich einen Stoß und rief ihr ins Antlitz, damit sie endlich Ruhe gäbe: »Nicht mir müßtest du das Opfer bringen, Närrin – der Satan verlangt's. Und nicht dein Fleisch begehrt er, sondern Fleisch von deinem Fleisch – dein Kindlein, um es zu schlachten und einzukochen nach teuflischem Brauch.«

Er hatte erwartet, daß sie aufschreien oder neuerlich in Tränen ausbrechen würde. Ohnehin schien sie ihren Friedrich ja verloren zu haben, ehe sie ein Kind von ihm gebären konnte. Sonst hätte Faust das höllische Begehren auch weiterhin verschwiegen, doch so schien es ihm zweifach gewiß, daß sie ihr Drängen nun endlich aufgeben müßte.

Als sie aus dem Bett stieg, ihm die Hand reichte, »Kommt, Herr« sagte und ihn mit sich zog, da schien es ihm auch, daß sie wahrhaftig wieder zu Sinnen gekommen wäre. Sie führte ihn in den Salon und verharrte mit ihm vor dem Sarg. Es kam ihm zwar wenig schicklich vor, so gänzlich entblößt neben der nackten Witwe eines zur Leichenklage aufgebahrten Toten zu stehen, aber was Magda dann sagte, dünkte ihn recht verständig. »Wenn es denn sein soll, so muß er eben dahingehen.« Denn natürlich glaubte er, daß sie vom Herrn Friedrich spräche und ihrem Wahn, ihn zurückzuholen, abzuschwören begänne.

Dann zog sie ihn weiter – aus dem Salon und in die Vordiele, durch die er am Abend gekommen war, und zu einer schmalen Seitentür, die sie so leise und achtsam öffnete, daß er im selben Moment verstand. »Hier schlummert er friedlich, mein kleiner Sanno, seht nur, Herr.« Von einem Wandbord in der Diele nahm sie eine Lampe und leuchtete in die Kammer hinein. Und da lag ein Wickelknabe schlafend in seiner

Wiege, und neben ihm lag ein großer schwarzer Hund von edler Gestalt am Boden. »Nehmt ihn, Herr«, sagte sie mit einer Stimme, als ob sie gewürgt würde, »und tut, was der Satan Euch zu tun heißt. Er ist Fleisch von meinem Fleisch.«

Der Hund hatte seinen Kopf gehoben und sah aufmerksam von seiner Herrin zu dem fremden Mann. »Wenn mein Friedrich erst wiederauferstanden ist, will ich ihm ein ganzes Dutzend kleiner Sannos schenken.«

Die Tränen liefen ihr über die Wangen, und der Hund begann zu knurren, und der Dämon in Fausts Innerem schrie: Pack die Gelegenheit beim Kragen. Laß das Weib hinaus zum Tanzplatz ziehen – sie soll für dich ihren Knaben hinopfern, und statt den Friedrich zu erwecken, läßt du deine Adele auferstehen in der Frische ihres Fleischs.

Er schloß die Augen, und ein Strom greulicher Gesichte überschwemmte seinen Geist – wie der kleine weiße Leib gehäutet und geschlachtet wurde, wie er kopfüber von einem Ast herabhing und das Blut in eine Schüssel rann, wie er im Gebrodel des Satanstopfs trieb. Da hob er seine Lider, und die Gesichte verblaßten. »Wie kannst du deinem Gott zürnen, weil er dir den Liebsten weggerissen hat«, fragte er, »und willst nun noch tausendmal grausamer handeln an deinem eigenen Sohn? Aber das bist gar nicht du selbst, Magda – es ist nur dein Schmerz, der dich verblendet hat.«

Er wollte ihr seine Hand auf die Schulter legen, aber sie stieß ihn von sich. Der Hund sprang auf und bellte zu Faust hinauf, und der Kleine in der Wiege kam mit einem Zucken zu sich, sah den Fremden und die weinende Mutter und brach in jämmerliches Geheul aus.

»Wollte ich deinem Drängen nachgeben«, sagte Faust, »ich wäre ja wie der Falke, der einst den Knaben des Ritters Gilla töten wollte, und hätte wahrlich verdient, daß dein Sjö mir die Kehle zerreißt.«

Sie sah ihn nur wortlos an und weinte weiter und weiter, und wie unter einem Bann blieb er neben ihr in der Tür stehen und sah auf den Kleinen in seiner Wiege und den edlen schwarzen Hund hinab, der zu ihnen emporbellte und die Zähne fletschte.

Endlich gelang es ihm, sich abzuwenden – an dem Leichnam vorbei eilte er ins Schlafgemach zurück, warf seine Kleider über und wandte sich erst in der Tür noch einmal nach der Meißnerin um. Da stand sie noch immer vor der Kammer ihres Wickelknaben, der Hund bellte und der Kleine schrie, als ob er wahrhaftig schon gebraten würde, und sie bebte am ganzen gewaltigen Leib, wie wenn ihr Schmerz und ihre Tränen nie mehr versiegen wollten.

61

Als er aus der Tür trat, dämmerte über der Burg schon der Morgen. Er reckte sich, um im Wirrwarr der Marktbuden nach seinem Wagen zu spähen, und da drängte sich wahrhaftig bereits die Schar der Beschwerten und harrte des Heilers Faust.

Noch einmal besah er das sinnreiche Schnitzwerk auf dem Portal der Meißnerin. Das Einhorn lag bei der Jungfrau, sein Haupt mit dem mächtigen Horn in ihren Schoß gebettet, und die Jäger schlichen herbei. Die Maid koste und wiegte das Tier, so wie die Jungfrau Maria den Gottessohn trauernd umfing. Und doch konnte das Opfer nur durch ihr Mittun gelingen.

Unergründlich schien es Faust, daß dies Bildnis gerade die Tür des Weibes zierte, das ihn bedrängt hatte, ihren Sohn zu nehmen, um statt seiner den Geliebten ihr von den Toten zurückzuholen. Als er sich umwandte, traten eben zwei Männer aus der Tür seines Gasthofs. Ihre Mienen wirkten verdrossen, die stämmigen Leiber umspannte das blaue Tuch der städtischen Uniform. Als sie ihn erblickten, zückte einer gleich seinen Knüppel, und der zweite rief: »Halt, Nigromant! Ihn suchen wir. Nennt Er sich Faust, so soll Er mit uns kommen.«

Er trat zu ihnen, müde und zuinnerst aufgewühlt. Noch sah er nichts Ärgeres voraus als eine Mahnung, weil er den örtlichen Ärzten im Revier gewildert hätte, oder allenfalls ein kleines Strafgeld. »Faust heiße ich, das ist wahr«, sagte er. »Und Magier und Heiler nennen mich die Leute, auch Wahrsager und Puppenspieler und Doktor sogar, obwohl ich nie an den Brüsten der Alma mater gesogen habe.«

Die Büttel runzelten die Brauen. Wer die Alma mater sein sollte, wußten sie nicht, aber daß ein spitzbärtiger Mann von sechs Fuß Leibeslänge an ihren Brüsten saugen wollte, schien den Argwohn der Obrigkeit zu erhärten. Um für alle Weiterungen gewappnet zu sein, zog auch der zweite seinen Knüppel hervor.

Dabei zeigte der Nigromant wenig Eifer, seiner Verhaftung zu entgehen. »Warum also nicht auch Schwarzkünstler«, fuhr er mit einem spröden Lachen fort. »Die Nigromantie ist eine ehrenwerte Wissenschaft – selbst Päpste wie Johannes XXII. haben sich an der Heilung des Goldes versucht.«

Die Büttel wechselten stumme Blicke. »Er muß mitkommen«, wiederholte schließlich der Gewandtere der beiden. »Der Richter Bißkiel will's so.«

Sie brachten ihn ins Rathaus an der anderen Seite des Marktes. Als sie an seiner Karre vorbeikamen und die Leute sahen, daß er von Stadtwächtern abgeführt wurde, erhob sich ein Murren in der Menge, und einer rief aus: »Laßt den Faust frei, ihr Ratsknechte!«

»Er heilt die Gebreste der Armen, das ist sein einziges Verbrechen«, schrie ein zweiter, »sonst hat er keinem was Arges getan.«

Aber Faust nickte ihnen nur zu und ließ sich von den Bütteln weiterführen, die Stufen zum Rathaus hinauf und oben durch das mit Eisenbändern beschlagene Tor. Wie leicht hätte er die beiden Wächter verblenden oder die Menge gegen sie aufwiegeln können. Durch Spuk und Blendwerk ließ sich trefflich Verwirrung stiften, doch gegen das Mühlwerk der Macht, das Stadtherren und Fürsten, Prälaten und Inquisitoren betrieben, kam auf die Dauer kein einzelner an, auch nicht der Zauberer Faust.

Selbst der Heiland Jesus Christus war schließlich dort geendet, wo er einige dreißig Jahre zuvor hervorgekrochen war – mit seinem wächsernen Haupt im Schoß der Mutter Maria.

»Er bekennt also, der viel beschriene Georg Faust zu sein, aus Knittlingen herkommend, Sohn der Küchenmagd Maria Faustin?«

»Wer die vielen, die mich beschreien, sein sollen, weiß ich nicht. Das andere stimmt, Herr.«

Sie hatten ihn in eine dämmrig enge Stube geführt. In seinem Rücken saßen die beiden Wächter, vor ihm thronte der sehr ehrenwerte Richter Bißkiel, ein ältliches Männchen, das ein übergroßes Haupt auf dünnem Hals zu balancieren suchte. Nur Faust allein mußte stehen, und noch immer ahnte er nichts Arges.

»Und räumt Er weiters ein, daß Er vorgegeben hat, ein Medikus zu sein, obwohl Er die Heilkunst nicht studiert hat?« Auch die Stimme des sehr Ehrenwerten klang dünn und kraftlos.

»Medikus hab' ich mich nie genannt, Herr. Ich lege den Leuten die Hand auf, um ihre Leiden zu schauen, und lindere die Beschwernis durch Elixiere. Dafür braucht es kein Studium und kein Privileg.«

»Nun, hierzu soll Er gleich noch einvernommen werden.« Das richterliche Haupt schaukelte heftiger, als Bißkiel mit spritzender Feder einige Worte aufs Papier warf. »Und gibt Er schließlich zu, daß Er die verstrichene Nacht im Haus des verstorbenen Friedrich Meißner verbracht und alldort getrachtet hat, die Seele des Verblichenen durch nekromantischen Zauber in den Leichnam zurückzuzwingen?«

»Nein, Herr, das nicht.« Das Blut sackte Faust aus den Wangen. Das ist es also, dachte er, damit wollen sie mich fangen. Sein Herz schlug hart und schnell. »Die Nekromantie ist Satanswerk und zählt nicht zu meinen Künsten.« Seit seiner frühen Knabenzeit hatte sein Innerstes nicht mehr solche Angst durchrast: vor Menschen, nicht vor Teufeln.

Aber tot sehen wollten mich viele schon, und keinem ist es je geglückt. Oder war ich diesmal wie das Einhorn, arglos in ihren Schoß gebettet, derweil die Jäger angeschlichen kamen?

»Vor den Bütteln hat Er sich als Nekromant bereits bekannt«, sagte Bißkiel und wackelte mit dem Haupt. »Und nun will Er wieder keiner sein und von der Totenbeschwörung nichts verstehen? Das heiß' ich ein dünnes Lügengarn spinnen.«

»Als Nigromant sprachen Eure Häscher mich an, und nur zu dieser Kunst habe ich mich bekannt.«

Da hob der Richter sein Haupt und sah aus müden Augen zu ihm empor. »Spitzfindigkeit wird Ihm den Hals nicht retten, Faust. Seit gestern läuft die Witwe in der ganzen Stadt herum und schreit von früh bis spät, daß sie ihre Gunst dem Manne schenken will, der ihren Friedrich von den Toten auferweckt. Der Schmerz hat ihren Geist verwirrt, drum kann sie selbst auf unsere Milde hoffen. Doch falls sie erklärt, daß Er den Frevel verübt hat, müssen wir Ihn dem Inquisitor in die Hände geben.«

Während Faust noch an seinem Schrecken würgte, schlug der Richter auf eine Tischglocke, und ein Bimmeln erklang. Die Tür ging auf, und drei hagere Männer schoben sich hintereinander in die Richterstube. Auch ohne aufzusehen, wußte er sogleich, daß es die hoffärtigen Herren waren, die ihn am Vortag so beharrlich beobachtet hatten. Doch in diesem Augenblick nahm er sie kaum wahr. Alle innere Kraft, die er noch aufzubringen vermochte, richtete er auf die Meißnerin.

Du warst in Sorge, Magda, daß die Seele deines Friedrich im wächsernen Leib noch gefangen sein könnte – nur deshalb wolltest du, daß ich den Leichnam beschaue. Und als ich sah, daß seine Seele schon aus dem Leib ausgefahren war, ließen wir den Toten ruhen.

Dem sehr ehrenwerten Bißkiel wünschten die drei Ärzte unterdessen mit kriecherischer Süße Gesundheit, Gottes Gnade und noch allerlei mehr, und dankten ihm katzbuckelnd, daß er ihre Klage so rasch erhöre.

Du warst in Sorge, Magda. Doch den Toten ließen wir ruhen.

»Wer die Heilkunst praktizieren will«, sprach der erste Arzt, »muß seinen Galenus recht studiert haben und alle Lehrsätze auswendig kennen.«

»Darum erläutere Er uns nun, Faust«, forderte der zweite in geschliffenem Neulatein, »was Galen unter den Säften des menschlichen Leibes versteht.«

»Eine sehr einfache Frage«, erklärte der dritte zum Richter hin, »nur soll der Kandidat auch auf gut lateinisch antworten, wie es gelehrter Brauch ist. Bloß die Bauern und die Schafe blöken deutsch.«

Faust streifte die Kläger mit abwesendem Blick. Bleich war ihre Haut, kümmerlich die Gestalt, nur die Gewänder ahmten die Tunika der alten griechischen Heroen nach. »Galen unterscheidet vier Säfte, entsprechend den Elementen der Antike«, begann er in stockendem Latein. Noch immer zitterte in ihm die Angst, doch zugleich begann es in seinem Herzen zu brodeln.

Die Ärzte lüpften die Brauen. Einer von ihnen nickte dem Richter zu, als ob er sagen wollte: Ihr hört es ja selbst. Und da ließ Faust alle

Furcht und Vorsicht fahren und rief in polterndem Deutsch aus: »Ich habe gewiß mehr alte und entlegene Schriften in Latein und Griechisch studiert, als Ihr Herren jemals zu Gesicht bekommen werdet. Aber das gezierte Neulatein der heutigen Gelehrten ist mir wenig vertraut, das immerhin gesteh' ich gern, auch wenn Ihr mich deshalb für einen blökenden Bauern anseht. Ja, wenn es Euch zu grob und einfältig dünkt, wie die Leute auf der Straße reden, dann bleibt eben in Euren Studierzimmern hocken, werte Herren! Achtet nur sorgsam darauf, daß die Läden immer geschlossen bleiben, damit kein Sonnenstrahl und kein blödes deutsches Wort in Eure Stube dringt. Kriecht am besten gleich in die Bücher Eures Säulenheiligen Galenus hinein, der ja siebzig oder mehr Schwarten mit leblosen Lehrsätzen gefüllt hat.«

Die Brauen waren den drei Herren unterdessen tief auf die Lider gerutscht. So reglos und bleich sahen sie alle drei drein, als ob sie statt des lebendigen Antlitzes ihre eigenen Totenmasken trügen.

Du warst in Sorge, Magda. Doch den Toten ließen wir ruhen.

»Um nun auch Eurer Frage zu gedenken«, wandte er sich in besser bezähmtem Zorn an den zweiten Medikus, »so unterscheidet Galen zwischen dem schwarzen Saft, der bei ihm aus der Galle quillt, und dem gelben, den er gleichfalls der Galle entspringen läßt, sowie dem roten Saft, als dessen Quell der große Gelehrte das Herz ausgemacht hat. Der vierte, nun, allerdings ...« Er unterbrach sich und furchte die Stirn, als ob er nicht recht weiterwüßte. »Ah, für einen Moment schien es mir wahrhaftig entfallen«, fuhr er fort, »aber dann entsann ich mich, wie die Herren eben den ehrenwerten Richter begrüßten, und da fiel's mir wieder ein: Der vierte Saft ist bei euresgleichen der Schleim.«

»Ungeheuerlich«, sagte einer der Ärzte. »Der Kerl scheint wahrhaftig vom Teufel besessen zu sein.«

»So geht die Rede, seit ich geboren wurde«, gab Faust zurück, »doch manchmal will es mir scheinen, als wäre alle Welt vom Satan viel ärger verblendet als gerade ich. Nehmt nur Euren weisen Galen – seit bald anderthalbtausend Jahren lallen die Ärzte des Abendlandes seine anatomischen Lehrsätze nach. Dabei hat der Galenus niemals das Innere eines Menschenleibs gesehen, und fast alles, was er Euch über Sitz und Größe von Galle, Herz oder Leber eingeblasen hat, ist falsch.«

Da erhoben die drei Ärzte ein wüstes Geschrei, und ihre Gesichter besäten sich mit Flecken von der Farbe des roten Saftes. »Menschliche Leichname zu sezieren ist verboten! Wenn Er besser als Galen wissen will, wie Herz und Leber beschaffen sind, so muß er Tote zerschnitten haben und ist folglich auch des Leichenfrevels schuldig! Und erkühnt sich, uns als Besessene zu verschreien?«

Schütter bimmelte die Glocke des Richters in das gelehrte Gezeter hinein. »Was sagt Er dazu, Faust? Hat Er sich neben der Nekromantie und dem ungesetzlichen Heilen auch des Leichenzerschneidens schuldig gemacht?«

»Dreimal nein, ehrenwerter Herr. Holt die Witwe nur herbei, sie wird Euch alles erklären. Die Meißnerin war in Sorge, daß die Seele ihres Gatten im wächsernen Leib noch gefangen sein könnte, nur deshalb rief sie mich. Und ich beschaute den Leichnam und erklärte ihr, daß seine Seele schon zum Himmel aufgefahren sei. Das ist alles.«

»Und wie gelangte Er zu Seiner Diagnose?« mengten sich neuerlich die Ärzte hinzu. »Etwa indem Er dem Toten Seine Hand auflegte und einen Zauberspruch murmelte?«

»Ich legte ihm meine Hand auf, das ist wahr. Wer die Sehergabe besitzt, braucht die Leiber nicht zu zerschneiden. Dies Privileg will ich gern den Metzgern und Eurem Galen überlassen, der Hunde und Schweine zermetzelt hat.« Gewiß war es nicht klug, seine Verachtung in die Fratzen voll hochmütiger Empörung zu schreien, aber unter Angst und Zorn brach nun eine uralte Bitterkeit aus ihm hervor. »So wie Euer ganzer Galen nur tote Gelehrsamkeit ist«, fuhr er fort, »so kann auch die Astrologie und die Astronomie, die Mathematik und jede kalt zergliedernde Wissenschaft nur stümperhaftes Metzgern in den Augen jener sein, die wie ich zu schauen vermögen. Auch Jesus Christus und die Propheten und Erleuchteten der Bibel brauchten keine Messer, um ins Innere der Leiber zu sehen, und keine Wissenschaft, um zu erkennen, was die Welt im Innersten zusammenhält. Denn sie vermochten zu schauen und zu wirken, und nur wer an diesen Himmelsgaben nicht teilhat, muß sich auf die groben Stümpereien verlegen, die Ihr als Wissenschaft berühmt und höher zu schätzen scheint als die natürliche Magie der Seelen- und Seherkräfte.«

Die drei Ärzte blickten ihn nun mit lauernder, beinahe schon heiterer Aufmerksamkeit an, als ob sie ihrem ärgsten Feind beim langsamen Ertrinken zusähen. Der Richter jedoch saß mit gesenktem Haupt hinter seinem Pult und schien an dem philosophischen Gekeife wenig interessiert.

»Ich legte ihm meine Hand auf und schloß die Augen«, fuhr Faust fort, »und schaute, daß in ihm nur noch Schwärze war. Und so wie ich kein Messer und noch weniger einen Galen brauche, um ins Innere der Leiber zu sehen, so vertraue ich auch nicht auf Euer Säfte-Salbadern, sondern allein auf die Farbenlehre der Maria Prophetissa. Schwarz ist, was von Starre, Sterben, Tod befallen ist – zu Anfang grau wie Blei, dann immer dunkler, schließlich so finster wie der Engel, der zur Erde stürzt, und wie das Herz der Selbstgerechten. Rot dagegen ist der Lebensstrom, der durch aller Kreaturen Adern fließt – rot wie Feuer, wie das Fieber der Liebenden. Golden schließlich ergießt sich in uns das Licht des Himmels, ohne das es keine Schöpfung, überhaupt kein Leben gäbe – das Seelenlicht, der Ewigkeitsfunke, den alle Geschöpfe ängstlicher hüten sollen als ihr Augenlicht.«

»Nun ist's aber genug des betrügerischen Schwätzens!« Wieder begannen die Ärzte wild durcheinanderzuschreien. »Niemand vermag in die Leiber hineinzusehen! Und in die Seelen schon gar nicht! Galenus hat vielleicht hier und dort geirrt, aber genauer als er hat noch niemand vom Schwein auf den Mensch geschlossen.«

Faust streckte seine Seherhand gegen den Arzt aus, der am wildesten gegen ihn geeifert hatte, und schloß die Augen. »Ihr seid als Knabe öfter in einen dunklen Raum gesperrt worden, Herr. Seitdem fürchtet Ihr Euch vor Kellern. Wenn Ihr aber Eure junge Dienstmagd hinabschickt, Wein für Euch zu holen, so würdet Ihr nichts lieber beginnen, als ihr hinterdreinzuschleichen.«

»Ungeheuerlich«, sagte der Arzt und wollte gerade wieder gegen den ruchlosen Verleumder losschreien, als Faust die Lider hob. In seinen Augen tanzten blaue Flammen. »Rita heißt das frische Dingchen«, fuhr der Medikus in schlafwandlerischem Grabeston fort.

»Und es ist wahr, mir träumt bald jede Nacht, wie ich die Dunkelheit unter ihren Röcken durchforsche.« Er brach ab, und sein Antlitz war rot wie die Brunst, wie das Fieber der Liebenden und wie allerdings auch die Scham der Ertappten.

Die beiden anderen Ärzte aber kreischten desto geifernder gegen den Magier los, der sich erdreistet habe, ihren Kollegen am hellichten Tag zu verhexen. Um so klarer lägen seine Schuld und Teufelsbuhlschaft zutage, und der sehr Ehrenwerte sehe das doch gewiß genauso?

Ehe Bißkiel antworten konnte, ging neuerlich die Tür auf, und die Meißnerin trat ein. Wie eine Königin der Bekümmerten sah Magda aus in ihrem schwarzen Samtgewand, über dem Kupferschopf ein kunstvoll geknüpftes sonnengelbes Tuch. »Ihr ließet mich rufen, Herr Richter?« Obwohl sie mit Bißkiel sprach, schaute sie unverwandt nur Faust an, und ihre Augen glänzten wie feuchtes Moos. »Was ist Euer Begehr?«

Der sehr Ehrenwerte hob sein schweres Haupt. »Nur eines, Frau Meißnerin, aber das Ding ist ernst. Also besinnt Euch gut, ehe Ihr mir erwidert.«

»Nur zu«, sprach sie, und ihr Busen hob und senkte sich.

»Habt Ihr diesen Zauberer Faust, der vor Euch steht, aufgefordert, Euren Gemahl Friedrich von den Toten zu erwecken?«

Noch immer schien sie keinen außer Faust zu sehen. »Ich war in Sorge«, sagte sie mit einer Stimme wie im Halbschlaf, »daß die Seele meines Gatten im wächsernen Leib noch gefangen sein könnte – nur deshalb wollte ich, daß er den Friedrich beschaute. Und als er mir sagte, daß Friedrichs Seele schon aus dem Leib ausgefahren wäre, da ließen wir den Toten ruhen.«

Die Ärzte wechselten Blicke. Wieder wollten sie in Geschrei ausbrechen, doch der Richter ließ die Glocke bimmeln und schickte alle außer dem Magier Faust hinaus. »Vom Vorwurf der Totenbeschwörung spreche ich Ihn frei. Aber des Heilens ohne Privileg ist Er schuldig, und unser Spruch hierzu ist dieser: Zehn Gulden Strafgeld soll Er zahlen, drei Goldstücke für jeden Medikus, den Er durch ungesetzliches Heilen geschädigt hat, und den zehnten als Gebühr für unsere richterlichen Mühen. Und aus der Stadt Aschaffenburg soll Er allezeit verbannt sein, und handelt Er dawider oder zeigt Er sich unwillig oder außerstande, das Strafgeld sogleich zu entrichten, so soll Er zehn Tage im Karzer darben und jeweils bei Sonnenaufgang und Sonnenuntergang zehn Rutenstreiche empfangen.«

62

In Lohr ließ man ihn gar nicht erst zum Stadttor hinein, und in Michelstadt und Miltenberg erging es ihm so arg wie zuvor in Aschaffenburg: Die örtliche Ärzteschaft verklagte ihn wegen ungesetzlichen Heilens. Zu Michelstadt klebte ihm der Richter fünf Gulden Strafgeld auf, in Miltenberg mußte er deren sieben entrichten – wahlweise auch durch Karzer und Leibesstrafe zu begleichen.

Im Ratsbuch zu Michelstadt wurde unter dem 21. September des 1502. Jahres A.D. vermerkt: »*Der übel verschriene Zauberer und Trugsheiler Georg Faust, herkommend aus Knittlingen, darf die Stadt niemals mehr betreten, bei Androhung von Karzer und Auspeitschen bis aufs Blut.*« Und nicht besser lauteten die Einträge in den Büchern von Lohr und etlichen weiteren Flecken und Städten zwischen Tauber und Main.

Gleich wohin er sich nun wenden würde, die örtliche Ärzteschaft würde ihn abermals vor den Richter ziehen. Denn offenbar hatte sich die Zeitung rasch verbreitet, daß dies ein wirksames Mittel war, dem reisenden Heiler das Wildern zu vergällen. Binnen weniger Tage hatten die Strafgelder nahezu alles aufgezehrt, was er zuvor in Monaten eingesackt hatte. Und da er kaum mehr zwei oder drei Gulden aufbringen könnte, würden sie ihn beim nächsten Mal in den Kerker werfen und peitschen.

Aber im Küferhaus zu Knittlingen hatte Faust vom Karzerleben übergenug gekostet. Also mied er fortan die Städte und größeren Flecken und fuhr wie früher von Weiler zu Weiler und von einem Einödhof zum anderen. In den abgelegenen Spessartdörfern gab es keinen Medikus, der ihn wegen ungesetzlichen Heilens verklagen könnte, doch die Leute konnten meist selbst kaum einen Heller entbehren. Sie jubelten ihm zu und feierten ihn wie ihren Heiland, aber mehr als einmal schaute er ihre Leiden und verabreichte Klaras Elixiere, ohne auch nur ein Kupferstück als Lohn und Dank zu erhalten. Und kaum seltener steckte er zerlumpten Hungerleidern eine Münze zu, obwohl sein einst so prallgefüllter Silbersack längst schon wieder einer abgeworfenen Schlangenhaut ähnlich sah.

Der Sommer verglühte, die Straßen wurden schlammig, die Tage kurz und grau. Schon Ende Oktober fiel überdies ein früher Winter ein, und da zog Faust die Maulbronner Kukulle unter seinen Puppen hervor und versuchte vergebens, Munkel und sich selbst in den viel zu engen Umhang zu hüllen.

»So kann es nicht weitergehen«, sagte er. »Wer auf morastigem Abhang zum Gipfel emporzusteigen trachtet, gleitet mit jedem Schritt, um den er emporkommt, deren fünf talwärts zurück.«

Munkel schaute ihn bekümmert an und wendete seine Hände mit den Handflächen nach oben. Der Wind schüttelte die letzten Blätter von den Eichbäumen und blies ihnen Schneeregen ins Antlitz. Seit Wochen hatten sie in keiner Herberge mehr genächtigt, und selbst für ein dürftiges Abendmahl in einem Gasthaus würden ihre letzten Münzen kaum ein paar Tage noch reichen.

Eben noch sah es so aus, dachte Faust, als könnte ich leicht zu Ansehen und Wohlstand gelangen. Doch schon liege ich wieder am Boden, denn ohne Not und Verstand habe ich alle gegen mich aufgebracht. Den Fürsten bin ich verhaßt, seit ich das Heerlager zu Konstanz verhext habe. Die Ratsherren fürchten mich, weil ihre Märkte sich bei meinem Erscheinen in ein tanzendes Tohuwabohu verwandeln. Die Pfaffen läuten die Glocken und eifern auf der Kanzel wider mich, weil sie glauben, daß ich mit dem Satan im Bunde sei. Die örtliche Ärzteschaft verfolgt mich, weil sie um ihre Kundschaft fürchtet. Und auch als Gelehrte verachten sie mich, weil ich nicht auf der Universität studiert habe und ihre tote Formelweisheit verspotte und lieber die einfachen Leute mit göttlichen Wundern zum Staunen bringe. Und nur die Armen und Unterjochten, die Rechtlosen und Ungelehrten lieben und verehren mich bald so sehr, als ob ich der wiedergekehrte Erlöser wäre.

Der Herbststurm blies stärker, der Schneeregen brockte sich zu

Graupeln ein. Vor ihnen wand sich ein schmaler Weg von den Spessarthöhen zum Taubergrund hinab. Weiter droben im Wald heulten die Wölfe, und Messer schlich am Wegrand umher, das Nackenfell gesträubt.

»Wir müssen zurück zu Klara«, sagte Faust, »zumindest über den Winter, einen besseren Rat weiß ich mir nicht.«

Mit Mühe nur erreichten sie Klaras Schlucht, ehe der große Schnee kam. Zusammen mit dem Köhler Hubert errichtete Faust eine zweite Hütte neben der Behausung der entwichenen Nonne. Während der Wintermonate half er ihr bei der Zubereitung ihrer Elixiere, brachte Munkel und Messer einige Gauklerstücke bei und übte sich in der Kunst, Gedanken zu übertragen.

Oftmals wanderte er in den tiefverschneiten Wäldern und Weinbergen umher. Der Hund war immer bei ihm, ebenso Munkel, der mal auf Messers Rücken ritt, dann wieder sich auf Fausts Schultern tragen ließ. Traf er unterwegs auf einen Knecht oder Forstgesellen, so verwickelte Faust den Mann meist in ein Gespräch und blies ihm nebenbei einen Gedanken ein, den der brave Kerl ihm zum Abschied aufsagen sollte. »Ah, ich wollt', ich wär' ein Bär, dann läg' ich jetzt im Winterschlaf«, ließ er die Gesellen etwa brummen, und dann schauten sie immer so entgeistert drein, als ob ihnen eben ein Vöglein aus der Kehle geschlüpft wäre.

Einmal gab er dem Forstmeister ein, ihn als »Euer Gnaden« anzusprechen, so als ob er wahrhaftig der Graf von Albling wäre. »Bitte Euer Gnaden untertänigst, Euer Gnaden Sonntag früh ein frisch erlegtes Reh zu Füßen legen zu dürfen«, hieß er den Förster sprechen, und dann ließ er sein Lachen ertönen, so daß es dem rauhen Waldmann recht unheimlich wurde.

Bald jeder seiner Wege führte ihn zuerst oder zuletzt nach Albling. Wie ein verjagter Hund, so strich Faust um die Mauern des Schlosses, das ihm nun ständig so nah war und doch unerreichbarer denn je. Längst waren Herrenhaus und Park wieder verwaist. Der junge Herzog war nach Stuttgart zurückgekehrt, und Alexander, der letzte Graf von Albling, segelte in der Neuen Welt umher.

Seine sämtlichen Träume und Pläne, wie er zu Wohlstand und

Ansehen gelangen könnte, hatten sich zerschlagen. Niemals würde er imstande sein, sich Schloß Albling anzueignen, sagte sich Faust. Niemals könnte er auch nur ein dürftiges Häuslein erwerben, denn er besaß kaum ein Kupferstück, und ohnehin würde kein Ratsherr im ganzen Reich dem viel beschrienen Magier gestatten, sich in seiner Stadt niederzulassen.

Die Frühlingssonne schmolz den Schnee hinweg, Faust aber blieb bei Klara. Man schrieb das 1503. Jahr nach der Fleischwerdung des Erlösers, und den ganzen Sommer und Herbst hindurch fuhr er bloß in den Dörfern und Hügeln nahe Villingen umher und kroch neuerlich bei der einstigen Nonne unter, so wie der erste Reif die Auen bleichte.

Von Fürsten und Pfaffen, Ratsherren und Richtern, Ärzten und Gelehrten hatte er wenig zu befürchten, wenn er nur die Städte mied und die Märkte nicht zu tanzenden Tollhäusern verhexte. Doch auch dieser Friede verdroß ihn – es bewies ja nur, wie unbedeutend er war. Solange er in seinem Versteck blieb oder allenfalls als zauberischer Kräuterkrämer durch schwäbische Dörfer rumpelte, nahmen ihn die Mächtigen gar nicht wahr. Wenn er sich aber erkühnen würde, neuerlich sein Haupt wider sie zu erheben, so würden sie ihn im Mühlwerk ihrer Macht gemächlich zermahlen.

Dabei wünschte Faust weder den Fürsten noch den Pfaffen Arges, von ihm aus hätten sie so viele Kriege führen und Predigten halten mögen, wie es ihnen behagte, wider den Heerwurm der Welschen oder die Drachenwürmer der Hölle, auf oder unter der Erde, es war ihm ganz und gar gleich. In seinem einsamen Ringen nahm er sie alle, so wie die Ärzte, die gegen ihn hetzten, oder die Richter, die ihn verbannten, nur als schattenhafte Widersacher wahr – viel ferner, viel weniger wirklich als der Dämon in seinem Innern und die dunklen Geister, die ihn bei Tag und Nacht umschwebten.

Wie er auch sann und grübelte, er fand keinen Weg, sich selbst und die Seinen aus Armut und Ohnmacht zu befreien, ausgenommen den einen Pfad, der stracks in die Verdammnis führte. Ergib dich, gib dich ihm, so raunte der Dämon bei Tag und Nacht. Alle Welt glaubte, daß er mit dem Satan im Bunde wäre, und dabei rührten all seine Gaben und Makel, seine Macht und Ohnmacht, seine Bedrückung und Verzückung allein daher, daß er sich seit Anbeginn gegen den Teufel und all jene sträubte, die ihn der Hölle zuzutreiben suchten.

Es war aber die Zeit, da Kaiser Maximilian dem Flehen des Württembergers nachgab und Herzog Ulrich vor der Zeit für mündig erklären ließ. Die zwölf Stuttgarter Regenten mußten in ihre Bischofspaläste und Rathäuser zurückkehren, und der erst siebzehnjährige Herrscher nahm auf dem Stuhl seiner Vorväter Platz.

Zum Thronfest lud Ulrich Herzöge und Könige aus dem ganzen Reich ein und ließ sie so köstlich bewirten, mit den edelsten Speisen, mit Schauspiel und Schalmeien, als ob er selbst ein König und nicht bloß der Regent eines hochverschuldeten Herzogtums wäre. Auch ein Ritterturnier ließ er veranstalten, bei dem er selbst nicht weniger als zwölf Recken mit eingelegter Lanze vom Streitroß herunterstach. Am Abend leerte er zum Erstaunen seiner königlichen Gäste sieben Krüge roten Weines, und erst lange nach Mitternacht hob er die Tafel auf und ließ sich von seinen beiden kräftigsten Ministern in sein Schlafgemach führen.

Am Morgen nach dem Thronfest aber befahl der Herzog dröhnenden Hauptes, einen Heerwurm wider den Pfälzer Philipp zu rüsten. »Im nächsten Frühjahr breche ich los, und ehe die Reben gereift sind, soll das Vaihinger Land wieder württembergisch und Maulbronn unter meinem Schirm sein. So wahr mir Gott helfe, Amen.«

63

Erst als der 1504. Mai der Christenheit sich neigte, traf Faust wieder in Maulbronn ein. Kein Brief und kein Bote hatte ihn zum Herrn Burrus gerufen, doch er hatte die wachsende Kümmernis der Faustin erspürt und war sogleich losgefahren.

Wenn sie mich nicht einlassen oder bald wieder davonjagen wollen, nehme ich die Meinen diesmal mit mir fort. So hatte er es noch in Villingen beschlossen, obwohl er weniger denn je wußte, wo er auch nur sein eigenes Haupt betten sollte, wenn der nächste Herbst ins Land gezogen käme. Wenn er schon nicht als Heiler umherreisen durfte, konnte er sich doch immerhin als Puppenspieler und notfalls als Wahrsager durchschlagen, der den Leuten ihr Schicksal aus den Erd- und Herzensschwielen las. Aber es wäre ein hartes, kümmerliches Leben, und obgleich die Siebenschöpf gewiß nicht zögern würde, zu ihm auf den Kutschbock zu steigen, war es doch ganz unvorstellbar, daß die Faustin mit ihnen im Eselswagen von Dorf zu Dorf zog. Schon bei dem Gedanken, wie sie jauchzend über die Kirchplätze laufen würde, zum Gespött der Bauernkinder, oder daß sie unter freiem Himmel schlafen müßte, Regen und Räubern preisgegeben, krampfte sich ihm das Herz zusammen. Und doch schien es ihm weniger arg, als noch länger von den Seinen abgetrennt zu sein.

An der Eiche vor dem Klostertor zügelte er Tarock, sprang von der Kutschbank und wollte den heiligen Georg niedersausen lassen. Doch die Pforte war zugemauert, und als er an das große Tor daneben pochte, schrie eine heisere Stimme aus der Höhe: »Pack dich, Bettler, oder es kracht!«

Faust legte den Kopf zurück und entdeckte nach einigem Suchen das Antlitz des Wachsoldaten, der droben im Turm hinter der Schießscharte saß. Er sei kein Bettler, rief er zurück, sondern ein Scholar Ihrer Herrlichkeit, Georg Faust mit Namen.

»Der Herr Faust seid Ihr?« schrie der Reisige, und keine sieben Wimpernschläge später ging das Tor auf, und er rollte mit seiner Eselskarre hindurch.

Hinter ihm wurde gleich wieder alles verrammelt. Mit Erstaunen sah Faust, daß der Klosterhof nun gänzlich einem Heerlager glich. Wie seinerzeit am Bodensee drängten sich Zelte in engen Reihen, und auf den Gassen dazwischen marschierten Gewehr- und Armbrustschützen auf und ab.

»Ihr erlaubt, Herr?« Der Wachsoldat schwang sich neben ihm auf den Kutschbock. Mit einer Miene beklommener Ehrfurcht sah er von Faust zu Munkel, der hinten bei Hund und Puppen saß und unter der hochgeschlagenen Plane hervorspähte. »Der Herr Burrus hat befohlen, Euch sogleich zu ihm bringen zu lassen. Und ich habe mir seither jeden Tag aufs neue gewünscht, daß Ihr eintreffen würdet, wenn ich gerade auf dem Posten bin.«

»Warum denn das, Soldat?« fragte Faust, dabei kannte er die Antwort längst. Schon auf der dreitägigen Reise von Villingen herauf hatten ihn die Leute, wo immer er sich zu erkennen gab, wie einen Heiland empfangen. Sich vor ihm auf die Knie geworfen, ihn angefleht, ihnen die Hand aufzulegen, ja selbst sie zu segnen. In den beiden zurückliegenden Jahren, da er kaum aus der Villinger Schlucht herausgekommen war, war sein Ruhm nur noch strahlender geworden. In allen Schenken, auf jedem Anger hatte er die Wundertaten des Doktor Faust rühmen hören.

Zu den dreitausend Soldaten, die er am Bodensee verzaubert hatte, waren Tausende hinzugekommen, die er mal in Welschland, mal in Böhmen behext haben sollte. Und wenn man den Leuten weiters glaubte, so war er bei Würzburg trockenen Fußes über die Mainfluten gewandelt und hatte von Frankfurt bis Konstanz die Beschwerten fuderweise geheilt.

Mit scheuen Gebärden wies ihm der Reisige den Weg durch das pfälzische Heerlager zum Herrenhaus. Unterwürfig bekundete er währenddessen seine Verehrung des mächtigen Magiers Faust. »Es heißt, daß Lahme wieder gehen können, Herr, wenn Ihr ihnen die Hand auflegt.«

»Wer sagt das?«

»Nun, Herr, ich … weiß nicht.« Er geriet ins Stammeln. »Stimmt es denn nicht, was die Leute über Euch reden?«

»Was reden sie denn?«

Mit glänzenden Augen sah ihn der Bursche von der Seite her an. »Sie sagen, daß Ihr wie Jesus Christus seid, Herr. Und daß Ihr gekommen wäret, die Fürsten und Pfaffen zu verjagen und die armen Leute von Unrecht und Knechtschaft zu befreien.«

Da fuhr Faust ein rauhes Lachen aus der Kehle. Der Soldat verstummte. »Allmächtiger!« hörte er es in seinem Rücken knarren, und als er sich umwandte, fand er das ganze Sparrwerk auf dem Eselskarren dicht an dicht mit fieberfarbenen Krähen aus Neuindien besät. »Heilige Jungfrau! Strafgericht!« Sie knarrten und krächzten und gurrten, und der Zauberer mußte sie aus dem Nichts hervorgehext haben.

»Die Leute übertreiben«, sagte Faust, als sie durch den dunklen

Gang zwischen Schanzmauer und Klausurbau fuhren. »Aber so ganz unrecht haben sie nicht – alle Wunder, die vom Sohn der Mater Maria berichtet werden, vermag auch ich zu wirken, und noch einige mehr.«

Danach lachte er wieder und sah zum Himmel hinauf, wo ein schwarzer Vogel von plumper Ungestalt über dem Herrenhaus kreiste. Die Fieberkrähen stimmten knarrend in sein Lachen ein, und so blieb der Wachsoldat sein restliches Leben lang im Zweifel, ob Faust sich im Ernst oder Scherz der Wunder Christi gerühmt hatte.

»Nun, da stellt Er sich ja aufs Zeichen hin pünktlich ein.« Burrus klatschte in die Hände, und es klang, als ob ein Ochsenfrosch in ein Schlammloch platschte. Er thronte im Abtsaal seines prunkvoll neuen Herrenhauses, auf einem mit Troddeln behängten Sessel im Erker, der reich mit Maßwerk und Reliefs geschmückt war. Doch vor dem Bogenfenster war bloß noch das dunkle Mauerwerk des Schanzwalls zu sehen.

»Ihr schickt mich nicht gleich wieder fort?« Faust beugte sich flüchtig über die Rechte des Herrn Burrus, ein unförmiges Kriechtier, in dessen Fett und Fleisch der Abtsring fast zur Gänze eingesunken war. Nur ein Hauch von Gold und Karfunkel schimmerte noch zwischen feisten Wülsten hervor.

»Wo denkt Er wieder hin, Scholar. Ihn fortschicken? Wir haben ja sehnlich auf ihn gewartet!«

Burrus stieß ein atemloses Lachen aus, und Faust fragte sich, was ihn mehr erschreckte und befremdete – die jedes Maß sprengende Beleibtheit des Abtes oder seine ausgelassene Laune. Alle Gehetztheit und Grämlichkeit schien von ihm abgefallen. Sein Haupt war so kahl und rund und rot wie der Erntemond zur Rebenlese. Als er sich aus seinem Sessel stemmte, spannte sich die Robe über Wanst und Schenkeln von so unerhörter Fleischigkeit, daß er Faust mehr wie eine Sagengestalt als wie ein leibhaftiger Mensch erschien. An die Windsbräute aus uralten Legenden mußte er denken, die aus vollen Backen verwüstende Stürme bliesen, und an die wilden Weiber, von denen die Kunde ging, daß sie das blutige Fleisch hingeschlachteter Kindlein in ihre ungeheuren Bäuche schlängen.

»Die Novizen und Stifter haben wir allesamt nach Speyer verbracht, des drohenden Kriegs halber, da gelangt Er also wieder ungesehen hinab ins Labor«, erklärte Burrus, während er unter dem rosenfarbenen Engelsfresko zur Tür watschelte und Faust winkte, ihm nur hurtig zu folgen. »Und Philipps Soldaten schießen, trommeln und schreien ohnehin allezeit, da mag Er getrost Seinen schwarzen Geist beschwören. Ob nun gerade die Hölle oder der Heerwurm stinkt und brüllt, hört Ihm gewiß keiner heraus. Nur sput Er sich, denn das Schlachten wird nicht lange währen, und ehe die Reisigen abgerückt sind, muß Er ausgeschrien und -gebacken haben.«

Nun, ein wenig werde es wohl noch dauern, wandte Faust leichthin ein. Nach einer Pause von mehreren Jahren müsse er erst einmal die Lehren des Lullus und die Rezepte der Prophetissa auffrischen, auch sich vergewissern, daß alle Pulver und Schlämme vorhanden wären, die er brauche, um das kranke Gold zu heilen.

»Nichts da, Scholar«, gab Burrus in munterem Ton zurück und blinzelte gebieterisch zu Faust hinauf. Er hieß ihn die Tür zum Marienbau aufziehen und schob ihn schnaufend in die Halle hinein. »Nicht einmal in die Kapelle lassen wir Ihn treten und vor der Mater Maria die Hände zum Gebet erheben, ehe Er erfüllt hat, was Er uns seit Jahr und Tag schuldig ist.« Er nahm Faust wie früher bei der Hand, zog ihn die Treppe zum Skriptorium hinauf und ließ in seiner Eile und seinem Eifer nicht nach, obwohl er bei jeder Stufe noch lauter ächzen und schnaufen mußte. »Die kostbarsten Schriften der Christenheit haben wir Ihm unter großen Mühen beschafft und Ihm alle Lehren offenbart. Wende Er sich ab, Scholar!«

Faust ließ seinen Blick durch das Skriptorium schweifen, wo er niemals auch nur eine Zeile hatte lesen oder schreiben dürfen. Der lichte, reich geschmückte Saal war für edelblütige Novizen und Söhne vermögender Stifter bestimmt, für einen Halbteufel wie ihn dagegen war selbst das modrigste Kellerloch beinahe noch zu gut.

Hinter ihm machte sich Burrus an dem kalligraphischen Quadrat zu schaffen, dann glitt die Steintür knirschend auf. »Jahr um Jahr haben wir Ihn an Leib und Geist gepäppelt und keine Gefahren gefürchtet, um sein Seelenlicht vor der Verdammnis zu retten. Und nun ist's allerhöchste Zeit, daß Er sich unserer Gunst würdig zeigt. Von der Erde, die Er zum Versiegeln seiner Tiegel braucht, hat der Herr Nigrethius in seiner Güte Ihm einen ganzen Kübel voll besorgt. Alles, was Er für das große Werk benötigt, findet Er unten im Labor. Also hinab, Scholar, erst wenn Er uns den Keller mit Höllengold gefüllt hat, darf Er wieder aus dem Loch heraus. Und willfahrt Er uns nicht, so geben wir Ihn mitsamt Seiner Mutter dem Parzer preis.«

Die Glocken dröhnten. Vom Klausurbau drangen dumpf die Hymnen zur Matutin herab. Soldaten hörte er, die oben auf dem Schanzwall patrouillierten und Kommandos in die Nacht schrien. Vom Tannenholz her antwortete Geheul wie von einem Rudel Wölfen.

Wie seit Stunden lief Faust im Labor auf und ab, vom Schatten der jungen Faustin zur verriegelten Tür und wieder zurück, noch immer bis in sein Innerstes zitternd vor Angst und Abscheu. Der Tisch neben dem Athanor war ein einziges zuckendes Gewimmel. Er hatte das Gewürm nur mit einem Blick gestreift und war herumgefahren, den Hals voll saurer Übelkeit.

Alles hatte der Abt vorausbedacht, und er – arglos wie ein Narr war er dem Herrn Johannes ins Garn gegangen. Selbst das Gitter vor dem Luftschacht hatte Burrus erneuern lassen, und als Faust davor trat, um an den Stäben zu rütteln, da sah er, daß der Tunnel auf die Hälfte des alten Umfangs verengt worden war. Nicht einmal Messer könnte sich mehr hindurchwinden, geschweige denn ein Mann mit seinem Schultermaß.

Die Faustin und die Siebenschöpf saßen allenfalls hundert Schritte fern in ihrer Kammer und ahnten nicht einmal, daß er so nahe bei ihnen im Kerker darbte. Oder die Mutter spürte es, und Lena würde bald schon durch die Küchenknechte von seiner Rückkehr erfahren, und dann würden sie sich desto mehr ängstigen und um ihn sorgen.

Munkel war auf dem Eselswagen geblieben, der Willkür des Herrn Burrus gleichfalls preisgegeben. Zumindest war Messer diesmal mit ins Kloster geschlüpft, unter Sparrwerk und Plane verborgen. Aber wenn der Hund versuchen würde, die Seinen und ihre Habseligkeiten zu verteidigen, so würde der Abt wohl einfach einem Reisigen befehlen, das Vieh mit der Muskete zu erlegen. Selbst um seine Puppen sorgte und grämte sich Faust, derweil er im Labor auf und ab lief und es krampfhaft vermied, zum wimmelnden Tisch hinzusehen. Und dann wurde ihm bewußt, daß er alle Sorgen bloß vorschob und mit Eifer nach weiterem Kummer Ausschau hielt, nur um das allerärgste Grauen damit zuzudecken.

Wenn ich ihm nicht den Marbuelis herbeizwinge, damit der mir den Keller voll Höllengold scheißt, dann gibt der Herr Johannes die Mutter und mich dem Parzer preis. Mit Müh und Not kann ich vielleicht ein paar Tage Galgenfrist mir noch erlisten. Doch dann muß ich den Spruch schreien, oder der Herr Johannes läßt uns beide ins Feuer binden. Und aus seinem Ton war gut herauszuhören, daß er sich diesmal nicht vertrösten oder übertölpeln ließe.

Tags darauf, als Burrus wieder in den Keller trat, saß Faust vor der vermauerten Tür und wiegte den Schatten der Geschändeten in seinen Armen. Ein Lächeln verklärte sein Antlitz, und als er aufsah, fuhr der Abt zurück, so flammend strahlte sein Augenblau.

»Im ›Buch der Reichtümer‹«, sprach der Halbteufel, »schildert Abu Mussa Giabr einen Schmiedehammer – ›das Eisenhaupt wie der Schädel, der Schaft gleich dem Schenkel eines Riesen‹ –, einen solchen Hammer beschafft mir.«

»Wozu das?« fragte der Abt und klammerte sich fester an sein Kruzifix.

»Der Adept soll die Wangen des Werkzeugs mit den Zeichen, die ihm am heiligsten sind, bedecken, und wenn der beschworene Geist nicht willfahren will, soll der Buhle den Hammer gegen ihn erheben.«

»Nicht willfahren?« wiederholte Burrus. Die Haare hätten sich ihm gesträubt, wäre er nicht gänzlich kahl gewesen.

Faust ließ den Schatten sanft aus seinen Armen gleiten und erhob sich. »Die Berichte enthalten gewisse Andeutungen.« Er ging auf den Abt zu, der in der offenen Tür stand und ihm sein Kruzifix entgegenreckte. »Der Spruch zwingt den Geist herbei, aber nicht durchweg geht das Treffen gut aus.«

Burrus umfaßte das Kruzifix fester.

»Borethius erwähnt eine mißratene Beschwörung«, fuhr Faust mit samtener Stimme fort. Er blieb nahe dem Wandgitter stehen und schien zum Tannenholz hinauszulauschen, von wo indessen nur das unablässige Heulen des Windes zu hören war. »Der Adept war dahin, sein Leib arg zermartert – die Augenhöhlen wie mit dem Eisendorn blankgekratzt, die Eingeweide herausgerissen, so als ob der Geist ihm aus den Gedärmen hervorgebrochen wäre. Das Antlitz nach hinten gewendet, als hätte der Teufel ihm das Haupt abgeschnitten und falsch herum wieder auf den Hals gehext.«

Er ließ sein kaltes Lachen erschallen, und Burrus nutzte den Schrecken und riß sich von dem wenig geheuren Anblick seines strahlenden Halbteufels los. Sein Auge schweifte zu dem Tisch neben dem Athanor hinüber, und ein Schwindel befiel ihn, so als ob er aus großer Höhe kopfüber stürzte. Jeder einzelne Zoll des Tisches zuckte und bebte. Jede Faser von Beinen und Platte nebst allem, was darauf stand und lag. Phiolen und Pfannen, Töpfe und Schalen, und dazu war ein sehr leises, jedoch unaufhörliches Kratzen zu vernehmen, wie von winzigen Krallen und Klauen, die über Stein und Gebein schaben.

»Also laßt mir den Hammer bringen, ich bitt' Euch, Herr«, sprach Faust. »Ich will seine Wangen mit den Zeichen bedecken, die mir die heiligsten sind, und dann getrost den Marbuelis herbeizwingen.«

Welche Zeichen? Die Frage brannte Burrus auf der Zunge, doch er würgte sie wieder herunter wie einen Brocken Magenschleim. Manche Dinge beließ man besser im dunkeln. Und so nickte er Faust bloß wortlos zu und watschelte davon, um dem Klosterschmied die nötigen Befehle zu erteilen.

Am Boden kniend, nahm Faust das Messer und ritzte sich kreuzweise die Kuppe seines linken Herzfingers auf. Vor ihm stand ein Schälchen mit Goldöl, der sonnengelb leuchtenden Tinktur, die wahrhaftig einige Gran gelöstes Gold enthielt. Er ließ sein Blut hineinrinnen und zog einen Tannenzweig nur kurz hindurch, damit beide Säfte sich nicht vermischten, sondern das Gold bloß purpurrot geädert schien. Sodann schloß er die Augen, bis er beider Gestalt und Antlitz mit leuchtender Klarheit vor sich sah.

Er hob die Lider und malte auf die linke Wange des gewaltigen Eisenhammers die Umrisse seiner wilden Braut und auf die rechte die Silhouette der Mutter Maria. Mit wehendem Haar und ausgebreiteten Armen die eine, die andere mit sanft geneigtem Haupt, die Hände vor der Brust gefaltet.

Man schrieb den 3. Juni im 1504. Jahr des Erlösers. Sein Leben lang war Faust vor der Hölle geflohen, hatte sich gegen den Teufel gesträubt und gegen jene, die ihn dem Satan in die Arme zu treiben suchten. Doch nun war er am Ende aller Fluchten angelangt.

Den Athanor hatte er eingeheizt, daß das Rohr knackte und die Eisenkugeln glühten. Auf der Herdplatte standen wiederum die Kupferschale mit dem roten Pulver darin und daneben ein ungeheurer Topf, darin die blaugraue Suppe aus Quecksilber und Blei brodelte. Das kranke Gold, das der Höllengeist heilen sollte, indem er seinen Odem hinzuspie.

Den Kreis malte Faust diesmal nicht mit Kreide, sondern mit seinem Blut. In den Zirkel zeichnete er mit blutendem Finger ein magisches Quadrat und schrieb in die Viertel SUED und NATAS, AIRAM und jenes vierte Signum. In den südlichen Kreisbogen schrieb er EVA, in den östlichen AVOHEJ, in den nördlichen SURTEP, in den vierten weitere geheime Siglen.

»Wenn ich den Spruch nun wahrlich schreie, werde ich nie mehr der sein, der ich war. Denn der Satan erfüllt nur die Gelüste, Herr, die er in seinen Buhlen durch den Pakt erst erweckt hat, und verzaubert sie in grausame, boshafte Tiere.« Die Tränen tropften ihm aus den Augen, und er achtete darauf, daß sie nicht die Bildnisse auf dem Schmiedehammer und auch nicht die Blutzeichen auf dem Boden löschten. »Mißrät die Beschwörung, so zerreißt der herbeigerufene Geist den Leib des Adepten. Windet ihm die Eingeweide aus dem Wanst, dreht ihm das Haupt auf den Schultern um, vertauscht wohl auch zuweilen die Nase des Buhlen gegen sein Mannsglied. Denn der Satan ist ein arger Schelm, und wenn die Beschwörung glückt, so verrenkt und verkehrt er mir zwar nicht Hals und Glieder, doch desto gewisser Seele und Herz.«

Unaufhörlich bekreuzigte sich unterdessen der Abt, und sein Backenfleisch schlotterte, derweil seine Zunge Stoßgebete stammelte.

Faust erhob sich vom Boden und ging zu seinem alten Strohlager, wo er alle Gewänder abwarf. Denn wenn du die Hölle beschwörst, sollst du ganz und gar nackt sein. Die fiebrige Hitze soll dich befallen, und zugleich sollst du zittern wie im ärgsten Frost. Aus dem Kasten nahm er den Totenkopf, kehrte zum Kreis zurück und setzte den Schädel so hinein, daß er zur Essignische glotzte. Den Hammer stellte er daneben, so daß er mit seiner Rechten den Griff fassen konnte, falls es not tat. Die Engel auf dem Mauerwerk waren nahezu verblichen, doch immer noch schienen sie vor Liebe zu strahlen.

»Wenn die Beschwörung mißrät und der Marbuelis meinen Leib zerfleischt, laßt die Mutter und Lena die Greuel nicht sehen. Wenn der Zwingspruch aber gelingt und ich nachher bin wie Wolf und Schlange, so grausam, so tückisch, so begierig, die Kreaturen zu peinigen, mich an ihren Leiden und Tränen zu weiden, so haltet mich von allen fern, denen ich Angst und Schmerzen bereiten könnte. Wenn ich nach der wilden Braut schreie, daß sie auferstehen solle in der Frische ihres Fleischs, so legt mich in Ketten. Laßt den kleinen Munkel nicht zu mir, wie gellend oder winselnd ich auch nach ihm rufe. Und nun geht.«

Der Herr Johannes wallte davon, so rasch seine verschwollenen Füße ihn zu tragen vermochten.

Faust trat in den Kreis und streckte seine blutige Linke gegen die Höllenpforte aus. Er schloß die Augen und begann also zu schreien: »Ich, Georg Johannes Faust, beschwöre dich, Großfürst Marbuelis, bei dem großen Gebieter und der göttlichen Mutter Maria im Himmel und auf Erden, im Wasser, in der Luft und im Feuer, in der Hölle und außerhalb der Hölle und bei dem Wort, das da war im Anfang der Welt. Im Namen des Erlösers, der dich, Großfürst Marbuelis, bei seiner Höllenfahrt siegreich überwunden und unter seine Füße getreten hat, beschwöre ich dich, daß du mir auftust die Grundfeste der Erde und bei Amala Saim/Fara/Lamim/Saumi/ma/also fortan meinen Willen vollbringst, nach dem was ich dir gebieten werde, Sela und Amen. Komm, Marbuelis, komm, komm!«

Da erschallte ein Donnern und Grollen, daß die Erde bebte und die Grundfesten wankten. Das Mauerwerk wurde durchscheinend wie Glas, über das der Regen herabläuft, und dahinter schaute Faust den Marbuelis, wie er aus der Hölle emporfuhr. Mit seinem gewaltigen Eselskopf und der fleischfarbenen Mähne, mit seinem funkelnden Schuppenleib und den ungeheuren Habichtsschwingen. In seiner Mitte wand sich die verfluchte Schlange, und der furchtbare Fürst stieg höher und höher empor, und dann brach er aus der Essignische hervor, ein schwarzer Schuppenwurm, der sich blähte und schwoll und fast den ganzen Keller füllte. Sein Eselshaupt mit der widerlich rosafarbenen Mähne stieß gegen die Decke, die Raubvogelschwingen schlugen wider die Mauern und fegten alles um, woran sie streiften.

Immer gewaltiger quoll und schwoll der Höllenwurm auf und drängte Faust zurück, so daß er aus dem Bannkreis weichen mußte. Eben noch gelang es ihm, den Hammer zu packen, dann wurde er gegen das Gitter im Mauerwerk zurückgeworfen. Zugleich wurde das Donnern und Tosen noch tausendmal lauter, so daß er meinte, der Schädel müßte ihm wie ein Tontopf zerplatzen. Und ein abscheulicher Gestank entströmte dem Schuppenleib, wie von Kotkübeln, die über ihm ausgegossen würden, und von brennenden Pestleichen, aus deren Gedärmen fettige Schwaden aufstiegen.

»Mich gerufen, Faust?« meinte er zu hören, doch das Getöse wurde immer ärger. »Willst du, Faust?« Und immer noch weiter schwoll der schwarze Schuppenleib an, so daß Faust gegen die Mauer gepreßt stand und vor Ekel und Enge kaum mehr atmen konnte.

Das Brausen und Donnern ließ jede Faser seines Leibes und seiner Seele erzittern. Als ihm die Sinne schon schwinden wollten, packte er mit allerletzter Kraft seinen Schmiedehammer und stieß ihn wie eine Riesenfaust in den vor ihm schwellenden und funkelnden Wurm hinein.

Zu seinem Erstaunen gab der Drachenleib nach, als ob er nicht aus gepanzertem Fleisch, ja nicht einmal aus Kot und Schleim bestünde, sondern bloß aus schwarzem Dampf. Von der Wucht seines Hiebs und dem Gewicht des Hammers fortgerissen, fand sich Faust unversehens im Innern des rußigen Wurms. Er drang weiter vor, mit Husten und Keuchen, denn die schwarzen Schwaden waberten um ihn herum und nahmen ihm vollends den Atem.

Da erblickte er vor sich ein rotes und goldenes Schimmern und meinte, das müßte der Widerschein des Feuers aus seinem Athanor sein. Doch als er auf das Licht zuwankte, fand er sich mit einemmal vor einer schmalen Tür, die war in eine rußig schwarze Mauer eingelassen und stand weit offen, und dahinter war die prachtvolle Halle eines Schlosses oder Herrenhauses, strahlend erleuchtet und mit den köstlichsten Bildnissen geschmückt, die er jemals erblickt hatte. Da ging er durch die Tür und trat ein.

64

Er lag am Boden, nackt und vor Kälte zitternd. Er fühlte sich matt und zerschlagen. Sein Kopf dröhnte, und nur ganz allmählich dämmerte ihm, wo er sich befand. Da schrie er auf, vor Zorn und mehr noch vor Schmerz.

Das Feuer im Ofen fauchte, die Bleisuppe brodelte. Im Mauerschacht heulten die Winde. Nicht mehr in jenem Schloß zu sein, schien ihm ärger als alles, was ihm jemals widerfahren war.

Doch ich war wirklich dort. Es war kein Traum, keine Verblendung, kein Höllenspuk. Ich weiß es. Wenn ich je irgend etwas wußte, so dies. Ich war dort. Bei ihr und bei mir selbst. Zu Hause, zum allerersten Mal.

Nackt und matt und zitternd lag er da und sah alles so strahlend klar vor sich, als ob er noch immer dort wäre. Die gewaltig große, überirdisch schöne Frau, die wie eine vollkommene Adele aussah, wie die menschgewordene Laria. Sie hatte ihn willkommen geheißen, ihn »mein Herr Faustus« gerufen und innig umarmt. Alles dort hatte geleuchtet, als ob Stein, Bein und Fleisch durchwirkt wären mit Fäden aus Licht und Gold. Als ob die hiesige Welt, in die er sich zu seinem Leid zurückgeworfen fand, eine kranke, bleierne Welt wäre und jene andere dort drüben golden, weil geheilt.

Sie hieß Adelgunde, und sie hatte ihm die Hand gereicht und ihn an eine reich gedeckte Tafel geführt. Er hatte sie angesehen und sogleich gefühlt, daß er nach Hause gekommen war. Daß sie es war, die er ein Leben lang gesucht und gleichsam immer schon geliebt hatte. An der Tafel hatte bereits ein anderes Paar gesessen, Larissa und Adrian mit Namen. Sie hatten ihn freudig begrüßt, und die junge

Frau war seine eigene Zwillingsschwester, der Mann aber der Bruder von Adelgunde. Und auch von ihnen war dieses Strahlen ausgegangen, von ihren Augen, ihrem Haar, ihrer Haut, und als er an sich herabgeschaut hatte, da war auch er selbst von jenem Leuchten durchseelt, als ob in seinem Fleisch tausend winzige Lichter glömmen. So wie seine Frau Adelgunde und ihrer beider Geschwister trug auch er ein bequemes Gewand aus schmiegsamem Tuch. Selbst von ihren Kleidern ging jenes Leuchten aus, so wie von jedem Ding in dem Zimmer, darin sie an der Tafel saßen. Die Bildnisse an den Wänden, die Sessel, Teller, auch die Speisen, die von Dienern herbeigetragen wurden, alles schien von jenem sanften Licht durchstrahlt. So als ob Erde und Himmel dort verschwistert wären, nicht entzweit wie in der Welt, in der Faust sich nun wiederfand.

In der kranken Welt, dachte er, wo alles bleiern ist, das Fleisch, der Stein, die Herzen und Geister. Dort aber ist alles golden, weil geheilt. Das Fleisch ist dort immer noch Fleisch, Menschen leben dort und keine Engel, die ja bloß aus Licht geschaffen sind und die Leidenschaft der Leiber nicht zu empfinden vermögen. Aber es ist gleichsam ein ideales Fleisch, so wie Adelgunde eine ideale Adele ist. Und doch war alles dort so vollkommen wirklich, daß mir dagegen alles Hiesige wie ein blasser Traum vorkommt.

Niemals hatten ihm Speisen und Wein herrlicher gemundet als an jener Tafel. Nachher hatte Adelgunde ihn in ein Gemach geführt, und nie zuvor hatte er eine Frau von so köstlichem Liebreiz umarmt. So feurig wie seine wilde Braut war sie und dabei so innig, so engelhaft wie Klara, und diese Mischung war von unsäglicher Süße, berauschend und erfüllend zugleich.

Nun lag er auf dem schrundig kalten Stein in seinem verfluchten Laborloch, nackt und beschmutzt und zitternd vor Frost und Mattigkeit. Es kann kein Traum oder Trug gewesen sein, dachte er wieder, aber was war es sonst? Wie kann ich zurückgelangen zu meiner idealen Adele, in die strahlende Welt, unser köstliches Schloß? Stöhnend setzte er sich auf. Auf seiner Stirn ertastete er eine pflaumengroße Beule, so als ob er versucht hätte, eine Mauer einzurennen. Schwindelig fühlte er sich und zu Tode erschöpft.

Aber die modrigen Steinbrocken dort neben dem Ofen habe nicht ich aus der Wand gestemmt. Der furchtbare Marbuelis war's, als er aus der Tiefe emporflog und durch die Essignische brach. Und nicht in das Schloß der Adelgunde führt dies Mauerloch, sondern stracks in die Hölle hinab.

Bruchstücke vergilbter Engelgesichter schimmerten ihm von den herausgebrochenen Steinen entgegen, doch die meisten Brocken funkelten so honiggelb, daß es nicht von den Engeln herrühren konnte. Er krauchte näher zu den Trümmern hin, zu matt und benommen, um sich auf seine Füße zu erheben. Dann lief er wie ein Hund oder Wickelknabe auf allen vieren zwischen den schimmernden Brocken umher und konnte kaum glauben und noch weniger bezweifeln, daß bald drei Dutzend der gut faustgroßen Trümmer aus schierem Gold geschaffen waren.

Derweil er zwischen Gold- und Mauerbrocken umherkroch, schallte mehrfach ein dumpfes Donnern von droben herab, doch Faust nahm es kaum wahr. Er versuchte zu begreifen, was geschehen war – hier im Labor und mehr noch drüben in jener strahlenden Welt. Zwischen den Trümmern lag sein Schmiedehammer am Boden, und als er die Eisenwangen betrachtete, fand er das rot geäderte Gold der Bildnisse mit schwarzem Staub besät. In seinem »Buch der Reichtümer« empfahl Abu Mussa Giabr durchaus nicht, einen Schmiedehammer mit heiligen Zeichen zu versehen als magische Waffe, falls die Beschwörung zu mißraten drohte. Die Eingebung war ihm selbst gekommen, und gerade in dem Moment, als er dort drüben am Boden gesessen hatte, den Schatten der Faustin als junge Maid in seinen Armen, und der Herr Burrus eingetreten war.

Und wie auch immer es sich damit verhielt – der Zauberhammer hatte anscheinend bewirkt, daß er durch die Beschwörung des Marbuelis nicht zuinnerst verwandelt worden war, zu einem menschengestaltigen Wolf, wie er es seit Jahr und Tag befürchtet hatte. Vielmehr war er selbst mit jenem Hammerhieb in das Innerste des Marbuelis gedrungen, und was er dort vorgefunden hatte, war jene andere, strahlend ideale Welt. War er also doch nur neuerlich der Verblendung erlegen? Was konnte sich im Herzen der Hölle anderes finden als eben allerreinster Satanstrug?

Nein, nein, es war weder Trug noch Spuk, dachte Faust wieder. Das hier ist ein verworrener Traum – dieser Keller, die Gold- und Mauerbrocken, so wunderlich durcheinander geworfen, wie es bloß in Träumen geschieht.

Wie unergründlich rätselhaft das alles war, wie verborgen und verbogen. Was für ein Ebenmaß dagegen in jener anderen Welt – alles strahlte dort vor Klarheit, alles war durchscheinend bis auf den Grund. Nichts Trübes gab es dort, nichts Dunkles, nichts Verstecktes. Meine wahre Braut habe ich endlich gefunden und gleich wieder verloren, dachte er dann. Schmerzhaft verkrampften sich ihm Hals und Herz. Aber ich werde es erzwingen, schwor er sich, das Schloß will ich finden, darin Adelgunde auf mich wartet, und wenn ich bis zum Ende der Welt wandern muß.

Wieder drang von droben dumpfes Grollen herunter, das die Mauern erzittern ließ. Da rappelte er sich auf und begann die Goldbrocken aufzusammeln, wankend vor Mattigkeit und ohne recht zu wissen, was er überhaupt tat. Jeder Goldklumpen war so groß wie der Schädel eines Wickelkindes, und er trug sie zum Athanor und warf sie einen nach dem anderen in den gewaltig großen Topf, darin die graue Suppe brodelte. Schüsse knallten nun oben auf dem Klosterhof, Schreie hörte er und ein Rumpeln, als ob Felsgestein zerbersten würde.

Er eilte zum Tisch hinüber, bezwang seinen Abscheu und nahm die hochwandige Schale, darin seit Jahr und Tag der Tiegel mit dem Seelenfett des armen Jorgele stand, armdick von zuckendem Gewürm bedeckt. Rasch war er wieder beim Ofen, kippte die Schale über dem Topf aus und hörte, wie die Käfer und Schaben und Würmer und Maden mit Knacken und Zischen im Gebrodel vergingen. Und als er sich umwandte, eilte alles Gewimmel, das am Tisch zurückgeblieben war, zuckend und sich krümmend und wie mit winzigen Krallen schabend zum Athanor herbei. Am eisernen Leib des Ofens krochen sie hoch, und was nicht unterwegs der Glut erlag, wimmelte bis zum Topf empor und stürzte sich in die funkelnde Suppe hinab, an deren Grund der Tiegel trieb, nach dessen Süße sie so sehr gierten.

Der Brodem von Abertausenden kochender Spinnen, verschmorender Maden war so abscheulich, daß sich Faust bald auch noch in den Topf voll Gold und Kot erbrochen hätte. Doch er bezwang seinen Würgreiz, wie er zuvor alles andere bezwungen hatte, selbst den furchtbaren Marbuelis. Er setzte den Deckel auf den Topf und war eben dabei, seine Kleider überzustreifen, als der Herr Burrus in den Keller trat.

Sein Blick ging gleich zur aufgebrochenen Essigpforte, und seine Backen wurden fahl. Der Gestank schien ihm die Säuernis in den Hals zu treiben – mit der Linken hielt er sich die Nase zu, derweil seine Rechte das Kruzifix vor seinem Wanst umkrampfte. Über Steinbrocken stolpernd, gelangte der Abt zum Athanor, hob den Deckel und fand den ganzen ungeheuren Topf mit Gold gefüllt. Zerplatzte Käfer und zerstückte Spinnentiere trieben in der Funkelsuppe, und die widerliche Würze machte es ihm nur noch gewisser, daß kein anderer als der Satan diese Grütze angerührt haben konnte.

»Versiegle Er nun den Topf mit der alchymischen Erde«, sprach der Herr Johannes. »Und dann folge Er uns eilends ins Licht hinauf. Aber rede Er dort mit keinem und nenne vor allem durchaus nicht Seinen wahren Namen – soeben hat der wüste Württemberger unser Schanzwerk zuschanden geschossen. Doch keine Bange, den Frieden haben wir mit seinen Ministern schon im voraus ausgehandelt. Maulbronn kommt unter seinen Schirm, und dafür schickt er uns einige Schatullen Goldes, die erlittenen Schäden zu beheben, und sichert uns zu, das Klostergeviert und alle unsere Weiler und Höfe vor weiterem Plündern zu verschonen.«

Während Burrus redete und sich zwischendrin mit fahriger Hand bekreuzigte, nahm Faust wie geheißen den Topf vom Feuer, setzte den Deckel wieder darauf und bedeckte ihn mit Erde aus dem Kübel des Nigrethius. Wie Abu Mussa Giabr in seinem »Buch der Reichtümer« tatsächlich vorschrieb, sollte der Topf für fünf Tage mit jenem Lehm versiegelt bleiben, damit das geheilte Gold nicht neuerlich bleiern erkrankte.

»So ist also mit dem Württemberger alles artig geregelt«, pries der Herr Burrus weiter sein Geschick und seine Tücke. »Auch daß wir nun kaiserlichen Zorn nicht länger fürchten müssen, stimmt uns froh. Nur wider Ihn, den Hexer Faust, wie er Ihn mehrfach geheißen, ist der Württemberger Löwe noch immer grimmig. Wenn er also gewahr würde, daß besagter Faust im Kloster weilt, könnte sein Zorn sich auch gegen uns noch wenden.« Er nahm Faust bei der Hand und zog ihn schnaufend zur Tür. »Aber weshalb ist denn Seine Pratze bloß so kalt? Und warum schlottert und wankt Er denn, als ob Er vom Fieber befallen wäre? Aber nun kann Er ja ein wenig ruhen, ehe Er wieder davon muß.«

Auf der Schwelle schaute Faust noch einmal zurück zur vermauerten Tür, und da schien es ihm, als ob der Schatten der Geschändeten dort nicht länger im Äther schwämme.

Der Abt verschloß den Keller und zog ihn weiter, den Gang entlang und die geheime Treppe hinauf zum Skriptorium, wo die hintersinnige Inschrift in die Wand gemeißelt stand, der Spruch des Abtes Adalbert, der einst den Schatz im Kloster vergraben hatte, dreiunddreißig Brocken schieres Gold. »*Liebe und Keller lassen sich nicht teilen*.«

»Also sput Er sich nun«, gebot der Herr Burrus, »damit wir hier alles verriegeln und versiegeln können. Von jenem Topf voller Gold soll keiner wissen und erfahren. Ihn aber, Faust, versichern wir unserer Zufriedenheit. Sei Er unbesorgt, Seine Mutter kann allezeit im Kloster wohnen bleiben.«

So matt und zerschlagen, als ob ihm der Schmiedehammer auf den Kopf gefallen wäre. Die Arme vor der Brust verschränkt, schleppte er sich durch den düsteren Gang zwischen Klausurbau und Schanzwall. Selbst hier droben in der Sommersonne schlotterte er noch immer am ganzen Leib, und jeder Schritt schien ihm eine noch ärgere Mühsal.

Doch es war ein anderes Kranksein als ehedem, da er die Beichte des Borethius gelesen und das Knechtlein Adi im Schlaf sich an ihn herangedrängt hatte. Eine fiebrige Verzückung hatte der Dämon damals in seinem Fleisch entzündet. Dagegen fand Faust sich nun bis in sein Innerstes ausgekühlt.

Obwohl ihm der Abt bloß so lahm wie ein Schwan vorauswatschelte, vermochte Faust kaum zu folgen. Doch so frostig und matt er sich auch befand, so überscharf nahm er zugleich alles um sich herum wahr. Das Schnaufen des Herrn Johannes, den ungeschlachten

Vogel auf dem Schanzwall über ihnen, die Schüsse vom westlichen Wehrwall her, den Brandgeruch, der ihnen mit einem Wirbel von Asche und Funken entgegenwehte, die gebellten Befehle der siegreichen Soldaten: »Waffen nieder, Pfälzerknechte!«

Er gelangte auf den vorderen Klosterhof, schon ein Dutzend Schritte hinter dem Abt zurück. Der westliche Schanzwall war zerschossen, zur Rechten des Tors klaffte eine Bresche so groß, daß man mit dem Ochsengespann hätte hindurchrumpeln können. Dahinter war die gewaltige Murfel zu sehen, die württembergische Steinkanone auf ihrem ungefügen Büchsenwagen. Zwischen Mauerbrocken und Balkentrümmern lagen Steingeschosse im Hof verstreut, die wohl von der Murfel abgefeuert worden waren, mit wahrlich verheerendem Erfolg. Nicht nur den Schanzwall hatten die bald zweihundertpfündigen Kugeln durchschlagen, weitere Geschosse hatten die Vorderfront der Kirche zerschmettert und das Dach des neuen Klosterspitals zur Hälfte abgedeckt. Auf dem Wehrturm neben dem Tor wehte die weiße Fahne der Unterwerfung.

Faust richtete seinen Geist auf die beiden Kammern unterm Dach des Gesindehauses und fand, daß die Mutter, Lena und Munkel in großer Angst, doch sonst unversehrt waren. Aus dem hölzernen Stall neben der Schmiede schlugen helle Flammen, und eben als er am Ziehbrunnen vorbeikam, brach ein ganzes Dutzend Pferde durch die zerberstende Vorderwand und sprengten angstvoll wiehernd im Hof umher. Die Rösser brannten an Fell und Mähne, Rauch stob aus ihren Nüstern, und nun stolperte ihnen ein Esel hintendrein aus den Trümmern, gleichfalls mit brennendem Fell.

Es war Tarock, und als er seinen Herrn bemerkte, rannte er schreiend auf ihn zu. Faust hatte sich eben über den jungen Kurpfälzer gebeugt, der beim Ziehbrunnen lag, mit starrem Blick, sein Hinterkopf blutig zerbrockt. Er legte dem Soldaten die Hand auf und schauerte zusammen, das Innere des Burschen war schwarz wie Ruß. Es war der junge Wächter, der ihn vor acht Tagen durchs Heerlager geleitet und dabei schwärmerisch die Heilergabe des Doktor Faust gepriesen hatte.

Schreiend, mit verdrehten Augen, taumelte Tarock auf ihn zu. Flammen züngelten aus seinen Flanken, lichterloh brannte sein Schweif, und aus Nüstern und Lefzen quoll grauer Rauch. Bis auf drei Schritte wankte er noch heran, dann brachen ihm die Beine weg, und er blieb mit einem letzten Zucken liegen.

Neben dem treuen Gefährten sank Faust auf die Knie. Tarocks Augen waren bereits starr, dennoch legte er auch ihm seine Seherhand auf und fand kein Leben mehr in dem einst so starken, zähen Leib. Gelbe und rote Flämmchen tanzten noch immer in seinem grauen Fell, und Faust löschte sie mit der Hand und beugte sich zu Tarocks Ohr hinab. »Wir sehen uns wieder, mein Freund, in der goldenen Welt. Denn dort sind alle Wesen aus Fleisch und Blut wie hier, und doch hat der Tod keine Gewalt über sie.«

»Was treibt Er denn da nur wieder für Eseleien, Scholar?«

»Väterchen?« Faust hob sein Haupt. »Josephus? Habt Ihr das Schießen wohl überstanden?«

»Ja, wie denn anders, Scholar.« Ein Lächeln wehte über das Antlitz voll ledriger Wellen. Auf seinen Knotenstock gestützt, stand er schwankend und krumm inmitten von Toten und Trümmern, doch die beiden jungen Novizen, die ihn bei den Achseln fassen und wegführen wollten, schüttelte er mit einem Knurren ab. Aus milchigen Augen sah er zu Faust hinunter. »Ihre Herrlichkeit befiehlt, daß Er sich in die Kammer Seiner Mutter hinaufbegeben und dortselbst sitzen bleiben soll, bis man Ihm andere Weisungen gibt.«

»Ist gut, Väterchen, ich gehe gleich hinauf.« Ein letztes Mal streichelte er Tarock über das struppige Fell, dann rappelte er sich auf. Noch immer hausten in ihm Frost und Mattigkeit, und er dachte, daß er die Treppen hinauf zur Faustin und zu seinem Lenchen würde kriechen müssen, auf dem Bauch wie die verfluchte Schlange, so bleiern war ihm zumute. Aber auch diese Mühsal würde er überstehen. »Sagt doch, Väterchen – als wir uns das letzte Mal trafen, da vermochten Eure Beine Euch doch nicht mehr zu tragen?«

Wieder flog ein Lächeln über das Antlitz des Uralten. »Und meine Augen weigerten sich, meinem Geist etwas anderes vorzuspiegeln als einen immerwährenden Nebel.«

»Aber nun hat sich beides gebessert?«

»Nun, Söhnchen, diesen beiden Knaben hier wird es wohl eher wie das Schleichen der Schnecke und das Blinzeln des Maulwurfs erscheinen. Aber es ist dennoch ein Wunder, für das ich meinem Schöpfer an jedem Morgen auf Knien danke.«

»Eurem Schöpfer, Väterchen?«

»Dem All-Einen, Scholar. Nun reich Er mir zum Abschied rasch noch Seine Hand – nein, Seine Linke meine ich –, und dann aber hinauf mit ihm in den Dachverschlag.«

»Die heilige Maria sei mit Euch, Väterchen.«

»Das ist sie allezeit. Der Himmel segne dich, Scholar.«

65

Er lag auf dem Strohbett der Siebenschöpf, und wenngleich er zu matt war, um auch nur Fuß oder Finger zu rühren, so schien sein Geist ihr doch gänzlich klar zu sein. Von früh bis spät saß die Faustin zu seiner Linken am Bettrand, hielt seine Hand, streichelte seine Wangen und lächelte unablässig. Sie selbst nahm meist zu seiner Rechten Platz, wenn sie nicht gerade in der Kammer umherlief, um seinen Becher zu füllen oder die Tür für den Knecht zu öffnen, der ihnen zur Vesperstunde ihr dürftiges Mahl brachte.

Zuweilen stellte sie Faust eine Frage, doch meist lauschte sie nur still und suchte ihren Kummer zu verbergen. Auch Messer, der nahebei auf den Dielen lag, schien angelegentlich zuzuhören, jedenfalls hob er häufig sein Haupt mit dem spiegelnd weißen Antlitz, und die schwarzen Ohren zuckten. Nur Munkel wollte von Fausts Erzählungen offenbar wenig wissen. Mit einem Ausdruck bekümmerter Glückseligkeit lag er in tiefem Schlaf, einen dürren Arm um den Hals seines wiedergekehrten Meisters geschlungen.

Mit ruhiger, nur zuweilen schmerzlich spröder Stimme erzählte Faust ihr von einem fernen Land, das er bereist habe und wo alles wie hierzulande aussah, bloß makellos und strahlend. Seine Schilderungen aus jener Welt, die er nur die goldene oder die geheilte nannte, kamen Lena recht wundersam vor. Aber sie ähnelten durchaus nicht dem bestürzenden Gestammel, das seinem Mund entströmt war, als er vor Jahren in Knittlingen mit dem Fieber daniederlag.

Zu Anfang hatte sie gedacht, daß es für ihn ein Spiel sei, mit dem er sich an Leib und Seele aufzurichten suchte. Denn als sie ihm die traurige Botschaft überbracht hatte, daß auch sein Eselswagen mit allen Puppen darauf von den Flammen verzehrt worden sei, da hatte er mit einem Lächeln gesagt: »Es ist gut so, mein Lenchen. Was sollen mir die Puppen noch – jetzt, da ich die geheilte Welt gefunden habe?«

Auch ihr selbst hatte jenes goldene Land zunächst recht wohl gefallen. Niemand schien dort an Krankheit oder Armut zu leiden, und niemandem wurde in der geheilten Welt je ein Unrecht zugefügt. Sogar ein Anwesen von schloßartiger Pracht behauptete Faust dort zu besitzen, und da hatte sie wieder gemeint, daß es ein tröstliches Spiel für ihn wäre. Daß er seinen alten Traum auf diese Weise weiterträumte, von dem Haus, das er sein eigen nennen, in dem er mit der Mutter und ihr selbst leben wollte, wenn er erst zu Ansehen und Wohlstand gelangt wäre.

Doch ob Spiel oder Ernst, für sie selbst war kein Platz darin, das hatte Lena schließlich verstanden, und seither schlich in ihr ein Schmerz umher, den sie seit ihrer beider Kindertagen kannte. In jener goldenen Welt, mochte er sie nun geträumt oder wahrhaftig bereist haben, gab es ein anderes Weib, das hieß Adelgunde und war die Gemahlin ihres Faust. Wie jene rote Magd sah sie aus, die wilde Adele, der er einst das arme Jorgele überlassen hatte. Ein riesenhaft großes Weib war auch sie, wie ihr Faust es nun einmal leider liebte, mit kupferner Mähne und waldgrünen Augen und einem Busen so gewaltig wie das Riesengebirge. Aber so feurig sie ihn bei Nacht umhalste, so zart und innig konnte sie sich dann wieder gebärden, als wäre sie Windsbraut und Engel in einer einzigen, unübertrefflichen Person.

Je länger und eindringlicher er von der geheilten Welt erzählte, desto heißer brannten in Lenas Innerem Schmerz und Zorn. Er mußte wieder dorthin reisen, versicherte ihr Faust, so rasch wie irgend möglich, denn war jene Welt golden, so war diese hier bleiern, und war dort alles heil und strahlend, so hier alles krank und grau.

Sie verstand all sein Preisen und Vergleichen so, daß er eigentlich jene Adelgunde und sie selbst damit meinte. Krank und grau, so sehe ich für ihn aus, dachte das Lenchen und tupfte sich verstohlen über die Augen, das rotgoldene Weib dagegen kommt ihm strahlend und strotzend vor. Alt und faltig wie einer seiner Folianten bin ich wahrlich geworden, derweil ich Jahr um Jahr auf ihn gewartet habe. Aber es kann ja nicht sein, daß mein Faust insgeheim seit langem in jenem Land mit einer anderen vermählt ist und es mir nur niemals offenbart hat. Nein es muß etwas anderes dahinterstecken. Und doch entzündeten sich aufs neue in ihr Schmerz und Wut, wenn er ihr abermals von der goldenen Welt jener Adelgunde schwärmte.

»Jedes Ding und jede Kreatur«, sagte er und schaute sie mit seinen Flammenaugen an, »scheint dort von innen heraus zu strahlen. Himmel und Erde, Licht und Fleisch sind dort versöhnt, verstehst du, mein Lenchen? Als ich in der goldenen Welt war, habe ich lange versucht, meiner Adelgunde zu erklären, wie es hier in der bleiernen Welt zugeht, aber sie hat mich auch nicht viel anders als du jetzt angeschaut. Und schließlich hat sie ausgerufen: Was du dir nur immer für Schnurren ausdenkst, mein Faust! Eine Welt, die von Gebresten, Pest und Tod verdüstert wird, wo die einen verbannt oder verbrannt werden, in Armut und Knechtschaft darben, derweil die anderen in den köstlichsten Palästen leben – eine so kranke, so graue, so bleierne Welt konnte meine goldene Adelgunde sich kaum in Umrissen vorstellen, und daß es eine solche Welt in der Wirklichkeit geben oder auch nur jemals gegeben haben könnte, hat sie mir sogar lachend in Abrede gestellt.«

Da konnte Lena die Tränen nicht länger bezähmen – sie sprang auf und lief in die Kammer der Faustin hinüber, um für ein paar Atemzüge allein zu sein. Denn ihre eigene Welt war gewiß nicht golden, sondern sehr viel eher bleiern, aber vor allem war sie so unentrinnbar eng wie ein Kerkerloch.

Faust unterbrach seine Erzählung, weniger aus Zartgefühl als aus Müdigkeit. Er spürte wohl, daß die Siebenschöpf litt, aber er war noch zu matt, um ihrem Kummer auf den Grund zu gehen, und stärker als alles andere war der Sog, der ihn in die geheilte Welt hinüberziehen wollte.

So hauste Faust wohl zwei Wochen wie in Knabenzeiten Wand an Wand mit der Faustin. Teilte das Lager gar mit seinem Lenchen wie ehedem im Küferhaus, doch wenn sie sich zärtlich an ihn schmiegte, küßte er sie höchstens keusch auf die Stirn.

»Ich muß losziehen, Lena«, sagte er immer öfter, je weiter der Sommer sich in den Herbst hineinneigte. »Noch bin ich nicht gänzlich wieder bei Kräften, doch wie könnte ich je gesunden, solange ich hier gefangen bin, in der kranken, bleiernen Welt? Irgendwo auf Erden muß es einen Pfad geben, der ins goldene Land hinüberführt. Den will ich finden, und wenn ich mein Leben lang danach suchen muß.«

Und nachdem er es zumindest siebenmal wiederholt hatte, sprach die Siebenschöpf schließlich: »So komme ich mit dir, mein Faust.« Sie hatte auch gleich einen Plan bei der Hand, wie sie ihn begleiten könnte, ohne daß die Faustin leiden müßte. »Meiner Mutter«, sagte sie eifrig, »wird die Magdarbeit im Küferhaus immer saurer. Ihre alten Knochen schmerzen sie, wenn sie die Jauchekübel tragen muß, und mehr noch leidet ihre Seele unter den Flüchen, die der Gerlach unablässig ausspeit wie einen zweiten Jauchestrom.« Und sie schlug vor, die Mutter Siebenschöpf an ihrer Statt in die Kammer neben der Faustin einzuquartieren.

»Aber würde es der Tonia denn hier behagen – auf diese Kammern und allenfalls einen Gang hinab zum Brunnen eingeschränkt?«

Lena lächelte scheu. »Habe ich's nicht auch ertragen, mein Faust? Mehr als einmal hat sie mir außerdem vorgeseufzt, wie gern sie klösterliche Stille gegen das säuische Gebrüll im Küferhaus eintauschen würde. Und deine Mutter hat sie ja auch früher schon froh und liebevoll umsorgt.«

Also war es entschieden. Als zu Bartholomäus der Herr Johannes nach ihm schickte, um ihm wieder einmal die Pforte zu weisen, da forderte Faust, wie er es mit Lena besprochen hatte: »Statt der Tochter wird die Mutter Siebenschöpf sich fortan um die Faustin bekümmern.«

Burrus war mit allem einverstanden, wenn sein Halbteufel ihm nur hurtig aus den Augen käme. »Des Herzogs halber, denn Ulrich zürnt Ihm noch immer, auch wenn seine verblichene Schwester dem Herrscher erschienen sein soll, um ihn zur Milde zu mahnen.« Faust stand vor dem thronenden Abt unter dem Engelsfresko, und Burrus legte seinen Kopf in den Nacken und blinzelte gebieterisch zu ihm empor. »Also meide Er alle Narretei, die den Herrscher noch ärger gegen Ihn erbittern könnte, und warte ohne jedes Aufsehen ab, bis wir Ihn wieder zu uns rufen.«

»Den Schmiedehammer nehme ich mit mir fort. Und von dem Goldschatz, den ich Euch aus der Hölle gehoben habe, Herr, tretet mir einen Krümel ab.« Mit flammenden Augen sah Faust auf ihn herunter. »Ich muß mir Ersatz für Wagen und Esel verschaffen, die Euer Ulrich dem Feuer übereignet hat. Und noch eins, Herr Johannes – wenn Ihr mich wieder rufen lassen wollt, wählt einen anderen Weg.«

Sein Augenblau loderte, und der Abt wollte seinen Blick abwenden, aber es ging nicht. Als ob er mit Ketten angebunden wäre, so mußte er verharren, das Haupt im Nacken, und starr zu seinem Halbteufel hinaufsehen. Gleich Pfeilen aus gleißendem Licht, so drangen Fausts Augenstrahlen in seine Stirn ein, und nachdem er eine Weile so gethront und benebelten Geistes gestarrt hatte, mußte er im Tonfall eines Schlafwandlers murmeln: »Wenn wir Ihn das nächste Mal herbeirufen, wollen wir einen Boten aussenden, statt Seine Mutter von den Küchenknechten bekümmern zu lassen, das sichern wir Ihm hiermit zu.«

Den Schmiedehammer hatte er unlängst aus dem Teufelskeller heraufgeschleppt und besah seither allabendlich die wunderlichen Bildnisse auf den Eisenbacken. Nun mußte er zu der Truhe neben dem Kamin gehen, den Hammer herausheben und seinem Halbteufel in die Arme legen wie ein Wickelkind. Dann mußte er zu seinem Pult gehen, darin er eine kleine Schatulle im geheimen Fach verwahrte, mußte ein Goldklümpchen herausnehmen und es dem Satansbalg in die schauderhaft kalte Pratze geben. Und dann hallte ihm das Lachen des Scholaren in den Ohren, während der Abt vor seinem Erkerfenster saß und sich beileibe nicht besinnen konnte, wie er in seinen Sessel gelangt und wann der Halbteufel von ihm gewichen war.

Auf dem Viehmarkt in Bretten erfeilschte der treue Flori für zwei Gran Höllengold eine fuchsrote Stute mit gelber Blesse und dazu eine angejahrte Kutsche. Die war aus schwarz gebeizten Tannenbrettern gezimmert und mit Messing beschlagen, doch der Kasten ächzte und knarrte wie ein ganzer Tannenforst bei Sturm.

»Paß auf ihn auf, Lena«, sagte Tonia vor dem Klostertor und umarmte ihre jüngere Tochter, die nun auch von ihr ging. Die Mutter Siebenschöpf war nur wenig älter als die Faustin, doch ihr Haar war schon grau, ihr Antlitz von scharfen Falten durchkerbt.

»Und du achte auf mein Lenchen, Kleiner.« Vom Kutschbock her sah Munkel sie an, aber ihn hatte die einstige Stallmagd nicht gemeint. Sie trat zu Faust und schaute mit ernster Miene zu ihm auf. »Ich hab' noch was gut bei dir, du weißt schon – und das fordere ich jetzt ein. Sorge dafür, daß mein Lenchen keinen Schaden nimmt.«

»Sei unbesorgt, Tonia. Deiner Lena wird es wohl ergehen.« Er legte ihr seine Linke aufs Haupt und sah sie mit flammenden Augen an, und da erhellte sich ihr kummervoller Ernst zu einem Lächeln.

»Ich weiß ja, Kleiner – solange du ihr beistehst, wird kein Wolf und kein Küfer sie anzurühren wagen.«

66

Faust hatte vorgeschlagen, die Fuchsstute Gulda zu nennen – wegen ihres goldenen Stirnmals und aus dunkleren Gründen. Doch ansonsten kümmerte er sich nicht um Weg noch Steg, und so nahm Lena die Zügel in die Hand und lenkte Gulda gen Norden. »Württemberg lassen wir besser rasch hinter uns«, entschied sie, »denn in Stuttgart genießt du keinen guten Ruf, mein Faust.«

Also fuhren sie den Rhein hinauf in Richtung Heidelberg, und bei Bruchsal, wo sie die erste Rast einlegten, begann der Siebenschöpf zu dämmern, welch brausenden Klang der Name ihres Faust unterdessen gewonnen hatte. Hurtiger als der Wind flog ihnen die Kunde voraus, daß der Magier Faust wieder durchs Land fuhr. Gedanken vermochte er zu lesen und mit seinen Flammenaugen zu schauen, was sich in großer Ferne oder vor langer Zeit ereignet hatte. Wer gelähmt war, warf seine Krücken fort und sprang wie ein Reh umher, sowie Faust ihm die Hand aufgelegt hatte. Wessen Seele beschwert war, der gewann sein Lachen zurück, kaum daß der Augenstrahl des Magiers ihn bestrichen hatte. Und Gold vermochte er aus Blei zu erschaffen, und welchem Quell nun gerade diese Kunde entsprungen war, hätte niemand zu sagen vermocht. Doch alle Welt schien zu wissen, daß der Doktor Faust dem Abt zu Maulbronn die Truhen mit künstlichem Gold gefüllt hatte.

Wo sie auch hingelangten, in jeglicher Stadt an Rhein oder Neckar, selbst in hinterwäldlerischen Weilern sprachen die Leute den Namen Faust voller Ehrfurcht aus. Die Siechen und Beschwerten umdrängten seine Kutsche, warfen sich ihm zu Füßen, umlagerten die Gasthöfe, von denen es hieß, daß der Magier dort mit den Seinen abgestiegen sei. Und die örtlichen Ärzte und Obrigkeiten entsandten zwar wiederum Späher, um zu erkunden, ob der viel beschriene Zauberer sich abermals zu ungesetzlichem Heilen erkühnen würde. Doch er legte den Leuten ja bloß noch seine Hand auf Schulter oder Scheitel und offenbarte murmelnd, welcher Art ihre Beschwernis sei.

Wenn die so besprochenen Toren nachher ausriefen, daß alles Leid von ihnen genommen wäre, so konnte kein Medikus ihn darum verklagen. Denn solange er keine Elixiere verabreichte, weder Salben aufstrich noch Pflaster auflegte und solange er nicht mit Messer, Säge oder Dorn in die Leiber der Kranken drang, konnte von Heilkunst, gesetzlich oder nicht, keine Rede sein. Folglich mußten die Lahmen, die ihre Stöcke von sich warfen, oder die Blinden, denen der Milchschleier von den Augen schwand, bloß Verrückte oder gedungene Betrüger oder beides sein. Denn daß der Zauberer Faust wahrhaftig Wunder zu wirken vermöchte wie ehedem Jesus Christus, zogen die örtlichen Richter und Ratsherren nicht einmal beiläufig in Betracht.

In der »Goldenen Rebe« zu Bruchsal war es auch, wo ein Bote an ihren Tisch im abendlichen Gastgarten trat. Es war ein Mann von hohem Wuchs und reifen Jahren, doch wundersam zurückgebogener Gestalt. Als hätte er ein Leben lang nach Luftschlössern Ausschau gehalten, so gewaltsam war sein Rumpf zurückgekrümmt. Zum Ausgleich hielt er den Hals beständig nach vorn gereckt, das Kinn auf die stark gewölbte Brust gedrückt.

Man heiße ihn den Edlen Franz von Fronhort, so stellte sich der Verbogene vor und preßte sein Kinn noch gewaltsamer nieder. Sein Gebieter Gregor Graf von Murau habe ihn entsandt, den vielkundigen Magier Doktor Faust auf seine Burg zu laden, die im milden Breisgau gelegen sei. »Eine Ehre wär's meinem Herrn«, sprach der

Edle von Fronhort und neigte sein Haupt, daß die Wirbel knackten, »wollte Doktor Faust auf der Grafenburg seine goldene Weisheit funkeln lassen. Wird das Reisen Euch einmal zu beschwerlich oder sucht Ihr Deckung vor Häschern und Verfolgern, so bietet Graf Gregor Euch allezeit Schutz und Trutz. Und vermöchtet Ihr dann in den gräflichen Kellern auch ein wenig buchstäbliches Gold zum Schimmern zu bringen, desto genehmer. Alles, was Ihr an Stäuben, Schlämmen, Elementen zur alchymischen Hochzeit benötigt, findet Ihr alldort.«

Faust hatte während dieser schnörkelreichen Rede mit abwesender Miene ins Reblaub gesehen. Als er nun den erwartungsvollen Blick des Boten auffing, der bei ihrem Tisch stehend der Antwort harrte, da erhob sich Faust, trat vor ihn und legte ihm seine Seherhand ins Kreuz. Es sah aus, als ob er den verrenkten Edlen auf die Tanzdiele führen oder innig umarmen wollte, zumal er ihm nun auch noch seine Rechte auf die Schulter legte und die Augen schloß, derweil seine Linke ihm gemächlich vom Nacken abwärts fuhr in Richtung Steiß.

»Was macht Ihr, was macht Ihr, Faust?« schrie der Mann und sprang mit jeder Silbe zwei Töne höher. Und dann stöhnte er nur noch Ah und Oh und wand sich in den Armen des Magiers, die Augen gleichfalls geschlossen und mit einem Antlitz, als ob Engel an seinen Seelenfäden wie an Zithersaiten zupften.

Die Zecher im Weingarten zur Goldenen Rebe hatten sich unterdessen von ihren Bänken erhoben und blickten mit scheuen Mienen zu ihnen herüber. Wohl jeder hatte vorhin mitangesehen, wie unselig krumm der Edle den Garten durchmessen hatte, und manch einer hatte seinem Nachbarn wohl auch ein Spottwort zugeraunt. Mit ungläubigem Staunen sahen sie nun, wie sich der Bote unter der Hand des Heilers ganz langsam auffaltete. Es sah aus wie bei einer Puppe, die gestaucht in einem Winkel lag, bis der Puppenspieler sie an ihren Fäden emporzog. Und dabei stöhnte und seufzte der Edle unaufhörlich, als ob es ihm die köstlichsten Wonnen bereitete, sich zollweise zu entzerren.

»Spürt Ihr, wie das Graue und das Schwarze weichen?« fragte Faust, derweil seine Linke immer weiter auf dem Rückgrat des Boten abwärts fuhr. »Wie das Rote strömt und fließt, wie Gold sich Euer Kreuz hinab ergießt, wie beide innig sich verbinden, so wie das Buchenlaub im Sonnenstrahl rotgolden glüht?

»Ja, o ja – so hell, so warm«, seufzte der Edle und richtete sich unter Fausts Fingern wie eine Blume im Morgenlicht immer weiter auf.

Als Faust schließlich seine Hände von ihm nahm und die Augen wieder öffnete, da stand der Herr von Fronhort so aufrecht vor ihm wie ein junger Tannenbaum und wußte sich ersichtlich nicht zu fassen. »Vierundzwanzig Jahre lang, Herr Doktor Faust«, sprach er, »mußte ich krumm wie ein Armbrustbogen durchs Leben wanken, zum Gespött der Leute, von immerwährenden Schmerzen an Leib und Seele geplagt. Kein Medikus konnte mir jemals helfen, die gelehrtesten Ärzte im ganzen Land habe ich aufgesucht, doch ihrer aller Kunst hat an meinem Leid versagt. Und Ihr braucht mir bloß die Hand aufzulegen und schon bin ich von aller Qual erlöst?« Die Stimme brach ihm, und er mußte ein Tüchlein aus seinem Gewand nesteln, das nun über seiner Brust gewaltige Falten warf und sich statt dessen auf dem Rücken zum Zerreißen spannte, als hätte der Schneider Brust und Buckel vertauscht. Mit bebender Hand trocknete er sich die Augen. »Ihr seid wahrhaftig ein Wundermann, Herr Doktor Faust«, sagte er, »vor den höchsten und mächtigsten Herren will ich fortan Eure Künste rühmen. Aber nun sagt mir, ich bitte Euch, Herr, wie kann ich Euch meine Dankbarkeit beweisen? Geld wage ich Euch kaum zu bieten – einem so weisen Mann, der sich selbst im Handumdrehen soviel Gold erschaffen kann, wie es ihm beliebt.«

So flossen dem Edlen die Beteuerungen von den Lippen, doch Faust nahm es kaum wahr. Er streckte den Seherarm gegen ihn aus, ohne ihn zu berühren, und schloß neuerlich die Augen. »Vor vierundzwanzig Jahren«, sagte er, »da wart Ihr ein Jüngling, dem eben der erste Bart sproß, und als ihr durch einen Wald rittet, brach ein schwarzer Eber aus dem Unterholz. Ihr feuertet Eure Muskete auf das Vieh ab, doch Euer Pferd bäumte sich auf und warf Euch ab, und von dem Sturz blieb Euch die Verbiegung zurück.«

»So – so ist es«, stammelte der Mann. »Aber wie könnt Ihr davon wissen?«

Faust hob die Lider, und in seinen Augen tanzten blaue Flammen.

Mit Sorge sah Lena, daß sein Antlitz vor Erschöpfung ganz grau geworden war. Sie faßte nach seiner Hand. »Schone deine Kräfte, mein Faust«, sagte sie leise zu ihm, »noch bist du nicht ganz wiederhergestellt.«

Er ließ sich auf die Bank niederziehen. »Und so wird es auch immer sein, liebes Lenchen, solange ich in dieser Welt weilen muß.«

Von Neugierde getrieben, hatten sich die Leute unterdessen näher an sie herangedrängt. Als sie nun seine Worte hörten, wurden ihre Mienen noch scheuer, und mit glänzenden Augen sahen sie ihn an, als ob er wahrlich nicht von dieser Welt wäre. »Herr«, sagte schließlich einer von ihnen, »könnt Ihr nicht von uns allen Leid und Mühsal nehmen, wie Ihr es bei diesem Mann hier getan habt?«

Faust sah von einem zum anderen. »In dieser Welt werden euch Krankheit und Armut allezeit plagen, meine Freunde. Doch ich kenne eine andere, goldene Welt, dort sind alle Geschöpfe von Leid und Bedrückung geheilt.«

Die Leute mochten glauben, daß er vom himmlischen Jenseits spräche und ihnen gleich verheißen würde, sie wie Jesus Christus ins Paradies zu führen. Mit desto stärkerem Befremden vernahm man die Worte, die der Magier nun an den aufrechten Edlen richtete: »Wie Ihr mir Euren Dank bezeigen könnt? Ganz einfach, Herr – gebt mir so viel Gold, wie meine Tat Euch wert scheint und wie Ihr irgend meint, entbehren zu können. Denn Gold ist die Würze, die uns hilft, selbst Bleisuppe notfalls herunterzuwürgen, und Gold ist die einzige Medizin, um diese bleierne Welt zu heilen.«

Bald wäre der Edle von Fronhort wieder krumm geworden, so sehr beschwerte es ihn, daß er für seine Heilung wahrhaftig zahlen sollte. Er kratzte sich den Schädel, rechnete hastig hin und her und ließ endlich drei Gulden auf den Tisch herabklimpern.

»Bis hinunter ins Breisgau«, sagte Faust, während die Siebenschöpf an seiner Statt die Münzen einstrich, »werden wir wohl dieses Jahr nicht mehr gelangen, denn vorderhand zieht es mich weiter zu Main und Kinzig hinauf. Doch richtet Eurem Grafen Gregor aus, daß seine Einladung mich ehrt und ich ihn gern auf seiner Burg aufsuchen werde, um über die Weisheit der Alchimisten zu disputieren.«

Bis weit in den Herbst hinein reiste Faust mit der Siebenschöpf zwischen Rhein und Main umher, und bald gab es im ganzen Reich wohl keinen mehr, der von dem Magier Faust und seinen ungeheuerlichen Taten nie gehört hätte.

Es war aber die Zeit, da die Konfratres zu Maulbronn zusammenkamen, um zu beschließen, wer fortan die Geschicke ihres Klosters lenken sollte. Man schrieb den 4. Oktober im 1504. Jahr der Christenheit, und Johannes Burrus ahnte durchaus nichts Arges, als er zur Terz den Kapitelsaal im Klausurgeviert betrat.

Dort jedoch brach die aufgestaute Bitterkeit seiner Mitbrüder gleich einer Sintflut aus schwarzer Galle über ihn herein. Burrus hatte kaum auf dem Abtsessel Platz genommen und schnaufte noch heftig nach den Mühen des Treppesteigens, als der erste Mönch schon wider ihn das Wort ergriff. »Zu einem Spiegel deiner Eitelkeit hast du das Kloster herabgewürdigt, Bruder«, warf ihm Fra Lukas vor. »Und deshalb sollst du den Abtstuhl räumen.«

Ehe Burrus auch nur seine Hand heben konnte, hatte sich bereits der nächste Mitbruder aufgerafft. »Dem Heidelberger Philipp hast du Tür und Tor geöffnet, Johannes, weil er dir Gold dafür bot, daß du seine Soldaten ins Kloster einließest. Nur deshalb hat der Württemberger uns Mauern und Kirche zerschossen, und darum sollst du nicht länger unser Abt sein.«

Diese Reden ergrimmten Burrus, doch in Sorge stürzten sie ihn nicht. Es war nicht das erste Mal, daß einzelne Mönche wider ihn eiferten, und in all den Jahren war es ihm noch immer geglückt, die Mehrzahl der Konfratres auf seine Seite zu bringen. Zuweilen wurden einzelne Brüder von Kleinmut befallen, und dann spürten sie nur noch die Lasten, die ihnen auferlegt waren, und wähnten gar, daß er selbst, Johannes Burrus, diese Bürde sei, die sie in ihrer Schwäche abzuwerfen suchten. Doch dann erläuterte er ihnen jedesmal mit väterlicher Nachsicht, daß er all die köstlichen Bauten ja nur deshalb errichten ließ, damit die Herrlichkeit des Allmächtigen noch heller erstrahlte und in Seinem Abglanz auch ihrer aller Kloster gedieh.

»Unsere Pächter und Knechte beschwerst du mit immer drückenderen Abgaben, um noch mehr Geld aus ihnen herauszupressen, und deshalb soll künftig ein mäßigerer und milderer Bruder unser Kloster führen.«

»Die Mönchskutte haben wir gewählt, um in klösterlicher Stille den Weg des Glaubens zu gehen, doch seit vielen Jahren hämmern und lärmen die Steinmetze und Zimmerer nun schon neben dem Klausurbau. Und darum soll ein neuer Abt eingesetzt werden, der die Ruhe und das Schweigen höher schätzt als Baulärm und höfisch eitles Geschwätz.«

Solche Einwände waren schlechterdings nicht ernst zu nehmen. Doch offenbar hatte eine Verstimmung größeren Ausmaßes die Konfratres ergriffen, dachte Burrus, also sollten sie ihrem Unmut erst einmal Luft machen. Desto williger würden sie sich danach wieder unter sein Zepter beugen.

»Wahre Frömmigkeit«, meldete sich der nächste zu Wort, »kommt nicht aus den Büchern, sondern aus der Tiefe der Seele. Wozu brauchen wir ein Skriptorium, Johannes, wozu die vielen gefährlichen Schriften, die du ausgerechnet vom übel beleumdeten Abt von Spornstein erwerben mußtest?«

»Einem Mann«, pflichtete ein weiterer Mitbruder bei, »der des Betrügens verdächtig, des Fälschens überführt und wahrscheinlich sogar ein Satansmagier ist, der mit den Geistern der Hölle Umgang pflegt.«

Selbst nach diesem Einwurf hielt Burrus das Murren seiner Mitbrüder noch für eine flüchtige Laune. Blinzelnd hob er seine Hand, zum Zeichen, daß er nun das Wort ergreifen wollte. »Meine Brüder«, sprach er mit fettiger Stimme, »ich verstehe eure Sorgen, denn es sind meine eigenen. Aber seid guten Mutes, ich habe das Nötige ja längst veranlaßt. Die Schäden an unseren Wehrmauern sind vollständig behoben. Und hat unser Kloster durch den Marienbau und das neue Herrenhaus nicht gewaltig an Glanz und Ansehen zugelegt? Haben wir nicht zahlreiche Novizen und neue Stifter gewinnen können, und das zu Zeiten, da andere Klöster wegen Verarmung und Vergreisung ihre Pforten für immer schließen müssen?«

»Aber unsere Kirche«, fiel ihm ein Mitbruder ins Wort. »Warum hast du Außenmauern und Dächer instandsetzen lassen und selbst den Neubau des Winterrefektoriums fortgeführt – während unsere

Kirche noch immer so zerschossen ist, daß der Wind um den Hochaltar heult?«

Da erhob sich Burrus mit mühevoller Würde und stand einige Augenblicke schwankend und schnaufend vor seinem Kapitel. »Nun, mit dieser frohen Botschaft wollte ich euch überraschen, liebe Mitbrüder. Hört mich an, dann werdet ihr sogleich gutheißen, was ich zu unser aller Nutzen und Frommen beschlossen habe.« Sein rundes rotes Antlitz begann zu strahlen. »Herzog Ulrich hat mir bereits zugesagt, die Sache mit einigen Schatullen Goldes zu fördern, und so darf ich euch heute verkünden, liebe Mitbrüder: Im neuen Jahr, unmittelbar nach der Schneeschmelze, will ich unsere Kirche niederreißen lassen, und Meister Krahlis wird uns statt dessen eine Kathedrale errichten, größer und prächtiger als jedes Gotteshaus diesseits von Rom.«

Burrus zog eine Papierrolle mit den Bauzeichnungen des Nürnbergers unter seiner Robe hervor, doch er kam nicht mehr dazu, seine Pläne zu erläutern – in frommer Empörung schrien nun alle Konfratres durcheinander.

»Wer die Kirche niederreißen will, kann das Kloster nicht länger führen.«

»Auch mit der Völlerei bei Tisch muß endlich einmal Schluß sein, und auch aus diesem Grund sollst du als Abt abgewählt werden.«

»Seit Jahr und Tag läßt du den Faust im Kloster ein- und ausgehen, von dem es heißt, daß er von einem Dämon gezeugt worden sei. Und auch darum sollst du den Abtstuhl nun räumen, Johannes.«

Da aber erhob sich der älteste Konfrater, der bislang still zwischen ihnen gesessen hatte. Auf seinen Augen lag ein milchiger Schimmer, und er mußte sich auf einen Knotenstock stützen, um nicht gleich wieder auf seinen Stuhl zurückzusinken. »Den Scholar laßt mir zufrieden«, sagte er mit matter, doch klarer Stimme, »denn an den Sünden der Väter trifft die Söhne keine Schuld.« Er unterbrach sich, und Burrus glaubte schon, daß der Alte es dabei bewenden lassen würde. Doch Fra Josephus hob seinen Stock und deutete auf den thronenden Abt. »Allem anderen stimme ich zu: Schon viel zu lange verfolgst du einen verderblichen Kurs, Johannes, und deshalb sollst du heute noch den Abtsstab niederlegen.«

In diesem Moment erst wurde Burrus klar, daß die Brüder ihn wahrhaftig stürzen wollten. Wie sich nun zeigte, hatten sie sogar schon einen Kandidaten bei der Hand, einen jungen Mönch namens Michael Scholl, der erst vor drei Jahren ins Kloster eingetreten war. Gleichwohl glaubte Burrus noch immer, daß die Konfratres wieder zu Sinnen kommen würden. Schließlich wurde er im ganzen Abendland verehrt, ein kühner Gottesmann vom Rang des Bernhard von Clairvaux. Wer war dagegen schon dieser milchbärtige Jungmönch Michael?

Johannes Burrus jedenfalls war bei Sonnenuntergang wieder ein einfacher Frater. Der milchbärtige Abt Michael aber erklärte alle Neubaupläne für nichtig und riet seinem Vorgänger, sich zu Gebet und Fasten in eine Zelle zurückzuziehen. Dann empfahl er das Kloster der himmlischen Gnade, segnete seine Konfratres sowie den Herzog Ulrich und hob mit einem milden und mäßigen Lächeln die Versammlung auf.

67

Wer zwei Beine besaß, die ihn zur Tür hinaustrugen, rannte auf die Straße, drängte sich in den Gassen, eilte zum Kirchplatz oder Anger, um den Zauberer Faust zu sehen. Wer aus eigener Kraft nicht zu gehen vermochte, flehte seine Nächsten an, ihn zu dem Magier zu tragen, damit der ihm die Heilhand auflege. Von Bruchsal bis Heidelberg brauchten Faust und die Siebenschöpf bald zwei Wochen, denn allerorten umlagerten die Leute ihre Kutsche, griffen in die Zügel oder warfen sich vor der Fuchsstute Gulda zu Boden, damit er innehalten und sie heilen mußte.

Aus Sorge vor dem Zorn der Obrigkeiten mieden sie noch immer die größeren Flecken und freien Städte. Doch selbst in Weilern, darin kaum zwei Dutzend Seelen hausten, füllten sich unterdessen die Uferbleichen, sobald die knarrende schwarze Kutsche auch nur am Horizont erschien.

Faust stellte sich dann meist auf einen erhöhten Punkt am Rand des Platzes, so daß er von überallher gut zu sehen war. Während Lena durch die Menge ging und sich von jedem Gaffer eine Kupfermünze in die Mütze werfen ließ, wählte er einige Leute aus, die ihm für seine Kunst geeignet schienen. Dann kauerte er sich neben Munkel, der sich schon bereithielt, auf Messers Rücken überallhin zu reiten, wo sein Meister ihn hinbefahl.

War der Anger dann so prall mit Leuten gefüllt wie die Mütze der Siebenschöpf mit Kupfermünzen, so hob Faust seine Arme empor, wie um die Menge zu segnen. »Wenn die Pfaffen von der Kanzel herab eifern, daß Gott allein die biblischen Wunder zu wirken vermöchte«, rief er dann etwa, »so glaubt ihnen nicht. Wenn Eure Herrscher und Herren von ihren Schlössern und Rathäusern herab schreien, daß Ihr allezeit in Leid und Armut verharren sollt, weil der Schöpfer euch solche Mühsal anbefohlen hätte, so glaubt ihnen nicht. Denn höret – es gibt eine goldene Welt, dort befinden sich alle wohl, dort ist alles strahlend und heil. Armut und Leid sind dort unbekannt, ebenso wie das lügnerische Geheul der Pfaffen und Fürsten. Ich selbst bin in der goldenen Welt gewesen«, rief Faust, »und wahrlich, ich sage euch: Alle Wunder, die Christus zu wirken vermochte, vermag ich auch. Und bald schon will ich euch aus der bleiernen hinüber in die goldene Welt führen.«

Als die Leute das hörten, rissen sie Augen und Mäuler auf. Solche Verheißung schien manchem selbst von den Lippen des mächtigen Magiers allzu dreist. Mit zusammengepreßten Mündern und engen Augen standen dagegen die Späher der Geschmähten in der Menge, blaß vor Angst, Ärger und dem angespannten Bemühen, alle Frevelreden des gotteslästerlichen Blenders im Geiste zu notieren.

Auf ein Zeichen seines Herrn hin hatte sich Munkel unterdessen auf Messers Rücken geschwungen und trabte nun durch die Menge, die Rechte ins schwarze Fell geklammert, derweil seine Linke einen schlanken weißen Stab schwang. Mit diesem Zauberstock schlug er den ersten der zuvor Erwählten sacht gegen Hand oder Knie, und da mußte der den Gedanken herausschreien, den Faust ihm zuvor eingeblasen hatte.

»Wahrlich, ich habe mit eigenen Augen gesehen«, rief etwa ein fahrender Krämer, »wie der Zauberer Faust aus dem Marktbrunnen zu Bruchsal roten Wein strömen ließ.«

Und Munkel sauste weiter zu einem jungen Zimmerergesellen, der wohl gerade auf der Walz und von dem Gelärme angelockt worden war, und berührte ihn mit seinem Stab. »Und zu Villingen sah ich schon vor Jahren«, rief der Geselle, »wie er Steine in Brot verwandelt hat. Ich selbst habe davon gegessen, und glaubt mir, es war ein vorzüglich weißes Brot, wie es sonst bloß die Fürsten fressen.« Und er schwenkte seinen schwarzen Hut, derweil die Leute schrien und jubelten.

»Laßt auch uns diese Wunder sehen, Herr!« Sie drängten sich noch näher an ihn heran. »Und nicht nur sehen – laßt uns den Wein und das Brot schmecken, zu dem Ihr Wasser und Stein zu wandeln vermögt.«

Die Flammen in seinen Augen tanzten. »Kommt her und trinkt von dem roten Wein, den ich für euch geschaffen habe.«

Schwankend und wankend wogte die Menge um ihn her. Die Gesichter zerflossen, Zungen quollen aus zuckenden Mündern, Augen verdrehten sich, bis nur noch weißer Gallert zu sehen war. Er nahm den Becher auf, den er neben seinem Schemel bereitgestellt hatte, beugte sich zu einem zerlumpten Alten hinab, der aus großen Augen zu ihm aufsah, und führte ihm das Gefäß an den bebenden Mund. Der Mann trank hastig und rief, noch ehe er geschluckt hatte: »Es ist Wein, herrlicher Wein!« Der rote Sabber troff ihm aus dem Maul. »Mit meiner eigenen Zunge habe ich das Wunder gekostet!«

So ging es noch eine Weile fort – wie Schlafwandler taumelten die Leute auf dem Platz umher, und wenn Faust ihnen verkündigt hätte, daß er sie alle in Fische verwandelt hätte, so wären sie ohne Zögern in den Bach gesprungen, der am Rand des Angers vorübergurgelte.

Munkel aber preschte auf sein Zeichen hin weiter und tippte die nächste der erwählten Personen mit seinem Stäbchen an. Es war eine junge Magd von hohem Wuchs, die ihre kupferne Mähne offen im Wind wehen ließ. Über alle Köpfe hinweg sah sie stumm zu Faust herüber, mit einer Miene, als ob sie von wonnevollen Träumen gewiegt würde, und der Siebenschöpf wurde das Herz schwer.

Bis die Sonne hinter Weiden und Bauernhäusern untersank, so lange drängten sich die Leute um Faust, und geduldig legte er einem nach dem anderen seine Hand auf. Doch den meisten von ihnen standen Hunger und Mühsal ins Antlitz geschrieben, und so schüttelte er fast jedesmal sein Haupt, wenn Lena ihnen einen Gulden oder wenigstens einen Albus abfordern wollte. Die Verehrung, die ihm die Landleute entgegenbrachten, kannte bald schon kein Maß mehr. Doch die Kupferstücke, die sie in Lenas Mütze klimpern ließen, reichten noch immer kaum für Brot und Wein zum Abendmahl und ein Lager, um sich bei Nacht darauf zu betten.

Eines Tages, als der Winter schon nicht mehr fern war, gelangten sie zu einem kleinen Forsthaus im Odenwald, darin ein noch junger Förster lebte. Der Mann hauste so abgeschieden, daß er von einem Doktor Faust noch nie gehört hatte. Er nahm sie freundlich auf und lud sie ein, die Nacht unter seinem Dach zu verbringen. Abends am Kamin klagte er ihnen, wie traurig es sei, so ganz allein in der Ödnis zu hausen, ohne eine liebe Frau und vielleicht gar ein paar Kindlein, die auf der Lichtung vor der Hütte spielen und sein Gemüt mit ihrem Lachen und ihren hellen Stimmen aufheitern könnten.

Ehe sie sich zur Nacht betteten, gab Faust ihm einen Gedanken ein, den er im Traum fortspinnen sollte. Am nächsten Morgen, als sich der Förster von seinem Lager erhob, schien alle Schwermut von ihm abgefallen. »Ich will doch sehen«, sagte er zu seinen Gästen, »daß ich noch vor dem Winter hinüber nach Würzburg komme, mir eine liebe Braut erwählen. Heute nacht träumte mir, daß die Odilia, die Tochter meines Lehrherrn, noch immer auf mich warte.«

Faust erklärte, daß dies ein guter Gedanke sei, ging aber weiter nicht darauf ein. Längere Zeit machte sich nun der Förster in seinem Küchenwinkel zu schaffen, kochte Grieß auf, suchte Brot und Wurst hervor. Erst als sie wieder zu dritt beisammensaßen, kam er auf seinen Plan zurück.

»Ihr seid fahrende Leute«, sagte er, »und der November steht vor der Tür. Nicht mehr lange, dann wird der ganze Odenwald im Schnee versunken sein. In Eurer Kutsche kommt Ihr dann nicht mehr voran.« Mit bittendem Ausdruck sah er von Faust zur Siebenschöpf. »Wollt Ihr nicht an meiner Statt hier in der Hütte überwintern? Das Wenige, das während der Schneemonate im Forst getan werden muß, kann ich Euch rasch lehren, Herr Faust. Holz findet Ihr übergenug, um den Kamin zu befeuern, und auch an Dörrfleisch, einigen Fäßlein

Dunkelbier und manchem anderen, was Euch die frostigen Tage versüßen kann, wird es nicht mangeln. Und stimmt Ihr mir zu, so will ich mich noch am heutigen Tag auf mein Maultier schwingen und hinab gen Würzburg reiten, wo die liebe Odilia meiner harrt.«

Mit schlafwandlerischem Eifer redete er auf sie ein und versuchte sie von einem Plan zu überzeugen, der Faust ebenso wie der Siebenschöpf gar wohl gefiel. Tatsächlich machte sich der junge Förster noch am gleichen Tag reisefertig, nachdem er ihnen nur hastig erklärt hatte, wo sie Futter für Hirsche und Rehe auslegen müßten, wenn es einmal längere Zeit ohne Unterlaß schneien sollte, und andere kleine Maßregeln mehr.

So nahmen sie Abschied, und bald darauf fiel der erste Schnee und Faust versank in Trübsal. »Alle und jeden kann ich heilen, mein Lenchen«, sagte er, »nur wider mein eigenes Leiden weiß ich nichts.«

Wie schon vor Jahr und Tag, als er bei Villingen oftmals durch Wälder und Schluchten gewandert war, zog Faust nun auch im östlichen Odenwald rastlos umher. Messer und Munkel waren immer bei ihm, und häufig kehrten sie erst im Dunkeln zum Forsthaus zurück. Lena ängstigte sich bald jeden Tag um ihren Faust, denn oft sprach er eine ganze Woche lang kaum mehr als die allernötigsten Worte. Und brach er doch einmal sein Schweigen, so schwärmte er ihr nur wieder von jener goldenen Welt und klagte, daß er den Weg hinüber nicht wiederfände.

»Aber es war ja nur ein Traum, mein Faust«, rief sie endlich aus, als sie meinte, seine Lobpreisung jenes idealen Weibes nicht länger zu ertragen. »So wie auch Laria nur eine Puppe war – doch von ihnen singst und träumst du, seit du ein Knabe warst, und nur mich nimmst du noch weniger als den Eberkopf dort drüben an der Hüttenwand wahr.«

Darauf sah er sie nur an mit seinem Flammenblick, der ihr mit jedem Tag lodernder schien, und antwortete nichts. Und tags darauf, als der Schnee noch heftiger als sonst vom Himmel fiel, da zog er seinen Schmiedehammer unter dem Kutschbock hervor und verschwand im wirbelnden Weiß.

Nicht einmal Munkel und Messer durften an diesem Tag mit ihm gehen. »Was hast du vor, mein Faust?« Sie rief es ihm nach, in der offenen Tür stehend, und wieder antwortete er nichts. Der Wald schien ihn verschlingen zu wollen, selbst seine Stiefelspuren deckte das Schneegestöber gedankenschnell wieder zu.

Doch auch wenn er ihr nichts weiter offenbaren mochte, in ihrem Herzen ahnte sie, was er vorhatte mit seinem Schmiedehammer im Schnee. Eine Bresche zu jener goldenen Welt hinüber wollte er sich hämmern, und wie dies zugehen sollte, wußte das Lenchen zwar gewiß nicht. Aber sie fürchtete dennoch, daß es ihm glücken könnte und er sie allein in der Waldhütte lassen und sie nie wieder eine Spur von ihm finden würde.

Denn während das 1504. Jahr nach der Fleischwerdung des Heilands sich neigte, schien Faust ihr schon nicht mehr recht von dieser Welt.

Er wanderte wohl zwei Stunden weit, bis er zu einem Platz gelangte, der seiner Absicht ungefähr entsprach. Eine Lichtung, ovalgeformt und so klein, daß er eben den Hammer darauf schwingen konnte. So dicht wuchsen die Bäume ringsum, daß die Lichtung wie das Innere eines Brunnens oder Turms war, von tanzenden Flocken erfüllt.

Die Umrisse seiner wilden Braut und der Mutter Maria, die er mit seinem Blut auf die Eisenwangen gemalt hatte, waren noch immer deutlich zu erkennen. Faust trat an den Rand der Lichtung und schwang seinen Hammer gegen die Säule aus herabstürzendem Schnee, wie er ihn einst gegen den rußigen Wurmleib des Marbuelis geschwungen hatte. Und wieder drang er hindurch mit einem Schlag, der war so gewaltig, daß er ins Innere des weißen Wurms gerissen wurde. Gleißend hell war es hier vom wirbelnden Schnee, doch das goldene Funkeln dort drüben sah er dennoch sogleich. Er taumelte darauf zu und fand sich vor einer weißen Mauer, die schien gänzlich aus Schnee gefügt. Darin war eine schmale Tür, die stand weit offen, und dahinter strahlte und funkelte die Halle seines Schlosses in der goldenen Welt. Und Faust schritt über die Schwelle und trat ein.

Der Mönch Johannes lag derweil auf den Knien in seiner Zelle und flehte in stillem Gebet den Allmächtigen an, ihm ein Zeichen zu senden. Seit mehr als zwei Monaten kasteite er sich nun schon, versagte sich jeglichen Genuß und selbst die Zwiesprache mit einem Mitbruder. An Speisen nahm er nur das Allernötigste zu sich, eine Schale voll Hirsebrei bei Einbruch der Nacht, und verwehrte sich auch den abendlichen Krug Bier oder Wein, der den Konfratres nach der Klosterregel zur Adventszeit zugestanden wurde. Doch nicht einmal von diesem Opfer ließ sich der Allmächtige rühren. Burrus betete und bettelte, und der Erbarmer zürnte und schwieg.

Binnen kurzem war Burrus so sehr vom Fleisch gefallen, daß seine Haut auf Bauch und Backen, an Beinen und im Nacken Falten warf. Zum ersten Mal seit vielen Jahren vermochte er wieder zu sehen, was sich unterhalb seines Wanstes befand. Die hartnäckigen Entzündungen an den Innenseiten seiner Schenkel klangen ab. Wenn er sich über seine Waschschüssel beugte, so zeigte der Wasserspiegel einen kahlköpfigen Greis mit viel zu viel faltiger Haut um Kinn und Wangen.

»Allmächtiger Gott, ich flehe Dich an – wenn ich das Werk weiterführen soll, das ich zu Deinem Ruhm und Glanz begonnen habe, so hebe mich auf den Abtstuhl zurück. Amen.«

Inbrünstig sang er in seiner Zelle die Hymnen von der Prim bis zu den Vigilien mit. Betete jeden Psalm, beinahe schreiend, auf seinen Knien liegend, die gefalteten Hände zur Decke emporgereckt.

»Barmherziger Gott, ich flehe dich an – wenn ich das Werkzeug, das Du mir gesandt hast, neuerlich schirren soll zu Deinem Frommen, so lasse Michael der Abtswürde entsagen. Amen.«

Selbst von dem Hirsebrei, der ihm zur Vesper vor die Zelle gestellt wurde, ließ er seit dem zweiten Advent immer die Hälfte stehen. Und schwor seinem Schöpfer, daß er sich für den Rest seines Lebens mit einem einzigen Löffel Brei an jedem Tag bescheiden würde, wenn der Allmächtige ihm nur den Abtsstab wieder anvertrauen möchte. Doch der Herr im Himmel zürnte und schwieg.

Als es Abend wurde und er nicht zurückkam, schickte die Siebenschöpf Messer aus, seinen Herrn zu suchen. Der Hund blieb die ganze Nacht draußen im Wald, und wie sie ihn im Morgengrauen auf die Lichtung trotten sah, da wußte sie sogleich, daß er keine Spur von Faust gefunden hatte.

Qualvoll langsam verstrich auch der nächste Tag. Es war der 4. Advent, ein vollmondiger Sonntag, doch keine Glocke kündete dem Lenchen die frohe Botschaft. Vor Angst und Sorge wußte sie bald nicht mehr aus noch ein. »Was ist bloß deinem Herrn geschehen, Munkel?« fragte sie ein ums andere Mal. Aber der kleine Kerl drehte nur die Handflächen nach oben und verbeugte sich mit kummervollem Lächeln zu dem leeren Schemel hin, wo Faust sonst immer bei Tisch gesessen hatte.

Unablässig fiel Schnee, bis zu den Fensterläden versank das kleine Forsthaus im glitzernden Weiß. Und wieder wurde es Nacht, und Faust kehrte nicht heim.

Am Morgen darauf standen die Rehe vor ihrer Tür. Da entsann sie sich, was der Förster ihnen aufgetragen hatte, und eilte hinaus, um die Futtertröge der Waldtiere mit Bucheckern und Eicheln zu füllen. Und wieder verstrich ein Tag ohne ein Zeichen von ihm, doch als sie am dritten Morgen in aller Frühe die Tür aufstieß, da erschrak die Siebenschöpf sehr. Vor ihr stand ein gewaltig großer Hirsch mit einem Fell so weiß wie Schnee.

Der Hirsch sah sie unverwandt an, aus seltsam brennenden Augen. Obwohl es ihr närrisch schien, konnte sie nicht anders und fragte ihn leise: »Bist du es, mein Faust?« Aber wenn sich unter Geweih und Fell wahrhaftig ein Geist verbarg, so gab er sich jedenfalls nicht zu erkennen.

Sie warf ihm einige Kastanien und Bucheckern hin, und der Hirsch verspeiste alles bedächtig, ehe er sich umwandte und in den tief verschneiten Forst zurücklief. Und kaum hatte sie das königliche Tier aus den Augen verloren, da trat just dort, wo es ihrem Blick entschwunden war, zwischen Tann und Busch ihr Faust hervor.

Er sah blaß und abgezehrt aus. Wie ein schlummerndes Wickelkind hielt er den Schmiedehammer in seinen Armen. Als er näher kam, erkannte Lena, daß er am ganzen Leib zitterte. Doch sein Antlitz strahlte, und seine Augen brannten so hell wie Sterne in tiefer Nacht.

»Wo warst du, mein Faust?« fragte sie ihn.

Sein Haar und Bart waren mit Eis überzogen, so daß ein himmlischer Schimmer von ihm auszugehen schien. »In der goldenen Welt war ich, mein Lenchen«, sagte er und ließ sich in die Hütte führen, »und viel hätte nicht gefehlt, so wäre ich drüben geblieben.«

Seine Hand war kälter als das Eis, das sie ihm von Mund und Lidern küßte.

68

Bald ein halbes Jahr lang flehte Burrus gen Himmel, dann endlich sandte der Erbarmer dem Darbenden ein Zeichen. Mit dem März kam die erste Frühlingsmilde und brachte die schmutzig grauen Überreste verharschten Schnees zum Schmelzen. Und eines Nachts zwischen Vigilien und Prim, als Burrus in unruhigem Schlummer lag, erschien ihm die heilige Maria und sprach: »Komm zu mir, Johannes, und aller Nöte sollst du ledig werden.«

Es war ohne Zweifel die Gottesmutter, er erkannte sie an ihrem sanften Lächeln, das bekümmert und doch voller Verzeihen war, und an der Neigung ihres Hauptes, das in beständiger Sorge zu ihrem kleinen Sohn hinabgebeugt schien. Doch ganz und gar sonderbar war, daß die Mater Maria in seiner Vision mit der hellen Stimme der jungen Faustin sprach.

Er erwachte und sah mit eigentümlicher Klarheit die Szene vor sich, die ihm soeben geträumt hatte. »Komm zu mir, Johannes.« Die helle Stimme hallte noch in ihm nach, und es war die Stimme der jungen Magd, mit der er vor so vielen Jahren bei der Essignische zusammengetroffen war. Doch das Antlitz in seiner Vision trug die verklärten Züge der heiligen Maria.

Seit Jahr und Tag wohnte die Faustin nun schon hier im Klostergeviert, keine hundert Schritte vom Abtshaus entfernt und allenfalls deren siebzig von seiner Zelle im Klausurbau. Doch aus irgendeinem Grund hatte er die Mutter seines Halbteufels während dieser Zeit noch kein einziges Mal zu sehen bekommen. Oder wenn sie ihm doch einmal auf dem vorderen Hof über den Weg gelaufen war, so hatte er sie jedenfalls nicht bemerkt.

Aber nun war es an der Zeit, daß er der Faustin einen Besuch abstattete. In seinem Geiste verstand er nicht, weshalb der Barmherzige seine Schritte gerade auf diesen Weg lenken wollte, doch in seinem

Herzen fühlte Burrus, daß eine schicksalsschwere Begegnung vor ihm lag.

Der neuindische Wilde kauerte in seinem Käfig, und die Gaffer drängten sich vor den Eisenstäben. Neben ihm saß seine Gefährtin im Schlamm der Uferwiese, auf der die bunt bewimpelten Zelte und windschiefen Buden der Schausteller und Gaukler aufgebaut waren. Für die beiden jungen Wilden war es nur irgendein Jahrmarkt in irgendeiner namenlosen Stadt im weiten, grauen Feindesreich, darin sie seit Jahren umhergeschleppt, zur Schau gestellt und gepeinigt wurden. So wie die beiden Gefangenen ihrerseits für die Gaffer bloß namenlose Bestien waren, nackte, braunhäutige Tiere, die ihr Besitzer zusammen mit brüllenden Affen und doppelköpfigen Mißgeburten für einen halben Albus den Blicken der Menge darbot.

Aus etwas weiterer Perspektive besehen waren indessen weder die neuindischen Wilden noch die Stadt, auf deren Anger sie gerade im Käfig darbten, auch nur annähernd namenlos. Vielmehr hießen die einen Julkin und Ixkukul, während die andere als Gelnhausen bekannt war. In seiner neuindischen Heimat war Julkin der Schüler eines bei seinem Volk hochgeachteten Schriftgelehrten gewesen, und seine Gefährtin Ixkukul hatte im Tempel ihrer Mondgöttin als Novizin gedient.

Doch diese goldene Vergangenheit kam beiden längst nur noch wie ein unglaubhafter Traum vor. Seit einem halben Jahrzehnt, das ihnen wie ein ganzes Leben erschien, karrte ihr Besitzer sie nun schon in seinem eisenbeschlagenen Wagen von Jahrmarkt zu Jahrmarkt. Sein Name war Godobar, und er war ein gar grausamer und geldgieriger Mann. Wenn er seine Monstren nicht gerade beglotzen ließ, so fand der gedunsene Trunkenbold ein boshaftes Vergnügen daran, sie auf vielerlei Weisen zu peinigen. Wer ihm mehr als den halben Albus fürs Gaffen bot, durfte zu heimlicher Stunde in seinen Wagen schleichen, wo die Monstren in engen Zellen saßen, und unter Godobars Aufsicht den Wilden oder auch den Mißgebildeten zu Leibe rücken. Nur wenn man ihm seine Bestien beschädigte, hörte für ihn der Jokus auf, und wie immer, wenn Godobar seine Bosheit zügelte, gewann sogleich seine Geldgier die Oberhand.

Hatte die Kundschaft ihm etwa die junge Wilde blutig geprügelt oder mit den zusammengewachsenen Zwillingsburschen allzu derbe Späße getrieben, so verlangte er sogleich ein saftiges Aufgeld – »nicht für meinen Sack, Herr, sondern damit der Quacksalber mir das Vieh wieder flickt«. Sträubten sich die Geprellten, dann drohte er, auf dem Markt auszuschreien, welch höllischen Begierden sich die Kundschaft im Eisenwagen hingegeben hätte. Ohne weiteren Disput durfte er dann meist sein Aufgeld entgegennehmen, doch an jenem Samstag Anfang März sollte es einmal anders kommen.

Es war der Tag, da der Magier Faust in Gelnhausen eintraf und am Schiffstor einen Brief des Grafen zu Waldenburg vorwies, der ihn in warmen Worten auf sein Schloß vor den Toren der Reichsstadt einlud. Der Waldenburger hatte sich erbeten, daß Faust vorerst im Gasthof zum Löwen in der oberen Stadt Quartier nahm. Ein Bote werde ihn dort abholen und hinaus zum Schloß geleiten, das im Wald gelegen und nicht ohne Mühsal aufzufinden sei. Und da dies alles in den ehrenvollsten Wendungen von höchsteigen gräflicher Hand vermerkt war, so ließen die Torwächter den Zauberer nach einigem Räuspern und Ratschlagen um die neunte Morgenstunde ein.

Vom Schiffstor bis hinauf vor den Gasthof zum Löwen brauchte der Magier mehr als zwei Stunden, denn die Leute umdrängten seine Kutsche so sehr, daß in den Gassen kaum mehr ein Fortkommen war. Obwohl Faust mitsamt Teufelshund und Homunkelzwerg hinten im Kutschkasten saß und von dem viel beschrienen Antlitz mit dem lodernden Augenblau wenig zu erspähen war, wollten das Jubeln und die Hochrufe kein Ende nehmen.

Vorn auf dem Kutschbock saß eine magere Frauensperson in Burschenhosen und mit einem Barett auf dem grau gesträhnten Haar. Mit sicherer Hand lenkte sie die Fuchsstute, die im Gedränge immer wieder scheute und mit ihrem goldenen Stirnmal gleichwohl seltsam königlich aussah, und die Leute wisperten sich zu, daß sie Lena Siebenschöpf heiße und wie der Magier aus Knittlingen herkomme und ihm niemals von der Seite weiche. Ihre Augen waren so grau wie der Himmel über zugefrorenen Seen, und auch das wußten die Gaffer zu raunen – daß er sie sein Lenchen heiße und sie vor langen Jahren verhext habe, so daß sie ihm verfallen sei und wie eine Gemahlin gehorchen und überallhin folgen müsse, obgleich er sie niemals ansehe und sich in jeder Stadt ein anderes Weib gefügig mache durch Hexerei.

Draußen schien die Mittagssonne vom blauen Himmel, doch in der Schankstube des »Löwen« mit ihren winzigen Butzenfenstern zwischen schwarz gebeizten Wänden war es so düster wie in der Gruft zu Albling. An langen Tischen saßen die Zecher, ließen die Krüge gegeneinanderkrachen und überboten einander in trunkenem Singen und Schreien. Weiter hinten in der Stube ging es stiller zu, dort saß ein schmaler Mann im Kapuzenmantel, anscheinend ein Mönch oder sonstiger Gelehrter.

Doch Faust hatte für alles nur einen abwesenden Blick. Er stand am Tresen neben der Siebenschöpf, die vom Wirt eine Kammer für die Nacht zu erhandeln suchte. Im Rücken des kugelköpfigen Schankherrn war eine Luke in die Wand gebrochen, und dahinter loderte Feuer in einer gewaltigen Esse. Zwei aufgespießte rosafarbene Leiber wurden von Küchenknechten gemächlich über den Flammen gedreht, und Fett tropfte von den Schwarten hinab und verdampfte zischend in der Glut.

»Nur wenn Herr Doktor diese Schrift unterfertigt, darf ich Euch zur Nacht beherbergen.«

Auch diese Worte des Wirts nahm Faust allenfalls mit halbem Bewußtsein wahr. Vorhin, als sie unten am Ufer der Kinzig entlanggefahren waren, hatte er eine tiefe Kümmernis erspürt. So mannigfaltiges Leid er mittlerweile geschaut und miterlitten hatte, so vielerlei Beschwernis von Herzen und Seelen – was ihn dort unten am Fluß angeweht hatte, war ein Schmerz von anderer Art. Sein Quell schien irgendwo auf der weiten Uferwiese zu sein, wo Faust im Vorüberfahren Zelte und Holzbuden wahrgenommen hatte. Er wartete nur darauf, daß Lena und der Wirt sich einig würden, damit er ihr erklären könnte, daß er noch einmal dort hinabgehen müßte, um dem Ursprung jener fremdartigen Kümmernis nachzuspüren.

Seit er zum zweiten Mal aus der goldenen Welt zurückgekehrt war, vermochte er nicht mehr nur Gedanken zu senden und zu lesen, sondern ebenso die Regungen von Seelen und Herzen auf größere Entfernung zu erfühlen, seien es nun Schmerz, Angst, Sorgen oder auch Glückseligkeit.

Während er zitternd und mit den Zähnen klappernd auf dem Strohbett im Odenwald lag, hatte er der Siebenschöpf offenbart, daß er in der bleiernen Welt nicht mehr leben mochte. Daß er sich verzehre vor Sehnsucht nach dem goldenen Land, nach seinem Schloß, nach der Liebe und dem Liebreiz seiner Adelgunde. Im Kaminfeuer waren knisternd und knackend die Tannenäste verbrannt, und Lena hatte ihn in alle Decken gewickelt, die sich im Forsthaus auffinden ließen, doch gegen seinen inneren Frost half keine Wärme, die bloß von außen kam.

»Wenn Ihr hier nun mit Eurem Namen und Herkommen zu unterfertigen geruht?«

Faust riß sich aus seinen Grübeleien los und erblickte einen tintenfleckigen Papierbogen, der vor ihm auf dem Tresen der Schankstube aufgerollt lag. Aus dem offenbar hastig hingeworfenen Gekrakel leuchteten ihm einige übel vertraute Wendungen entgegen – »viel beschrien«, »Trugsheiler«, »Nigromant«. Darüber schwebte die ferkelfarbene Hand des Wirts zum Löwen, der mit einem Federkiel anlockende Schnörkel in die Luft malte.

»Und willfahrt Ihr, Herr Doktor, so soll Euch die beste Kammer in meiner bescheidenen Herberge aufgetan werden. Sträubt Ihr Euch aber, so muß ich zu meinem erklecklichen Bedauern die Büttel rufen.«

Derweil der Wirt pries und drohte, hatte Faust das Schriftwerk bereits überflogen. Die Ratsherren zu Gelnhausen geboten dem Nigromanten und Trugsheiler, sich jeglicher Schmähung kirchlicher wie weltlicher Gewalten zu enthalten, auch von ungesetzlichem Heilen gänzlich abzusehen. Innerhalb der Stadtmauern dürfe er nächtigen, jedoch weder schreien noch heilen, weder blenden noch Geister beschwören. Könne er sich des Gaukelwerks durchaus nicht enthalten, so möge er sich hinunter zur Uferbleiche verfügen, wo auch den Flammenschluckern, Säbeltänzern und Bestienbändigern die Ausübung ihrer Täuschkünste eingeräumt worden sei. Dort dürfe er wahrsagen oder den Leuten seine Hand auflegen, doch der teuflischen

Künste und gottlosen Reden habe er sich auch am Wasser gänzlich zu entschlagen, widrigenfalls er zu ergreifen und im Hexenturm einzukerkern sei.

»Gib mir die Feder, Wirt. Zum Ufer hinab will ich ohnehin.«

Er tunkte den Kiel ins Tintenfaß. »*Doktor Georg Faust, von Knittlingen herkommend, den 8. März 1505 A. D. – Er gelobt's.*«

Von dem jungen Förster, der im Frühjahr wahrhaftig mit seiner Odilia ins Waldhaus zurückgekehrt war, hatte Faust sich einen tannengrünen Kapuzenmantel aus derbem Filz erhandelt, und den warf er nun sich selbst und seinem Munkel über und eilte durch die Gelnhäuser Gassen zur Uferbleiche hinab. Wie ein dunkles Glühen, kalt und doch schmerzhaft, so erspürte er die fremde Kümmernis, und mit jedem Schritt, um den er ihrem Quell näher kam, wurde es stärker.

Es war ein Markttag, und die Kaisergasse hinunter zum unteren Markt wälzten und schoben sich die Bauern aus dem Umland, die in die Stadt gekommen waren, ihre neuindischen Schoten zu verkaufen oder ihrerseits Töpfer- oder Schmiedewaren zu erfeilschen. Im wehenden Umhang eilte der hochgewachsene Mann an ihnen vorüber, und mit beklommenen Mienen sahen sie ihm hinterdrein. Sein Haupt war unter dem Tuch gänzlich verborgen, nur zwei blaue Flammen tanzten in der Schwärze des Kapuzenlochs. Die Bauern bekreuzigten sich, sowie er an ihnen vorbei war, doch Faust bemerkte wenig davon. Auch den schmalen Mönch oder Gelehrten, der vorhin allein am Tisch in der Schankstube gesessen hatte und ihm nun in einiger Entfernung leichtfüßig hinterherlief, nahm er nicht wahr.

Er gelangte zur Uferbleiche und bahnte sich seinen Weg durch ein Gewirr aus Zelten und Buden, ohne sich irgendwo aufzuhalten oder auch nur umzusehen. Das Haupt hielt er gesenkt, und wer es gewagt hätte, unter seine Kapuze zu spähen, hätte mit Befremden gesehen, daß der großwüchsige Mann mit geschlossenen Augen umherwandelte. Und daß sich unter der Kapuze noch ein zweites, viel kleineres Haupt verbarg.

Feuerschlucker sogen mit gewaltigem Atemzug die gesamte Flammenpracht von ihren Fackeln ein und verharrten mit gewölbter

Brust, die Rechte erzengelhaft erhoben, indes Faust achtlos vorbeiging. Bettelweiber streckten wimmernd die Hände nach ihm aus, Krüppel zeigten ihre Stümpfe vor, Tanzbären drehten sich, mit dem Strick an ihrem Nasenring umhergezerrt, schwerfällig im Kreis. Eine junge Mutter irrte, ihren kleinen Knaben an der Hand, weinend zwischen den Buden umher, doch nicht einmal sie nahm Faust an diesem Samstagmittag wahr. Jongleure erfüllten den Himmel über ihm mit einem bunten Wirbel aus Stöcken, Kugeln, Ringen. Fieberbunte Krähen kreisten unter den Wolken und knarrten ihre immergleichen Lästerungen auf die Kaiserstadt hinab – »Strafgericht!« oder »Heilige Mutter Maria!« Denn noch immer plagten die neuindischen Vögel Faust, wo sie konnten, hockten sich auf sein Kutschdach oder gar auf seine Schultern, und wie mächtig er als Magier auch geworden war, wider die Vögel vermochte er nichts. Doch nicht einmal die geflügelten Plagen nahm er heute wahr, ebensogut hätten dreihundertdreiunddreißig Engel über seinem Haupt aus den Wolken stürzen können – er faßte nichts anderes als den fremden Schmerz auf, dem er sich mit jedem Schritt näherte.

Erst als er dem kalten, dunklen Glühen so nahe war, als ob vor ihm die offene Hölle klaffte, schlug er die Augen auf und blieb stehen. Er fand sich vor einem schwarzen Wagen von klobigem Aussehen, der war wohl ein halbes Dutzend Schritte lang und mit Eisenbändern beschlagen. Elend schmale Lukenfenster, die überdies vergittert waren, ließen erahnen, daß der Wagen nichts Besseres als ein rollender Kerker war.

Davor standen drei eiserne Käfige, und im ersten saßen zwei halbwüchsige Burschen von kränklich fahlem Aussehen, die seitlich ineinander verwachsen schienen. Im zweiten Käfig hauste ein gewaltiger Affe mit rotem Fell, der unablässig in der Enge seines Kerkers hin und her trottete und zuweilen ein klägliches Brüllen von sich gab. Im dritten Gitterhaus aber, das ein wenig erhöht auf einer Kuppe stand und wie ein übergroßer Vogelbauer aussah, entsprang der Quell jenes fremden Schmerzes.

Faust warf seine Kapuze ab, und da erkannten ihn die Leute, und einige riefen seinen Namen. »Der Zauberer Faust! Und seinen Homunkel hat er auch dabei!« Doch niemand wagte, ihn anzusprechen oder gar aufzuhalten, als er auf die beiden neuindischen Wilden zuging, seine Seherhand gegen den Käfig ausgestreckt.

Aus dieser Nähe war der Schmerz kaum zu ertragen. Munkel klammerte sich an seine Schultern, auch der Kleine schien die ungeheure Kümmernis zu spüren. Und Faust schloß die Augen und schaute Sturzfluten, die sich gleich Wasserfällen an steilen Felswänden hinunterwälzten. Doch es waren Wogen aus schäumendem Blut, und die schroffen Steinwände schienen von Menschenhand gefügt. Er schaute Ritter in eisernen Hemden, die auf riesenhaften Rössern saßen und mit dem blanken Schwert gegen braunhäutige Männer kämpften, die waren zu Fuß und bloß mit hölzernen Speeren bewaffnet und nackt bis auf ein Lendentuch. Mit jedem Schwertstreich metzelten die Ritter ein halbes Dutzend ihrer Widersacher nieder, ihre Rösser badeten in Blut und Leichen, und die Reiter ergötzten sich an der Ohnmacht der nackten Krieger.

Faust schaute, wie die Ritter in gewaltige Städte aus Pyramiden und Tempeln einzogen, wie sie die besiegten Fürsten marterten, die Frauen zu Herden zusammentrieben und untereinander zu viehischer Belustigung verteilten. Kleinen Knaben und Maiden, die eben das Laufen gelernt hatten, hieben sie die Beine ab und schlugen mit Peitschen auf sie ein und weideten sich daran, wie die Krüppel kriechend zu fliehen suchten, derweil ihnen das Blut in hellem Strahl aus den Stümpfen sprudelte.

Alle erdenklichen Greuel verübten die Ritter in den Städten der Besiegten und noch ein paar dazu, die bis dahin selbst unter Kreuzfahrern als unvorstellbar galten. Den Priestern zogen sie bei lebendigem Leib die Haut ab, um den Besiegten die Ohnmacht ihrer Götter vor Augen zu führen. Die Bücher der Wilden verbrannten sie, weil es Teufelswerke waren und weil Wilde ohnehin keine Bücher besaßen. Ihre Götterbildnisse stürzten sie von Pyramiden und Tempeldächern, und die Fürsten der Besiegten marterten sie mit glühenden Zangen und vermochten doch auf keine Weise die Preisgabe jenes Geheimnisses zu erzwingen, um dessentwillen sie um die halbe Welt gesegelt waren.

»Bring uns Gold!« kommandierten sie und flochten einen zerquetschten Leib aufs Rad. »Sag uns, wo ihr das Gold gehortet habt!«

verlangten sie und trieben glühende Nadeln unter Finger- und Zehennägel. »Verrate uns, wo eure Goldminen sind!« befahlen sie und stießen Eisenpfähle in Eingeweide. »Führe uns zu euren Schatzkammern!« ordneten sie an und bohrten glühende Nadeln in Augäpfel.

Den Schmerz eines ganzen niedergemetzelten Volkes erspürte Faust, und als er die Kümmernis nicht länger zu ertragen vermochte, ließ er seine Hand sinken und hob die Lider. Die beiden Häftlinge kauerten auf dem schlammigen Boden in ihrem Käfig und sahen wie vorhin mit trüben, vor Pein erstarrten Mienen an ihm vorbei.

Diese Beschwernis kann niemand euch nehmen, auch ich nicht, dachte er, den ungeheuren Schmerz über die Zerfleischung eines ganzen Volkes, die Vernichtung einer ganzen Welt. Aber zumindest aus eurer schmachvollen Haft sollt ihr befreit werden.

Die beiden Gefangenen hoben die Häupter und sahen ihn einen Moment lang aus dunklen Augen an, so als ob sie seine Gedanken aufgefaßt hätten. Doch gleich schon versanken sie wieder in bleiernem Dämmern.

Da trat ein beleibter Mann in quittengelbem Gewand aus dem Eisenwagen, gefolgt von einem ältlichen Bürger, dessen Antlitz über dem steifen Kragen totenfahl war. »Zahlt mir das Aufgeld«, sagte eben der Quittengelbe in abschließendem Tonfall, »oder ich schreie auf dem Marktplatz aus, was Ihr letzte Nacht in meinem Wagen mit der braunen Maid getrieben habt.«

»Fünf Gulden!« wand sich der Fahle. »Das ist Wucher, Godobar.«

»Habe ich das Blut der Wilden verspritzt, Herr, oder wart das Ihr?«

»Auf ein Wort«, mischte sich Faust ein, der unbemerkt zu den beiden getreten war. Ohne viel Federlesens faßte er den quittengelben Schinder beim Ärmel und zog ihn mit sich zum Käfig der ärgsten Kümmernis. »Du wirst mir gleich einen Handel vorschlagen, und ich verrate dir jetzt schon, daß ich einverstanden bin.«

»Einen Handel? Laßt hören.« Godobar rieb sich die Hände. Er war ein Mann in mittleren Jahren, beinahe so beleibt wie Burrus, ehe er gestürzt war, doch sein Antlitz mit den entzündeten Augen und geäderten Backen verriet den Säufer. »Ihr seid doch der Doktor Faust? Wenn Ihr mir Euren Homunkel da verschachern wollt – ich schlag' unverzüglich ein. Fünf Gulden, was sag ich – fünfzehn, Herr, auf der

Stelle in die Pratze gezählt.« Er hob eine Hand, um dem Munkel in die Wange zu zwacken, aber der Kleine brachte sich unter Fausts Umhang in Sicherheit.

»Du irrst dich, Schinder«, sagte Faust. »Aber keine Bange – bald wird dir einfallen, was du mir vorschlagen wolltest.« Er richtete seinen Augenstrahl auf den Herrn der Monstren, dessen Miene sogleich leer und unterwürfig wurde.

Unterdessen hatte sich eine Menschentraube um sie gebildet. Zwei Feuerschlucker waren mit gewölbter Brust herzugetreten, auch die weinende junge Frau mit dem Knaben irrte abermals herbei. Müßiggänger, die zwischen den Buden umhergeschlendert waren, blieben bei den Käfigen stehen, aber niemand achtete auf die Wilden, den Affen oder die zusammengewachsenen Zwillingsburschen. Die Leute stießen einander an und raunten sich zu, daß der Zauberer Faust gekommen sei, um dem Besitzer der Monstren einen Handel anzubieten. Auch der totenblasse Bürger mit dem steifen Kragen stand in lauernder Haltung noch beim Eisenwagen, als ahnte er, daß sich seine Sache nun zum Besseren wenden würde.

»Ich wollte Euch vorschlagen«, sprach Godobar in schlafwandlerischem Tonfall, »Euch die nackten Wilden zu überlassen.« Er unterbrach sich und lauschte mit entgeisterter Miene seinen eigenen Worten hinterher. Aber gleich schon wurde sein Antlitz wieder leer, und er mußte weiter aufsagen, was Faust ihm eingeblasen hatte. »Ich schenke sie Euch, Herr Doktor Faust, als Zeichen meiner Hochachtung und Verehrung.«

Das Lodern in Fausts Augen wurde stärker, mit ergebener Miene sah Godobar ihn an und murmelte schließlich: »Wie Ihr befehlt, Herr. Nach Villingen, zur Hütte der Heilerin Klara, will ich sie bringen – ich mache mich sogleich auf den Weg.«

Von Kümmernis beschwert waren gewiß auch die zusammengewachsenen Zwillingsburschen, die neben den Wilden im Käfig darbten. Doch Faust hatte keine Gelegenheit, sich auch ihnen noch zuzuwenden. Wohl mehr als ein Dutzend fieberbunter Krähen stürzte sich vom Himmel hinab und landete teils auf dem Käfig der neuindischen Wilden, teils auf dem schütteren Scheitel und den quittengelben Schultern des Schinders. Bald noch plumper als der Tanzbär begann Godobar umherzutaumeln, wobei er Verwünschungen ausstieß und seine Arme gleich Windmühlenflügeln kreisen ließ.

Zugleich mit dem Krächzen der Krähen und Godobars Geheule erklang in Fausts Rücken ein äschernes Raunen. »Eindrucksvoll und edelmütig, Scholar.« Er wandte sich um, und vor ihm stand der schmale Gelehrte aus dem Gasthof. »Aber ich rate Ihm, treib Er's nicht zu arg«, fuhr der Abt von Spornstein fort. Er legte Faust eine Hand auf den Arm und zog ihn ohne weiteres mit sich, durch die Menge hindurch, die mit scheuen Blicken vor ihnen auseinanderwich. »Sein Gönner Burrus ist gestürzt«, erklärte Nigrethius, »und der Waldenburger will Ihm eine einträgliche Anstellung bieten, mit der Er sich und die Seinen in Ehren durchbringen kann. Doch wenn Er die hiesige Obrigkeit gegen sich stachelt, kann auch der Graf nichts für Ihn tun.«

»Der Herr Johannes gestürzt, sagt Ihr? Wann soll das geschehen sein?«

»Nun, das liegt schon bald ein halbes Jahr zurück – nicht einmal Er kann alles erschauen, was in der weiten Welt vor sich geht. Aber gräm Er sich nicht drum, denn Seiner Mutter ergeht es auch bei dem neuen Abt Michael gut. Doch was Ihn selbst anbetrifft, bedenk Er, Faust – ohne einen verschwiegenen und einflußreichen Gönner, der Ihm Unterschlupf gewähren, auch vor Nachstellungen der Hexenjäger Ihn sichern kann, wäre Er bald schon in arger Not.«

Faust richtete seinen Blick auf die pergamentene Hand, und der Herr Paulus ließ sogleich seinen Arm los. »Also Ihr habt dem Grafen von Waldenburg die Einladung souffliert? Dann richtet ihm meinen Dank aus, Herr Nigrethius, doch unter Euer Joch will ich mich nicht noch einmal beugen.«

Es war das erste Mal, daß er den Abt von Spornstein um Fassung ringen sah. »Was redet Er denn da«, versuchte Nigrethius zu begütigen. »So arg ist es Ihm in Burrus' und meinen Händen ja nicht ergangen. Haben wir Ihn nicht die kostbarsten Schriften studieren lassen und alles, was die Nigromantie erfordert, Ihm in den Schoß gelegt?«

»Damit ich für Euch meine Seele an den Satan verkaufe und schon zu Lebzeiten wie ein Verdammter umherirre – alles für Euch und den ebenso frommen Herrn Burrus, für Euer Ansehen, Euren Glanz und Euren Ruhm.«

»Nun, hüt Er seine Zunge, Scholar.« Unbehaglich sah der Abt von Spornstein um sich. Sie befanden sich noch immer inmitten des Gauklermarktes, zwischen Wahrsagerbuden und bunt bewimpelten Zelten, aus denen die wunderlichsten Gesänge und Schreie drangen. »Wenn ein falsches Ohr Seine frevlerischen Reden auffängt …«

»Fürchtet Ihr das Feuer, Herr Paulus? Dann hättet Ihr besser getan, den Teufel zu meiden.« Faust stieß sein kaltes Lachen aus, und wer von den Gaffern es hörte, verspürte einen ebenso kalten Schauder das Rückgrat hinab.

Die Leute wahrten nun zwar scheuen Abstand zum Magier Faust und seinem kaum weniger geheuren Begleiter, der mit seiner knochigen Gestalt, dem äschernden Stimmklang und der schwarzen Kutte dem Sensenmann der Kupferstiche nur allzu ähnlich sah. Doch auf das Raunen des Herrn Paulus antwortete Faust mit zornig erhobener Stimme, so daß seine Worte bis zum Handleser am Ende der Budengasse schallten. »Ärger als von Euch geschunden zu werden«, rief er aus, »kann selbst die Marter im Kerker der Hexenjäger nicht sein.« Damit wandte er sich ab und ging mit großen Schritten davon, ohne auf seinen Weg zu achten oder sich zu Nigrethius noch einmal umzusehen.

Sein Herz schlug rasch, so sehr hatten der ungeheure fremde Schmerz und bald mehr noch der Zusammenstoß mit dem Herrn Paulus sein Innerstes aufgewühlt. Unter seinem Umhang zitterte Munkel, als wäre der Kleine kein eigenes Wesen, sondern ein Teil seiner selbst. So schwer und zäh wie flüssiges Blei breitete sich die Enttäuschung in ihm aus.

Auf jenen Grafen von Waldenburg hatten er selbst und mehr noch Lena große Hoffnungen gesetzt. Von einer weitherzig honorierten Anstellung war in der Einladung die Rede gewesen, von geringfügigen Pflichten, hohem Ansehen und dem Ende aller Sorgen um das tägliche Fortkommen. *»Als gräflichem Archivar wird Euch die kostbare Waldenburgsche Bibliothek offenstehen, als Waldenburger Alchimist könnt Ihr im reich ausgestatteten Labor nach Herzenslust experimentieren. Auch ein derzeit ungenutztes Jagdschlößchen in unserem Park steht Euch und den Euren zur Verfügung, wenn Ihr Euer Geschick nur mit dem unseren verknüpfen mögt.«*

So hatte der Waldenburger in seinem Brief geschmeichelt und gelockt, und nun waren alle Hoffnungen wieder einmal zuschanden. Denn wenn er sich aufs Schloß ziehen ließe, so würde der Herr Nigrethius ihn gewiß nur wieder bedrängen und bedrohen, damit er aufs neue einen Höllengeist herbeizwang, um Gold oder Ärgeres für seine Unersättlichkeit zu erschaffen. Folglich blieb ihm keine Wahl, als die Einladung auszuschlagen.

Faust sah leicht voraus, wie sehr dieser neue Schlag sein Lenchen bekümmern würde, und auch er selbst war es nur allzu leid. Die armen Leute verehrten ihn wie einen Heiland, doch von ihrem Jubel und ihren Kupferstücken konnten sie kaum das kargste Leben fristen. Und die edelblütigen Herren lockten ihn und suchten ihn auf jede Weise zu umgarnen, damit er ihre Truhen mit künstlichem Gold füllte, doch ihren Versprechungen war nur wenig mehr zu trauen als den Einflüsterungen der Hölle.

So unsäglich müde, so bis ins Innerste erschöpft. Immer wenn er meinte, ein wenig festen Boden unter seinen Füßen zu spüren, verwandelte sich alles wieder in Morast. Doch solange er die Brücke in jene goldene Welt nicht wiedergefunden hatte, durfte er sich der verführerischen Stimme nicht ergeben, die in seinem Innern immer dringlicher wisperte: Ergib dich, Faust. Gib dich in die Arme der fürsorglichsten Mutter und zärtlichsten Liebsten, die hat viele süße Brüste und noch mehr köstliche Namen. Mal heißt sie Schlummer auf immer, mal Nacht ohne Erwachen, dann wieder süße Fäulnis oder große Göttin Tod.

69

Längere Zeit lief er in den Gelnhäuser Gassen umher, ohne sich um seinen Weg zu bekümmern. Mal ging es bergauf, dann wieder bergab, mal überquerte er Plätze, mal erklomm er Treppen, und so ausgezehrt er sich auch fühlte, stärker war die Unrast, die ihn weitertrieb.

Endlich gelangte Faust auf einen großen Platz, an dessen linker Seite sich eine gewaltige Kirche erhob. Es schien ein weiterer Marktplatz zu sein, denn auch hier waren Buden und Stände nebeneinander aufgereiht, und Scharen von Schaulustigen und Käufern schlenderten oder hasteten in den Gassen umher. Mitten auf dem Platz aber war ein großer Ziehbrunnen mit gemauerter Brüstung und einem schindelgedeckten Dach darüber, ganz so wie der Brunnen im Klosterhof zu Maulbronn.

Der Anblick schürte seine Wut und Wehmut nur noch mehr. Er beugte sich über den Brunnen, und aus der Tiefe sah ein Tor mit grau gesprenkeltem Goldbart zu ihm herauf. Scharfe Falten zerkerbten sein Antlitz von der Nase hinab zu den Mundwinkeln und kreuz und quer auf der Stirn, und im Dunkel des Brunnens waren die Flammen seiner Augen beinahe schwarz.

Torheit der Türme, die sich eitel zeigen, stolz gen Himmel recken, dachte Faust. Wie weise dagegen der Brunnen, der seinen Reichtum in der Tiefe findet und verbirgt. Ein stolzer Turm wollte auch ich immer werden, doch zugleich wie der Brunnen mich in die Tiefe senken. Und so wurde nichts aus mir als Mißklang, Stückwerk, Widerspruch. Ein König wollte ich sein und weiß doch weniger als nichts von dieser Welt. Die Goldgier der Edlen verspotte ich und wäre nichts lieber als reich und prachtvoll behaust wie sie. Als ihren Erlöser bejubeln mich die gemeinen Leute, dabei ahnt keiner von ihnen, wie verzweifelt einsam ihr Heiland auf dieser verfluchten Erde umherirrt, wie brennend er sich hinwegsehnt aus der bleiernen Welt.

Als er sich aufrichtete, standen die Gaffer wieder im dreifachen Dutzend um ihn und starrten ihn und seinen Munkel, der auf dem Brunnenrand umherspazierte, mit großen Augen und offenen Mäulern an. Da überkam ihn ein kalter Zorn, der Brand entflammte seine Augen, und er schrie ihnen zu: »Wenn die Pfaffen von der Kanzel herab eifern, daß allein Christus die biblischen Wunder zu wirken vermöchte, so glaubt ihnen nicht!« Es war die gleiche Wendung, mit der er schon oftmals angehoben hatte, doch diesmal peitschten Enttäuschung und Zorn ihn in eine andere Richtung fort. »Wenn die Pfaffen heulen, daß jener Jesus der Sohn ihres Gottes gewesen sei, auf die Erde gekommen, um eure Sünden auf sich zu nehmen, so glaubt ihnen nicht. Denn der Himmel über euch, ihr Narren, ist leer. Und alles, was ihr an Schätzen und Paradiesen jemals finden könnt, ist hier.«

Damit deutete er auf den Brunnen vor sich, doch die Leute ringsum glotzten ihn bloß an, ohne seine Worte zu begreifen.

»Wenn die Pfaffen verkünden«, rief Faust, »daß die Seligen bloß noch Seelen wären, des Fleisches ledig, mit Leibern aus schierem Licht, so glaubt ihnen nicht. In der geheilten Welt sind die Leiber fleischern und fallen gleichwohl nicht der Fäulnis anheim. Niemand leidet dort irgendwelche Qualen, sei es durch Hunger oder Unrecht, durch Seuche oder Krieg. Es ist eine Welt vollkommener Harmonie«, rief Faust in die gaffenden Gesichter, »und schon hinter der nächsten Wegbiegung kann sich die goldene Welt für euch alle auftun.«

Auf einmal erhob sich auf dem weiten Platz ein Raunen, und die Leute pfiffen auf den Fingern oder klatschten in die Hände, um ihren Beifall zu bezeugen. »Nieder mit den Pfaffen und Fürsten!« schrie einer. Ein zweiter Mann, ersichtlich ein Bauernknecht mit seinem gegerbten Antlitz und den schwielenbesäten Pranken, warf seine Mütze in die Luft und brüllte wie von Sinnen: »Führt uns, Faust, in die goldene Welt!«

Die Fürsten und Pfaffen von ihren Thronen und Kanzeln zu stürzen kam Faust nach wie vor nicht in den Sinn, doch das Geschrei der aufgepeitschten Menge faßte er ohnehin bloß wie ein Rauschen am Rande auf. »Euer Jesus Christus«, rief er, »der wie ein Vieh geschlachtet und nachher zur Gottheit erhoben worden ist, war gewiß auch nur ein Wundermann und Mariensohn, wie ihr hier einen vor euch seht. Wasser konnte er in Wein verwandeln, trockenen Fußes über die Fluten wandeln, Lahme wieder gehen machen, doch all diese Mirakel vermag ich auch. Denn dafür braucht ihr keinen Gott, der euch Zauberkräfte schenkt, ihr Narren – ihr müßt nur das Geheimnis kennen, wie man wahrhaftig heilt. Wasser ist kranker Wein, so wie der Lahme, wenn er geheilt ist, wieder gehen, und der Blinde, wenn er gesund ist, wieder sehen kann. Und so sind Steine krankes Brot, ihr Toren, und Blei ist krankes Gold, und Türme sind kranke Brunnen«, schrie er, »und diese ganze Welt ist bleiern krank, doch wer das Geheimnis kennt, dem wird sie in goldenem Heil erstrahlen.«

Unvermittelt brach er ab, und wen sein Flammenstrahl bestrich, der begann zu jauchzen und in Zungen zu reden. »Vor euer aller

Augen«, hob er von neuem an, »will ich heute Wasser in Wein verwandeln. Aus diesem Brunnen hier, aus dem ihr an jedem Tag euer Wasser schöpft, soll funkelnder Wein euch in den Eimer rinnen – rot wie das Blut, wie kochende Kupfersuppe, wie das Haar meiner idealen Adele!«

Sein Augenstrahl flammte über den Platz, und die Leute jauchzten und lachten nun allesamt, als ob wahrhaftig ein Engel zu ihnen herabgeflogen wäre. Dann hob er seine Arme, senkte seinen Blick in den Brunnen hinab und sprach: »Wasser ist leidender Wein, so wie Gold geheiltes Blei. Und so wandle dich, wandle dich, wandle dich, Brunnenflut, zu heilem Wein.«

Er hatte die Formel kaum zu Ende geschrien, da ertönte ein Gurgeln und Grollen aus der Tiefe des Brunnens, der ganze Marktplatz begann untergründig zu beben, und einen halben Herzschlag später schoß eine rote Woge aus dem Schacht empor. Die funkelnde Flut brach sich am Brunnendach, ergoß sich schäumend auf das Pflaster des Marktes und floß über die Schräge des Platzes und durch alle Gassen der Stadt bis zur Uferbleiche hinab.

So hieß es zumindest im Ratsbuch der Stadt Gelnhausen unter dem 8. März des 1505. Christenjahres. *»Eine rote Springflut quoll vor aller Augen aus dem Brunnen am Obermarkt und netzte die Gewänder der Gaffer. Da befahl der Herr Pfarrer geistesgegenwärtig, die Glocken der Peterskirche zu läuten, und wer dem Geschrei des Teufelsgauklers Faust traute und seinen Durst mit der Zauberbrühe stillen wollte, fand in jähem Ekel seine Kehle getränkt mit leibswarmem Blut.«*

Fürsorgliche Hände führten Faust zum Oberen Holztor, wo seine Kutsche mit der golden gestirnten Fuchsstute und mit der Siebenschöpf auf dem Bock schon auf ihn wartete. »Bringt Euch nur rasch in Sicherheit, Herr, damit Ihr den Häschern nicht in die Hände fallt«, sagten die Männer, die ihn geleitet und auch seine Gefährtin von der Gefahr unterrichtet hatten, die über ihnen schwebte. »Ihr seid die Hoffnung, Herr, und das Licht, das uns aus der Finsternis führen soll.«

Weiter unten in der Gasse erschallten die Stiefeltritte und Rufe der städtischen Büttel, die ausgesandt worden waren, den aufwieglerischen Zauberer einzufangen. Aber die Leute verstellten ihnen den Weg und umlagerten das Tor, so daß für die Büttel kaum ein Durchkommen war.

Faust wurde auf die Kutschbank mehr gehoben als geleitet, hinter ihm sprangen Munkel und Messer in den Kasten, dann ließ Lena die Zügel schnalzen, und unter den Hochrufen der Menge setzte sich die knarrende Kutsche in Bewegung. »Im ganzen Reich«, hörte die Siebenschöpf im Vorüberfahren einen jungen Bauernburschen voller Begeisterung schreien, »hoffen alle Entrechteten und Geknechteten nur auf Euch, Herr Faust!«

Erst nachdem sie eine Weile schweigend dahingerollt waren, schien Faust aus seiner Versunkenheit zu erwachen. »Auch der Graf von Waldenburg«, sagte er unvermittelt, »ist nur eine Puppe, die an den Fäden des Nigrethius zuckt. Ich bin es leid, so leid, mein Lenchen.«

Er fuhr sich über die Augen, und sie wußte, ohne hinzusehen, wie die Flammen unter seinen goldenen Brauen nun wieder tanzen würden. »Warum stoßt ihr alle mich aus«, schrie er in den Wald hinaus, »und haltet mich gleichwohl fest in eurer bleiernen Welt? Verflucht bin ich seit Anbeginn – verflucht, durch den Schleier zu schauen, verdammt dazu, allenfalls als Gast im goldenen Land umherzutasten und dann wieder verjagt zu werden in die kranke Welt.«

Er schlug die Hände vor sein Antlitz und schwieg.

In einer Senke, wo der Weg sich verengte und der Wald noch höher und finsterer aufzuragen schien, trudelten unversehens vier Wegelagerer zwischen den Bäumen hervor. Faust war zu tief in Gedanken versunken, um die frechen Gesellen mit der Macht seines Blicks niederzuzwingen, wie es ihm schon so häufig gelungen war. Links und rechts sprangen zwei der Räuber auf den Kutschbock, und der eine schlug Faust einen gewaltigen Holzprügel aufs Stirnbein, während der andere dem armen Lenchen seinen Knüppel in den Schopf drosch.

Mit schwindenden Sinnen gewahrte sie eben noch, wie Faust seitlich vom Bock sackte, wie die beiden anderen Räuber die Türen zum Kutschkasten aufrissen, wie Messer hervorschnellte und dem einen Kerl seine Zähne in die Kehle schlug. Dann wurde es Nacht um sie.

Und war nun wahrhaftig Nacht, als das Lenchen ungezählte Stunden später zu sich kam. Noch immer saß sie auf dem Kutschbock, die Zügel in der Hand, doch in ihrem Kopf toste ein wüster Schmerz. »Faust?« rief sie in die Dunkelheit und tastete auch nach rechts, doch da war niemand. »Munkel?« rief sie. »Messer?« Und bekam wieder keine Antwort, abgesehen vom Wolfsgeheul, das aus Waldeshöhen schaurig zu ihr herabdrang, und von den näheren Schreien der Nachtkäuze.

Mit bebender Hand zündete sie eine Lampe an, glitt vom Bock und leuchtete erst in die leere Kutsche hinein, dann auf dem Weg rings umher. Zur Rechten der Kutsche, wo der Hund hervorgesprungen war, fand sie Erde und Moos übergossen mit Blut. Doch Faust und seinen Munkel konnte sie sowenig entdecken wie die vier Kerle, mochten sie nun lebendig oder unter Messers Zähnen verröchelt sein. »Faust?« rief sie wieder. »Munkel?« Mit jedem Moment, den sie vergebens im Dunkeln umhersuchte, sank ihr das Herz noch tiefer.

Am Rand der winzigen Lichtpfütze, die ihre Lampe in die Finsternis spritzte, bemerkte sie schließlich eine dunkle Kugel mit einem hellen Flecken obenauf, und als sie hinleuchtete, war es das abgeschlagene Haupt des Hundes Messer. Wie Glasmurmeln so starr sahen seine Augen sie an, und das sonst immer schneeweiße Antlitz war mit roten Sprenkeln besät.

Da erst begriff die Siebenschöpf auch in ihrem Herzen, daß etwas unwiderruflich Gräßliches geschehen war. Nicht einfach von Wegelagerern waren sie überfallen worden, die Kerle mußten ausgesandt worden sein, um Faust und seinen Munkel zu verschleppen. Gewöhnliche Räuber hätten ein wehrloses Weib, das ihnen in die Hände gefallen war, gewiß nicht im Wald zurückgelassen, zumindest nicht, ohne sich zuvor an ihr gütlich zu tun.

Denn auch wenn Faust sie seit langem nicht mehr zärtlich berührt und kaum mehr angesehen hatte, so war sie doch noch immer eine ansehnliche Frau von nicht einmal dreißig Jahren. Eher mager als rank und mehr grauhaarig als kastanienbraun, doch gewiß noch keine alte Vettel, dachte das Lenchen, derweil sie im Dunkeln kauerte und ihre Tränen auf Messers abgehauenes Haupt hinabflossen. »Ach, du guter, armer Messer«, flüsterte sie, »wenn doch dein Herr bloß hier wäre – ich meine beinahe, er könnte dich selbst jetzt noch heilen.«

70

Als er zu sich kam, glaubte er zuerst, daß er nur scheinbar erwacht sei und in Wahrheit noch immer befangen in Verblendung oder Traum. Der Raum, darin er sich am Boden liegend fand, war ein kostbares Labor. Mit einem gewaltigen Athanor, der dreimal so groß war wie der Ofen im Keller zu Maulbronn. Mit Borden an den Wänden, die zum Bersten gefüllt waren mit Phiolen und Tiegeln und allerlei alchimistischen Weisheitsbüchern. Und mit einer schmalen Bresche linkerhand in der Mauer, dahinter ein dämmriger Flur zu einer Eisentür führte.

Er richtete sich auf, sein Kopf schmerzte, doch sein Geist war klar. Das hier ist kein Traum und auch kein Blendwerk, dachte er. Es ist die bleierne Welt, die bei den Leuten Wirklichkeit heißt.

Aber wo befand er sich, und wie war er hierher gelangt? Beunruhigt ging Faust in dem Gewölbe umher. Trat zu den Wandborden, und darin war wahrhaftig alles versammelt, was ein Alchimist sich nur wünschen konnte. Stäube und Schlämme in irdenen Tiegeln, Quecksilber und Blei in kupfernen Schalen neben Phiolen mit Löwenöl und Mondtinktur. Auch die Auswahl gelehrter Schriften gefiel ihm sehr, weder die Bücher des Albert Magnus noch die Werke des Lullus fehlten. »Das Buch der Reichtümer« von Abu Mussa Giabr stand neben den Schriften der Prophetissa.

Während Faust die reich bestückten Borde musterte, hob zu seiner Linken ein klägliches Wimmern an. Es drang aus dem Raum hinter der Eisentür, und Faust wußte sogleich, daß es aus dem Mund des kleinen Munkel kam.

Eben wollte er loseilen, um den Kleinen zu befreien, da wurde mit eisernem Kreischen ein Riegel zurückgestoßen. Die Tür neben dem Athanor flog auf, und der Herr Paulus trat ein. Ihm folgten zwei

Kerle in Kniehosen und kurzen Kitteln, die rot besprenkelte Prügel in Händen hielten.

»Seine Miene verrät mir, Scholar, daß der Anblick der Knüttel Seinem Gedächtnis aufgeholfen hat. Und so soll es notfalls auch Seinem Leib geschehen – willfahrt Er nicht, so werden diese Schinderknechte Ihn mit ihren Prügeln walken, bis Er sich auf den rechten Weg besonnen hat.«

»Ihr meint wahrhaftig, Prügel könnten mich gefügig machen?« Es erstaunte ihn so sehr, daß ihm ein Lachen aus der Kehle fuhr.

Nigrethius machte seinen Schergen ein Zeichen, und sie schlossen und verriegelten die Tür. »Lieber wäre es mir gewiß, wenn Er von sich aus zu Sinnen käme. Aber falls Er sich selbst goldenen Worten verschließen sollte, müssen ärgstenfalls eben die Knüppel sprechen – auf Seinem Rücken oder auch auf dem Buckel Seines Zwergs, Scholar.«

»Wagt es nicht, meinen Munkel anzurühren, oder ...« Drohend reckte Faust seine geballte Linke gegen den äschernen Abt, und dann versagte ihm die Stimme, und seine Knie wurden weich. Ein heftiger Schwindel ergriff ihn, so daß er am Tisch neben dem Athanor Halt suchen mußte.

»Rede Er nur weiter, Scholar.«

Doch er konnte nicht weitersprechen – greuliche Gesichte überschwemmten seinen Geist. Wie Munkel von hageren Armen umschlossen wurde, wie der Kleine sich wand und weinte, eine Hand ihn tätschelte, dann zwei spitze Klauenfinger ihm blitzschnell in die Augen stieß. Wie Munkel schrie und sich bäumte, doch die Arme hielten ihn fest. Wie ihm die Gewänder heruntergezerrt wurden, während rote Tränen aus seinen Augenhöhlen rannen. Wie er an seinen beinernen Füßchen kopfüber aufgeknüpft wurde und die Klauenfinger ihm Haut und Fleisch von den Rippen rissen. Wie Munkel schrie und schrie, doch er, Faust, konnte nichts für ihn tun ...

Mit Mühe gelang es ihm, seine Linke zu senken, und da verebbten die Gesichte, und er nahm wieder wahr, was um ihn herum geschah. Vor ihm stand noch immer der Herr Nigrethius, flankiert von den beiden Schinderknechten mit den blutbespritzten Knüppeln. In Fausts Rücken erklang das Wimmern von jener Zelle her, wo der unglückliche Munkel darbte.

Der Herr Paulus darf durchaus nicht merken, daß ich in sein Inneres geschaut habe, durchfuhr es Faust. Er ist des Teufels, vom Satan besessen, von jenen boshaften Begierden, die bloß die Hölle stillen kann. Von der dunklen Lust zu martern und zu metzeln, sich an anderer Qualen zu ergötzen, am Grauen und Greinen gepeinigter Kindlein gar. Aber er darf nicht erfahren, daß ich sein Geheimnis nun kenne.

»Wagt es nicht, ihn anzurühren«, wiederholte Faust mit scheinbarer Ruhe, »oder ich zwinge sogleich einen Höllengeist herbei, der Euch in die Verdammnis hinabreißt.«

»Das tönt nicht eben furchteinflößend.« Asche schien von den Lippen des Nigrethius aufzuwölken. »Damit Er den Höllengeist herbeischreit, hat der Graf von Waldenburg doch schließlich diesen prachtvollen Keller für Ihn eingerichtet. Und gewiß wird der Dämon wieder ein Kindlein von Ihm fordern, doch auch der verzwergte Knabe ist ja pünktlich mit Ihm eingetroffen, und so ist nun alles bereit für die Beschwörung, Scholar. Ich versichere Ihm, wenn Er willfahrt, so soll Er als gräflicher Günstling hier im Schlosse mit den Seinen für den Rest Seines Lebens in Ehren und Frieden leben. Doch weigert Er sich, so soll Er in diesem Loch zuschanden gehen. Denn ich allein habe Ihn erschaffen, Faust, mein geduldig und geschickt geschirrtes Grauvieh ist Er, und ehe ich dulde, daß sich der Esel meinem Joch entwindet, laß ich Ihn lieber verderben.«

»Aber was um alles in der Welt wollt Ihr denn noch von mir, Herr Paulus – habe ich Euch und dem Burrus nicht einen ganzen Kübel voller Gold aus der Hölle heraufgezogen?«

Nigrethius kräuselte die papierenen Lippen. »Nun gewiß, auch ich achte das funkelnde Geröll nicht gering, zu dem alle Welt sich drängt wie die Sauen um den Koben. Doch nicht um des Goldes willen hab' ich Ihn geschunden und geschirrt, Scholar.«

Hinter ihm begann Munkel wieder zu greinen und zu wimmern, als ahnte er schon, daß der Herr Nigrethius ihn gleich schlachten lassen wollte nach teuflischem Gebrauch. Zugleich machte der Abt einen Schritt auf Faust zu, und als der abwehrend seine Linke hob, ergossen sich abermals die greulichsten Gesichte über ihn.

Wie der Herr Paulus seine Klauenfinger in die Brust des Kleinen hieb. Wie er Munkel die Rippen auseinanderriß, das Herz aus dem knöchernen Korb hervorzerrte und seine Zähne hineinschlug …

»Den großen Luzifer soll Er mir herbeischreien, Scholar, den König aller Könige der Hölle, und dann soll der Großmächtige mir die tiefsten Gründe offenbaren. Wie Lehm und Dreck sich wandeln läßt zu blutwarmem Gebrocke. Wie es geschieht, daß Staub zu Bein wird, Schlamm zu Fleisch, Scholar. Wie Wasser sich zu Blut verdickt, wie das Kalte, Starre warm und wimmelnd werden kann. Wie in Seinen Pfannen Er fortan alle Kreaturen backen kann, die ich Ihm anbefehle.« Er trat noch einen Schritt näher an Faust heran, und seine wasserhellen Augen glitzerten. »Die törichten Mönche zu Spornstein trachten mich vom Thron zu stürzen, wie die Narren zu Maulbronn den Burrus vom Abtstuhl gestoßen haben. Aber anders als Sein Herr Johannes weine ich Robe und Rang keine Träne nach. Denn heute komme ich ans Ziel, Scholar, und dies Ziel war und ist seit Jahr und Tag, den Höchsten der Hölle mir zu unterwerfen. Luzifer soll mir das Zepter der Welt in die Hände geben, mächtiger als jeder Sterbliche will ich werden, jener, den ihr Gott nennt, Gnade, Allmacht, Schicksal, will ich für euch dreckgeborene Menschlein sein.«

Faust hob nun beide Hände, um den Nigrethius beim Kragen zu packen, doch die pergamentene Gestalt wich mit einem Sprung zur Tür hin zurück. Gleichwohl hatte er für einen winzigen Moment abermals ins Innere des Herrn Paulus geschaut, und was er da zu sehen bekam, war so über alle Maßen grauenvoll, daß ihm ein Stöhnen aus der Kehle fuhr.

Eine rotbrockige Brühe hatte er geschaut, darin glotzende Augen, zuckende Gliedmaßen trieben. Bloß eine Blutgrütze war es, mit fleischernen Batzen darin, doch der baphometische Schlamm lebte. Blasen trieben obenauf, wie verquollene Lippen anzusehen, und wenn sie zerplatzten, erklang ein gurgelnder Schrei wie aus der Tiefe der Hölle herauf.

»Also nun hurtig ans Werk, Faust«, sprach der Abt mit äschernem Stimmklang, »bereite Er alles für die Beschwörung vor, indes ich mich zum Waldenburger begebe, um ihm das Nötigste zu offenbaren und vor allem sicherzustellen, daß er sich heute nacht nicht ins Labor hinunterwagt. Die alchimistische Kunst verehrt der Gute über die

Maßen und erachtet sie gar für eine gottfromme Wissenschaft. Ihn nennt er nur erleuchteter Meister, mich gar den okkulten Papst. Wenn er also erfährt, daß der Herr Faust eingetroffen ist und im Labor schon die ersten Tinkturen zusammenbraut, wird er höchlichst zufrieden sein.«

Er wandte sich zur Tür, wo die beiden Schergen im Schinderkittel standen. »Eins noch, Scholar«, fügte er über die Schulter hinzu, »versuch Er erst gar nicht, meine braven Knechte zu verblenden. Sie sind taub und stumm, und ich habe ihnen zudem ein Elixier auf die Zungenstummel geträufelt, das sie gegen Seine Hexeraugen feit. Der dritte meiner Schergen sitzt drüben in der Zelle seines Knabenzwergs, und wenn der Kleine zuweilen wimmert, liegt's an ihm. Denn meinen vierten Knecht hat Sein Hund zerrissen, und deshalb grollen Ihm die Kerle. Mir jedoch mag es gleich sein – mit der Hilfe des großen Luzifer will Er mir ja diese Nacht noch reichen Ersatz erschaffen.«

Er schloß die Augen und begab sich im Geiste hinter jene Eisentür. Der arme Munkel saß starr auf dem Steinboden. Hinter ihm kauerte der dritte Schinder, und seine Riesenpranke lag um Munkels Kehle.

Und er flog im Geiste weiter bis hinab nach Maulbronn, wo die Faustin in ihrer Dachkammer saß und lächelnd das Haupt hob, als sie sein Herannahen erspürte. Auch zur Siebenschöpf begab er sich und sah, daß sein Lenchen bekümmert und in Sorge, doch sonst wohlauf war. Und nachdem er zuletzt noch im Geiste bis Villingen geschwebt war und sich mit Klaras Strahlen und der Stille ihrer Marienhöhle gewappnet hatte, fand er sich hinreichend gestärkt, um die Verhexung der Schergen zu wagen.

Mag der Nigrethius euch auch verstümmelt und beträufelt haben, gegen meine Magie seid ihr gleichwohl nicht gefeit.

Noch immer standen die Kerle in den kurzen Schinderkitteln wie Steinpfosten so starr zur Linken und Rechten der Tür. Ihre blutigen Knüttel hielten sie in der Hand, bereit, ihm sogleich aufs Haupt zu schlagen, wenn er versuchen sollte zu fliehen. Da streckte er seine Linke gegen den ersten Knecht aus und schloß die Augen, um zu schauen, welche die ärgste Angst war, die der Kerl in seinem Innern verbarg. Ebenso verfuhr er bei dem zweiten Burschen und schließlich auch bei dem dritten Schinder hinter der Eisentür, ohne sich der Bresche in der Mauer auch nur um einen Schritt zu nähern.

Die beiden Schinder an der Tür wechselten beunruhigte Blicke, als sie sahen, daß der Zauberer bei geschlossenen Augen seinen Arm mal in diese, mal in jene Richtung reckte. Doch ehe irgendein Argwohn hinter ihren Stirnen Gestalt annehmen konnte, vergaßen sie alles, was sie im Sinn gehabt hatten, und hoben jämmerlich zu schreien an.

Der erste Knecht warf seinen Knüttel weg und stolperte heulend im Gewölbe umher, denn er war wieder ein Kind von drei Jahren geworden, das vom schwarzen Bluthund eines Nachbarn verfolgt wurde. Der zweite schlug mit den Armen um sich und schrie mit überkippender Stimme um Hilfe. Wie als siebenjähriger Knabe fand er sich abermals in eine Jauchegrube gestürzt und schrie und zappelte um sein Leben. Der dritte Schinder aber, der bei Munkel hinter der Eisentür saß, hatte sich so tief wie irgend möglich zusammengeduckt und beide Arme schützend um sein Haupt geschlungen, derweil seine Stiefmutter wie vor Jahr und Tag den Ochsenziemer auf ihn niederprasseln ließ.

Als der erste Knecht schreiend an ihm vorüberstolperte, löste ihm Faust den Schlüsselbund vom Gürtel und eilte zur Eisentür. Er riegelte auf und streifte den wimmernden Schinder dahinter bloß mit zerstreutem Blick, während ihm Munkel mit einem Seufzer in die Arme flog.

Keine drei hastigen Herzschläge später waren sie vorn bei der Tür, und Faust schloß auf und trat hinaus in einen dunklen Gang, der nach kurzem vor einer Treppe endete. Hinter ihnen heulten noch immer die Schinder mit kindlichen Stimmen um Hilfe oder Gnade, und Faust dachte, daß wohl jeder Mensch in seinem tiefsten Innern ein solches Seelenkämmerchen hatte, darin seit Jahr und Tag wie eine Hexe Bredegast die ärgste seiner Ängste saß.

Die Treppe führte geradewegs ins Freie hinauf. Faust trat in die kühle, sternenklare Nacht hinaus, und als er um sich sah, fand er sich am tiefsten Punkt des Waldenburgschen Parks. Das Labor war offenbar im Keller eines ehemaligen Wehrturms eingerichtet worden, der sich sinnlos gen Himmel reckte, seit die Schanzmauern abgerissen worden waren. Dahinter zog sich der Park einen Hügel hinauf, auf dessen Kuppe wie in Albling das Herrenhaus malerisch thronte. Und wie aus jenem Park mußte Faust sich auch diesmal davonschleichen und durfte noch froh sein, wenn man ihn nicht mit Hunden jagen und Musketen auf ihn abfeuern ließ.

71

Der stille Gast in der schlotternd weiten Kutte war Tonia Siebenschöpf wenig angenehm. Auch der Faustin schien der Besucher, der sich bald jeden Tag zur Terz einstellte und bis zur Vesper vor ihr kniend verharrte, recht unheimlich zu sein. Am Tisch sitzend, hob sie immer wieder ihr Haupt und lächelte bang auf ihn hinab, ehe sie zurück zu ihren Engeln floh. Doch der Besucher war immerhin ein Mönch, und den heiligen Männern gehörte jeder Stein und Scheit im Klostergeviert, während sie selbst nur geduldete Gäste waren. Wenn er also durchaus an jedem Nachmittag einige Stunden vor der Faustin auf den Knien liegen wollte, so konnte man es ihm schlechterdings nicht verwehren.

Er hatte Tonia Siebenschöpf befohlen, ihn einfach Pater zu nennen und ohnehin bloß in drängendsten Notfällen aus seiner frommen Versenkung aufzustören. Wenn er Zwiesprache mit dem Allmächtigen halte, hätten Gänse wie sie nichts dazwischenzuschnattern.

Tonia hatte sich unten am Brunnen ein wenig umgehört und bald in Erfahrung gebracht, daß es sich bei dem stillen Mönch mit der hageren Gestalt und dem greisenhaft faltigen Antlitz um den Herrn Johannes Burrus handele, den früheren Abt von Maulbronn. Beunruhigt fragte sie sich seitdem, wie der Sturz des Burrus sich auf ihrer beider Los und auf das Schicksal ihrer Kinder Lena und Georg auswirken würde. Ob der neue Abt sie aus dem Kloster wieder vertreiben würde, denn angeblich war Michael Scholl ein Günstling des Württemberger Herzogs, der dem Magier Faust aus dunklen Gründen grollte. Wenn aber Abt Michael die Faustin und sie selbst im Klostergeviert nicht länger dulden würde, so könnten sie allenfalls im Knittlinger Armenasyl noch auf ein schimmliges Gnadenbrot hoffen, denn zum Küfer Gerlach wollte Tonia Siebenschöpf um keinen Preis zurück. So sorgte sie sich still und versuchte, sich vor der Faustin nichts anmerken zu lassen.

Wenn sie doch Faust und Lena nur eine Nachricht senden könnte, aber sie wußte ja nicht einmal, wo die beiden gerade umherstreiften. Mehrfach war sie drauf und dran gewesen, den Herrn Burrus um Rat und Hilfe zu bitten, doch im letzten Moment schreckte sie jedesmal davor zurück.

Jenen hartnäckigen Gerüchten, daß Faust von einem Teufel gezeugt worden wäre, hatte sie seit jeher mißtraut. Aber wenn die unglückliche Faustin damals im Klosterkeller nicht von einem Dämon geschwängert worden war, so mußte zu Michaeli im 1479. Christenjahr der Herr Burrus sich ihres Schoßes bemächtigt haben. Und dann schien es der Tonia allerdings nur allzu begreiflich, daß er Stunde um Stunde vor Maria Faustin auf den Knien lag und still um Verzeihung flehte. Doch desto weniger ratsam war es dann wohl auch, ihn unter so heiklen Umständen um Hilfe zu bitten.

»Seid Ihr der Doktor Faustus? Welch überaus große Ehre. Mein Herr schickt mich, Euch seine Botschaft kundzutun.«

»Euer Herr? Wie ist sein Rang? Fürst, Richter, Stadtherr? Und was begehrt er – mich aus seinem bleiernen Reich verjagen? Nun, wir sind's gewohnt, Bote. Laß Er uns bloß noch Schale und Becher leeren, dann ziehen wir weiter wie die Vogelfreien übers Land.«

Doch er war es so überaus leid. Auch Lena, die neben Faust in der Schankstube nahe Isenburg saß, hob kaum das Haupt, um den Boten anzusehen. An jedem Tag bedrängten ihn die Leute, und wenn sie nicht Heilung bei ihm suchten, so legten sie ihm richterliche Bannschreiben vor, und für ihr eigenes Fortkommen war das eine so wenig gedeihlich wie das andere.

»Ich bin Karol von Wurgeiss«, gab der Bote Auskunft. »Ihr klingt verbittert, Doktor Faust, und es verwundert mich nicht. Glaubt mir, mein Herr ist in heißem Zorn entbrannt, als er die Kunde erhielt, daß Ihr aus Gelnhausen fliehen mußtet und andernorts gar nicht erst eingelassen wurdet.«

Da faßte Faust den Boten genauer ins Auge und fand keine Tücke in seinem Antlitz, weder Hoffart noch Verschlagenheit. Es war ein Mann in mittleren Jahren, von kräftiger Gestalt, mit buschig blondem Bart. Sein Blick war ehrerbietig, doch ohne Unterwürfigkeit. »In heißem Zorn? Will Er nicht offenbaren, wie sein Gebieter sich nennt? Der Mann fängt an, mir ans Herz zu wachsen.«

»Verzeiht, Doktor, Eure Nähe scheint mich zu verwirren. Also rasch heraus gesagt – mein Herr, der Ritter Franz von Sickingen, verfolgt seit Jahr und Tag mit Wohlgefallen Euren Werdegang. Ihr seid ein stolzer Mann und weiser, unabhängiger Geist, und es ergrimmt ihn, Euch von Fürsten und Stadtherren so übel behandelt zu sehen.«

»Und so will Euer Ritter mich wohl auf seine Burg einladen?«

»Nun, Doktor, das nicht. Letztes Jahr ist sein Herr Vater verstorben, und seither reist Ritter Franz umher, um seine Bergwerke und Burgen im Kreuznacher Land zu inspizieren. Auch die ererbte Stellung als kurpfälzischer Amtmann beansprucht ihn sehr, und überdies liegt mein Herr in Fehde mit zahlreichen Städten, die seine angestammten Rechte bestreiten.«

»Hörst du, mein Lenchen – in Fehde mit zahlreichen Städten! Der Ritter scheint mein Seelenbruder zu sein.«

Nur flüchtig sah die Siebenschöpf auf, und bei diesen Worten Fausts verdüsterte sich ihr Antlitz bloß noch mehr.

»Um offen zu sprechen, Doktor Faust«, fuhr Karol von Wurgeiss fort, »mein Herr schätzt Ritter des Geistes wie Euch über die Maßen, doch er selbst ist eher ein Mann des Kampfes mit Lanze und Schwert. Mit einem Wort also – er bietet Euch die Stelle des Schulmeisters zu Kreuznach an. Im Schulhaus könntet Ihr mit den Euren bequem in drei Kammern unterm Dach wohnen. Immer von sieben bis zwölf müßtet Ihr unsere Knaben in Latein und auch in deutschem Schreiben und Lesen unterrichten, zu zwei Gulden im Monat nebst Schwarzbrot und Logis.«

Faust wechselte einen Blick mit Lena. »Wann wird die Stelle frei?«

»Die Knaben warten seit Wochen auf einen neuen Lehrer. Wenn Ihr einverstanden seid, Doktor, reist nur geradewegs nach Kreuznach und richtet euch im Schulhaus in der Saugasse ein. Spätestens zum April soll der Unterricht wieder aufgenommen werden.«

»In acht Tagen schon? Und ich könnte dort unbehelligt mit den Meinen leben – sicher vor dem Haß der Pfaffen und der Fürsten Zorn?

»Solange der Ritter Franz höchstselbst seine eiserne Hand über Euch hält, werdet Ihr in Kreuznach so friedlich leben wie im Paradies.«

Und mit ähnlich argem Ende? Faust fragte es nicht, sondern dankte dem Edlen für das willkommene Angebot und bat seinem Herrn auszurichten, daß er mit Freuden annehme und sich gleich am morgigen Tag nach Kreuznach aufmachen werde.

Unter einer milden Frühlingssonne fuhren sie den Main entlang gen Mainz. Um rascher voranzukommen und im Vorgefühl ihrer neuen Sicherheit, fragte Lena im Flörsheimer Hafen einen Schiffsmann, ob er sie mitsamt Pferd und Kutsche bis nach Bingen mitnehmen könne. »Das will ich gerne tun«, antwortete der Kapitän, »zu einem Gulden für Euch und einen weiteren für Euren Gemahl. Die Kutsche samt Roß mag für einen Albus mitfahren.«

Doch zwei Gulden und ein Weißpfennig waren mehr, als Faust in einem ganzen Monat für Schulmeisterdienste erhalten sollte. So wurde es also nichts mit der Schiffsreise, zumal Lena mit größter Mühe allenfalls einen Gulden hätte zusammenscharren können. Im Grunde war es auch keine arge Erschwernis, an die knarrende Kutsche waren sie ja längst gewöhnt, und die Straßen den Main und den Rhein entlang waren breit und sicher. Aber es verdroß sie beide, und Faust beinahe noch mehr als die Siebenschöpf, daß sie sich mit der Kutsche weiter auf dem Landweg dahinplagen mußten, während die Schiffe scheinbar mühelos an ihnen vorüberzogen.

Es war aber die Zeit, da der Abt von Spornstein in Heidelberg weilte, um vor dem Wittelsbacher Philipp wieder einmal seine Unschuld zu beteuern.

Jene Urkunden, so eiferte er im Audienzsaal, die seinem Kloster umfangreichen Grundbesitz zusprächen, habe er gewiß nicht gefälscht, sondern allenfalls ein wenig umgewerkelt, nach bestem Wissen und Gewissen. Und jene Weisheiten der Kirchenväter, die er in seinen Schriften aufgeführt habe und die Augustinus oder Thomas von Aquin angeblich niemals ausgesprochen hätten, habe ihm die heilige Anna im Traum mitgeteilt. Und was schließlich sein Schreiben an jenen Karmeliter betraf – alles, was er dort über einen Halbteufel und Höllengold und dergleichen ausgeführt habe, sei gleichnishaft auszudeuten, »respektive symbolisch, Euer Herrlichkeit«.

Aber es half nichts mehr. Dem ritterlichen Philipp waren alle Schliche und Schiefheiten ohnehin zuwider, und seit ihn der Maulbronner Burrus in eine schmachvolle Niederlage hineingefaselt hatte, war ihm klerikale Wortgewalt noch weniger geheuer als zuvor. »Vergeud Er seinen Odem nicht länger«, beschied er den Herrn Paulus, dessen äscherne Beredsamkeit ihm noch ärger mißfiel als die atemlos hervorgekeuchten Baugesichte des Burrus. »Derweil Er hier bei mir auf dem Schlosse sitzt, erwählen sich Seine Mönche zu Spornstein einen neuen Abt.«

Nigrethius verlor nun wahrhaftig die Fassung – er schrie seinen Zorn ins Angesicht des thronenden Fürsten und schwor, daß alle, die sich gegen ihn verbündet hätten, furchtbar dafür büßen würden. Die Höflinge erblaßten, die Minister erstarrten. »Läutet nach einem Lakaien«, schrie der Herr Paulus, »und laßt meine Kutsche richten.« Er müsse sogleich aufbrechen, um die Rebellion in Spornstein zu ersticken und die Aufrührer zu züchtigen. Mehr als zweitausend Bücher habe er in der Bibliothek zu Spornstein zusammengetragen, und wenn man ihn von diesem Weisheitsschatz abschnitte, wäre er an Geist und Seele verloren.

Doch der Fürst hatte nun genug von seinem einstigen Günstling. Er rief die Palastwache herbei und ließ den Herrn Nigrethius in einem Seitenflügel seines Schlosses in allen Ehren arretieren.

Bis Ingelheim waren sie vorgerückt, als Faust bei Nacht nicht die heilige Anna, doch seine Mutter Maria erschien. Im Traum schaute er, wie sie starr an ihrem Tisch in der Maulbronner Kammer saß, über Engelbildern wie stets. Nahe bei ihr am Boden mußte sich etwas befinden, das ihre Seele in Angst versetzte. Bang schaute sie auf jenen Fleck hinab, und wie Faust sich auch mühte, er selbst vermochte nicht zu erkennen, was sich dort befand.

Ein Hund, dachte er im Erwachen, vielleicht hockt dort ein Hundevieh am Boden und schreckt die Mutter, indem es bellt und die Zähne fletscht. Neben der Siebenschöpf lag er im Heu einer Scheune, die ihnen ein mildherziger Bauer für die Nacht geöffnet hatte. Faust erzählte ihr, was er in seiner Vision erblickt hatte, und Lena war ebenso beunruhigt wie er. Was die Mutter verstörte, blieb ungewiß, doch seit langer Zeit hatte er sie nicht so verängstigt erlebt.

Erst im Morgengrauen fiel er wieder in unruhigen Schlummer. Und da erschien sie ihm abermals, und diesmal schrie sie vor Angst, mit weitaufgerissenen Augen, und dann schaute Faust, wie sie auf ihrem Stuhl vornüber fiel und wie leblos liegenblieb, das Antlitz auf ein eben begonnenes Engelbild niedergesunken.

»Ich muß zu ihr«, sagte Faust, »und wenn ich es mir auch noch mit dem Ritter von Sickingen verderbe, es hilft alles nichts – ich muß nach Maulbronn, ehe es zu spät ist.«

Da verlegte sich Lena aufs Flehen. »Laß mich zu ihr fahren, mein Faust«, beschwor sie ihn. »Du reise derweil weiter nach Kreuznach und tritt die Schulmeisterstelle an, und ich hole unsere Mütter aus dem Kloster und komme so rasch als möglich nach.« Kreuznach war die allerletzte Rebe, die ein karstiges Schicksal ihnen sprießen ließ, das spürte Lena nur allzu klar. »Wenn du es dir auch mit dem Ritter noch verdirbst, finden wir in der ganzen Welt keine Stelle mehr, wo wir uns festhalten können, ohne gleich wieder verjagt zu werden.«

So eindringlich sprach sie in der morgengrauen Scheuer auf ihn ein, daß Faust schließlich nachgab. »Ob es die richtige Entscheidung ist, muß sich weisen. Aber in einem hast du wohl recht, mein Lenchen – zugleich nach Maulbronn zu fahren, die Faustin retten, und nach Kreuznach, die Knaben unterrichten, vermag nicht einmal ich.«

Sie kamen überein, daß Lena und Munkel mit der Kutsche zum Kloster reisen und ihm so rasch als möglich mit Tonia und der Faustin nach Kreuznach folgen sollten. Faust aber würde den verbleibenden kurzen Weg zu Fuß überwinden oder vielleicht auf einem Bauernkarren, falls sich eine solche Möglichkeit ergab.

»Aber spute dich, mein Lenchen, gönne dem Pferd und dir selbst nur die nötigste Rast.« Er zog sie an sich und küßte sie so innig wie seit langer Zeit nicht mehr. »Ich fühle, daß die Faustin ärger von

Kümmernis beschwert ist als in all den Jahren, seit wir das Küferhaus verlassen haben.«

»Du hast mich zu dir befohlen, Mater Maria«, murmelte Burrus, »und ich bin gekommen und liege vor dir im Staub. Erlöse mich von aller Not, ich flehe dich an, wie du es mir verheißen hast. Amen.«

Es war ihm noch immer nicht recht geheuer, daß er gerade vor diesem Weib auf seinen Knien lag und ekstatische Anrufungen raunte. Auch wenn sie den Namen der Gottesmutter trug, so hatte sie dennoch nicht das Licht der himmlischen Liebe, sondern den verdorbenen Samen der Hölle empfangen. Und nicht sanft und verzeihend war ihr Lächeln, sondern mit jedem Tag, den er vor ihr kniete, bloß noch banger und beschwerter. Gleichwohl war kein Zweifel möglich – als ihm die heilige Maria erschienen war, hatte sie ihn just hierher befohlen, zu Füßen der Faustin, und ihm verheißen, daß er allhier aus aller Not erlöst werden solle. Und so, wie auch die hölzernen oder steinernen Marienskulpturen in Gotteshäusern nur das Gefäß waren, in das der göttliche Geist hineinfuhr, so mußte es sich auch mit der Faustin verhalten. Ein fleischernes Marienbildnis ist sie, sagte sich Johannes, derweil er unablässig weitermurmelte, und wenn sie dereinst ihren Mund auftut, so wird nicht sie zu mir sprechen, sondern die heilige Mater Maria.

Doch so beharrlich er auch kniete und flehte, die halbe Fastenzeit hindurch tat sie ihren Mund allenfalls auf, um zu husten oder zu prusten. So daß Johannes Burrus vom Murmeln schließlich zum Rufen überging und am letzten Märzsonntag sich in heiseres Schreien steigerte, beinahe so schaurig wie das Wolfsgeheul im Tannenholz anzuhören. »Du hast mich zu dir befohlen, Maria«, so schrie er, »und ich bin gekommen und liege vor dir im Staub. Erlöse mich von aller Not, wie du es mir verheißen hast.«

Im Beten und Schreien war er auf seinen Knien näher an die Faustin herangerutscht. Sein zerfurchtes Antlitz war verklebt von Staub und Tränen, die Augen blinzelten wie im Krampf. Und wie er nun seine gefalteten Hände zu ihr emporreckte und »Maria, ich flehe dich an!« schrie, da schien es ihm, als wäre wahrhaftig der Geist der heiligen Mater in das fleischerne Bildnis gefahren. So sanft lächelte sie nun auf ihn hinab. So gütig leuchteten ihre Augen. So golden schien die ganze Gestalt mit einem Mal zu erstrahlen, ihr Lockenhaar, das mädchenhafte Antlitz, der ranke Leib in dem einfachen weißen Gewand.

Die gefalteten Hände über seinem Haupt emporgereckt, preßte Burrus schreiend und schluchzend sein Antlitz in ihren heiligen Schoß. Und da tat sie wahrhaftig ihren Mund auf, um zu sprechen oder immerhin zu stammeln, zum ersten Mal seit jenem Michaelitag. So dumpf fuhr ihr der Ruf aus dem Mund, als hätte ein Pfropf aus Pein und Schleim ihr ein Leben lang die Kehle verkorkt: »Satan, Satan!« schrie sie. »Da, da – Satan, Satan – da!«

Zu Tode erschrocken, war Burrus aus ihrem Schoß wieder aufgefahren, die Finger noch immer gefaltet und in die Höhe gereckt. Mit zitternder Hand, die noch den Kohlestift umfaßt hielt, zeigte sie auf sein Antlitz, und dabei schrie sie immer weiter: »Da, da, Satan, Satan, da!« Und da kam es über ihn, und er schlug mit seinen Beterhänden nach ihren frevlerischen Fingern, die unerträglich dreist auf sein Antlitz wiesen. Als ob sie ihn, gerade ihn für den Leibhaftigen hielte!

Er wollte nur, daß der Kohlestift nicht länger auf ihn deutete, doch seine Hände, zur Doppelfaust ineinandergeschlungen, trafen Maria mit so unseliger Wucht an der Schläfe, daß ihr Haupt zur Seite geschleudert wurde und hart gegen die eiserne Ofenkante schlug. Da hörte sie auf zu schreien und zu wimmern, ihr Blick wurde leer, der Kohlestift entglitt ihrer Hand und fiel zu Boden. Wie von jäher Müdigkeit übermannt, sank die Faustin auf ihrem Stuhl vornüber und kam mit dem Antlitz auf einem Engelbild zu liegen, das sie wohl eben erst begonnen hatte: Außer dem Umriß eines zerknickten Flügels war auf dem Blatt nichts zu sehen.

Was habe ich getan? dachte Burrus. Nun, für einen sehr kurzen Moment muß ich die Herrschaft über mich selbst verloren haben, aber die Faustin brummt und seufzt ja noch, also wird ihr nichts Arges geschehen sein. Und als sie scheinbar auf mich gedeutet hat, muß hinter mir etwas in Erscheinung getreten sein, das sie so sehr verstört hat.

Noch immer auf den Knien liegend, drehte er sich zur Tür hin um, und da fiel sein Blick auf ein Bildnis, das ihm niemals vorher aufgefallen war. In kühnen Kohlestrichen war es direkt aufs Tannenholz der Tür gemalt, und es zeigte eine junge Mutter, die mit sanftem Lächeln ihr Knäblein in den Armen wiegte. Das Antlitz des Säuglings aber, der mit gierigen Lippen nach der mütterlichen Zitze zu schnappen schien, war zu einer Fratze von abstoßender Bosheit verzogen, und aus seinem Steiß sproß ein abscheulich nackter Schweif, wie ihn die Ratten als Mal ihrer Verworfenheit tragen.

»Da, da – Satan, Satan – da!« Mit bebender Hand hatte sie auf das Bildnis gedeutet, und zweifellos war dies die Botschaft, die die Mater Maria ihm verheißen hatte, aus dem Mund der wirrgeistigen Faustin hervorgelallt.

Faust ist der fleischgewordene Satan. Anders ließ sich die Kunde schlechterdings nicht deuten. Ein Höllengeist von so unbezähmbarer Macht und vollkommener Bosheit, daß es ganz unvorstellbar schien, ihn als Werkzeug zum Lobe Gottes zu schirren und abzurichten. Ich habe mich geirrt, dachte Burrus, mein ganzes Leben gründet auf einem furchtbaren Fehler. Gewiß hat der Erbarmer mir diesen Teufel gesandt. Aber nicht deshalb hat Er den Satan Faust mir geschickt, damit ich ihn als Werkzeug gebrauche, sondern allein, um meinen Glauben zu prüfen. Doch ich habe ganz und gar versagt.

»Allmächtiger«, betete Burrus, ohne zu bemerken, daß er seine gefalteten Hände nun zu dem Kohlebild emporgereckt hielt, »ich habe geirrt und Deine Gebote mißdeutet, doch ich will alles wiedergutmachen. Ich glaubte, es wäre Dein Wille, daß ich das Böse zwinge, Gutes zu vollbringen, doch als ich dies wähnte, unterlag ich wohl schon der Verblendung durch den Satan Faust. Nun aber habe ich verstanden, barmherziger Gott, und ich schwöre bei meiner Seligkeit, daß ich nicht ruhen werde, bis ich vollbracht habe, was Du mir an jenem Michaelitag aufgetragen hast.«

Er senkte seinen Kopf, bis er den Boden mit der Stirn berührte. Die gefalteten Hände saßen auf seinem Haupt wie die Krone aus modrigen Mannsgliedern, die er einst, zu Beginn seines Lebens, auf den wirren Schöpfen jener abgeirrten Mönche schwanken sah. Tränen troffen aus seinen Augen, in seinem Rücken stöhnte die Faustin, und Burrus schrie: »Barmherziger Gott, bei Deinem Sohn, der die

Menschheit erlöst hat, gelobe ich, daß ich den Satan Faust töten werde, und wenn ich mein eigenes Leben dafür hinopfern muß. Sela und Amen.«

72

Die Kreuznacher Knaben liebten ihren neuen Schulmeister, und der Herr Pfarrer sprach nur das Schlechteste über ihn, und beides hatte Faust im voraus gewußt. Er war der erste Lehrer nicht bloß in Kreuznach, sondern vielleicht im ganzen Reich, der niemals die Rute wider seine Schüler gebrauchte. Gleich am ersten Schultag, als die Knaben vor Unrast alle vier Augenblicke von ihren Bänken aufspringen wollten, schnitt er die Gerte vor ihren Augen mit dem Messer entzwei und warf die Überreste in den Herd. »Ich bin euer Meister«, sagte er, »aber ich will nur durch die Macht meines Geistes über euch herrschen.«

Die zwölf Knaben im Alter zwischen sieben und zehn Jahren sahen ihn bloß in stummer Verwunderung an. Ein Schulmeister ohne Rute, das schien ihnen so undenkbar wie ein Ritter ohne Schwert. Die Schreckensherrschaft der Lehrer gründete seit jeher auf ihrem nahezu unbegrenzten Privileg, ihre Schüler mit Stock oder Rute zu züchtigen. Aber wie sie so vor ihm saßen und in seine Augenflammen sahen, da spürte wohl jeder von ihnen, daß der neue Schulmeister Faust sie auch ohne Rute allezeit bezwingen könnte.

Er sollte ihnen das Schreiben und Lesen beibringen, in lateinischer und in deutscher Schrift. Lebhaft erinnerte er sich an die Qualen, die die bleiernen Lektionen des Ranunculus ihm in seiner Knabenzeit bereitet hatten, und er war entschlossen, seinen Schülern und sich selbst derlei blödes Einbleuen zu ersparen. So wie er die Quellen der Beschwernis in den Leibern zu schauen und zu heilen vermochte, ohne das Fleisch mit Messer oder Säge zu zerschneiden, so mußte es ja auch möglich sein, ganze Schullektionen auf magische Weise in Schülerköpfe zu übertragen.

Doch Pater Helenkam, Pfarrer der Peterskirche zu Kreuznach, überwachte den neuen Schulmeister argwöhnisch auf Schritt und Tritt. In der Bibelstunde ließ er sich von den Schülern berichten, was der neue Lehrer ihnen beibringe und wie er sie in den Schulstunden traktiere. Als er hörte, daß Faust die Rute vor den Augen der Knaben zerschnitten hatte, da stand er am Abend des nämlichen Tages vor dem Schulhaus und schlug auf die Türglocke, daß es bis unters Dach hinaufdröhnte.

Faust kam gemächlich die Treppen hinabgeschlendert, bat den Priester ins Schulzimmer einzutreten und fragte ersichtlich ohne Eifer, was das Begehren des heiligen Herrn sei.

»Das will ich Euch gern einmal gleich zu Anfang auseinandersetzen«, antwortete der Pater und umschloß das vor seiner Brust baumelnde Kreuz mit fleischiger Hand. Er war ein wohlbeleibter Mann von mittleren Jahren und bekannt für seine Gabe, jeden verborgenen Frevel sogleich zu erspüren und selbst Art und Schwere des Lasters aus dem Antlitz des Lästerers abzulesen. »Ihr müßt die Knaben züchtigen, bis aufs Blut, wenn es not tut, denn nicht zuletzt für dieses Wirken wird ein Schulmeister bezahlt. Die Väter prügeln ihre Söhne zu Hause, so gut sie es vermögen, aber wie oft fehlt es ihnen an der Muße, oder die Weiber reden ihnen drein und barmen, daß ihr Knäblein an Leib und Seele leide, wenn ihm das Gesäß allzusehr gegerbt werde.

Um so wichtiger ist das Amt des Schulmeisters, Herr Faust. Jeden Eurer Schüler sollt Ihr wenigstens einmal die Woche übers Knie legen und so recht durchwalken, bis der Schelm Euch unter heißen Tränen Besserung verspricht. Schlagt mit der Rute oder auch mit Eurer bloßen Hand, wenn das Rohr einmal nicht greifbar ist, aber laßt die Knaben bloß zuvor ihre Hosen herunterziehen, sonst liegen Euch nachher die Mütter in den Ohren, weil das Beinzeug blutig geworden ist. Alle Knaben verüben ja allezeit gottlose Streiche, und läßt einer von ihnen sich einmal nicht ertappen, so prügelt ihn, weil er seine Untaten vor Euch verborgen hat. Habt ihr ihn aber erwischt, so prügelt ihn erst recht und zweimal so arg.

Heißt ihn, sich über Eure Knie zu legen, so daß er zu Eurer Linken mit seinen Händen, zur Rechten mit seinen Füßen dem Boden zustrebt. Und dann schlagt so wacker zu, daß Euch der Schweiß ausbricht und der Knabe bei jedem Hieb schreit und fleht und sein Fleisch sich rot färbt oder auch mit blutigen Striemen überzieht. Und wenn er sich wie ein Kindlein gebärdet und um Gnade winselt, gar sich aufrichten und Euch sein tränennasses Antlitz zeigen will, so haltet mit Euer Linken seinen Nacken nieder und züchtigt ihn mit Eurer Rechten nur noch härter.

Um die Hoffart eines Knaben zu brechen, prügelt ihn vor den Augen seiner Kameraden. Um Eure Herrschaft zu festigen, laßt jeden Tag damit beginnen, daß ihr einem anderen Knaben das Gesäß durchwalkt. Um vollends zum Schrecken der Schüler zu werden, bestellt Euch immer abends oder sonntags einen Knaben ins Schulhaus, um ihn gründlicher durchzuprügeln, als es im Getriebe des täglichen Richtens und Unterrichtens möglich ist.«

Der Pater fuhr sich mit dem Ärmel seiner Robe über das Antlitz, das während seiner Rede brandig rot geworden war. »Befolgt ihr diese goldenen Regeln«, schloß er, »so kann ich Euch leicht eine gute Zukunft als Schulmeister voraussagen.«

»Und wenn ich Euch nicht willfahre?« fragte Faust, der während Helenkams Predigt im Schulzimmer auf und ab gegangen war. »Was prophezeit Ihr mir für diesen Fall?«

Der Priester sandte ihm einen Blick, der wenig Gutes verhieß. »Derzeit wähnt Ihr Euch obenauf, Faust, weil der Herr Amtmann seine Hand über Euch hält. Aber gebt Euch besser keiner Täuschung hin – ich weiß sehr wohl, welche Laus uns in den Pelz gesetzt worden ist, und ich verheiße Euch hiermit in aller Offenheit: Laßt Ihr Euch bei dem kleinsten Fehltritt ertappen, so ist's mit der Schulmeisterei gleich wieder aus.«

»Und ein Fehltritt wäre es, mich nicht beim Prügeln von Knabenärschen so fiebrig zu erhitzen, wie es Euch schon beim Schildern widerfährt?« Faust ließ sein Lachen ertönen. »Bei solcher Wahl möchte man wahrhaftig lieber Laus als Pelz sein.«

In seinem Herzen ahnte er da bereits, daß er sich auch in Kreuznach nicht lange halten würde. Doch jede Nacht träumte ihm aufs neue, daß die Faustin vor Kümmernis seufzte und weinte, und wenn er im Wachen seinen Geist zu ihr sandte, fand er sie mit jedem Tag noch ärger verdüstert und verstört.

Das Lenchen hat gewiß recht, dachte er ein ums andere Mal, wir müssen es mit der Schulmeisterei versuchen, zumindest bis sich eine bessere Möglichkeit auftut. Was immer in Maulbronn der Mutter widerfährt, die Kümmernis muß endlich von ihr genommen werden, und das kann einzig glücken, wenn sie bei mir ist und ich sie vor aller Wirrsal beschützen kann.

In den Schulstunden ließ er die Knaben wohl auch die Lettern abmalen und einzelne Wörter oder Verse vorlesen, wie es der Ranunculus und Tausende von Schulmeistern gehalten hatten. Daneben aber übte er sich in der Kunst, ganze Lektionen in Schülerköpfe zu versetzen, einfach indem er sich Satz für Satz alles dachte und dabei recht lebhaft den ausersehenen Empfänger vor Augen führte.

Als besonders empfindsam für derlei Behexung erwies sich bald schon ein erst siebenjähriges Kind namens Hans Baptist.

Tisso, wie er bei seinen Kameraden hieß, war ein Knabe von düsterer Gemütsart, der meist in sich gekehrt war und während der gewöhnlichen Lektionen wenig aufzufassen schien. Er war der Sohn des Kreuznacher Fährmanns, von schmächtiger Gestalt und scheuem, träumerischem Wesen. Tissos Augen waren fast so dunkel wie sein glänzend schwarzes Haar, das dick wie Wolle war und bläulich schimmerte, beinahe wie der Haarschopf der neuindischen Wilden, die Faust zu Gelnhausen aus dem Vogelbauer befreit hatte. Eigentlich war Tisso in allem das Gegenteil des kleinen Knaben, der er einst selbst gewesen war, und dennoch fühlte er sich lebhaft an den Schulbuben erinnert, der vor so langer Zeit in die Schola latina zu Knittlingen gelaufen war.

Bald schon ging er dazu über, Tisso abends oder an Sonntagen ins Schulhaus zu bestellen. Anstatt aber den Knaben zu prügeln, wie es der Pater empfohlen hatte, wies er ihn an, sich vor ihm auf einen Schemel zu setzen, und behexte Tisso mit seinen Flammenaugen. In seinem Geist sandte er ihm lateinische Vokabeln und deutsche Liedverse und ließ sich nachher Wort für Wort wiederholen, was Tisso währenddessen in den Sinn gekommen war.

Der Erfolg überraschte sogar ihn selbst. Mit düsterer, dabei schlafwandlerisch aufmerksamer Miene saß der kleine Tisso vor ihm und starrte in die Flammenaugen seines Meisters, wie sich der inbrünstige Beter ins Antlitz des gekreuzigten Erlösers versenkt. Faust sandte ihm zuerst bloß kurze Kapitel der lateinischen Fibel, doch bald schon ging er zu gewichtigeren Lektionen über. Die Engel aus dem »Buch Tobias« hexte er ihm in Kirchenlatein zu und sodann den halben Hiob im ungelenken Deutsch der katholischen Übersetzer. Darauf ließ er den Polyphem aus der »Odyssee« und schließlich die Anrufung der Maria Prophetissa folgen. Und der kleine Tisso sog alles in sich auf wie Moos, das sich willig mit Tau und Regen tränkt – wenn Faust ihm mit seiner Linken durchs Haar fuhr, erwachte der Knabe und gab, was ihm übermittelt worden war, aufs Stichwort wieder preis.

Sagte Faust dann etwa »Hiobs Wehgeschrei«, so verdunkelten sich Tissos Augen, bis sie beinahe schwarz schienen, und er hob an, mit klarer Stimme wie Hiob zu jammern: »So wehre ich nicht meinem Mund, mit bedrängtem Geist will ich reden, mit betrübter Seele will ich klagen. Erwürgt zu werden zöge ich vor, den Tod diesem Totengerippe. Ich mag nicht mehr. Ich will nicht ewig leben. Laß ab von mir, denn nur ein Hauch sind meine Tage.«

Erst wenn Faust sich vorbeugte und ihm sacht durchs bläulich schimmernde Haar fuhr, hielt Tisso in seinem innigen Wehgeschrei ein. Und Faust berührte seine Stirn und sagte: »Maria Prophetissa.«

Da verengten sich Tissos Augen, und er hob an, die Anrufung der Göttin zu murmeln. »Du bist die Mutter aller Vollkommenheit in der Welt. Du kannst Glück von Kummer, Erde von Feuer, das Fleisch von der Seele, das Zarte vom Groben trennen.«

Mit so reiner Stimme und solchem Zartgefühl sprach der Kleine die heiligen Worte, daß Faust Mühe hatte, seine Rührung hinwegzulachen.

Die erste Woche in Kreuznach war rasch dahin, und obwohl Pater Helenkam bald jeden Tag wider ihn eiferte, begann sich Faust in seine neue Umgebung einzuleben. Bloß daß die Seinen nicht kamen und ihm auch keine Nachricht zu ihrem Verbleib und Befinden sandten, beschwerte ihn mehr und mehr. Die drei Kammern unter dem Dach des Schulhauses waren nur wenig geräumiger als die Verschläge in Knittlingen oder im Gesindehaus zu Maulbronn, aber für die Faustin und Lena, für ihn selbst und Munkel und notfalls auch die Mutter

Siebenschöpf boten sie Platz genug. Doch die Seinen ließen auf sich warten.

Bald jede Nacht träumte ihm nun, daß die Mutter auf ihrem Strohbett läge und in starrer Beschwernis zur Decke hinaufsähe. Im Taglicht, wenn er draußen in der Saugasse Hufklappern oder das Rattern von Kutschrädern hörte, sprang er jedesmal gleich zum Schulzimmerfenster oder droben zur Dachluke und spähte hinaus. Aber dann war es immer nur ein Bauernwagen oder eine Kutsche von der ritterlichen Burg oder allenfalls der Rappe des Karol von Wurgeiss, der ihm im Vorbeisprengen einen Gruß zurief.

Beinahe vom ersten Tag an ging Tisso bei ihm im Schulhaus aus und ein und wollte immer noch mehr Begebenheiten aus dem zauberischen Leben seines Schulmeisters hören. Faust erzählte ihm, wie er eines Tages den Hund Messer am Waldrand gefunden und wie viele Jahre später Messer ihm den kleinen Munkel zugetragen hatte. Wie er zu Gelnhausen Wasser in Wein verwandelt und bei Bruchsal die Leute mit Steinen gespeist hatte. Bloß von Mönchen und Höllengeistern erzählte er ihm nichts.

»Und selbst über das Wasser wandeln könnt Ihr wie der Herr Jesus?« rief Tisso und staunte ihn aus braunen Augen an.

»Das und so viele Wunder mehr, mein Kleiner. Nur eines habe ich bislang noch nicht versucht.« Angeregt ging Faust im Schulgarten auf und ab, und Tisso klebte ihm wie ein Hündchen an der Seite. »Siehst du die bunte Wolke dort oben?« Der Knabe bejahte. »Das sind die neuindischen Krähen, die mir seit Jahr und Tag überallhin folgen. Vielleicht versuchen wir auch bald einmal, wie die Vögel am Himmel umherzufliegen.«

Mit glänzenden Augen sah Tisso zu ihm auf. »Bitte, Meister, lehrt mich das Fliegen – heute noch!«

In der zweiten Woche machte Faust sich daran, die gesamte Knabenklasse zu behexen, wie es ihm mit Tisso so gut gelungen war. Er hieß sie, starr in seine Augensterne zu blicken, sah seinerseits ins Ungefähre hinter ihren Stirnen und mühte sich, ihnen Vers um Vers den Hiob zu senden. Und wieder glückte ihm alles über sein kühnstes Hoffen hinaus.

Gemächlich ging er hernach von Pult zu Pult, strich hier einem Hänschen, dort einem Fränzchen über die Stirn und hieß sie, wie der große Geprüfte zu klagen. Also sprach der erste Knabe: »Zum Ekel ist mein Leben mir geworden, ich lasse meiner Klage freien Lauf, reden will ich in meiner Seele Bitternis.« Und der zweite rief: »Ich sage zu Gott: Sprich mich nicht schuldig, laß mich wissen, warum du mich befehdest.« Und der dritte: »Warum ließest du mich aus dem Mutterschoß kommen, warum verschied ich nicht, ehe mich ein Auge sah? Wie nie gewesen wäre ich dann, vom Mutterleib zum Grab getragen.«

So ging es weiter, den ganzen Schulmorgen über, und als Pater Helenkam die Glocken zum mittäglichen Angelus läuten ließ, hatten Fausts Jünger die halbe Klage eingelernt und wieder ausgesungen, vom Schweigen Gottes über die Hoffnungslosigkeit Hiobs bis zum trügerischen Trost. Doch sobald Faust die Behexung wieder von ihnen nahm, wußten die Knaben nicht das mindeste mehr von Hiob oder allen anderen Lektionen, die ihr Schulmeister ihnen eingeträufelt hatte. Grammatik und Vokabeln, Verse und Lieder mußten allesamt noch in ihren Köpfen umherspuken, denn wenn Faust ihnen über die Stirnen strich, begannen sie sogleich wieder aufs Stichwort wie Hiob zu klagen. Indessen schien alles Wissen, das er in sie eingesenkt hatte, nicht mit ihrem eigenen Bewußtsein, sondern allein mit dem willentlichen Ich ihres Meisters verknüpft.

Wahrlich, dachte Faust, ich bin und bleibe doch ein Puppenspieler, der nichts anderes versteht, als die Welt sich zum Puppenspiel umzuzaubern.

Pater Helenkam aber eiferte unaufhörlich wider den neuen Schulmeister und stachelte bei jeder Gelegenheit die Leute gegen ihn auf. Ein Teufelsbeschwörer sei er, im ganzen Reich verschrien und aus vielerlei Städten schon vertrieben worden, weil er dort die Menge verblendet, wider die Fürsten und Pfaffen gehetzt und allerlei unreine Künste getrieben hätte. Nicht jedermann ließ sich durch Helenkams Geschrei gegen den Nigromanten und Trugsheiler aufhetzen. Denn viele Bürger schätzten Mut und Urteilskraft ihres Amtmanns, und wenn der Ritter Franz ihn nach Kreuznach geholt hatte, so konnte der neue Lehrer kein gar so arger Schelm sein. Doch auch unter den Wohlmeinenden mochte kaum einer sich abfinden mit einem Schulmeister, der seine Rute zerschnitten hatte.

Als Faust von den Knaben erfuhr, daß ihre Väter ihm zürnten, weil er die Schüler niemals prügelte, da trug er ihnen diese Botschaft auf: »Doktor Faust, Schulmeister zu Kreuznach, beehrt sich, die hochgeschätzte Elternschaft auf Gründonnerstag zum Besuch einer Schulstunde einzuladen, als welche zur neunten Morgenstunde im Garten des Schulhauses in der Saugasse abgehalten werden soll.«

Bis Gründonnerstag blieben noch drei Tage, und in dieser Frist übermittelte er seinen Jüngern auf zauberische Weise die ganze Sintflut aus der »Genesis«, von der Bosheit des Menschen bis zu Noahs Fluch.

Der Schulgarten zu Kreuznach war ein enges Geviert, von verwitterten Mauern umfriedet. Doch mit seinen Beeten voll Gemüse und Kräutern und dem Apfelbaum in der Mitte mochte er zur Not als das Paradies durchgehen, das Karol von Wurgeiss dem neuen Schulmeister verheißen hatte.

Auf der Kanzel hatte Pater Helenkam dringlich davor gewarnt, der Einladung Folge zu leisten. Gewiß trachte Faust die Elternschaft durch Verblendung für sich zu gewinnen, und wie in Gelnhausen, Rottenburg oder vielerlei anderen Städten werde das Spektakel doch wieder nur in Unzucht und Tohuwabohu enden. Doch zumindest für einmal schien die Neugierde der Kreuznacher stärker als ihre Frömmigkeit – als es zu Gründonnerstag vom Kirchturm her die neunte Stunde läutete, waren die Bänke im Schulgarten bis auf den letzten Platz mit bürgerlicher Ehrbarkeit gefüllt. Da saß der Apotheker neben dem Zimmerermeister, und zwischen dem beleibten Böttcher und dem breitschultrigen Schuster war das Schneiderlein so grausam eingepfercht, daß man für seine zarten Schultern das Ärgste befürchten mußte.

Auch Tissos Vater war gekommen, der Fährmann Hans, der an jedem Tag einige Dutzend Male mit Floß oder Kahn die Nahe beschiffte, um vom Getreidesack bis zum Wandergesellen alles überzusetzen, was in die Stadt vordringen oder ostwärts das Weite gewinnen sollte. Tissos Mutter aber war vor Jahren umgekommen, unseligerweise durch einen Sturz in den Ziehbrunnen hinter dem Fährmannshaus, daraus sie seit Jahr und Tag ihr Wasser geschöpft hatte. Ob es ein Unglück war oder sie ihrem Leben ein Ende setzen wollte, blieb ungewiß, doch ihr früher Tod erklärte immerhin die Düsternis, die seither den kleinen Tisso umgab.

Als die Glocken verhallt waren, begrüßte Faust die verehrungswürdige Elternschaft und kündigte an, daß man heute ein wohlbekanntes Kapitel aus der Bibel repetieren werde, die Sintflut, mit welcher der Allmächtige, menschlicher Bosheit überdrüssig geworden, die Schöpfung hinwegzuspülen suchte.

Die Schüler hatten ihre Pulte nach draußen getragen und saßen unter dem Apfelbaum, der in ungut bunter Blüte zu stehen schien, doch wer genauer hinsah, fand ihn bis auf den letzten Ast besetzt mit Fieberkrähen. Und während der Schneidermeister noch seine Schultern geradezubiegen suchte und der Fährmann mit schwerer Hand sein Barett vom Haupt hob, fuhr der Lehrer Faust dem ersten Knaben ermunternd über die Stirn, und das Hänschen oder Fränzchen begann: »Als sich die Menschen über die Erde hin vermehrten und ihnen Töchter geboren wurden, sahen die Gottessöhne, wie schön die Menschentöchter waren, und sie nahmen sich von ihnen Frauen, wie es ihnen gefiel.«

Der Schulmeister schritt weiter zum nächsten Pult und strich dem dortigen Paulchen oder Karlchen ermutigend über die Schläfe. »Da sprach der Herr: Mein Geist soll nicht für immer im Menschen bleiben, weil er auch Fleisch ist«, rief der Knabe mit klarer Stimme, zu der nur die schlafwandlerische Miene und der umnebelte Blick nicht recht passen mochten.

So ging es weiter von Pult zu Pult, und die elterliche Ehrbarkeit wechselte Blicke tiefer Zufriedenheit, ja erklecklicher Ehrfurcht vor dem neuen Schulmeister. Daß er in so kurzer Frist ein so gewaltiges Wissen in störrische Schülerköpfe eingetrichtert hatte, war allein schon wunderbar. Noch unbegreiflicher aber schien ihnen, mit welch achtsamem Eifer die Knaben bei der Sache waren, wie sie gar nichts anderes mehr wahrzunehmen schienen als die heiligen Zeilen, die sie aufsagen sollten, obwohl der neue Schulmeister sie noch kein einziges Mal durchgeprügelt hatte.

»Der Herr sah, daß auf der Erde die Schlechtigkeit des Menschen zunahm und daß alles Sinnen und Trachten seines Herzens immer nur böse war.« Wie fleischerne Puppen sagten die Schüler brav und ohne zu stocken alles auf, was er in den Tagen zuvor in ihre Häupter gehext hatte. »Der Herr sprach: Ich will den Menschen, den ich erschaffen habe, vom Erdboden vertilgen, denn es reut mich, ihn gemacht zu haben.«

Als die Stunde sich neigte, hieß er die Knaben sich erheben und ließ seine Blicke über sie lodern. Auch die elterliche Ehrbarkeit bestrich er mit seinen Augenflammen, und da mußten auch sie allesamt aufstehen, weil er es so wollte. Dem Schneiderlein sandte er einen Gedanken, und der schmale Mann räusperte sich und lispelte zum Böttcher hinauf: »In Eurem engsten Essigfaß ist's bequemer zu hocken als hier neben Euch auf der Bank.«

Der Böttchermeister blinzelte verdutzt auf den Nadelwicht hinab, wagte aber kein Widerwort, solange der Schulmeister zugegen war.

Da richtete Faust sein Augenblau auf die verwitwete Besenmacherin, eine noch junge Weibsperson von schwellendem Liebreiz, und blies ihr ein, sich an Tissos Vater, den trauernden Fährmann, zu wenden. »Ach, wäret Ihr damals schon über die Erde gewandelt, Hans«, mußte sie zum Fährmann sagen, »so hätte den Allmächtigen sein Schöpfungswerk gewiß nicht gereut.« In offenkundiger Verblüffung lauschte sie ihren Worten hinterher und wurde rot wie im hitzigsten Fieber. Zugleich aber lächelte sie noch lockender zu Tissos Vater hin, der sie über allerlei ehrbare Häupter hinweg mit der Miene eines Mannes ansah, der aus bleiernem Schlaf erwacht.

Als wäre ich selbst ihrer aller Gott, dachte derweil Faust, der Allmächtige, zu dem sie in der Kirche die Beterhände recken, so sehr gebiete ich über ihre Gedanken und Gebärden. Als wäre mein Leib so gewaltig wie die ganze Stadt mit all den Geschöpflein darin, dachte er. Als hätte ich nicht nur dieses eine Haupt, sondern deren Hunderte und Aberhunderte. Als könnte ich mit hundert Hirnen denken, mit hundert Mündern sprechen, auch die Weiber mit hundert fleischernen Stäben beschlafen, alles zur gleichen Zeit.

Doch für diesmal beließ er es bei dem gelinden Schabernack, dankte der elterlichen Ehrbarkeit für ihr Kommen und nahm seinerseits allerlei Lobesworte entgegen. Was hülfe es mir, dachte er dabei, wenn mein Leib selbst so gewaltig wie die ganze Erde wäre und ich mit abertausend Häuptern denken, mit ebenso vielen Rümpfen und Gliedern mich voranbewegen könnte. Denn dieser irdische Leib und Geist, ob winzig oder weltengroß, ist bleiern und siech.

73

Tags darauf wandelte Faust in düsteren Gedanken die Nahe entlang. Es war der Karfreitagmorgen, und in der Stadt rüstete Pater Helenkam zur großen Trauerprozession. Alle Stationen der Passion Jesu würden die Gläubigen unter seiner Führung singend und wehklagend abschreiten, und auch wenn sich die Leute wieder die Mäuler zerreißen würden – Faust hatte sich nicht überwinden können, bei dem frömmlerischen Geschleiche mitzutun.

Als er um sich sah, fand er sich am Rand einer weiten Wiese, die zog sich am Ufer der Nahe entlang und war zur Stadt hin mit Hasel- und Hollersträuchern gesäumt. Ein Ort wie geschaffen, dachte er, um bald einmal das Fliegen einzuüben.

Oder auch sogleich, ihr Knaben. Kommt herbei, um mit eurem Meister durch den Himmel zu fliegen. Kommt herbei!

Schon die bloße Vorstellung, wie Pater Helenkam seinen Wanst auf dem Kreuznacher Passionsweg entlangschleppen würde, war ihm so zuwider, daß er ausspie. Die Nachfolge Christi! Wenn Jesus wahrlich am dritten Tag wiederauferstanden ist, so ist er gewiß nicht gen Himmel aufgefahren, sondern hinübergegangen in die goldene Welt.

In müßiger Düsterkeit schritt er weiter am Rand der Wiese entlang, als er in seinem Rücken ein vielfüßiges Trappeln und helles Rufen vernahm. Er wandte sich um, beschirmte seine Augen gegen die Sonne, und da kamen seine sämtlichen zwölf Jünger in scharfem Trab den Uferpfad entlanggerannt. Keuchend und prustend umringten sie ihn schließlich, sprangen in ihren Feiertagsgewändern wie junge schwarze Hunde um ihn her. »Wir waren schon auf dem Weg zur Kirche«, erklärte Tisso mit atemlosem Eifer, »da war uns auf einmal, Meister, als hättet Ihr uns hierher bestellt.«

In heißer Begeisterung riefen nun alle Hänschen und Fränzchen durcheinander. »Da sind wir sogleich zum Fluß geeilt.« – »An den

Herrn Pfarrer haben wir gar nicht mehr gedacht, er war wie aus unserem Geist getilgt.« – »Und Ihr habt wahrhaftig hier auf uns gewartet, Meister?« – »Werdet Ihr uns nun lehren, wie die Vögel zu fliegen?«

»Ihr könnt es längst«, sagte Faust. Er hieß sie, ihm tiefer in die Wiese zu folgen und sich ins Gras zu knien, den Rumpf vorgebeugt, die Arme seitlich ausgestreckt. »Alle Gaben und alles Wissen sind seit jeher in euren Köpfen und Herzen beschlossen. Ihr habt es nur vergessen, und wenn ich nun die Erinnerung in euch wecke, so vermögt ihr zu fliegen. Seid ihr bereit?«

Sie antworteten mit einem zwölfstimmig zitternden Ja. Da kauerte sich Faust neben Tisso ins Gras und breitete die Arme aus. »Schließt die Augen«, gebot er ihnen. »Ihr seid Vögel, ein schimmerndes Gefieder aus blauen und roten, gelben und grünen Federn sprießt euch am ganzen Leib aus der Haut. Kraftvolle Schwingen wachsen aus euren Schultern hervor – bewegt sie! Spürt ihr, wie stark sie sind? Hört ihr, wie eure Flügel im Wind rauschen, wenn ihr sie auf und ab bewegt?« Ein zwölfstimmig raunendes Bejahen. »Und nun stoßt euch mit aller Kraft vom Boden ab, bewegt eure Schwingen auf und ab und folgt mir in die Lüfte hinauf.«

An diesem Freitagmorgen flogen die zwölf Schüler und ihr Meister zunächst einige schwankende Runden über der Uferwiese, dann stiegen sie höher in den Himmel empor und schwebten gemächlich über Kirche und Kirchplatz im Kreis. Eine ganze Wolke fieberbunter Krähen folgte ihnen mit ärgerlichem Krächzen, und einige besonders dreiste Vögel versuchten gar, auf den Rücken der Schüler oder ihres Meisters zu landen. Doch Faust zeigte den Knaben, wie sie die Fieberkrähen abschütteln konnten, und mit grämlichem Knarren stoben sie wieder auf.

Tief unter ihnen auf dem Kirchplatz bewegte sich der Prozessionszug mit dem dicken Pater vorneweg und einigen Lücken in der Menge dahinter, wo sie selbst hätten schleichen und Weihwedel schwenken oder Monstranzen darbieten sollen. Von allem frommen Singen und Beten war hier oben nahe der Kirchturmspitze nur ein dünnes Geheule zu hören. Den Wind zu spüren, wie er einem durch die Federn fuhr, war einfach wunderbar.

Doch als der Küster die Glocken zu läuten begann, schwemmte die brausende Schallflut Faust und seine geflügelten Schüler bald bis zum Horizont davon. Da schwanden ihnen die Sinne, und als sie wieder zu sich kamen, fanden sie sich allesamt bäuchlings auf der Uferwiese, von wo aus sie am Morgen aufgebrochen waren. Einige Knaben wedelten im Erwachen noch mit den Armen, und alle hatten stark zerzauste Haare, wie es beim Fliegen kaum zu vermeiden ist.

Mit strahlenden Augen sahen sie zu ihrem Meister auf, der sich als erster wieder aufgerappelt und Haar und Gewänder geordnet hatte. »Wenn der Herr Pfarrer oder irgendwer sonst euch fragt – ihr wart bei mir im Schulhaus, die Wunder Jesu besprechen.«

Still liefen sie nach Hause, den Wind noch auf der Haut und jubelnde Glückseligkeit in den Herzen. Nur ein wenig taumelig war ihnen in den Knien, denn auf der Erde zu gehen war ihnen schon ungewohnt geworden.

Zu Ostersonntag strömten die Leute aus dem ganzen Kreuznacher Land herbei, um in der Kirche mit Pater Helenkam das Fest der Auferstehung zu feiern. Unterdessen war aber die Kunde bis in die entlegensten Winkel gedrungen, daß der neue Schulmeister kein anderer als der große Doktor Faust sei. So wallfahrte die Gemeinde nach der Messe in die Saugasse, um den berühmten Zauberer zu bestaunen.

Am Nachmittag, als die Gasse vor dem Schulhaus gedrängt voll mit Gaffern war, flogen die Holzläden im Erdgeschoß auf, und im Fenster erschien ein hochgewachsener Mann mit dünnem grauen Haar. Auch sein Bart hatte die Farbe von Blei und war nur hier und dort mit goldenen Sprenkeln besät. Das Antlitz war durchkerbt von tiefen Falten, und mit einem Ausdruck unstillbarer Kümmernis blickte der Mann auf die Gasse hinaus. Manchen überlief ein Frösteln, so kalt, einsam und starr sah die Gestalt im Fenster aus, doch wer bezweifeln wollte, daß es der Magier Faust war, wurde rasch eines Besseren belehrt. Der viel besungene Flammenblick strich über die Gaffer hin, und alle wanden und krümmten sich unter Seufzen und Stöhnen, als wären sie in ihrem Innersten angerührt worden.

»Wenn die Pfaffen behaupten, daß heute euer Heiland auferstanden sei«, rief er, »so glaubt ihnen nicht. Wenn sie predigen, daß er zum Himmel aufgefahren sei, so glaubt ihnen nicht. Denn der Himmel, ihr Narren, ist leer. Doch euer Jesus Christus kannte das Geheimnis, wie sich die bleierne Welt zur goldenen heilen läßt, und wahrlich, ich sage euch – ich kenne das Geheimnis nun auch.« Er hob seine Arme, wie um die Menge zu segnen, und blaue Blitze fuhren aus seinen Augen. »Die Erleuchteten wissen seit ältester Zeit davon«, fuhr er fort, »der Stein der Weisen ist kein Stein und auch kein Staub – es ist die tiefste Weisheit selbst. Doch die Weisheit am Grund des Brunnens, ihr Narren, ist keine Formel, die diese Welt im Innersten zusammenhielte – es ist die Kunst, sie aus ihrem siechen Sein zu befreien. Und so ist das Gold der wahrlich Weisen auch kein funkelndes Metall – es ist die Heilung ihrer selbst und dieser bleiern kranken Welt. Und wollt ihr mir folgen, so führe ich euch ins goldene Land, denn ihr alle seid Geist von meinem Geist und Fleisch von meinem Fleisch. Und im nämlichen Moment, da mich die Kraft meines Geistes wahrhaftig geheilt hat, wird diese ganze Erdenwelt in goldenem Heil erstrahlen.«

Nach diesen Worten gingen die Läden krachend wieder zu, und für den restlichen Ostertag war vom Zauberer kein Augenstrahl und keine Bartsträhne mehr zu sehen. Auch hatte gewiß niemand so recht begriffen, welch ungeheure Blasphemien der Doktor Faust da auf die Gasse hinausgeschrien oder warum er so traurig dreingesehen hatte, obwohl er sich doch rühmte, die tiefsten Geheimnisse der Schöpfung zu kennen.

Gleichwohl harrten die Leute bis zum Einbruch der Nacht vor dem Schulhaus in der Saugasse aus. Immer wieder riefen sie seinen Namen und daß er sich ihnen noch einmal zeigen solle. Doch die Läden blieben verrammelt, und aus dem Innern des Schulhauses drangen nur zuweilen zerfetzte Schreie, die wie Lachen und zugleich wie Weinen klangen.

»*Geliebte Mutter, diese Nacht seid Ihr dahingegangen*«, schrieb Faust in sein Notizbuch, »*und in jenem Moment, da Ihr Euren letzten Atemzug tatet, setzte mein Herz für einen Schlag aus. Ich fuhr auf, es war die dunkelste Stunde, ich erspürte sogleich, was geschehen war. Wie in der Mitte entzweigespalten, so lag ich auf meiner Bettstatt und biß meine Zähne aufeinander, um nicht die Stadt aus dem Schlaf zu schreien, derweil der unerträglichste Schmerz mich durchraste.*

Wo ein Leben lang Euer Lächeln, Eure Liebe mir geleuchtet hat, klafft nun ein pechfinsteres Loch. Denn aus der Tiefe hat Eure Liebe mich bestrahlt, geliebte Faustin, ein Brunnen wart Ihr für mich, wie ein Turm ich für Euch stets zu sein versuchte. Und nun, da Ihr gegangen seid, fließt durch jenes Loch die ganze kranke Welt in mich hinein.

Wie alles mich ekelt. Die Hochrufe der Leute, die Hetzreden der Priester. Die Fügsamkeit der fleischernen Puppen, meine Zaubermacht und All-Einsamkeit. Wie Hiob ruf ich: Ich will nicht länger leben.

Ehe Euer Scheiden mich weckte, warf ich mich Stunde um Stunde in unruhigem Schlaf umher. Denn in der Nacht bin ich zuweilen noch immer der kleine Knabe von damals. Allem und jedem ausgeliefert, zitternd vor Scham und hilflosem Zorn. Und eine endlos lange Nacht ist dies ganze Erdenleben.

Schon als ich zu Lena in den Wald zurückkehrte und meinen armen Messer enthauptet fand, wußte ich, daß unser Spiel verloren war. Oder wohl schon, als Tarock mit brennendem Fell vor mir zusammensank. Und wollte es aber da nicht und dort noch immer nicht wahrhaben. Doch jetzt, da Ihr gegangen seid, kann ich mir mein gänzliches Scheitern nicht länger verhehlen.

Gewiß ist alles wahr, was ich vorhin den Gaffern auf der Gasse zuschrie. Der einzige Weg in die goldene Welt ist die Heilung meiner selbst. Wären mein Geist und Leib erst von bleierner Schwere befreit, so würde im selben Moment die ganze Welt um mich her golden erstrahlen. Bei meiner Liebsten im Schloß wäre ich wieder, und alles, was Ihr und ich je erleiden mußten, wäre zu goldener Glückseligkeit verklärt.

Doch mit Euerm Entschwinden, liebste Faustin, ist alles für immer zu bleiernem Siechtum, bleiernem Schmerz, bleiernem Unheil beschwert.

Nur eines will ich nun noch: Euer Grab mit meinen Tränen tränken. Dann mögt Ihr mich zu Euch holen, mächtige Mutter, die hat viele liebliche Namen. Nacht ohne Erwachen, Maria Prophetissa, große Göttin Tod.«

74

»Ihr habt mich rufen lassen, Doktor Faust?« Karol von Wurgeiss rutschte unbehaglich auf seinem Schemel hin und her. Es war tief in der Osternacht, und er selbst konnte sich durchaus nicht erklären, aus welchen Gründen er sich gegen Mitternacht von seinem Bett erhoben und so sorgsam angekleidet hatte, als wollte er dem Ritter Franz seine Aufwartung machen.

Mit stampfenden Schritten hatte er den Burghof durchmessen und war wehenden Bartes in die Stube der Wachsoldaten getreten, wo er vier Reisigen befohlen hatte, ihre Rösser zu satteln und ihm hinab in die Stadt zu folgen. Kurz darauf war er in der einspännigen Kutsche den Burghügel hinabgerumpelt, von seinen vier besten Armbrustschützen gefolgt. Sie waren in die Saugasse gefahren, und hier hatte der Kutscher vor dem Schulhaus angehalten, war vom Bock gesprungen und hatte die Kutschtür aufgerissen, obwohl der Edle von Wurgeiss nahezu sicher war, daß er dem Mann keine Anweisungen erteilt hatte.

Er hatte ja selbst nicht gewußt, wohin ihr nächtlicher Ausflug sie führen würde. Alles war wie im Traum zugegangen oder wie beim Schlafwandeln – beinahe so, wie ein Tier bei Nacht aus seinem Bau schlüpft und im Wald umherstreicht, weil ein Raunen in seinem Blut es ihm befiehlt.

Die Schulhaustür hatte er offen vorgefunden, den Doktor Faust im Schulzimmer auf und ab gehend, nur matt beschienen von einer Lampe über dem Lehrerpult. Allem Anschein nach war der neue Schulmeister bereits reisefertig, in Stiefeln, Umhang und Barett.

»Ihr schweigt, Doktor?« Karol von Wurgeiss wollte sich von dem viel zu niedrigen Schülerschemel erheben, auf dem er aus unerfindlichen Gründen Platz genommen hatte. Doch ein Schwindelgefühl hinter seiner Stirn zwang ihn statt dessen, sich auch noch mit beiden Händen an dem lachhaft kleinen Knabenpult festzuklammern. »Nun, der Herr Amtmann schätzt Euch über die Maßen«, fuhr er mit Mühe fort, »und auch ich habe Euch meiner Bewunderung schon mehrfach versichert. Und doch kann ich nicht verhehlen, daß mir in Eurer Nähe selten bequem zumute ist, Doktor. Ein unheimlicher Geselle seid Ihr, nehmt mir das gerade Wort nicht krumm.«

Faust ließ sein Lachen ertönen, und dem Edlen wurde noch unbehaglicher zumute. Das ganze Schulhaus schien nach links und rechts zu schwanken wie die Fähre auf der Nahe im Novembersturm. »Letzte Nacht«, sprach der Zauberer, »ist meine Mutter dahingegangen. Ich muß sogleich nach Knittlingen, ihren Leichnam beweinen.«

Dagegen war wenig zu bemerken, ja es rührte den Edlen sogar an, wie der düstere Mann seinen Sohnesschmerz preisgab. Seltsam war allerdings, daß er ja durchaus nicht wissen konnte, was letzte Nacht in Knittlingen vorgefallen war, drei oder vier Tagreisen von hier. Doch Karol von Wurgeiss klammerte sich an sein Knabenpult und zog es vor, still auf weitere Offenbarungen zu warten.

»In zwei Wochen will ich zurück sein«, sprach Faust weiter und blieb am Fenster stehen, mit dem Rücken zum Schulzimmer, als ob er durch die verrammelten Läden nach draußen sehen könnte. »So lange muß der Unterricht eben einmal ausfallen.«

Karol von Wurgeiss beeilte sich, dem Schulmeister in allem zuzustimmen. Ein wahrer Redestrom brach aus seinem Mund hervor, und er selbst hatte nicht einmal geahnt, daß all diese Besorgnis und Fürsorge in ihm auf der Lauer gelegen hatten. Einen halben Monat ohne Lehrer würden die Knaben gewiß verschmerzen, pflichtete er bei. »Dennoch lassen wir Euch höchst ungern ziehen, Doktor, zu Eurem eigenen Besten. Der Württemberger Herzog ist übel auf Euch zu sprechen, und die Richter und Ratsherren in den meisten Städten vom Main bis zum Bodensee würden Euch am liebsten für immer im Kerker verschwinden sehen. Schlösser und Rathäuser schwirren nur so von Gerüchten und Hetzschriften, die Euch alles erdenklich Schlechte zur Last legen – Teufelsbuhlschaft, Totenbeschwörung, Sodomie. Und es heißt, daß gerade jener Johannes Burrus, der Euch einst als Abt von Maulbronn gefördert haben soll, am ärgsten gegen Euch eifert, seit er die Abtswürde eingebüßt und auch seine Mönchszelle aufgegeben hat.«

Abermals lachte Faust auf, und den Edlen überlief neuerlich ein Frösteln. Als der Schulmeister sich wieder zu ihm umwandte, tanzten blaue Flammen in seinen Augen, und Karol von Wurgeiss mußte weitersprechen, obwohl alles falsch herum war. Der Doktor nämlich schien seine Rede Wort für Wort schon zu kennen, und nur für ihn selbst war jede Silbe, die er sagte, unerwartet und neu.

»Wenn Ihr also durchaus reisen müßt, Doktor«, fuhr er fort und lauschte ungläubig seinen eigenen Worten, »so nehmt dieses Säcklein voller Gulden und die Kutsche, die auf der Gasse für euch bereitsteht, und die vier Reisigen des Ritters zu Eurem Schutz mit.«

Beim Morgendämmer fuhr Faust in der golden beschlagenen Karosse mit dem Wappen des Amtmanns zum Fährsteg hinaus. Die Armbrustschützen ritten ihm hinterdrein, es war ein gewaltiges Rumpeln und Klappern, und wer ihnen schlaftrunken hinterhersah, mußte glauben, daß ein Edelmann von der Burg oder gar der Ritter Franz höchstselbst vorüberführe.

Am Ufersteg hielten sie vergeblich Ausschau nach dem Fährmann, Tissos verwitwetem Vater. Der Kutscher rief seinen Namen und »Holla« und »Heda«, und als alles still blieb, kroch Faust aus dem Kutschkasten und sagte, sie sollten hier am Steg auf ihn warten. Er selbst würde hinüber zum Fährhaus gehen und den Flößer Hans aufscheuchen.

Das Fährhaus war ein bescheidenes Bauwerk, einige Dutzend Schritte vom Ufer errichtet, ein Häuschen aus Holz und Lehm mit jenem tiefen Brunnen im Garten, darin Tissos Mutter ihr Leben geendigt hatte. Faust trat vor die Tür und hatte die Hand schon zum Klopfer erhoben, da besann er sich anders und ging um die Hütte herum in den Hof. Dort fand er den alten Hans, beim Brunnen am Boden hockend, und den kleinen Tisso liegend in seinem Schoß. Im Näherkommen ersah er sogleich aus allem, daß der Knabe nicht mehr am Leben war. An Schilf und Farn, die in sein Haar gewunden waren, und an dem Schlamm, der seine Augen füllte.

Auch als Faust sich neben die beiden ins Gras kauerte, sah der Vater nicht auf. »Seit Tagen«, stieß er hervor, »hat Tisso mir davon geschwärmt, daß er wie Jesus Christus über die Fluten wandeln könnte – Ihr, sein erleuchteter Meister, hättet es ihm so erklärt. Und nichts von dem, was ich dawider sagte, wollte er gelten lassen – ich bin ja auch kein Doktor und Zauberer, sondern bloß der tumbe Fährmann Hans. Für mich mag es stimmen, daß ich Kahn oder Floß brauche, um im Fluß nicht unterzusinken, für Euch aber, Faust, gilt derlei nicht. Weil Ihr wie der Herr Jesus Wunder zu wirken vermögt.« Nun erst hob er sein Antlitz, und Faust sah, daß seine Augen in Tränen schwammen. »Na, dann wirk jetzt dein Wunder, verfluchter Lump, und mach mein Kind wieder lebendig – oder ich erschlag' dich wie eine Ratte mit meinem Ruder.«

Unterdessen hatte Faust dem Knaben seine Linke auf den schimmernden Schopf gelegt und sie fröstelnd gleich wieder zurückgezogen. »Wo habt Ihr ihn gefunden, Hans?« fragte er, obwohl er alles schon vor Augen sah.

Der kleine Leichnam am jenseitigen Ufer, nur einige Dutzend Schritte flußabwärts im Strauchwerk verfangen. Wie die Wellen an ihm zogen, wie starr er zum Himmel hinaufsah, durch den Tisso vor zwei Tagen noch geflogen war.

»Euer Knabe ist tot«, sagte Faust, »und wieder zum Leben erwecken kann ich ihn nicht. Seine Seele ist schon nicht mehr in seinem Leib.«

Da schrie der Vater auf vor Schmerz und Zorn. Er beugte sich hinab und bedeckte Tissos Antlitz mit Küssen. Endlich bettete er den Leichnam neben sich ins Gras und erhob sich, um den Lump zu erschlagen, der ihm nach der Frau auch den Sohn noch genommen hatte.

»Eure Wut ist gerecht, Hans«, sagte Faust zu ihm. »Es ist mein eigener Zorn, wie Ihr auch meinen Schmerz in Euerm Innern fühlt. Und wenn irgendwer die Schuld an Tissos Tod trägt, so muß wohl ich es sein. Doch ich vermag nichts dawider, daß ihr alle für mich nur wie fleischerne Puppen seid. Und so müßt auch Ihr nun, Vater Hans, statt mich mit Eurem Ruder zu erschlagen, die Flößerstange in den schlammigen Flußgrund stemmen und mich mitsamt meiner Kutsche und den Reisigen ans andere Ufer staken.«

Er stand auf, trat zu dem Flößer und umarmte ihn. »Mein Beileid, Hans. Doch unser Tisso wollte wohl der Mutter folgen und ruht nun friedlich im Schoß der großen Göttin, drum trauert nicht zu sehr.«

Tonia Siebenschöpf bepflanzte das Grab mit Moos und Efeu, derweil Munkel mit einer kleinen Harke vorauswerkend die Erde lockerte. Zum ungezählten Mal suchte Lena unterdessen das simple Holzkreuz aufzurichten, doch immer sank es gleich wieder in die Schräge zurück.

Sie hatten weder Brief noch Boten nach Kreuznach gesandt. Lena wußte, daß Faust den Tod seiner Mutter längst erspürt haben mußte, denn ihr Leben lang war er mit der Faustin wie durch eine unsichtbare Nabelschnur verbunden gewesen. Und nun betete sie von früh bis spät, daß er nicht kommen würde, zumindest nicht jetzt. Am

Grab von der Faustin Abschied nehmen könnte er immer noch in einem halben oder ganzen Jahr. Doch wenn er nun käme, würde der Herr Burrus in seinem heiligen Wahn gewiß nicht rasten noch ruhen, bis er Faust ins Verderben gerissen hätte.

»Faust ist der Satan, er ist der Satan«, so hatte der greise Mönch unablässig geschrien, als Lenas Mutter vor acht Tagen vom Brunnen in ihre Kammer zurückgekommen war. Der Mönch am Boden, auf seinen Knien umherrutschend, die Hände gefaltet und zu einem Gekrakel an der Tür erhoben, das in seinen Augen den »Satan Faust« darzustellen schien. Ein Kindlein mit Höllenmalen in den Armen seiner lächelnden Mutter, und der Mönch hatte unaufhörlich geheult, daß es der leibhaftige Teufel sei.

In seiner frommen Verrückung hatte der Herr Burrus augenscheinlich nicht bemerkt, daß Tonia durch die hintere Tür in die Kammer der Faustin getreten war. »Barmherziger Gott«, hatte er geschrien und seine gefalteten Hände zu dem Menetekel an der Tür emporgereckt, »bei Deinem Sohn, der die Menschheit erlöst hat, gelobe ich, daß ich den Satan Faust töten werde, und wenn ich mein eigenes Leben dafür hinopfern muß.«

Maria Faustin aber war da schon ohne Bewußtsein gewesen. Auf ihrem Tisch vornüber gesunken, hatte sie mit dem Antlitz auf einem eben begonnenen Engelbild gelegen, eine blutige Schwellung an ihrer linken Schläfe. Ohne noch einmal zu sich zu kommen, war sie in der Nacht auf Ostern verschieden, dem Taufbuch nach ein altes Weib von zweiundvierzig Jahren, doch mit der ranken Gestalt, den goldenen Locken und dem sanften Lächeln einer jungen Maid.

Lena gab es auf, das Grabkreuz aufzurichten, und sah sich unruhig auf dem Knittlinger Gottesacker um. Es war ein verwinkelter Garten mit Hecken und Büschen, die den Überblick erschwerten. Grabsteine und Bäume boten selbst einem ausgewachsenen Mann genügend Deckung, zumal wenn es sich um ein runzliges Greislein wie den Herrn Burrus handelte.

Auf Tonias Frage, was mit der Faustin geschehen sei, hatte Burrus nur mit einem Heulen erwidert, und gewiß würde kein Richter ihn jemals wegen der kupferfarbenen Schwellung auf ihrer Schläfe behelligen. Ein Unglücksfall hatte ein Leben beendet, das allezeit von

Unglück verschattet war. So jedenfalls hatte es Pater Huebele bei der Aussegnung erklärt, und Lena hatte nur still ihr Haupt gesenkt und ihre Tränen fließen lassen.

Abermals sah sie sich nach allen Seiten um, dabei mochte sie selbst kaum glauben, daß der Herr Burrus wahrhaftig hinter einem Grabstein auf der Lauer lag. Wo er sich aufhielt, schien allerdings niemand zu wissen – zum Begräbnis war ein steinalter Mönch erschienen und hatte Lena am offenen Grab der Faustin zugeraunt: »Mahne Sie den Scholar zur Vorsicht – Burrus ist vom Hirten zum Jäger geworden.«

»Wer seid Ihr, Herr?« hatte Lena ihn gefragt.

»Grüß Sie ihn von seinem Väterchen – er wird wissen, wie es gemeint ist.« Der Uralte hatte sie aus trüben Augen angesehen, auf zwei Krückstöcke gestützt. »Wenn er einen sicheren Ort für sich selbst und die Seinen weiß, soll er dorthin eilen, ehe es zu spät ist.«

Wie in einer rollenden Festung, so war Faust in der Kutsche des ritterlichen Amtmanns, geleitet von seinen Reisigen, den Rhein hinabgefahren. Am zweiten Tag erreichten sie Heidelberg, und als der dritte Abend dämmerte, tauchte die versinkende Sonne bereits den Knittlinger Kirchturm in kupferroten Schein.

Unterwegs in den Gasthöfen hatte er sich als »Rimelius, Gesandter des Ritters von Sickingen« ausgegeben und sein Antlitz nach Möglichkeit unter der Kapuze seines Odenwälder Umhangs verborgen. Nirgendwo waren sie behelligt oder auch nur beargwöhnt worden, und zum ersten Mal hatte Faust aus eigener Anschauung erfahren, was es hieß, von Macht und Ansehen beschirmt zu sein. Hatte er sich sonst immer wie durch zähen Schlamm vorankämpfen müssen, so glitt er auf dieser Reise wie ein Himmelsbote auf Lichtstrahlen dahin.

Er mußte so rasch als irgend möglich zum Grab der Faustin gelangen, was danach kommen würde, bekümmerte ihn nicht. Wenn er die Augen schloß, sah er sie in der Tiefe ihres Grabes wie am Grund eines Brunnens liegen. Ihr maidenhaft ranker Leib, ihre Augen so starr, ihr Lächeln für immer auf ihr Antlitz gemalt. Er hätte schreien und wimmern und kreischen und winseln mögen, doch er biß die Zähne aufeinander, daß er es bis zu den Schläfen hinauf knirschen fühlte.

Wenn ich erst bei Euch bin, liebste Mutter, will ich meinen Schmerz aus mir herausheulen. Auf Euer Grab will ich mich werfen, bäuchlings mich auf die Erde pressen, die Euren Leib und Euer Antlitz verhüllt. Klagen will ich Euch all meine Angst, meine Schmerzen und meinen Ekel. Wie vermöchte ich ohne Euch auch nur eine Stunde noch zu leben? Das Herz haben sie mir aus der Brust geschnitten, und da soll ich weiter über die Erde wandeln, als wäre nichts geschehen? Alle meine Gewänder will ich von mir werfen, Mutter, und wie ein Tier mich zu Euch hinabwühlen in Euer Grab. Ein Sarg aus Fleisch sollt Ihr für mich sein, Mutter, ein Schoß aus Erde, ein Brunnen voll schwarzer Nacht. Und ich will Euch ein Turm aus Fleisch, aus Schlamm, aus Schwärze sein, der Euch umfängt und beschützt für alle Zeit.

Er hatte den Kutscher angewiesen, ihn vor die hintere Pforte zum Gottesacker zu fahren und dort auf ihn zu warten. Als er nun aus der Karosse stieg, wollten zwei der Reisigen ihm zu Fuß auf den Friedhof folgen, aber er ließ es nicht zu. »Wartet hier auf mich«, gebot er auch den Soldaten, und obwohl es ihnen ersichtlich nicht behagte, mußten sie sich fügen.

Als er zwischen den Grabreihen dahineilte, war die Sonne schon halb hinter dem Kirchdach versunken. Noch färbte sie jeden Grabstein, jedes einzelne Eichenblatt blutfarben ein, doch bald schon würde die Nacht alles decken mit ihrem schwarzen Tuch.

Und dort am Hollerbusch war ihr Grab. Weitab von den pompösen Grüften der ehrbaren Bürger, ein schwarzes Rechteck, mit ein paar Moostupfern besprenkelt, von Efeu schütter überrankt. Das beinfarbene Holzkreuz, halb umgesunken, darauf ihr mit Tierleim hingekrakelter Name. *Maria Faustin. 1463–1505.*

Vor ihrem Kreuz fiel er auf die Knie. Doch er heulte und schrie nicht. Grub sich nicht in die Erde, riß sich die Gewänder nicht vom Leib. Die Lider gesenkt, seine Seherhand gegen sie ausgestreckt, kniete er lange und schaute. Durchscheinend wie herabrinnendes Wasser waren für ihn die Erde und das dürftige Weichholz ihres Sargs. Und darunter lag sie in maidenhaftem Liebreiz und lächelte zu ihm herauf.

Heile dich selbst, mein geliebter Sohn, wie auch ich mich geheilt habe. Und gehe hinüber in die goldene Welt – dort wirst du mich wiederfinden. Er vernahm es so klar, so glockenhell, als ob sie ihm die Verheißung ins Ohr gesungen hätte. *Hinüber in die goldene Welt – dort wirst du mich wiederfinden.* Da verwehten all seine Trauer, sein Schmerz, seine Beschwernis so rasch und vollständig, wie wenn der Wind einen Haufen Herbstlaub nach Norden und Osten, nach Süden und Westen zerbläst. Und zurück blieb nur, wie ein Leuchten am Grund des Brunnens, ein gewaltiges Glücksgefühl, so stark, so beseligend, wie er es niemals vorher empfunden hatte.

Wenn es Euch geglückt ist, liebe Mutter, für immer in die goldene Welt zu gehen, so will ich nie mehr an meinem Weg verzweifeln. Denn nun weiß ich endlich, daß es auch mir gelingen kann.

Als er sich erhob, um zur Pforte zurückzugehen, war es schon dunkle Nacht. Tief in Gedanken eilte er voran, ohne auf den Weg zu achten, wie es seine Gewohnheit war. Und er war kaum zwei Dutzend Schritte weit gekommen, als ihn eisenharte Hände links und rechts ergriffen und zu Boden warfen und ein eiserner Knauf auf sein Stirnbein niederfuhr.

Erst im Morgengrauen wagten die Reisigen, wider sein Gebot nach ihm zu sehen. Doch wie sie auch suchten, auf dem ganzen Knittlinger Gottesacker fanden sie vom Magier Faust nicht die kleinste Spur.

75

Ein offenes Feuer brannte inmitten des Gewölbes in einer Bodenmulde, und Rauch und Flammen stiegen fast bis zur niederen Decke empor. Alles war schwarz vor Ruß, auch der Tisch neben der Feuerstelle, darauf die eisernen Zangen und Spangen, Dornen und Speere sorgsam aufgereiht lagen. Nahebei stand ein Bett aus Eisen, mit Fesseln für Arm- und Fußknöcheln daran und einer rostigen Kurbel, um den Leib des Gebundenen zollweise auseinanderzuziehen.

Stumme Gestalten in dunklen Kutten liefen im Gewölbe umher, Haupt und Antlitz unter Kapuzen verborgen. Desto mehr stach die Blöße seines eigenen Leibes hervor. Alle seine Gewänder hatten sie ihm genommen und bloß ein Lumpentuch um seine Lenden gewunden, um ihn sodann kopfüber ans Rad zu binden.

Aus benachbarten Katakomben drangen klägliches Wimmern und zuweilen auch Schreie zu ihm herüber. Die Gestalten in den schwarzen Kutten ordneten Zangen und Spangen auf dem langen Tisch für ihren Herrn, der sich wohl auch bald einstellen würde. Vielleicht wurde er noch in dem nahe gelegenen Gewölbe festgehalten, darin man ein unseliges Weib immer wieder mit dem Haupt in einen Kübel tauchte. Zumindest klang es so, als würde sie untergedrückt, käme keuchend wieder hoch und stieße einen Schwall Wasser und Wehklagen aus, um neuerlich eingetaucht zu werden.

So unablässig wie vergeblich trachtete Faust sich zu verhehlen, daß die Gemarterte niemand anderes als sein armes Lenchen war. Gewiß hätte der Herr Parzer sie auch in einem entfernteren Gewölbe peinigen lassen können, denn diese Flucht unterirdischer Kerkerräume schien überaus weitläufig zu sein. Nicht nur unter dem Bischofspalast zu Speyer erstreckte sie sich, sondern wohl auch unter dem gewaltigen Dom und dem gesamten Platz davor. Doch offenbar wünschte er, daß Faust das Wehklagen und Gurgeln der gepeinigten Siebenschöpf hörte.

Als hielte sich der Herr Inquisitor in frommer Verrückung für einen zweiten Doktor Bleikamm, so sorgsam geordnet und vielfältig in Form und Größe lagen die Zangen und Spangen, die Dornen und Speere auf dem langen Tisch für ihn bereit. Nur daß er das Fleisch der Beschwerten nicht heilen, sondern martern wollte und daß seine Zangen mit dem Blutschorf all jener überzogen waren, die in diesem Karzer in Jahren und Jahrzehnten schon darben mußten. Die wilde Adele, der Bauer Hadelitz, die greuliche Bredegast und Hunderte und Aberhunderte vor und nach ihnen.

Vorhin war der Herr Parzer schon einmal kurz bei ihm gewesen, derweil die Knechte ihn noch entkleidet und aufs Rad geflochten hatten. »Geh Er in sich und bereue«, hatte der Inquisitor ihm geraten. »Seine Schuld ist schwer und zweifellos, Sein Leben verwirkt, Seine Seligkeit ohnehin. Nur einmal noch wird Er das Tageslicht erblicken, und das wird an dem Morgen sein, da wir Ihn ins Feuer binden.« Noch hagerer, noch düsterer schien ihm der Herr Parzer als vor Jahr und Tag, da er die Bredegast hatte brennen lassen. »Bereut Er unter Tränen, so soll immerhin Sein Herz durchstoßen werden, ehe Sein Leib vom Feuer verzehrt wird.«

Zwei Knechte schleppten nun einen gewaltigen Holzzuber voll schlammbraunem Wasser herbei. Ächzend setzten sie ihn zwischen der Feuerstelle und dem Holzrad ab, an das er mit Seilen und Ketten gebunden war.

Auch die Reisigen hätten mich gewiß nicht retten können, dachte Faust. Wahrscheinlich hätten sie das Weite gesucht, sowie sie erkannt hätten, um welchen Gegner es sich handelt. Und wären sie nicht aus freien Stücken geflohen, so hätte ich sie verjagt, um nicht noch mehr Schuld auf mich zu laden. So viele Menschen, die um meinetwillen leiden mußten oder gar ums Leben kamen. Die liebe Mutter und meine wilde Braut. Das Jorgele und Tisso. Und mein Lenchen hat ein Leben lang auf ihren ungetreuen Reimel gewartet und wird nun auch noch um meinetwillen vom Parzer gepeinigt.

In seinem Kopf dröhnte noch der Schmerz von dem Schlag, mit dem er auf dem Gottesacker niedergestreckt worden war. Benommen fühlte er sich, ausgeglüht, wie für immer entkräftet. Einige Male hatte er halbherzig versucht, die Knechte mit seinen Augensternen zu behexen, doch die Kerle in ihren Kutten hatten überhaupt keinen Blick für ihn. Unter ihren Kapuzen war kein Abglanz von Augen, kein Schimmern von Stirnhaut zu erspähen, so als ob auch ihre Antlitze mit Ruß geschwärzt wären und der Herr Parzer sie angewiesen hätte, zum Zauberer Faust niemals hinzusehen. Oder als ob unter den Kutten gar keine Männer aus Fleisch und Blut steckten, sondern Höllengeister.

Aber das hier ist nicht die Hölle, dachte er dann, auch wenn dieses Gewölbe große Ähnlichkeit mit jenem Ort des Grauens hat, als welchen die Pfaffen voll fiebrigem Eifer die Verdammnis ausmalen. Doch die wahre Hölle, ihr Narren, ist von anderer Art. Schrecklich und gewaltig, indessen ohne Bosheit oder Grausamkeit. Ohne Zangen, Dorne, ohne Kübel, um ein hilfloses Weib darin einzutauchen.

Auch der liebe Munkel mußte sich irgendwo hier im katholischen Kerker befinden. Faust erspürte seine Nähe, sobald er die Augen schloß. Hätte der Herr Parzer nur ihn allein eingefangen, vielleicht hätte er sich diesmal in sein Schicksal ergeben. Doch er durfte nicht dulden, daß Lena und Munkel mit ihm ins Verderben gerissen würden. Und so mußte er abermals auf eine Gelegenheit lauern, sich den Krallen seiner Widersacher zu entwinden und mit den Seinen zu entfliehen.

Aber er fühlte sich so müde, so ausgezehrt. Lockend sah er immer wieder die Mutter vor sich, wie sie in der Erde lag, lächelnd, am Grund eines Brunnens, und wie gerne wäre er zu ihr hinabgetaucht. *Heile dich selbst, wie auch ich mich geheilt habe.* Zu spät, liebste Faustin, dachte er, alle Kraft ist von mir gewichen, als Ihr dahingegangen seid. Ich allein kann nichts und niemanden heilen, ja würde ich nun einen Klumpen Gold mit diesen siechen Fingern berühren, gewiß würde er sogleich wieder zu Blei.

»Und bereut Er nun unter heißen Tränen, daß Er dem Satan gedient hat? So bete Er jetzt laut und innig und flehe Seinen Vater im Himmel an, Ihn nicht mit ewiger Verdammnis zu strafen.«

»Von Eurem Vater im Himmel weiß ich nichts, Herr. Aber eines weiß ich desto besser – der, den Eure Pfaffen Heiland und Gottessohn heißen, ist kein anderer als der Satan.«

»Ein Frevler ist Er und noch immer vom Satan besessen. Nur so ist die Lästerung zu erklären – der Höllenfürst hockt in Ihm und bläst Ihm die Blasphemien ein.«

»Glaubt, was Ihr wollt und könnt, Herr Parzer. Ich meinerseits glaube an die Macht jenes Geistes, den Ihr Satan heißt. Ich verehre ihn nicht, aber ich weiß, wie mächtig er ist.«

»Halt Er ein und bereue, Faust! Mit jedem Wort frevelt Er sich nur tiefer in die Verdammnis hinein.«

Durch Mauern und Türholz hörte er sein Lenchen husten und schluchzen und sprach mit desto größerer Festigkeit weiter. »Und ich glaube zudem, daß erst das Geschrei Eurer Pfaffen den Satan so grausam und boshaft macht. So wie ein Hund nicht von Geburt an verschlagen ist, sondern durch die Tritte und Hiebe, die er erleiden muß, heimtückisch wird. Und so wie ein Knabe, dem man von früh auf einbleut, daß er boshaft sei, erst hierdurch zu einem menschengestaltigen Teufel wird, und auch das wohl nur in den Augen der abergläubischen Welt.«

»Knecht, bring Er die Nagelzange. Um Seiner Bußfertigkeit Bahn zu brechen, Faust, bleibt uns keine Wahl, als dem Höllengeist, der in Seinem Innern haust, gehörig zuzusetzen. Halt Er das Eisen ins Feuer, Knecht, bis die Backen rot erglühen.«

»Glaubt, was Ihr wollt, Herr Jakobus, und foltert mein Fleisch, wie es Eurem erbarmungsvollen Gott wohlgefällt. Meinem Glauben will ich gleichwohl niemals abschwören. Der, den Ihr Heiland heißt, ist der Sohn der großen Göttin und kein anderer als der König der Hölle.«

»Sieht Er das glühende Eisen, Faust? Mit dieser Zange werden wir Ihm die Nägel aus den Zehenbeeren ziehen und das Fleisch darunter, das so zart und empfindlich ist, mit dem heißen Eisen braten. Und so Zeh für Zeh und Finger für Finger, bis Er dem Satan abschwört und sich zum Allmächtigen, der die Erde und den Menschen geschaffen, unter heißen Tränen bekennt.«

»Und wenn Ihr mir alle Nägel ausgerissen habt und ich immer noch kein Vaterunser lalle, was dann?«

Die Nüstern des Inquisitors erbebten, als nähme er bereits die Witterung des ausschlüpfenden Ungeistes auf. »Meist nimmt der Teufel nach dem dritten oder allenfalls nach dem siebten Zeh Reißaus, Faust, denn das Höllenvieh ist feige, und solange es in Seinem Fleisch haust, leidet es auch Seine Qualen mit. Doch gesetzt den Fall, daß der Satan nach allem noch immer nicht von Ihm gewichen wäre, so müßten wir, wenn sämtliche Beeren geschmort wären, mit Seinem Mannsglied fortfahren. Die glühende Zange an Seiner Glans, das verheiß' ich, treibt den dreistesten Dämon aus.«

»Und ich verheiß' Euch, daß ich von Euch gehen und schon nicht mehr in diesem Kerker darben werde, ehe Ihr mit Eurem Eisen mir auch nur am ersten Zeh gerissen habt.«

»Fällt Er so rasch in Ohnmacht, Faust? Nun, auch gegen diese Schliche des Teufels wissen wir Mittel zu gebrauchen.«

»Was Ihr Ohnmacht nennt, das heiße ich Macht, Herr Jakobus. Und so nenne ich Euren Heiland den Satan und sag' Euch überdies, daß er wohl göttlicher Herkunft ist, aber von der Mutterseite her. Denn jene, die Ihr Maria nennt, ist die große Göttin, und niemand ist mächtiger als sie. Viele süße Brüste hat sie und ebenso viele Namen, und einmal heißt sie Jungfrau Maria, dann Große Mutter, dann wieder Göttin Tod. An ihre Güte glaub' ich, an ihre Stärke. Sie ist die Lebensspenderin und ohne Arg. Doch nicht im Himmel wohnt sie, sowenig wie jener, den Ihr Satan heißt. Denn der Himmel, Herr Jakobus, ist leer. Ihr Leib ist die Erde, die Sonne ist ihr Mut und ihre Schläue, wie der Mond ihre Weisheit und Sanftmut ist. Und auch ihr Sohn und Geliebter hat viele Namen, mal heißt er Satan oder Teufel, dann Luzifer, Marbuelis, Azrael, doch immer ist er Fleisch von ihrem Fleisch.

Denn diese Erde ist der Leib Mariae, Herr Parzer, und was Ihr die Hölle heißt, ist der Mutterschoß der Großen Göttin. Und hielten Eure Pfaffen nur endlich einmal inne damit, Maria und Satan gegeneinander aufzubringen, durch Grausamkeit die eine siech, den anderen boshaft zu machen, so würde diese bleierne Welt sogleich golden erstrahlen und wäre von Schmerz und Schmutz, von Siechtum und Armut, Hunger und Tod geheilt. Denn auch über die Seligkeit seid Ihr im Irrtum, wie Eure Theologie überhaupt nur aus Verfälschung und Verdrehung zusammengezwirnt scheint. Nicht vom Fleisch befreit sind die Seligen, keine Geister aus schierem Seelenlicht – zu strahlenden Leibern sind Seele und Fleisch in der goldenen Welt vereint.

All das ist mein Glaube, Herr Parzer, und wie Ihr mich nun auch quälen mögt – der Göttin und ihrem Sohn will ich niemals abschwören, so wie ich an Euren Allmächtigen im Himmel, den liebenden oder zornigen, barmherzigen oder gerechten Gottvater, niemals glauben kann.«

Kopfüber ans Rad geflochten, hatte Faust dieses Bekenntnis ruhig, ohne Stocken oder Schreien vorgebracht. Niemals vorher war ihm alles so klar und durchsichtig erschienen, ja in diesem Augenblick war ihm, als könne er bis tief in die Erde hinein und bis weit ins Weltall hinaus schauen und nichts bliebe seinem Blick verborgen – nicht die goldene Glückseligkeit am Grund des tiefen Brunnens, nicht die schwarze Leere hinter dem Firmament. Die Erde war schwarz, der Himmel tröstlich blau, und beides war Trug. Gottvaters Himmelsschloß war aus Wolken erbaut, sein Thron verwaist und gleich darauf schon verweht. Die Hölle aber war der Grund des tiefsten Brunnens, und zwei Quellen entsprangen dort unten, eine golden und eine rot.

Die glühende Zange schnappte nach dem kleinen Zeh seines rechten Fußes und biß mit dem Nagel ein Viertel der Beere heraus, doch Faust nahm es nicht mehr wahr. Die Ohnmacht war seine Macht, die Nacht war sein Tag, die Gottheit eine Göttin und der Satan ihr Geliebter und Sohn. Kopfüber tauchte Faust in den Brunnen hinab, und am Grund lag lächelnd die Faustin und breitete die Arme für ihn aus. Und während der Herr Parzer befahl, ihm das zarte Fleisch unter dem nächsten Zehennagel zu braten, fand sich Faust zum dritten Mal vor der Tür zur goldenen Welt. Die Wand, darin sie eingelassen war, war rot wie Feuer, wie Blut, wie kochende Kupfersuppe, wie das Haar seiner idealen Adele, und er schritt über die Schwelle und trat ein.

Hand in Hand lief er mit Adelgunde den Schloßhügel hinauf, barfüßig durch das duftend warme Gras. Die Luft war mit goldenen Tupfern gesprenkelt und weich wie streichelnde Hände, wie ein hingehauchter Kuß. Immer, wenn sie die Wiese mit ihren Füßen berührten, schienen die Halme, die Blüten, die Erde vor Wonne leise zu seufzen. Das Schloß droben auf dem Hügel strahlte, als wären die Mauern von goldenem Licht durchglüht. Ab und an überlief das ganze Bauwerk ein leises Schauern, wie einen gewaltigen Leib, der von der Sonne und vom Frühsommerwind liebkost wird.

Im rotgoldenen Schatten einer Blutbuche sahen sie Adrian, den Bruder seiner Adelgunde, und Larissa, seine eigene Schwester, die lagen im Gras und küßten und umhalsten einander mit zärtlicher Leidenschaft. Im Vorüberschlendern lächelten sie zu den beiden hin, und sie lächelten zurück, ohne sich stören zu lassen. Dabei trugen sie alle nichts weiter als die samten warme Luft auf ihrem Leib.

Hand in Hand mit Adelgunde trat er ans Ufer des kleinen Sees, der sich auf halber Höhe des Hügels um einen bemoosten Felsen breitete. Sie wateten hinein, und das Wasser war so warm wie Blut und so weich wie eine zärtliche Umarmung und schimmerte in der Sonne wie flüssiges Gold. Sie tollten in der Flut umher, und es schien nicht einfach Wasser zu sein, sondern etwas Lebendiges, ein gewaltig großes Wesen, das sie sanft umschloß.

Die Blumen sangen, wenn der Wind darüber hinstrich. Die Bäume stöhnten wohlig, der Himmel über ihnen war ein einziges Lächeln, das von Wasser und Wiese ausging und sich überall widerspiegelte. Eine Schar junger Dienerinnen und Diener wandelte vom Schloß zu ihnen herab, und jeder und jede von ihnen trug Schalen mit köstlichen Speisen oder Krüge und Becher mit herrlichem Wein. Denn es waren eigentlich keine Diener, wie Adelgunde ihm mit einem Lächeln erklärte, es waren allesamt ihre Freunde und Gefährten, die bei ihnen im Schloß wohnten und ein Leben voller Lustbarkeit mit ihnen teilten.

Die Sonne sank tiefer, und der Mond stieg über den Wipfeln auf. Im goldenen Licht, zu dem beider Schein sich mischte, gaben sie sich einem Liebesreigen hin, an dem jede Welle, jeder Wiesenhalm und jeder Windhauch teilzuhaben schien. Alles sang und seufzte, alles küßte und labte und liebkoste einander voll Sanftheit und Leidenschaft, die Liebenden an den Ufern und das Liebespaar in den Fluten, und es schien, als sollte diese goldene Nacht niemals mehr vergehen.

Das Feuer in der Bodenmulde, das rußschwarze Mauerwerk. Die Zangen und Spangen, Dorne und Speere, mit Blutschorf bedeckt und sorgsam aufgereiht. Er sah um sich, und der Schrecken bohrte schwarze Klauen in sein Herz. Er war abermals dort gewesen, und wieder nur als Gast. Doch er spürte die streichelnde Weichheit des Wassers noch auf seiner Haut, die Lippen der Geliebten auf seinem Mund, ihren Busen an seiner Brust. Alles hatte dort golden erstrahlt, und alles Schimmern war zugleich ein Singen, jedes Lächeln ein Wohlgeruch.

Die Knechte wälzten sich auf dem Boden. Er verstand zuerst gar nicht, was mit ihnen geschehen war – ihre Kutten hatten sie von sich geworfen und krauchten in bärtiger Blöße umher. Nahe dem Streckbett lagen zwei Schergen in inniger Umschlingung. Zwischen Bottich und Feuer haschte und herzte einander ein halbes Dutzend Knechte in einem Wirrwarr bleicher Bäuche, knochiger Glieder, rotfleckiger Wangen. Und dazu summten und seufzten, stöhnten und sangen sie allesamt so wonnevoll wie Wickelknaben, die am Busen ihrer Mutter oder Amme lagen.

Faust wandte den Kopf hin und her, auch der Herr Parzer mußte ja noch irgendwo hier im Gewölbe sein. Der Schmerz in seinem Fuß klopfte wie ein ganzes Bergwerk voller Zwerge, die mit erzenen Hämmern Gold aus Felsen schlagen. Er schaute an seinem Leib empor, denn noch immer war er ja kopfüber ans Rad gebunden, und da sah er, daß sein rechter Fuß nur noch ein brandiger Fleischklumpen war. Die Zehen bis zur Wurzel abgekniffen, die Wundstellen mit Gluteisen öd gekocht. Wie der Klumpfuß des Teufels im Puppenspiel, so sah sein eigener Fuß nun aus, oder wie das hufgestaltige Mal, das ihm vor so langen Jahren in seinen fleischernen Halbmond gebrannt worden war.

Zorn und Schmerz trieben ihm den Brand in die Augen. Wild wandte er sein Haupt nach links und rechts, und da erst fand er den Herrn Parzer.

Der Inquisitor lag in dem Holzzuber voll schlammigem Wasser, der gewiß nicht zu diesem Zweck von den Knechten herbeigeschleppt worden war. So wie seine Schergen hatte auch er alle Gewänder von sich geworfen und suhlte sich in spinnengrau behaarter Nacktheit in der trüben Flut. Seine Augen waren weit geöffnet, sein Antlitz zu einem blöden Lächeln zerflossen und mit fiebrigen Flecken besät. Seine Hände, die so viele Leiber mit Zangen und Dornen liebkost hatten, glitten ihm mit schneckenhafter Weichheit auf Bauch und Schenkeln umher. Die gewaltig großen Nüstern, die seit Jahr und Tag nur Hexerei und Häresie gewittert hatten, erbebten in Schauern unerhörter Lüste, und zu welker Blüte aufgerichtet, schwankte sein Schmachglied über der Schlammflut hin und her.

Komm, Jakob. Komm zu mir.

Faust hatte es kaum gedacht, da ging ein Leuchten über das Antlitz des Herrn Parzer. Er hob einen Arm aus dem Wasser und winkte zu ihm herüber, die andere Hand legte er um den Zuberrand und sprang mit steifbeinigem Eifer aus dem Krötenbad hervor. In triefendnasser Blöße, das Gemächte wie ein Wimpel im Wind der Begierde wehend, so wankte er herbei, fiel vor Faust auf die Knie und beugte sich tief hinab, um sein Antlitz mit Küssen zu bedecken. »Liebste Mutter«, hörte Faust den Inquisitor seufzen, mit einer kindlich hellen Stimme, derweil die eisernen Hände des Hexenjägers ihm zart über Wangen und Schultern fuhren.

Binde mich los, Jakob.

Sogleich richtete sich der Herr Parzer auf und löste ihm die Fesseln an Fuß- und Handknöcheln. Faust ließ seinen gemarterten Leib behutsam zu Boden gleiten. Die Schmerzen tosten in seinen Wunden, und mit peinvollem Brennen und Beißen begann das gestaute Blut in seinen Gliedmaßen wieder zu kreisen.

Der verblendete Hexenjäger kauerte sich neben ihn auf den Boden und wollte sich gleich wieder an ihn schmiegen, doch Faust schickte ihn fort. *Geh von Kerker zu Kerker, Jakob. Löse alle Fesseln, riegle alle Türen auf. Dann darfst du zu mir kommen, mein Sohn, und ich will dich in meine Arme schließen.*

Eifrig rappelte sich der Herr Jakobus auf und taumelte davon, ein knochiger alter Mann, der seinen Schlüssel in rostig quietschende Löcher stieß, begierig, zur erträumten Mutter zurückzukehren.

Während Faust sich die linke Hand auf seinen Fuß voll hämmernder Goldgräberzwerge legte, trat die Siebenschöpf in den Folterkeller, den kleinen Munkel an der Hand. Beiden saß das Entsetzen noch in den Augenwinkeln, doch als sie zwischen den Schergen, die singend und seufzend am Boden umherkrochen, auf ihn zugeeilt kamen, da erkannte er, daß ihre Leiber unversehrt waren. »Gräm dich nicht, mein Lenchen. Entsinne dich doch – auch Frido hat mir erst das Teufelsmal in den Rückwärtigen gebrannt, ehe er zu meinem eifrigsten Jünger geworden ist. Und dem Herrn Parzer ist es heute nicht viel anders ergangen.«

Der Schmerz in seinem Fuß verebbte, doch wenn er die Augen schloß, schaute er einen Klumpen so tot und schwarz wie ein Stück Kohle aus dem Ofen des Köhlers Hubert.

Seine Gewänder hingen an einem Haken vor der rußigen Mauer, und Lena half ihm, Hemd und Hosen anzulegen. Um seinen zermarterten Fuß wand sie einen Tuchfetzen von einer der Kutten, die überall im Gewölbe verstreut lagen. »Kannst du gehen, mein Faust?« Er bejahte mit einem Nicken. »Weit müssen wir wohl nicht laufen«, fuhr das weltkluge Lenchen fort, »der Herr Parzer hat Munkel und mich mitsamt Kutsche und Pferd einfangen und hierher bringen lassen. Und die bischöflichen Stallungen sind gleich neben dem Inquisitionspalast.«

Sie eilten auf den Kellergang hinaus, so rasch es gehen mochte. Eiserne Türen reihten sich zu beiden Seiten im Schein von Fackeln, und aus allen Verliesen wankten die elenden Gestalten hervor, die der

Herr Parzer losgebunden hatte, weil es ihm von seiner Mutter befohlen worden war.

Sie waren schon fast bei der Treppe, die hinauf ins Taglicht führen mußte, als der Inquisitor aus einem Kerkerloch hervortaumelte und ihnen mit erhobenen Armen in den Weg trat. »Liebste Mutter, wohin geht Ihr denn«, rief er mit überkippender Knabenstimme. »Verlaßt mich nicht, ich flehe Euch an.«

Auf deine Knie, Jakob. Gib mir den Schlüssel. Und warte hier auf mich, bis ich wiederkomme.

Gefügig fiel der Furchtbare auf die Knie. Mit unterwürfiger Miene reichte er Faust den Schlüssel, der alle Türen im Inquisitionspalast aufsperrte, und Faust stieg über ihn hinweg und gelangte mit den Seinen humpelnd, doch unbedrängt zu den bischöflichen Stallungen, wo ihr Kutschpferd wahrhaftig auf sie wartete. Unterwegs waren ihnen in Gängen und Höfen etliche Wächter und Kirchenbeamte begegnet, doch Faust hatte sie nur mit flammenden Augen angeschaut. So starr wie Steinfiguren waren sie zurückgeblieben, während ein Strom elender Gestalten mit verrenkten Gliedern, brandigen Stümpfen, zerquetschten Kiefern, leergestochenen Augenhöhlen sich an ihnen vorüberschleppte, ins milde Morgenlicht hinauf.

Auch ihre Kutsche war rasch gefunden, und derweil der nackte Herr Parzer unten am Eingang zu seinem Höllenreich auf den Knien lag und auf die Wiederkehr der erträumten Mutter wartete, lenkte das Lenchen ihr rotes Roß mit dem goldenen Stirnmal über den Domplatz zu Speyer und durch stille Gassen zum Rhein hinab. Für einen Albus setzte der Flößer-Jan sie über, ohne zu ahnen, daß im Kutschkasten hinter schwarzen Vorhängen der Magier Faust mit umwundenem Klumpfuß saß, den schluchzenden Munkel in seinem Arm.

76

Nun ist wahrhaftig alles verloren, dachte die Siebenschöpf, seit langem hat mich die Ahnung ja beschwert. Weit vorgebeugt saß sie auf dem Kutschbock und trieb die Stute Gulda mit Peitsche und Zügeln unablässig voran.

»Wir fahren nach Villingen«, hatte Faust erklärt, kaum daß sie von der Fähre des Flößer-Jan gerumpelt waren. »Klara wird weiterwissen.«

In die Schlucht zur entwichenen Nonne, es war wohl wahrhaftig ihre letzte Möglichkeit. Doch es bekümmerte das Lenchen, daß sie wie eine Bettlerin gerade vor jenes Weib treten sollte, von deren heiliger Großherzigkeit Faust ihr geschwärmt hatte, wie er sie selbst gewiß niemals preisen würde.

Wenn sie über die Schulter zurückblickte, konnte sie durch ein Guckloch im Kutschkasten ihren Faust sehen, wie er aufrecht auf der Bank saß, den Munkel in seinem Arm. Seinen verstümmelten Fuß hatte er aus dem Tuchfetzen wieder ausgewickelt und auf die Bank ihm gegenüber gelegt, und jedesmal, wenn Lena hinsah, schienen seine Wunden wundersam weiter zugeheilt.

»Leidest du Schmerzen, mein Faust?«

Er schüttelte still sein Haupt.

»Wie lange die Verblendung wohl anhalten wird, die du über den Parzer und seine Knechte gebracht hast?«

Er hob die Schultern und ließ sie bedächtig wieder sinken. Sein Antlitz wirkte grau und ausgezehrt vor Schmerz und Erschöpfung, die Falten darin weiß wie zugefrorene Bäche in einer Landschaft aus Fels. Doch zugleich schien er von innen her golden zu erglühen, und seine Augen strahlten eine stille, fast heitere Gelassenheit aus, als ob ihn dort, wo er sich zuinnerst befände, irdische Pein und Mühsal kaum mehr berühren könnten.

Auf Fragen nach Raum oder Zeit hatte ihr Faust indessen noch nie recht zu antworten gewußt. Und ob die Verblendung des Hexenjägers nun einen Tag oder eine Woche anhalten würde – irgendwann würde der Herr Parzer wieder zu Sinnen kommen, und fortan würde er nicht mehr ruhen noch rasten, bis er den entlaufenen Magier und die Seinen wieder eingefangen hätte.

Alle Mächtigen hatte Faust wider sich aufgebracht, dachte Lena, auch der Kreuznacher Ritter Franz würde gewiß seine Hand nicht länger über sie halten, denn dem Inquisitor wagten nicht einmal Könige zu widerstehen. Und wo auch immer sie nun einen Unterschlupf suchen würden, in den unwegsamsten Wäldern und unwirtlichsten

Gebirgen, über kurz oder lang würde der Hexenjäger sie aufspüren und ins Feuer binden.

Ohne mich zu sträuben, will ich mit dir in die Flammen gehen, mein Faust, schwor die Siebenschöpf im stillen und ließ die Peitsche über der golden gestirnten Fuchsstute schnalzen. Als der Knecht im Kerker ihr das Haupt wieder und wieder ins schlammige Wasser gedrückt hatte, da hatte sie zuerst gegen das Verhängnis angekämpft, dann weinend sich gefügt und war zuletzt in ihrem Innersten ganz ruhig geworden. Wenn es so kommen soll, dachte sie auch jetzt, dann will ich's ohne Jammern auf mich nehmen.

So sehr war die Siebenschöpf in ihre sorgenvollen Gedanken versunken, daß sie den alten Mönch in der viel zu weiten Zisterzienserkutte gar nicht wahrnahm, der ihnen in einiger Entfernung folgte. Er war von kleinwüchsiger Gestalt und überaus faltigem Aussehen, mit so viel loser Haut unter dem Kinn, daß er sie sich wie einen Schal hätte um die Schultern werfen können. Mit Fäusten und Füßen trieb Burrus sein Maultier an, das störrisch immer wieder im Schatten innehalten wollte, doch er gönnte dem Vieh und sich selbst nicht die kürzeste Rast.

Sorgsam achtete er darauf, daß er nur eben so die Staubwolke im Blick behielt, die der Teufelswagen hinter sich aufsteigen ließ. Näher heran wagte er sich nicht, denn wenn sie ihn jetzt abschüttelten, wäre seine letzte Gelegenheit vertan. Schon jetzt spürte er, wie ihm die Kräfte schwinden wollten. Er hatte sich auf den Parzer verlassen, doch der hochmütige Herr Jakobus hatte den Teufel entkommen lassen. Dabei hatte Burrus ihn vor Fausts Verblendungskünsten doch mehr als einmal gewarnt! Aber vergeblich, und wenn er nicht unweit der Rheinfähre auf der Lauer gelegen hätte, so wären der Teufel, seine Buhlin und sein Homunkelzwerg über alle Berge gewesen, ehe irgend jemand auch nur Verdacht geschöpft hätte.

Stunde um Stunde ging es auf holprigen Nebenwegen den Rhein hinab. Mal zogen sie an Weinbergen oder Höfen vorbei, dann wieder durch Wälder oder Weiler. Seit seinen Knabenjahren, als er mit jenem Franziskanermönch halb Europa durchwandert hatte, war Burrus nicht mehr in dieser Weise umhergezogen. Es war ein beschwerliches

Reisen auf dem Buckel des Maultiers, und mehr als einmal seufzte er im Gedenken an all die Herrlichkeit, die ihm zu Maulbronn entrissen worden war. Doch sein ganzes Wirken als Abt war auf einem Irrtum begründet gewesen. Der Allmächtige hatte ihm eine Prüfung gesandt, und er, Johannes Burrus, hatte versagt und war folglich zu Recht gestürzt worden. Doch nun würde er die Aufgabe erfüllen, die Gott ihm zugedacht hatte, und sodann in die Seligkeit eingehen.

Wie er es anfangen solle, den Teufel Faust zu Tode zu bringen, darüber dachte Burrus keinen Moment lang nach. Wenn der rechte Augenblick gekommen wäre, würde Gott ihm ein Zeichen senden, und dann würde er so handeln, wie der Erbarmer es ihm anbefahl. Bis dahin galt es einzig, die schwarze Kutsche nicht aus den Augen zu verlieren.

Wenn das knarrende Gefährt langsamer dahinrollte, hieß auch Burrus seine Mule gemächlicher zu trotten. Ließ das hagere Weib auf dem Kutschbock die Peitsche knallen, so stieß er seinem Grauvieh die Füße in die Flanken, wobei er gebieterisch blinzelte.

Die Nächte verbrachten Faust und seine Buhlin im Freien, unter einem Busch oder im Straßengraben. Burrus tat es ihnen gleich, doch während der Mond mit beinfarbenen Fingern durch die Wipfel griff, während die Eulen schrien, die Wölfe heulten, fiel er allenfalls für ein paar kurze Momente in unruhigen Schlaf. Auf keinen Fall durfte er den Augenblick verpassen, wenn das erste Morgenlicht den Himmel bleiern färbte und der Teufel Faust sein hexenrotes Roß schirren ließ. Doch noch weniger, als von den Flüchtenden übertölpelt zu werden, mochte Burrus sich den Schrecknissen preisgeben, die im Traum seiner harrten.

Kaum fielen ihm die Augen zu, da stellte sich das Grauen wieder ein. Neuerlich war er der Abt von Maulbronn, doch ein der Hölle höriger Abt. Seine Mönche hieß er, in die Weiler hinauszuziehen und die Bauern und ihre Kindlein einzufangen. In der Klosterküche ließ er sie vom Küchenmeister Thomas schlachten und braten. Das Fleisch schlangen er und Baumeister Krahlis in ihre Wänste, oder er ließ es dem Kurfürsten Philipp auftischen, damit der ihm im Gegenzug Truhen voller Gold zusandte. Aus den Gebeinen der Geschlachteten aber errichtete Krahlis ihm die köstlichsten Bauten. Das Herrenhaus ebenso wie der Marienbau war gänzlich aus den Knochen seiner Untertanen erbaut, und zur Kapellenweihe trug er, der Abt von Maulbronn, eine Krone aus den gegerbten und ausgestopften Schmachgliedern der Geschlachteten auf seinem Haupt.

Wenn er aus solchen Träumen auffuhr, wünschte Burrus sich bloß noch, daß es nun rasch zu Ende ginge. Den Teufel zu Tode bringen und dann in die Seligkeit entschweben, dachte er und horchte in die heulende und winselnde Waldfinsternis hinaus. Der ungeheure Hautsack, darin er einst seinen Wanst umhergetragen hatte, bedeckte nun seine Beine bald bis herab zu den Knien. Burrus schürzte ihn unter seiner Kutte empor, eine zweite, fleischerne Robe. Der Teufelsstab zwischen seinen Schenkeln ragte steinern und lotrecht wie der neue Kirchturm zu Maulbronn empor, den er nicht mehr hatte erbauen dürfen. Hastig bedeckte er sich wieder und wartete, die Hände vor der Brust gefaltet, wie ein zum Einsargen bereiter Leichnam auf die Morgendämmerung.

Wenn die Geräusche im Dickicht darauf deuteten, daß der Teufel zum Aufbruch bereit war, schwang sich Burrus auf sein Maultier, das er nahebei an einen Baum gebunden hatte, und dann trotteten sie neuerlich Stunde um Stunde hinter der schwarzen Kutsche her. Während der Monate in der Büßerzelle hatte er seinen Leib zu solcher Bedürfnislosigkeit erzogen, daß er kaum jemals mehr Hunger oder Durst verspürte. Nur wenn sich seine Mule selbst durch Tritte und Hiebe nicht mehr zum Weiterlaufen bewegen ließ, besann er sich auf die Erfordernisse des sterblichen Fleischs. Dann gestattete er seinem Grauvieh, ein paar Mäuler voll Gras zu rupfen und schob sich auch seinerseits einen Brotbrocken in den Mund. Plätscherte nahebei ein Bach oder eine Quelle, so warf er sich neben dem Maultier auf die Knie und bog wie das Vieh seinen Nacken zum Naß hinab. So reiste Burrus Tag um Tag hinter dem Teufelswagen her.

In der Abenddämmerung des vierten Tages wäre er wohl achtlos an der Stelle vorbeigeritten, wo mitten im Wald ein Pfad rechterhand in einer Schlucht verschwand. Doch seit den Mittagsstunden hatte es kräftig geregnet, und so zeichnete sich die Spur der Kutschräder im Morast deutlich ab.

Hier sollst du den Satan suchen.

Burrus vernahm es so klar, als hätte ein überirdischer Kurier sich zu ihm herabgeneigt und ihm die Botschaft ins Ohr gedonnert. Er sandte ein stummes Dankgebet zum Himmel empor und ritt weiter gen Albling, sein Haupt unter der Mönchskapuze verborgen.

Doch dies war bloß eine List für den Fall, daß der Teufel Faust und die Seinen im Dickicht auf der Lauer lagen. Nach einigen hundert Schritten glitt Burrus vom Rücken seines Maultiers und band es an einem Tannenast fest. Er tastete nach dem einfachen Holzkruzifix, das er an einer Hanfschnur um den Hals trug, und eilte im strömenden Regen so leise als möglich zu der Stelle zurück, wo jener Pfad in der Waldschlucht verschwunden war.

»Seit Tagen habe ich gefühlt, daß du in Bedrängnis warst, lieber Faust.« Das gewaltige Weib umarmte ihn auf der Lichtung vor ihrer Hütte, und Lena machte sich an der Kutsche zu schaffen, um ihre Eifersucht zu verbergen.

Auch den kleinen Munkel begrüßte die einstige Nonne mit so zärtlichem Überschwang, als wäre er ihr eigener Knabe und von einer langen, gefahrvollen Reise heimgekehrt. Ihre hellblauen Augen, das ganze wetterbraune Antlitz schienen vor himmlischer Liebe zu strahlen. Doch mit den zottig schwarzen Haaren, die ihr lose bis zu den Hüften herabhingen, und dem zerlumpten Flickenkleid auf dem ungeheuren Leib glich Klara vom Hals abwärts den wilden Weibern, wie man sie auf Kupferstichen zuweilen zu sehen bekam. Sie ist bald zwei Häupter länger als ich, dachte die Siebenschöpf, und in den Schultern zweimal so breit. Zwischen ihren Brüsten könnte Munkel mühelos hausen, und er schien auch im Begriff, sich in die fleischerne Spalte dauerhaft einzuwühlen.

»Liebe Lena, sei auch du mir willkommen.« Die Riesin kam um die Kutsche herum und schloß die Siebenschöpf in ihre Arme, und da erlosch aller Gram, alle Eifersucht in Lenas Herz, und sie fühlte nur noch, wie Klaras Liebe und Wärme sie schützend umströmten. »Nun rasch herein mit euch allen«, rief die einstige Nonne. »Bringt euer Pferd und die Kutsche in die zweite Hütte – gleich wird es wieder aus allen Wolken gießen.«

Und so kam es auch – kaum hatten sie die Stute Gulda und sich selbst in Sicherheit gebracht, da zerbarst über ihnen der Himmel, und der Regen toste mit Urgewalt hinab.

Wie von einem Turm aus flüssigem Bleiglas umschlossen, so taumelte Burrus durch die Dunkelheit. Zu sehen war überhaupt nichts, nur die grauen Wände niederstürzenden Regens. Er rang um Atem, es war beinahe, als ob er einen Fluß zu durchwaten trachtete, das Haupt unter Wasser und die Füße bis zu den Knöcheln im schlammigen Grund.

Erst als er gegen einen umgestürzten Baum prallte, bemerkte Burrus, daß er vom Weg abgekommen war. Er wandte sich um, in der ruhigen Erwartung, daß dort die Straße verlaufen müßte, und fand sich nach allen Seiten umschlossen von struppigem Wald. Unaufhörlich ergoß sich der Regen. Die Arme vor sich ausgestreckt, tappte Burrus im Dickicht umher. Mit jedem Schritt sank er tiefer in den Morast ein und fand weder Weg noch Steg. Auch die Nacht fiel nun rasch herab, und nicht lange, da begannen die Wölfe wieder zu heulen und die Eulen zu schreien.

Burrus kroch unter einen vorhängenden Felsen und kauerte sich in den Schlamm. Seine Kutte war durchnäßt, er zitterte am ganzen Leib. »Vater im Himmel.« Er senkte sein Haupt und faltete die Hände. »Mit Deinem Beistand, Erbarmer, will ich auch diese Prüfung überstehen. Morgen im Taglicht wirst Du mich gewiß aus diesem Dickicht wieder herausführen und auch die Stelle wiederfinden lassen, wo der Teufel Faust vom Weg abgewichen ist. Bis dahin befehle ich meine Seele in Deine Hände, Amen.«

Klara hatte ihn wie ehedem auf ihr Strohlager gebettet und bestrich seine Wunden mit Kräutersalben. »So kann die Heilung noch schneller voranschreiten, auch wenn sich die Wunden schon jetzt fast gänzlich geschlossen haben. Aber jede Stunde zählt, meine Lieben, denn hier könnt ihr nicht bleiben – schon morgen beim allerersten Taglicht müßt ihr weiterziehen.«

Sie ließ ein tröstliches Lächeln erstrahlen. »Keine Sorge, Lena, ich weiß schon ein sicheres Plätzchen, wo ihr euch verbergen könnt, wenn es not tut, auch für längere Zeit. Es ist eine verlassene Eremitage weit draußen im Wald – der einstige Bewohner hat mich vor einigen Monaten aufgesucht, um von meinem Herzelixier zu kosten, und ist nicht mehr in seine Einsiedelei zurückgekehrt.« Sie lächelte versonnen, anscheinend hatte der Eremit auch an ihrem leiblichen Liebreiz geleckt. »Der Köhler Hubert wird euch morgen dorthin bringen.«

»Vielleicht gibt es auch noch eine andere Möglichkeit«, wandte Lena ein. Der Gedanke, auf unabsehbare Zeit in eine Waldhütte in wildester Einsamkeit verbannt zu sein, erschreckte sie so sehr, als sollte sie bei lebendigem Leib begraben werden. »Erinnere dich, mein Faust«, sagte sie, »im letzten Herbst hast du bei Bruchsal einen krummen Edlen geheilt, der dich im Namen seines Grafen nach Murau eingeladen und dir gerade auch Schutz vor Verfolgung versprochen hat.«

Mit müdem Antlitz sah Faust sie an. »Ob sein Wort nach so langer Zeit noch gilt? Und ob sein Graf jemals daran gedacht hat, uns vor den Hexenjägern zu decken? Verlassen möchte ich mich nicht darauf. Lebhaft steht mir vor allem noch vor Augen, wie der Edle von Fronhort vor Kummer bald wieder krumm geworden ist, als es ans Bezahlen gehen sollte.«

Darüber mußten sie alle lachen, auch Klara, die gleichfalls einiges vom Geiz der Geheilten zu berichten wußte. Eine Weile wetteiferten sie, wer von ihnen den knauserigsten Kranken von Kümmernis befreit hatte, doch schließlich verdüsterte sich Klaras Miene wieder. »Laßt mich jetzt erzählen«, sagte sie, »was im vergangenen Herbst geschehen ist und mich seither so beschwert, daß ich meines Lebens kaum mehr froh werden kann. Im September ist der Graf von Albling auf sein Schloß zurückgekehrt, nachdem er ja viele Jahre lang in der Welt umhergezogen war und sich wohl vor allem in Neuindien einigen rohen Belustigungen hingegeben hat.«

Dieser Graf Alexander, fuhr sie fort, sei ein Mann in mittleren Jahren, von anziehendem Äußerem, aber mit einem schwachen, zu zielloser Grausamkeit neigenden Wesen. Bald nach seiner Rückkehr habe er erfahren, daß in der Schlucht bei Villingen zwei junge Neuinder hausten. Denn Godobar, der Herr der Monstren, habe die beiden im Vorjahr getreulich zu ihr gebracht, wie Faust es ihm anbefohlen hatte.

Graf Alexander aber hatte in Neuindien gelernt, die braunen

Wilden, wie er sie nannte, als »nackte Bestien« anzusehen. Er bestand darauf, daß sie keine Seelen hätten, sondern glatthäutige Tiere wären, vom Herrn im Himmel ohne Fell oder Federn erschaffen, weil es in Neuindien winters wie sommers dampfend warm sei. Und er befahl, die beiden Tierchen zu ihm zu schaffen und in dem verwaisten Bärenzwinger hinter seinem Herrenhaus unterzubringen, damit er sich an ihrem Anblick und Treiben ergötzen könnte.

Von alledem erfuhr Klara erst, als vier bewaffnete Männer in ihrer Schlucht erschienen, die Neuinder in Ketten legten und mit sich fortführten. Noch am nämlichen Tag begab sich das gewaltige Weib zum Schloß Albling hinauf und verlangte den Grafen zu sprechen.

Alexander von Albling führte da gerade seine beiden glatthäutigen Tiere im Park spazieren. Er hatte ihnen Würgeeisen um die Hälse schließen lassen und hielt mit jeder Hand eine Kette umschlungen, die an eines der Halseisen angeschmiedet war. Wie Hunde oder Katzen mußten die Neuinder auf allen vieren vor ihm durchs Gras krauchen. Wenn sie sich aufzurichten versuchten, zog er mit scharfem Ruck an der Kette, so daß sich das Würgeeisen verengte, oder er setzte ihnen seinen Stiefel zwischen die Schulterblätter, um sie zu Boden zu drücken.

»Es sind Tiere«, erklärte er Klara, die von zwei Lakaien zu ihm geführt worden war, »und sie müssen wieder lernen, wie Tiere zu leben. Nur so können wir Gottes Willen erfüllen.«

Seine Worte ergrimmten Klara so sehr, daß sie ihn zu beschimpfen begann. Ein herzloser Unmensch sei er, der sich an den Qualen seiner Mitmenschen weide. Denn keine Tiere seien die beiden, sondern Menschen wie er oder sie, und sie schwöre ihm hiermit bei der heiligen Maria, daß sie nicht ruhen werde, bis er die Neuinder wieder freigelassen habe.

»Diener, schafft das wilde Weib zurück in den Wald.« Graf Alexander maß sie mit drohendem Blick. »Wir wissen sehr wohl, wer Sie ist und daß Sie in der Schlucht bei Villingen Ihre Hexenelixiere zusammenbraut. Erkühnt Sie sich noch ein einziges Mal, uns zu behelligen, so soll Sie in die Hände der Inquisition gegeben werden.«

Seit damals, so berichtete Klara weiter, strichen immer wieder bewaffnete Männer um ihre Hütte herum, die augenscheinlich von Graf

Alexander ausgesandt worden seien. Offenbar lauere er nur darauf, sie bei der Ausübung unerlaubter Zauberkünste zu ertappen. Dabei habe sie ihn seit jenem Zusammentreffen im Park von Schloß Albling niemals mehr behelligt. »Es hätte ohnehin keinen Sinn gehabt«, so beschloß sie mit kummervollem Lächeln ihren Bericht. »Denn im Oktober hat der Graf eine Treibjagd veranstalten lassen, und dabei wurden die armen Neuinder zu Tode gehetzt.« Alexander von Albling sei wenig später zu einer weiteren Reise aufgebrochen, seine Wächter aber schlichen noch immer bald jede Woche um ihre Hütte, und wenn sie Faust und die Seinen hier fänden, wäre es um sie alle geschehen.

77

Die Eremitage war drei Tagreisen tief in unwegsamer Wildnis gelegen, ein so vollkommen abgeschiedener Ort, daß sich niemals auch nur eine Menschenseele dorthin verirrte. Von außen sah es nicht wie eine Hütte, ja überhaupt nicht wie eine Behausung für Menschen aus, sondern allenfalls wie eine Tierhöhle, die unter Dornengestrüpp versteckt war. Doch dahinter verbarg sich ein kleines Holzhaus, das in eine Bergwand hineingebaut war und eigentlich nur den Eingang zu einem gewaltigen Felsensaal bildete.

An ihrem ersten Tag in der Einsiedelei brachte Lena kaum einen Satz heraus, ohne in Tränen auszubrechen. Diese Höhle im tiefsten Wald schien ihr bald noch gräßlicher als der Kerker, aus dem sie entkommen waren. Ein Ort auswegloser Verbannung, eine Hölle auf Erden, dachte die Siebenschöpf. Hier sollen wir unser restlichen Leben verdämmern wie Bären den Winter, fernab von allem, was mit Menschenantlitz lächeln, mit Menschenzunge sprechen kann?

Doch schon nach wenigen Tagen begann sie den Frieden zu empfinden, der von dieser Stätte ausging. Sie umsorgte die Ihren und bereitete ihnen aus den Vorräten, die der Köhler herbeigeschleppt hatte, schmackhafte Speisen. Sie bestreute den Boden ihrer Behausung mit Wildblumen, die sie auf der Lichtung pflückte. Immer wieder ertappte sie sich dabei, wie sie leise vor sich hin summte. Auch Munkel schien so glücklich wie seit langem nicht, ja wie vielleicht niemals vorher in seinem Leben. Von früh bis spät hielt er sich in der Nähe seines Meisters auf, und sein kleines Antlitz erstrahlte in heiterem Lächeln, als ob alle alte Beschwernis von ihm abgefallen wäre.

Faust selbst saß oder lag zu Anfang meist auf dem Strohlager des Eremiten, sein verstümmelter Fuß mit Klaras Heilpasten bestrichen und mit einem reinlichen Tuch umwickelt. Die Wunden hatten sich unterdessen vollkommen geschlossen, es sah ganz so aus, als ob er mit einem linken Menschenfuß und einem Klumpen am rechten Bein zur Welt gekommen wäre.

Auch das Gemüt ihres Liebsten schien dem Lenchen so hell und unbeschwert, wie sie ihn kaum je erlebt hatte. Oftmals sprachen sie von den früheren Zeiten, von Messer und Tarock, von Begebenheiten im Küferhaus oder bei ihren gemeinsamen Fahrten auf dem Eselskarren. Er war ihr ferner denn je und zugleich näher als jemals vorher. Ein goldenes Strahlen schien ihn von innen her zu durchglühen, so als ob er mit einem Teil seiner selbst nun dem goldenen Land schon angehörte und doch auch in der bleiernen Welt mit wacheren Sinnen lebte als ehedem.

In den Nächten teilte sie sein Lager, und zuweilen umhalste er sie mit solcher Leidenschaft, daß sie vor Wonne bald zu vergehen meinte. Und hatte sie in früheren Jahren oft mit stiller Bitterkeit gespürt, daß seine Begierde nicht ihr, sondern der gewaltig wilden Adele galt, so fühlte sie jetzt, daß er auch im innigsten Moment ebenso bei ihr wie bei der idealen anderen war. Und Lena war es zufrieden, denn mehr Nähe, größerer Gleichklang war niemals zwischen ihnen gewesen als hier in der Einsiedelei.

Seinen Stiefel schnitt und schusterte Faust sich so um, daß er den Klumpfuß glatt umschloß. Schon in der zweiten Woche, nachdem der Köhler sie hierher geleitet hatte, brach er wieder zu Wanderungen in der Wildnis auf. Meist war Munkel bei ihm, und zuweilen, wenn Lena in der offenen Tür stand und ihnen hinterhersah, wunderte sie sich, wie unvermittelt die beiden aus ihrem Blickfeld verschwanden. Als ob sie binnen eines Wimpernschlags vom Erdboden verschluckt würden oder sich in die Lüfte erhoben hätten, was doch gewiß nicht sein konnte. Aber mit einem Lächeln tat sie es ab und kehrte in die Eremitage zu ihrer Arbeit zurück.

Sie hatte sich von der einstigen Nonne unterweisen lassen und sammelte, trocknete und sott seither allerlei Wurzeln und Blüten, die Klara für ihre Elixiere brauchte. In ungewissen Abständen kam der Köhler Hubert, brachte ihnen Brot und Pökelfleisch und was sie sonst noch zum Leben brauchten und nahm im Gegenzug einige Krüge und Schweinsblasen mit Kräuteressenzen in Empfang.

Faust aber wanderte bald schon wieder bis nach Albling hinauf, denn das Anwesen des Grafen zog ihn noch immer zauberisch an. Oft spazierte er im Park umher, und wenn er dort auf einen Lakaien stieß, so verblendete er den Burschen so, daß der ihn für seinen Herrn hielt und sich vor katzbuckelnder Freude über die Rückkehr des Grafen kaum zu fassen wußte. Faust ließ sich dann etwa ins Herrenhaus führen, schlenderte in Sälen und Gemächern umher, bestaunte die prachtvollen Teppiche und Schränke und spürte, wie der Zorn in seinem Innern wuchs. Fast durchweg begegnete er Menschen und Dingen in der bleiernen Welt nun bloß noch mit heiterer Nachsicht. Doch wider Alexander von Albling nährte er einen heißen Haß in seinem Herzen, seit er von Klara erfahren hatte, wie der grausame Schloßherr die beiden Neuinder gepeinigt und mit seinen Jagdhunden zu Tode gehetzt hatte.

Wenn seine eigenen Gewänder zu Lumpen zu zerfallen drohten, so entnahm er aus den Schränken des Grafen, was er an Hosen oder Hemden benötigte, und auch für die Siebenschöpf entwendete er zuweilen ein Samtkleid, das einst einer Mutter oder Schwester des Schloßherrn gehört haben mochte. Und ehe er durch Wald und Schlucht zur Einsiedelei zurückkehrte, blies er den Lakaien ein, alles zu vergessen, was ihnen geschehen war.

Auch die Förster oder Holzknechte, auf die er in der Wildnis zuweilen stieß, belegte er mit einem Bann des Vergessens. So hausten Faust und die Seinen unbehelligt in der Einsiedelei, und die Jahre verstrichen, ohne daß er oder die Siebenschöpf es recht bemerkten.

Es war aber die Zeit, da ein magerer Mönch mit zerschlissener Zisterzienserkutte in Villingen und Umgebung umherstrich und jedermann nach einem hochgewachsenen Mann mit lodernd blauen Augen befragte. Einen Zwerg führe der Gesuchte mit sich, und am rechten

Bein trage er einen Klumpfuß wie der Teufel im Puppenspiel. Doch niemand konnte dem Mönch je berichten, einer so auffälligen Erscheinung begegnet zu sein.

Nach jener Wolkenbruchnacht hatte sich Burrus zwar aus dem Dickicht wieder hervorgewühlt, doch während der Nacht hatten die Regengüsse alle Spuren im Schlamm fortgespült. So dauerte es Tage, bis er den Waldpfad wiederfand, und das zottige Weib, auf das er am Ende der Schlucht schließlich stieß, flößte ihm solchen Schrecken ein, daß er es bei ein paar hastigen Fragen bewenden ließ. Sie habe weder Kutsche noch Pferd, weder Mann noch Frau und schon gar keinen Zwerg bemerkt, so beschied ihn die wilde Riesin, und Burrus murmelte seinen Dank, umklammerte sein Kruzifix und suchte stolpernd das Weite.

Nachdem er auch sein halb verhungertes Maultier wiedergefunden hatte, schwang er sich darauf und trieb das Grauvieh bis vor den Gasthof zur Goldenen Lese nahe dem Villinger Stadttor, wo er für zwei Heller die Nacht eine schmale Dachkammer bezog. Dortselbst hauste der verjagte Abt nun schon im zweiten oder dritten Jahr, lief von früh bis spät in der Stadt und auf den Feldern umher und befragte jedes Marktweib und jeden Bauernknecht nach einem hochgewachsenen Mann mit lodernden Augen und Klumpfuß.

Denn diesmal hatte er die Botschaft vernommen. *Hier sollst du den Satan suchen*. Und wenn die Reisenden im Gasthof einander erzählten, daß sie den Magier Faust in Wien oder Basel, in Leipzig oder Salzburg gesehen hätten, wie er Steine zu Brotlaiben umgewunschen oder Blinden das Augenlicht wiedergeschenkt hätte, so glaubte Burrus ihnen kein Wort. Faust mußte sich noch immer in der Umgegend verborgen halten. Der Allmächtige hatte ihm aufgetragen, hierselbst auszuharren und den Dämon zu suchen, und diesmal würde er, Johannes Burrus, die ihm auferlegte Prüfung bestehen.

Im Sommer des 1507. Christenjahrs ließ Faust zu Leipzig die Elbe bergan fließen. In einer Kellerkneipe pochte er mit dem Fingerknöchel auf den Tisch, und bei jedem Klopfen sprudelte roter oder weißer, süßer oder saurer Wein aus dem Holz hervor. Ob Frankenwein, Burgunder oder Tokajer – die Zecher in Auerbachs Keller mußten nur einen Wunsch hervorgrölen, und schon schoß die köstliche Fontäne empor. Doch nachher, als er davongegangen war, fanden sie in ihren Krügen bloß Holzmehl, darin sich fahle Würmer ringelten.

Im gleichen Jahr wurde er im thüringischen Roda und allerdings auch in Köln am Rhein gesehen, viele Dutzend Tagreisen entfernt. In Roda verhexte er einen Pfarrer, so daß der mit geschürzter Robe auf dem Kirchplatz im Kreis kriechen und immerzu rufen mußte: »Mir ist so heiß, näßt mir den Arsch, mir ist so heiß, näßt mir den Arsch.« Anstatt ihm die gewünschte Kühlung zu verschaffen, klatschten die Leute ihm indessen ihre Hände auf, bis sein Rückwärtiger rot wie ein Erntemond erglühte.

Zu Köln wiederum, dies wurde von reisenden Gesellen bald schon im ganzen Land bezeugt, erschien der Zauberer Faust an einem Herbstabend vor dem Dom, von Kopf bis Fuß bedeckt mit fieberbunten Vögeln. Die Krähen hielten sich mit Krallen und Schnäbeln an ihm fest, und als er »Himmelfahrt!« rief, begannen sie alle wie von Sinnen mit den Flügeln zu schlagen und trugen ihn bis zum Glockenturm hinauf, wo er auf die Brüstung sprang und sich mit spöttischem Lächeln zu den Leuten herab verneigte. Denn unterdessen hatte sich eine große Menschenmenge vor dem Dom eingefunden und schrie aus Hunderten Kehlen zu ihm hinauf, daß er die Fürsten stürzen, die Pfaffen von den Kanzeln stoßen und sie alle in die goldene Welt führen solle. Doch Faust fuhr nur mit seinen spöttischen Verneigungen fort, und als sie nicht aufhörten, nach ihm zu schreien, griff er in seine Taschen und warf aus vollen Händen Goldklümpchen zu ihnen herab. Alle stürzten sich darauf, es begann ein gewaltiges Balgen und Raufen, ohne daß jedoch die dürftigste Funkelkrume gefunden wurde. Und als sie schließlich wieder zum Glockenturm emporsahen, war der Zauberer Faust verschwunden.

Wenn Burrus im Gasthof zur Goldenen Lese von solchen Spektakeln erzählen hörte, schüttelte er nur in stillem Ingrimm sein Haupt. Es waren alles bloß Teufelslisten, um ihn von Villingen fortzulocken, das spürte er mit unbeirrbarer Klarheit. Wenn er jedoch hier ausharrte und unablässig weiter die Leute befragte, ob sie keinen hochgewachsenen Mann mit dünnem grauen Haar und Bart gesehen hätten, mit lodernden Augen, Klumpfuß und einem Zwerg im Arm, so würde er das Versteck des Teufels schließlich aufspüren.

Diesen Standpunkt vertrat er mit Entschiedenheit auch in den Briefen, die er nach Leipzig, Köln oder Roda sandte, nachdem er aus all diesen Städten seinerseits pergamentene Episteln erhalten hatte. »*Ich bin F. auf der Spur*«, schrieb ihm Paulus Nigrethius etwa, »*und ich begreife nicht, warum Ihr dort in Villingen hockenbleibt, während er im ganzen Reich umherreist. Kommt hierher, schließt Euch mir an, so werden wir unseren Esel schon bald wieder ins Joch zwingen. Zuverlässige Zeugen haben mit eigenen Ohren gehört, wie F. ausgerufen hat, daß er als nächstes nach Prag reisen wolle. Also werde auch mich nun nach Böhmen begeben, und ich wünschte mir nur, alter Freund, daß Ihr Euch entschließen könntet, mir nachzufolgen.*«

Als Burrus diesen Brief des einstigen Abtes von Spornstein las, saß er im abendlichen Gastgarten der »Goldenen Lese« und trank wie üblich einen Becher Brunnenwasser zu einem Kanten trockenen Schwarzbrots. Wie sonderbar, dachte er, daß Nigrethius der vorgetäuschten Spur des Teufels wie ein Schatten folgte, in Umkehrung der letzten Worte von Abt Michael, seinem Vorgänger auf dem Abtstuhl zu Maulbronn: »Der Satan ist der Schatten Gottes.« Und in Umkehrung, fiel ihm dann ein, der Legende vom schwarzen Sjö, dem Märtyrer der Kinder, von dem es hieß, daß seine heidnischen Heiligtümer immer im Schatten der Klöster entstünden, die namens des heiligen Bernhard gegründet würden.

So grübelte und sann der einstige Abt von Maulbronn, während der einstige Abt von Spornstein nach Prag reiste und dort wiederum erfuhr, daß der Magier bereits das Weite gesucht habe. Eine neue Spur lockte ihn nach Sontwedel im Thüringischen zurück, und er machte sich gleich auf den Weg, obwohl es ihn verdroß, daß Faust sich mit so törichten Bockssprüngen voranbewegte – erst dreihundert Meilen ostwärts, gleich darauf sechshundert Meilen nach Westen, dann wieder weit in den Süden hinunter, ins eidgenössische Basel, wo er natürlich wie ein Heiland empfangen wurde. Denn die Schweizer hatten ihm nie vergessen, daß er einst am Bodensee die kaiserlichen Truppen verblendet hatte, so daß sie alle ihre Musketen und Armbrüste gen Himmel abfeuern mußten.

In Sontwedel hieß er seinen Homunkelzwerg, auf dem Marktplatz einige Bettfedern zur ungefähren Form eines Huhns auszulegen. Dann blies er mitten hinein, und mit einem Gackern sprang ein leibhaftiges schwarzes Huhn aus dem Gestöber hervor.

Zuvor in Prag hatte er einen großen Spiegel auf dem Kirchplatz aufstellen lassen und verkündet, daß man durch dieses Glas hindurchspazieren könne, ohne auch nur ein Kratzen auf der Haut zu verspüren. Ein halbes Dutzend Leute ließ sich verlocken, spazierte hindurch und wurde nie wieder gesehen. Als die Stadtbüttel aber den Zauberer verhaften wollten, war er verschwunden, und es hieß, daß auch er durch den Spiegel gegangen sei. Drei Wochen später stellte sich indessen heraus, daß er die ganze Zeit im Keller eines Apothekers am Kirchplatz gesessen und Blei zu Gold umgekocht hatte.

»*Zu Dutzenden bestätigen mir wieder die Leute, daß sie den F. mit eigenen Augen gesehen haben*«, so klagte Nigrethius in seiner Prager Epistel. »*Aber auch hier ist mir das Rattenvieh um Schwanzesbreite entwischt.*«

Unter den Zeugen, die ihm versicherten, daß sie Faust gesehen hätten, ragten allerorts riesenhaft gebaute Weiber mit funkelnd roten Haaren und gewaltigem Busen hervor. »*In jeder Stadt verblendet er sich ein solches Weib, das ihm sodann zu Willen sein muß*«, so beschrieb er es gegen Ende des 1511. Christenjahrs in seinem Baseler Brief an Burrus. »*Und meist hält die Verblendung noch an, wenn ich die Weiber einvernehme. Stellt Euch nur vor, Burrus, in jeder Stadt treffe ich auf ein solches Riesenweib, das mir unter Tränen so groß wie Taubeneier vorplärrt, was für ein strahlender Herkules der F. sei.*

Dabei sieht der Kerl, unter uns, weit über seine Jahre hinaus alt und verbraucht aus. So wurde es mir jedenfalls von Klerikern und Ärzten vielfach berichtet. Falten durchkerben sein Antlitz, sein Haupthaar ist so gelichtet wie die Bestände meiner geliebten Bibliothek zu Spornstein, die mein barbarischer Nachfolger zu drei Albus den Folianten feilbietet. Seine Brust ist eingefallen, seine Miene verschlagen und doch grämlich, wie es sich für einen so argen Schelm geziemt. Den rechten Fuß zieht er nach, seit er so beherzt an den Zehen gezwackt worden ist. Gleichwohl schwärmen die Weiber von ihm wie von einem wiedergeborenen Herkules!

Item – ist der Herr P. denn unterdessen aus seiner Verblendung erwacht? Oder drängt es ihn noch immer, auf den Knien in seinem Keller zu liegen, weil die Frau Mutter es ihm so anbefohlen habe? Ach, alter Freund, wenn Ihr Euch nur überwinden könntet, zu mir nach Basel zu kommen. Ich schwöre Euch, zusammen würden wir den F. im Handumdrehen wieder einfangen, und mit seiner Hilfe würden wir alles zurückgewinnen, was wir durch seine Teufeleien und die Torheit unserer Mitbrüder verloren haben. Aber ich muß enden, ich will mich einer Reisegesellschaft anschließen, die noch heute früh nach Salzburg aufbricht. Denn wie mir zuverlässige Zeugen erklärt haben, soll Faust auf dem Weg in die Alpen sein.«

Nicht nur mit Burrus, sondern mit einem ganzen Dutzend ruinierter Grafen, bankrotter Barone und gieriger Apotheker unterhielt Nigrethius in jenen Jahren einen regen Briefverkehr. Den Grafen von Murau und den Baron von Westerhazy hatte er ebenso wie die Grafen von Altenhof oder Waldenburg und die Apotheker zu Prag, Erfurt oder Salzburg angestiftet, ein alchymisches Labor einzurichten, mit dem sich Faust eines Tages anlocken ließe. Sie alle hatten strikte Weisung, ihm sogleich Nachricht zu geben, wenn der Zauberer sich bei ihnen einstellen oder auch nur fern her ankündigen würde. Und so greulich hatte er das Bild des Teuflischen vor ihnen ausgemalt, daß sie ihn gewiß handkehrum zu Hilfe rufen würden, sobald auch nur Fausts Schattenriß am Horizont sichtbar würde. »*Man muß ihn ordentlich schirren und schinden, damit kein Unglück geschieht*«, so deutete er regelmäßig an, ohne sich Einzelheiten entlocken zu lassen. »*Aber keine Bange, Euer Herrlichkeit, mir frißt er die Fliegen einzeln aus der Hand.*«

78

Es war aber die Zeit, da die Bauern überall in Württemberg sich wider ihren Herzog erhoben. Mit solchem Prunk hatte sich der junge Herrscher seit seiner Inthronisierung umgeben, daß die Stuttgarter Schatzkammern zwar wohlgefüllt waren, indessen bloß noch mit den Schuldscheinen aller Fuggereien im ganzen Reich. Da befahl Ulrich eine Steuer auf Brot, Fleisch und Wein zu erheben, so daß sich die

Leute auf dem Land kaum mehr das Nötigste für ihr Überleben leisten konnten. Daraufhin rotteten sich überall im Herzogtum die Landleute zusammen und zogen, mit Forken und Dreschflegeln gewappnet, gegen Städte und Schlösser los.

Nach langer Abwesenheit war auch Alexander Graf von Albling auf seinen Erbsitz zurückgekehrt, denn die Kunde von einer alsbaldigen Erhebung der schwäbischen Pächter und Knechte war bis in die Neue Welt gedrungen. Wenn es ans Kämpfen ging, war Graf Alexander stets zur Stelle, und mit desto heißerem Eifer, je mehr das Kämpfen einem Jagen und Schlachten ähnelte, mit Musketen gegen Mistforken, mit Armbrüsten gegen Dreschflegel oder mit Schwert und Speer wider neuindisches Getier.

Man schrieb den 16. April im 1514. Jahr nach der Fleischwerdung des Erlösers. Auch an diesem halbmondigen Sonntag strich Faust wieder mit seinem Munkel auf den Schultern in der Gegend von Albling umher. Er hatte längst erspürt, daß Graf Alexander zurückgekehrt war, und als er durch eine Mauerbresche unweit der entweihten Kapelle in den Park trat, da erblickte er den Schloßherrn, der oben auf der Treppe vor dem Herrenhaus stand, derweil die Lakaien sein Gepäck von Kutschen und Karren luden.

Mit kaum merklichem Humpeln begab sich Faust auf gewundenen Pfaden zum Schloß hinauf. Es war der Tag, auf den er gewartet hatte, und alles, was nun geschehen würde, hatte er in seinem Geiste vor langer Zeit festgelegt und sich seither immer wieder ausgemalt.

Als ihm ein gräflicher Gärtner in den Weg trat, verblendete Faust ihn in gewohnter Weise, so daß der Alte »Euer Herrlichkeit« murmelte und katzbuckelnd das Weite suchte. Und so verfuhr er mit allen Dienern, die ihm am See und auf dem halbmondförmigen Platz vor dem Herrenhaus begegneten. Dort oben auf dem Podest stand noch immer Graf Alexander und schrie soeben einer jungen Dienerin zu, wenn sie den ausgestopften Jaguar nicht achtsam behandle, werde er höchstselbst ihren Leib ausweiden und mit Holzmehl befüllen. Zitternd umklammerte die Dienerin die gefleckte Riesenkatze und trug sie an ihrem Herrn vorbei ins Schloß.

Graf Alexander sah ihr hinterher, wie sie in der Halle verschwand, und seine Laune begann sich aufzuhellen. Die junge Dienerin war von schwellendem Liebreiz, und mit dem Ausstopfen hatte es demnach noch gute Weile. Er würde der Maid befehlen, ihm zur Abenddämmerung seinen Schlaftrunk zu bringen, und dann zusehen, ob ihr Leib sich nicht auch anders befüllen ließe, beschloß der Herr von Albling. Und als er sich wieder zum Park hin umwandte, sah er keinen anderen als sich selbst, Graf Alexander, Letzten des Geschlechts derer von Albling, zwei Schritte vor sich auf der Freitreppe stehen.

Das Blut sackte ihm aus den Wangen. Dieser zweite Herr von Albling sah wahrhaftig aus wie sein eigenes Spiegelbild – das Antlitz vom Trunk gedunsen, das Haupthaar zu einem falben Kranz gelichtet, aber die Gestalt noch immer stattlich, da er keine Gelegenheit ausließ, sein Geschick im Kampf oder auf der Jagd zu erproben. Doch sein eigenes fleischernes Spiegelbild zu erblicken hieß, daß es ans Sterben ging.

Auch seine Diener unten bei der Kutsche hatten alle Koffer und Kästen vergessen und glotzten mit großen Augen und furchtsamen Mienen zu ihm – oder ihnen – hinauf. Er trägt sogar den gleichen Anzug, dachte er, den ich mir vor Jahren in Wien habe schneidern lassen. Während er noch überlegte, was das alles zu bedeuten hatte, machte sein Ebenbild eine sonderbare Bewegung mit der linken Hand – die Finger gespreizt, dann vor seinem Antlitz blitzschnell zuschnappend, als ob er ihm die Seele aus der Nase ziehen wollte. Im selben Moment wurde es hinter der gräflichen Stirn nebelgrau, und seine Beine fühlten sich an wie mit Holzmehl ausgestopft. Dann sackte er in sich zusammen und blieb zu Füßen seines Doppelgängers liegen.

Als er wieder zu sich kam, kauerte er auf allen vieren vor seinem Ebenbild. Ein Seil war um seine Kehle geschlungen, dessen Ende sein Doppelgänger in der Hand hielt. »Lauf, nackte Bestie«, sprach sein Spiegel, und ein eisiger Schreck durchfuhr den Herrn von Albling, als er erkannte, daß er wahrhaftig ganz und gar nackend war. Nur sein Haupt hatte sich mit einem grauen Fell bedeckt – wenn er an seinen Wangen entlangschielte, sah es aus, als ob er eine Wolfsmaske vor dem Antlitz trüge.

Sein Ebenbild setzte ihm einen Stiefel auf den Rückwärtigen und schob ihn unsanft an, und da mußte Graf Alexander die Stufen hinabkrauchen, mit baumelndem Gemächte wie ein Hund, ein Neuinder oder Schlimmeres, und noch immer standen seine Lakaien unten zwischen Kutsche und Karren und glotzten mal den krauchenden Herrn, dann wieder sein hinterdrein schreitendes Ebenbild aus weitaufgerissenen Augen an.

Schlagt ihn nieder, befreit mich, wollte er schreien, doch aus seinem Mund drang bloß ein Belfern. Ich bin euer wahrer Herr, versuchte er zu rufen, aber was zwischen seinen Lippen hervorquoll, klang allenfalls wie Wolfsgeheul.

»Seht ihr dieses Tier?« rief sein Doppelgänger, und seine vollkommen verblödeten Diener und Dienerinnen antworteten mit einem dutzendkehligen Ja. »Jagt die Bestie«, rief der falsche Herr von Albling. »Laßt sie nicht entkommen!«

Da riß Graf Alexander seinem Spiegelbild mit überrumpelndem Ruck das Seilende aus der Hand und begann zu rennen. Nur kurz versuchte er sich auf seine Füße aufzurichten, und als ihm das aus irgendeinem Grund nicht glücken wollte, taumelte er besinnungslos auf allen vieren davon. Die Treppe hinab und über den gekiesten Platz, daß die Steine unter seinen Knien hervorspritzten und sich ihm schmerzhaft in den Knorpel bohrten. Faustgroße Findlinge säumten den Kiesplatz, und er setzte unbeholfen darüber hinweg und tauchte in die Wiese ein, die sich den Schloßhügel hinab bis zur alten Kapelle erstreckte.

Hinter sich hörte er das Trappeln von Schritten und die Anfeuerungsrufe seines Doppelgängers: »Jagt ihn!« Dann prasselte die erste Steinsalve auf ihn herab. Verzweifelt kroch er weiter, halbtot vor Erniedrigung und Pein. Noch einmal versuchte er sich aufzurichten und erkannte voll Entsetzen, daß er wahrhaftig zu einem nackten Tier geworden war. Aus seinem Mund drang hündisches Gewinsel, und wie ein altes, gichtsteifes Vieh mußte er auf Vorder- und Hinterpfoten voranhumpeln, gehetzt von der Meute, die einen weiteren Hagel von Findlingssteinen auf ihn niedersausen ließ.

Da warf sich der Herr von Albling zu Boden, wälzte sich auf den Rücken und blieb reglos liegen. Im nächsten Moment waren seine Verfolger um ihn herum, und ein Dutzend Antlitze beugte sich über ihn. Mit emporgewandtem Haupt bot er seine Kehle dar, und die junge Magd, die er vorhin hatte ausstopfen oder jedenfalls befüllen wollen, sah mit spöttischem Lächeln auf ihn herab. Er versuchte zu fluchen, und wieder drang aus seinem Mund nur jämmerliches Geheul.

Schon hoben die Diener ihre Hände, um abermals Steine auf ihn niederprasseln zu lassen, da gebot der Doppelgänger ihnen Einhalt. Er trat in ihre Mitte und setzte ihm seinen Stiefel auf den Bauch. Da hob der Herr von Albling sein Wolfshaupt und sah mit ungläubigem Erstaunen, daß es ein umgeschusterter Schuh war, der augenscheinlich einen Klumpfuß barg.

»Ich bin der Magier Faust, bekannt im ganzen Reich«, sprach der Bocksfüßige und sah dem Grafen von Albling mit jedem Wimpernschlag noch etwas weniger ähnlich. Seine Augen begannen zu lodern, ein golden gesprenkelter Graubart sproß ihm aus Kinn und Wangen, und sein Antlitz zerkerbte sich mit tiefen Furchen kreuz und quer. Nur seine burgunderfarbene Damastjacke sah noch immer genauso aus wie jene, die Graf Alexander sich vor Jahren in Wien hatte schneidern lassen. »Und diese Kreatur hier, meine Freunde«, fuhr Faust an die Diener gewandt fort, »ist ohne Zweifel ein Wolf in Menschengestalt. Doch ehe ihr entscheidet, ob ihr ihn erschlagen oder ihm das Leben schenken wollt, sollt ihr sein wahres Gesicht sehen.«

Er beugte sich hinab und machte abermals jene Gebärde auf das gräfliche Antlitz zu – die Finger seiner linken Hand gespreizt, dann blitzschnell sich schließend, als ob er ihm die Nase ausrupfen wollte.

Da fiel die Verblendung von ihnen allen ab, und die Diener sanken um Alexander herum auf ihre Knie. »Es ist unser Gebieter!« riefen sie. »Verzeiht uns, Euer Herrlichkeit.« Und die junge Magd, die er hatte ausstopfen wollen, zog ein Tuch aus ihrer Schürze und bedeckte die Lenden ihres Herrn.

»Ergreift ihn, laßt ihn nicht entkommen«, rief nun der wahre und wirkliche Herr von Albling mit seiner wiedergewonnenen Stimme und sah sich wild nach allen Seiten um.

Doch Faust war verschwunden, und erst geraume Zeit später, nachdem Graf Alexander sich aufgerappelt, seine Beulen beächzt und notdürftig die Jacke eines Lakaien um seine Blöße gewunden hatte, ließ der Zauberer sich noch einmal sehen. Da schwebte er über der alten Kapelle, und auf seinem Rücken waren ihm zwei riesenhafte schwarze Schwingen gesprossen, die bewegte er gemächlich auf und ab. Neben ihm flatterte eine viel kleinere Gestalt, von beinernem Aussehen, mit zarten, beinahe durchscheinenden Flügeln, die im Abendlicht rotgolden erglühten.

»Wenn die Fürsten behaupten«, rief Faust mit bronzener Stimme, »daß der himmlische Vater sie als eure Herren eingesetzt hätte, so glaubt ihnen nicht. Denn der Himmel, ihr Toren, ist leer!« Dann zerbarst die Erscheinung mit einem gewaltigen Knall zu einem Wirbel schwarzer Federn, die noch Stunden darauf überall auf dem Gelände von Schloß Albling umherwehten, handlang und schimmernd wie Schwanenfedern.

Der wirkliche und wahre Graf Alexander aber hatte sich unterdessen längst in seine Gewänder geworfen, die auf der Treppe vor dem Herrenhaus verstreut lagen, nach seinem Streithengst gebrüllt und mit überkippender Stimme geschworen, daß er den Magier Faust bei allen weltlichen und geistlichen Gewalten verklagen und nicht ruhen werde, bis der Erzschelm verhaftet, zermartert und vor seinen eigenen Augen eingeäschert sei.

Als er wieder bei der Einsiedelei war, erzählte Faust der Siebenschöpf, wie er den Grafen von Albling und seine Lakaien verblendet hatte. Da erbleichte sie ein wenig, und ihre Augen wurden dunkelgrau wie geschmolzenes Blei. Doch Lena faßte sich gleich wieder und sagte mit scheuem Lächeln, sie habe seit langem geahnt, daß es einmal so kommen würde. »Schon vor Jahr und Tag habe ich mit Klara besprochen, daß sie unseren Brief absenden soll, sowie ihr zugetragen wird, daß der Herr von Albling zurückkehren will.«

Was für ein Brief das denn sei, fragte Faust.

»Na, an den Graf von Murau«, sprach das Lenchen. »Wir haben den Brief in deinem Namen geschrieben, mein Faust, und gewiß hat Klara ihn schon vor Tagen abgeschickt. Denn Neuigkeiten kommen bei ihr ja viel rascher an als in unserer Waldeinsamkeit.«

»Und was habt ihr ihm in meinem Namen mitgeteilt?«

»Daß du dich nunmehr imstande sähest, seine ehrenvolle Einladung anzunehmen, und auf seiner Burg eintreffen würdest, ehe der Monat sich neigt.«

»Aber es muß bald zehn Jahre her sein«, wandte Faust ein, »daß er mich durch seinen krummen Edlen anlocken ließ.«

»Und wäre seither ein halbes Jahrhundert vergangen«, erwiderte Lena und begann bereits, ihre unentbehrlichsten Habseligkeiten in ein Bündel zu stopfen, »so müßten wir dennoch den Herrn von Murau um Aufnahme bitten, mein Faust. Und läßt er uns nicht ein, so weiß ich auf dem ganzen Erdenrund keine Menschenseele mehr, die uns noch vor dem Verderben bewahren könnte.«

»Ich red' die Wort' mit ganzer Lust:/Wer reich will sein mit Schaden der G'mein'/Der ist ein Schelm in Fleisch und Bein./Was soll auf Erd' ein solcher Hund?/Wollt' Gott, er läg' auf Meeresgrund,/Und hätt' ein' Stein um seinen Hals/Viel größer denn ein' Scheibe Salz!«

So reimten die fahrenden Barden von Stuttgart bis Konstanz, und zu Hunderten und Tausenden stimmten die Landleute in die Spottgesänge ein. Allerorten im Herzogtum Württemberg belagerten sie Schlösser und Städte und forderten die Rückkehr zu altem Recht. Die Steuern auf Fleisch und Brot sollten fallen, und die neuen Gewichte, die um ein Zehntel leichter waren, sollten gegen die alten Gewichte ausgetauscht werden, und damit noch lange nicht genug. Die Fürsten wollten sie von ihren Thronen stürzen und die Pfaffen von ihren Kanzeln, und ein Messias, riefen sie, würde kommen und sie in eine bessere Welt führen.

Vorderhand kam jedoch kein Erlöser, sondern allenfalls ein pergamentener Greis in abgetragener Benediktinerrobe, der mit dem Einspänner von Basel her in das Breisgaustädtchen Murau reiste. Dort hielt er sich in den sieben Gassen am Fuß des Burghügels nicht lange auf, sondern ließ sich gleich hinauf zum Stammsitz der Grafen von Murau fahren.

Gregor von Murau war damals schon seit Jahren ruiniert. Die Silberadern in seinen Bergwerken waren erschöpft, und nicht minder an Gemüt und Seele ausgezehrt fand sich der Burgherr selbst. Hätte nicht seine Schwester Gunda bei ihm auf der Burg gelebt, der melancholische Herr von Murau hätte sich wohl längst in seinen Ziehbrunnen gestürzt. Seine Untertanen wanderten in immer breiterem Strom nach Freiburg oder Basel ab, wo selbst ein Lohgerberknecht reicher entlohnt wurde als Franz von Fronhort, der Burgvogt zu Murau. Der nämlich erhielt seit Jahr und Tag bloß noch Schuldscheine oder steinige Einöd-Ländereien als Lohn.

Der Edle von Fronhort hieß den greisen Gast des Grafen am Burgtor willkommen. Im stillen entsetzte er sich über das pergamentene Aussehen des Herrn Nigrethius und fragte sich, wie es zugehen sollte, daß der Magier Faust diesem hinfälligen Männchen die Fliegen einzeln aus der Hand fräße. Doch er ließ sich nichts anmerken und bat mit einem starren Lächeln um Nachsicht, daß der Burgherr ihn erst später am Tag begrüßen könne, da Graf Gregor noch in seinem Silberbergwerk nach dem Rechten sehe. Aus der reglosen Miene des Herrn Nigrethius las er, daß der einstige Abt von Spornstein ihm kein Wort glaubte.

Er führte den gebrechlich wirkenden Gast durch den Burghof in die Halle, wo gestern erst wieder einige Steinbrocken aus dem Gewölbe gebrochen und mit großem Geschepper auf die Rüstungen niedergegangen waren.

»Ist der Faust schon eingetroffen?« fragte Nigrethius mit einer Stimme wie Staub.

Der Burgvogt verneinte. Wünschte der Herr Paulus vielleicht, daß die Dame Gunda ihm Gesellschaft leistete? Da nun der Gast seinerseits mit merklichem Schaudern verneinte, geleitete von Fronhort ihn ohne weitere Umschweife zu seinem Gemach, von dessen Erker aus sich ein prächtiger Ausblick über das verfallende Städtchen zwischen elenden Ländereien und verlassenen Höfen bot. Ein kalter Wind pfiff durch die Fensterluken, und aus den Mauern kroch wie allezeit Eiseskälte. Auf einem Tischchen zwischen Bett und Erker hatte der Haushofmeister eine Begrüßungsvesper aus vorjährigem Pökelfleisch, altbackenem Schwarzbrot und saurem Wein angerichtet, und der Edle wies mit einladender Gebärde auf Teller und Becher und zog sich dann mit einem Kopfnicken zurück.

Sein Rückgrat, das der Doktor Faust vor bald einem Jahrzehnt so wundersam geradegehext hatte, war kurz darauf steif wie ein eiserner Speer geworden. An jedem Abend, wenn er sich auf sein Lager mühte, und an jedem Morgen, wenn er sich in die Senkrechte quälte, verfluchte der Edle von Fronhort voller Inbrunst die Stunde, da der

Doktor Faust seine alte Beschwernis gegen neue Kümmernis ausgetauscht hatte.

Zwei Tage lang mühte sich die Fuchsstute Gulda auf krummen Pfaden, die von Felsschroffen allezeit verfinstert waren, über die Schwarzwaldbuckel hinweg. Bergan ging es oftmals so mühsam, daß sie absteigen und neben dem schnaubenden Roß herlaufen mußten. Wohl ein Dutzend Fieberkrähen hockte auf dem Kutschdach, doch anders als die Leute es zu Köln gesehen haben wollten, zeigte das bunte Geflügel keinerlei Neigung, Roß oder Reisende mit seinen Schwingen aufwärts zu ziehen.

Talwärts gen Freiburg ging es dann jedoch so hurtig, daß der Kutschkasten wie im Fiebertraum ächzte, die Achsen stöhnten, die Räder dröhnten und die Siebenschöpf ihre liebe Mühe hatte, ihr Pferdchen zu zügeln. Am Mittag des 19. April durchfuhren sie die schäumende Glotter und erreichten das Breisachtal. Den betagten Mönch in der verschlissenen Zisterzienserkutte, dem unter dem Kinn so viel lose Haut hinabhing, daß er all seine Habseligkeiten hätte hineinstopfen können, bemerkten sie wiederum nicht. Auf seinem Maultier ritt er in erklecklichem Abstand hinter ihnen her, und bei Nacht, wenn die Wölfe heulten, lag er zitternd unter einem Busch und empfahl seine Seele dem Erbarmer.

Unweit vor Freiburg holten sie einen Troß zorniger Landleute ein, die unablässig schrien und die Fäuste gen Himmel schüttelten. »Macht uns die Stadttore auf, macht uns die Stadttore auf!« verstand die Siebenschöpf, dabei gab es weithin keine Tore oder Türme, sondern bloß Wald, Weinberge und Wiesen. Aber die Kerle trugen allesamt Forken und Flegel geschultert, und so suchte Lena ihr Roß nur still an ihnen vorbeizulenken, indes sie scheu zu den Leuten hinablächelte.

Gerade als sie mitten in dem Haufen steckten, packte eine rote Riesenpranke nach den Zügeln, und das Roß Gulda blieb stehen. »Heda, Kutschweib, wen verbirgst du im Kasten?« brüllte einer. Und gleich fielen andere Kerle in das Geschrei mit ein. »Bestimmt ist es ein Edelmann, der vor unseren Forken fliehen will!«

»Heraus mit dem adligen Aas!« Sie begannen die Kutsche mit kotigen Pratzen hin und her zu schaukeln, daß Lena bald vom Bock flog und die Reisenden im Kasten gewiegt wurden wie Seefahrer im heulenden Sturm.

Da jedoch sprang die Kutschtür auf, und ein hochgewachsener Mann klomm heraus. In seinen Augen brannten blaue Feuer, und jeder, über den sein Blick hinwegstrich, wußte sogleich in seinem Herzen, daß es kein anderer als der Zauberer Faust war. Sein Antlitz war zerfurcht, der Bart wild und grau, dabei war unlängst auf einem Flugblatt zu lesen gewesen, daß der Magier und Heiler gerade erst dreiunddreißig Jahre zähle, eben so viele, wie der Heiland auf Erden gewandelt sei.

»Es ist Faust«, riefen die Leute. Er hob die Arme und ließ seinen Blick über ihnen lodern. »Doktor Faust, zieht uns voran«, schrie der ganze Haufen. »Die Fürsten stürzen, die Pfaffen verjagen! Führt uns in die goldene Welt, wie Ihr es verheißen habt!«

Stumm blieb er einige Zeit vor ihnen stehen und sah in die Gesichter der Leute, die von Hunger verhärmt und vor Begeisterung rotfleckig waren. Aufgerissene Münder sah er, mit fauligen Zähnen und Lücken dazwischen, durch die Speichel auf ihn spritzte. Fiebrig glitzernde Augen und zerlumpte Gewänder, klobige Fäuste, die Forke und Flegel gen Himmel schwangen, als ob es verhexte Zepter oder kranke Zauberstäbe wären. Anfangs mühte er sich noch, ihr Geschrei zu verstehen, doch bald schon echote es ihm bloß noch wie sinnloses Geheule hinter der Stirn. Auch Munkel, der in der offenen Kutschtür stand und mit staunender Bekümmerung um sich sah, hatte längst die Händchen erhoben und auf seine Ohren gelegt.

»Diese Welt ist bleiern«, rief Faust schließlich, »doch in die goldene gelangt ihr niemals, ihr Narren, indem ihr die Fürsten aus ihren Schlössern verjagt.« Wie oft hatte er Herrscher und Kleriker verspottet, doch der Gedanke, sie aus ihren Palästen zu vertreiben und statt ihrer diese Knechte auf die Throne zu setzen, schien ihm bloß ein weiteres Zeichen fiebrigen Siechtums zu sein.

Noch einmal sah er in die Antlitze der Männer, die ihn eng umdrängten, und sie alle waren ihm so fremd, so fern. Seine Liebe und seine Träume, sein Glück und sein Grauen waren seit jeher von anderer Art. Er ließ seine Arme sinken, wandte sich um und kroch ohne ein weiteres Wort in den Kutschkasten zurück.

Als Lena die Peitsche schnalzen ließ, wich der Haufen diesmal bereitwillig zur Seite und ließ sie auf dem schmalen Weg vorüberziehen. Wieder begannen sie zu schreien: »Faust, führe uns ins goldene Land!«, oder: »Die Fürsten stürzen, die Pfaffen verjagen!« Auch das Lied vom adligen Hund, der auf den Meeresgrund gehöre, wurde einmal mehr angestimmt. Doch nachdem die knarrende Kutsche mit den bunten Krähen darauf im Schrittempo durch den Troß gerumpelt war, ließ die Siebenschöpf aufs neue die Peitsche knallen. »Hüa!« rief sie. »Lauf, Gulda!« Und die golden gestirnte Stute verfiel in scharfen Trab und riß die Kutsche so rasch zwischen Fluß und Auen voran, daß die Landleute nicht Schritt halten konnten.

Schließlich gaben sie es auf, den Fliehenden hinterherzulaufen. Niedergeschlagen versammelten sie sich auf einer Wiese am Wegrand, um zu besprechen, was ihnen widerfahren war. Wie sich rasch zeigte, übte die Flucht des Magiers eine niederdrückende Wirkung auf jeden von ihnen aus. All ihre Zuversicht und Kampfeslust schienen dahin, und eine bleierne Mattigkeit umfing sie an Haupt und Gliedern, so als ob ihre Sache bereits verloren wäre. Eigentlich hatten sie zum Freiburger Stadttor ziehen und sich mit den armen Leuten im Innern vereinen wollen, um gemeinschaftlich die Herausgabe der Stadtschlüssel zu fordern, wie es in Esslingen und anderswo bereits gelungen war. Doch dafür fehlte ihnen nun jeder Mut, und so beschlossen sie nach einigem Hin und Her, wieder nach Hause zu trotten.

Niemand von ihnen beachtete den faltigen Greis, der auf seinem Maultier vorüberritt, während sie beisammenstanden und nun, da Faust sie verlassen hatte, schon die Forke auf der Schulter ihnen zuviel der Bürde schien.

Epilog

Erst zur schwärzesten Nachtstunde verließ Faust noch einmal das Labor, um Lena und Munkel zu wecken. Während er sich alles vergegenwärtigt hatte, was ihm in seinem Leben geschehen war, hatte er nebenher den Athanor eingeheizt und in einem gewaltigen Topf eine Mixtur aus Schwefel und Holzkohle, Salpeter und Bleispänen angerührt.

Er fühlte sich von strahlender Klarheit erfüllt wie niemals vorher. So wie er im Kerker des Herrn Parzer bis in die Tiefe der Erde und in die Weite des Himmels hatte sehen können, so vermochte er nun sein eigenes Selbst bis in die feinsten Verzwirnungen zu schauen und in seinem Geist dauerhaft festzuhalten. Klarer als je zuvor sah er, daß er selbst und diese Welt eins waren. Durch ein und dieselben Schnüre miteinander verbunden, so wie der Puppenspieler und seine Fadenpuppen, die mit feinen Fäden aneinander gebunden sind. Und wenn es ihm nun glückte, für immer in die goldene Welt zu gehen, so wäre diese ganze bleierne mit ihm geheilt und würde auf ewig in goldenem Glanz erstrahlen.

Draußen im Burghof schlich bereits der Herr Burrus einher, auch ihn hatte Faust längst erspürt. So wie die Nähe seines zweiten Schinders, des Herrn Nigrethius, der gleichfalls dort draußen umherstrich und achtgab, daß sein Halbteufel nicht doch noch im Schutz der Nacht entwich und daß Burrus ihm sein Werkzeug nicht im letzten Moment noch meuchelte.

Er beugte sich über den Pfühl, darin die Siebenschöpf und der kleine Munkel aneinander geschmiegt schliefen. Zärtlich fuhr er seinem Lenchen über die abgehärmte Wange und strich dem Kleinen eine falbe Strähne aus der Stirn. »Lena, Munkel«, flüsterte er.

Sogleich schlugen beide die Augen auf.

»Wir müssen hinab, rasch.« Er nahm Munkel auf den Arm und

reichte Lena die Hand. Schlaftrunken ließen sie es geschehen, daß er sie ins Brunnengewölbe hinuntertrug und -zog.

Drunten setzte er Munkel auf den Tisch. Dann lief er zur Tür zurück und streckte seine Linke zur Treppe hin aus. Wer immer nun die Stufen herunterkäme, würde in den Augen jedes anderen, der gleichfalls diese Treppe nähme, aussehen wie der Zauberer Faust.

»Vertraut mir, ein letztes Mal«, sagte er, indes er die Tür schloß und zur Brunnenplatte trat.

Munkel neigte sogleich das Häuptlein, er wäre seinem Meister mit bekümmerter Anmut auch in die gräßlichste aller Höllen gefolgt.

Doch nicht dorthin soll unser letzter Weg uns führen, mein Kleiner.

Lena war zum Athanor getreten und spähte furchtsam in den ungeheuren Topf, der bis zum Rand mit schwarzem Schlamm gefüllt war. »Was ist das, mein Faust?«

»Bleiernes Verhängnis. Wenn ich nachher eine brennende Fackel hineinwerfe, wird dieser Turm mit allem, was darin ist, zerspringen.«

»Mit allem?«

»Außer uns, mein Lenchen. Vertrau mir.«

»Mein Lebtag hab' ich nichts anderes getan.« Sie lächelte scheu. »Verkünde mir, Liebster, daß wir mit diesem Turm zur Sonne hinauffliegen werden, so glaube ich's dir auch.«

»Wir werden fliegen. Nur nicht in den Himmel hinauf.« Faust trat auf die Steinplatte, streckte seine Hand zum Grund hin aus und schloß die Augen. Wieder begann es in der Tiefe zu brausen und zu gurgeln, und er spürte, wie das Wasser tief unten in den Brunnenschacht einströmte und mit tosender Gewalt aufwärts stieg. Bald schon hatte es den Brunnen bis zum Rand hinauf gefüllt und drückte die Felsplatte empor. Mitsamt der steinernen Scheibe schwebte er nun auf der Wassersäule, eine halbe Handbreit über dem Boden, und das Wasser war so durchscheinend und von goldenem Licht durchglüht, wie er es vorausgesehen hatte.

Er machte zwei Schritte auf der Stelle, und die Felsplatte glitt hinter ihm hinab auf den festen Boden. »Kommt, meine Lieben«, sagte er und streckte die Hände nach ihnen aus. Er stand jetzt mit beiden Füßen direkt auf dem Wasser, mit seinem Bocksfuß und dem Menschenfuß, und es war bis zum Grund hinab durchscheinend und schimmerte, als wäre die ganze gewaltige Säule aus flüssigem Gold. »Seid ohne Sorge«, sagte er. »Ihr seht ja, ich vermag auf dem Wasser zu wandeln, und ihr könnt es auch.«

Da machte Munkel einen behutsamen Schritt auf die goldene Säule, und wahrhaftig sanken auch seine winzig kleinen Füße nicht ein. Und auch als die Siebenschöpf mit großen Augen und schmalen Lippen zu ihnen trat, vermochte sie sich ohne Mühe auf dem schimmernden Spiegel zu erhalten.

»Nun den Kreis«, sagte Faust. »Aber einen Augenblick noch.«

Denn in diesem Moment ging die Tür auf, und knapp hintereinander stolperten zwei alte Männer in abgenutzten Mönchskutten herein. Vorneweg der Herr Burrus, absonderlich ausgemergelt, einen Dolch in der Rechten, mit dem er sich sogleich auf Faust zu stürzen suchte. Doch hinter ihm taumelte der Herr Nigrethius herbei, und als er den Burrus bei der Schulter packte und der herumfuhr, meinten sie beide, Faust vor sich zu sehen.

Der wahre und wirkliche Faust aber nahm die Wandfackel zur Hand und warf sie mit trefflichem Schwung in die Höhe, so daß der Feuerstab zur Decke hin aufstieg und sich mit dem Flammenhaupt voran just über dem Athanor wieder senkte.

»Der Kreis«, sagte er und nahm Lena an seine rechte und Munkel an seine linke Hand. Auch die beiden reichten sich die Hände, und so standen sie zu dreien auf der golden durchglühten Wassersäule, und einen halben Herzschlag, ehe die Fackel kopfüber in den Topf voll bleiernem Verhängnis fiel, schloß Faust die Augen und rief: »Göttin, hinab zu dir.«

Da schoß die goldene Säule mit gurgelnder Urgewalt zurück in die Tiefe und zog den Zauberer Faust und die Seinen mit sich, derweil der Topf voller Schießpulver mit gewaltigem Donnern in die Luft flog und alles, was sich im Labor und darüber befand, in Fetzen riß.

Als Graf Gregor, seine Schwester Gunda und der Edle von Fronhort die Überreste der Wendeltreppe hinabgestolpert kamen, erblickten sie bloß noch ein rußiges und blutiges Tohuwabohu – Eingeweide auf

Boden und Wänden und nahe dem Athanor den schaurig verstümmelten Leichnam eines Mannes, der auf dem Bauch lag und an Leib und Gliedern unaufhörlich schlotterte. Sie wandten ihn um, und da trug er die Züge des Zauberers, und sein Antlitz war noch im Tod vor Grauen verzerrt. Sie hielten ihm einen Spiegel vor die Lippen, und das Glas blieb klar. Dennoch schlotterte der Leichnam unablässig weiter, und so oft sie ihn auch auf den Rücken legten, er wandte sich immer wieder zurück, so als ob Faust den Blick des Allmächtigen auf seinem Antlitz nicht ertragen könnte.

Voller Entsetzen suchten sie überall in der Burg nach der Gefährtin des Magiers und dem Zwerg oder Knaben, den sie mit sich geführt hatten. Doch von den beiden fand sich sowenig eine Spur wie von dem Herrn Nigrethius oder von jenem Fra Johannes, den der Burgvogt heimlich eingelassen hatte. Alles Suchen blieb vergeblich, so als ob der Satan aus der Hölle emporgefahren wäre, um die Seele des Teufelsbuhlen zu holen, und mit sich gerissen hätte, was irgend in seiner Reichweite war.

Sie leuchteten mit Fackeln in das Bodenloch hinab, und ein befremdlich frischer Quellgeruch wehte ihnen entgegen. Und doch mußte es der Schlund der Hölle sein, denn einen schwärzeren und tieferen Abgrund hatten sie niemals gesehen. In frommem Schauder stieß der Burgvogt den schlotternden Leichnam hinein und wuchtete die Felsplatte an ihren alten Ort, um das greuliche Loch für alle Zeit zu verschließen. Sie kamen überein, vor jedermann zu verschweigen, was geschehen war. Doch als der Edle von Fronhort wenig später Gunda um ihre Hand bat, da verwehrte sie sich, obgleich er ihr die goldene Engelsträne des Fra Johannes als Morgengabe versprach.

Seit der Magier Faust im alten Brunnenturm gesessen hatte, träumte Gunda in jeder Nacht, daß er zu ihr käme und mit seinem fleischernen Turm im Brunnen ihres Schoßes auf und nieder führe. So lebhaft sah sie ihn dann immer vor sich, so blutwarm spürte sie ihn bei sich, daß sie vor Wonne schier zu vergehen glaubte. Es war nicht bloß ein Traum, das empfand sie mit jeder Nacht klarer, der Zauberer mußte leibhaftig noch immer auf Erden wandeln.

Und wirklich drang bald schon die Kunde nach Murau, daß der Trugsheiler und Teufelsmagier Faust zu Freiburg die Lahmen gleich dutzendweise geheilt hätte. Nahe Nürnberg wurde er im Jahr darauf von Reisigen gestellt, die ihn in den Kerker führen sollten. Als er auf sein Pferd steigen und davonreiten wollte, feuerte einer seine Muskete auf ihn ab. Faust aber fing die Kugel mit seiner Linken auf, und als er sie gegen den Schützen zurückwarf, verwandelte sich das Geschoß in ein goldenes Ei, das im Flug immer weiter anschwoll und endlich aufplatzte, und aus den goldenen Trümmern flatterte ein schwarzer Vogel von greulicher Ungestalt hervor.

Nachwort

Im »Spies'schen Faustbuch«[1] und anderen sogenannten Volksbüchern wird ab dem 16. Jahrhundert vom frevlerischen Wirken und der Höllenfahrt des Teufelsbündlers Faust berichtet. Haben diese Erzählungen eine reale Grundlage, die bloß mit allerlei erbaulichen Einzelheiten ausgeschmückt wird, oder sind Person und Leben des »weitbeschreyten Zauberers und Schwarzkünstlers« schiere Fiktion?

Ein gewichtiger Teil der Faust-Forschung hält immerhin für glaubhaft, daß ein gewisser Georg Faust um 1480 in Knittlingen zur Welt gekommen und im dortigen Küferhaus aufgewachsen sei, möglicherweise als Zieh- oder unehelicher Sohn des Küfermeisters Jörg Gerlach.[2] Auch ein Auftritt in der freien Reichsstadt Gelnhausen, wo Faust sich 1506 rühmte, die Wunder Christi wiederholen zu können, scheint einigermaßen gesichert, ebenso seine Schulmeisterstelle im Jahr darauf in Kreuznach, vermittelt durch Franz von Sickingen.

Darüber hinaus bezeugen noch einige wenige Dokumente, daß der Alchimist und vermeintliche Teufelsbündler Georg Faust wohl tatsächlich eine geschichtliche Gestalt war. In Erfurt soll er 1513 von dem Humanisten Mutianus gesehen worden sein; in Bamberg scheint er sieben Jahre später dem Fürstbischof Georg III. ein Horoskop gestellt zu haben; 1532 verwehrt der Rat der Stadt Nürnberg dem »Sodomiten und Nigromanten« Faust Zuzug und freies Geleit; im badischen Staufen schließlich soll er weitere neun Jahre darauf bei einem alchimistischen Experiment umgekommen sein.

Ob sich zumindest diese spärlichen Zeugnisse auf ein und dieselbe Person beziehen, ist keineswegs unstrittig. Doch selbst im günstigsten Fall sind die Forschungsbefunde dürftig. Bis heute ist kein Schriftstück bekannt geworden, das zweifelsfrei von Fausts eigener Hand stammte, und auch in brieflichen Disputen seiner geistlichen oder humanistischen Zeitgenossen taucht der Wundermann Faust kaum jemals auf. Zur gleichen Zeit verfassen Erasmus, Melanchthon (mit dem er um 1530 in Wittenberg zusammengetroffen sein soll) oder gar Luther umfangreiche Werke, die dank der neuen Druckerkunst in hohen Auflagen verbreitet werden. Auch okkulte Texte wie die »Steganographia« des Johannes von Trittenheim oder »De occulta philosophica« des Agrippa von Nettesheim werden von Humanisten und Mönchen jener Zeit eifrig gelesen und diskutiert. Der nachmals berühmteste Okkultist seiner Epoche aber scheint zu diesen gelehrten Zirkeln keinen Zugang besessen zu haben. So ist Faust also eine der bekanntesten Gestalten der deutschen Mythologie und Geistesgeschichte – und zugleich eine äußerst spärlich dokumentierte Figur.

Für meinen Roman habe ich hauptsächlich aus den Volksbüchern des 16. und 17. Jahrhunderts sowie aus weiteren real- und geistesgeschichtlichen Quellen jener Zeit nebst jüngeren Kommentaren geschöpft. Einzelne Züge späterer Faust-Dichtungen, vor allem Goethes »Faust« und Thomas Manns »Doktor Faustus«, fließen wohl verschiedentlich mit ein, aber in der Hauptsache ging es mir darum, Faust als mögliche historische Gestalt für eine heutige Leserschaft lebendig werden zu lassen.

In einigen Punkten mußte die geschichtliche Wirklichkeit der dichterischen Freiheit Vortritt gewähren. So habe ich den schweizerisch-schwäbischen Krieg um ein Jahr nach vorn verlegt, um Fausts Auftritt im kaiserlichen Heerlager möglich zu machen. Auch ist die ruinöse Bauwut der Maulbronner Mönche jener Zeit zwar ebenso bezeugt wie die engere Verbindung eines ihrer Äbte mit dem Alchimisten Faust. Aus dramaturgischen Rücksichten habe ich jedoch eine Reihe von Klostervorstehern, die einander um jene Jahrhundertwende auf dem Abtsessel folgten, zu einer einzigen Figur verschmolzen. So hat auch der historische Johannes Burrus die Geschicke des Klosters zwar etliche Jahre bestimmt, jedoch von 1491 bis 1503 und dann nochmals von 1518 bis 1521.

Ähnlich frei bin ich mit dem zweiten der »dämonischen Äbte« des Romans verfahren. Für Paulus Nigrethius, den Vorsteher von Spornstein, habe ich einige Züge und biographische Fakten aus dem Leben des berühmten Johannes Trithemius, Abt des Klosters Sponheim, adaptiert. Wie der fiktive Nigrethius galt auch sein reales Vorbild den

Zeitgenossen als »Bücher-Papst« mit verdächtig okkulten Neigungen. Auch verschiedene Werke, die im Roman Nigrethius zugeschrieben werden, hat tatsächlich Trithemius verfaßt, der wie sein fiktiver Abkömmling wegen erwiesener Fälschungen, ruinöser Büchersucht und angeblicher schwarzmagischer Umtriebe von seinem Mönchskapitel abgesetzt wurde. Daß Johannes Trithemius wirklich Dämonen zu beschwören suchte, wurde jedoch niemals erhärtet und scheint mir auch wenig glaubhaft. Überdies ist keine Verbindung zwischen ihm und Faust belegt, dafür aber eine desto engere väterliche Beziehung des Trithemius zu einem jüngeren Zeitgenossen, der zuweilen als der »wahre Faust« bezeichnet wird und aus dessen Leben und Werk ich desgleichen einige Züge entlehnt habe: Agrippa von Nettesheim.

Gerade die Motive und Passagen, die manchen Lesern als besonders phantastisch erscheinen mögen, sind historisch verbürgt oder haben doch zumindest (geistes-)geschichtliche Vorbilder. Das gilt für das vielfach bezeugte Wirken reisender »Wundermänner«, die Menschenmengen in ekstatische Trance versetzten, und ebenso für den hündischen Kinderheiligen, der unter dem Namen Guinefort in der Gegend von Lyon als Schutzheiliger für Kinderkrankheiten verehrt wurde, nachdem er den ihm anvertrauten Säugling gegen ein angreifendes Tier verteidigt hatte. Der Legende nach war dieser Widersacher allerdings eine Schlange – im Roman wird daraus der Falke als Bindeglied zwischen dem Sjö-Ritus und jenem Traum vom Vogel, der dem kleinen Knaben seinen Schnabel in den Mund drängt. Auch dieser Traum ist im übrigen historisch überliefert – nachzulesen in den Aufzeichnungen des Faust-Zeitgenossen Leonardo da Vinci. Dessen wahrhaft »faustischen« Forscherdrang hat Sigmund Freud mit unehelicher Herkunft und Mutter-Imago einleuchtend in Beziehung gesetzt.[3]

Schon aus Raumgründen kann ich in diesem Nachwort nur einen Bruchteil der Materialien erwähnen, die ich in meinem Faust-Roman verarbeitet habe. Angeführt sei aber zumindest noch, daß die Verbrechen der Hilda Bredegast ihr geschichtliches Vorbild in den Greueltaten von Gilles de Rais finden, dem einstigen Hauptmann der Jeanne d'Arc. Auch unabhängig von diesem berühmten Satanisten und Kindermörder (dem Huysmans ein finster funkelndes literarisches Denkmal gesetzt hat[4]) ist die mittelalterliche Verbindung von Kindsschlachtung und Satanskult vielfach verbürgt, unter anderem durch den berüchtigten »Hexenhammer« der Inquisitoren Sprenger und Institoris. Aus dieser Quelle stammen im übrigen auch die Dämonen-Definition, die im Roman dem Pater Huebele zugeschrieben wird, und selbst so bizarre Motive wie das weggehexte Mannsglied, das der spukhaft Beraubte als Vogel im Nest wiederfindet.

Den alchimiekundigen unter meinen Lesern wird nicht entgangen sein, daß ich mir auch auf diesem Gebiet ein paar Freiheiten gestattet habe. So ist die Gestalt der »Maria Prophetissa« (oder »Maria die Jüdin«) zwar aus der Überlieferung bekannt, das im Roman ihr zugeschriebene Werk »Chrysopeia« wird aber gemeinhin mit »Kleopatra« in Verbindung gebracht, einer anderen Alchimistin der mythischen Frühzeit. Und die Vorzüge und Gefahren höllischen Beistands werden in Schriften der Nigromanten zwar immer wieder einmal tastend umschrieben, aber wohl nirgends mit so eindeutigen Formulierungen, wie ich sie Albert Magnus oder Lullus in die Feder diktiert habe: Durch unverschlüsselte Spekulation dieser Art hätten sie vielleicht auch den Satan, ganz gewiß aber die Inquisition angelockt.

Das hier angedeutete Erzählverfahren, das meinem Roman zugrunde liegt, findet, wenn nicht seine Rechtfertigung, so doch seine Entsprechung in der magischen Kombinatorik, dem »wilden Denken«, das Faust für mich in herausragender Weise verkörpert.

Für kritisch-konstruktive Begleitung dieses Projektes danke ich insbesondere Anne Löhr-Gößling, Roman Hocke, Charlotte Lyne und Ralf Reiter.

Coburg, im September 2006

1 Historia von D. Johann Fausten. Frankfurt/Main (Johann Spies) 1587

2 Günter Mahal: Faust. Die Spuren eines geheimnisvollen Lebens. Bern/München (Scherz) 1980

3 Sigmund Freud: Eine Kindheitserinnerung des Leonardo da Vinci. Frankfurt/Main (Fischer) 1995

4 Joris Karl Huysmans: Tief unten (Là-bas). Köln/Berlin (Kiepenheuer & Witsch) 1963